国子监来了个女弟子

GuoZ i Jian
LaiLeGe
NvDIZI

上

花千辞 著

中国友谊出版公司

目录

第一章

初入国子监

阴天，下雨，国子监里，一个用厚厚两层蓑衣把自己裹得像个鱼篓一般的身影伸出苍老的手来，颤颤悠悠地推开了门。一解衣带，两件蓑衣间夹层里的水哗哗啦啦洒了一地，更像是打翻了的鱼篓，可惜没有鱼。

老博士冯默须发花白，到底上了年纪，被冰冷的雨水泡得全身都冻僵了，又像从古墓里刚爬出来的僵尸般颤颤悠悠往火炉边围着的人群走，哆嗦着嘴感慨了句："天杀的，这么大的雨。"

火炉边的几个人早到一些，已经把外衣脱下来，陆陆续续烤干了。有人一边起身给他腾地方，一边皱着眉头看了一眼窗外巨大的雨做的帘幕，跟着骂了句："都怪那桑祈。"

一旁有不明真相的小天真不懂了，怎么下雨还跟人有关？莫非是这叫桑祈的求的雨不成？这大冬天的……要是夏天干旱的那会儿也这么灵多好。

不远处的另一间屋子里，桑祈打了个喷嚏，皱着眉头甩了甩衣袖上的水。

这屋子里全是模样俊俏、锦衣华服的少年公子，如今清一色变成了落汤鸡，在各自的座位上狼狈不堪，不分青红皂白地甩着被打湿的书本。

有人咒骂了句："天杀的，这么大的雨！"

另一个人转过头来盯着桑祈，一副敢怒不敢言的憋屈表情，仿佛在心里也道了句："都怪那桑祈！"

桑祈感觉到了这视线，却看也没看他一眼，只是盯着被泡透了的书册发愁，用手一拎，就撕掉一块儿下来，心道，什么破纸。

冯博士也把书拿着凑近火炉烤干，忧国忧民地叹息："你说圣上怎么就这么任着桑家胡闹？"

"唉。"旁边的人更用力地叹了口气，"还能怎么办？西昭是桑将军平的，南部乱党也是桑将军歼灭的，这天下都快成他桑家打下来的了，圣上现在也是无奈。"

"要我我也愁，可这规矩礼法……唉，乱套，全乱了套。桑家这么闹腾，就等着老天爷上门来收吧。你看这惊雷暴雨的……哎哟哎哟……"最后这句是因为冯博士一激动上前一步，被火燎了衣服，险些自己先行被收走。

桑祈又打了个喷嚏，缩着脖子，瑟瑟发抖，把湿透了贴在身上的衣服揪起来一点，试图暖和过来，却无济于事。因为她身边人更少，气氛更冷了。

周围的几个人心照不宣地默默离她远了些，阴阳怪气地咳了咳，绷着脸不去看她。

都不看，我看吧，桑祈无奈地低头瞄自己。

好吧，虽然是和别人一样的宽袍缓带大袖襦衫，可是一水儿湿身诱惑的情况下，她那只有女子才有的凹凸身形还是欲盖弥彰地显露无遗。

她耸了耸肩，表示很无辜，作为国子监历史上第一个女学生，第一天就这样，实在也非她所愿。

却说三天前，大司马桑公毫不害臊地第七次提出要让自己家的独生女进国子监读书，并称皇上要是不让就是歧视他桑家。他桑家为国捐躯、出生入死是多么不容易，前仆后继地死了那么多男人，如今只有个女娃娃了，居然连个和其他世家子弟平起平坐、共同识文断字的权利都没有，说着说着居然还觍着老脸为桑家后继无人哭天抹泪了一番，好像遭受了多大虐待似的，皇帝为此怄得差点撒手人寰。更有甚者居然还配合地跟着伤感，一时满殿擤鼻涕声。

识文断字在家里谁拦着你啊，非得去国子监演的是哪一出？皇帝有槽无处吐，直把龙椅的把手都捏出个坑来，才从牙缝里硬生生地挤出了三个字——着男装。

如今看来，这三个字也是白挤。

十月里，洛京其实还不算到冬天，教室里没备火炉。这雨来得突然，杂役们现烧了几个都给博士们送去了，还没送到教室，所以全屋人的取暖基本靠抖。

桑祈也在那儿和其他人一起忙着哆嗦。

教室里乱哄哄一片，谁也没注意有个迟到的人刚刚悠然进来，一路左拐右拐，一直晃悠到了桑祈身边，大大方方地坐下，解开斗篷，甩了甩头发上的水。

桑祈脸一黑，好嘛，又甩书上了，这下课算是彻底没法上了。

卓文远的视线顺着水滴抛洒的轨迹瞥了一眼桑祈案上的破书，又落在桑祈身上，唇角轻勾，从怀里掏出一个物件："给你。"

居然是个小暖手炉！

桑祈也不客气，乐得接过来捧在怀里，感慨道："卓夫人真是溺爱，这才什么时候就给你备下这玩意了。不是前儿风大，你冻着了吧？"

卓文远本就生得俊美，挑眉一笑，桃花眼角就漾出了几分风流暧昧。

"我特地回去为你取的，你倒挖苦我？哎哟，我胸口疼……"

"为我？"桑祈瞥了他一眼，做感激涕零状拍着他的肩膀道，"这么会疼女人，公子的未来一定前途无量。"

卓文远施施然把自己的笔墨纸砚一一摆好，顺着她的话接茬儿："那嫁给我的事，你考虑得怎么样？"

桑祈抱着暖手炉心满意足地摇头晃脑，假装没听见。

"你看，嫁了我，我保证你天天有暖手炉抱。我还可以自我牺牲一下，给你当人肉火炉。你摸摸，热和不热和？"

她不回话，卓文远就自顾自地说了下去，还捉了她的手往自己额头上放。

桑祈眼疾手快地抽了回来，吸了吸鼻子，帮他总结刚才那番话的中心思想："嗯，看来你比疼女人更擅长的是臭不要脸，更加有前途了。"

卓文远收回手，不置可否地笑笑。

俩人闲闲拌了几句嘴，桑祈也暖和过来了，开始把书页放到暖手炉旁边将其烘干。教室里的其他人也在三三两两地闲聊，不无公子哥儿坐得东倒西歪形象惫懒，也有人唾沫星子横飞地聊起哪个勾栏新花娘弹的曲儿多好听。

桑祈听到小曲儿的时候，拎着书页的手微微晃了晃。正在这时，屋子里突然安静了下来，她抬起头，发现众人竟不知何时都规规矩矩地盘腿坐好了，毕恭毕敬地低着头。

她正寻思这是怎么回事，能让这帮纨绔子弟如此矜持，莫不是皇上亲自来视察她第一天上课了？卓文远在她耳边低低提醒了句：“晏司业。”

桑祈被这三个字戳了一下心口，再把眼往上抬，只瞄见一袭雪白的衣角，而后便见宽袖轻扬、黑发如瀑、全身干爽的夫子进入了视线。

他身量颀长，高大威仪，看上去并不比房间里坐的学生们年长，却有一种与年龄不相符的沉稳气度，容貌远比她见过的最好看的男子昳丽，龙章凤姿，皎如玉树，最吸引人注意的，还要数那双眸子，眸光中有种说不出的高洁浩然，淡泊邈远。

桑祈挑了挑眉，想，这号称“第一公子”的晏云之，倒是生了副好皮囊。

可内里如何呢？

她只能用两个字形容——呵呵。

自视甚高、装模作样，是她对这个第一次见面的大燕第一公子的两大印象。

想当初，她跟人家打赌，说定会在三月之内让晏云之收下自己的荷包，并答应她上元节赏灯之邀，否则她就要代替名伶在灯会上弹唱的时候，以为不过是小事一桩。

却未曾想到，打从她应下赌约，前去晏府拜访了晏云之几次，都吃了闭门羹。别说送荷包了，连人家面都没见上。

不就是被人称作姿容绝世吗？至于小气到连个脸都不露嘛！多被看一眼能少块肉是怎么的？害得她不得已，只得出此下策，跑到国子监来堵他。一想到方才同窗们说的唱小曲儿一事，再想想自己那两把刷子，桑祈不由得狠狠将晏云之腹诽了一通。

为了不在上元节丢桑家的老脸，她容易吗？让他收个荷包，又不是让他投河上吊，举手之劳，何必如此孤高？

这边厢正吐着槽，那边厢晏云之已经坐了下来，翻开书册，清冷的目光淡淡地从众生面上扫过。

桑祈抬眸直视着他，目光挑衅，丹唇轻勾，我看你这次往哪儿跑？

晏云之与她对视之时，神情却波澜不惊，就跟在看一方空荡荡的桌案没什么区别。

哟，居然这么镇定，桑祈心道。新来了一个这么另类的学生，国子监里的风言风语，她自然是有所耳闻，也做好了心理准备的，而今他这样从容处之，倒是令她有些意外。

仿佛教室里并未多出此人一般，晏云之如常开始讲习，开口的嗓音温润清澈，带着几分舒雅高远之意，仿佛山巅的皑皑白雪、静夜的熠熠月华，声如其人，美好动听。

可再好听的声音，也架不住说的内容无趣。他专司讲授百家经典，桑祈本就听得云里雾里，书又被泡烂了，根本看不清上面的字迹，更加摸不着头脑，没多大会儿，就因着手炉的暖意，生出了几许困倦，忍不住掩嘴打了个哈欠，同时眼皮沉沉地向周围看去。

只见除她以外，其余人都听得很认真，连一向慵懒散漫的卓文远也不例外，眸中凝着难得一见的专注，整个人都显得英朗了许多。

于是桑祈又意外了一下，暗暗揣测，这么无聊的课，他们还能一本正经地听下去，怕是这晏云之高傲得过了头，有什么动不动就打骂学生的癖好吧？

正想着，她又打了个哈欠，头部渐渐向面前的桌案倾去。

马上就能找个地方放头，好好眯一会儿了，她精神一缓，却忽地听到有人叫了一声自己的名字。

"'圣人不死，大盗不止'，桑祈，你来解释一下此句为何意。"晏云之的声音不大，但清晰地传入她的耳朵里。

话音一落，教室里格外寂静，气氛十分微妙。

她条件反射地一个激灵坐直，微微蹙眉。他说了八个字，每个字她都再明白不过，可全部连在一起竟又不懂了。想去看看书上的原文揣摩一下，又悲哀地发现：似乎这一章恰好是刚才被她扯烂揉成一团丢掉了的那页。

全班同学都屏气凝神等待着她的回答，当然，其中大部分是等着看热闹的。当着这么多人的面，桑祈自然不想第一天就下不来台，用胳膊肘推了推卓文远，寻求解救。

而她误交损友也不是一天两天了，方才还对她甜言蜜语的俊俏公子，此时长眉一挑，耸了耸肩，做了个爱莫能助的表情，眼神又恢复了慵懒玩味，中书五个大字——我也不知道。

好吧，桑祈无语，只得在他腰上狠狠拧了一把，淡定地清了清嗓子，硬着头皮道："圣人若是不死光的话，盗窃案就不会停止发生，所以要想平息所有盗乱，须得把品德高洁之人全部杀掉才行……我想，大概就是这个意思吧。"

她脱口说了这番话后，眉头紧锁，盯着书页，连自己都觉得解释得非常不着调，自然是大错特错了。

晏云之还没作反应，先有人忍不住轻笑了一声。

而后他依旧用那从容淡定、沉稳清冷的嗓音，附和了一句："原来想治个盗乱，还需用这么惨绝人寰的方式……"整间教室便都哄堂大笑起来，只有他表情如常。

桑祈安静地坐着，面色微红，却不羞也不恼，听着听着，也笑了。

女子甘甜的笑声清脆悦耳，犹如清泉，混在男孩子们张扬粗犷的笑声中，显得格外突兀。桑祈坦然道了句："我是不懂，我要是什么都懂，还要你这司业干什么！正因我才疏学浅，才更显得您睿智高明不是？"

他将了她一军，被她反将回去，还顺手小拍了一下马屁。

晏云之此时才抬起头来，目光在她身上多停留了几秒，又毫无波澜地再次移开，若无其事般，将方才这句话的正确解读道过后，继续讲了下去。

桑祈紧盯着他，在他俊雅高冷的面容上捕捉到一丝不易察觉的笑意，眼眸一亮。

她又不是来做什么才女，令人刮目相看的，只要不惹毛他，顺着他来，能把荷包送出去，完成赌约，也就大功告成了。

好不容易熬到下课，晏云之潇洒离去，桑祈赶忙把暖手炉丢给卓文远，跟了上去。

对方身高腿长的，步伐很快，不大会儿工夫便绕过重重雕廊，进了一间房里。

这里是他平时休息办公之处，待到桑祈追来时，他已放下手中的书卷，正在拿伞，听桑祈轻咳一声，转头看去，见她正半倚在门框上，手里拎着一个小荷包，笑眯眯道："晏司业，初次见面，请多关照，学生有一件礼物想孝敬您。"

晏云之视线淡淡地扫过她，道了句："哦。"

桑祈一口气没接上来，哦……哦是什么意思？！

"那司业收是不收呢？"她扯着荷包晃了晃，目光落在他的伞上。那是一把极低调亦极奢华的伞，看似乌漆墨黑的不显眼，仔细观察便会发现，伞骨乃由千年乌木雕出，不加藻饰，浑然天成。伞面则是滴水不沾的上好油布，暗有光华，于不动声色中彰显出主人的品位。晏云之正提着它，一步步朝她走来。

然后，他视若无睹地与她擦身而过，走了出去，路过时疑惑地反问了一句："为何要收？"

桑祈眨眨眼，怔在原地，一时不知如何作答。

雨势渐小，晏云之白衫飘飘，修长如玉的手指撑着那把优雅又有风骨的伞，在雨中信步走远，声音友好温润地飘来："桑二小姐，冯博士最讨厌弟子迟到。"

正在这时，传来阵阵通知上课的铃声。

桑祈来不及追上去，恨恨咬牙，火速跑了回去，却还是不可避免地迟到了。老博士本来就对她跑到国子监来窝着一肚子火，对她好一通吹胡子瞪眼，害得还算尊老爱幼的桑祈整个下午都在低眉顺眼地给他赔不是。

终于放学，才算松口气。

之前跟卓文远约好了，为庆祝第一天上学，他做东去庆丰楼吃饭。虽然雨恰逢时宜地停了，夕阳瑰丽，空气清爽，天边还悬着一道远虹，桑祈的兴致却提不大起来。

卓文远叫了几个合她口味的招牌菜，折扇一甩，慵懒地靠在雅间的窗棂边，眉眼含笑望着她："怎么，有点受挫？"

桑祈白他一眼，埋怨了句："见死不救！"

他给她倒了杯茶，连连赔罪道："好了好了，你知道我也不爱琢磨那些玩意，是真不明白，不是有意看你笑话。"

因着他那似笑非笑的眸子，桑祈拿不准这句话几分真几分假，哼唧两声，喝完了茶，才愁苦地叹了口气，将自己追晏云之出去，结果完全被无视一事与他说了一番，托着下巴皱眉求教："你从小长在洛京，应该和他相熟，快教教我应付之法。"

虽然穿了一身宽袍大袖的男装，她依然是个眉目生辉的俏丽佳人，用这样一副信任恳求、又带着几分倚仗的目光看着他，教卓文远很是受用，享受了好半天，才摊手道："并无。"

"晏云之油盐不进，全洛京人都知道。想他刚刚加冠便拜了中书令，本是国之栋梁，前途无量，却仅仅就任半载，便自请辞去，跑到国子监来任教。其间皇上几次想召他入朝，都被他推拒了。连皇上都拿他没办法，我能有什么高招？"

这时菜陆续端了上来，他夹起一块桂花甜藕放在桑祈的盘中，解释道。

桑祈长叹一声："唉，看来只好从长计议。"

"当初你就不该应下这个赌约。"卓文远喝了口酒，挑眉道，"那家伙出了名的洁身自好，从来不收礼，更何况是女子给的荷包。这摆明了是个坑，也就你能傻得往里跳。"

"我刚回洛京半年多，又不常出门，怎么会晓得其中的弯弯道道？"桑祈白了他一眼，"不说这个了。既来之，则安之，世上又没有后悔药。"

接下来这顿饭，两人真没再提晏云之的事，专心品评菜品。桑祈久闻庆丰楼大名，吃得还挺满意，走的时候手轻轻搭在微凸起来的胃部，懒洋洋地下楼。

不料今天的倒霉事儿还没完，刚一出店门，竟然碰到了宋佳音——她在洛京相处欠佳的娇小姐，当初挖坑让她跳的主使。

桑祈本想当没看到，穿了一身艳丽罗裙的姑娘却一声娇笑，故意扬声唤道："哟，这不是阿祈吗，荷包送得怎么样了？"

哪壶不开提哪壶，桑祈瞥了她一眼，不愿搭理，扯着卓文远便走。

却听宋佳音银铃般的笑声阴魂不散，还自顾自地在她背后高声道："还特地追到了国子监去？还真是卖力，可惜就算纠缠到上元节，他也是不会收的。到时候要表演的小曲儿，你近来可要好好练习呀。"

"别理她。"卓文远抬手拍了拍桑祈的头哄道。

"习惯了。"桑祈自然地耸耸肩。

她生在父亲的军营里，长在父亲征战的草原上，自在随性惯了，回到洛京，自然跟都城这些养尊处优的公子小姐合不大来。所以像宋佳音这样的对头颇多，朋友却很少，亲近的只有卓文远一个。还是因为几年前，卓文远曾经随父出征，跟她一起在边关厮混过一段时间。

没有朋友事小，可丢人现眼真的事大……她扶了扶额，暗暗咒骂晏云之两句，在岔路口与卓文远告别，拖着疲惫的脚步回了家。

夕阳已落尽最后一丝余晖，大司马府上渐次点起了灯。

桑祈走进大门时，有家丁候着，道"桑公在等你用膳"，可她已经吃得酒足饭饱，让人通报一声不去就先行回了房间。

一进门，她便见丫鬟莲翩一脸八卦的表情，于是不用想，怕是今天又有上门提亲的了，干脆坐下来，喝着温水消食，闲聊问了一句：“是哪家？”

莲翩赶忙凑过来，兴奋地道：“闫家。”后面的流程自不必多说，想来又是按照她的意思，让父亲给推了。

桑祈不太清楚闫家在朝中的地位，可八卦之魂熊熊燃烧的莲翩却已经在进军洛京后的半年里，迅速将各大世家状况摸了个门儿清，向她阐释了一番闫家可不一般，是根深蒂固的豪门大户，感觉桑公有点动心，赶人家走的时候很是依依不舍。莲翩言罢还哀叹了一声：“可怜的桑公，还说你不想联姻，坚持要挑个自己中意的，如今正在国子监亲自考察，若知道你是诓他，一定很伤心。”

“我几时诓他了……”

“我还不知道你？人生理想是当个女将军，不做靠联姻巩固家族势力的小女人。你敢说去国子监不是单纯为了给晏公子送荷包？”莲翩眉梢一挑，学着她的语气道。

桑祈脸不红心不跳，只做了个惊讶的表情：“是啊，我是说要当个女将军，可没说要当女尼姑呀……”言罢一拍莲翩的肩，语重心长地道，“不愿意接受联姻，也不等于就准备一辈子不成亲了，该挑我还是会挑的。你这丫头，怎么这么一根筋？”

莲翩杏眼一瞪，刚想再说什么，外面传来了小厮的通报声，说有人来送东西给桑祈，便停止继续拆桑祈的台，出去接了。过会儿回来，手上多了一沓散发着新鲜油墨香气的书册。

“卓府派人送来的。”她说着，宝贝似的将书一本本放好，一点没客气地把桑祈带回来的那堆泡烂了的破纸扔了，又感慨道，“卓公子真是贴心。”

桑祈看她表情，便知要说什么，无奈地扶额。

“小姐你啊……若真有心嫁人，还挑什么挑？卓公子这一片真心，简直天地可鉴，你真是……不懂得珍惜。”她小心翼翼地抚摩着书脊，好像自己手下的书就是卓文远那脆弱的小心灵似的，一脸悲天悯人状，再看一眼桑祈，微嘟的唇上道不尽埋怨。

桑祈头大得很，在她没继续说下去之前，丢下一句“我去练武了”，撒腿就跑。

桑祈一路跑到平时练武的地方，先静静发了会儿呆，哀叹卓文远一天到晚没个正经地嚷嚷着要娶她什么的也就算了，莲翩也跟着凑热闹。她真不明白，这俩人什么时候开始一个鼻孔出气了。

桑祈抬头望天，今夜月圆，光华皎洁，群星寂然，让她想起多年前，在草原上的那个夜晚。

眉眼清亮的少年卓文远，有她从未见过的清俊模样，举止谈吐，从容优雅，带着一股她只在梦中想象过的江南特有的朦胧烟水气息靠近了她，成了她的知心小伙伴。

这些年来，打打闹闹，说说笑笑，他们相处融洽，几乎没有闹过矛盾。可是成亲，嫁给他，这种事情却是她从来没有想过的。

一来，她承认自己喜欢卓文远，但只是朋友间的那种喜欢，断无诗词中所说的那种怦然心动、面红娇羞的感觉。她甚至毫不介意当着他的面暴露自己最真实的一面，也不介意出丑，这实在与传说中的倾慕感觉相去甚远。

二来，卓文远对她诚然好，问题是……他对很多人都这么好啊。往好了说叫长袖善舞，往坏了说有那么点风流浪荡的味道。看他那双暧昧多情的桃花眼和周围接连不断的莺莺燕燕就一目了然，嫁给这种人，估计一辈子不会安心吧。

所以她早就有过决断，不会把他当作可选择的对象之一，关于这一点也明确地跟他说明了好几次。可他一直没听过似的我行我素，不急躁也不逼迫，但总是要提上那么一句。时间久了，桑祈也闹不明白他到底在想什么，就当他是说笑，自己姑且左耳朵进右耳朵出了。

回忆了一会儿，也消化得差不多了，桑祈笑了笑站起来，拎起手边的长枪。

卓文远不靠谱，联姻这事儿更是靠不住，她能为家族做的，便是靠自己的双手，继承父兄衣钵，像桑家无数战死沙场的好儿郎一样，真刀真枪地博出个前程。

白日里在国子监不得意，月夜下的空旷庭院却是她的主场。桑祈飞身而起，衣袂翻飞，挑出一个个漂亮的枪花。

这是他们桑家祖传的枪法，她练了好多年，已是十分娴熟，可毕竟是女孩子，力道上仍显吃紧，没多大会儿便气喘吁吁地停了下来，擦着汗蹙眉沉思。这套枪法，到底还是不适合自己，自己若想上阵杀敌，恐怕还得掌握些别的武功才行。

可这件事儿虽是她最上心的，却无法急于一时。眼下最要紧的是明天要去国子监继续上课，而且不知道什么时候才是个头。

桑祈比平日提前了一些回房准备洗洗睡了，她有些忧愁地想，一大票博士看自己不顺眼，同窗们又一个个的都不大好相处的样子，再加上那脾气让人完全没辙的晏云之……这漫漫求学之路，恐怕是不好过啊。

不承想，怕什么就来什么，第二天她刚一迈进教室，就见自己的书案上多了一封信。打开一看，上面洋洋洒洒地写了一百多个字。数目虽然多，却比晏云之昨儿说的那八个字好懂得多，桑祈总结了一下，大概是说有种放学别走。

也亏得这么简单的意思写的人搞得这么复杂，她颇为敬佩此人耐心，看向落款，只见两个龙飞凤舞的大字——闫琰。

于是明白了，这恐怕就是昨儿刚被自己拒绝了的那个闫家小公子，不由得失笑，敢情写这么多不是为了卖弄才情，活活是气得止不住喷她啊。再仔细看看，信上只写了恐吓者的名字，对被恐吓人并未指名道姓。桑祈想起昨天课上卓文远的袖手旁观，转手就腹黑地把这封恐吓信放到他桌上了。而后在卓文远到来、看到信后一脸莫名其妙地看向自己时，大方地勾住他的肩，道："放心，我罩着你。"

卓文远一勾唇角，将恐吓信折好收了起来，意味深长地望着她的眼睛，道了句："多谢。"

晏云之作为司业，不经常讲课，桑祈今天没见着他，自然也没找到送荷包的机会。跟着讲史学、自己也像史学的冯默博士的催眠节奏，打了半天的盹儿。下午又上了节数学课，热热闹闹地噼里啪啦敲了一会儿算盘，就放学了。

桑祈刚要叫卓文远一起走，便见他单手按住腹部，薄唇紧抿，看上去脸色有些苍白，急忙问："这是怎么了？"

"肚子有点疼，你先走，不必等我。"卓文远苦笑着，起身头也不回地朝如厕的地方跑去。

桑祈坐了一会儿，见他真久去不归，着急回家琢磨功夫，又不好去茅厕拽人，只好先走。她心道好吧，反正那恐吓信真正恐吓的对象是我不是你，于是收拾东西走出国子监大门。她以为磨蹭了这么半天，闫琰不会再等她了，却没想到门口围着许多人，正中领头的是一个唇红齿白、剑眉星目、面容带着几分英气与倔强的华服小公子，一见她便暗暗磨牙，想来是闫琰无疑。

桑祈深吸一口气，假装当他们不存在一样走过去。

显然，不切实际。

闫琰在国子监里颇有顾忌，不敢闹事，已是忍她很久。好不容易等到她出来，三两步上前，趾高气扬地指着她的鼻子便骂道："桑祈，竟然敢拒我闫小爷的婚，你还想不想在洛京混了？"

这话说得大，桑祈抬眸老老实实地看他一眼，轻道了声："想。"

旁边立刻有人绷不住笑了出来。

闫琰觉得她这是成心挑衅，更加气恼："你……飞扬跋扈，肆无忌惮，没教养，不淑女！以为小爷看得上你？"说完这番话，他观察着桑祈的表情，心里颇有些得意。生气吧，生气吧，就是要激怒你，让你野蛮的本性暴露无遗！他可是听说了，皇上允许她来国子监是有条件的。这第一是要穿男装，第二是要好好做功课，第三便是不能惹出事端。如三者触犯其一，她也就不必再来了。

想到最好能让桑祈因为生气而和自己动手打起来，然后再将此事传到皇上耳朵里，顺利把她从国子监里赶走，他就好期待。

你不是费了好大力气进来的吗？哼，既然不给我面子，我也不会让你如意。

桑祈有点无奈："反正你也看不上我，拒了不是你好我也好吗？琰小郎还在这儿置什么气呢？"

"你……"闫琰长这么大，还是第一次被个女人的话堵成这样，脸一扬，怒道，"那也得是小爷不要你，不能是你不要小爷。"

"我这不是帮你省事儿嘛，不必客气。"桑祈被他的逻辑打败了，快走两步想跑。

不料闫琰铁了心地要找碴儿，一下子便上前捉住了她的手腕。

"放手。"桑祈蹙眉回望，有点不高兴。

闫琰剑眉一扬，得意地笑，等着她发作。

可惜桑祈还没有他想得那么飞扬跋扈、肆无忌惮，深吸一口气，便没再说话，只皱着眉头看他，思忖着怎么能既不把事情闹大，又能顺利逃脱他的魔爪。

看热闹不嫌事儿大的人群中，也有给闫琰帮腔的，指责她一个女孩子家性格太差、太眼高于顶的，少不得也有跟闫琰遭受过同样待遇的同病相怜者。国子监门口的路本来就不宽，如今围了一群人不走，还有好几家马车候着，显得颇为拥堵吵闹。距离皇帝所说的惹出事端，可能只有一步之遥。

僵持中，桑祈觉着必须有什么对自己有利的变数发生才行。可这变数怎么创造呢？

说来也巧，出恭良久的卓文远终于适时出现，语气略显惊讶地问了一句："桑二，你怎么还没走？"

桑祈和闫琰齐齐向大门处看去，只见卓文远一点不适都没有的样子，一身淡青长袍，好似一根修长挺拔的竹，端正地立在门口，身边还站着另一个熟悉的身影——晏云之。

而这位仁兄只是清冷如雪地站着，什么话都没有说，闫琰却脸色变了几变，下意识地放开桑祈，面色泛红，尴尬地行了个礼，好像做错事被人抓了现行的孩子般，唤了声："晏司业。"

晏云之应了一声，缓声道："放学了还围在这里做什么？散了吧。"说完便步履从容地从众人中间走过。

大家立马给他让出一条路来，虽然意犹未尽，但也都面面相觑，陆续散了。

闫琰一直保持着谦恭有礼的姿态，待到晏云之走过自己后，才抿着唇，狠狠瞪了桑祈一眼，似乎在说"改日再找你算账"，而后拂袖大步离去。

晏云之出现后，他这突如其来的变化是叫害怕吧？桑祈眨巴眨巴眼，觉得简直匪夷所思，闫琰这一副天不怕地不怕的混世魔王造型，居然会怕晏云之？

为啥？

问他本人是不可能的了，桑祈正纳闷着，那边晏云之已经走远。她望着他的背影，才突然想起，咦，这不是个好机会吗？赶忙追了上去。

"多谢晏司业解围，弟子有一谢礼……"桑祈小跑着蹭到他面前，嬉皮笑脸地掏出了荷包。

晏云之有礼貌地驻足，瞥了她一眼，疑惑道："所谢何事？"

"刚才要不是司业您……"桑祈刚想说闫琰肯定不会善罢甘休，少不得要纠缠一会儿，万一被人抓住小辫子可就糟了，转念却想起，那岂不是等于承认自己在国子监里惹事了？

于是话锋一转，就变成了："要不是您，我掰腕子肯定就输给闫琰了。"

晏云之淡笑一声，视线落在她手腕上被闫琰抓得发红的一圈"手镯"上，语气平静无波："是吗，客气了。"说完抬步便要走。

桑祈赶忙瞅准机会递上荷包，笑道："小小荷包，不成敬意，还望司业笑纳。"

"不必了。"

桑祈一着急，忙又补了一句："您看，这荷包很好看的，跟您多般配……"说这句话时，脑海中浮现出他昨日拿的那把伞，不由得有点心虚。

不想晏云之当真停了下来，认真看了她的荷包一眼，颔首道："绣饕餮的确很有创意，可晏某觉得太有个性了，万万不敢佩带，姑娘还是自己留着吧。"说完微微一拱手，头也不回便上了马车。

饕餮……桑祈看了一眼自己绣的小鹿，嘴角微抽。没眼光，她在他背后哼哼两声，收好荷包回去找卓文远。

只见这位竹马正坐在国子监大门口，长腿屈起，摇着折扇，合眸靠在墙上发呆。

桑祈过去拍了一下他的头："走了。"

他微微抬眸，从鼻腔里发出一声轻哼。

"噗……"多大个人了还耍小性子，桑祈在他身边坐下来，也往墙上一靠，"怎么了？"

"特地帮人搬出大佛镇场解围，人家却不领情，心塞。"卓文远慢悠悠摇着扇，爱搭不理道。

原来是他设计好的……桑祈无奈地笑道："好了好了，我错了还不行？"

卓文远这才睁开眼，眸中光华流转，折扇一合，勾唇道："知道错了？"

"嗯。"桑祈点头，诚恳道。

"那要怎么谢我？"他说话间站了起来，在她面前俯下身，用折扇轻轻挑起了她的下巴，"不如以身相许？"

说后半句话的时候，他俊美的容颜与她近在咫尺，声线魅惑诱人，搞得气氛一下子变得十分暧昧。可气氛中的另一主角却毫不应景，抬手啪的一声打掉了他的扇子，嗔了句"想得美"，而后站起身来去扯他的衣袖："请你吃大餐，走吧。"

卓文远手上动作一僵，继而失笑，任她拉着自己，嘴上还不忘叹一句："没有以身相许，有个荷包也行啊，真不公平。"

"想要不早说！回头就让莲翩绣十个八个给你。"真是哪壶不开提哪壶，跟这儿凑什么热闹，桑祈没好气儿地道。

洛京的世家望族中流行名士风尚，简单总结成两个字就是“讲究”。饮食起居用具必精细雅致，出门也必轻装乘车，骑马和遛弯儿都是跌份儿的。所以晏云之是坐车，闫琰也是坐车，卓文远却因着桑祈爱走路而只能陪着。因而卓文远虽然长得也是一表人才，人家别的俊俏公子在马车上总能收到许多仰慕者投掷的瓜果鲜花等礼物，他这半年里就没这待遇了。

可走路也有走路的好处，二人正讨论着去哪儿吃，忽然有个大胆的姑娘红着脸跑过来，径直往他怀里塞了一堆东西，紧张得磕磕巴巴地嘟囔了一句：“瞻郎……”后面的话都没说出来，抬头偷瞄他一眼，就捂脸跑掉了。

子瞻是卓文远的字，年初刚取，桑祈平时是不唤的，你来我去惯了，没想到竟然还有“瞻郎”这种叫法，还能让这姑娘叫得如此多情婉转，忍不住有些想笑，而后瞄了瞄，发现其中有个荷包，立刻乐了：“瞧，说要荷包就有荷包，你怎么这么好的命！”

卓文远挑眉，挑了个橘子塞到她手上，嗔道：“吃吧，堵住你的嘴。”

于是就这样，桑祈欢快地剥着橘子吃，卓文远优哉游哉地抱着瓜果，风流倜傥的公子哥儿，小跟班似的跟在一边，一起去湖边酒家吃鱼。

桑祈做东，他从来不客气，趁着秋意浓，要了几只膏肥黄满的河蟹，吃得她直心疼，把他的瓜果全抱走才肯回家。

今日折腾得比昨天还晚，她喝得微醺，也没什么兴致练武了，一进屋，就懒洋洋地窝在软榻上，假寐半晌，掏出自己绣的那个荷包来，叹了口气，叫莲翩帮忙重新绣几个好看的。

“你说他为什么不收我的荷包？还问我为何要收……”

跳跃的烛火下，桑祈一边看莲翩飞针走线，一边学着晏云之的语气问。

“肯定是因为你人缘不好。”莲翩答得干脆。

桑祈脸一黑：“可我故意讨好他了呀！”

莲翩夸张地张大了嘴：“你？！讨好人？！”

桑祈翻了个白眼，将自己怎么献殷勤的过程说了一遭，引得莲翩笑得前仰后合，眼泪都快要出来了。莲翩笑了好半天，才朱唇轻启，咬断了线，将手上的东西丢给她。

桑祈接过东西一看，不是荷包，是个拢手的布套，在西北的时候用来暖手的那种，以为回了江南用不上，从前的都被她丢掉了。

“我听说洛京虽然没那么冷，但湿气重，很容易生冻疮，这个我改良过，没咱们以前用的兔毛那种厚实，你试试好不好用。”莲翩示意她套上看看。

桑祈一感动，把晏云之的事儿忘到了一边，抱着她蹭道：“你对我真好。”

莲翩又咯咯咯地笑，一把将她推开：“行了，腻烦。看吧，这才叫讨好，光说不练怎么行？我今天月事在，想早点去歇，你准是不准？”

“准，你去吧，我自己梳洗。”桑祈得了便宜，想也没想便答，而后若有所思地回想着她的前半句话。

那边莲翩已经欢快地放下东西出门了。没多大会儿却又折返回来，表情不是太好，拉着桑祈压低声音道：“我觉得，刚才出门时看到墙头好像有个人影闪过，莫不是府上遭贼吧？”

“贼？”桑祈还在摆弄拢手的布套，没当回事儿，“没听侍卫们有动静啊，看错了吧，堂堂大司马府怎么会遭贼？”

莲翩对自己的眼神有信心，桑祈却笑她肯定是做绣活儿久了眼花，拿了府上没有其他人有反应做论据，她无从反驳，但心里还是存了疑惑。

眼下最打紧的不是有没有贼敢来大司马府，而是又上了几天学后，桑祈发现自己在国子监的日子着实是不太好过。

平时看点小书她还是没问题的，但是较真起来让她很头疼，也没找着什么讨好晏云之的方法，如卓文远所说，这个人软硬不吃，油盐不进。

她学着那个唤瞻郎的姑娘，暗中掺和进给晏云之马车丢鲜花瓜果的队伍里，每次都特地混进去一个荷包，里面还装张小纸条，写上逢迎拍马的话，邀请其元月十五一同赏灯。

可是没想到，晏云之的马车每次都先绕到市集，把收到的赠礼转赠给妇孺，而后才回府，她的荷包也就被挑拣出来，无一例外地送还到大司马府上。

桑祈就不明白了，别人收到礼物都开心，他怎么就一点反应都没有呢？

还有那闫琰也真叫一个纠缠不休，找碴儿几次无果后，转成了恐吓路线。

某天桑祈一进教室，便看见自己的桌案上放着几只精神头倍儿足、张牙舞爪的长毛蜘蛛，后来是蜈蚣，再后来是一条长相丑陋但无毒无害的黑蛇……她都皱着眉头，拿到院子里放生了。

闫琰也郁闷得够呛，非常不明白为什么自家妹子见到一眼就能哭上好半天的玩意儿，同样是女孩子，桑祈就一点反应都没有呢。

殊不知在西北野惯了的桑祈，比这些吓人的东西都见得多了，早就习惯了。这一天她又拎着闫琰抓来的都已经冬眠了的可怜小青蛇到院子里放生，顺便蹲在一处草地里观察自己前几天放掉的那条小蛇是不是还活着，远远地听到有人说话，其中隐约夹杂着晏云之的名字，便竖起了耳朵。

说话的人是几个博士，其中之一便是她熟悉的史学博士冯默。

原来因为晏云之非要在这国子监里做个小小司业，又一次拒绝了皇帝令其到朝中任职的任命，冯默博士颇有微词。

“云之乃年轻一辈士子中的杰出才俊，怎的就不想博个前程，为朝廷效力？”他操着沧桑浑厚的嗓音，为晚辈的不争气捶胸顿足，扼腕叹息。

“那晏氏是什么人家？世代公卿，望族中的显贵，连皇帝都敬晏相三分，更何况他是晏氏嫡系的嫡子，有权有钱，有安闲的资本，您老何苦为人家操心？”一旁有人语含讥诮道。

“可不是！人家说了自己生性逍遥，旷达山水，乐乎自然，不愿身处朝堂，估计在这国子监里任个闲职，也只是图个乐子罢了。”又有一人说完长叹而去。

也不乏有人欣赏晏云之，哼道：“少安虽年少，却是真正豁达超然之人，你们这些俗人怎会懂？”

话不投机，博士们陆续散了，冯默面上还含着愠气，从桑祈所在之处路过，也顾不上给她脸色看，径直走了。

桑祈微微蹙了蹙眉，待他消失在视线中后，才转过头，若有所思地看着刚刚放生的小蛇，嘀咕了句：“生性逍遥，旷达山水，乐乎自然，是吗？”

而后狡黠一笑，有了主意。

她虽然同冯默博士相处得并不融洽，但是在对晏云之的看法上，却保持着高度一致。

冯默博士实乃忧国忧民之大夫，奈何自己出身不好，在士族中属于下层，空有一身才学，已过知天命之年，只能在国子监做个博士。所幸，因着尊师重道的风气，那些地位远高于他的弟子对他还算是尊敬。正是因为知道博得一个好名声，得到他人的敬重，说话能有三分力度对于自己这种人来说有多不容易，他对晏云之这种在其位而不珍惜的做法，才格外愤慨。

而桑祈则在洛京的世家子弟们所想象不到的杀伐动乱中长大，见惯了刀光剑影、浮生百态，深知现在的世道并不像洛京所展现出来的繁华绮丽这般太平，不齿于洛京这些纨绔子弟的安逸，对明明有能力却无抱负的年轻人更是鄙夷。

所以她把闫琰送自己的那些可爱的小动物又全部收集起来，附上字条称"听闻司业乐乎山水，好亲近自然，特地搜罗了些自然之物，供您赏玩"，并一股脑全扔到晏云之休憩的房间里。她并非讨好，而是存了嘲讽之心，等着看晏云之的好戏。

按照她的判断，这个平日里举止从容、高远淡泊的翩翩"君子"，所谓的乐乎自然，不过是叶公好龙罢了。

这些世家子弟，她还不清楚？让他们坐在华丽的马车里，出去郊游玩玩，远远地看看山水，连那洁白的衣角都不曾沾染半点晨露还好，真的把他们自个儿扔在野外，估计一晚上就要吓破胆，连条小蛇都应付不了。

于是乎，她格外期待看他收起虚伪的面孔，原形毕露，要么被吓得大喊大叫，要么怒不可遏、大发雷霆。

可是礼物送出去三四天，晏云之那边一点反应也没有。

反倒是桑祈先坐不住了。这一天跟杂役打听了晏司业有事务处理一定会来，她早早跑到他的房门前，捧着本书装模作样地等着。

晌午时分，晏云之果然出现了，见到她微微讶异："桑二小姐未去上课，专程来等晏某？"

"司业忘了，小女出身桑氏，骑射课之于我实在太简单，不学也罢，可您讲的内容，我却是一头雾水，这不，快考试了，特地来请教请教。"桑祈婉转一笑，眼角闪着精光。

"哦。"晏云之淡淡应了一声，"进来说话。"

桑祈猛点头，跟在他身后进了屋，这一进不要紧，彻底傻眼了。

她原以为，约莫是有人帮他处理了那些玩意，他压根没看见，抑或是他不想发作，忍了下来，偷偷找人处理掉了。却怎么也没想到，眼前会是这番光景。

只见屋内摆了几个做工精巧的木制小笼子，将蜘蛛、蜈蚣等物圈养其中。蜈蚣正懒洋洋地睡着，蜘蛛辛勤地结网，而那两条小蛇则干脆安然自得地卧在了竹席上。

晏云之缓步从它们中间走了过去，还拿起一旁的树枝来，轻轻逗弄着小蛇玩了两下，而后从容落座，对桑祈浅笑道："桑二小姐所赠之物，确实有趣，虽已是深秋，但偶尔还有几只恼人的蚊虫，正好教这几只蜘蛛给捉了。晏某谢过。"

桑祈非但计划落了空，还被噎得够呛，眨了眨眼，哭笑不得地在心里感慨了一句，这晏司业……果然……不是凡人啊，嘴上抽搐着接了句："不客气。"言罢脑筋一转，这么说，他挺喜欢这些玩意的，那岂不是恰好讨好了他，有开口求收荷包的理由了？

她刚一乐，张口要说话，便见他收敛笑意，淡泊道："可这野物，到底还是在外头自在，如今天冷，待到明年开春晏某再拿去放生，桑二小姐也莫再去扰其清静了。"

于是桑祈悻悻地闭了嘴。

"不是有问题要问吗？请讲。"晏云之广袖轻拂，指了指桌案对面的位置，示意桑祈可以坐下。

桑祈犹豫着坐了下来，翻了翻书本。

晏云之也不着急，从容淡定地揽卷而阅，似是在等她说话，也似这屋中根本就没有她这个人存在。

他的轻袍缓带，在窗棂中透过的几缕冷风拂动下飘逸出尘。衣衫的料子并不华丽，也没有繁复的花纹，做工却很精细。衣上发上也不似其他世家公子那般，好佩诸多饰物，但是发丝格外光洁柔亮，一身素净至极的白色衣衫，一头如墨如瀑的长发，衬着那清俊绝伦的面容，便平白生出一股孤高显贵的气度。

桑祈不是没有听闻过洛京里称颂他的话，洛京的名士里若晏云之称第二，也就只有他那早就上了年纪的二伯能称第一，可那位爷已然绝尘而去，隐居修道了。有道是"俊逸晏家子，风流天下闻"。她原以为这话不过是世人溜须拍马，并没有什么稀奇，所谓风流，也不过是有几分闲情又有几个闲钱的故作姿态而已。如今眼前这人，安安静静，只是安静地看着书本，身上流露出的非凡风姿，倒教她当真有几分刮目相看，不由得低眸一笑，称赞道："你这个人，有点意思。"

晏云之并没有因这句算得上褒奖的话有分毫情绪波动，只淡淡应了声："姑娘谬赞了。"话是谦辞，语气中却透着难以名状的平静与自信。

桑祈补了一句："可惜性格太差，而且不思进取，否则也应是个人物。"

他笑而不语。

桑祁本是看他笑话来的，并非真心求教，随便问了几个问题，晏云之都对答如流，桑祈便觉得没意思要走，起了身，也道了谢正要出门，却听身后的晏云之开了口，嗓音如清风徐徐，唤道："桑二小姐留步。晏某想问一句，闫琰的事，你怎么看？"

桑祈愣了愣："何事？"

晏云之轻描淡写地瞥了一眼屋子里这些生动的小玩意。

桑祈便明白了，自己和闫琰这点小把戏，都没逃过他的眼，于是只得耸耸肩，老实道："玩闹而已，还能怎么看？"

"哦？"晏云之语气扬了扬。

"琰小郎只是不高兴，想撒撒气，并非真的要伤害我。"桑祈下巴一抬，朝地上那两只无毒的小蛇努努嘴，"否则我早就被咬好几回了。反正我也没吃亏，就让他占些便宜呗。"说完大大方方地迈步走了出去。

晏云之目送她的背影，抬手碰了碰懒散地待着不动的小蛇，眼底泛起一层笑意。

而看晏云之笑话未果的桑祈，放下书卷后又偷偷溜到骑射场地来上课，趁霍诚博士不备，钻到人群里假装什么都没有发生，镇定自若地和其他弟子一样朝场地上张望。

霍诚博士正策马走在场地中央说着什么，锐利的目光如大漠苍狼，霍地从她面上扫过，让她感觉那视线化作一把匕首，在她脸上狠狠划了一刀，霎时疼得血都能流出来，于是不动声色地悄悄后退两步，往前面的人身后缩了缩。

突然听见有人一声轻笑，话音中满是嘲弄意味："原来桑家的女儿，竟然怕上骑射课，还非要学什么男儿，上什么学堂！"

桑祈侧眸一看，说话的不是别人，正是闫琰，于是瞟了他一眼没作声。

闫琰笑了两声，料定被自己言中，更加得意："怎么，你来得那么晚，还一副惧怕霍博士的样子，莫非小爷说错了？”

旁边有个不认识的男子也跟着笑：“琰小郎说什么呢？桑家二小姐蛮横堪比军营里的汉子，怎么可能怕什么骑射？”满满的也是讥讽之意，暗指她粗糙。

桑祈挑了挑眉，仍是未理。

今儿卓文远没来上课，没人给她撑腰，她自认嘴拙，不爱搭理人，告诉自己全把他们的话当耳旁风就好，反正平日这么说的人也不是一个两个。

可那闫琰偏偏是个不识趣的，前阵子的捉弄全无效果，今日好不容易让他抓住机会，怎么能轻易放过?

读书他和桑祈一样不行，但论武艺，他还是颇有自信的，正赶上霍诚博士说让人上前演示一番，便自告奋勇地扬声喊了句：“我来。”

洛京风尚，重文轻武，无论男女都讲究风雅细腻，本来骑射课大家也就都当个摆设，看他愿意去，自然没人抢这个风头。

他便大步迈出，翻身上马，张开雕弓。

这少年长相俊美，却不是卓文远那种线条柔和暧昧、极具风流韵味的美。他虽然肌肤白皙，面容干净，细皮嫩肉的像个姑娘，可那一双剑眉，闪着光芒的星目，却衬得人格外有精神，透出一股子阳刚之气。他理理袖口，红衣猎猎，别说还真有几分气势。

校场中一排十个稻草人，上有标靶。闫琰骑马跑了一圈，十个标靶全部射中，其中命中靶心有七，且利箭射穿了靶子露出发白的尖头来，可见其力道之大。

勒马返回，扬起几粒沙尘，前排有人厌恶地挡了挡脸，闫琰面上却挂着得意的笑，露出两颗洁白的虎牙。

看来他还挺满意。霍诚也还算满意，点评两句，让他回了。只可惜，这几箭在桑祈看来，都射得一般。

闫琰却没下马，而是扬声对霍博士道：“霍博士难道不知，我们中有一新来的女弟子吗？她可是闻名天下的军神桑公家的独女，听说武艺了得，大家都想见识一下呢，不妨让她也试上一试吧。”

各路视线齐齐向她射来，桑祈连忙摆手：“不用了吧……”

霍诚冷漠而锐利的目光再一次定格在她脸上，顿了顿，声线冷硬道：“既然如此，桑氏，请吧。”

一时周围好奇的议论声便多了起来。

博士有命，桑祈不好不从，只得纠结地走上前，接过了闫琰的弓。刚一上马，下面的弟子们没反应，霍诚却是眸光一紧，单从这个动作看，此女精于此道。虽然武艺精湛与否尚不好说，马术比眼下这一众世家公子还是绰绰有余。

可桑祈虽然老老实实地策马弯弓，动作干练，却从慵懒的眸子中透出一股漫不经心，随意跑了一圈，随意射了几箭，十中有七，穿靶者只有三，比起闫琰来还差了一点。

这在闫琰看来，简直不能再满足了，他愉悦地吹了声口哨，放声笑道：“小爷以为你有多厉害，也不过如此。”

桑祈扶了扶额，轻轻一跃，纵身下马，心道您终于撒气了。气消了就好，以后可别总给我添乱了。不料闫琰好似还没说够一般，一激动嘴上就没个把门的，继续道：“不是说大司马家中无子，对这个女儿格外疼爱，还把家传武学悉数授予了吗？桑祈，你学成这样可怎么对得起桑家的威名啊？”

这句也还好，可旁边的人接的话就更难听了：“呵呵，或许桑家这战功，是带了几分谣传。”

又有人扑哧一笑：“你们可别在背后嚼舌根，当心大司马去陛下面前哭一哭，把你们赶出国子监去。”

“胡闹，照你这么说，岂不是哭一哭才是桑家的绝学？”

…………

桑家办事向来直来直去，有些激进，免不了得罪人，说话的人大多是与桑家交恶的家族子弟，此外，在嗜好风雅的洛京中，对这倚仗武力的“名门”不屑的也大有人在。说她自己什么都无所谓，但是桑祈的底线便是父亲的威名，桑家的荣耀之于她神圣不可侵犯。这下她终于成功被激怒，目光越来越沉，一双玉手握得紧紧的，关节咔嚓作响。

闫琰看她神情变化，有点心虚，推推旁边的人，皱眉道：“喂，别说了。”他只是想找借口嘲笑桑祈而已，对于大司马，还是心怀敬意的。而桑祈那越来越寒、越来越像在暗中窥伺着猎物的苍鹰一般的目光，叫他脊背发凉。

忽然，桑祈狠狠剜了他一眼，而后二话不说，搭弓上箭，一次射出三支箭矢，而后策马飞奔再次搭弓，共射了四次。

第一批箭矢深深刺入草人心脏之位，随后三批都稳稳地命中在前一发的箭羽中心，叠在了一起，连成一线。远远看去，就像是每一根箭都有两对箭羽一般。

技艺何等了得！一时间校场鸦雀无声，连霍诚博士都沉默了。

闫琰的小脸一会儿红一会儿白，终于明白刚才她那是糊弄自己玩儿呢，完全是故意放水的啊。如今来正经的，虐他简直像虐一只蚂蚁。

桑祈一路绝尘而归，明艳动人的面容此刻显得清冷倨傲，嘴角挂着一丝笑，勒紧缰绳道："小女子所学不过桑家武学的千百分之一，确是实力不济，给家族蒙羞了，让诸君见笑。"说完从马上跃下，从容不迫地走进人群中重新站好，敛去一身戾气，眸中渐渐又恢复慵懒散漫的神情。

向来不苟言笑的霍诚博士，突然大笑三声，赞了句："好！"

刚才议论的那些人，脸色却写着不好。闫琰更是又羞又恼，绷着个脸，那叫一个憋屈。

桑祈淡定了一会儿，将广袖抖了抖，从中伸出纤纤素指来，在他肩膀上拍了拍，语重心长叹了句："孩子，你的路还很长啊。"

闫琰浑身一激灵，这下简直要哭出来了。

还没放学，下午这事儿就传遍洛京世族之间，卓文远自然也有耳闻，傍晚饶有兴致地来找她。

桑祈见他上学时不来，放学倒是来了，飞了个白眼，老大不乐意道："指望你在的时候你干吗去了？"

"家中有事，实在没办法啊，不然我也想看看那闫琰的表情。"卓文远笑眯眯道。

桑祈无奈地摇了摇头，扯着他走远："你知道的，我一点也不想出风头，只想安生把赌约的事儿搞定。"

她哭丧着脸，这下怕是又要生出一堆麻烦来，本来看她不顺眼的和伺机找碴儿的就已经够多了。

卓文远却没当回事，折扇轻摇，牵她上了自家马车，道："我倒觉着今儿这事儿也挺有意思，没什么不好的，换个角度想，兴许看你厉害，以后也没人敢欺负你了呢。”说着拉她坐下，“带你去个好地方。”

言罢，马车缓缓驶动，桑祈靠在车内，有几分生疑，还专门带马车来，这是要往哪里去？别说，路程还挺远，晃啊晃得她都要睡着了才到。

卓文远先下了车，伸手扶她，她却没搭，轻松跃下，奇道：“这是何处？”

眼前一片青山绿水，似已出了洛京城，置身于一处风景秀丽，隐于竹林间的庭院前。卓文远没解释，故作神秘地引她入内。庭院中小桥曲水，别有洞天，他带她走近深处一间屋子，一推门，香粉气息扑面而来，满室纱幔香帐。正中坐着一个身披绮罗、容貌清丽的女子，见到二人，俯身行了一礼。

“怎么样，此处可还曼妙？”卓文远挑眉问。

那女子眉目如画，额间一点魅人朱砂，一抬手，一低眉，无不流露出曼妙风韵。桑祈惊讶地张了张口：“你这一天就是在忙这个？”计划着带她一起玩耍？

卓文远不置可否，轻轻一笑，示意那女子坐下，她便温顺地坐了回去。

“这可是来香院的头牌花魁，弹得一手好琴，不少名士都折服在她的石榴裙下。”他在女子旁边早就备好的榻上坐下，抬手饮了一杯酒，介绍道。

桑祈这才留意那女子面前确是摆着一张古朴雅致的琴，与她的气质不是很搭调。

“看，我专门给你找了个师父，你又不领情。”卓文远桃花眼一勾，暧昧道。

他嗜好风雅，人也风流，时常出入烟花之地，结识此等女子也不足为奇，桑祈一声苦笑，也在另一侧的榻上坐了下来，道：“你也知道我不是那块料。”

“不试试怎么行！眼看赌约之期一天天迫近，你就不着急？”卓文远友情提醒。

算算也是，桑祈扶了扶额：“好吧，那就死马当活马医，试试吧。”言罢一拱手，对那女子道：“师父请不吝赐教。”

“浅酒万万不敢当。”那美貌女子忙恭恭敬敬地回礼，而后坐下来，柔荑娇弱无骨地轻扬，起了一曲。

琴音缠绵，软语悱恻，桑祈不懂音律，也能听出来当真好听，可除了好听也就说不出什么别的词儿来了。卓文远却眯着眼睛打着扇，不时颔首，一副已然入境、十分享受的样子。

一曲终了，桑祈适时拊掌，由衷赞道：“弹得好。”

卓文远睁开眼眸，戏谑地看向她：“该你了。”

珠玉在前，她更不好意思献丑，踌躇了好半天，咬了咬牙才豁出去，也起手抚了一段。

结果自然是魔音穿耳，卓文远的眉头紧锁，唉声叹气，不断摇头，没等她弹完就赶忙打断："停，请人家姑娘弹曲儿要钱，请你弹简直是要命。"

浅酒约莫也被她的琴技震惊了，面上虽然还挂着笑，但也能明显看出笑容中的勉强。

桑祈悻悻地把手放下，耸耸肩："我都说了，你还不信。"

卓文远苦笑着示意浅酒去指导指导，可掰扯了一会儿，也没什么成效。桑祈学这玩意儿实在头疼，等会儿这俩人没被折磨疯，她自己都要疯了，破罐子破摔地连连摆手，告饶道："不学了，不学了，我还是致力于想办法把荷包送出去，约他去看灯吧，弹琴唱曲儿这种高雅事儿实在不适合我这粗人。"

卓文远也好似终于认清了她并非可塑之才，遗憾地点点头道："也好，我倒觉得你赌输了也无所谓的，说不定一弹完，以后谁再挑事儿，你就拿要给人家弹琴相要挟，对方便定然不敢妄为。"

桑祈自然狠狠地，狠狠地白了他一眼，而后起身道："走吧。"

却不料他并未起，只是抬眼似笑非笑地反问了一句："为何要走？"

桑祈这才注意到，不知何时，他已经将浅酒揽在了怀里，正斜靠在榻上，衣衫半敞，一手在美人的腰间摩挲，一手擎着一只青玉酒盏，慢悠悠地品尝。

面前摆好了佳肴美酒，四周铺陈着红罗绮帐，温香软玉在怀，娇颜微红，水眸轻颤，好一副动情景象。只有她多余，不识趣地杵在那儿。桑祈尴尬地咳了咳，知道他是不会走了，无奈退出房门，道："那我自己走，你们慢慢聊。"

卓文远并没跟出来，关上门前，她只看到他懒散地挥了挥手，而后将美人抱到膝上，俯身吻了下去。

早有卓家的仆役候在外面，见她出来，称备好了车送她。

桑祈不由得感叹，这独门雅院里别无他人，那姑娘也和他甚是相熟的样子，怕是他专门养在此处的。真是风流多情，够会在妹子身上下功夫。她笑着摇摇头，上了马车，想着这事儿回去可得跟莲翩说，看她下次还帮不帮卓文远说话。

路途远，又晃了一会儿后，她有些乏，靠在车内假寐，迷迷糊糊地差点睡着。突然一阵剧烈的晃动，害她撞了一下头，皱着眉头睁眼打量发生了什么事。

忽听马儿嘶鸣，车子骤然停了下来，外头驾车的仆役焦急的声音喊道：“你们是什么人？这可是卓家的马车！”

话音戛然而止，下一瞬便有利刃划破了车帘，而后扑通一声，似是有人倒了下去。

遇到歹人了？桑祈心下一寒，朝四周快速扫了一眼，卓文远这马车上装饰得倒是漂亮，可惜一样能拿来当武器的东西都没有。

没办法，空手也得上，桑祈挑开车帘，跳了出来。一轮明月下可以清楚地看到围攻马车的是几个蒙面人，身手称不上多好，但人数众多。而她这边只有驾车的仆役和自己，以及一个卓家的护卫，共三个人。驾车的仆役已经倒在地上，受了伤，疼得直哼哼。护卫则与蒙面人缠斗在一起。

桑祈不知这些人的目的为何，想抓住活口，先是抢来一把武器，而后招招避了要害。没想到蒙面人中倒藏着几个厉害人物，不多时已经连那护卫也负伤倒了下去，只剩她一人对敌。

由于拿的兵器不顺手，刚才又没打倒几个敌人，如今以一敌多，渐渐地，她感到应付起来有些吃力，落了下风，开始只顾得上招架，无暇还手。桑祈皱着眉头，心下明了，再这样打拖延战下去不是办法，论体力自己肯定拼不过对方，不由得暗暗观察周围。

此处尚在洛京城外，她一点也不熟，找了半天才看到不远处有一汪水潭。便眼前一亮，仗着自己识水性，想把敌人引过去，然后潜入水中躲避。

可惜一路来到水潭边才发现，这潭子太小，而且并无相通的水路，恐怕只能泡澡，无从逃跑，这可如何是好？

桑祈犯了难，额头滴滴冷汗滑落。

正在这时，忽然听到阵阵衣摆乘风的声响，而后一身耀眼的白衣闯入视线。

援军？桑祈眉头一紧，死死抓着手中的匕首。

只见那突如其来的身影在皎洁月光下腾空翻飞，白衣如同变幻莫测的流云，长剑出手，闪着寒光，剑穗飘逸如捉摸不定的长风。细长的剑身仿佛只是随意地在手中抖了一下，挑了一挑，却招招蕴藏着精湛技巧。一场风花雪月的舞蹈，优雅姿态下是要人性命的杀招。竟不是来帮那些流寇，而是帮她的。

桑祈有点不敢相信眼前这一幕，怔了好一会儿才看清，那白衣之人是一老者，不但衣衫尽白，须发亦是如雪，飘忽间，目光从容，神情淡定，有缥缈仙风。

没多大会儿，就把几个纠缠不休的蒙面人解决了。

老者负手执剑，在东倒西歪的蒙面人间站定，雪白的衣衫滴血未沾，长须一捋，瞥了她一眼便拂袖欲走。

“恩公且慢！”桑祈忙唤。

且不说还不知道这救命恩人是何许人也，无从回报，就是看在他这几个招式的分儿上，也不能让这高人白白走了呀。

那老者却一皱眉，扔下句：“还不报官，唤我作甚？”便踏月乘风而去。

任桑祈怎么喊“好歹也告知个名号吧”，怕是老者也听不见了。

眼见着高人消失在视线内，她又着急回去查看那二人的伤势并张罗报官，不能扔下烂摊子贸贸然追去，只好咬牙跺脚，叹了口气，扔下手中的匕首回到马车处。

好在，两人都没死，只是受了伤无法行动。

桑祈带他们一起回了城，马上有人来将那些蒙面人的尸体带回去，并义正词严地承诺一定好好调查，给她和卓家一个满意的答复。

等她回到府上，夜已经很深了。

那方山间小院里，却依然灯火通明，管弦声不绝于耳。

卓文远倚在榻上，半眯着眼，眸中已有了几许睡意，衣衫却还是整整齐齐的，并未褪去。

浅酒在他不远处拨弄着箜篌，眉目含情，注视在他的长睫上，良久后轻叹一声，放下手中的物事，缓步走到他身边，抬手搭上了他的衣襟。

“郎君，时候不早了，奴家伺候您梳洗歇息吧。”

卓文远单手撑头，另一只手伸过来，搭在她的柔荑上，勾唇笑道：“不用，再等会儿。”

说话的工夫，有人在门外求见。

浅酒起身去开门，那人带着一身夜寒，进来后便径直走到卓文远面前，在他耳边低语了几句。

卓文远听着听着，半晌后漾出一丝淡淡的笑意，摆手道：“好了，下去吧。”

而后终于抬眼，看向浅酒，伸臂唤道："来。"

美人乖乖走过去，温顺地依偎在他怀里。烛火下，男人的眉眼风流，轮廓柔和，薄唇莹润，显得格外俊美，魅惑诱人的声线这才哄着她道："可以伺候我歇息了。"

浅酒有点不明白他今日带那个女子来所为何事，也不明白他这半宿都在等什么，因着自己的身份又不好开口问，只得压下疑惑，帮他解开了衣裳。不多时后，香烛氤氲的暖光里，一地宽袍轻纱，一室旖旎呻吟。

第二天一早，卓家马车遇袭的消息便在洛京不胫而走，到了下午已然传遍大街小巷。

可知道马车里坐的是桑祈的人却不多。卓文远本人自是其中一个，听说她受了伤，带了一堆慰问品来探望。到的时候只见传说中受了伤的桑祈正懒洋洋地在院里发呆晒太阳。天已寒凉，她只穿一件看起来很单薄的浅色长裙，将披风搭在腿上，挡住了逶迤裙摆，只露出束得窈窕婀娜的腰身，正单手托腮，将脸埋在宽大的袖口间，不知道在想什么。面前摆的桌案上，几本书敞开放着，还铺了宣纸。可墨磨好了，笔也蘸好了，纸上却一个字也没有。

这一个月来难得见她穿女装，虽然是洛京里最常见的贵族女子打扮，但她较为高挑，身形既不同于大多女子那般杨柳扶风、雨打梨花似的娇弱，也无一丝赘肉冗余，而是匀称有致，脊背挺得笔直，肩也撑得起来，便穿出了几分不一样的气韵。

他远远站定，注视了一会儿，才微笑着上前，用提着的药包碰了碰她的脑袋："听说你伤了，看着倒挺有精神。"

桑祈头也没抬，勾了勾手指头，示意上面缠着布带，道："擦破点皮。"

都怪兵器不顺手，伤人不成反自伤。

她无奈地想着，脑海中又记起那白须老者轻盈有力的利剑游走夜空，翩若惊鸿，矫若游龙，不由得心生向往，神思游离。

"便偷懒不去上学了？"卓文远戏谑地挑挑眉，翻了翻她放在案上的书本。

"写不了字呀。"桑祈把被莲翩绑得结实的爪子伸到他面前晃晃，申辩道。

"那还装模作样？"他好整以暇地在她身边坐了下来，推了推她的额头。

桑祈一撇嘴，惆怅地望着那些摊开的宣纸："有什么办法，司业布置了作业不是？"

不"好好学习"她怎么好跟皇帝交代？再说别人都能得罪，晏云之可得罪不起。

卓文远取笑了她好一会儿，才放下手上的东西，拿起了笔，在她略微惊讶的目光中提笔书写了起来，字里行间还特地仿照了她的字迹。卓文远本写得一手好书法，笔锋细瘦锐利，如风雕刀刻，极好看，学着她那较为圆柔的笔画不容易，速度很慢。

冬日午后的阳光和煦耀目，从他垂在额前的长发中照射过来，为他俊美的容颜镀上一层金光。男子的眉眼专注，修长浓密的睫羽根根挺翘，层次分明，光洁如玉的面容上细细的绒毛清晰可见，气质沉静柔和，如同一块精美的碧玉雕像。

桑祈看得发怔，定定地欣赏了好一会儿，抱着他按在书本上的胳膊蹭了蹭，嬉笑道："真够意思。"说完还没等卓文远抽出胳膊去揉她的头，就毫不流连地放开，起身猛地在他肩上拍了下，振袖一挥，痛快道："那就都交给你了，回头再请你去吃蟹。"言罢优哉游哉地哼着小调，去叫莲翩把他带来的慰问品送到厨房了。

卓文远执笔的手停了停，终究没说什么，笑着摇了摇头。

等她捧着莲翩做好的点心来跟他一起吃的时候，他已经写完大半，放下笔揉着手腕歇息，过了会儿拿起一块山楂糕咬着，问起来："昨天的事，府衙那边的调查可有眉目？"

桑祈刚咽下一块糕，噎了半天才开口道："怀疑是流寇作乱。"

提到这事儿，她的注意力完全没在是什么人敢动卓家的马车上，满脑子想的都是那老者和他的剑法，眼眸晶亮晶亮，对卓文远吹嘘了一番那人有多厉害，好似神仙一般。

卓文远用心听着，待她说完后哑然失笑："看你那崇拜的样子，难不成他比桑公还厉害？"

桑祈皱着眉头想了想，终于还是摇头："那倒无从比较。父亲天生神力，而且武艺超群，若论枪法论力道，大概整个大燕无人能出其右。可那老者的剑术却更飘逸出尘，在巧劲儿上应胜一筹。"

后面还有一句更适合她自己练习，她只在心里感慨了下，并未说出口，只道："真希望能再见上那人一面。"

卓文远眸光微动，擦了擦手继续书写，戏谑道："既然安然无恙，经过昨天那事儿，我觉得你有空还是多想想自己的琴艺吧。"

第二章

悄然风波起

洛京府衙办事神速，桑祈手指头上的破皮还没好，遇袭案就已宣布告破。查出的结果果然是流寇作乱，几个乌合之众饥寒已久铤而走险，卓家的马车被盯上纯属倒霉。

说法符合预期，可是桑祈还是隐隐觉得有什么不对。若是流寇作乱，为了钱财，当时她跑开的时候，蒙面人干吗还要追上来纠缠呢，直接把马车抢走不就完了？难不成饥寒已久的流寇觉得比起马车和上面的东西来，还是她比较好换钱？

可这点怀疑，她只是随便一想，并没有深究。案子交给洛京府衙去琢磨就是了，她还有太多更需要花精力深究的事情，一个是她的赌约，一个是她的学业，最近还多了一件事，便是寻那名老者。

她自己特别上心打听，也让热衷八卦的莲翩帮忙，还托了几个府上的侍卫甚至卓文远，可惜一直没有线索。没办法，她只好想了个笨法子，每天跑到那个遇到他的水潭边去守株待兔。为此她还特地带了长枪，将练武的地方都挪到了此处。

白天上了课，晚上就拖着两个亲卫过来候着，可那老者始终没有出现。

这一日她练枪练累了，又喘着气坐在潭水边歇息，想着今天大约也要无功而返了吧，忽然听到不远处亲卫一声厉喝："什么人？"

她条件反射地一个打挺弹了起来，兴奋地想：莫非来了？可下一秒又听到一阵甲兵碰撞声，应是那亲卫收回剑行了个礼，唤道："原来是晏公子，请恕在下失礼。"

晏公子，哪个晏公子？晏云之？

这可比那老者来了更让她意外，桑祈不由得往声音来处走了几步，果然见着了一袭雪色宽袍的司业。

月华清辉下，他显得格外清冷出尘，面容皎然安闲，衣带当风，丝帛袖摆上奕奕流光，整个人好似刚从月上下来，由这辉光凝成的仙人一般。

桑祈却没心情欣赏，皱着眉头，问了句："怎么是你？"语气中浓浓的失望感丝毫不加掩藏。

"晏某也没想到是你。"晏云之淡淡回道。

"大半夜的，司业跑这儿来做什么？"

"你又是做什么？"

"……找人。"

"……路过。"

"噗。"桑祈被他面不改色说这句话的表情逗笑了，"哪有孤身一人这个时辰从这儿路过的？"

晏云之也不辩解，一副"信不信由你，反正我给了答案了"的姿态，瞥了她一眼，只道了句："桑二小姐又找什么人找到这儿来？听说此地有流寇作乱，不安全，还是早些回吧。"便如施施然而来一般，又施施然要走。

大约是知道这里前些日子出过事，见有动静才过来看一眼的吧。他这样的人竟然也会关心洛京动向、他人安危，有点让人意外啊。桑祈挑眉看着他挺拔颀长的背影，突然想到了什么，开口唤道："等等。"

对方脚步未停。

怎么好穿白衣的都这样，不听人说话的啊……桑祈无奈地跑了两步追上他，促狭道："那个，关于荷包和灯会的事儿……"

还没等她把"我真心诚意地想跟你商量商量"说完，就听他云淡风轻地道了句："不收，不去，没商量。"

在这件事情上，俩人已经大战了三百回合，桑祈甚至还经常坐在他的房檐上等他出现，第一时间落在他面前。好几次都是她还没开口，他就已经自然而然地先说了声

“不收”。

眼看着时间一天天过去，这态度、这趋势，教她怎么能不气闷？

“我说你这人，怎么这么别扭呢？”桑祈一着急，终于把一直闷在心底百思不得其解的话问了出来，“不就是收个荷包，去看个灯会吗？还能让你缺胳膊少腿，吃了亏不成？”

“是不会有损胳膊与腿，”晏云之淡然解释，“但会有损原则。”

桑祈听了这说法哭笑不得：“我……怎么也算是名门之后吧，跟我一起去，就让你那么没面子？”

晏云之停了下来，回眸看着她，皎如皓月的容颜上一片清冷淡泊：“并非面子问题。”

刚才的那点好感被抛至脑后，她觉得好笑，白了他一眼，激动地道：“分明就是！你以为我不知，你就是想维护住自己所谓洁身自好的清名！我大燕第一公子晏云之，从不向功名利禄美色诱惑摧眉折腰，品格洁癖，到了视女子的礼物为洪水猛兽、万万不可近身的地步。我说，这么辛苦地维持着形象，您老活得累不累啊？”

话说得嘲讽，晏云之听完却笑，眉宇轩昂之间有一抹不经意间流露出的傲然，语气如常，从容道：“你想太多了。不想收，只是不想而已，与你是谁、为何目的无关，换作别人也是一样。晏某行事，不求他人欢喜，但求心中自在。”

桑祈脸色黑了黑。

“好吧，既然这样，我也不求你什么了。”

“如此甚好。”

“我直接逼你吧。”

话音未落，长枪红缨一绽，已然出手。凌厉的枪头目标是晏云之的肩膀，原本想着挑破他的衣衫，让他吃点亏就好，也别太狠了，毕竟大家以后抬头不见低头见。没想到劲风拂过，晏云之只是微微动了动，就轻轻松松躲开了这一攻击，连根头发丝都没让她碰到。

论力量她不大行，准头可一向是骄傲，怎么肯认输？斗志愈发被激起，一招比一招认真，到最后已经是发挥出了七成水平。

然而，依然没擦到晏云之的衣角。

更夸张的是，桑祈发现，自己已经打得很吃力了，对方却一直闪躲得十分潇洒自如，仿佛只是挥了挥衣袖，轻轻侧了侧头，一个转身，一个腾跃，轻扰一地流辉，便轻而易举地于不动声色中将她的招式一一化解。

摔！这还有什么打头！

桑祈气喘吁吁地停下来，将长枪往地上一插，咬牙瞪他。说也说不过，打也打不过，她竟真的拿他丝毫没辙，这种感觉真不爽。

晏云之理了理衣袖，刚才那番“打斗”中，他几乎连站的地方都没挪动一下，淡淡瞥了她一眼，问了句：“玩好了？那晏某便先行一步。”言罢要走。

桑祈又唤：“等一下！”

晏云之回眸，微微蹙眉，仿佛在问：又怎么，还没完没了了？话却是没说出来。

桑祈也跟着蹙起秀眉，拧了好一会儿，纠结了半天，呼了口气，豁出去跑上前问：“你的功夫是哪里学的，能不能教我？”

思路变得也太快了，晏云之长眉一扬，有了几许诧异的神色。

桑祈本意也不想这么丢脸啊，认命地耸耸肩，叹了声：“不瞒你说，我每天晚上来这儿，就是想找个师父。”

晏云之的表情更微妙了。

“是真的。”她咳了咳，将自己遇袭和被白衣老者的剑法惊艳的过程大概讲了一遍，“后来我打听不到那人，只好想了这么个笨法子。”

可是她当然也明白，或许那晚只是巧合，再遇到老者的概率微乎其微。今儿让她见识到了晏云之的武艺不凡，神思飞转间，便改变了念头，决心把握住近在眼前的机会。

晏云之视线落在她手中长枪的红缨上，微微一笑，更显天人之姿，劝道：“还是别等了，与其把心思花在这没边际的事儿上，不如好好练练女红，上次那个荷包绣得真不敢恭维。”

桑祈息了的火气重新蹿上来，那边厢已经没事儿人似的去了。

时间不早，她也没心情再练，在心里画圈圈诅咒着晏云之，也回了家。半夜躺在床上，她黑亮的点漆双眸眨巴着，开始琢磨，这回怎么能让晏云之教自己功夫呢？此乃头等大事，可比送荷包重要多了。

正在她冥思苦想之际，山中的一老一少两个白衣男子同时蹙起了眉。

“你煮的茶还是这么难喝。”老者毫不客气地评价道，一脸嫌弃地把手中的茶杯一扣，将一杯每年只出产四两的玉壶碧螺春一滴不剩地倒了个干净。

而提着这茶叶专程半夜到这深山老林里来看他的对面那位，同样白衣翩翩的晏云之也不恼，淡笑着接了句：“二伯还是这么有精神。”

“老夫有精神是因为一回洛京就遇到个怪事。”白衣老者捋了捋长须，将回到洛京的那天半夜恰好救了个被人围攻的小姑娘一事与他说了一番。

原来桑祈那日遇到的不是别人，正是曾被称为风流天下闻的晏家子——这位云游隐居的晏鹤行。

晏云之听罢若有所思地一挑眉，笑道：“二伯不问世事多年，竟也会做这路见不平之举，想来那姑娘定有异于常人之处。”

“此言差矣。”晏鹤行摇头否认道，“我只是顺路，外加手痒而已。”

果然……是他的作风，晏云之低眉品着茶笑，将自己所了解的那日事件的来龙去脉也讲了一遍。

晏鹤行听罢又摇头，断言道：“并非如此。”

他觉得那日的突发事件不仅仅是流寇作乱那么简单，捋着白须意味深长地道：“总之，你且看着，不日后还会出事。”

晏云之问他何以如此肯定，他却只神秘兮兮地答了两个字——直觉，让人一个反驳的字眼都说不出来。

彼时屋外月晕如血，狂风大作，深山中的旧观阴影幢幢，参天古树挥舞着奇形怪状的枝丫探入墙头，在地面妖影鬼行，诡秘得瘆人；屋内却被炉火照得和暖，茶烟袅袅带来闲适安然的氛围，一老一少两个白衣男子在猎猎风响中安之若素，谈笑风生。

直到第二天早上，北风还没停。深冬的洛京本就潮湿阴冷，让从西北回来的桑祈很不适应，再一刮风，更觉得冻到了骨头里。因而她做了一个艰难的决定——赖床，任莲翩叫了几次，都坚决假装听不见，埋头缩在被子里装死。

最后不得已，莲翩只好使出撒手锏，直接扯着被子一角大力一拽，把她的安乐窝捣毁，横眉立目地道：“还不起，你忘了今儿是什么日子了？”

桑祈仍在抵死挣扎，闭着眼睛在床上翻滚，哼唧道：“啊，我全身都酸，不想上学。”

莲翩哭笑不得：“谁说要你上学了？”

桑祈闻言睁眼瞪她，大义凛然地把被子扯了回来，松了口气道：“不上学你叫我干吗？”作势就要盖上继续睡。

“是不用上学啊，只是要进宫而已。”莲翩一叉腰，挑眉道。

……糟了，原来是要跟皇帝汇报自己的学习成果的日子，桑祈这才想起来，惨叫一声从床上弹起，手忙脚乱地用最快的速度穿好了衣服，对着镜子检查一遭。红白相间的双色襦裙曳地五尺，宽大的长袖是简单明快的鹅黄色，上绣流水波纹，走起路来随身姿摇荡，仿若长川汤汤，三千青丝拢得整齐，以同色缎带束好——嗯，似乎可以见人。

于是她取了个红白相间的披帛，匆匆出门。马车一路风驰电掣到了皇宫，下车后她又小跑了一会儿，到殿门前才放缓脚步，顺了顺呼吸，挺胸抬头像模像样地走了进去。

谁知一进门，发现大事不好，好死不死地，晏云之和冯默都在。

桑祈双手在袖中握拳，暗暗告诉自己镇定，不要跟那白衣男子一般计较，当他是棵白菜就是了，于是她不苟言笑地给皇帝见礼之后又转向他们，拱手道：“弟子桑祈见过晏司业、冯博士。”

皇帝清了清嗓子，不出她所料，问了她在国子监的情况。

桑祈有点违心地答道：“挺好。”

皇帝脸色黑了黑：“朕问的不是这个……”

桑祈微微抬头，用一脸不解的神情询问那是哪个。

皇帝总不能直接把“有没有犯了什么错，好让我抓住小辫子把你赶出去啊”这种话说出口，眼珠一转，改问晏云之和冯默她的在校表现和学习成绩。

冯默一听问到自己，一丝不苟地行了个大礼，严谨认真地道：“启禀陛下，桑氏时常在经史课上打盹，最近两次考核成绩亦均是班上倒数，在校表现和学习成绩都不太乐观。”

皇帝听完可乐观得很，虽佯装恨铁不成钢地皱了皱眉头，嘴角却不经意扬了扬，跟桑祈辜负了他多大期待，让他并不幼小的心灵受到了多大创伤似的，唉声叹气地道："桑祈啊，你看……你这书读得实在没有起色，可如何是好？朕觉得小姑娘家家，果然还是不适合去国子监吧？"

桑祈低着头苦笑一声，心想现在还不是甘心离开国子监的时候啊，虽然觉得这样说不太好，但也不得不先卖个队友了。于是她十分认真地拱手对冯默道："弟子冒昧向博士请教一个问题：经史课上有几人不打盹？"

"你……"冯默气得面上一抽搐，褶子都深了许多，本来还是个老帅哥，突然就显得面目有些可憎。

"当然，科目无聊，并不是博士的错，冯博士您还是精于授业的。"桑祈打了个圆场，继续道，"而且，弟子的成绩也确是在考试的人中排名倒数。"

"嗯，你自己有数最好。"皇帝仍然一脸幸灾乐祸。

不料桑祈突然话锋一转，补充了句："可是，没来考试的人更多啊。您看，他们连考都不敢考，是不是还不如小女？"

"这……"皇帝也有些语塞。

桑祈趁机加强攻势，沉痛陈词："小女学艺不精，实在是因为比同侪们起步晚太多。想他们从小就接受最好的教育，而小女却只能跟着父亲的军队风餐露宿，别说读书写字，连张像样的纸都没见过……"说得要多惨有多惨，眼看眼泪都要掉下来了。

乍一听倒是有理有据，但是……桑家大营每年都军饷充足，哪有那么凄凉！再说你一个女孩子家不读书写字不也很正常吗？装可怜这方面可真得乃父真传！皇帝无言以对，怄着气给了冯默一个眼神，可惜冯默正郁结难疏，没体会到。

老家伙真不会察言观色！真是活该这么一把年纪了还只能混个博士！皇帝深吸一口气，用力掐了掐龙椅扶手，开口道："好了好了，你不容易，朕知道了。"转而期待地看向晏云之："那么，桑祈平日里的表现如何呀？可有给其他弟子带来什么困扰，在国子监中惹什么麻烦？"

他当然是希望晏云之说"惹了"的，并且他也听说了桑祈总追着晏云之让其不胜其烦的事儿，觉得有十成把握对方会这么说。

见皇帝换了目标，桑祈住了口，心里有些忐忑，不由得用余光偷偷瞥晏云之，感觉皇帝蓄谋已久，一直想找碴儿把她赶出国子监，以报复大司马当初逼自己就范这事儿。如今怕是晏云之随便说两句坏话，他就能赶紧顺杆儿爬了，而自己昨天才刚刚与这个人大打出手……想到自己的命运此时此刻就捏在晏云之手里，他还十分有可能“好好把握”，真有点不甘心。

一时大殿静寂，晏云之沉默片刻，在皇帝越来越闪亮的渴望眼神中，从容不迫地面瘫着答了句：“桑祈的表现……”

桑祈捏了一把冷汗，便听他顿了顿，用了一个她自己用过的词总结道：“挺好。”

皇帝手一滑，险些从龙椅上掉下来，暗暗咬牙哀叹：你们……一个个的实在太让朕失望了！

结果因着晏云之的“相助”，皇帝不足以找借口对桑祈发难，只得让她继续待在国子监。离开皇宫，可算松了口气，桑祈在晏云之上马车前追上他，讪笑道：“谢谢，虽然不知道为什么你会帮我，但还是谢谢。”

晏云之脚步一顿，反倒疑惑地问她：“帮你？”

桑祈哑然：“是啊……”

又听他琢磨着：“那你可在国子监里闯了什么祸？”

桑祈细细想了想，又想了想，不是很有自信地答：“好像……没有吧。”

风言风语多了些，与闫琰的小矛盾多了些，别的好像都挺正常的嘛。除了给晏云之送荷包，她已经很注意低调行事了。

说完，晏云之一点没领她的感激之情，面无表情地扔回一句：“那不就行了，晏某只是实话实说罢了。”

得，又碰了个钉子，何苦特地来一趟呢？桑祈白了他一眼，没好气儿地道：“那弟子就先告辞了。”言罢转身悠悠然往自己车上走，心想着：皇帝你治不了我吧，我得意地笑，我得意地笑……步伐也轻快了很多，越来越不好好走路，身体轻摆带动衣裙飘摇，在阳光下流光跃金，勾勒出一道旖旎风景。那份潇洒自在，虽与舞刀弄枪时的利落英姿不同，却同她姿容秀美的女子外表相异，折射出不同寻常的光辉。

晏云之挑起车帘的手微微停顿，注视着她的轻盈裙摆和被风吹起的如瀑长发渐行渐远后才无奈地笑笑，上了车。

这样的人，天生就是引人注目的存在，知道什么是低调才怪。

果然不出他所料，这次小风波后没过几天，桑祈就干了件特别高调的事儿。

因着连日朔风大作、阴云密布，实在冷得难受，连烤火炉都无济于事。终于风停放晴的时候，洛京人民都很高兴。国子监里的博士弟子们当然也不例外，于是有几个博士提议趁着心情好，在庭院里行曲水流觞之乐。

桑祈没玩过这些，不太想去，可大家都去偏偏她落跑未免失礼，加上卓文远一直撺掇她说很有趣，便带着几分好奇加入了。

乐课时间，众人都聚到了庭院里，围着假山流水而坐。教授乐经的博士指着周遭的一排乐器笑眯眯地介绍规则道："既然是乐课时间，今天我们就换换玩法，中者无须吟诗作赋，改为演奏一曲。"

桑祈后悔来了……再看卓文远，正低头偷笑，这家伙该不会早就知道博士会来这招吧？她无语地掐了他一把，硬着头皮盯着博士手中的杯托，祈祷杯子千万别停在自己面前，重在参与，看看就好。

游戏开始，博士用杯托将盛着桃花酿的小小杯盏轻轻放到上游，杯盏随着蜿蜒曲折的水流，在众人面前缓缓而过。

桑祈屏息凝视，第一个杯子越过自己，停在了卓文远面前。

卓文远爽快地拿起杯子来将酒喝了，走到一边找到自己的笛子吹了一曲。俊美如玉的男子临风而立，宽袍微敞，唇畔流淌而出的旋律悠扬，确是一道赏心悦目的美景。

曲罢，博士评价其韵律节奏都掌握得很好，意境也符合此情此景，总之评价颇高。卓文远回来坐下，朝桑祈挑了挑眉，意思是问"怎么样，本公子挺帅吧"。

桑祈笑着点了点头，想的却是不错不错，刚才观察了一下水流和岸势，自己所在的位置好像杯盏不容易被卡住，这样就放心了。谁料卓文远突然凑近了些，趁博士再把杯盏放下，大家的注意力都集中在那儿的时候，低头在她耳畔暧昧地问："那么还不考虑考虑嫁给我？"

桑祈保持着笑容，毫不客气地又掐了他一把。卓文远身子顺势一倾，长袖一拂，袖内的手不动声色地将杯盏卡在了岸边，而后收手而退，连声告饶着坐了回去。

桑祈刚松口气，便见众人都看着她，而那小小的杯盏正稳稳地停在自己面前。

她要给晏云之送荷包并邀其上元节一同赏灯，否则便要在灯会上代替名伶演奏一曲的事儿已经传遍洛京，同窗们自然也知晓。各路视线都集中在她身上，充满探究与猜测。毕竟先前也有传闻说她琴棋书画无一在行，这曲子到底能弹成啥样呢？如果能在上元节前听上一听，也就知道那天看到的会是好戏还是闹剧了。

于是在众人的热烈欢迎下，性子愿赌服输的她艰难起身，磨磨蹭蹭地朝旁边走去，心里还不甘地琢磨着，怎么会这样呢？郁闷。她拿起琵琶坐好，抬头看向那杯子，又看向弯眉浅笑的卓文远的时候，突然灵光一闪，恍然大悟——是他干的！

那人如今一副"想要帮忙，求我呀"的表情，更让人恨得牙根痒痒。桑祈的倔强劲儿上来，不肯示弱，深吸一口气，豁出去抱着琵琶演奏起来。

而后，果不其然，发挥稳定地演砸了。

弹到一半，她看着同窗们纠结抽搐的表情，十分有自知之明地停了下来。只见闫琰想笑又不好意思出声，憋得满面通红，卓文远还在一旁把玩着折扇幸灾乐祸。

桑祈越想越不服气就这样被他耍了，索性将琵琶放回去，拂拂衣袖道："桑某曲艺不精，还是不污大家的耳了，要不改唱一首歌吧？"边说边剜了卓文远一眼。

琵琶都弹成这样了，声乐方面众人自然也就没什么期待了，闻言只祈祷着千万不要更吓人，也有人忙道："算了算了……"

可博士那边觉得不应就此作罢，要表演节目就表演完整，弹了一半就回去算怎么回事，于是点头："好，就唱完一曲。"

得了应允，桑祈清清嗓子，开口唱了一曲在西北时学的歌谣：

赫勒山北兮，原草茂茂。
天地无极兮，驱我羊羔。
慕君不见兮，在彼何方？
惠风来仪兮，慰我寂寥。
…………

苍凉古朴的旋律，被她唱得驾轻就熟。高音宽广洪亮，低音深沉浓郁，闻之身临其境，仿佛去往了那广袤无垠的草原，见着了那以天为盖以地为庐、自由自在地放牧着羔羊、遥望远山的姑娘。

桑祈唱着唱着，听到一曲悠旷琴音响起，契合地在为她伴奏。

歌声邈远，琴声苍凉，配合得相得益彰。洛京人嗜好风雅，高门子弟在音律方面皆造诣匪浅，连闫琰之流也不例外。此时都沉浸在了这韵律中细细聆听，有的合眸冥想，有的边微微颔首边品着酒，有的偏了头远眺，一时整个庭院里只剩下乐声。

桑祈自己也唱得投入，直到唱完才将视线投向伴奏的人，惊讶地发现那人竟然是晏云之。他的长指还没收，继续在古琴上舞蹈，一拨一挑间，流泻天籁。姿容绝世，白衣飘飘，即使在这样一群天生贵胄之中，也显得俊逸超群。

正在这时，刚刚还晴朗的天，转瞬便阴了。风起，纷纷扬扬地下起雪来。雪花和风吹落的几瓣蜡梅，轻巧地落在了他的肩头。

这样的画面，配着他弹奏出的这样的乐声，简直让人惊为天人。

晏云之啊，晏云之。

她突兀地想起一首诗里面的句子——霓为衣兮风为马，云之君兮纷纷而来下。

噗，难道是因为觉得他像从天上来的仙人吗？桑祈摇摇头，让自己清醒点。别扯了，就他那性子，还神仙呢，魔鬼还差不多！

那边晏云之似乎兴致正浓，还没弹完。她趁众人的注意力都集中在乐声上时，悄然起身离开，漫无目的地向庭院深处走去，心情如同这天气一样，突然变得阴霾。

这首歌谣让她想起不知何时才能再见的草原，不知何时才能再自由驰骋的天地间，永远也无法再见的那些往日和故人。情绪少有的低落，她自己都不知道就这样把玩着手中的草叶呆坐了多久，直到一阵脚步声从身后传来，才恍惚回过神看向来人——又是晏云之。

难得的两人独处的机会，她此时却不想送荷包，也不想求拜师，只看了他一眼便又转回了头。

这倒让晏云之有点意外，信步走到离她不远处，也坐了下来，侧眸看看她低垂的眉眼，奇道："原来桑二小姐也有伤感抑郁的时候。"

不开口还好，一说话就叫人火大，桑祈翻了个白眼，道："当然会，人人都有高潮和低谷好吧，我又不是没心没肺的傻子。"言罢叹了口气，补充道，"若真是个懵懂无知的傻子倒好。"

"哦？"晏云之长眉微扬，觉得这句话有几分耐人寻味，追问了句，"此话怎讲？"

明明早就决定了不会对人提起的事，大概是因为此时心灵打开了脆弱的缺口，又碰巧他的声线听起来那么温良可靠，竟然生出了倾诉的欲望。

桑祈稍加犹豫后，长叹一声，讲起了有关这首歌谣的故事。

“如你所见，我完全没有音韵天分，琴弹得乱七八糟，歌唱得也不好，却只有这首歌谣烂熟于心，因为小时候姐姐教了我很多遍。”

关于桑家的情况，晏云之略有耳闻，据说大司马桑巍先后娶过两任妻子，原配邵氏曾随他四处征战，常年担忧操劳，年纪轻轻便因病辞世，留下一子一女。数年后迎娶的续弦赵氏，也就是桑祈的生母，多年无所出后终于怀上一女，却在诞下她时难产而亡。同年，邵氏留下的长子战死沙场。

于是有了桑将军乃天煞孤星、命中福薄、克妻克子的说法。不知是因为这个说法导致没人敢嫁给他，还是他自己连失所爱不想再承受这般痛苦，总之后来他一直没有再娶。家中便只有桑祈和年长其十岁的姐姐桑祎两个女儿。想必对于桑祈来说，桑祎既是长姐，又扮演了母亲的角色，是她生命中极为重要的人。

“后来姐姐进宫做了后妃，离开西北就再也没有机会见面，直到……”桑祈说到这儿顿了顿，虽然表情未变，声音却带了哽咽。

“直到她也辞世？”晏云之问。

桑祈默默点了点头：“宫里告诉父亲的理由是姐姐重病不治，可真相并非如此。在姐姐的死讯传来后不久，我收到一封她指名寄给我的家书，里面写着对我的嘱咐和她真正的死因。”又顿了顿，叹息道，“姐姐是自杀。”

晏云之略显惊讶地挑了挑眉。

桑祈将事情的始末说了个大概。

这一切还要追溯到桑祎嫁入宫廷以前。当年桑巍风头正盛，已有功高盖主之势，惹来了不少猜忌，远比现在更甚。朝中有传闻称他坐拥重兵，意欲在西北自立称王。皇帝寝食难安，甚是担忧，听说整个人都瘦了一圈。

可战事正在紧要关头，桑巍并不想让自己腹背受敌，既要应付敌人又要应付朝廷的怀疑，于是权衡利弊后，将爱女桑祎送进了宫，供皇帝牵制自己。

就这样，桑祎作为政治牺牲的筹码踏上不归之路，成了后妃，按照父亲的意愿帮助其摆脱困境，为此她舍弃了自己放心不下的妹妹、相许终身的恋人，只能在花红柳绿的后宫中成为群芳之一，过着自己并不想要的曲意逢迎的生活。

两年后，桑巍收复西昭，从边陲撤兵，将自己的势力散去一部分，这股猜忌风波才逐渐淡去。桑祎也算是完成了自己的使命，趁着一次风寒，悄无声息地结束了了无生趣的人生。临死前，她将自己的心事血泪一一记录下来，交给了心爱的妹妹。

至少要向一个人传达事情的真相及她的委屈、她的不甘。桑祎在信中说："我不恨父亲，他也有他的无可奈何，可我憎恶这个世界，憎恶这靠联姻维系起来的利益纽带，将人看得与金银珠宝无异，冰冷又无情。"

那年收到家书的桑祈才只有十岁，勉勉强强看得懂，被姐姐传达出的情绪里那份厚重的压抑迫得透不过气来，从此无法释怀。

晏云之听罢，面上浮现一丝笑意，温声问："所以，你才拒绝了所有找上门去的提亲，放话说自己的婚事自己做主？"

"嗯。"桑祈坐久了，伸伸胳膊和腿，重重点头，"对，谁说的都不算，只有我自己可以决定，嫁给一个真心喜欢我的人。不再重蹈命运的覆辙，不再做任何人、任何事的牺牲品，至少要代替姐姐弥补遗憾，自由地活。"

晏云之点了点头，评价了四个字："有点意思。"

她竟从这几个字里听出了赞许的意味，惊讶地侧头，眨眼看了看他。

晏云之一如既往，没有什么表情。

"噗……"桑祈突然笑了，说出这些深埋已久的秘密，心里本就舒服了很多，情绪已经没刚才那么低落了，又有了兴致想别的。

"你也很不错啊，琴弹得真好。"她诚恳地道，"话说那是什么曲儿？我好像第一次听。"

晏云之难得给她一次面子，来而不往非礼也嘛。

"即兴之作，若非要取个名字的话，就叫《芃之野》吧。"晏云之轻描淡写道，后半句却突然话锋一转，做了个惊讶的表情，"你竟然也懂得品鉴音韵？"

"……"桑祈顿了顿，撇嘴道，"虽然不懂，也能听出来点感觉啊。"

"什么感觉？"

桑祈绞尽脑汁回忆着刚才听他抚琴时的感受，才总结出来两个字："自在。"言罢觉得这个词很合适，补充道，"嗯，就是有一种放任自流、潇洒疏狂的感觉，好像世间万物没有什么能束缚得了这琴音。”

晏云之默了默，高远苍渺的双眸一眯，轻呵了句：“呵，自在啊……”

哟，总结得好像戳中了点子上？桑祈颇为自豪地挺了挺脊背，心想着：看吧看吧，姐姐我还是有点本事的。这样想着，竟和平日跟卓文远打闹时似的，抬手朝着晏云之的肩膀就狠拍了下去。

拍完才发现不妙，晏云之面色一凉，坐得离她远了些。

刚才还和谐的气氛陡然冷场，二人之间似乎都能听见寒风呼啸，桑祈尴尬地咳了咳，没话找话说道：“那个，司业果然很厉害啊，无论琴瑟琵琶都能信手拈来，演奏得那么美妙，我就完全没有那个天分。”

“嗯。”晏云之语气淡淡，“想学的话我可以教你，这样上元节大家都好过些。”

桑祈嘴角一抽，连连摆手：“还是算了，朽木不可雕，我真不是那块料。”言罢瞬间眼睛一亮，凑过去转了话锋道，“可司业有这份心意弟子实在感动，不舍得推辞……要不，您还是教我功夫吧！”

晏云之又挪了挪，理理衣袖，悠悠然道：“也好，只要你不再送荷包。”

桑祈抿唇，坚定摇头：“不行，功夫要学，荷包也要送。”努力了但是赌输，和压根不努力中途放弃还是两码事，虽说从结果来看差不多，可她并不愿走后一条路。

晏云之瞄了她一眼，潇洒起身，略显遗憾地道：“如此，晏某实在爱莫能助。已耽搁许久，桑二小姐还是先回去吧，等会儿就放学了。”

“唉，你别走啊，有话好商量。”桑祈见他要跑，急忙伸手去拽他的袖子。

晏云之什么身手，刚才那是疏忽了，如今防备起来，当然连袖边都没被摸到。

待到她回到教室的时候，众人已经收拾好东西准备走了。卓文远一见她要发火，急忙赔笑，扯了扯她的衣袖道：“别生气，我不是有意的。咱俩谁跟谁啊？走，请你到庆丰楼吃包子去。”

桑祈一见他如此有诚意请客，便只在他胳膊上狠狠拧了一把，并未发作。

二人再入庆丰楼，又点了之前念念不忘的白切羊肉。不久后小二端上一大盘羊肉，她瞬间眉开眼笑，伸手拿了一块羊排，闻了闻，突然问：“庆丰楼是不是宋太傅家开的啊？”

卓文远疑惑地摇了摇头："何以见得？"

"不是的话，怎么每次来都能碰到她！我都怀疑她驻扎在这儿了。"桑祈言罢，咬了口蘸了重口味酱料的羊肉，扬扬下巴，示意他往身后看。

自己隔间的竹帘没放下，楼梯对面的那间竹帘也没放下，卓文远回头一看，又是宋佳音。小姑娘也不知道是在生谁的气，正高冷地端着架子，一副生人勿近的模样。旁边的丫鬟则忙着颐指气使地对菜品鸡蛋里挑骨头，嫌弃这个菜炒得太烂没有嚼劲儿，那个肉又没炖透咬起来太硬，要小二端回去重做。

虽然只是派丫鬟出面，主人本人没有撒泼，还算保持着淑女形象，可偏生就是这股做作的伪装最让桑祈看不下去，拎着羊排站了起来，走到扶手边，一扬声，懒洋洋地朝对面开了口："我说，这火候问题纯属个人喜好，你喜欢吃嫩藕，我喜欢吃脆藕，哪有什么对错？在外面吃饭总不能样样都正好合你的口味，以为是自家小厨房啊？因为这点事儿就找碴儿，真是大小姐脾气。"说完咬了口羊肉，舔舔手指头继续道，"不愿意吃何苦还来呢，自虐不是？"

声音不大，但不少雅间里的人都能听到，更何况还当着个小二的面，宋佳音的脸色一下变得苍白如纸，燃烧着怒火的视线猛地向她射来。

桑祈若无其事地笑着，挥舞了一下羊排，打招呼道："哟，原来是宋大小姐。怎么样，这羊排不错，要不要给您来一根？"

虽说对面这个穿的是男装说话却是女声的客官似乎在帮自己出头，但单看衣着都能轻易判断出两边都不好惹，小二生怕自己被卷入风波，匆匆道了句："小的这就去重做。"一溜烟跑了。

桑祈继续靠在栏杆上，好整以暇，丝毫没有自己管了不该管的闲事、十足是在找碴儿的觉悟。

宋佳音方才是不屑于亲自和小二说那些话，降了自己的身份格调，和桑祈说话就不用那么"见外"了，笑意一浓，讥诮道："桑二小姐如此关心我的饮食，我还真是有点受宠若惊。看你还有闲情逸致在这里吃饭，我就放心了，之前听说你那荷包一直没送出去，还担心你每日发愁，郁郁寡欢呢。"

"劳您费心。"桑祈笑道，"赌输了就是丢个人嘛，有什么大不了的。"

真是好面子的怕了厚脸皮的，这无赖的说法将宋佳音接下来要说的话悉数堵了回去，宋佳音又是愤愤地想走，又是犹豫着想留，纠结了半天，看在桑祈眼里实在觉得有趣。

忽见旁边隔间的帘子一动，转瞬又出来个熟人，面皮白净，眉宇英挺，竟是闫琰。

真是不是冤家不聚头。桑祈挑眉看了过去，只见闫琰忍了一天，终于大笑了出来，乐得脸色通红，道："果然是你，哈哈哈……今日你那琴声真乃魔音入耳，太摧残人了。"

见他当着敌人的面肆意拆台，尤其是那眼泪都快笑出来了的浮夸模样，桑祈气不打一处来，凑近两步，趁其不备抬腿就是一脚。没想到今天就是倒霉到喝口凉水都塞牙的地步，闫琰正好在这个时候动了下，她没踢到人，反倒大力踢在了栏杆上，一个错劲儿，只听脚踝发出一声微妙的脆响，自作孽不可活地扭伤了。

卓文远方才一直没有帮腔的意思，闲闲摇扇围观着，这会儿看见桑祈的脸色变了变，才适时走上前，恰到好处地扶了她一下，风流暧昧的桃花眼笑得弯弯，向闫琰打招呼，并善意提醒："时候不早了，琰小郎还不回吗？当心闫夫人要担心了。"语气中尽是温和关怀。

闫琰是出了名的"母管严"，闻言怔了怔，好像刚才光顾着乐呵了，这会儿才反应过来似的，赶忙一拍头，道："啊，子瞻兄说得是，我先走一步。"而后露出小虎牙，朝桑祈不怀好意地笑笑，挺高兴地走了，美滋滋地想着，终于报了骑射课上的一箭之仇。啊，今天天真蓝啊，月亮真圆，心情真好！

一个大男人，心眼儿这么小！桑祈无奈地朝他后背做了个鬼脸。

"行了行了，人家又看不见。"卓文远假意嗔怪，收起折扇敲了敲她的头，扶着她回到隔间，干脆利落地放下竹帘，不再理会对面还有一个宋佳音也在跟她吵着架呢。

一放下戒备，桑祈趔趄着蹭了两步坐下来，龇牙咧嘴道："疼。"

"我看看。"卓文远一听蹙了眉头，蹲下来挽起她的裤脚，看了一眼并没肿胀，又不放心地上手按了按。

按得不重，可桑祈差点嗷的一嗓子喊出来，幸好顾忌到怎么丢脸也不能丢在宋佳音面前，识时务地忍住了，咬着唇一脸幽怨。

他便改成了轻轻握住她的小腿，用温热的手掌揉了揉，笑道："还行，不严重，回去赶紧擦擦药就好了。”

“嗯。”跌打损伤以前遇到多了，桑祈也知道算不得什么事儿，可是毕竟伤了筋，眼下是不能好好走路了。

只好……先把东西吃完。

等到二人离开庆丰楼的时候，宋佳音早就走了。卓文远搀扶着桑祈小步蹭出大门，见如今天寒，街上也没什么人，便蹲下身来，勾了勾手指，魅惑一笑，道：“上来。”

这个动作看着好熟悉，小时候在草原上，二人嬉戏打闹，他也经常这样背她，都不知道有过多少次了。为了大家都能早点回家，桑祈也没客气，动作熟练，三两下挪到了他背上。趴好之后才发现，和小时候不一样了，他的背宽阔了许多，力量也比那时大了许多，毫不费力地便能将她的腿在自己的劲腰上卡好，轻轻松松迈步向前。

桑祈借着月色看到自己摇晃的脚尖和石板路上影子的距离，有些恍惚地感慨着，竟不知在什么时候，他都已经长这么高了。想想也是，毕竟已过了加冠之年，都取了字号，到了该娶妻生子的年纪啊。可他还是整天没个正经，混在国子监里，搞恶作剧捉弄人，也不知什么时候才能上心干点事业……

正乱想着，忽听卓文远问了句：“看你，每次遇到她都要闹得不欢而散，可有想过一直这么下去不妥吗？”

“怎么说？”桑祈一怔，不明白什么意思。

“越跟洛京的小姐们交恶，就越融不进她们的圈子吧。”卓文远解释着，“以后终归要在洛京常住，你就不怕一直交不到朋友？”

桑祈趴在他肩上，一只手勾着他的脖子，一只手把玩着他的头发，用无所谓的语气答了句：“那有什么，我不是有你吗？”

纱笼寒烟、玉洒清醴的月光下，石板路反射着柔和的银辉，微风拂动下树叶沙沙，街道上只有他一人的足音跫跫，此外万物空寂。

这样突如其来的一句话，便在梨涡浅笑的少女长发随着他的步伐一晃一晃、不经意说出口的瞬间，毫无预兆地击中了他的心灵。

卓文远微微一怔，俊美多情的面容上笑意深了几许，声音也变得更温柔：“那不一样，我毕竟是男子，将来要做你夫君的。”

说得倒顺溜，桑祈忍不住笑了，明白他的意思是希望自己能够交到几个同性朋友，和其他洛京的世家小姐一样，没事儿一起游玩啊，绣花啊，吟诗啊，弹琴啊，聊男人聊八卦，融入现在的小姐圈子、将来的夫人圈子中去。可是，那不是属于她的世界，她有不同的追求。她觉得把这些想法一一解释给他听太麻烦了，只道是："没事，我们做一辈子朋友就行了。"

每次在这个话题上纠缠下去都会各执一词，无疾而终，卓文远无奈地笑了笑，换了个方式说道："那我要是以后不在你身边了怎么办？你再扭伤了脚，谁背你回去？"

"我可以自己走啊，为啥一定要人背？虽说会慢，但……"桑祈说着就要跳下来示范，卓文远赶紧用力按了按她，更加无奈地道："行行，我信了，你老实待着吧。"

等送她到家，已经过了亥时，莲翩一直没敢告诉大司马小姐还没回来，忐忑不安地守在门口，一见着人就赶紧走小路把她悄悄扶回了房间，手脚麻利地端水准备伤药，俏脸上一片焦虑神情，语带责备地道："怎么回来得这么晚，还受了伤，又在外面惹事了？"

"遇到了宋佳音。"桑祈耸耸肩，若无其事道。

莲翩便心下了然，也不再多问，专注于给她上药，涂抹好后才叹了口气，嗔道："她就不能消停点！"

说起桑祈和宋佳音的过节，其实真没有什么不得了的大矛盾，都是些互相看不顺眼的小冲突。两个人都是要强不愿意服输，更不愿意看别人脸色的性子，俗话说一山容不下二虎，确也容易生出摩擦。

她还记得第一次见宋佳音，是刚回洛京不久的事。桑公应宋太傅之邀前去赴宴，为了能让桑祈尽快适应洛京的生活也带上了她。其间，男人们同席把盏言欢，女眷们则在后院赏月玩乐。七八个世家小姐，称得上热闹。可桑祈觉得她们的话题自己插不上嘴也没兴趣，便很少说话，只有别人点名问她的情况才应付着答两句。

于是乎有人觉得她是故意摆架子，看她的眼神不太友好。当时宋佳音作为主人，"善意"地提醒她："姐姐可别学那些自诩孤高傲世的才子，姑娘家还是柔和温婉些的好。"

刚从西北回来，一身棱角的桑祈最不喜别人对自己指手画脚，立刻眼神一凛，冷冷看了回去："多谢提醒，但我怎么个性子，还轮不到你来操心。"

从小到大，洛京里谁不给宋太傅最疼爱的小女儿几分面子，新来的却是这个态度，也不怪宋佳音当时脸就是一白，尖声问了句："你说什么？"

"说你多管闲事了。"桑祈撂下话，起身就走。

"你！都说桑公家的独女自小长在军营里，乃是将门虎女，如今看来果然是个不知礼数、野蛮莽撞的悍妇！"宋佳音气得不轻，喊出这句话的时候身子向后倾倒，眼见着那弱柳扶风的架势，就跟马上就要被对方气晕了似的。

桑祈见状倒是停住脚步看了回去，但在众女子埋怨的目光注视下，只是皱着眉头，十分不能理解地问了句："至不至于这么娇弱？说句实话而已，你怎么好像就崩溃得要吐血了……"

"你……"宋佳音眼前一黑，本来没想吐血也要吐出来了。

二人之间的梁子就此结下。桑祈嫌弃宋佳音为人行事矫情做作，宋佳音恼恨桑祈让自己没了面子。以至于后来，听说宋太傅有意给自己的爱子和桑祈结一门亲事的时候，桑祈还没来得及说什么，就听宋佳音先开口尖声道："不要，我才不要这个女人进宋家的门！"而且这话还是当着桑巍的面说的，礼数全无。这下宋太傅脸也白了，把桌子拍得震天响，怒斥道："不得胡闹！"

结果宋佳音当场就泫然泪下，哭得那叫一个楚楚可怜，好像无理取闹的不是她，而是她爹似的。本来还见桑祈姿色不错，有几分意思的宋落天大约是个地地道道的妹控，一见自家妹子哭得这么惨，立马也不干了，不惜反抗老爹，自己先否了这门亲。

倒是也算给桑祈省了事，只是彼时，桑巍的脸色已经跟门上贴的煞神差不多。宴会最终自然是不欢而散，从此以后，便传出了刚回洛京的桑祈是个蛮横无理还自视甚高的丑八怪的传闻。虽然在宋太傅本人表态这只是犬子小女无礼，并不能代表宋家态度，自己一定拉回去好好教育的情况下，桑巍大度地没有找宋家什么麻烦，但桑祈和宋佳音私下交恶的消息，还是很快便在洛京各大家族的后院中不胫而走。

加之桑祈本来就乐得清静好练武，不愿主动与人结交，虽说后来懂得了洛京不比西北那样自在，为了避免麻烦，行事言辞都有所收敛，也还是不可避免地造就了到现在只有敌人渐多，不见朋友增加的局面。

眼见着小姐和宋佳音有越闹越厉害的趋势，莲翩不禁愁眉苦脸地想：也不知道什么时候才是个头，小姐在洛京这日子可怎么安生哟。

桑祈那边却很大度地笑了："不，这回不是宋佳音……"

莲翩心里一激灵，哀号道：“什么，又树了新敌？”

“咳咳，是闫琰。”桑祈有些尴尬地将自己踢人暗算未遂的事儿和长久以来与闫琰的斗智斗勇说了一通。

莲翩听完立马不乐意了，脸一沉，义愤填膺地将闫琰强烈谴责了一番，称宋佳音怎么说都是个姑娘家，小心眼也就小心眼了，闫琰作为个大老爷们儿竟然也这么别扭，真是是可忍孰不可忍。

这……好像扭脚这事儿也确实怨不得人家，是自己作死，桑祈想解释一下都没找到可以插嘴的空当，只好由着她去。

好在伤得不重，紧急处理后，第二天从走路改为坐马车也能正常上学。于是她不顾莲翩劝阻，踏上了身残志坚的求学旅途。

虽说琴技已被验证岂一个“惨”字了得，但令她自己也没想到的是那一首歌谣竟然以别开生面的旋律和清亮高远的嗓音给不少同窗留下了深刻印象，今儿一来，便有人来找她请教音谱——她当然不懂，只是口口相传学来的而已，根本说不出个宫商角徵羽，于是挺不好意思地看着那人唉声叹气、怅然若失地走了。

可这么一高调，还没出一日，便有人说，她别出心裁地倒腾出这个花样，是刻意要接近晏云之所为，总嫌弃别人做作，自己还不是一样。流言的源头，正是昨天刚生了气回去的那位娇小姐的妹控兄长宋落天。

却说此人平日纨绔，很少来上课，比如昨天就没在，今儿倒是说得最热闹的一个。桑祈心中了然，约莫着他是替妹妹报仇，专门来找碴儿的。好在，面对这对讨人厌的兄妹，她不是一个人在战斗。自然有一直对他看不上眼的人昨天是在的，觉得并非那么回事儿，帮桑祈说了两句话，言辞俱厉地呛了回去。

而桑祈本人，却因宋落天故意恶语相向的那句话，生出了醍醐灌顶之感，醒悟到原来讨好晏云之还有这个办法啊！不是送礼溜须就行了，讨好虽然很必要，但更关键的是要表现到点子上，投其所好啊！

这么说，仔细一想，昨天确实是多和他说了很多话呢，气氛也和谐了许多。想通了路数，桑祈只觉前路豁然开朗，连脚伤都没那么不适了。可是转念，又有些迷茫，虽说投其所好……可是晏云之所好的是什么呢，听西北歌谣？好像是，又好像不是。

空想不如行动，下了课她便挪着跛脚往晏云之那儿去，看到晏云之正好在，便笑嘻嘻地问了句："司业，我给你唱个歌？"

晏云之原本是侧面朝向她坐着的，闻声笔下一顿，缓缓扭过头，面无表情地沉默良久……又缓缓转了回去，提笔继续书写，好像刚才只是幻听了似的。

毫无疑问，作战失败。

这人怎么这么难伺候啊？桑祈灰心丧气，又艰难地往回挪着，哀叹自己昨天好不容易才和他拉近了距离，难道只是一种错觉吗？这苦日子，可什么时候是个头哟？

好在区区扭伤，对于摸爬滚打惯了的她来说根本不算事儿，在御赐跌打损伤神药和莲翩的悉心照顾下，没几天就好了。

这日莲翩最后一次给她换药，出去丢了纱布回来，又是一脸忧心，对桑祈低语自己似乎又在府上看见了之前遇到过的神秘人影。

"还是告诉桑公一声比较好吧？"她皱着眉头提议。

桑祈若有所思地沉默着，扭了扭脚踝，确认没事了后站起身道："在哪里见的？你先带我去看看。"

凡事得讲究个证据，她可不想因为莫须有的事情去找父亲，至少也得自己相信确有其事，不是莲翩眼花多疑才行。

莲翩带着她出门，绕出院子，一路来到后墙，指着墙角一处道："就是这儿。"

桑祈探头一看，这地方虽然谈不上十分偏僻，但正巧在光亮照不到的死角，瞧了半天什么也看不清，不由得感叹道："亏你在这种伸手连几根指头都数不清的地方，还能看出对方是不是人啊……"

莲翩怨恼地推了她一下，嗔道："因为听到有动静，就特别留意了一下，借着微弱的光线还是能看到有东西在动的，有这么高。"说着在自己的头部上方比量了一下。

"就是说也并没有看清一定是个人影了？万一是小动物，比如直立行走的狗什么的……"桑祈正教育着莲翩说话要逻辑缜密，有真凭实据，不能靠主观猜测，突然听得一阵枝叶婆娑的声响，下意识地朝响声方向一看，只见幽暗星光下，一个矫捷的身影正快速从墙头跃过。

无论怎么眼拙，也能看出那是人不是狗。主仆二人面面相觑，都愣了愣，桑祈旋即一跃，跟了上去。

莲翩急得小跑两步喊道："小姐，你的脚！"可桑祈已经消失在墙的另一面不见踪影了。

莲翩没法子，只得跺着脚，赶紧去找府上管事。

而这边追着那道身影远去的桑祈，本想直接将其抓住问话，怎奈对方轻功了得，她脚伤初愈，衣物又不便，能保持不跟丢已经是极限。良久，终于见其停了下来，轻车熟路地进了一个院落。

她也跟着上了墙头，刚要尾随进去，发现院中有三五个体形魁梧的黑衣男子，每个身上都带着武器，于是刚探进去的半个身子又缩了回来，屏气凝神，静观其变。

远远地，能看到自己一路追踪而来的那个黑衣人在跟一个看起来像头目的男子说着什么。然后头目进了个屋子，很快又出来换他进去，而后再对其余人嘱咐了几句。那些人便散开到院子各处，开始巡逻。

看这架势，明显是有组织有纪律的犯罪团伙。桑祈蹙了眉，觉得恐怕不是遭贼那么简单。这伙人是干什么的？潜入大司马府有什么目的？带着这些疑问，她决定在不打草惊蛇的情况下，悄悄移动到黑衣人进去的那个屋顶上，看看能不能偷听到什么。奈何院子太小，巡逻的人移动得太频繁，一直没有找到合适的机会。正在她聚精会神地观察着院内动向的时候，忽然听耳边传来一句温和的话语："这么巧，你也来听墙角啊。"

"是啊。"她下意识地答了一句，还不悦地提醒道，"嘘，小点声。"话音一落，她方意识到哪里不对，瞪大眼睛猛地一转头，便对上了一双好像会笑的桃花眼，不是卓文远又是谁？

脚上一滑，桑祈差点掉下去。

桑祈强压下惊呼的冲动，凑近他耳边小声问："你怎么在这里？"

"路过，看见有人家墙头上挂了个人，就上来看看，没想到竟然是你，腿脚可是好了？"卓文远也凑到她近处，在她耳边带着几分调笑的意味道，呼出来的气让她直痒痒。

就知道看戏，桑祈白了他一眼，又细声细气地严肃道："我觉得这些人一看就不是什么好人，应该是在策划什么阴谋。"

卓文远也学着她的语气一本正经地回道："我觉得，我们这样挂在人家墙头上说话也不像什么好人。"

进屋的人一直没出来，他们又没有机会靠近，既然已经知道对方的老巢了，不如从长计议，桑祈这样想着，便点点头，和卓文远一起跳了下来，悄无声息地走远了些，确定说话声不会被院子里的人听到后，才叹了口气，恢复正常音量道：“吓我一跳，你怎么会大半夜地跑到这儿来？”

她方向感不错，虽然没来过却能判断出此处位于城西，居住的应多为商贾，不是通常世族中人会来的地方。

“哦。”卓文远眼波中流转着意味不明的光华，勾唇一笑，解释道，“刚从浅酒姑娘那儿回来。”

桑祈想了半天才想起来这个人，恍然大悟道：“哦哦哦哦……”连说了好几个“哦”，语气十分诡异。

卓文远抬手便拿扇子打了她的头一下，无奈道：“‘哦’个头！还不都怪你。”

“你泡你的妹子，我又没拦着，怪我什么了？”桑祈不满地回击。

卓文远忙不迭地招架，还是被她打到好几下，二人推搡嬉闹了一会儿，桑祈满意了才收手。只见他缓步走着，沉默下来，面上笑容淡去，长叹一声，道：“如果你肯答应嫁给我，我不就不用出去解决生理问题了吗？”

那语气极轻、极柔，也极为寂寞怅惘。桑祈扯了扯唇角，回道：“是吗？可我看你明明拈花惹草得挺开心啊……”

卓文远这回只是淡淡一笑，没说什么。

二人说话打闹间，已经共同走了好一段路，从城西回到了城东世家望族集中居住的地方。卓家和桑家分别在巷子的两头，之间还有些距离。桑祈先到家，与卓文远挥手作别，推门而入，前脚刚迈进去一步，后脚想起来什么，回头对他嘱咐道：“阴谋那事儿，你先别管。”

“知道了。”卓文远回眸微笑，表示明白。

她却发现他走错了方向，疑惑地问道：“绕糊涂了吗？卓府在那边。”说着好心指了指。

“我先不回去，发现有东西忘在浅酒那儿了，得赶紧去取。”卓文远半侧着身，并没有往自己家的方向挪步。

什么东西不能先回家再让家仆去取，桑祈心里想了一下，嘴上却没说什么，又摆了摆手，便大步走进门，不再管他的事。

在府上焦急等待的莲翩一直悬着颗心，得知她回来，赶紧跑来迎接，说了管事后来派过人去追，可是因为晚了一步，没有追上，只得将事情始末告知了桑公。

桑祈平静地应了一声，问道："父亲现在何处？我要去见他。"

难得见她这么主动，莲翩赶忙道："还在书房。"说着便高兴地将她引过去。

桑巍本已睡下，此时穿着寝衣，正在书房一圈一圈地踱步，见桑祈平安无事地回来，才松了口气，叫人将前去追踪的人撤回。

桑祈耐心地听父亲传完令，恭恭敬敬地给他行了个正礼，便将黑衣人的行踪和对其正在计划什么阴谋的猜想一一道来。按说这种事应该向洛京府衙呈报，社会治安问题不归大司马管，可遭贼这种事发生在桑府上，传出去总是不好听的。桑公连自己家的贼都防不住，还能放心让其抵御国贼吗？因此桑祈想让父亲私下把这事儿调查清楚也就算了。

桑巍大概也有此顾虑，沉着脸思索了一会儿，教育了一番女孩子家家不要再轻举妄动以身涉险，凡事要先知会于他，自己自有主张，以后不要再搅和进这种事了这类的大道理，便打发她先回去睡觉。临放她走之前，桑巍还皱着眉头问了她脚上的伤是否有恙。

"谢父亲关心，已经无碍。"桑祈拱手行礼，语气无波，客套地回应了句，便退了出去。一出房门，便不甘心地微微挑眉，揉了揉太阳穴。

莲翩可是太了解她了，跟在她身后，显得有些忧心。自家小姐在和桑公说话的时候，虽然总是这样恭恭敬敬的，并无丝毫冒犯顶撞，看上去父女关系和睦融洽，可她却看得清楚，礼貌背后是一种刻意的疏离。

莲翩脑海中浮现出大司马斑白的霜鬓，昔日锐利如鹰隼的眼眸里，如今流露出的一丝丝迷蒙与混沌，她忍不住感叹，大司马年事已高，又只有这么一个女儿，眼见到了嫁人的年纪，已留不住多时，当然希望小姐能多跟他撒撒娇才好啊，小姐怎么就不明白老人家的拳拳心意呢？在外面要逞强说什么给家族争光，容不得人轻视贬低桑家，可在自己家里，面对自己可以依靠的人，却为何还非要别扭着，对往事不肯释怀？也许只有等出嫁离家之后，小姐才能体会到在自己家中、在父亲身边的好吧？

桑祈却不知莲翩的忧心忡忡，第二天哈欠连天，一到书院就见着个稀客。宋落天坐在教室里，见她进门，缀着浮夸络子的雕翎羽扇一摇一摇，迈着云步就朝她走了过来，唇角一勾，用习惯性的轻浮语调道："哟，桑二小姐，好久不见了呀。"

桑祈"嗯"了一声，想躲开，可路就这么一条，还被他堵住了，好不烦人。

视线顺着他的青缎粉底小靴向上，瞄了眼百花迎蝶的五彩锦袍，被华丽得闪着光的织锦晃了眼，只觉得富贵逼人，却有几分艳俗。并且，即使有如此鲜艳的衣物衬托，这位唇若丹脂、眉如柳叶、面似桃花，长得像个秀美姑娘似的阴柔贵公子的面色，仍欲盖弥彰地显出几分苍白。一看便是长期浸淫酒色，又不爱锻炼，身子骨亏空的结果。

桑祈在心里叹了声，同样鼻子是鼻子眼是眼的，这做人的气质怎么就相差这么大呢？

宋落天可不知道她无言的嘲讽，打定了主意要和她聊聊天，张嘴又寒暄了几句，突然就话锋一转，提到了卓文远："听说，桑二小姐前几日拒了琰小郎的亲，是因为心有所属了，要嫁给青梅竹马的子瞻兄？"

他还特地把"青梅竹马"四个字咬得很重。教室里来得早的人都听见了这句话，不乏有人投来好奇的目光。洛京人其实在男女之事上看得比较开，只要不犯什么大忌讳，异性间正常结交并不会为人所诟病，相反曾经还流传过不少名士佳人君子之交的美谈。所以桑祈和卓文远都说彼此只是朋友，又确实没有太亲密的举动，人们大多也就信了。然而，忽地冒出来个心有所属的说法，事情的走向似乎就变得不太一样了。

桑祈脸色一黑，果断否定道："是谁背后嚼舌头胡说八道？"

宋落天闻言，故意眉头一皱，假意失言："那可就怪了，昨日我还见到，你和你的小情郎夜半私会，卿卿我我。莫不是婚事定下来了？坏了坏了，既然没定，我岂不是多嘴了？这可如何是好……"

"卿卿我我个头……"桑祈忍不住骂了一句，这人还真是什么都说得出口，女子的名节问题，能是这么拿来瞎闹的吗？

"咦，可我昨天晚上明明看见你和卓文远在一起，可是看错了？"宋落天依旧不依不饶地追问。

桑祈皱着眉，不悦地解释道："是没看错，但我们也没卿卿我我。"

话音还没落，就听宋落天阴阳怪气地连连"哦哦哦哦哦……"了几声，"哦"得桑祈直心烦，推了推他，道："少哼哼，真不是你想的那么龌龊。"

"我想什么了？呵呵……"这回宋落天也不明说了，只意味深长地笑着，满意地转身晃悠回了座位上。

桑祈一开始没把这个小插曲当回事儿，瞪了他几眼后就照样上自己的课。可是事情的发展却大大出乎她的意料，谣言猛于虎，她太低估人们根据信息碎片想入非非的能力了。整个一上午，众人看她的眼神都格外怪异，充满探询和欲说还休的意味，也免不了有人私下里议论纷纷，在她背后指指点点。

得亏是闫琰早上起晚了没来，他一来就更热闹了。这不，午休刚结束，鲜衣玉面小公子便怒气冲冲地大步朝她走来，一巴掌拍在了她的桌案上。

桑祈吃饱了饭正困得迷迷糊糊的，陡然被吓清醒了，条件反射地往后一躲，惊道："你这是？"

"桑祈！"闫琰连名带姓地吼了她一句，然后指着她气得手直抖。

桑祈见他这怒发冲冠的阵仗，有些糊涂，仔细回忆了一番也没想起来最近自己又哪里得罪了他，于是自认不理亏，又坐回来了些，挺直脊背，手上默默把书合起来收好，免被殃及，同时坦然地直视着他，清清嗓子礼貌地回叫："闫琰。"

"你！"

不知道为啥，效果好像火上浇油，对方又奓毛了。桑祈很无辜，只听他激动得声音发颤，恨恨道："我说你做人能不能稍微讲究那么一点点，就一点点！你不要脸面，小爷还要脸面呢！"

她听得云里雾里，彻底糊涂，迷茫地反问："我也要啊。但你要你的，我要我的，有什么关联吗？"

"怎么没有关系！"闫琰声调又高了好几度，面色涨得通红，支吾半天道，"我怎么说，也算是跟你求过亲吧。你要是生活作风不检点，那我成什么了？你若和子瞻成了亲，爱怎么要好怎么要好，谁也管不着。跟这儿拖着不嫁，还非要夜半私会……你……你……"他挖空心思想找几个难听的词出来形容她的所作所为，也没找到，只好"你"了好几句作罢。

宋落天又凑了上来，及时帮他补充了一句："简直不守妇道！"

闫琰一听脸更红了，愤愤地回头瞪他一眼，嗔道："不是这个词，你走开。我们俩的事，旁人莫要掺和。"

桑祈这才听明白，他又犯起了好面子的毛病，于是耐着性子解释了句："别听人瞎说，我跟他真的没什么。”

“我不信，你有证据？”闫琰哼道。

“我没有，可他们也没有啊，你怎么就信呢……”桑祈很无语。

“……”闫琰沉默了一下，好像回过味儿来了，却还是死撑着不肯下台，用哀怨的眼神瞪她，表达自己的不满。

其实仔细想想也是这个道理，流言嘛，散播的一方本来就不需要什么证据，真相一方想要反驳却麻烦许多。势如白丝染墨，变黑容易，再洗白，可就难了。桑祈只觉清者自清，不愿再多言。可那边闫琰却和宋落天吵闹了起来，另有几个同窗帮衬，待到晏云之来的时候，场面已经白热化。

他一身白袍，往教室门前一立，看着里面乱糟糟的人群，面色清寒如雪，抖了抖长袖，问了句：“何事如此喧哗？”

声音不算太大，但语气比平时重了许多，给人一种威严凛冽的感觉。桑祈下意识地朝他看去，闫琰也瞬间就住了口。

孤高傲岸的司业在阳光洒落的地方卓然而立，斜飞入鬓的长眉并没有蹙起，也没有任何表示他在生气的动作，面容清冷而平常，眸光却又深又暗地沉着，不怒自威，好像高高在上的神祇。在他的气场下，凡人只能专注于反思自己犯的错，却不敢抬头直视他。

桑祈还是第一次从他身上感受到这样一股压迫感，对闫琰为何那么敬畏他有了几分感同身受的认知。

弟子们纷纷识趣地闭了嘴，只剩宋落天几人不消停，挤眉弄眼地将事情告到他那里去，称桑祈和卓文远俩人把国子监的风气都带坏了。他自己常入烟花柳巷，竟也好意思这样说，桑祈在心里一个劲儿地翻白眼。

待他将事情始末说完，晏云之的视线越过众人，朝她射来，语气淡漠地道：“以后出门多注意点。”便不再多作评论，只道等下冯默博士就来上课了，让大家赶紧老老实实回到座位，免得惹师长生气。

桑祈心里却有些别扭，“以后注意点”是什么意思，他到底是信了宋落天的胡扯还是没信……想着想着，竟然不知道为什么，觉得一定得解释清楚才行，朝着晏云之的背影就追了过去，急急唤道：“晏司业，等等。”

晏云之走出去许久，听她还在追，停了下来，没等她开口便一脸淡漠地道：“我没误会，不用同我解释。”

“好吧。”桑祈面色一红，扯了扯衣角，也没明白自个儿干吗非要跑过来多此一举，抬手挥别道，“那我就先回去了。”

不料还没来得及跑，又被唤住。

晏云之看了看她轻盈矫捷的步伐，忽然想到晏鹤行说的话，用琳琅碎玉般的声音叫她：“留步。晏某虽不在意你和卓文远，却有另外一事想问。”

“嗯？”桑祈诧异回眸。

“关于上次流寇事件。”他尽量用若无其事的语气提及，“已经圆满解决了吗？”

桑祈眉心一蹙，晃悠回来，坦言道：“若非要说没解决吧，其实也结案了；可若说解决了吧，我心里又总觉得似乎哪里不对。”

“此话怎讲？”晏云之调整了一下姿势，侧过身来，与她靠近了些准备听她细说。

桑祈闻到他身上一股好闻的草木清香，不由得多吸了几口气，也趁此深呼吸的工夫将思绪整理了一番，把自己曾经疑惑的细节说与他听，并总结道：“我总觉得，不是普通的流寇那么简单。”

洛京风平浪静的碧空下，似乎一切并没有想象中那么太平。可此时万里无云，阳光和煦，晒得人身上微暖，那突然生出的身在阴谋旋涡之感，很快便散去了。

她不明白晏云之为何突然问起这件小事来，用探询的视线打量着他。可他认真听罢，未予置评，只是以符合师长身份的语气叮嘱了句：“既然如此，夜里小心着些，别独自出门。”

想起上次在郊外偶遇，他也曾如此叮咛，虽然只是公事公办的一句话，桑祈还是会心一笑，感到几许温暖。也许，他的确不是表面看来那样清冷倨傲、拒人千里的人，其实也有热情的一面。她好像偶然发现了他隐藏的小秘密一般，将其小心翼翼地揣在心底。

与晏云之告别，冯默博士的经史课已经开讲，桑祈琢磨着反正也是迟到，与其回去还要挨通批判，不如逃课好了。于是她便偷偷摸摸地绕到了后院，找到一处假山后坐了下来。环顾四周，自认为很难被发现，谋划着睡个午觉，刚摆好姿势，突然听到一声清咳，立刻又做贼心虚地弹起，闪身到假山后。

可那人的脚步声却听得更清晰了些，而后传来一个熟悉的声音，对她道：“别躲了，我不是司业，也不是博士。”

又是闫琰，桑祈有些头疼，叹了口气，理好衣服从假山背后出来，无奈道：“继续兴师问罪吗？”言罢只见这哥们儿瞬间面颊泛起了酡红，攥着拳头，纠结半晌，开口却没张牙舞爪：“我问你，你今天说的是不是实话？”语气虽冲，气势却是收敛了很多，附加要求道，“你看着我的眼睛，老实回答我。”

桑祈不明所以地抬头凝视他：“是实话啊。”便见他视线不自在地瞥向旁边，抿了抿唇，语出惊人地道：“好吧，我信你。”

这态度一百八十度的转弯，让桑祈怔了又怔，完全没明白他演的是哪一出。

闫琰似乎有点不太好意思，自个儿主动解释道：“你说得对，关于你和卓文远的事，大家都没有证据。可宋落天说晚上看见了你俩这件事本身也没有证据，你却承认了。所以，我觉得你应该不是那种会说谎的人。我为刚才的言论道歉。”

桑祈眨眨眼，吃惊极了，一来是为他居然会主动道歉感到不可思议，二来则是感慨，自己怎么没早想到，可以干脆不承认昨天半夜跟卓文远碰见过这件事儿呢！真是肠子都悔青了，表面上却只扯了扯嘴角，有些心虚道：“没什么。”

闫琰还在盯着假山，脸上的红润未退，用余光瞟了她一眼，又挣扎了半天，道：“还有之前的事，我也道歉。”

话说到这份儿上，桑祈好像终于领悟了什么，挑眉笑问：“所以，你是来宣布停战协议，跟我和好的？”

“什么好不好的，你这女子怎么……”闫琰一急，连耳朵根都红了，“我只是觉得，你也没有那么讨厌罢了。”而后清清嗓，转移话题，“你和宋落天，也有过节吗？”

怎么能叫有过节，是十分有过节。桑祈扶额，沉重地点了点头。

闫琰眼眸一亮，立刻附和，郑重道：“我也是。”好像革命战友相见恨晚一般，义愤填膺地说起许多二人之间的纠纷。

“第一次是五年前，宫廷宴会上，我看中了一串西域送来的葡萄，每桌就只有那么一串。他的吃完了，非要来跟我抢……我没抢过他！后来我气不过，每次在街上遇到他时，都故意要走在他家马车的前面。你猜怎么着？他居然玩阴的，弄坏了我的马车轱辘！再后来更过分，凡是我看中要买的玉，他定要夺走，自己不戴也不让我如愿……你说他坏不坏？”

闫琰越说越气，摩拳擦掌地恨不能当场给宋落天一拳，愤愤道：“可惜父亲就是不让我报复他，说不能找宋家麻烦，不然小爷早就照他那张小白脸来两记勾拳解气了。”

桑祈看他那个样子，没忍住，“扑哧”一声笑了出来。

闫琰蹙眉红脸，喊了半天“不许笑”才生效，又提议道：“你看，既然咱俩都跟宋落天不对付，不如联起手来，一起治治他怎么样？”

说这话的时候，他眼里闪烁着蠢蠢欲动的小火苗，一副跃跃欲试的样子。

桑祈不由得好奇：“怎么治？”

闫琰见她感兴趣，高兴地把自己的计划说了出来。可桑祈一听就觉得不靠谱，都是些小孩子恶作剧的把戏，倒是符合闫琰的风格，可惜对付宋落天那种人，恐怕伎俩有些低级，容易被对方看破。

于是她摇摇头，劝道：“害人之心不可有，防人之心不可无，还是算了。下次见他，你离得远点儿就是。”

闫琰却不乐意：“他这么欺负你，你就不生气，就想看他一直耀武扬威？我闫家是不想得罪他宋家，莫非你们桑家也不敢吗？”

“是的，我也不敢。虽然我现在还做不了什么对家族有利的事，但至少也不想给桑氏惹麻烦。”桑祈诚恳道。

闫琰轻哼一声：“还能做什么有利的事，找个好婆家不就行了吗？你也是，我也是，我们一样，能通过联姻把桑闫两家联合在一起就是最好了，你还不乐意。”

“呵，你还小，不懂啊。”桑祈笑了笑，腿有点麻，起身动弹动弹，抬手一拍他的肩膀，语重心长地道。

闫琰脸色一黑，不满地辩道：“我明明比你还年长三个月呢。”

那边桑祈已经伸着懒腰，摆摆手走远了，散了会儿步后，回忆起闫琰表情生动的那张俊脸，还是忍俊不禁。是啊，这人明明年长她三个月，今年也十七了，再过三年就要加冠，竟然还像个孩子似的，不知道该说他单纯还是傻。

第三章

郎君何所思

虽说黑衣人一事，桑祈已经告知了父亲，又当着晏云之的面应下了不再半夜一个人出门，可这心里始终还是放不下。闫琰的一番话让她想起，这或许是一个向父亲、向家族、向世人证明自己有能力独当一面，并不需要依靠联姻的机遇。于是她决定再去亲自探上一探，夜深人静之时，她穿上低调方便行动的衣服，带好兵器出发了。

一路摸到之前到过的院子，只见院内有若干黑衣人在交谈，从那五大三粗的身形判断，应该是她昨天夜里见过的那批。正当桑祈想凑近一些听清楚对方在说什么的时候，院子的大门突然打开了，又进来一拨黑衣人。对方人数太多，她不敢贸进，只得往暗处躲了躲。

看样子，两拨黑衣人彼此相识，因而对于来者，原本驻守的黑衣人并没有感到惊讶。然而，就在她做出这样的判断不久后，出乎意料的事情发生了。只见后来的那批黑衣人随着前一批黑衣人进屋，可在对方行进的过程中，竟主动落在后面，毫无预兆地手起刀落，霎时割破一个人的脖颈，取了其性命。见到这一幕，不光是桑祈，倒下的黑衣人的几个小伙伴也震惊了。在震惊之中错失还手良机，悉数被对方剿灭。

一切发生得太突然，桑祈掩住口，将惊讶强行吞入腹中，感到难以置信。

杀死了同伴的那几个黑衣人训练有素，看上去一点感情波澜也没有，冷漠而熟练地将尸体挪动布置一番，伪造成内斗之状后，又如同悄无声息到来一般，悄无声息离去。

惨白的月色下，院子里弥漫着鲜血与阴谋刺鼻的味道。桑祈皱眉看了一眼，权衡之下，决定先不管这些尸体，追上杀人凶手再说，提剑跟了上去。一路追到外城，那几个黑衣人似乎看出甩不掉她，便回身与她缠斗在了一起。

她打定了主意抓活的，要揪出幕后主谋，而对方似乎也不想额外制造杀孽，招招都往她腿上来。以一敌四，桑祈这回用的是自己的兵器，比上次争气了些，没有很快呈现败势，可实在纠缠得难分难解，眼看又要变成一场鏖战。

她可不指望这一次又会有人从天而降，只得靠自己寻找突破口。趁一个黑衣人近身的时候，灵机一动，伸手握住对方的手腕往自己的方向一拉，身形变化，又趁其不备扯过另一只手，迅速抽出腰间的绳索将它们绑在一起，而后抬剑架在那人的后颈上，以迅雷不及掩耳之速封锁了对方的穴道，发挥自己轻功的优势，往回奔走。

尽管其他人马上就追上来，可过了眼前这片空地便是一处小树林。在小树林里，她自信能够甩开他们。

果然不出所料，身后渐渐没了动静。桑祈寻了个僻静之处，在一棵古树粗壮的枝丫上将挟持的那哥们儿放了下来，看着他，随后俏眉一挑，心里有些得意。开玩笑，四个人姐姐打不过，甩开其中三个，抓一个活口不就行了。她真想为自己的机智鼓个掌。

被俘虏的倒霉蛋一动不动，面罩后一双阴鸷的眼睛，毒辣辣地瞪着她。桑祈用脚指头都能想到解开他的哑穴后他会咒骂的脏话，就只是靠在树干上不理他，只等休息一会儿恢复了体力后带他回去。

额上的汗还在一个劲儿往下滴，周遭并无一丝风声，寂静得吓人。忽而传来一阵树叶窸窣的轻微声响，她皱了眉头，警觉地握紧手中剑。然而还没来得及分辨出声音的方向，便突兀地感到后背一凉，锋利冰冷的剑尖抵在了她的腰上。

桑祈心里咯噔一下，刚才目睹了血案，经历了缠斗，都没有害怕的她，在这一瞬间感觉到了恐惧。

是谁？能做到如此神鬼不觉，实力已远非这些黑衣人和自己所能及，这下要如何是好？

正在她心头狂跳，还不得不紧握拳头佯装镇定之时，一阵风起，蓦然间，见着了一袭雪白的衣角。

桑祈隐约觉着这衣裳有点眼熟，也不知道怎么想的，一个名字脱口而出："晏云之？"

抵在她腰上的力道一顿，身后的人语气也沉了沉："桑祈？"

这熟悉的声音让桑祈长长松了一口气，一放松戒备，整个人险些瘫倒下去，连声叹道："还好还好，吓死我了，吓死我了……"

晏云之微微蹙眉，将剑收了回去，言语间又恢复了以往的清冷薄凉，还带了丝丝嘲讽："你还知道害怕？"

桑祈想起白天刚像模像样地答应人家半夜不出门闲晃，感到几分心虚，干笑两声，打圆场道："怕还是知道的，但也要伸张正义不是？"说着一回身，便见到了晏云之挺拔俊秀、飘逸出尘的身姿。月色下一身清辉的男子压根没听她瞎扯，低头查看被绑的黑衣人，示意她交代一下情况。

桑祈便赶忙将来龙去脉说了一遭。

他听罢若有所思，应了句："嗯，先把他带回去。"而后伸手要拉人。

那黑衣人似是明白了脱身无望，挣扎一番，用愤恨的目光狠狠剜了桑祈一眼，而后重重低了一下头，便开始全身抽搐，眼神惊恐，显出极为痛苦之状。

晏云之反应迅速，急忙解开他的面纱，可为时已晚，还没等桑祈弄明白发生了什么，那人已脸色青黑，表情狰狞，口吐白沫，抽搐着倒了下去。

晏云之上前仔细看了看，蹙起眉头，道："中了剧毒，已经没救了。"

桑祈为其惨烈的死状震惊，恍惚地道："所以，他们绝非流寇之辈，而是死士？"

这种机密行动前，在口中藏有封闭着毒药的蜡丸，如若事情败露，便咬破自尽的手段，她听说常为大家族培养的死士所用，于是叹了口气，收起佩剑，沉吟道："究竟是怎么一回事？"

先前她一直忙着跟踪，忙着打斗，忙着警惕，根本没有时间细细思考整件事。这会儿理理头绪，似乎才抓住什么线索。

"我觉得，我上次追踪府上的黑衣人到那个院子，应是被他们发现了。而后便不知为何，设计了今晚这一出。你想想看，今晚我如果晚一点到那个院子呢？只要晚上那么一点，就不会看到黑衣人自相残杀的那一幕，而是被精心布置好的，几个黑衣人死亡的现场。就算报官，查来查去，结论八成还是流寇作乱。”

桑祈越说越觉得自己的推论正确：“可惜偏偏就是那么不巧，被我撞破，追了过来……然后，为了不出卖幕后主谋，他就变成了这样。”她边阐述，边遗憾地指了指那个服毒自尽的尸体，确定道，“不惜动用死士，这一切的背后一定有大阴谋。”言罢用询问的目光看向晏云之，希望得到对方的认同。

晏云之沉默半晌，淡淡看了她一眼，却道了句：“此事与你无关，不要再查下去了。”

“那怎么行！”桑祈一听不乐意了，激动地站了起来。

晏云之宽慰她道：“晏某会告知该负责彻查此事的洛京府衙……”

“不不不。”桑祈连连抗议，“歹人都到我窗户根儿底下了，怎么能说是跟我没有关系呢？桑府已经牵扯其中，我不能置身事外，要查咱们一起查。而且，上次他们查成那样，我有点信不过洛京府衙。”

然而，她磨了半天嘴皮子，晏云之只沉默不语，一张俊颜淡漠而清冷，那表情……着实让人看着牙痒痒。她在心里将其全家老少都埋怨个遍，嗔了句：“小气鬼，好像没你我就不行了似的。大不了你我各查各的，腿长在我身上，你又管不着。”

而后自觉多说无益，正好体力也恢复得差不多了，便干净利落地与他挥手作别，踏过枝叶，拂动清风，远去林间，惊动了几只早起的飞鸟。晨光熹微，映着她打斗中垂落下来的长发闪闪发亮。

晏云之看看她轻灵跳跃的矫捷身姿，再看看身边的尸首，无奈地笑笑。

桑祈几乎一夜未眠，回家洗了把脸，换了衣服，就黑着眼圈赶来上课，一进门，又觉得哪里不对。

卓文远不在，可以理解；宋落天不在，也很正常。可是，上学态度端正的乖宝宝闫琰居然也不在，这就有些奇怪了。她斟酌良久，拉了个同窗询问。那人告诉她，听说闫琰出事了，上学来的路上不小心摔断了腿。

桑祈心里咯噔一下，寻思这孩子不会是自作主张地把那个不靠谱的计划实践了吧？这洛京大道一马平川的，怎么会摔断腿？！

为了验证猜想，放学后她便马不停蹄地去了闫府。主母闫夫人大约是因为先前联姻被拒的事耿耿于怀，孤高冷傲了半天，各种找理由不肯让她进，后来还是闫琰派人出面说情，才绷着个脸勉强同意。

桑祈第一次来闫府，深感不愧是百年传承的朱门望族。大宅中既不像人丁稀少的桑府那样空空荡荡不讲究排场，也不像宋府那样太过铺张奢华富贵。制式器具，代代传承，每一件看似普通的物品，都有岁月雕琢的痕迹。宅邸设计规整，规划有序，没有一处多余，给人感觉肃穆又大气。

正当准备晚膳的时间，几个忙碌的家仆脚步匆匆，却都低着头，不发出一点声音。这样严谨得体的院子里，怎么就……偏偏生出了闫琰那么个人？桑祈看着那高贵端庄的闫夫人，若非一早知晓，如何也想象不出二人居然有血缘关系，与她粗略寒暄几句，便去见了闫琰。

闫琰果然伤了筋骨，腿上绑着厚厚的绷带，唉声叹气地从卧房里蹭出来，时不时发出一声凄惨的“哎哟”，还非要守规矩地在迎客的主位上坐着。

桑祈看不下去，赶忙制止道：“可别乱动了，就跟那儿坐着吧。”说着指了指离他最近的一把椅子。

闫琰纠结了半天，疼痛才战胜礼貌，乖乖坐了。

桑祈指着他的腿问：“老实交代，你是不是真跑去惹事了？”

闫琰悲愤地拍了一下桌子，哀叹道：“别提了，我就是想给宋落天一点教训而已，不承想会把自己弄得这么惨。”

“是啊，怎么会把自己弄得这么惨？”桑祈也跟着不理解地问。

闫琰的计划，本来应该是这个样子。

某一个月黑风高……不……日头高照的早晨，上学途中，他假装步行，扭伤了脚，倒在宋落天出门的必经之路上。宋落天那人，若是看到他出丑，定然会上前取笑一番，于是便会落入他的圈套。闫琰再一抬脚，把事先用沙土掩盖好、勾在脚上的绳索一头收紧，将宋落天绊倒，反取笑对方一番。

虽然这个主意桑祈当时听来觉得操作难度大又不靠谱，可怎么着挨个步骤看去，也没有看出有会让闫琰受这么重的伤的环节啊。

“我也不知道，可能是被他发现了吧。”闫琰委屈道，“我没想到，他根本就没下车，非但没下车，还故意指使车夫从我身边过。我为了躲马，着急收腿，没想到绳索偏偏就惊了马，于是躲闪不及，不小心被踢中。”说着抚了抚自己的腿，唉声叹气道，“郎中说，所幸是踢在了腿骨上，好好将养着，虽然暂时行动不便，倒也不至于落下病根。若是踢中腹部，恐怕就难办了。也不知道我这是幸运还是不幸。”

桑祈听完，脸色一沉，声音也凉了几分，道：“他家的马都是上等良驹，有些还是上过战场的战马，怎么可能因为区区一个套索便受惊？定是马夫受了他的命令，故意让马乱踢。”

闫琰何尝没想过这一点，可毕竟是自己想坑人家在先，就算有这种把柄也说不出口，只能又是一声重重的叹息。

桑祈凝视着他受伤的腿，感到内心不平。此事闫琰是有不对，可程度充其量不过是跟宋落天开个玩笑而已，他却反过来下此狠手。刀剑无眼，马蹄亦是，战马踢死人的事例，她在西北听说过好几回。眼下闫琰看着是侥幸没伤到要害，可万一伤到了呢？岂不是非死即残？

人家才十七岁啊！

做人怎么能这么阴损？

正义感勃然爆发，她越想越气不过，暗暗咬牙，决心帮闫琰讨个公道。但现在暂时不想告诉闫琰，怕他知道后再惹出什么事端，只跟着他骂了宋落天两句，便若无其事地起身告辞，道：“成，我就是来探望探望你，没事了，你好好休息，我先走一步。”

回到家后，桑祈便开始计划。很快，在一番调查后，她想出了一个好主意。

洛京人杰地灵，物产丰润。位于西郊的灵雾峰半山腰，高约三千尺，层峦叠翠，自古以来便是著名茶叶产地。宋家便有一处财源滚滚的茶庄坐落在此，属宋落天名下，他在外面花天酒地用的都是这个小金库。如今正是冬天，茶树呈现出老叶浓郁的绿，放眼望去，一片深翠。

桑祈掀开车帘一角，见如自己所料，看守茶园的长工果然稀少，满意地勾起了嘴角。让车夫将车停在僻静处后，肩上扛了一个大布袋，脚步轻快地跳了下去。

山上的空气格外清新，弥漫着茶树的馨香，她深吸一口气，趁长工不注意，悄悄来到水渠边，将布袋打开来——只见里面是一整袋白色粉末。根据她先前的调查，灵雾峰之所以出产的茶品质好，是因为土质特别。而她今天带来的这些粉末——石灰，倒入灌溉茶园的水渠中，渗入地下，便可悄无声息地改变土壤成分，自然也就不能够产出好茶来。此计不容易被发现，也难以追究是何人所为，这是她经过深思熟虑后想出的好点子。

然而她没料到的是，石灰入水，水面立刻剧烈翻腾，发出嗞嗞的声响，并隐隐冒起白烟，引来了留守茶园的长工注意，一声厉喝，抄起家伙儿便赶了过来。见势不对，她赶忙加快速度，趁长工们赶到之前将整袋石灰都倒了个干净，而后在对方马上就要挥着砍刀砍到自己的时候，挑眉一笑，拔腿便跑。桑祈一溜烟回到马车上，催着车夫快些离去。

桑家的车夫出身军旅，何等训练有素，马车甩开长工们纠缠的叫嚷声，朝山下疾驰而去。已经很多年没有这样恶作剧过的她急喘着向车后看去，忍不住咯咯地笑，只觉大快人心。

第二天，桑祈心满意足地上学去。

可是没有了卓文远和闫琰，国子监里显得格外冷清。

上午考试，是她擅长的数术，她早早答完，出了教室，坐在院子里发呆，把玩着垂下来的一株蜡梅，蓦然发现已是深冬时节，一眨眼自己来国子监已经快两个月了。送荷包的事情还是没有着落。她想起自己当初跟父亲说的，来这儿自己挑个夫婿的说辞，不由得有些想笑。掰着手指头数来数去，虽然同窗中有许多门当户对的适龄俏郎君，可她能把名字叫准的也就那么几个。

卓文远吧，早就想好不考虑了，最近还发现此人甚是不着调。

宋落天吧，更不用说，是个死对头。

闫琰吧，倒是纯良少年，只可惜勇气冗余智慧不足，小身板还有点脆弱。

晏云之……说来他确实也是同辈，也尚未娶妻，可总是跟每个人都保持着微妙的距离，让人觉得捉摸不透，难以亲近，怎么着也无法把他和成亲对象这个词画上等号。

还说什么寻觅良人，简直是没谱的事儿。

正当她胡思乱想之时，突然听到一阵脚步声。

桑祈已经习惯晏云之总是以这样的方式出现了，以为又是他，头都没回，伸手掏出一件东西，随意扬了扬，心不在焉地道："荷包啊，荷包，送荷包咯……"

通常晏云之都会扔下一句"不要"，这次却没动静。

桑祈有点意外，转头去看，发现身后站着一个不认识的男子。

天气明明很冷，那人的衣着却如初春服饰般单薄，淡青色的长袍虽也是上好的缎面，却能看出边角洗得有几分褪色。然就是这样一袭衣袍，就是一支朴素得不能再朴素的桃木发簪，整齐干净地穿戴在他身上，彰显出主人非比寻常的气度。

她觉得这人有些面熟，想来应该是班上见过的，却又没什么具体印象。如今仔细看才发现，他长得很高，英挺又俊俏。尤其是那巍峨高山般的鼻梁，显得整个人轮廓格外深邃，眼眸也因着这份深邃，变得沉郁如寂静辽阔的海。无疑是极好看的男子，可这份美既不同于晏云之的清冷仙风，也不同于卓文远的俊美阴柔，不同于闫琰的活力热忱，更不同于那些成天吟着风花雪月的酸腐书生，而是书上说的，属于人中翘楚国之栋梁的那份卓尔不群、器宇轩昂。

桑祈看得发了呆，半天也没想起人家的名字，不知如何开口。

好在，对方先以一句自我介绍开场，为她解了围："在下顾平川。"

"在下桑祈，见过顾兄。"因着对方认真沉稳的语气，桑祈下意识地收回不正经的胳膊、腿，老老实实地坐好。

顾平川当然认识她，微微颔首后，连多余的客套话都没有，下一瞬便语出惊人，平静道："在下今日，是来向桑二小姐提亲的。"

陌生的公子站在她面前，长身玉立，俊朗不凡，突然蹦出这么一句话来，桑祈觉得有点神思恍惚，没反应过来，直接脱口问了句："啊？"

顾平川面色沉静，继续不紧不慢地道："在下听闻，桑二小姐不愿接受家族联姻，今日特地前来亲自提亲，就是为了向你传达在下的心意。与家族安排无关，这些日子的接触以来，在下真心仰慕姑娘。若姑娘当真如传言般，不在意出身，只在意真情，便给在下一次机会吧。"

一番话说得沉缓动听，比卓文远那种油嘴滑舌听起来诚恳很多，可是桑祈怎么也想不通，二人连话都没说过，自己怎么就吸引到他了？这真心来得，会不会有点仓促啊……

虽说如此，怎么也是第一次听到如此正经的表白，她免不得和所有年轻姑娘一样面色发红，心跳加速，尴尬得不好意思直视他，轻咳两声，才道：“那个，我考虑考虑。”

她的反应似乎全在顾平川的预料之内。他没有表现出高兴或是失望的情绪，也没有做进一步强求，只点了点头，便抬步离去。

桑祈望着他的背影，抚了抚发烫的脸颊，觉得刚才的事越想越不可思议。诚然，这个看起来不浮夸不急躁、性情沉稳、容貌昳丽、清瘦而略显忧郁的男子的确给她留下了好印象。被他表白的，换作任何一个女孩子大概都会心旌摇曳。可她并不是那么容易小女儿心泛滥的姑娘，隐隐约约觉得，这男子不一般，来意未必是自己看到的那么简单。

带着七分好奇三分欣喜，回头她主动找到了顾平川，在放学的路上对他说：“我认真考虑了一下，既然你说自己对我真心实意，那么我们就来试上一试如何？你若能通过我的测验，我就答应你的求娶。”

顾平川闻言抬眸看她，严肃的脸上没有丝毫波澜，果决应了句：“愿效犬马之劳，随时恭候差遣。”

因着卓文远这趟远门去了许久，她正好白日无趣，有的是时间可以与他相处。次日便凑到他面前，嬉笑着问道：“中午一起用膳？”

顾平川犹豫一瞬，低着头应了声好，下课后拿了食盒到院子里等她。

以前桑祈都是和卓文远一起的，别人也都习惯了他俩的关系，没人特意围观。这回换了个人，加之先前的绯闻，难免引起注意，时不时就有探究的视线往二人这边瞄来。顾平川没说什么，沉稳地迈步，但能看出来握着食盒的手有些紧张，眉心也微微蹙着，似是不喜被人如此打量。

桑祈自己也有些尴尬，特意找了个偏僻的假山后方才停下来，环顾一周，道：“就这儿吧，比较安静。”

顾平川颔首，颇有风度地拾起一片落叶来，为她掸了掸石凳上的浮灰。

天气寒冷，即使保温得再好，饭菜还是容易冷掉。桑祈又懒得交给杂役热，因而一般都是带些凉着也能吃的东西，比如酱牛肉、熬制的皮冻等，搭配点莲翩擅长制作的奶酥饼，温上一壶酥油茶，也是极好的。往顾平川的食盒里看去，竟眼睁睁看着他从食盒里端出了一大碗早已不冒热气的冷汤，将其往桌上一放，便吃了起来。

她看着他优雅自如的吃相，惊讶不已，奇道："不凉吗？"

顾平川停下动作看了看她，眼中闪过一丝诡异的神情，而后摇摇头，用筷子拨开汤表面那层厚厚的油脂，平淡地解释道："此炖物乃鸡汤煲煮而成，漂浮着一层热油，有隔绝热度的作用，虽无热气冒出，也阻挡了寒气进入，里面的食材还是温的。"

桑祈不太相信，一伸筷子便到他的碗里夹了块肉来亲自尝试。一口咬下去，发现不是鸡肉，而是吸饱了汤汁、炖得软烂的土豆。别说，竟然味道非常好，而且带着烫嘴的温度。

"果然如此，是个好方法。"她不由得赞叹，想着回去让莲翩也照着做试试，自己中午就也有热汤热菜吃了。

再看顾平川，擎着筷子，半晌没再动，面色有些阴沉。桑祈意识到自己这个自然而然做出的举动好像惹他生气了，想到二人确实不熟，不由得尴尬地挠挠头，道："抱歉。"

"无妨，喜欢吃的话下次也给你带一份。"顾平川嘴上虽然这样说着，却再也没动那汤一口。

桑祈以为他是有洁癖，不愿动别人动过筷的吃食，便将自己的牛肉递给了他，道："要不你吃这个？我还没动过，我们换？"

顾平川又摇摇头，谢绝了她的好意："不必了，我今天没什么胃口。"

桑祈却不依，斟酌半晌，拉起他道："好吧，为了赔罪，我亲自下厨赔你一份午膳。"说着不顾他的再三推却，生拖硬拽，带他到了厨房。

因着博士和弟子们大多自己带饭，厨房里的物事不多，是给住在这里的杂役准备的。桑祈找到两个土豆，挽起袖子跃跃欲试道："看我露一手，给你炒一盘土豆丝。"说话间又看见一个茄子，想一起炒炒试试，便拿起茄子打皮，看看站在门口不肯进来的顾平川，招手道："进来帮个忙。"

顾平川刚才还只是有点不高兴，这回眉头彻底拧起来了，好像桑祈站的地方有什么洪水猛兽一般，说什么也不肯入内。

桑祈收拾好茄子才发现他还在外面，疑惑地看着他，问："怎么？"

顾平川脸色有些发白，负手而立，另一只手紧紧握拳横在胸前，脊背挺得笔直，道了一句："君子远庖厨。"

桑祈一听，扑哧笑了出来："有什么的啊，干吗那么瞎讲究……"

看他打定主意，还是不肯入内，桑祈眉梢一挑，计上心来，佯装无所谓地继续拿起土豆清洗，只道："好吧好吧，不进来也行，不过这可是测试的第一关。夫妻二人是要不分贫富贵贱相互扶持一辈子的，我可不想嫁给一个以后万一家道中落，没了家什，我生病不舒服的时候，连碗热汤都不肯为我做的夫君。"

言罢，只见顾平川面色一僵，也不知道是被"测试"这两个字打动了，还是对后面那句不着边的假设有了感触，咬咬牙，大步进了厨房。

桑祈低低笑了笑，将土豆交给他，耐心地教他怎么削皮，怎么切丝。

顾平川打心眼儿里排斥，一直蹙着眉，握刀的力度极大，好像跟土豆有什么仇什么怨似的，切出来的丝自然也不像样。

桑祈看在眼里，却不言语，只默默做着自己手上的事，泰然自若地把他切出来那些长短不齐、粗细不一的土豆条土豆棍扔进锅里，加上陈醋和西域辣椒，爆炒了一盘端给他，笑道："尝尝。"

他没吃饭，着实饿了，闻着酸辣土豆丝浓郁呛人的香气，喉结条件反射地滚了滚，嘴上却坚持"婉"拒桑祈的好意。

桑祈一挑眉，又道："这是……"

顾平川一听，面上都快结霜了，薄唇抿起，反讥道："测试对吧？"

桑祈笑而不语。

他便长袖一挥，大有慨然赴死之意，抬手夹了一筷子放进嘴里。

洛京饮食清淡，作为一个土生土长的洛京人，顾平川显然适应不了桑祈这西北风重口味，瞬间被辣得眼泪都差点流下来，却强自保持优雅风姿，面不改色地咽了下去，违心道："不错。"

"那你多吃点。"桑祈愉快劝道。

他打量桑祈一眼，见她满眼真诚，不似说笑，复又凝视了那盘土豆丝许久，终于握紧双箸，毅然决然地将整盘都吃了下去。

桑祈很满意，哼着小调说自己要负责把用过的盘子洗了，才放他回去。

顾平川同她拱手道别，快步走出厨房，如蒙大赦，长长呼了一口气，而后沉着脸大步走远。

晏云之遇到他的时候，他正在一碗又一碗地喝水，不难看出忍着不把舌头吐出来大口喘气有多辛苦，于是无奈地笑笑，找到了刚从厨房出来的桑祈，问道："捉弄人就这么有快感？"

桑祈不明白他所言何意，挑眉道："怎么总觉得，这句话应该是我问你。"

晏云之淡淡一笑，称反正自己也要去教室，不如同行。

桑祈对他突如其来的示好感到莫名其妙，抬头看看天，以为今儿太阳打西边出来的，嘴上说着："这是吹的什么风？"脚却是毫不犹豫地跟了上去。

"没什么，就是听说了你和顾平川的事，有点兴趣。"晏云之云淡风轻地道，"说说，你都打算考验他什么，吃辣能力是其中一大要事吗？"

桑祈沉思道："倒也不是，其实今天只是一时兴起罢了。我没有想捉弄他，是真心诚意地想给他做点吃的来着呀……难道，他不能吃辣？"

晏云之扭头睨了她一眼，眸色错综复杂，似是写满了"鬼才相信你不是故意的"。

清者自清，桑祈耸了耸肩，不多作解释，反问他为何难得一见地参与八卦："你和顾平川关系很好？"

"称不上，有过往来而已。"

"不是师徒关系那种的？"

"不是师徒关系那种的。"

桑祈明白了，敢情他这是为朋友打探情报外加鸣不平来了，计上心来，把玩着袖口道："成吧，我可以透露给你一些，不过有个条件，你得……"

晏云之打断她的妄想："收荷包就算了。"

桑祈脸色一黑，改口道："那……你得告诉我调查的情报。"

这回晏云之没说话。

桑祈当他默认，眸中星光一闪，打了个响指，愉悦道："其实也没什么，我桑家的男儿，个个英勇无畏，是顶天立地的男子汉。所以，我要求也不高，只要他文武双全，多才多艺，又对我极好就行了。"

晏云之长眉挑起，问："家世人品，都不在乎？"

“人品当然要在乎了。”桑祈想了想，“家世倒是没想过，大家不都差不多吗？”说着把自己和莲翩想好的几个测验项目与他说了一通。

晏云之听着，笑而不语，半晌后才道：“这要求还不高？我看你干脆把要考验顾平川的内容整理下来，以后专门拿来比武招亲得了。”

“连你都觉得被难住了？”桑祈停下来，惊奇地看着他问。

只见晏云之抖了抖衣袖，平静地回望着她，眼底波澜不惊，语气行云流水，就好像别人问他你姓什么，他说我姓晏一般自然，道了句：“怎么可能？”

桑祈对顾平川的大考验第一项——好吧，是第二项——如果那盘土豆丝也算的话——说困难也困难，说容易也容易，全看是对谁而言了，那就是陪她骑马练箭。

马场是桑家的，顾平川准时赴约，换了身方便行动的窄袖胡服，将绸缎般黑亮光滑的长发拢得整整齐齐，端坐在马背上，玉树临风，姿容倜傥。

桑祈的注意力却没怎么放在他身上，等他的时候已经骑马遛了一圈，回来后出了些汗，迎着光，浓密的长睫闪闪发亮，扬了扬手上的马鞭，算是打了声招呼。

顾平川没什么多余表情，躬身回了一礼，勒勒缰绳跟上。

接下来的时间里，桑祈射一箭，顾平川也跟着射一箭，但技术实在不行，还不如闫琰。

几个回合下来后，桑祈觉得比试难度太低，有些无趣，提议休息一会儿。二人并排，缓缓骑马在四周的草丛中绕行。桑祈发现顾平川又一直沉着脸，面上好像冻了冰，以为他是比输了不高兴，便宽慰道：“我看你刚才已经尽力了，以后多练习就好。”

谁料顾平川看了她一眼，却是开口道：“在下有一事不解，不知可否冒昧一问。”

“你说。”桑祈晃悠着马鞭，闲闲道。

顾平川便顿了顿，蹙眉问：“你为何喜欢舞刀弄剑？”

桑祈一怔，旋即领悟到了他用掩饰不住的嫌弃语气说出来的这句话背后的含义，是想表达正常的女子不应该如此，于是微微一笑，反问他：“你不喜欢舞刀弄剑，为什么还答应陪我来？”

说话间，视线落在他的手指上。修长白净的一双手，虽然关节苍劲有力，绝称不上手无缚鸡之力，可应该也没做过什么重活儿，亦不习惯弯弓射箭。刚才就拉了那么几下弓，已经磨红了好几块，中指肚上甚至出现了擦破皮的痕迹。

约莫留意到她的视线，顾平川不动声色地将袖子往下拉了拉，掩盖住手上的伤，冷面不语。

看得出他的克制和勉强，下一轮测试，桑祈也不想那么强人所难。选了个容易的，要跟他一起步行上下学，多聊聊天，看二人合不合得来。

可惜，结果也比较失败。

她发现顾平川这个人十分面瘫，比晏云之更甚。晏云之只是不爱笑，一旦笑起来却如寒冬尽去，春暖花开，冰河初融，万物复苏般极好看。顾平川却好像压根不会笑，脸上除了面无表情和面色阴沉外，鲜少见到正面情绪。而且不爱说话，经常是她一个人念叨了好半天，对方只是点头或敷衍地应上一句。

就连说好了不是测试，只是想约他一同出游，他虽然态度良好，也明显能让人感觉到心不在焉。

桑祈困惑了。

这一日，桑祈提议要跟他比武，见他虽不熟练地提着剑招架，但面上的厌恶之情却怎么也掩饰不住，终于目光一沉，三两下将他的武器打落在地，趁他弯腰去捡的时候，二话不说将其扫到了一边，在他疑惑的目光中，直视着他的深眸坦言道：“你既不喜欢我，迫使自己演这么一出，究竟为何？”

顾平川眸光一暗：“姑娘何出此言？在下分明……”

桑祈打断他：“别人是不是真心我看不出来，可是你不是得未免太明显了。”说着详细分析道，“第一，你觉得我的兴趣爱好都野蛮而古怪，与你的高雅情趣不符，每每只要看见我碰兵器就一脸嫌弃；第二，你并不喜欢我的性格，觉得我作为一个女孩子太张扬不检点，与我同行时常不自觉地保持了一点距离；第三，你和我在一起时完全不开心，我从来没有看见你笑过，反而总是一脸阴郁，可能连你自己都没留意到。你已经很努力地伪装自己了，只是真心伪装不出来。”

说完，她把手中的长剑一收，眨巴着眼睛大大方方地问他：“你觉得，这样子，也能叫喜欢一个人吗？”

顾平川无言以对。

桑祈伸了伸胳膊，也懒得质问他为什么欺骗自己，只道了句："我玩腻了，明天开始你便重拾自由，再不用面对我的无理取闹感到为难。"而后洒脱收剑，扬长而去，留下顾平川一个人暗暗握紧了双拳。

她原以为，顾平川是个骨子里很骄傲的人，被自己这样说了，定然会恼羞成怒，从此跟她恩断义绝，永不相交。却没想到，第二天洛京阴雨蒙蒙，一出门，便看见他依旧如往常一样，一袭青袍，在她门前执伞而立，像一棵挺拔不屈的崖上青松，山巅孤柏，已经就这样在风雨中默然伫立了千百年。

桑祈彻底被他弄糊涂了，诧异地走过去。还没等开口询问，便听顾平川淡淡道："之前约好的，来接你上学。"他的视线如这雨丝般，缥缈带着寒意，好像昨天什么都没有发生过，抬手邀她同行。

桑祈头一次觉得自己看错了人，眼前这个男子，让她愈发不懂了。

二人各自心有所想，一路沉默着，进了国子监大门。桑祈一眼就看到一抹熟悉的水蓝色——卓文远回来了，而今正闲闲倚在教室门上，手里拎的折扇换成了散发着香气的油纸包，勾唇笑着，朝她一摇一摇。

想来是没忘给她带特产！

久别重逢，她一高兴，忘了和自己同行的还有个顾平川，单手拿着伞，另一只手提起宽大的衣摆便一路跨过水洼绕过台阶跑了过去。

卓文远好笑地看着她，用油纸包敲了敲她的额头，取笑道："小馋猫，就那么急？"说着抬眸，视线越过桑祈，落在顾平川身上，笑意更深了些。

桑祈正忙着收伞，抖落袖子上的雨水，不愿看他小人得志，嗔道："没看见正下雨吗？"

"放心，用了好几层油纸包着呢。"卓文远边念叨这德州的醉鱼制作工艺有多不容易，边在顾平川阴沉目光的注视下，笑意盈盈拉着桑祈进了屋。

桑祈迫不及待地拆开层层包装，闻了闻诱人的香气，才想起来被自己遗忘了的顾平川，嘴角一抽，暗道不好。人家都不计前嫌来接自己了，自己还一见着吃的就把他忘了个干净，实在不会做人。于是视线在教室里搜索一圈，见他已坐在教室最深处的角落里，正冷着脸收拾书本，一看就很不高兴。桑祈稍加思忖，干脆借花献佛，拿了一条宝贝醉鱼，起身走过去，抱歉道："刚才有点冲动，并非有意丢下你。来来，尝尝这个，权当赔罪。”

顾平川连眼睛都没抬，直视着自己研墨的手，冷漠道：“不必了。”

桑祈尴尬地立在原地，皱着眉，心道这人到底怎么回事啊，怎么变脸比翻书还快。可还没等她再说什么，晏云之便来帮上次淋雨后风湿发作，导致今天没敢再冒雨出门的冯默博士代课了，只好又赶忙跑了回去，将醉鱼收好放在了桌子里。

耐心地等到下课，卓文远唤桑祈一起吃饭，桑祈却称自己还有事情找顾平川，让他不用等她。

卓文远虽然刚回来，对顾平川和她的事却了若指掌，闻言半靠在身后的桌案上，眯着他风流暧昧的桃花眼，叹了口气，哀怨道：“怎么，有了新欢，就要丢下我了？”

桑祈看不得他这酸样，嘴角一抽，抬手就推了他一下，嗔道：“少胡说八道！”

可她没注意，方才那句话被正好要迈出门口的顾平川听了个正着。男子脚步猛地一顿，而后拂袖，愤然离去。

桑祈好不容易摆脱卓文远的纠缠，在院子里找了好几圈才找到顾平川，从他身后走过去，拍拍他的肩，想跟他好好聊一聊。顾平川看她一眼，仿佛嫌弃被她碰脏了衣物一般，抬手掸了掸她摸过的地方，冷言冷语道：“怎么，想起来我这个新欢了？”

桑祈哭笑不得：“什么欢不欢的，你别听卓文远瞎说。”

顾平川青白的指节在衣袖中颤抖，隐忍多时的怒气终于达到了顶点，猛地起身，长袖一振，声调比平时高了几分，恨恨道：“桑祈，你若早就选好了子瞻，选好了卓家，直说便是，何苦要拿我取乐？”

桑祈听着这话，俏眉一蹙，忍不住反问：“我几时选他了？再说，怎么是我拿你寻欢作乐，不是你自己跑过来非要说喜欢我，要什么机会的吗？”

他委屈，她还无辜呢，她找谁说理去？

闫琰害羞脸红，生气脸更红，顾平川的脸色却比原来的苍白更苍白，仿佛来自冰封永冻之地的冬神玄冥，发起脾气来周身散发着一股迫人的寒意，让桑祈觉得空气都凉了几分。

“你既自诩聪明，岂会不知我为何如此？何苦还要苦苦相逼？”他牙关紧咬，惨白着脸色，肩头颤抖良久，从牙缝里挤出来一句，“桑祈，我已经尽力了……难道……你非要逼我入赘？”语气中竟有几分破罐子破摔的心如死灰。

桑祈突然就被吓到了，觉得眼前的这个人，自己从来都没有认识过。他海一般深邃的眼眸里，此刻掀起的仿佛是滔天巨浪。黑暗死寂的海面下，有一团血红的烈焰在燃烧，仿佛要冲破海面的桎梏，直向天际，将世间万物焚烧殆尽。而压制着他的，冷酷压抑的海水，也在飓风中席卷呼号。二者缠斗，犹如共工与祝融之战，各自强势，不分伯仲，令天地为之变色。

这还是她初见时那个儒雅沉稳的顾平川吗？

她从没想过，他是盛了这样许多怒气，一直压抑着自己，爆发起来如此骇人的人。一时失望，她亦是无言，只好默默转身离去。

那一刻，她觉得这人的确和普通的世家公子不同——比他们都不正常。自己的明智之举应该是从此离他远远的，甚至不想去探究他到底为什么这么生气。

恍恍惚惚地回了家，第二天上学的时候，她还特地先叫莲翩出门看看。

顾平川没有再来。

但莲翩却带回来一个惊人的消息——晏云之的家仆来了，邀请桑祈到晏府做客。

送上门来套近乎的机会，不要白不要，桑祈特地脱下宽袍，重新打扮一番，换上色彩鲜艳的长袖罗裙，披着小袄出了门。裙摆逶迤热烈的红色，衬得她肤色格外莹白净透，乌发似黛，丹唇如血。

跨过晏府高高的门槛，见着古朴大气的三进式院门，一股历史的厚重磅礴之感扑面而来。仿若门后氤氲的是百年前的陈香，飞檐翘角上雕的鸱吻还在等着早已超脱成仙的主人归来。

三百年前由晏氏祖先建立的宅邸，香火长盛不衰，子孙福泽世代。三百年来，这儿为大燕贡献了许多杰出人才，在百姓中有着崇高的威望。且不说现在德高望重的晏相，在年轻一辈中声望最高的晏云之，就连他那一贯无拘无束、没为朝廷效力过一天的二伯，也因多年前一计治疗瘟疫的良策美名在外。

洛京尝有歌谣传“晏与荣，天下共”。意思是说，虽然座上的皇权属于荣氏一族，威风堂皇，可实际上晏家才是皇座背后大燕真正的主宰。朝闻巷最深处这座宅邸的一砖一瓦上，镌刻的不仅是家族的荣耀丰碑，也是王朝的跌宕史册。

在这样一处住所里，一个人很自然地就会变得静默无言，内心充满追思与敬畏。

桑祈第一次进宫时都没觉得惊讶，只叹那里穷奢极欲，纸醉金迷，活像个安乐窝，一点都没有一国之君府邸的威严大气。倒是进了晏府，才感慨原来自己白活十七载，竟从来没有见过世面。

就连生活在晏府里的人都不一般，从这里的气氛便能感受出来。同样有着悠久的历史，闫家的氛围就像一个垂垂老矣、行将就木的王朝一般压抑沉重，家仆们的脸上个个写着谨慎拘谨，生怕弄坏了一草一物，恨不能把花瓶摆设都小心翼翼地供起来。

而晏府却不然。今日天朗气畅，清寒却怡人。不时掠过几只冬鸟，飞到几个丫鬟中间停下，被她们自然而然地擎住，笑着喂上几口吃食后再放飞，而后再继续做手上的事。人们面色红润，有种由内而外生出的随性自在。能让人感觉到，晏府对他们来说，并不是什么庄严肃穆的地方，只是他们怡然自得的生活的一部分。

便是这个到门口迎她的小丫鬟，从容有度、端庄聪敏的气质恐怕都能比过个别上不了台面的寒门小姐。她看上去也就十四五岁，比桑祈矮上半个头，青葱般水灵，一双璀璨如星的眸子中水波清透，不卑不亢地行了一礼，轻声软语道："婢子玉树，姑娘请同我来。"

跟人家一比，桑祈觉着自己成天舞刀弄枪的，确实有点粗糙。没想到那丫鬟看似温婉可人，走起路来却不似弱柳扶风，反而步伐轻盈而敏捷，竟像有功夫在身。

桑祈不由得惊讶道："你也是练家子？"

玉树有礼貌地保持着笑容，作个长揖道："不敢当，只练过一些，作强身健体之用。"

桑祈似有所悟："你家公子教的吧？"

小姑娘温声道了句："是。"

桑祈立马拉长了脸，在心里狠狠将晏云之埋怨了一番，嘶吼着：这人，还以为他学的是什么不传外人的绝技，没想到连他府上的丫鬟都能教，就是不肯教我！

过了垂花门，一路向里，玉树一直把她引到了晏云之居住的庭院，恭敬道："姑娘稍坐片刻，公子少顷便至。"

桑祈点点头，环顾一周，在石桌旁坐了下来。

看样子，晏云之应该刚走不久，桌上还摆放着几本打开的书卷。四下无人，桑祈有点好奇他平日都看些什么，悄悄探头看去。这一看不要紧，很快注意力便被全部吸进了纸墨里。她发现这是一份字迹骨力刚健、遒劲郁勃，内容锐不可当的书卷。字里行间锋芒毕露，痛陈时弊，振聋发聩，看得人不禁拍案叫绝。

桑祈没想到，在“盛世太平”的洛京还有人会写这种书，更没想到看似不问世事的晏云之会喜欢看。惊讶之余一抬头，不知何时那白衣如玉的公子已经坐在了她对面，身后不远处还站着正煮茶的玉树。

于是她一时又是做贼心虚，又是抑制不住好奇，红着脸焦急地问：“这本书册是何人所写？”

晏云之淡淡一笑，回了句：“你猜。”

桑祈气恼地甩了甩衣袖：“我上哪儿猜去！”

“是你认识的一个人。”晏云之好心提示道。

“该不会是你吧……”桑祈先提出了这个假设，又觉得不对，字迹不像，晏云之的字要更飘逸修长一些，便自己摇摇头将其否决。

她向来没有耐心玩这种猜谜游戏，从衣带里掏出荷包来，挑眉道：“你说是不说，不说我要送荷包了啊。”以为这一招能镇住晏云之，不想对方坐得泰然自若，丝毫不为所动，竟让她自己先起了退意，只好又收了回去，悻悻道：“我真不知道。”

这时玉树把煮好的茶端了过来，晏云之抬手做了个邀请的手势，自己先轻啜一口，淡淡道了三个字：“顾平川。”字正腔圆，发音清晰……清晰到让桑祈以为是同名同姓，讶然道：“不会吧？”

晏云之挑了挑眉。

桑祈还是觉得难以置信，居然是他？对了，第一次端详他时，确实觉得他是这种人，这种丘壑在胸、不落窠臼的真正士子。可是后来，又觉得他心浮气躁，倨傲自负，不过是空有皮相罢了。

桑祈又看了看被清风吹动的书页，都说字如其人，文如其人。书本中的他，昨日愤懑的他，皆是自己眼中看到的顾平川，却有自相矛盾的很多面，到底哪一个才是真正的他呢？

“糊涂了？”晏云之的声音恰到好处地徐徐响起。

“嗯。”桑祈老实承认。

“你平日看到的顾平川，和在书中看到的顾平川，每个都不完整。就像每一个人眼中的顾平川都不一样，只是因为每个人关注的重点不同，接收到的内容自然也不同。晏某不敢说自己认识的就是真正的顾平川，但想来与你见解有异。你想不想看看，晏某眼中的顾平川是什么样？”

面前的司业循循善诱，桑祈明知道这是个为自己准备好的坑，还是义无反顾地跳了进去，抿唇道：“想。”

“不过，”等她喝完茶，晏云之披了衣服同她一起往外走时，桑祈才想起来质问，“你都肯教玉树练武，怎么就不肯教我？”

晏云之诧异地看她一眼：“玉树小时体弱多病，你也是？”

“……”桑祈这刚兴致勃勃地准备撸胳膊挽袖子在言论上与其大战一场，又被他一句话噎回去了，还没开打便丢盔弃甲，只得哼着小调，若无其事地看了看天。

晏云之让家仆驾了马车，带着她一起去了顾平川家里。

桑祈从前对顾家几乎一无所知，一去才发现，顾家竟然像她桑家一样人丁稀薄，并远比她家门庭冷落。

大门上的漆，已是斑驳脱落，黯然面对主人的辉煌不再。晏云之适时对她解释了一番顾家的没落。

在顾平川太祖父那辈，顾家还是很昌盛的，可昌盛的代价就如同当年独大一时的桑家一样，被皇室所忌惮。也不知是不是有人蓄意栽赃，总之某一日，朝堂上突然就冒出来顾氏族人私吞漕利、中饱私囊的弹劾。惹得龙颜大怒，下令彻查此事，竟连带着牵扯出许多顾家在朝中的丑闻。由于当中的诸多细节追责不清，顾氏家族内部先乱了阵脚。父子猜忌，兄弟阋墙，每一房都想把罪责推给别人，洗清自己。如若不反击，就有可能被其他人以为好欺负，踩成替罪羊。

在这种趋势下，整个顾府乌烟瘴气，人人自危。当时的家主急怒攻心，斥责晚辈无能，竟然大声哭号着对不起列祖列宗，没管好这个家，轰轰烈烈地当着众人的面自裁以谢罪了。

于是顾府中人又被扣上了不孝的罪名。贪污事小，失德却事大，从此顾家在格外重视士人名节、家族风气的大燕，一蹶不振，再没有了翻身的可能。名义上虽是上层士族，却已经两代人仕途不畅，谋不到什么像样的官职，只能眼睁睁地看着庞大家业逐渐败落倾颓。

“所以，顾平川空有抱负，却没有施展的机会，才急于与我联姻？”桑祈听完晏云之的提点，有如醍醐灌顶。

晏云之轻轻点了点头。

若说这是命运，对顾平川来说，着实有失公平。毕竟错又不是他犯的，却要这样平白受连累，桑祈想想，要是自己的确也要生气，也要不乐意。可这也不能成为他破罐子破摔、连入赘这种气节全无的话都说得出来的理由吧？她拧着秀眉，继续看晏云之，想从他那里寻找答案。

晏云之笑了笑，道：“别急，我们先到顾府坐坐。”

看起来，他似乎是顾府的熟客，家仆拿着晏家的牌子去通报后不多时，顾府的管家便亲自出门相迎，大约是因为上了年纪，躬身时有些颤抖，但还是规规矩矩地行了个大礼，对晏云之恭敬地道了句：“晏公子，请。”

晏云之微微颔首当作回礼，带着桑祈进了门。

顾府的没落，并非万丈高楼轰然倒塌，而是一步步从高贵跌落到式微，外壳仍然撑着庞大的支架，依稀可见当年雄风，内部却在不断衰败，逐渐中空。

角落里的杂草，看似有时日顾不上打扫了。

顾平川出身二房，父亲病逝数月，家中只有母亲和两个年幼的弟弟。

晏云之和桑祈拜访顾母的时候，顾平川还在国子监没回来，顾母一头雾水地替儿子接待二人，命人备上点心说话。

厅堂里绝称不上简陋，但装饰简单，风格素雅，也没什么看头，桑祈的视线便专注在顾母身上。发现顾母乃是典型的洛京式美人，面若梨花，眼含春水，腰肢不盈一握，走起路来柔若无骨，而且……弱得有点过分，衣衫下瘦得仿佛只剩下了枯骨，一咳嗽起来，整个人随时都要散架似的。

桑祈正想着，只见顾母紧紧攥着手帕，掩嘴又是一通咳嗽，咳得桑祈离她不近都能听到其胸腔空洞的轰鸣声。身边的丫鬟又是给她捶背，又是给她递水，半晌才帮她缓过来。

顾母无力地朝客人笑笑，满怀歉意道：“抱恙多时，实在失礼。”

晏云之早就知道这种情况，来时便备了些药品当作见面礼，这会儿派人送上，却遭到了顾母的婉拒。

“郎君好意，妾身感激不尽，却是万万不敢再收。”顾母无奈地笑笑，“上次您送的山参，妾身私自受了，被川儿知道后，又发了好大脾气……您别介意，倒不是怪您，您自然一片好心，只是他那个孩子啊，性子太要强，也太倔。”

说起自己的长子，做母亲的眼中含满又怜又爱的水光，同时好奇地看了一眼没见过的桑祈，疑道：“这位姑娘是？”

桑祈忙自我介绍，解释道只是作为同窗，见顾平川最近情绪不太好，来府上看看能不能帮上什么忙，在门口凑巧碰到司业而已。

顾母闻言点了点头，感激道：“能有同窗关心他，川儿一定很高兴。”说着说着竟然好像要哭出来了，一时激动，便不由得多啰唆了几句，感慨儿子最近压力很大，每日要操劳学业，回来后要亲自服侍她，还得帮她出面解决许多难题……

但桑祈再问什么样的难题，她又只是摇头叹气，不肯细说了。

想来是人家的家事，也不好问，桑祈便识趣地闭了嘴。

说会儿话的工夫，院外突然传来争吵声。桑祈暗暗蹙眉，想着这都是哪里找来的家仆，怎么这么不懂规矩，主人在会客还这般大吵大嚷。然而再看顾母和她身边的大丫鬟，竟似早习以为常一般，只是面色尴尬地蹙了蹙眉。

“你去看看，他们说什么，便应了吧。”顾母惨白着脸，啜了口茶道。

“这……”丫鬟一听，立刻犯了愁，想说劝几句，却被主人摇摇头打断，摆手轻叹，“去吧，在贵客面前，莫要闹得不好看。”

“是。”丫鬟这才抿着唇应下，退了出去。

桑祈多了个心眼儿，格外留意外面的动静，隐隐约约听到只言片语。想是别的房欺负二房孤儿寡母，便向顾母施压，克扣了什么本该属于二房的东西，二房的小丫鬟气不过才跟人家顶嘴的，而这已经不是第一次了。

在外因为家族丑闻不受待见，在家还要遭受同族欺凌。来之前桑祈万万没有想到，顾平川的处境竟是这般艰难。

顾母那边又在满怀歉意地说着见笑，晏云之大约觉得桑祈也将情况了解得差不多了，不想再让顾母尴尬，便礼貌地起身告辞，临行前嘱咐了顾母要多休息，有他能帮上忙的尽管开口。

而后二人往外走的路上，桑祈感慨良多，皱着眉头一通叹气，见晏云之却是表情平静，没什么反应，不由得疑惑道："你不觉得顾母很可怜吗？"

晏云之转过头来，步伐从容，清清冷冷的视线看着她，声线极其平静道："人间事，多如此。"

桑祈语塞，看他刚才的好意，再看这时的表情，真不知道该说他是看透沧桑，还是冷血无情，又叹息一声。

晏云之淡笑，理了理衣袖道："桑祈，为师今日教你一课，你且记着，无论是顾母还是平川，他们最不需要的便是同情。"

桑祈品着这句话，若有所思地点了点头，迈着沉重的步伐回了家。

与此同时，在宋家大宅里，也有一个人在蹙眉踱步。宋佳音最近也是心烦不已，虽说她一直觉得自己年纪还小，应该在父母身边多受几年宠爱，不急着嫁人，可事实上岁月不饶人，夏日里她都已经及笄了。婚嫁之事，自然也就被提上了议程，早年她嫌弃这个看不上那个，不愿挑选，如今被家里逼得烦不胜烦，迫切需要做点什么大快人心的事儿高兴高兴。

这不，今儿就听兄长宋落天说到了顾平川在追求桑祈一事。对洛京的各大家族知根知底的她，可比桑祈了解顾平川多了，一听说便乐不可支，连连追问兄长："那这俩人可成了？"

宋落天拿起一颗花生，高高抛起，用嘴接住，玩味道："当然没，桑氏那种飞扬跋扈的性子能看上谁？我听说啊，她可是把顾平川欺负得够呛。"

宋佳音亲自给他剥了个花生，嘟嘴道："那可不好玩，要我说，他们俩挺合适的。一个不受欢迎的刁蛮小姐，一个不被待见的落魄公子，哈哈哈……想想就有意思。"

宋落天耸耸肩，不置可否。他对顾平川，除了听说长得十分英俊，年少时就是个神童，就没什么印象了。

宋佳音喝着热茶，眯着眼睛想了想，突然计上心来，推了推兄长，娇笑道："要我看，那顾平川许是没什么能打动姑娘芳心的伎俩，而在这方面，你又恰好是个高手……不如，你去帮他一帮？"

宋落天不明白，懒懒地晒着太阳问："为何要出这份力？"

宋佳音一副嫌弃自家兄长没脑子的表情，嗔道："你想呀，若是他能讨得桑祈欢心，娶了那泼妇，桑氏岂不成了洛京的大笑话？若是俩人没成，我们也可放出话去称她嫌弃顾家家世不好，从前说什么婚事自己做主，不图对方家业，只求为人称心之类的言论，不就成了自个儿打脸？”

宋落天细细琢磨着，觉得好像也有几分道理，再加上是亲妹子的要求，别说让他帮顾平川追求桑祈了，就是让他帮忙追嫦娥也得去啊，于是大手一挥，痛快道：“好，我明天就去。”

就这样，第二天，宋落天便又难得一见地出现在国子监，暗暗在教室中寻觅一番，留意到了顾平川。

昨天回家得知大伯那房的人又欺负上门的顾平川，此时此刻显得十分气闷。自己夜里要上门去说理，却被母亲哭着拦住，说什么君子志不在此，不可因这些鸡毛蒜皮的小事与长辈顶撞，否则传出去，他未来的仕途就完了。

那该如何？他堂堂一个七尺男儿，难道就只能眼睁睁看着母亲和幼弟受苦，自己却有口不能言吗？他本该撑起这个家。反正本来也没什么仕途可言，何不干脆完得彻底！

原本父亲去世后，走投无路的他，指望着能依靠桑家获取助力，没想到那桑祈如此难缠，自己又实在放不下身段……顾平川越想越恨，握着书册的手指紧了紧，险些把无辜的书页揉成一团。

宋落天瞅准时机，摇着扇凑了过去，在他对面坐下来。

顾平川察觉，抬头看了一眼，见来人是他，表情说不出的厌恶。

宋落天自觉高贵，看不上他家境清贫；他也自觉高贵，看不上宋落天的纨绔。互相都不把对方放在眼里的两个人相对而坐，气氛很是微妙，还是别有用心的宋落天轻咳一声，率先打破僵局，道了句：“顾兄……近来可好？”

没话找话，来者不善，顾平川冷冷看他一眼，敷衍道：“尚可，宋兄也别来无恙？”

“无恙，无恙。”宋落天嘿嘿一笑，趁四下无人注意，凑近了些，神神秘秘地道，“宋某听闻，顾兄为女子之事所扰，实在叹惋。以顾兄的才学仪表，如何不是洛京万千少女春闺梦里人的典范？可是这女子啊，矜持，假正经，不太吃君子风范那套。表面越是倔，内心就越渴望被强势的男子征服。”他说着，偷偷从袖口拿出一个纸包，放到了顾平川桌上，压低声音道，“愚弟不才，但愿此物，能助顾兄一臂之力。”说完若无其事地起身拍拍屁股走人，走的速度还挺快，好像跟顾平川说话这种有损身价的事做多了，整个人都会不好似的。

顾平川清正优雅的长眉此刻紧蹙，瞟了一眼桌上的东西。

他虽从不参与贵族中的玩乐，但对于当中玄机也知晓一二，从纸包中露出来的一点点暧昧的粉色细末，便不难判断出此物用途。漆黑的眸子凝视着它，暗暗握紧拳，眼底起了一阵风暴。

不久之后，桑祈听说顾平川邀自己到谢雪亭小叙的时候，正和卓文远商量晚上去哪儿吃点好吃的。谢邀后，笑容凝在嘴角，眸色中亦是光影不明。

“不想去便拒了。”卓文远懒懒托着腮，眼睛微眯，友情提醒。

桑祈淡淡一笑，摇摇头，却道：“没事，就是见一面。”言罢收好东西便潇洒地前去赴约。

谢雪亭在蜿蜒曲折地从洛京穿城而过的洛水河边，自河堤探出一角，深入河内，有一窄桥连通。亭八角，春可赏柳絮簇簇，夏可观荡荡风荷，秋可听清涛阵阵，乃是洛京一景。只有冬天冷清，若非下雪时日，少有人来。

桑祈远远便能看到顾平川备了清酒小菜，正在亭中自酌，深吸一口气，故作无事地走了过去。

顾平川抬眼看到她，举了举手里的酒杯当作问好，一仰头又灌了下去。喉结一滚，几滴琼浆从嘴角溢出，被他无所顾忌地抬袖拂去，抬手道：“坐。”

桑祈便在他对面坐了下来，明眸凝视于他，若有所思。

“今天邀你来，就是想对先前的失礼赔个罪。”顾平川似是有些喝多了，明显显出醉意，举樽又饮了一杯道，“这杯，我先干了，我不该欺骗你的感情。”

桑祈微微一笑，坦言道：“没事，其实我从一开始就没太信，也没付出什么感情。”

顾平川闻言一怔，继而哈哈大笑两声，自嘲道：“对，聪明。”说着拿起酒壶，给她斟了一樽递过去。

“来，一起喝，这杯敬你的机智。”

桑祈看了看杯中酒，没有伸手去拿，只道了句：“家父不让在外面乱喝，这份敬意我心领了。”

顾平川一听，面色沉了沉，有点不高兴，摇摇晃晃地起身，绕过桌子朝她走了过来，亲自帮她把酒樽拿起来，递到唇边，蹙眉道：“那怎么行，不给我面子？”

“不是，父亲真不让喝……”桑祈尴尬地推脱道，稍稍偏身离他远了些。

这个与宋落天的动作有些相像，仿佛在嫌弃他是瘟神一般的反应，成功激怒了顾平川。只见他手上动作一顿，陡然发起脾气来，将酒樽狠狠扔到一边，扯着桑祈的衣领便把她拉了起来，一个转身，抵在了身后的柱子上，用自己高大的身躯严严实实地将她禁锢住。

他个子很高，一压上来，桑祈顿觉天黑了一块儿，连阳光都照不过来。面前的男子一身酒气，抓着她皓腕的手颤抖却有力。

顾平川薄唇勾起，往日英朗的面容，染上几许酡红后，此时此刻竟显出几分邪魅，单手捏住桑祈的下巴，俯身盯着她的眼眸，仿佛要把她看出一个洞来，声线低沉而嘶哑，压抑着盛怒道：“为什么看不起我，嗯？为什么你们一个个都要这样对我，我到底做错了什么？！犯过错的是他们，不是我！我命应由我不由天！这不公平！”

“你先冷静一下。”桑祈扯了扯他的胳膊，蹙眉道。

可对方怎么说也是个男人，此时又用上了十足的力道，这一下竟纹丝不动。

顾平川捏着她光滑如瓷、水润盈透的面颊，眼里尽是嘲弄，冷笑一声，自顾自继续道：“我最讨厌你们这些尸位素餐之人。门第出身，有什么用？光有祖上积德，便可经世治国了？我顾家德行败坏，不尊孝道……呵呵，这一个个高门大院里，又有几家是干净的？又有几人不肮脏？”

他越说越激动，越说越狠狠压向她，一探身，便朝她的柔唇咬了下来，就好像这便是整个大燕门阀政治的代表，他要张开自己愤怒的利齿，生生将其撕扯个干净。

然而，就在顾平川的双唇马上就要碰到自己的一瞬间，桑祈身子敏捷地一缩，利用自己相对娇小身体柔软的优势，出其不意在他肋下狠狠打了一拳后，趁他闷哼吃痛，闪身从他的怀抱里钻了出去，而后二话不说，回手就是一巴掌。

这一下干净利落，并使出了十成力量，顾平川脸上当即留下了五个清晰的指痕，被打得耳朵嗡嗡作响。他皱着眉头，向后一跌，下意识地抬手捂住了脸。

桑祈也退后两步，与他拉开些距离，一边整理被弄乱的衣裳，一边平静地看着他道：“晏司业对我说，你最不需要的就是同情的时候，我心里就有一种说不出来的感觉。现在我明白哪里别扭了。对，顾平川，你是不需要同情，因为你根本不值得，你命该如此。”

“一派胡言！”顾平川面色如纸，愤怒道，“论才学，洛京有几人能超越我；论品格，我从小就以一个圣人的标准对自己严格要求，甚至达到了苛刻的地步，又有几人能及？我到底哪里比不上你们？”

他像一头挣扎已久的笼中困兽，悲愤交加，歇斯底里。

桑祈却一脸冷漠：“起初看你的文章，我也觉得你确是大燕难得的青年才俊，后来才明白，你只是生气。只是一味地怨天尤人，控诉这世界对你的不公，想把愤怒都发泄出来而已。你并非什么胸怀苍生、心系天下之辈，只是个对自己的命运都无能为力、自暴自弃、只想着依附别人、贪图捷径的懦夫。”

她说完这句，将衣服和头发都理好了，既没发火，也没叫嚷，只是面无表情地看着他，目光里还带着几分怜悯，道：“白日里，宋落天跟你说话的时候我就在窗外，一字一句，都听得清楚。我觉得你非但不值得同情，相反还很欠揍。”

桑祈言罢转身施施然离去，丢下一句总结的话语：“顾平川，我桑家的男儿，即使落在敌人手里，受尽百般摧残，也要死得顶天立地，是真正的男子汉。你，连入赘都不配。”

顾平川全身一凛，一句话也说不出来，只能呆呆地看着那一袭骄傲的红色长袍飘然离去，久久一动不动。终于在她彻底消失在视线后，他自嘲地苦笑一声，拿起给她倒的那杯酒喝了下去。

第二天，桑祈没见到顾平川来。

第三天也没有。

第四天，她有点坐不住了，时常会想，那天自己说得是不是有点过火？这家伙不会一时想不开，投河自尽了吧？虽说觉得不是自己的错，但要是事情闹得太大，还是多少有些良心不安，于是她偷偷来到晏云之处，想打听打听顾平川的消息。谁知一进门，便看见那日亲眼见宋落天递给顾平川的纸包，正安安静静地躺在晏云之的书桌上。

“这……”她眉心一蹙，有些不懂了。

晏云之本在写字，闻声抬头看她一眼，反问：“怎么？”

“我不明白。”桑祈边说边摇头，在他对面坐了下来。

晏云之想是明白她来的目的，却并没有解释纸包的事，只语气淡淡地道：“顾平川病了，前日练了一夜剑，许是出汗，染了风寒，正在家休养。”

桑祈还是蹙眉摇头，继续道：“我不明白。”

晏云之低头继续写字，微微笑了笑，意有所指道：“你应该明白。”

从他这里得不到想要的答案，桑祈恍恍惚惚地出了门，一边往教室走着，一边做出一个决定——亲自到顾府去看一看。

将事情的前因后果跟卓文远说了个大概后，卓文远放心不下，非要跟她一起去。想起顾府那气氛，有个人陪着也好，桑祈也就没拒绝。二人准备了一些药物补品后，一同来到了顾家。

见顾母整个人又瘦了一圈，桑祈有点内疚，说了几句话，才留卓文远一个人帮忙照顾顾母，自己跑到了顾平川那儿去。

他年仅八岁的弟弟很懂事，帮着母亲照顾兄长，见有客人来，施过礼乖巧退下。房中只剩二人，顾平川烧得有点厉害，全身酸痛无力，不方便起身见客，只挂了帘子，躺在榻上。

“你……这又是何必呢？”桑祈看前几日还好好的一个人，突然就大病一场，看上去十分憔悴，不由得唏嘘慨叹。

隔着帘帐，那头的顾平川眼眸微动，没有说话。

“那天我刺激到你了，所以才发奋图强的？”桑祈自顾自地说着，语气很无奈，“可也不是这么个争气法啊，你读了那么多书，还不知道有个道理叫过犹不及？”

“用在这里不太合适，顾某这种情况应该叫矫枉过正。”顾平川的声音低低地从帘帐后传来，听上去有些虚弱无力，却还是坚持纠正道。

还能有力气说话，看来烧得不算严重，桑祈也就松了口气，耸耸肩，有些羞愧地道：“我没想到那包药粉你并未使用。”

顾平川沉默少顷，才嘶哑地叹了一声：“怎么可能用……但那天确是我失态了，本想着病好一些后便亲自登门负荆请罪，没想到你还能来看我。”

围绕着这个邪恶药粉的话题聊下去，实在有些尴尬，桑祈轻咳一声，决定换个话题，一边看着他书桌上的书，一边道："其实呀，我知道你讨厌宋落天，也讨厌我。你觉得我们这些人，一出生就高高在上，一帆风顺，理解不了你的心情。"

帘帐后的顾平川又沉默着不说话。

她觉得自己猜对了，便笑了笑，继续道："也的确，我没有经历过你承受的那些痛苦。但是，每个人都有自己的难题。我的地位是我的幸运，也是不幸。有多少人因之敬畏我，就有多少人看不起我，以为我只是个身居高位的花瓶。"

桑祈拨弄着他毛笔上的狼毫，细数道："说我骄傲啊，说我仗势欺人啊，说我蛮横跋扈啊，说我目中无人啊……各种说法都有。"她边说边乐，"其实我也有很多无可奈何，也不喜欢自己现在的位置。但是，抱怨和愤怒都不能解决问题，面对当前的处境，不畏惧它，也不向它屈服。恪守内心，并且踏踏实实地努力，才是改变的出路。说句你可能会觉得我很矫情的话，世人都羡慕我是大司马的独女，可我自己并不开心。我不想每个人看到的都是这个身份，而不是背后的我。所以，我也一直在努力啊。"桑祈一提到这个事儿，就想起那没有着落的拜师之路，免不了叹气，诚恳地道，"我过得也挺艰难。"

顾平川听着听着，虽然眉头依然蹙着，却长睫微眨，若有所动。

桑祈唠叨了好一会儿，觉得该说的也说差不多了，便痛快起身道："啰唆这么多，打扰你休息了吧？我就先回去了。你好生养着，药和补品别省，按时吃，回头我会再叫人送来。"

顾平川一听这句，也立刻跟着起了身，引发一通剧烈咳嗽，刚想说什么，马上又被桑祈出言制止："别拒绝啊，这可不是什么施舍恩惠，只是朋友之间的互相帮助罢了。你若当我是朋友就收下，如不然，我就认为你是打定主意生我的气了。"

顾平川动作僵了僵，良久后终于又躺了回去，轻叹了声："真是拿你没办法。"

桑祈这才放心，欢快离去。

卓文远不愧号称八面玲珑长袖善舞，跟顾母都能聊得开心，走出顾府后才好整以暇地看着她，戏谑道："我还以为你不准备出来了。"

桑祈白了他一眼，嗔道："你以为是你去见红粉知己啊？"

卓文远摇着扇，姿态风流，笑而不语。走到巷口的时候，他邀请她到府上坐坐，说什么府上的厨子最近新学了几样点心，应该合她的口味。

桑祈却令他颇感意外地拒绝了，道自己还有事，同他作别，又辗转回了国子监，往晏云之的房间去，发现他果然还没走。

她半倚在门上，抱臂往桌上看，没再见到那个纸包，想来已经是被他处理掉了，于是把玩着发梢，问出了心底的好奇："你并不是管闲事的人，为何三番五次帮他？"

晏云之侧过身，看她一眼，反问："帮谁？"

"顾平川啊。"桑祈无奈，明知故问嘛，不然还有谁？

不料白衣翩翩的司业淡然一笑，道："是吗，晏某怎么觉得，自己是在帮你呢？帮你学会如何看清一个人的内在，而不被表象蒙蔽。"言罢不紧不慢地收拾着东西，补充道，"另外也确实觉得他是个不可埋没的人才。"

桑祈耸了耸肩，遗憾道："可惜我帮不上什么忙。"

"未必。"晏云之笑道，"或许你已经帮过了。"

"那，既然你要帮我，不如好人做到底……"桑祈一听，自觉眼前是个机会，习惯性地顺杆子爬了上去。

话还没说完，又听他道："荷包是另一码事。"

桑祈只得再次悻悻地住了嘴。

没过多久，顾平川在桑祈的帮助下恢复了健康，又回到国子监。这些日子来，他躺在病榻上，想了很多，也换了一种角度重新审视这个自己从前也认为不过是个因着姓氏逞威风的女子。

结果发现，桑祈果然和他以为的不一样。

比如昔日看她散漫慵懒，做什么事情态度都好像漫不经心似的，以为她是那种家世甚好、从来没有烦恼、未曾对未来有过半分担忧的庸俗女子，而今仔细观察才发现，其实她每件事情都老老实实地按博士的吩咐做了，并不是故意偷懒，只是这些事对于她来说，没有那么重要。她漫不经心的背后，其实有着自己真正在意的事情，心中时时铭记的方向。如果仔细观察，就会发现她明亮的双眸中时时有疲惫的血丝，或眼眶周围隐约显出倦怠的青黑，手指上也不时会有新磨出的薄茧，再怎么用上好的滋润脂膏掩饰也是徒劳。

想来她之所以时常打盹，也并非都是因为课业无聊，有那么几层原因，是晚上做了什么事情太过劳累，精神实在不济吧。比如，他曾经鄙夷的舞刀弄剑。那么，她非但没有对自己的努力付出引以为傲，夸为谈资，只是觉得这是一件自己应该做的，非常正常的事情，并且还能分出心思来，按部就班地把在国子监的表面功夫做好，是不是说明，她也并非众人传言的那样跋扈张扬、目中无人，相反，竟然意外地很乖顺，很尊敬他人呢？

她说过，她并不喜欢自己现在的处境，包括来国子监这件事也并非所愿，只是为了完成必须完成的承诺。可是的确如她那日所说的一样，她不会一味地去抱怨周遭的环境，而是无论身在何地，都接受它，活在当下，做好该做的事，安静等待时机。

眼前这个女子，意外地能屈能伸，适应能力极强。她脸上时常是平淡从容，或带着笑意的，即使自己并不喜欢国子监，也明知道自己在国子监不受欢迎，仍未因此对自身的存在产生半分怀疑与犹豫，始终不为他人的议论所左右。甚至，数次被晏云之拒绝的时候，也不恼怒不埋怨，只是稍微略显失落那么一会儿后，便又重新整顿旗鼓，下次再战。

他看着追着送荷包和冷淡地拒收的俩人，一时有些出神，没注意到什么时候，那明丽夺目的少女发现了他，正在远远地招手同他打招呼。

顾平川微微一怔，颔首回了一礼。

桑祈扔下软硬不吃的晏云之朝他跑来，笑眯眯道：“病好利索了？”

“嗯。”顾平川再拜，答道，“多亏桑二小姐的帮助。”

“朋友嘛，何必言谢！”桑祈无所谓地摆了摆手，复又神神秘秘道，“走，我带你去一个地方。”

桑祈说着出了国子监，一路带着他出城，来到了郊外的一处水潭边。四周打量一会儿后，她在水潭边寻了一处草地坐了下来，舒展着筋骨，道：“你看，这就是我跟你说过的，我练武找师父的地方。近两个月，我几乎每天晚上都来守株待兔，风雨无阻。可惜啊，还是没找到那位老者。”

她耸了耸肩，抚摸着从马车上带下来的长枪，想起在这儿碰见晏云之的场景，又笑道：“不过也不是一无所获，慢慢来，总会好的。”说着拎起枪，在顾平川面前表演了一段完整的桑氏枪法，末了气喘吁吁地挑眉问，“怎么样？”

顾平川淡笑着，轻轻拊了几下掌，道："很棒。"

他心里明白，桑祈之所以带他来，还是对他心理的阴霾放心不下，怕他不相信自己之前说的话，想让他亲眼看见自己努力的一面。可她并不知，他从她的一颦一笑、一举一动中流露出来的真诚坦荡中，早便信了。

桑祈又变戏法似的从马车上拎出两个牛皮水囊来，递给他一个，自己也灌了一大口，在草地上躺了下来，发着呆望天。

顾平川一打开塞口，就闻到一股醉人的酒香，嘴角不由得浮现了一丝笑意，沉吟半晌后，才轻轻小酌了一口。

太阳正在落山，毫不吝啬地洒落最后的余晖，天地间一片漫金流碧，两个人一个躺着一个坐着，良久都没有说话。喝光水囊里的酒后，顾平川先开了口："在下年前便会离开洛京。这大概是第一次，也是最后一次与你一起喝酒了。"

桑祈闻言很是意外，疑惑地起身问："去哪里？"

顾平川笑了笑："说来惭愧。曾经少安举荐我去漠北上任，但我嫌弃那官职太小，总觉得自己应在更好的地方，一直没有接受。最近倒是想通了，一步登天既然不行，就从小事做起吧，也不能太在意面子上的事。我决定，不继续抱怨、愤怒并坐以待毙。怎么着，也得先让家里人过好日子再说。正好漠北那边还有合适的机会，想去试试。"言罢他又重复了一遍她的话，"慢慢来，总会好的。"

桑祈感慨于他的态度转变，打心眼儿里为他高兴，同时又有些担忧，叹息道："不能过了年再走吗？而且你走之后，顾夫人怎么办？"

顾平川晃了晃空了的酒囊，道："在洛京过这个年也没什么意思，我打算直接把母亲和弟弟一起带去，远离洛京，也是对他们好。"

"那么，你是要脱离家族了？"桑祈很是惊讶。

不料他却摇了摇头，眸中凝着万籁俱寂的夜空般的忧郁，还有远天淡淡的一层辉光落入，在那里沉沉浮浮，轻轻一笑，道："不，我永远是顾家的子孙，而且要靠自己的双手，重新打造属于这个姓氏的荣耀。"言罢低头，用酒囊碰了碰桑祈手中的酒囊，深深凝视着她道，"和你一样。"

桑祈莫名松了口气，愉悦地笑了，仰头把自己的酒也喝干净，爽快道："好，到时候我去送你。"

顾平川出发的日子，最终定在了腊月二十三，正是洛京里的人们都在庆祝小年、欢欢喜喜准备年货的时候。一家四口，东西不多，只带了两个忠仆和必备的生活用品。

他要去的漠北，历来乃是罪臣重犯被流放之地，也历来被皇城根儿底下的洛京人视为荒蛮之所，对于大多数人来说是一个连名字都唯恐避之不及的禁地。上层世族、高门子弟，从来没有人会去那种地方。向来都是下品寒门或是买官的商贾在那里任职。因而顾家其他几房一听说他的决定，都怒不可遏，觉得他给顾氏丢尽了脸面，让他们再也无法在洛京抬头做人。自然气还不够生的，没有一人来给他送行，长房甚至还扬言要把他逐出门户。

漠北在国境最北，乃是苦寒之地，所以，桑祈特地帮他添置了一批御寒的厚衣裳和防寒用品，啰啰唆唆地又装了一车。顾母看了看长子，一脸为难，最终在桑祈说了以后一定让顾平川加倍还来后，才勉强收下。

主母和两个幼子坐一辆马车，由一个家仆驾着，另一个家仆则驾驶着装东西的那辆，顾平川自己骑马，让其他人先出城后牵马和桑祈一同走着。如她第一次见他那样，一直挺直了脊背，又不似她第一次见他那样，整个人气质更加沉静内敛，好像一块上好的碧玺。

桑祈觉得他的眼神中有什么东西不一样了，以往一直被阴风怒号所席卷泥沙滚滚的湖面，此时恢复风平浪静，澄净的水质显露了出来。

晏云之说好了也来送他，却迟迟没有出现。

桑祈同他慢慢走着，突然留意到他今天穿的是大袖宽袍，不太适合骑马，扑哧笑了出来，让他停下，帮他把袖口系好，边系边道：“你呀，真能照顾好母亲和弟弟吗？我看连照顾自己都成问题，都要出远门了穿得还穷讲究。”

明明青衫如璧、皎如玉树的英俊公子，被她这么一折腾，形象全无，只得看着她一脸无奈。

桑祈丝毫没有意识到自己离他好像太近了，近得顾平川能够清晰地闻到她发丝上的清香，感受到她手指的温热。想起那一日，二人也距离极近，自己压制着少女娇小的身体，只差一点点就吻到她，鼻翼间全是她身上怡人的幽香。顾平川不由得感到脸上发烫，轻咳一声，局促地避开，正色道：“我自己来。”

桑祈看着他又做出了这副端正拘谨的样子，不由得好笑，收回手打趣道：“是是，这位正人君子。”

顾平川绷着脸清了清嗓子，目光躲闪，再未正眼看她。二人就这样磨磨蹭蹭地走着，谁知到了城门，晏云之还是没有出现。

“这言而无信的混账。”桑祈恼恨地骂了一句。

顾平川却只是淡淡一笑，道：“无妨，少安很忙，来不了就算了。”

“那怎么能行？”桑祈立马不乐意了，“再忙，你不是他的朋友吗？此去一别，都不知何年何月才能再见，不来送送真是说不过去。”

正当她抱着不平，突然发现顾平川停了下来，驻足往城外看去，于是也下意识地顺着他的视线瞄，不承想进入眼底的，竟是只有画中才得一见的场景。

洛京依附着洛水河，在河道两侧建造城池，历经数百年，繁衍成现在的模样。关于这条母亲河，流传着许多美丽动人的传说。其中一则便是，从前有一年，整个秋冬都没有降水，洛京大旱，别说河道，连深井都枯干了。又偏偏时逢灾年乱世，别处亦无粮可购。眼看着颗粒无收、滴水难沾的百姓就要渴死饿死，当时的城主带领全家老少在神堂里苦苦祈福三天三夜，声声泣血，终于以自己的虔诚感动了上苍。一场大雨接连数日，而后洛水重新波涛荡漾，洛京也恢复了生机。人们都说，下雨的那天晚上，曾看到天际云端仿若有光，光晕中站着几个白衣神祇，伴着仙乐，谈笑风生，大雨便随着他们的酒樽倾泻滂沱而下。

桑祈觉着，此时此刻自己看到的，便是当时的场景。

晏云之和另外两个她不认识的男子站在一起，三人都衣冠胜雪，轻袂飘飘，未披罗衣而璀璨，无须明珠以耀躯，仪静体闲，其气自华。其中一人放浪形骸地披散着长发，一手执爵，一手执剑，端的是丰神俊朗，潇洒不羁。另一人则醉眼微眯，好像还未从昨夜的宿醉中清醒过来，笑容如三月桃花漂浮于白玉杯盏，大方地举了举手上的酒坛。而晏云之，即使在这一众陨落凡尘的天人一般的男子中，也那般卓尔不群，犹如一尊映照着万丈光华的玉人，怀抱一张焦尾古琴，隽如诗，美如画。

他还没起手，桑祈竟觉着，自己已经听到仙乐飘飘，在三人周围缭绕不绝了。

见到顾平川，晏云之放下手中的琴席地而坐，抬手便起了一弦，并无一句多余的话语。随着他大气苍凉的琴声伴奏，执剑的男子亦起了一段剑舞，长发当风，飘逸如瀑，动作间隙，不忘一屈身，一仰头，灌下一樽酒。另一人则招招手唤顾平川过去，二人捧着酒坛说笑畅饮。

一曲终了，谁也没有提起告别这个话题。四人一同步履从容地往顾家马车驶去的方向走，抱琴的抱琴，提剑的提剑，拿酒的拿酒，牵马的牵马，谈笑饮酒。直到那满满一坛酒都喝完了，三个白衣男子不约而同地停下了脚步，顾平川便也上了马，俯身深深行了一礼，绝尘而去。

依然，谁也没有说再见，没有说出任何一个悲伤的字眼。桑祈全程在后面跟着，看得有些傻眼。

那三人驻足片刻后，又谈着天往回走，仿佛才留意到她。抱酒坛的男子眯缝着凤眼，晃到她面前，疑惑地打量着她，蹙眉问："这是何物？"

桑祈脸色一黑，嘴角抽搐，道："我是人，不是物。"

男子闻言一笑，打了个酒嗝儿，点头附和："哦，原来是人，那有什么趣？"言罢失望地摆手走了，走出去几步，似又想起来什么，回眸嬉笑道："人，你有酒没有？"

桑祈默默无语，看晏云之在旁边似笑非笑。

她刚想凑上去问问，这两个奇人究竟是何方神圣，忽闻一阵马蹄疾奔，回眸望去，只见艳阳当空下，刚刚远去的傲岸男子又披着一身金光，朝她策马而来。在她面前停下，勒住缰绳转了两圈。

青衫郎君几番欲言又止，本来不安定的心，惦念着回来问她一句"若有一日我功成名就归来，你愿不愿意考虑嫁给我"，但当着这么多人面，出口却最终只道，"归来之时，你我可还能继续做朋友？"

桑祈粲然一笑，郑重点头："那是当然。"

顾平川这才又一抱拳，转身去追家里的马车。

桑祈听着马蹄远去，心里明白，这一次是真的不知何年再见了，突然觉得好笑，走过去问晏云之："你使劲儿撮合了我和顾平川这么久，结果人家拍拍屁股走了，是不是挺失望？"

晏云之抱着琴，走得不快，闻言有些诧异地低头看她："撮合？"

"对啊，你不是挺想把我俩凑成一对儿，还苦心孤诣地背后做了不少文章吗？"

桑祈用把对方那点小伎俩都看穿了的得意神情，挑衅地看着他道。

晏云之却平静自若地笑了，一点没有失望或尴尬的神色，也没说她的猜测是错是对，只道了一句：“晏某记得自己好像是司业，不是媒婆。”

桑祈语塞。

走在前面的二人似乎嫌弃他俩太磨蹭，那个拿桑祈打趣的男子懒懒抬起胳膊，摇着手道：“喂，少安，再不快点，等会儿喝酒可不带你了。”

晏云之便不再理会桑祈，信步跟上。在他们原来站的地方，早有三驾马车恭候。车上装饰不一，有的顶上铺着兰花，有的不假藻饰只有纱幔飘飘，但无一例外都燃着熏香，薄雾袅袅，周围环绕着几个清秀婀娜的侍女。她认出了其中有玉树。方才便是这样的香雾仙从，让人有了如临仙境之感。

眼见他们各自上了马车准备出发，自己是继续跟呢，还是继续跟呢？桑祈犯了难。按说自己又不认识那两尊大神，还是识趣地别去打扰，各回各家的好。可是解决了顾平川的事，看人家正奔向光明的未来，她心情好呀。心情一好，就有些飘飘然，又有了兴致送荷包。

于是她想了又想，还是毫无自知之明地提着裙裾，快跑两步，跟在晏云之身后上了他的车，在对方思量的目光中，大大方方地道了句：“忘备车了，路太远，走不动，请司业送弟子一程。”

晏云之但笑不语，没赶她下去，也没说留，只半躺着靠在车上闭目养神。

玉树便上前来，颇有眼力见儿地递了条薄毯，也给了桑祈一条。

他的马车走在最前面，另外两辆紧随其后，进了城。街上熙熙攘攘，到处都是置办年货的群众，这么显眼的车辇招摇而过，自然引来不少围观惊叫。

“快看，是严家三郎！”——这是一个兴奋地尖叫的姑娘。

“真的，还有清玄君！”——这是另一个兴奋地高声尖叫的姑娘。

“啊啊啊，连晏七也在！”——这是又一个差点激动得晕过去了的姑娘。

桑祈脑海里蹦出一串问号，严家三郎和清玄君是何方神圣，为何有这么高的人气？正在她胡思乱想之际，已经有人化激动为行动，上前来投递鲜花瓜果了。

晏云之向来有清名，不收礼物，因此朝他的马车丢来的基本都是花花草草，其中有不少扔进了车窗里，霎时遍室芝兰馨香。那个桃花仙一样的男子就比较倒霉了，被投递了好些梨子苹果。桑祈亲眼见着一个硕大的红苹果在空中抛出优美的弧度，径直从窗口掉了进去，只听一声闷响，八成是砸在了他身上，不由得掩嘴偷笑。而执剑的那位，大约是因为煞气颇重，隔着车辇都透了出来，没有姑娘敢靠近。在他的马车周围窃窃私语的，都是些年轻士子，话里话外，似是对他颇为敬重。

而有这三个光芒四射的大神坐镇，根本就没人留意到桑祈，她头一遭觉着自己竟如此渺小。

车队左拐右拐，来到一处渡头，早有画舫停在那里。桃花仙带头登船，其余二人也跟了上去。桑祈自然也轻轻一跃，不请自来。画舫驶离码头，世界恢复清静，她回顾着方才的热闹场面，还有些意犹未尽。

晏云之对她的到来无动于衷，执剑男子也清冷着眉眼不说话，只坐在船舷边，任画舫在冰冷刺骨的湖水中随波逐流。

只有桃花仙起了几分兴致，含笑抬手闲闲剥着柑橘，问道："人，你是谁？"

"既说了是人，何必问是谁？"桑祈挑眉，狡黠道。

"呵。"桃花仙声调便扬了扬，赞了声，"这丫头有趣。"接着转手去夺晏云之的茶杯，嗔道，"喝茶作甚？来来，再饮一杯。"

"可不能喝多，万一被趁火打劫就不好了。"晏云之按下自己的茶杯不让他得逞，表情上可一点看不出害怕"被"趁火打劫的样子。

桑祈恨不能一口血喷他脸上，就他这样的人，可能会被趁火打劫吗？

桃花仙没如意，也不强求，去一边自顾自地喝起酒来。

隆冬腊月，水面与其说清风送爽，不如说寒风刺骨，画舫又是露天的，桑祈坐了一会儿便觉有些冷，想来桃花仙之所以一直饮酒，也是为了驱寒。不知道晏云之和那执剑男是不是体质优过常人，她是怕吹出风寒来，便凑到桃花仙边上，也拿了一壶酒，默默喝着。

不知为何，三个男子都没有说话。桑祈作为自作主张跟来的不速之客，怕被人扔下船，也只好暂时不提荷包的事，一边把荷包握在手里把玩着，一边保持沉默。

波涛声中，执剑男抬手拍打着船舷，唱起了歌。

古有豪士击节而歌，唱的是心中怅惘，吟一曲"彼黍离离，彼稷之苗。行迈靡靡，中心摇摇。知我者谓我心忧，不知我者谓我何求"。

执剑男的长发如一行青荇在水波潋滟中招摇，没有管弦丝竹，琴瑟笙箫，只有木板撞击声为他伴奏。歌声沉郁顿挫，苍茫而洪亮，听得人也不由得被拉进歌者的情绪里，感受到一股亘古永存的悲怆。

桃花仙饮完杯中酒，和着他的歌声，挪动脚步，跳了一段舞。白衣飘飘，容貌熠熠，虽然看似处于醉醺醺的状态，舞步却没有半分阴柔之感，相反豪爽而大气。

桑祈觉得这歌、这舞，才是为顾平川送行的，随着洛水逆流直上，一路向北方而去。听着，看着，十分入境，不由得也跟着低声哼唱起来。

晏云之品茶静坐，默默斟满了面前的四个酒樽。执剑男唱罢，自然而然地一伸手，他便拿了一杯递过去。桃花仙也晃着脚步取了一杯。除了晏云之自己那杯，便还剩下一个杯子。

也正好还剩下桑祈一个人。她便也顺其自然地拿起那杯，和其他三人一起喝了，喝完才觉得好像哪里不对。

只见桃花仙正似笑非笑地看着她，执剑男抛过来一个冷冰冰的白眼，晏云之则从容把杯子收了，于是反应过来，自己喝的那杯……应该是属于顾平川的，尴尬地咳了咳，解释道："司业倒的茶，觉得不喝浪费。"

桃花仙扑哧一声笑了，执剑男还是目光不善，晏云之则"嗯"了一声。

桑祈面上有点挂不住，瞪执剑男一眼，豁出去挺直腰板道："我喝便喝了，你不满可以说出来，总翻白眼作甚？"

"哈哈哈哈……"桃花仙又是一阵乐，上前拍了拍她的肩膀，安慰道，"别介意，他对自己不喜欢的人，一直都是这样白眼相看。"

"哦，真是多谢相告，听了觉得心里踏实了好多。"桑祈也学着执剑男的样子，白了他一眼，心道有这么安慰人的吗？

执剑男唱完歌饮完酒，仿佛从头到尾都没看见她似的，跟其余二人聊起了天。大意是说顾平川做的这个决定，他虽然支持，但心下也有隐忧，以为他走得不是好时机，眼下洛京正是缺人之际，漠北环境又凶险。

晏云之则表示，各人有各人的路，做朋友的不应该干预顾平川的选择。执剑男便叹了口气，又改口骂起了宋太傅，言辞比顾平川写的那犀利文章有过之无不及，点名道姓，一点没客气。

桑祈听着，虽有些不明就里，但应和点头点得很欢快。

晏云之笑而不语，偶尔给他递杯茶去供他解渴，桃花仙则似乎不爱谈论政治，只顾喝酒。

骂了一会儿，好戏来了，河道上狭路相逢，对面遇着的不是别人家的画舫，正是宋家的。画舫上是桑祈那对死对头——宋落天和宋佳音兄妹，还有他们的几个兄弟姐妹。另有不少舞姬乐师，丝竹喧哗，好不热闹。

远远地，宋佳音便看见了她，暗暗一笑，让船工把船凑了过去。

河道本不宽，宋家画舫又大，两船并排挨着，桨施展不开，为了安全起见，都停了下来。

宋佳音走到船舷边，居高临下地跟她打招呼，笑道："这么巧，阿祈也在游船。"言罢好似才看到另外几人似的，故作惊讶后，俯身跟船上三位白衣公子见了礼，"少安兄、严三郎、清玄君，不知诸位在此，失礼了。"

她说着又顾盼婉转，叹了声："早知阿祈有人缘，与诸多才子私交甚好。眼下顾平川刚走，便有如此多名士陪伴解闷，阿祈好福气呀。"语气里不是酸味儿，而是嘲讽。

桑祈抬眸，举杯笑道："若是羡慕，你也来呀。"

这……这女子怎么如此不知好歹，宋佳音又觉眼前一黑，气血上涌，无言以对。

只听那长发不羁的男子冷哼一声，不屑道："此等龌龊之人，可莫脏了我的船。"

桑祈看宋家画舫一船人的脸色都变了，不由得扭头低笑。宋佳音银牙紧咬，本性暴露，还嘴讥诮："都说严三郎敢说敢做，直爽磊落，是个风流真名士，不承想，眼力却是不济，也不知这船上船下哪个才龌龊。"说着意有所指地看了看桑祈。

桑祈常有与男子交往过密的名声在外，早习惯了，喝着酒，一脸平静地看着她，还有意伸过酒樽去碰了碰桃花仙的酒樽。这些小动作赤裸裸地落在宋佳音眼里，自然也被严三郎看见了，朝宋佳音嘲讽一笑，道："自然是你，心思肮脏，和你们宋家家长一样。"

宋佳音气得直绞手绢。

严三郎不愿再搭理她，也上前喝酒去了。

妹子受欺负，宋落天当然坐不住，晃悠着来助阵，也假装惊讶道：“这不是严三郎和晏司业吗？哟，真巧真巧，不如到宋某船上一坐，一同叙叙？”

宋家兄妹表面虚伪，严三郎可懒得做作，这回头都没回，假装没听见，让宋落天碰了一鼻子灰，很是下不来台。

桃花仙在旁边醉眼微醺地笑，凑近桑祈道：“前日此人弹劾宋太傅，反被皇上说了，如今正在气头上，宋家人还偏来招惹，你说有趣不有趣？”

敢情是私仇……桑祈刚这么想，便见桃花仙好像这回真的喝多了，竟头一偏，身子一栽，倒在她腿上睡着了。这下她全身都僵了僵，手抬起来，又放下，面露尴尬之色，不晓得是该把他推开好，还是大方点假装自己就是个枕头让人家好好躺着好。虽然对方是个性子坦荡的人，此情此景应只是巧合，绝无什么猥琐之意，可眼下的情境，她却担心落在宋落天眼里，又不知会传出什么绯闻去。

桑祈思忖之间，将求助的视线投向晏云之，见晏云之品着茶，淡然而坐，微微朝她摇了摇头，也就安心了，大方地自己该干吗干吗，不管腿上多长了个脑袋。

一直少言寡语的晏云之，恰到好处地抬眸，清冷的视线向宋家二人看去，淡淡笑道：“既知自己是小人，便莫以己度人，污了旁人的耳吧。”言罢一拂袖，嗓音如江面清风，流畅清亮，唤了声，“行船。”

船夫便一弄桨，技巧娴熟地错开宋家大画舫，从狭窄水道中，贴着河岸擦过，荡漾着涟漪，快速潇洒远去了。

严三郎头也不回，长发飘飘，扬手高声呼了句：“回去记得让宋太傅好好过个年，告诉他，严某明年再同他一战，不死不休！”气焰疏狂，回荡在桨声江风里。

小型画舫轻盈灵巧，一路绕行，进了朝闻巷水路，行至尽头，从连通花园的河道径直驶入晏府后门，在晏府中的私湖里停了下来。湖中小筑，有供人上下的泊船码头。严三郎先脚步轻松迈了下去，桃花仙却还没醒。

桑祈长叹一口气，扯着他的耳朵，酝酿一番情绪，清清嗓子喊道：“起床了！”

桃花仙翻了个身……继续沉睡。

桑祈腿都麻了，忍无可忍，猛地在他背上推了一下。他这才疼得闷哼一声，蹙眉悠悠醒转，拂落一路落到自己衣襟上的花瓣，半眯着眼笑道：“到了？”言罢伸了个懒腰，若无其事地站起来，感慨道，“睡得挺好。”

“有人肉靠垫，睡得当然好。”桑祈咬牙暗骂一句，腿早就僵了，想起却起不来。

那边厢倒是没事儿人似的，优哉游哉下了船，登上湖心小筑，跟严三郎勾肩搭背地往岸上走去。桑祈幽怨地看着他们的背影，半晌才缓过来。幸好晏云之在渡口稍作停留，教她不致迷路。

而她直到后来回家，问了莲翩关于严家三郎和清玄君的事情，才知道今儿自己认识了两个怎样不得了的人物。彼时莲翩大呼小叫地嘶吼：“小姐，你这半年多在洛京算是白混了！居然连长歌当哭的严三郎和迎鹤为妻的清玄君都不认识。”吼完又扯着她，非要她讲讲清玄君到底长什么模样。

桑祈回忆了半天，只记得那个枕在自己腿上一股酒味儿的头。

心目中谪仙一般的人儿被如此形容，莲翩对自家小姐的审美能力失望得哭天抢地。

有什么可大惊小怪的，不都是一个鼻子两个眼？桑祈蹙眉打量她，不明白她为何如此激动，只将“妻”字听了进去，反问：“那成天宿醉不醒、放浪形骸的哥们儿，竟然有妻室了？”

“并没有。”莲翩一听，立刻反驳，从失望中奋起，收拾好情绪，正色道，“却说当年清玄君年纪也不小了，有阵子家里非对他逼婚。清玄君二话不说，次日便给自己养的仙鹤披上盖头，穿上喜服，拉着它拜了堂。气得父亲当场犯了咳喘症，两个郎中抢救半天才给救回来。”

桑祈想象了一下，只觉得那画面太美，不忍直视，乐得眼泪都要出来了，问：“后来呢？”

“后来闹到皇帝那儿去，皇帝竟然觉得挺有意思，认同了这门亲事。”莲翩说着，一脸惋惜道，“从此清玄君雅士之名更盛，可再没姑娘能惦记他了。”

桑祈品着这番话，若有所思地点点头：“所以，他还是有妻室。”

“……非要这么说倒是也没错。”莲翩抿着唇，很不乐意承认这一点似的。

便听桑祈伤感道：“难为那鹤了。”

“……”

而后严家三郎的故事，桑祈费了好大劲儿，哄了好半天才从莲翩嘴里套出来。

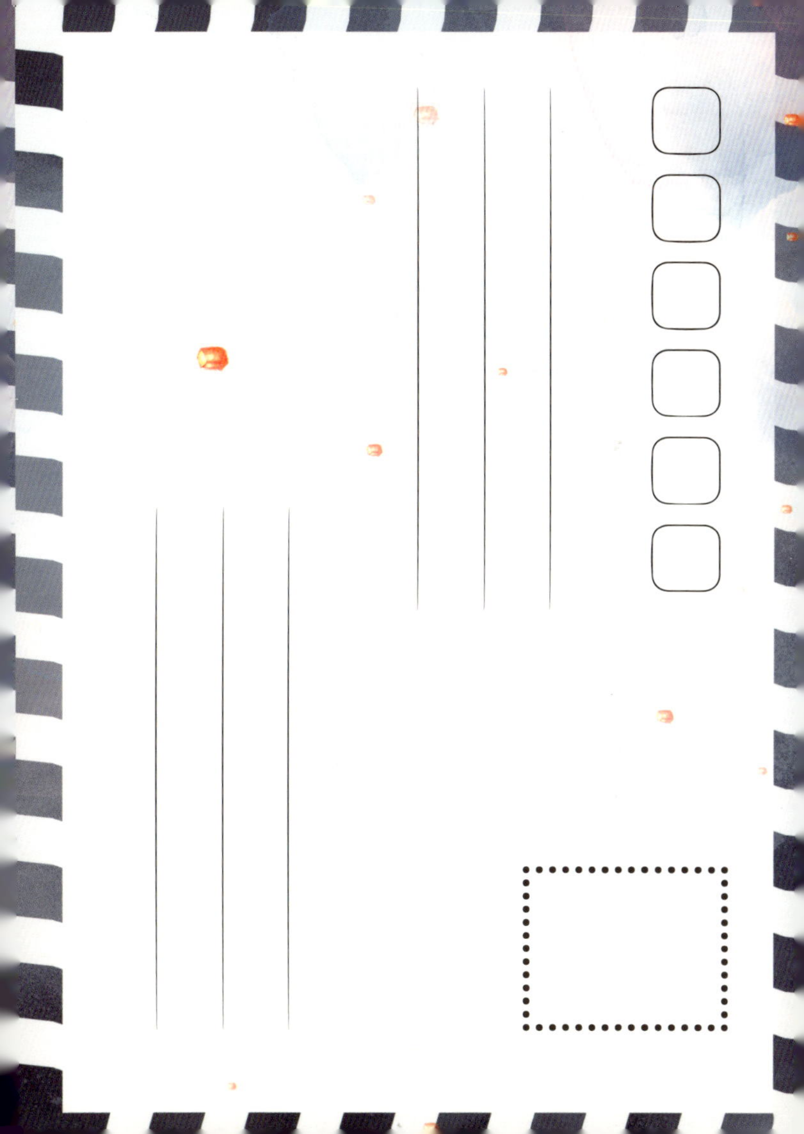

方知此严非彼闫，他和闫琰并非同宗，而是来自旧都临安的世族。据说原本是巫术世家，把持着历朝历代的礼仪祭祀。家族历史可以追溯到大燕前朝、再前朝，直到史料语焉不详的年代。

可惜大燕最近一百多年来崇尚修道，巫术不行，严氏族人现在的地位也就没那么重要了，只享受着民间的崇高声誉，在朝堂上谋个闲差。只有极少部分人还以国祚命脉守护者的身份要求自己，比如三郎严桦。

所以，他活得高尚，却也艰苦。他曾慨叹于世道污浊混沌，悲怒交加，一路狂奔到山水穷尽处，放声豪歌，令天地怆然，神鬼闻之恸哭。

小年夜的雪又开始下了，天地间一片肃穆纯净的白。桑祈凝视着亮如白昼的窗外，好奇当年他所悲所怒，都是为了什么呢，也好奇与这二人私交不浅的晏云之，又到底是个什么样的人。

雪越来越大，视线愈发朦胧，她觉得自己认识他愈久，便愈看不透他了。但有一点，她心里隐约有一种感觉，觉得晏云之不收荷包，只是存了心地戏弄她，等过了年，到正月十四的时候，他便会收，也会答应自己一起去上元节灯会。

于是，国子监年前最后一日上学的时候，桑祈和其他弟子一样，逐一给博士、司业、祭酒行过稽首之礼后，踏踏实实地回家了，并没有特别去打扰晏云之。整个休沐期间，该吃吃，该玩玩，该练武练武，让自己好好过了个年。

到了初八，文武百官的休沐期结束，国子监也该复课了，才觉时光一晃而过，自己还没有乐呵够，伸了半天懒腰，才被莲翩从床上拉扯起来。

桑祈梳洗更衣都是浑浑噩噩，一去给父亲见礼便精神了。只见桑巍没在书房里，竟坐在院中，正同卓文远下棋，看上去二人还聊得十分投机。

卓文远见她出来，还笑眯眯地招招手，示意她过去，好像自己才是这宅子的主人似的，边笑，边看似漫不经心地在棋盘上落下一子。

桑巍则压根没注意到爱女，全神贯注盯着棋盘，突然猛地一拍大腿，粗声喝道："臭小子，又输你一步。老夫不服，再来再来！"

跟一个晚辈斤斤计较……像什么话嘛，桑祈微微蹙眉，凑了过去，嗔道："父亲。"

桑巍这才发现她，豪迈地一挥手，道："闺女，别急，让爹再跟他杀一盘，绝对逆转败局。”

桑祈无奈叹气，按下卓文远要拿棋子的手，拉着就走，道了句：“时候不早了，该上朝的上朝，该上学的上学，都赶紧散了吧。”

卓文远只得连连道歉，回身朝桑巍拱手道：“晚辈放学再来。”

桑祈拖着他走了老远才甩开，拍拍袖子道：“来个头，你这到底是在作甚？”

卓文远步态恢复正常，还是一副嬉皮笑脸的样子，狐狸似的勾唇道：“如你所见，陪桑公下棋。”

“啊呸。”桑祈白了他一眼，“我怎么觉着你是存了心上门套近乎呢。”

他又不知道从哪儿掏出两个桃核在手上把玩着，桃花眼弯弯，天生一股风流，此刻全在眉梢，不置可否道：“怎么办，你这儿这么难以攻克，我只好另辟蹊径，从你父亲那儿入手。”

桑祈觉得跟他没话可说了，真想攻克，也不找个靠谱的方式，找她爹下棋有何用，也太不了解她了。她根本不想就此问题继续探讨下去，自顾自继续往前走。

不料他却紧追不放，凑上来抬手用折扇抵了抵她腰间挂的荷包，问道：“这是要送晏司业的那个？”

桑祈点点头，为了随时找机会送，她已经养成了把它挂在身上的习惯。

“我看看。”卓文远伸手道。

桑祈便听话地将其解下来，递了过去。

卓文远收了桃核，捏着荷包端详一会儿，挑眉道：“气味不错，我收下了。”说着就要往自己怀里揣。

桑祈一听，这可不行，荷包里面可有赌约的证物，被人抢走了算怎么回事，抬手便要去夺。

卓文远仿佛打定主意跟她嬉闹，左闪右躲，不让她碰到。

桑祈试了几次，惊奇地发现，自己竟然抢不回来！看着卓文远随意扭来扭去的动作，不由得心底一凉，是自己这些日子以来疏于练习了吗？这武功水平，都不如游手好闲的卓文远了……她在这一点上最容不得输，自是又羞又恼，也不想抢什么荷包了，愤愤地一拂袖，转身就走。想着给他就给他吧，反正若晏云之不答应上元节赏灯之邀，荷包送出去了也没用。若是答应了，到时候一现身，自然也就没人理会荷包。

这样想着，她便丢下卓文远，自己先去了国子监。

之后的几天，卓文远总是阴魂不散地在桑府出现。桑祈明明看着眼烦，却没有理由赶他——因为人家又不是来找她，而是找她父亲的。每每只能迎上他狡黠精明的笑眼，不屑地朝他做个鬼脸，练她自己的武功去。桑祈因着受了刺激，最近格外拼，又专门放了莲翩的假，让擅长打探消息的她再去多寻找些关于那老者的蛛丝马迹。

就这样，一直到了上元节前一天。洛京各家各户的公子小姐，都对第二天晚上的结果翘首以待，不乏有人激动得睡不着觉。

桑祈拿了个新做的荷包，专程到晏府去找晏云之，在正门的灯笼下等着，一见面二话不说，只是摇了摇手里的东西。

晏云之一动不动，保持着优雅善意的微笑。

二人之间不知何时已经培养出了这种诡异的默契。

他知道她的目的，她明白他的意思。

天有些冷，桑祈耸耸肩，并没有表现出意外或失落的情绪，从容地将荷包系回腰带上，一边将衣领裹紧，一边问："你明天会来吗？"

晏云之稍微花了些时间想了想，最终还是给了她一个模棱两可的答案："未必。"

"好吧。"桑祈笑笑，作了个长揖，道，"那，明天见。"心里仍有一种预感，觉得他会如期而至，尽管坏心眼儿地不说。

于是第二天傍晚，她早早便等在举办灯会的长街口。

半个时辰过去了，晏云之没有来。

一个时辰过去了，晏云之还是没有出现。

约定好的时辰已至，熙熙攘攘的人群中，始终不见那个熟悉的身影。桑祈从期望渐渐变得失望，叹了口气，蓦然转身，独自一人穿过拥挤的街道，分开汹涌的人潮，来到早已备好的戏台。

宋佳音一干人等早就恭候多时了，每个人似乎都预见了这样的结果——晏云之没收下她的荷包，也没有答应她的上元节赏灯之邀。这场赌约，桑祈输了。

一众围观者中，数宋佳音最开心，一直掩着嘴笑，亲自推着桑祈往台后去，喜悦地道："快来快来，先换件衣裳，别耽误节目。"

桑祈无奈地被她推搡着，见了那个原本准备登台表演的名伶。名伶也早就被吩咐好了，恭恭敬敬地给她行了礼，拿出为她准备好的衣裳，教她穿上，又帮她用水彩描绘了眉眼，一切都进行得那么顺理成章，按部就班。

桑祈装扮好后，脚步局促地上了戏台。

该死的，想当年偷偷上战场都没有这么胆怯。死晏云之，这笔账我桑祈跟你算定了。她的手指在长长的水袖里紧握，咬牙切齿地想。

台下的人们一见她出来，立刻爆发出一阵喧哗。

宋佳音的丫鬟上前清了清嗓，用嘹亮高亢的嗓音喊道："诸位洛京的父老乡亲，今日乃是洛京一年一度的上元佳节灯会，按照惯例，本应由永乐戏班的名伶为大家演奏一曲《破阵子》。然三生有幸，今年的灯会，大司马桑公之独女桑祈，感西北战事平定，为庆国泰民安，愿代其献艺，以展桑家军威武雄风。"

谁不知晓桑家军威名，台下立刻有民众欢呼叫好，满脸期待。几个锦衣华服的年轻公子则扶额摇头，不用说，自然都是领教过桑祈技艺的同窗"好友"们。

卖花灯的，吹糖人的，烤红薯的，制胭脂的，算卦，占卜，带孩子的……里三层外三层地都围了过来，眼见着这洛京的上元节灯会热闹非常，桑祈却只觉得自己脑瓜仁子疼。

宋家丫鬟退下后，戏班便准备上场了，除了她主奏，还有几名原班人马为她伴乐。

桑祈看着距离自己十几步远的戏台中央，再看看手上的琵琶，脚步发虚。

早死晚死，反正都是死。正当她一咬牙一挺胸，准备豁出去了的时候，突然感觉有人扯了扯她的袖子。她反射地侧头看去，只见身边站了一个眉目清秀的戏子，正朝她笑着，嘴唇翕动，用极低的声音道了句："姑娘莫要担心，只需假弹便可。"

咦，意思居然是要帮她？难道这永乐戏班不应该早被宋佳音买通了，都是准备看她笑话的人吗？桑祈讶异地看着对方，看着看着，便觉这个姑娘有几分面熟，好像曾经在哪里见过。

那姑娘温婉一笑，眼底漾起一层清魅的柔辉。记忆片段乍现，桑祈想起来了，她是浅酒，卓文远的人。她不由得心头一暖，向戏台远处看去，视线落在正懒懒品着酒的俊美公子身上，感叹这位竹马有的时候还是有那么一点可靠的。难怪在送荷包这件事上从来不替她着急，原来是早就想好了应对之策。

可是，这算是作弊吧？桑祈为难地蹙眉。

给桑家丢脸和违背自己的原则作弊，选哪个呢？

她就这样犹豫不决地上了台，思维混沌地坐下，手停在了琵琶弦上，还在进行着思想斗争。

伴奏的乐声已经响起，她知道到合适的时候，浅酒会用自己的琵琶声完全盖过她的。她需要做的只是轻轻地假装拨弄琴弦，摆出自己正在演奏的模样就可以。

前奏的乐曲马上就要结束了，宋佳音得意的笑容，卓文远暧昧的唇角，台下民众期待的眼神……桑祈环视周围一眼，重重地深呼吸了一口气，起手拨了下去。

前几个音还好，第七个音就发出了诡异的嘶响，而后……便发挥稳定地走了音。

台下的听众和浅酒都皱了眉，宋佳音却掩嘴直乐，从来没有这么开心过。

就在桑祈已经做好这次丢人丢到家的心理准备的时候，突然，戏台上响起了脚步声，紧接着，她听到了宋佳音一声难以置信地低吼："晏云之？！"嗓音中充满了质疑与不甘。

一听到这三个字，桑祈就像葵花感受到太阳的方向一样，立刻停下手上的动作，朝脚步声传来的方向看去。晏云之一袭白衣，突兀地出现在戏台上，卓然而立，宛若天人。

事态变化让台下的人有些摸不着头脑，不免有人交头接耳，揣摩这是怎么回事。

晏云之则在各式各样的议论声中，从容地走到台中间，拍拍桑祈，示意她站起来，而后自己在她的位置上坐好，玉树便送上来一张琴，摆在他面前。便听他道："每年都听《破阵子》，也有些腻烦。再说这位桑二小姐自幼长在西北边陲，曲艺怕是也入不了诸位的耳。既然今日有心献艺，不如就来点新鲜的，给大家唱一首西北歌谣，开开眼界。"言罢一抬手，自顾自地起了曲，淡声道，"在下愿献丑，伴奏一曲。"

他弹的是曾经在国子监里即兴而作的那首《芃之野》，桑祈在片刻迷茫之后，反应迅速地跟着旋律唱起了那首她最拿手的、姐姐教给她的西北歌谣。

宋佳音对这突如其来的局面逆转完全应对不暇，等到桑祈和晏云之合作表演完，台下已经响起了雷鸣般的掌声和喝彩声。

"桑家女子好样的！"

"再来一曲！"

"晏七郎，好俊的琴艺！"

…………

叫好声此起彼伏。

晏云之在人们一遍又一遍的欢呼声中，从容淡定地行了一礼，算是答谢，又让玉树上来帮忙拿琴，随之走下了台。

桑祈自然也跟了上去。路过宋佳音所在的位置时，小姑娘脸色很不好看，尖声道："桑祈，这恐怕算不得数！"

桑祈脚步停了停，看向她，一脸不解地问："阿音，我刚才可替名伶上台弹曲了？"

"……"宋佳音磨了半晌牙，才从牙缝里挤出一句，"弹了。"

"那不就愿赌服输，履行完约定了，哪里算不得数？"桑祈摊摊手，一副无辜的样子。

宋佳音有些气急败坏，喝道："你这是诡辩！"

桑祈笑而不语，愉快地踮着小步走了。耽误这么一会儿的工夫，再抬眼看，又不见了晏云之的踪影，只见卓文远正在不远处玩味地凝视着自己笑，便走过去，在他肩膀上拍了一下，爽快道了声："谢啦。"

卓文远端着一杯晶莹剔透的玉楼春，笑答："罢，罢，也没帮上忙。"

回忆起真正帮自己解围之人的倜傥仙姿，桑祈无意识地低眸，抿着唇笑了笑。于是她边坐下来悠然晃着腿，边四下张望，嘀咕着："你看见没，刚才晏司业好优雅帅气，这会儿人哪儿去了，我还没跟他说声谢呢。"言罢挑眉一笑，有些得意地对他道："我就知道，他不会见死不救。"

没想到这句话当真把卓文远逗笑了。不是那种狡诈得难辨真假的讪笑，而是真正的开怀大笑，他笑了好一通才揉着发酸的脸颊，哀其不幸怒其不争地摇头道："桑祈呀，桑祈。"

"怎么？"桑祈对他这反应很是不解。

卓文远毫无预兆地抬手在她的脑门上狠狠戳了一下，戏谑道："你在想什么呢？

你以为晏云之今天来，是专门为了帮你，对你有意思了？”

“瞎说，我才没有！”桑祈面上一烫，急忙反驳。

只见卓文远又笑，连连摇头，勾了勾手指头让桑祈凑近些说话。

“他今天是心情好，但不是因为你，而是因为……苏解语回来了。”他边说边扳着桑祈的肩膀，让她的身体转了个角度，一抬手，修长的食指指向不远处，在她耳边暧昧低语。

桑祈顺着他的指尖看去，只见一众世家公子小姐中，出现了一个陌生的身影。

那女子身形清瘦窈窕，着一袭素净的雪白长纱，面上未施粉黛。天然无雕饰的远山薄眉，纤细而舒扬，质秀而恬淡。唇如桃瓣，齿如瓠犀，笑起来宛若新月出云霭。玉颈修长，腰肢曼妙，娴静而立，宛若星子浮云端。最引人注意的，还要属那双明眸善睐的眼睛，波光潋滟，如同一泓清泉，带着深谷幽兰的奇芳，崖下深涧的甘甜，出离尘烟的清凉，盈盈地流入见者心里。

桑祈从来没有见过如此美丽动人、不可方物的女子，更难得的是她美得清澈大方，不流于艳俗，自觉只消一眼，便被她吸引了过去，无法自拔。

同样被那人吸引的还有宋佳音。想来她们是熟人，宋佳音一见她，赶忙凑了上去，上前拉着她的衣袖，笑意盈盈地说着什么，看得出来因为她的出现很是高兴，连跟桑祈斗气都忘了。宋佳音说了两句，又想起来，瞥向桑祈这边，努了努嘴，又凑近些，靠近她耳边表情不喜地说着什么。

桑祈觉得，她说的免不了是关于自己的坏话，正感到无趣，要收回视线，便见那名女子也用带有几分探询意味的目光向她看来。视线相触，对方先微微颔首，友好地笑了一下。

桑祈也就没马上避开，同样礼节性地点了点头，而后一转身，刚要开口问，卓文远已经默契地开始解释：“苏家和晏家是世交，一直以来都有联姻的传统。虽然还没正式定书落聘，但全洛京人都知道，晏云之和苏解语的亲事是板上钉钉的事。只不过苏解语三年前自请清修，为祖父守孝，现在才回来，也就拖到了这时。”

他说着勾唇笑笑，挑眉问：“你看，今日一见，才知什么叫郎才女貌、天作之合，对不对？”

桑祈听着，若有所思地点点头，琢磨道：“所以，晏云之不肯收荷包，不肯答应邀约，并非存心跟我过不去，也不是故作清高，而是真有守身如玉的理由。”

卓文远半倚在雕花黄杨木椅上，不置可否地笑。

桑祈便觉胸中一直绷着的一口气泄了下去。就像眼见着擂台的彩头，摩拳擦掌，兴致勃勃地冲上去，历尽千辛万苦，终于到达杆顶，却被现实无情地打了一巴掌，发现那彩头只是自己的幻觉，实际根本不存在一样，失望与沮丧无可言说，声音也低了几分，轻叹一声：“所以，你们每个人，都早就知道会是这样的结果。这个赌约，不管我怎么努力都没有意义，注定会输？”言罢忽然觉得自己很可笑，自嘲地哂道，“那我花费那么多工夫，到底是为了什么？”

她越想越气闷，郁结难抒，不甘地回头捶了卓文远一下，嗔道：“不够朋友，不够朋友，你这讨厌鬼，为何不早告诉我？”

“早告诉你有什么用，你都已经应下了，还会放弃吗？”卓文远摊摊手，倒是一脸坦然。

桑祈一时语塞，竟无从反驳，瞪了他一眼不说话，低着头摆弄袖口。

大约见她情绪低落，实在有几分可怜，卓文远抬手拍了拍她的肩膀，凑近她的耳朵，戏谑道：“这是为了让你长点教训，知道这世上有些事情，是不管你再怎么认定，再怎么努力，都改变不了的。你那不撞南墙不回头的性子，也是时候收收了，太不适合洛京。”

“一边去。”桑祈还在气头上，不耐烦地推了推他。

“哈哈。”卓文远大笑两声，爽快道，“好了好了，别生气，只是个善意的隐瞒而已，无伤大雅嘛。你看，这不还是顺利解决了？走，请你喝酒去。”说着拉了桑祈的手，便自顾自地牵起她往人群外走。

桑祈原本惦记着要对晏云之道声谢，此时却满心被难以名状的失落占据，也就将此意暂压不提，从卓文远温热的掌心中抽出手，跟着他离去了。

一路上各式各样的灯笼，在街上弥漫着喜庆祥和的暖光，将两人一高一低、并排而行的身影拉得很长很长。

还没到酒家，宫门方向便传来阵阵轰隆巨响，继而头顶一片噼啪脆响，抬眸望去，漫天火树银花。

桑祈长在边关，没在洛京过过年，第一次看见这样的风景，不由得驻足遥望，眸里倒映着流光溢彩。良久后，也忘了刚才还在闹别扭一事了，忍不住笑着扯卓文远的衣袖，抬手指点评论哪个特别好看，哪个特别抢眼。

卓文远温然立在一旁，微笑着附和点头，眸光也随着夜空的忽明忽暗而明明灭灭。

嘈杂喧哗声中，他突兀地问了句："关于嫁给我的事，你有没有再考虑考虑？"

桑祈听不太清楚，扬声问："你说什么？"

他一低头，对上了身旁少女盛满喜悦光华的眼眸，刚要出口的话又咽了回去，再开口就变成了："我说，等下想吃什么？"

"庆丰楼的包子。"桑祈笑眯眯道，"别说，中午就没吃饭，还真是饿了。"

第四章 佳人何所惑

热热闹闹的上元节过后，便算是过完了年，桑祈的送荷包事件也并不圆满地结束了。可新一轮官员举荐在清明时节，国子监的学业也在那时才算告一段落。本着善始善终的念头，她准备再混些时日，也算是给父亲和皇帝一个交代。

隔日上学，遇着晏云之，见他好像什么事情都没有发生过似的，桑祈无奈地笑了笑。记起三个月前，自己刚来国子监的时候，还咬牙切齿地吐槽人家“不过举手之劳，何必如此孤高”。

如今看来，大概昨天晚上的略施援手，对于他来说，真的只是一念之间，随意而为罢了，和在大街上给一个老人让路、将收到的瓜果赠予贫苦百姓这种事并无分别。

可是她又为何对其如此惊为天人？连那晚的梦里，都梦到自己被猛兽追赶围攻，有一仙人披星戴月，脚踏祥云而来，救她于危难之中。而那仙人，就长着眼前这人的臭脸呢？

桑祈腹诽着司业，自嘲地摇头叹气。

恰巧被对方发现。

晏云之微微抬眼瞄她，淡淡开口道：“何事如此怅惘？不妨说来，大家帮着参谋参谋。”

这会儿正是经史典籍考试，原本众人都在安静地书写，闻言纷纷抬眸，左右四顾，寻找司业说的是谁。

桑祈有些尴尬，咳了咳，起身道：“禀告司业，弟子昨个儿做梦，梦见被一只似狼似犬的动物追杀，慌不择路之际，豁出去回身跟它对打。不承想，那孽畜竟一阵嘶吼后，幻化成了人形，长得还与您有几分像。弟子瞬间惊醒。今日测验，看见这庄周梦蝶的故事，不由得深思反想，不知是梦中那黑犬此时幻化成了司业呢，还是司业昨日梦里化作了那黑犬……请教司业，究竟该作何解？”

她语气抑扬顿挫，时而惊诧，时而沉痛，描述得极为生动，立刻有人抑制不住地笑出声来。

这问题不就是在问究竟狗是晏云之，还是晏云之是狗吗？她偏生面不改色地说完了，还作了个长揖，一副洗耳恭听、虔诚请教的模样。

大家都在等晏云之的答案。

白衣司业表情从容，优雅地翻动了一下书页，头也没抬，温声解释道：“庄周之梦，要义在于做梦之人本人在真在幻。所以这个问题你需要问的，不应该是黑犬是我，还是我是黑犬。而是你在梦里遇到了黑犬，还是在现实里被黑犬袭击，现在在做一个逃脱的梦。无论二者哪个为真，好像晏某都是助你化解危机之力，想必你对晏某甚是信任。作为师者，晏某实感欣慰。”

听着他不紧不慢、不温不火、不羞不臊地往自己脸上贴金，桑祈自知说不过，又没捉弄成他，却会心地笑了，拱了拱手，道：“多谢司业。”便坐下来老老实实答卷，不作他想。

这段小小的插曲也就被他三言两语地巧妙化解。

待到考试结束，学生们陆陆续续离开，桑祈故意留到最后一个。教室里只剩下她和晏云之两个人，她才起身走过去，将卷轴整理好放在他面前的桌案上，左右转了一圈儿，笑道：“别生气，我只是开个玩笑。”

晏云之接过卷轴，抬眸看她一眼，先是一脸严肃，复又淡淡莞尔，道：“晏某还没到那么小气的程度。”

反应一如预期。桑祈在他旁边坐了下来，把玩着桌上的镇台，道：“前日多谢司业解围。”

“一时兴起而已，无须在意。”晏云之还是一副若无其事的样子，边整理卷轴边道。

桑祈又失笑："好吧，总之这事儿过去了，以后我也不会再总缠着你，你可以安生啦。"

她像闫琰当年宣布跟她的停战协议一般，宣告了自己和晏云之之间的战役终结，而后准备拍拍屁股走人，不料还没走出门，便听晏云之在后面叫她："晚上可有空？"

明明是语气平静的一句话，她听在耳朵里，心却没来由地"扑通"一跳，欢喜地回头，果断道："有啊。"

"清玄君夜里设宴，说想邀你同去。"晏云之埋头收拾东西道。

望着夕阳下他沉静如玉的侧脸，桑祈又莫名地感到了那种失落的情绪，面上却是表情如常，戏谑地问："他喝那么多，竟还记得我？"

"他的原话是'把那个人也叫来一聚，一定很有趣'。"晏云之抬眸，学着清玄君的语气道，特地强调了"人"这个字，而后若有所思地看看她，"我觉得应该说的是你吧。"

"……"桑祈对这俩人好生无语。

原本宴席往来、觥筹交错这种事，她向来是不感兴趣的。可上次一晤，对清玄君和严三郎这两个人却是印象极深，饶有兴致。加之说了有空在先，便也不顾忌地蹭了晏云之的马车，一同前去赴宴。

果不其然，桃花仙那么有个性的人，设宴方式也与众不同。没有玉盘珍馐，没有层层香帐，甚至连个像样的桌案台几都没有。只在院里铺了草席，摆了琴几，抱了几坛酒，便称之为宴了。

桑祈从进门开始，就好奇地打量着他居住的宅院。听莲翩说过，清玄君有雅士之名，特立独行且好清静隐居。她本以为会住在什么特别幽僻的地界儿，没想到只是东城一处普通的小院。对方美其名曰"大隐隐于市"，听起来竟好有道理。

院子虽小，却精细雅致，庭中是桃花仙自己栽种的花卉草木，并放养着二三仙鹤，悠游自在地迈着长腿闲庭信步，也不知道哪个是他的妻室。

桃花仙作为主人，自然早就"恭"候着，严三郎也早早到了。桑祈与晏云之一同入"座"后才发现，这宴席有琴有酒，却并没有菜，这可怎么吃？而且从准备好的酒樽数量来看，应该还有一人未至。

晏云之和桃花仙在交谈，跟严三郎又说不上话，桑祈无从询问那个神秘的客人究竟又是何方神圣，正思忖间，便听见有人推开院门，回眸一看，正是上元节所见的那位姑娘——苏解语。

她依旧穿着一身轻灵飘逸的月白纱裙，披了件雪色狐裘的大氅，提着食盒，歉意地笑笑，温声道了句："兰姬来晚了。"

桑祈那日未闻其声，只见其人，已然惊叹，今闻其温婉悦耳，不骄不媚，端雅灵秀的嗓音，便再次折服。

桑祈有些意外，她怎么也会来？转念一想，也对，既然是晏云之默认的未过门的妻子，那么同清玄君有所结交也是正常。

考虑到是第一次正式见面，不知怎的，便想给对方留下个好印象，于是她彬彬有礼地起身打了个招呼，自我介绍道："齐昌桑氏，大司马桑公之女——桑祈，久闻苏家女郎大名，今日得见，深感荣幸。"

苏解语带了几个家仆同来，命他们将食盒放下后，也走到桑祈旁边，作了个揖，淡笑道："兰姬也一早听说了许多关于阿祈的故事，向往已久，如今得见，果然是一别致美人。"中规中矩的标准洛京式开场白，和自己见过的许许多多世家小姐一样，桑祈便一听而过，没放在心上。

二人话音一落，便听桃花仙笑，拊掌道："还没人引荐呢，就自我介绍上了，哈哈，叫你来就对了，果然有趣！"

桑祈这才回过味儿来，面色微赧，白了晏云之一眼，把责任推到了他身上："都怪你不主动引荐。"

晏云之方才在倒酒，闻声抬眸，诧异地看她，反问一句："为何是我？"

他带来的人，不该他引荐又该谁，桑祈有些迷茫。

只见苏解语笑而不语，俯身去整理带来的东西，将一盘酥饼特地摆在了清玄君面前，温婉道："喏，这是你指名要的鲜花饼，母亲说，若是下次再想吃，便自个儿回家去取。"

"有劳妹子了。"桃花仙笑意盈盈，拿起一块饼尝了尝，道，"可为兄我只想吃饼，不想回家听她老人家啰唆。"

桑祈恍然大悟，原来桃花仙和苏解语之间还有兄妹这层关系。也难怪清玄君和晏云之私交甚好，敢情这是未来的大舅子。

她打眼瞄着，确是看出兄妹二人眉眼轮廓有几分相像。只是一个是女子，一个是男子；一个淡雅端方，一个放纵潇洒，乍一看气质差别之大，教人联想不到一起去，可仔细一品便觉着，二人不愧出身书香门第，一言一行、一颦一笑中，都流露出一种文人雅士特有的底蕴。

席间桑祈和散漫的桃花仙一起饮酒，并划起拳来。

严三郎还是举觞白眼望青天，不跟自己没看上眼的人说话。晏云之和苏解语则白衣乘风，仙姿落落地与他坐在一起，不时微笑、低语。

桑祈划拳的间隙，醉眼微眯地看向他们，单手撑着头，把玩着酒樽，徐然莞尔。十七的月亮，依然圆润皎洁，毫不吝啬地将银辉洒在她身上，映着她的点漆星眸，泛起淡淡一层粉色的脸颊，格外明艳动人，犹如月夜下绽放的昙花，教人舍不得移开眼。

桃花仙凝视着她，抬手在她眼前晃了晃，声线带着沉醉的迷蒙和一丝丝责备的意味，问道："月下美人，喝酒的时候不看着我，在看什么？"

桑祈视线未收，抬手将酒樽移到唇边，饮了口酒，笑意更浓了些，仿佛梨涡里都盛了桃花酿，慵懒地一抬食指，指了指对面。院内的仙鹤正在晏云之背后优雅地散着步，犹如他的仙从一般，教人只觉此刻身在蓬莱或是瑶台，一晌贪梦，隔了好一会儿才重回现实，戏谑道："看你的院里，这也算是妻妾成群了吧。"

"哈哈哈……"桃花仙闻言一阵笑。

桑祈眯眼看着，觉得他若化作一株桃树的话，此刻形象定是花枝乱颤的。

"那是自然，世上谁人比我快活？"他言罢，潇洒地一仰头，又是一杯酒下肚，放任轻狂地躺在了地上。

"是啊，无牵无挂的，多舒服。"桑祈也一脸向往地感叹。

清玄君笑而不语，沉吟半晌后，长腿一屈，另一只腿搭上，一边闲闲晃荡，一边吟道："世与我而相违，复驾言兮焉求……"没过多时就喝醉了，大喊着"再来三百杯"，摇摇晃晃，一头栽倒在严桦身上赖着不起来。

严桦蹙着眉，一脸不耐烦地推他，可他非但不下去，反而回手一抱，死死缠着人家，睡着了。

似是担心二人纠缠起来，等会儿会遭受池鱼之殃，面色如常的苏解语和晏云之起身朝也喝得迷迷糊糊、正扯着清玄君衣角凑热闹的桑祈招招手，叫她一起走。

桑祈浑然不觉，直到晏云之开口唤了几声自己的名字，才不情愿地嘟着嘴跟上。苏家和晏家的马车都在外面候着，她是蹭晏云之的车来的，这会儿要么自己走，要么只能继续蹭人家的车。她抬眼望着眼前威风凛凛的骏马，摸着下巴思忖怎么办。

那边厢晏云之和苏解语在道别。苏解语说话间留意到迷茫的她，便对晏云之道："兰姬和桑二小姐顺路，要不代为送其一程？"

晏云之也看了一眼喝多了正摸着马脖子友好交谈的桑祈，语气里颇有丝丝无奈："有劳。"

"不碍事。"苏解语温婉大方地作了个揖，便走上前去，邀其同行。

咦，不坐晏家的马车了吗？桑祈咬着唇回望晏云之一眼，抬手往马脖子上顺顺毛，洒脱挥手道："那好吧，在下便先走一步，兄台再会。"而后摇晃着，大步上了苏家的马车。

苏解语作为主人反倒变成在后面跟着的那个，吩咐同行的两个家仆留下，帮忙照顾醉酒的清玄君后才出发。

马车在石板路上行得颠簸，桑祈被晃得胃不太舒服，蹙着眉窝在角落里。苏解语她难受的样子看在眼里，特地探出头叫车夫小心些，避着石子慢点儿走，又递给她一张新帕子，关切道："感觉尚可？"

桑祈强装无事地点点头，可马车就是马车，再怎么小心着走也会颠簸，没走出去多久，她便觉得有些想吐。心道不好，人生地不熟的，吐在人家车上可怎么办。于是强忍着，匆匆道句："多谢相送，要不就到这儿吧，剩下的路我自己走回去，正好顺便醒醒酒。"没等对方劝阻，便径自挑帘，跳出了马车。

"那怎么行，要不我陪你一起吧。"苏解语忙叫马车停下，探出身子，左右看了看寂静无人的街道，担忧道。

桑祈却打定了主意自己走，说什么也不肯再领她的情。

无奈之下，苏解语也不好强求，只好再三叮嘱小心后，不安心地走了。

随着马车声响远去，桑祈变成了独自一人，四下看看，挑了条近路走。她酒量极好，今儿虽然喝得不少，但只是走不了直线，外加胃里有些反酸，意识却还是非常清醒的，自以为也遇不着什么能让自己危险的人。在清冷的空气和柔和的月华下漫不经心地晃着步，脑海中回忆着这场宴席。

不得不承认，每次和清玄君、严三郎，还有晏云之在一起的时候她都特别开心。是那种发自肺腑的，由衷的自在和快乐。只有某些时刻心里有点不舒服——比如看见晏云之和苏解语在一起，犹如一对神仙眷侣的瞬间。

可她只是这样想了想，并不明白为何。大约只是因为自己找不着良配，嫉妒心作祟吧。真是的，怎么可以这么小心眼呢，她无奈地摇摇头，告诉自己要把心态摆正，继续前行。

走着走着……似乎迷了路。桑祈停下来，正偏着头判断接下来该往哪边去，忽闻一声沉闷的呼喊，立刻警觉地竖起耳朵倾听——从身旁的宅院中，传来一阵瓦片碰撞声。

半夜三更，这绝不是什么好动静，桑祈这样想着，酒便又醒了大半，悄悄爬到树上，向院内看去，再次不小心将作案现场撞了个正着。只见一个歹人，正从屋顶上揭开瓦片，用一根竹管，不知往屋里吹着什么奇怪的烟雾。

酒酣耳热，气血当头，判断力多少有些受到影响，没有平时那么理智，桑祈想都没想，喝了声："住手！"便不加犹豫地飞身前去阻挠。

那人收手不及，赶忙抽身与她缠斗。

却说这时，朝闻巷口，与苏家马车分头行进的晏家马车刚好经过。

晏云之挑开车帘，看了一眼与朝闻巷交会的义理巷，淡声对车夫道："先去一趟桑府。"

车夫应了声"是"，掉转马头改变方向。还没到桑府门口，远远地便看见苏家的马车迎面而来。二车相遇，苏解语探出身来同晏云之打招呼。

晏云之也拱手回了一礼，笑问："桑二喝多了，可给你添了麻烦？"

苏解语蹙眉摇了摇头，坦言道："并未，其实……桑二小姐半路就下了车，坚持要自己走。我是发现她把风铃落在了车上，专程给她送来的。"

晏云之闻言稍微沉默一下，淡淡"嗯"了声，又问："那她可回了？"

苏解语又摇了摇头。

晏云之便保持着微笑，语气波澜不惊，温声道了句：“辛苦了，早些回去歇息吧，晏某也回了。”而后放下车帘，回到车内。

晏家的马车颇有君子之风地向侧旁让了让，教苏家马车先通行。

待到马蹄踢踏声和车轮吱呀声消失后，等待主人下令回府的车夫却听车上的白衣公子道了句：“我下去走走，你先回吧。”

桑祈发现自己又一次奇迹般地和晏云之碰到一起的时候，比前几次狼狈多了。她正靠在门板上，大口喘着气，得单手将剑撑在地上，才能保持不跌坐下去。头发乱了，衣服也破了，裙摆和面容上都有血迹。

而掌风推门而入的晏云之，还是那般白衣胜雪，仙姿绰绰。

她第一反应以为还有敌人，刚想费力提起剑，见是熟人，松了口气，挑眉看着他戏谑道：“司业这次又是路过？从人家柴房里路过？”

晏云之目光掠过地上的“尸首”，波澜不惊地反问：“你这次又是找人？在人家柴房里找人？”

桑祈没什么力气跟他贫嘴，抬袖抹了把脸上的汗，无力地直起腰来，摆了摆手，叫他帮个忙，把地上的死人搬一搬，挡着自己走不出去了。

可晏云之上前一步，却是看着她，眉心微蹙。

“我说，帮个忙呀……”桑祈无奈地抬眸，使唤道。

桑祈迎上他略显责备的威严目光，再看看自己刚抹了一手的血，莞尔一笑，道：“放心，不都是我的血。确切来说，大部分都不是我的，我没受什么伤，胳膊腿儿好着呢。就是没力气了，不能演示给你看而已。”

晏云之方才薄凉地“嗯”了一声，道：“还活着就好。”

是啊，还活着可不好吗？她也真是不容易。本以为是遇到了入室行窃的，想着出手将其扭了报官便是。不料对方却是团伙作案，功夫还不错，她饶是武功高强，但练的也不是醉拳，手脚不太听使唤，费了九牛二虎之力才把对方制服。可惜顾不上分寸，下手重了些，对方三个人中死了两个，另一个受了重伤，失血过多正在昏迷。

晏云之上前，抖抖衣袖，探了探那人鼻息，也不知道刚才那句话是在说桑祈，还是在说这个昏迷不醒的。

“不让你查，你还愈发来劲儿了。”大约是见她脸上沾了血，混着汗水画成了花，实在有碍观瞻，他隔着那个“尸首”，掏出自己的手帕递了过去，冷言冷语道。

桑祈也是正好被黏稠又带着腥气的血液糊得难受，想也没想便接了过来，将脸上的异物擦干净后，才出声辩道：“我这次真的只是路过。”

晏云之睨她一眼，淡淡评价了句：“那你这体质也确异于常人。”

而后也不和她多废话什么，扶她到外面找了口井，让她自己擦洗擦洗后，再去查看这户人家的情况。

第二天清晨，洛京府衙火速派出精英前来接手此案，精英之中却独独缺了捕头一人——因为他从断案人变成了受害者，昨晚被不明分子闯入的，正是他的宅邸。如今他正和家中老少一样迷茫不安，焦躁地在厅堂里等着。晏云之叫了郎中来，并派人通知了桑府。

莲翩一得到消息，便第一时间赶来，给桑祈带了换洗的衣服。如今主仆二人正一同喝着压惊茶，看捕快们忙里忙外。桑祈不动声色地将昨晚自己拿到的一样东西藏在了掌心里。

晏府那边，晏云之的两个贴身随侍，玉树和另一个她没见过的少年也来了，代替晏云之出面掌控局势。玉树代为体恤，慰问了捕头受惊的家眷，送了些药品，正跟捕头家的小女儿说话。那少年则礼貌而恭敬地同前来处理的京畿太守沟通，委婉地表达了对外通报案情的时候，不要把自家公子和桑家小姐牵扯其中，以免对二人影响不好的意思。

京畿太守甄永康出身下品，哪敢忤逆晏家，擦着汗客客气气地连连称是。

晏云之自己没事做了，则也喝着茶，视线淡淡地打量桑祈。

桑祈手心紧握，面上佯装无事，内里却免不了做贼心虚，休息了一会儿，看时机也差不多了，便起身同他道过谢，要先行回府。

“司业昨夜救命之恩感激不尽，弟子先行一步，来日再到府上拜会。”她施施然作了个长揖，动作行云流水，优雅自如。其实低头的时候咬着下唇，生怕被看穿。

晏云之的视线若有若无地落在她手上，轻道了声：“好。”而后伸臂虚扶了一下。

桑祈立刻后退一步，避开他的手，抬头朝他粲然一笑，转身快步离去。这一转身不要紧，长袖一拂，她才反应过来，自己手上还拿着他的帕子呢。于是动作一僵，扯着手帕，回眸讪笑道："对了，手帕忘了还你。"说着一边尽量小心不让手中的东西露出来，一边要将帕子交给莲翩，让她帮忙递过去。

只听晏云之在后面淡淡道："不必了。"

也是，都沾过自己的血汗了，人家怎么还会要，谁也不差那一条帕子。桑祈刚说了声"也好"要走，便又听他道："回去好好洗洗，来晏某府上拜会的时候再送还吧。"

意思是挑明了要她哪天定要上门致谢？桑祈唇角微抽，明明只是礼节性的一句话罢了，他竟还若无其事地厚着脸皮当了真。好吧，自己挖的坑，也只能认了，她便应下了才走。桑祈一路拉着莲翩上了马车，终于能放松警惕，张开紧握的拳头，手心已经出了一层薄汗。

莲翩朝她万分宝贝的那东西看去，蹙眉问道："这是何物？"

桑祈压低声音，叫她凑近点，解释道："昨夜我看到那梁上客用此物往房中吹什么烟雾，而后屋里的人便都睡死了过去，对外头的打斗声响全然无知。"

莲翩闻言一声低呼："那烟雾是曼陀罗花粉？"

跟着桑公征讨南部乱党的时候，她曾经听说，某种南部地区特有的黄色曼陀罗花，具有此等强效催眠作用，以整朵花研磨而成的一小把粉末，便能教四五个成年人昏睡上整整十二个时辰。然而只是听闻，从未一见，一直以为是个传说而已。

桑祈捧着手上小小的竹管，眸光幽暗，沉吟道："如果真是曼陀罗花粉，事情就大了。是谁，为了什么，将这稀有之物千里迢迢地带到洛京来呢？"

一时间车厢里的空气有几分紧张，二人凝视着她手上的东西，都没有说话。

马车抵达桑府之后，桑祈去找父亲，想将此物交给他手下一个博学多识的幕僚傅先生看看。没想到一进书房，她便挨了一通骂。

孔武有力的大司马猛地一拍桌子，吹胡子瞪眼喝道："又彻夜不归，你到底干什么去了？小姑娘家家，你到底知不知道行为检点！"

桑祈刚想伸出去的手又收了回来，紧紧握着拳，语气不温不火，低眉道："是，女儿知错了。"

桑巍一看她那样子，就知道她只是嘴上说说而已，气不打一处来，连声叹着气，黑着脸坐在椅子上。

父女二人间，气氛十分僵化，看得守在门口的侍卫和莲翩都精神紧绷了起来，随时准备应对老将军的怒火。

没想到，过了良久，还是做父亲的先妥协了，重重叹息道："闺女，老爹年纪大了，只有你这么一个女儿，再不会有任何后嗣了。你是个女子，爹也不指望你给桑家传宗接代，光宗耀祖。爹只想你平平安安，健健康康，快快乐乐地过日子。你说，爹可错了？"

桑祈低着头，略微语塞，半晌后道了声："父亲没错。"

"那你为什么就不能安生点呢？"桑巍一拍大腿，又怒其不争地叹气，"你说不愿随便安排自己的婚事，要自己选个可心的人，爹也同意了。你说要去国子监，爹也由着你。可是现如今，你就不能踏踏实实地找个人嫁了，非要去上房揭瓦？"

桑祈沉默不语。

他便继续絮叨："若说选可心的人，爹是不知道你觉得什么样的才叫可心。可卓文远那孩子，自幼与你交好，一直以来对你照顾有加。我看你也挺喜欢同他一起玩……"

"父亲，若是没什么事的话，女儿先回去休息了。"一提这件事桑祈就感到心烦，语调有些急促地打断他，而后头也不抬，恭恭敬敬拱了拱手，向后退了出去。

早年长女刚辞世那会儿，小女儿是总同他顶撞，闹脾气，长大后已经温和了很多，许多年没有再同他吵过架了。在他面前总是恭顺有礼的样子，也偶尔会说说笑笑。这突如其来的态度转变，让桑巍怔了怔，有种女儿又一次要离自己远去的感觉。略显混浊的双眸遥望着她远去的身姿，见已经出落成俏丽美人的姑娘，挺拔骄傲得像一只小鹰，正振开自己光洁鲜亮的羽翼，准备搏击更加高远的苍穹。那样子，竟同自己当年、长子当年，说不出的神似。做父亲的，能够忍心生生折断她的翅膀，将她囚禁在金丝笼里吗？像对待早逝的长女那样？

老将军戎马倥偬、英明神武大半辈子，从不曾如此迷茫。

回房的路上，桑祈一直捏紧竹管，表情寡淡地沉默着。莲翩几次欲言又止，到底还是觉得，在这个敏感的节骨眼儿上，说什么都是画蛇添足。

进了屋，桑祈从案上拿了个装首饰的银纹镂空锦盒，将里面的东西取出来，换成了那个竹管，小心地收好，这才疲惫地揉了揉太阳穴，对莲翩道："先打点水来吧，我想睡个觉。”

莲翩赶忙服侍她梳洗一番，贴心地帮她把门窗关好，落了帘挡光。

桑祈躺了下来，明明很困倦，却睡不着，睁眼看着帘帐，心情复杂。

莲翩本想趁她睡下，去将她昨夜换下来的里衣洗了，忽听她嗓音微哑，开口道：“父亲不想让我牵扯风波之中，我们该如何同傅先生说上话？”自从回到洛京，她就没再见过这个博学多识的傅先生，连他住在哪里都不知道。

莲翩闻言轻叹一声，硬着头皮道：“小姐，若不然，还是直接将这竹管交与桑公处理吧。”

桑祈没说话。父亲一表露想为她的事做主的意思，她骨子里那股倔劲儿就又蹿了上来，偏要跟他拧着来，不想跟他妥协，更别说去求他帮什么忙，绷着一口气，非要自己查下去不可。

房间里静默一会儿后，莲翩只得坐了回来，沉思道：“其实，未必只有傅先生能看。洛京博学的人那么多，何不想办法找找别人？”

说到博学之人，桑祈在脑海里挨个儿把自己认识的人过了一遍，筛选出了几个人选。比如老博士冯默，比如菜市街那个摆摊算卦的盲人，比如晏云之。

想着想着，她实在抵挡不住席卷而来的困意，沉沉睡着了。喝了半宿酒，打了半宿架，还耗费脑力一上午，她这一觉直接睡到了第二天去。起床后继续琢磨，摆摊算卦的信不过，晏云之之前也阻挠过她的调查。于是觉得，只能瞎猫碰死耗子，先去问问冯默博士知不知道了。她觉得老博士年纪大肯定懂得多，而且看起来又严谨认真，十分可靠。

于是桑祈这一日上课去，特地揣好锦盒带上。因为有求于人，上他的课都听得比往常认真几分。一下课，她便拎着锦盒冲了过去，有意叫得很乖很甜道：“师长，请留步。”

冯默虽说年纪大了，须发已灰白，可梳理得整齐不苟，大袖襦袍也不似晏云之穿着那般随性散漫，每个带子都系得非常板正，整个人显得英姿笔挺，很有精神。他闻声蹙眉，缓缓转过身，不悦地看了一眼桑祈，沉声问道：“何事？”

“弟子有一疑惑，欲请师长赐教。”桑祈赶忙上前，打开锦盒，道，“请师长帮忙看看，这竹管内壁上附着之物可是曼陀罗花粉？”

冯默眉头皱得愈发紧了，轻蔑地看了一眼那小竹管，而后凝视着她，默不作声。

这样被训诫一般的目光盯了一会儿后，桑祈没来由地有些胆怯，觉得自己好像犯了什么差错，又要挨通教导了似的。便听冯默严肃道：“不好好读书，同那些纨绔子弟一样，总想着摆弄这些古怪稀奇的玩意，还特地来国子监作甚？想拿这南疆古笛来考验老夫？真是……大不敬！”

而后冯默愤愤地一拂袖，转身摇头叹气，边感慨现在世风日下，年轻人人心不古边去了。留桑祈一脸迷茫，再追问人家就不搭理了，只能惆怅地回了家。

莲翩见她吃饭的时候还在神游天外，一顿饭吃上好半天，不由得叹气，把冷掉的菜肴都收了起来，只留两个奶酥饼，在她眼前摆了摆手，唤道：“小姐。”

“嗯？”桑祈方回过神来，眯着眼睛道，“我醒着呢，没睡着。”

“我晓得。”莲翩无奈，挪了个圆凳在她旁边坐下来，蹙眉问，“你是不是一定要忤逆桑公的意思，非要继续自己的女将军之路啊？”

桑祈抬眼望了她一眼，勾起唇角笑了，微微点点头，并没有觉得自己这是什么豪情壮志，只是平静地道：“嗯，开国皇后晏花嫣能，我也能。”

莲翩抿唇片刻，痛下决心，豁出去道：“好吧，那我要告诉你一件事。你之前一直惦记的那位白衣老者，我好像帮你找到了。”

桑祈一听，双眸立刻有了神采，伸手拉住她道：“真的吗？”

“我什么时候骗过你？”莲翩哼了一声，道，“前日偶然听人说起，灵雾峰北坡，有一老者在旧观中隐居，山民偶然得见，只觉仙风道骨，疑似天人下凡。我琢磨着，应该就是你要找的人。”

仙风道骨，对，没错！桑祈发出一声喜悦的惊呼，张开双臂扑到莲翩身上，将她紧紧抱住，抑制不住地激动道：“啊，我的好莲翩，我真的太爱你了。”

莲翩半是无奈，半是欣慰地苦笑了声，拍着她正经道：“那是那是，本姑娘貌美如花，你不爱我爱谁？”

“对！”桑祈欢快地起身转了一圈，开始念叨，“你说我穿什么去找他好？他会收我做徒弟吗？要不要带什么见面礼？我第一句该怎么自我介绍？”她一边语速极快地说着，一边还一副面色红润，充满憧憬，又带着点不知会不会遭到拒绝的忐忑，怎么看怎么像少女怀春的模样。

莲翩看不下去，扶额提醒她道：“小姐，你是要去拜师，不是要去相亲啊。”

桑祈暂时将曼陀罗一事抛到了脑后，若不是莲翩死死拦着，苦口婆心地劝外面天黑了，神仙也该睡觉了，恨不能连夜跑到灵雾峰去。好不容易忍耐到第二天天亮，她特地换了身新衣服，带上准备好的见面礼出发了。

路途遥远，才到山下，桑祈迫不及待地想早点见到那名老者，只觉得自己的心思已经插上双翼，大喊着“师父我来了”，早早飞到北坡。孰料马车颠簸一会儿后，竟然还在南坡便缓缓减速，停了下来。

桑祈眉头一蹙，出声问道：“何故停车？”

只听车夫的语气有些为难，道：“小姐，前面的路让人给堵住了。”

光天化日的，哪里来的人堵路，莫不是碰上拦路打劫的山贼了？难道真如晏云之所说，自己有惹祸上身的特殊体质？怎么什么倒霉事儿都能让她碰上！

桑祈疑惑地将车帘挑开一角，向外看去。见着的并非打家劫舍的山贼强盗，而是两拨拎着棍棒、互不相让、占道对峙的山民。从衣着打扮来看，像是附近谁家茶园里的长工。

其中一拨人来势汹汹，叫嚷着挥舞手中的长棍，看起来颇为凶悍。

“今日我们必须要个说法，让你们管事的出来，别缩在壳里装龟儿子！”一个面色黝黑的壮汉吼道。

“对对对，快把人交出来，不然跟你们没完！我们就跟这儿耗着，看谁耗得过谁！”他旁边的几个人立刻帮腔。

桑祈哭笑不得，别介啊，她耗不过他们啊。于是她当机立断，掀开车帘迈步走了出去。

眼见着对面一众刁民，手里还拿了武器，打定主意要惹事的模样，躲还来不及，小姐竟然直接走过去，车夫一颗心都悬了起来，急急在后面唤：“小姐！”这要是出了什么差池，他可怎么办？虽说以前也上过战场，毕竟现今已多年没温习过武艺，一把年纪了，他可不知道还能不能打得过那群刁民。

桑祈却镇定自若地朝他摆摆手，宽慰起他来：“没事，你且稍候。”说完理理衣袖，施施然走上前，在两方人马近旁站定，开口问道，“何事在此喧哗，不如说来，让小女帮各位主持个公道。”

她说话的时候，尽量让脊背挺得直些，语气沉缓平静些，眼神冷寂邈远些，学着印象中晏云之不怒自威、天人之姿的样子。

别说，气势上可能还真有那么点相似。于是吵吵嚷嚷的民众中，有人不耐烦地睨了她一眼……而后又视而不见地转过了头去，继续加入讨伐队伍中。

桑祈面色一僵，无奈地大声清了清嗓子。这才有人再次留意到她，不满地向她射来怒火。桑祈坦然无畏地回视着，有意保持目光的凉薄。看来，学晏云之这一招终于有点作用。那人局促地推了推站在最前面的一个壮汉，附耳说了什么。接着那位看起来好像领头人的黑面男子便侧过身，拎着手里带刺的木棍，凶神恶煞地径直向她走来。

桑祈不说见惯大风大浪吧，怎么也算是手刃过歹徒的人，面对区区一众手持田园用具的长工，镇定自若并无须伪装，只用平静如水的目光看着对方，任其上前，纹丝不动。

黑面男子走近，在离她几步远的地方停下来，操着粗嗓，语气不善道："姑娘还是烦请绕路吧。今儿问题不解决，我们是不会让开的。"表情不好，但言辞还算客气，想来看出面前的女子出身尊贵，不好得罪。

可是去北坡的山道只有这么一条，往哪里绕？

桑祈视线越过他，往人群中瞄了瞄，正色道："诸位且将纠纷尽管说来，我帮尔等解决了，大家都好过。"

一听这话，人们面面相觑，交头接耳，议论了起来。

很快，便有另外一拨人的领头人过来，行了个大礼，含冤带泣道："小的是茶园管事。姑娘可千万要为我们做主啊。他们园子实在欺人太甚，前日打伤了我们的人，我们不过是将那伤人者暂押，想给他个教训而已。不承想，他们竟然气势汹汹地上门讨人，而且一个个地都带了家伙。"

黑面男子一听这番话，立刻拉下脸来，暴喝道："喂，姓廖的，可不要红口白牙说瞎话！"

"我哪句说得不对了，你倒是指出来！"

"你哪句不是……"

眼看二人又要吵起来，平白拖延时间，桑祈忙开口劝阻，道："打住，我明白了。”

先看向黑面男子，分析道：“你们园子的人打伤人在先，确有不对。”

继而又看向另一个人，话锋一转：“可你们私自关人在后，也有不对。”

而后她挥了挥袖，做了个总结：“依我看，不如双方各退一步，让伤人者对被伤者道个歉，给点赔偿。此事大事化小，小事化了，就算了吧。这么耗下去，也耽误各位园子的活计不是？眼看就要到清明了。”

她说的这番话倒是合情合理，可是听完“清明”这两个字，两边人的脸色都变了变。凭借着女人敏锐的直觉，桑祈隐约觉得，大概这其中还有什么内幕，犹疑地看向黑面男子。

果然不出所料，黑面男子好像脾气更大了，愤愤地将手里的木棍猛地往地上一摔，怒道：“若不是因为快到清明了，老张家的那么老实的一个人，又怎会出手伤人？分明是你们欺人在先，如今倒还恶人先告状，真叫一个不要脸面。”

那个姓廖的管事本来就长得白，这会儿脸色更白了，刚才还在喊冤，如今低着头，竟显出几分心虚。

桑祈觉得事情愈发复杂了，不由得好奇起来，询问那黑面男子到底是怎样一番前因后果。

黑面男子叹了半天气，只道是：“这位姑娘，不瞒您说，我们两家的茶园毗邻，一个在路的这边，一个在路的那边。”

他说着用手指了指。桑祈顺着他指的方向看去，隐约觉得其中一处好像有些眼熟。

“原本一直以来，虽然没什么交情，也还算相安无事。今年不知怎的，姓廖的他们就像是吃错药了似的，总派人跑到我们园子里来惹事……就说打人这件事吧，没错，是我们动手打了他们的人。但他怎么不说，在此之前，他们打了我们的人多少回？这些不要脸的，竟然仗着有宋太傅撑腰，要我们清明前把今年收成的五成交给他们！”

“这般无理取闹，我们自然不肯答应。不答应他们便动手打人，还威胁我们不可告诉东家，否则就打死为止！”

“畜生，一帮畜生！连小孩子都不放过，老张家的要不是因为小儿子被他们打伤了眼睛，又怎么会一怒之下跑去算账？”

“要不是因为我们人比他们少，还不敢得罪宋太傅，也不至于忍气吞声到现在！”

“可怜我家虎子，才七岁啊……便瞎了一只眼，以后可怎么活哟……他爹去讨说法，竟还被他们关起来不放，倒打一耙说我们惹事。这年头，还有公理没有……”

黑面男子一边的人一提起这个话头，纷纷抱怨了起来。当中还有一妇人，边说边掩面痛哭。从那红肿的眼睛和悲切的神情来看，应是被打伤眼睛的幼儿的母亲。哭着哭着，她便无力地栽倒下去。幸好身边的人眼疾手快将其扶住。却也只顾叹息，说不出安慰的话来。

桑祈越听越觉得一颗心沉了下去，紧盯着姓廖的管事，眸中晦暗幽深，冷面不言。

在这样的压迫感下，姓廖的额上渗出了几滴冷汗，抬手擦了擦，赔着笑道：“姑娘，莫听他们瞎说……哪有人会平白要别人家收成的，又不是一个园子。”却是没有什么底气。

是，按说两边不隶属于同一个东家，宋家的茶园管事断没有跑去别人家茶农那儿要收成的道理。可是个中诡异举动的缘由，这些受到骚扰的茶农也许想不通，她却知晓大概——是石灰的问题。因着她撒的那些石灰的效用，宋家茶园今年的产茶受了影响，眼见再过一个月左右便要到收成的时节，管事着急了，才引发这一连串的事件。

那么说到底，这场纷争，她也有责任。桑祈心中不安，本意只是想着教训一下宋落天，让他吃点苦头就好，不承想却给这些无辜的茶农带来这么多麻烦。不知姓廖的管事是得了上面东家的指示，还是自作主张这样做的，但无论哪种，她都从黑面男子一方人的议论中，听出一种浓浓的狗仗人势之感。真是什么样的主子养什么样的奴才，连宋落天手下的人行事都如此腌臜。也真是难为了黑面男他们。

念及此，她叹了口气，开口唤车夫把自己原本准备送给师父做见面礼的东西取下来，交给黑面男子，道：“这里有些药材，也不知派不派得上用场。你们拿回去，看是给孩子用了，还是卖掉换钱请郎中。另外有些小玩意，也应该值点银两。”

黑面男子一听，吓了一跳，赶忙推脱，连声道：“姑娘与我等素昧平生，这等贵重之物怎么敢收……”

"没事，你且拿着吧，权当是我的一点心意。"桑祈不顾他的为难和众人的诧异，执意将东西塞到了他怀里。

她继而又冷眼看着那低着头、贼眉鼠眼的廖管事，从怀里掏出几锭碎银递过去，道："你们回去把人放了，这里另外有些银子，就当是给伤者的赔偿。以后莫要再寻衅滋事。若东家难为你们，你便叫他直接来同我说话。"

"这……恐怕小的很难办啊。"姓廖的管事目光闪烁，不肯接下。

桑祈便淡淡一笑，接着道了句："拿着吧，若是你们不肯放，明日桑家就亲自派人去接。"

这一句话说得看似漫不经心，却有意无意地强调了"桑家"这两个字。而后在廖管事震惊错愕的目光下，桑祈脚步从容沉稳地往车上走，直到放下车帘前，才兀自甜甜一笑，道："对，就是你觉得'不会吧'的那个大司马府。"

说完收回柔荑，落了帘，对车夫道："走吧。"

大约是被大司马的名号所震慑，众人都不由自主地让出一条路来。桑祈从帘缝中留意到，姓廖的额上的冷汗更多了，一副奸计未遂、中途挫败的样子，狠狠朝黑面男子他们唾了两口后，骂骂咧咧地拂袖而去。黑面男子等人也挠挠头，拎着家伙儿陆续散了。

桑祈才坐安稳，靠在车里把玩着袖口沉思，谅宋家茶园的人再怎么仗势欺人，也不敢动他家的人。她派几个家中的侍卫来，帮忙看守到今年收成结束，便也算是将功赎过了吧。

想着想着，不知不觉马车已绕过半山，来到了北坡。车夫寻到道观，在观外将马车停下，通报道："小姐，我们到了。"

桑祈方才回过神来，眼眸一亮，行动快速而敏捷地跳下马车，迫不及待便要入内。

只听车夫在身后又一次担忧地唤："小姐，你方才把准备的礼品都赠人了，这会儿空手前去吗……"于是她脚步一顿，哭丧着脸又退了回来。

却说车夫眼见着自家小姐呆怔片刻后，蹲到了一旁的草丛里，一蹲就是半天，只觉忧心慨叹。心想小姐也真是不容易，方才给人家东西的时候还那么大方，这会儿想起来，后悔了吧。可惜开弓没有回头箭，总不能再去要回来，或者赶回家再重新准备。想来，眼下是黯然神伤，无能为力了。

他好同情自家小姐的悲惨命运，下了车走过去，出言安慰道："小姐，也别太难过，兴许……"

话刚说一半，只见桑祈疑惑地转过头来，"嗯"了一声，毫无伤感迹象不说，手上正捧着一堆新鲜草叶野花，编花环编得不亦乐乎，于是将没出口的半句话噎了回去，干笑着继续道："兴许，这个也挺好。"而后擦擦汗，坐回车上，无言感慨，小姐这心可真大啊。

桑祈这边完全不知晓车夫的心理变化，优哉游哉地摆弄着手上的东西。她从小在西北草原长大，女红不擅长，做这些玩意却很拿手，没多时便变戏法似的做出了一个小小的草筐，里面装上精心挑选的各色野花，理理衣裙起身，边往观中走边自说自话道："没法子，总不好空着手去。"

您那手的确是不空，但比空着也好不到哪儿去吧，车夫嘴角微微抽搐。

此处道观乃是早年一国师清修之地，国师仙逝后已荒废多时，院子很小，建筑也大多陈旧。桑祈唤了半天无人相应，便自行推开大门，迈步其中，细细打量。见院中无人，只有用一排翠竹从山上引下的泉水，正汇成细流，涓涓注入瓮中，发出悦耳的淙淙声。大瓮边上放置着一把铁斧，几片零落的碎柴，空气中弥漫着阵阵茶香。

想来，主人刚刚离去。会不会是她要找的人呢？她忐忑而期待地在院中找了个地方坐了下来，翘首以盼。

山间春风送爽，带来几许惬意的清凉，四周万籁俱寂，时不时传来几声黄莺的娇啼。几片流云变幻着形状淡然掠过后，又有人推开大门。只见一袭皎洁如皓月清岚的白衣进入视线，来人长发长须，步履飘然，正是那日惊鸿一瞥的老者无疑。

寻觅已久，终得一见，她激动得热泪盈眶，立即站起身，哽咽地唤了声："师父！"

而后眼睁睁地见那老者眉头一挑，却没同她说话，而是回眸问了句："你背着我认了个师妹？"

便听一个年轻男子的声音淡然道："未曾。"

咦，为什么有点耳熟？

桑祈惊了一惊，便见老者身后另一个人走了出来。轻袍缓带，面如冠玉，仙姿朗落，不是晏云之又是谁？于是眼前有些发黑，兀自撑着不晕，咬牙切齿地挤出来一句：“原来你们早就认识。”

晏鹤行听着这话，又挑了挑眉，抚须笑道：“何止认识，老夫还给他洗过屁股呢，在他还只有这么大点的时候……”边说边抬手比画了一下。

晏云之嘴角也噙着笑意，抬手在老者后背上用力一拍，温声道：“二伯，今天风大，小心呛着。您身子骨差了，不比年轻时候。”

桑祈又觉眼前一片花白，这下是真的要晕了。

这叔侄二人，一个个的，折磨得她好苦！

桑祈真觉得自己上辈子定是欠了他晏家的，今生才要遇到晏云之这个灾星。早在三个月前，就告知过他，自己在找那夜救了自己的老者一事，他当时便知道那人就是晏鹤行，竟然一直瞒着不说。她越想越窝火，坐下来喝了半天茶，还要死死捏着茶盏，用眼神无言控诉。

晏云之则在她充满怨气的视线中处之泰然，一边品着茶，一边淡然道：“别看我，我早就帮你问过，是二伯自己说没有收徒的想法的。再说，你也只是同我提起过，并没问过我认不认识那个老者。”

后半句话她没兴趣细究，一听“没有收徒想法”几个字，立刻又转换目标，抿唇看着晏鹤行，满眼委屈不甘。

晏鹤行置身事外，玩味地在一旁观察两人好半天了，突然自己变成焦点，有些猝不及防，怔了怔，未等桑祈开口，便悠悠然放下茶盏，莞尔一笑，捋须道：“话是这么说没错，但是……你这个弟子，老夫收下了。”

转折来得太莫测，幸福来得太突然，桑祈一激动，险些失声欢呼出来，但在这样镇静平淡的两个人面前又感到不合适，生生将这股热切压了下去，起身行了个跪拜大礼，喜悦道：“弟子拜见师父，请师父不吝赐教。”

“好说，好说。”晏鹤行抬手虚扶一下，这话却是眼角瞟着晏云之说的。

那位俊朗不凡的师兄正淡笑饮茶，视若无睹。

拜师成功了，桑祈一颗心也就安定了下来，回手将自己做的花篮送上，像模像样道：“弟子一点心意，不成敬意，还望师父笑纳。”

晏鹤行便也从容接过，将其打量一番，笑道：“别说，你这师妹还真有点意思。

刚说看她把带来的见面礼分给旁人后怎么办，人家转瞬又变出来些更有趣的。”

桑祈听着有点糊涂，他怎么知道自己半路把东西送人了的事？疑惑地看向晏云之。

晏云之头都没抬，随意地抬手指了指二人进屋时放下的纸包，道：“我们刚巧去茶园取些陈茶，就在你后面，只是你好像忙着赶路，一直没发现。”

原来……都被他们看见了啊，包括自己学他的样子吗？桑祈面色一红，不由得觉着有些难堪，低下了头。

晏鹤行却对她的举措颇为津津乐道，起身拍了拍她的肩，道：“丫头，有勇有谋，心性端正，是可塑之才。老夫今日起不但会传授你武艺，还会教你研习兵法。有朝一日，会用得上。”

桑祈激动得连连点头，却听晏云之又在一旁接了句：“既然如此，还不把你藏的那点小玩意给师父看看，教师父帮忙辨别一下？”

小玩意？她没反应过来，又疑惑地看了他一眼，只见他悠悠然抬手，指了指屋外引水的竹筒。于是了然，自己偷偷将那竹管藏起来的事，也没逃过这个人的眼睛。

她便有些扫兴地掏出了那个随身携带的小锦盒，将其放在了桌上。

“这便是前夜从歹人处所获之物。”晏云之代为解释道。

晏鹤行早年游历四海，亦是见多识广之人，拿起盒中的竹管细细端详，又用小指伸进去，刮取了些内壁上残留的粉末，放到鼻翼下方仔细闻了闻，若有所思道：“嗯……这古笛之中乃是花粉。”

“曼陀罗？”桑祈脱口而出道。冯默博士说这竹管乃是南部之物后，她便以为自己已经猜得八九不离十了。

却见晏鹤行摇摇头，笑道：“非也。此花名罂粟，以花朵和果实中的汁液混合，有使人麻痹和产生幻觉的效果。吸食者如临幻境，沉浸其中，对周遭置若罔闻，哪怕趁机直接在其眼皮底下掠夺财物，亦浑然不觉。与曼陀罗花粉的催眠作用相仿，然对人体损伤的力道却要烈上许多。你可见那些中招之人，白日显得十分呆滞，疑似失魂？”

仔细回想，的确如此，桑祈连连点头，凝视着那小小竹管，沉吟道：“这种罂粟，可同样生长在南部潮湿多瘴之地？”

晏鹤行眸光一敛，摇了摇头，“非也。此花并非我大燕境内所有。”

桑祈心下一凛，诧异道：“那产自何处？”

晏鹤行将竹管放了回去，轻轻合上锦盒，沉声道了两个字：“西昭。”

话音随着锦盒扣上的啪嗒声一落，屋内的三人都沉默下来，连空气也变得凝重。往好了想，可能是这几个歹人本来自南部，不知从何处弄到了产自西昭的罂粟粉末，便顺手拿来一用，事件同西昭并无直接关联。往坏了想，恐怕这就不只是捕头家夜遭窃贼那么简单，而是国与国之间的问题了。

两国已平定战事多年，那些人会是西昭的细作吗？费那么大力气闯入一个捕头家中，又是所图为何？一个又一个谜团摆在面前，桑祈觉得自己离洛京歌舞升平的背后隐藏的波涛暗涌又近了一步。刚刚拜师成功带来的雀跃欢欣，也因此变得沉重起来。

由于晏鹤行要为她专门打一把剑再传授她剑术，这一日只得再吊吊她的胃口，先让她回了。离去的路上，与晏云之同行，桑祈沉默着，思索良多。再看晏云之，面容平静，合眸假寐，看上去依然镇定自若，大有是福是祸都与他何干的洒脱。

于是想起当初冯默博士谴责他不替君分忧，为国为民施展才干一事，叹了口气，出言讥讽道：“你倒是淡定。”

晏云之闻声，微微抬眸，看了她一眼，双眸沉静邈远，温声道：“兵来将挡，水来土掩，应对便是，不淡定有何用？”

不知是不是因着他的感染，桑祈自己也渐渐平静下来，只在读书累了，遥望窗外杨柳飞絮的时候，有意无意地，脑海中还会浮现出那些白色的粉末。而夜闯捕头宅院事件中受重伤的男子，终究没有幸存下来。由于捕头家中并未出现财物丢失和人员伤亡，洛京府衙也就没有再继续追查下去。

不几日，到了月底，腿脚好得差不多了的闫琰前来登门拜访。

桑祈将其上下左右打量一番，盯着他的衣衫下摆问：“都好利索了？”

“嗯。”闫琰不太自在地应了一声，随她在院中坐下，将她的视线与自己的伤腿隔绝开来才安生，叹道，“别提了，这些日子天天在府里不能出门，可把我憋坏了。”

莲翩正在小厨房做东西，院子里没人服侍，桑祈亲自给他倒了杯茶，笑道：“还须好生休养，否则以后落下痼疾，更有你受的。”

“哼，小爷这身子骨，强健着呢。”闫琰不满于被小看，特地起身，在她面前像模像样地迈了几个大步，蹦跶了几下，摇晃得腰间玲珑环佩叮当作响，挑眉道，“如何？”

看得桑祈止不住发笑，怕他再把自己摔着，连忙道：“好极了。”

闫琰这才满意地坐了回去。

“不过，看你还没回国子监上课，怎的就先跑到我这儿来了？”桑祈又问。

“哦。”闫琰却没正面回答这个问题，而是眸光微动，喝了口茶，才低眉把玩着茶盏道，“其实，我是来道谢的。”

“道谢？”桑祈更是不解。

“你派人帮忙看护的那个茶园，是我家的庄子。”说起这件事，剑眉星目的英朗小公子面色微红，显得有些尴尬，捏了茶盏，语气怨恼，“当真惭愧，闫府的事自己管不好，还得你这个外人来帮忙。”

桑祈嘴角一抽，却不知那黑面男子所在的茶园正是闫家的，这又是怎样一种奇异的机缘巧合。

“那些长工也是，竟畏惧宋家，不敢告状。要不是事态闹大，恐怕现在我还被蒙在鼓里呢。”闫琰自顾自继续说着，猛灌了一口茶，道，“也巧了，那个被打伤的孩童，正好是我房里一个丫鬟的亲舅舅的二婶的表侄子家的，为此她还特地求我代为道个谢……”

桑祈被绕得云里雾里，头都大了，赶忙摆手道：“大可不必。”而后面露尴尬之色，局促道，“其实我也有责任。”

“与你能有什么关系，你只是碰巧路过而已。”闫琰一脸不解。

桑祈纠结一番，到底过意不去，还是将前因后果如实交代了，表明自己才是始作俑者。

闫琰听完，先是愣住，张了张嘴，没说出话，半晌才回过神来，“扑哧”一声笑：“哈哈哈……没想到你这边劝着我别跟人家作对惹祸上身，自己倒闹腾得乐和，真不够意思。”

哪儿跟哪儿啊，桑祈泄气地白他一眼：“别提了，我还不是为了帮你报仇？要不是你惹祸在先，我也不至于……”

闫琰星眸弯弯，笑得如沐春风，抬手抱了个拳，道："好了好了，我知道。你也别放在心上，此事怨不得你，说到底还是他姓宋的不对。就算他宋家的茶树全死了，也断没有跑到我家庄子要茶的道理。"

话说开了，也就没了心结，桑祈又给他倒了杯茶，舒了口气，道："你不怨我就好。"

"怎么会。"眉眼清澈的少年爽朗地喝了茶，片刻后，面上却染上一丝阴霾，"其实不光是我和宋落天之间，闫宋两家的家族矛盾，也闹了不止一天两天了。不然你以为，那么些茶园，他家的管事怎么就偏生盯上了我家的茶农？我只是没想到，最近宋家人越来越嚣张，已经到了明着打压我们的地步。"说着恨恨地一拳砸在桌上，咬牙道，"真是欺人太甚。"

个中详情，桑祈不太了解，但能理解二人结怨多年，怕也不是单纯因为性格不合，而是与背后这些纷争脱不开干系，便也啜着茶汤，感慨洛京的人际之复杂。

二人各怀心事，沉默片刻。桑祈打算换个话题，打破沉闷的僵局，问道："不说这个了，你既好了，什么时候回来上课？"

闫琰把玩着手中的青瓷云纹茶盏，闻言轻叹一声，道："不回了。"

认识这么久，还是第一次听他叹气。这个天不怕地不怕、英勇无畏的少年，也有发愁为难的事？桑祈不由得好奇了："为何？"

"还不是因为宋家？"闫琰说什么都不忘先谴责一下宋家，而后才继续道，"茶园的事，让我意识到不能再坐以待毙下去。既然你不同意和我一起靠联姻巩固家族势力，我也只能另谋蹊径。"

桑祈想起顾平川的老路，似有所悟，"这么说，你也准备出仕了？"

闫琰点了点头，又叹了口气，单手撑在桌上，托腮道："别提了，父亲给举荐的职务是给事黄门侍郎，每天都要闷在宫里，肯定特没意思，我想想就头大。"说着满脸忧愁，就跟不是叫他去做官，而是叫他去死，已经一条腿踏进棺材了似的。

他也是随性惯了的，哪里受得了这般约束？桑祈也颇有感慨，跟着颔首附和了句："是挺无聊。"

于是闫琰便更惆怅了。

这时，正好莲翩从小厨房出来，送了刚做好的点心放在桌上，是她最擅长的西北奶酥饼和奶茶。闫琰化悲痛为食欲，刚想拿个奶酥饼压压惊，没想到面前这丫鬟竟眼疾手快，在他马上就要碰到饼的时候一把把盘子抽了回去。

手扑了空，闫琰和桑祈都是一愣。便见莲翩倨傲地站着，横眉立目道："咦，这不是欺负我们家小姐的那位郎君吗？一个大男人这么小心眼，怎么还有脸面到桑府来吃东西。"

敢情自己都忘了的茬儿，她还跟这儿记仇呢。桑祈无奈地扶额，道："莲翩，别闹。"

莲翩却不听，抱着盘子就是不给，还有意凑近些，让闫琰能闻得到新鲜出炉的奶酥饼那股浓郁奶香。闫琰是幼子，在家中自小娇惯，怎曾见过下人忤逆主人，主人还管不了的场面，登时剑眉便蹙了起来，搬出了贵公子的傲气与威严。

未尝想到，莲翩对他的愠怒视而不见，非但坦然回视，唇角还凝着一丝嘲笑，仿佛在说"看吧，看吧，再看你也拿我没辙"。

闫琰气结，张口便欲代替桑祈将其教育一番。可……他哪里说得过莲翩呀，只怕到时候又要碰一鼻子灰，沮丧的还不知道是谁。

桑祈审时度势，没等他开口，便飞快地抬手拿了个奶酥饼，塞到他嘴里，连连道："快尝尝，别客气。"而后一个劲儿地给莲翩递眼色，教她莫要生事。

莲翩这才冷哼一声，将手中的青花瓷盘往汉白玉桌上一丢，心不甘情不愿地走了。

话没说出口，唇齿间却弥漫开来一阵令人愉悦的香甜，闫琰下意识地咬了一口奶酥饼，蓦地感觉到一股难以名状的幸福感自舌下一直蔓延到四肢百骸，立刻双眸一亮，津津有味地将一整块都吃了下去，由衷赞叹道："竟不知洛京还有这么美味的饼子。"

"那是。"桑祈得意地眉梢一挑，巧笑嫣然，"莲翩做别的不好说，做点心的手艺可是一绝。"

闫琰附和点头，又接连吃了好几块，也再没顾上抱怨前景和恼恨宋落天，连教训那不知天高地厚的婢子都忘了，甚至临走时犹疑一番，都要迈步出院了，又纠结地踏了回来，面色微赧，低声嗫嚅道："那个……奶酥饼能不能让我带回去一些，我也给家里的厨子们尝尝，让他们学着做。"

见他那被美味迷了心窍的样子，桑祈忍不住低笑，道：“自然可以，回头便让莲翩多做一些，送到你府上。”

闫琰这才满意地走了。

回头为了说服莲翩下厨给这位爷再做几个饼子，桑祈可是没少费嘴皮子，最后莲翩提出要趁着春色大好出外郊游，她允了才算罢休。

于是两天后，主仆二人带了些点心，换上春装，坐马车出了洛京城。

说起踏青的好去处，自然要属城南的净灵台。此地古时便有“净灵天下幽”的美誉。将马车停驻在山脚下，着木屐拾级而上，沿途古木夹道，花草鲜美，上有飞瀑濯石，下有山泉鸣涧，偶有几只翠鸟在头顶盘桓。

洛京的气候，过了年便暖得快，虽初入二月，风却已然从寒冷变得清凉。只穿一层厚实些的罗裙，简单披个薄氅，也便不觉得冷了。莲翩脚步轻快，心情极好，又发挥出了资讯小能手的本事，拉着桑祈兴奋道：“听说这净灵台，乃是上古真神在人间沐浴之所，山顶有净灵池，池台通体乳白，池水澄碧净蓝，煞是好看。并建有净灵观，观内道长看面相流年可灵。”

“噗。”桑祈闻言轻笑，“是看流年灵，还是看姻缘灵？我看这春天来了，你也春心萌动了吧？”

“去你的，就知道拿我消遣。”莲翩面上一臊，瞪了她一眼，撇撇嘴，不愿说了。

桑祈笑得眉眼风流，多情婉转，还特地凑上去，悄声念：“我好像看见，前日有人在绣新帕子。快跟我说说，你瞧上谁了？”

莲翩蹙眉睨她，一脸嫌弃地将她推开来，嗔道：“我瞧上谁了？还不是因为你。拿了人家晏公子的丝帕，自己都用过了，染了血渍，还怎么好意思洗洗去还？都是大户人家，差不差那么条脏帕……我还不是为了你的形象着想，想替你绣个新的给人家。”

一提到丝帕，桑祈不由得又想起了晏云之，脑海中浮现出他月白清风的衣角，疏冷高洁的仪表，无意识地唇角勾了笑，半晌后才反驳她一句：“胡闹，绣什么新帕给人家，又不是要私订终身！人家洁身自好，连个荷包都不肯收，哪里会要什么帕子？若不方便原物送还，偿点谢礼就是了。”

想想同样在洛京少女的闺房密语中有极高人气的二人：好友卓文远从来来者不拒，笑脸相迎，端的不负风流之名；而晏云之则恰恰相反，清名在外，守身如玉只为一人。大概第一公子的名号得来，除了才华和皮相外，也是因为这份只可远观不可亵玩的距离感吧。同样是姿容绝世的美男子，做人的差距怎么就这么大呢？桑祈不由得长叹了一口气。

莲翩却不知她所想，还在念叨帕子的事。二人聊着聊着，便行至半山腰。此处有一天然石台，可供途经的旅人歇脚之用。桑祈刚想走过去，发现石台上已经站了几个熟人。

个子娇小，面如桃李，妆容明艳，着了一身碧色柳黄、色彩亮丽的间色裙，披鹅黄披帛，耳畔一对琉璃明月珰闪闪发亮的是宋佳音。清瘦纤长，貌美端庄，只穿了一身简单而精致的丁香色长裙，披月白披帛，缀光泽莹润的南海珍珠以为饰的是苏解语。

还有二三少女，桑祈叫不上名字，只觉眼熟，亦各个装扮鲜艳雅致。不消靠近，便能闻到一股扑面而来的清香。绝非平庸胭脂的香粉气息，而是令人沉浸回味的隽永幽芳。这香气来自她们打理秀发的上等头油，洁面的桂花胰，沐浴之水中加的花卉，房中点燃的熏香……天长日久，已浸润体内，凝汇成一股自身携带的体香，动静之间，彰显高贵。

还没等桑祈感慨，自己的体质果然是有问题，出个游都不安生，对面的宋佳音已眼尖发现了她，立刻脸色不喜，想来也做同样感想。

两相对立，每次都是宋佳音先沉不住气，这次当然也不例外。宋佳音朝她翻着白眼，明明二人还有一段距离，愣是鄙夷地朝后退了两步，生怕她靠近似的，尖声道：“苏姐姐，卓姐姐，甄妹妹，快退开着些。阿祈来了，后面还不知跟了多少男子。当心我们等下上了净灵台，都没地方落脚。”

这等挖苦讥讽、含义龌龊的话，哪是一个未出阁的姑娘家该说出来的？莲翩一听便皱了眉头，心道不好，恐怕又要掀起一场风波。

桑祈倒是觉着她这番话说得妙趣横生，非但没被激怒，反而失笑。

“阿音伶牙俐齿，不去说书真是可惜了。”

同行的几人中，卓家姑娘本就是个平素不好与人亲近的，与桑祈并无什么交情，只在一旁眉目清冷地立着，看也不看她。而年仅十四岁的小姑娘甄明月的父亲，则是她桑家的部下，小姑娘站在宋佳音旁边，虽然怯生生的，还算恪守礼貌，远远给桑祈见了礼。

苏解语则大方自然地朝她笑了笑。

“哼，就知道嘴上逞能。”宋佳音原本心情好，不想被她坏了兴致，无意多说，拉着苏解语便道，“苏姐姐，我们还是快些赶路吧。”

“好。”苏解语温声应了句，任她拉着自己走，走前还不忘彬彬有礼地对桑祈颔首示意。

桑祈和莲翩则为了不与她们再争执下去，在原地休整了一会儿，方才上路。

可二人轻装简行，步伐较快，没多时便绕过一个弯，又见着了前方侍婢环绕的浩荡队伍。

莲翩叹了口气，抱怨道：“来了净灵台，也难觅清静。”

桑祈却面色平常，淡然道：“脚长在人家身上，嘴也长在人家身上，我们又管不着，玩自己的，当她们不存在便是。”

话是这么说，可宋佳音却不这么想，站在高处回过头来，朝她嗔道：“阿祈，你今日可是怪了，非要跟着我作甚？”

“要不是路就这么一条，你以为谁愿意跟着你啊……”莲翩没好气儿地低低骂了一句，被桑祈扯了扯衣袖，摇头示意无须搭理。

宋佳音以为她无言以对，得意极了，笑声犹如沿着山路滚落的银铃，一路清脆而去。

桑祈暗暗摇了摇头，感慨宋佳音这孩子，只知道嘴上不饶人，果然是太幼稚。若是往日，她说不定也会还上几嘴。但不知为何，在那个猗猗幽兰般的女子面前，便不愿与宋佳音一般见识，落了下乘。

然而，冤家路窄，净灵台就这么大个地方，免不了要再度碰上。

宋佳音一行人目的地主要是净灵观，几个女孩子都是来解姻缘的。宋佳音夏至的生辰，再过数月便有二八年华，正是嫁人的好时候，家里也在紧锣密鼓地商榷。她虽然自个儿做不了多大主，也不免对自己未来的夫君会是个什么样的人怀揣好奇，捧着竹签，又是娇羞，又是期待，少女心事显露无遗。

卓家姑娘则是刚刚行完破瓜之礼，已经说定了人家，此番前来是为了祈祷婚后生活如意。听说夫家有个严苛的主母，比起期待，大概更多的是担忧，面色端凝，一直没有笑颜。

甄明月年龄稍小，但也是开始考虑婚事的时候了，也跟在几个姐姐身后，似懂非懂地听着道长将姻缘签上本来就难解其意的诗文解释得更加云遮雾罩。

苏解语则是这些人中年纪最长，却最不着急的一个。其他三个姑娘找道长解卦的时候，她只是淡淡瞥了一眼自己求的签，便将其放了回去，独自一人退出殿外等候。

桑祈和莲翩则先去了传说中天神沐浴梳妆之地——净灵池，为神池那如错落梯田般层叠的，比云朵还白的池壁，比天空还蓝的池水惊叹，感慨了一番天地造化的鬼斧神工后，便在池边寻了个地方，铺上席子，拿出点心来吃。

吃饱喝足，又怡然小憩了一会儿，她俩才沿着池边往净灵观走，正好那几个姑娘打相反方向来，两拨人又碰到了一起。

净灵池边路窄湿滑，原本大家都走得小心翼翼。狭路相逢的时候，宋佳音故意走快一些，抢在苏解语等人前头与桑祈相遇，坏笑着用自己的木屐踩住了她逶迤的裙裾。

宋佳音本意是想看她摔倒，闹个笑话。可桑祈是什么出身，哪里会把此等雕虫小技放在眼里，不动声色地向前走一步，用力将裙摆一提。只听“扑通”一声，她自己没怎么样，反倒是使坏的宋佳音脚下陡然一滑，没站稳，惊叫着跌到了水里。

虽然净灵池每个潭子池水都不深，倒下去连呛着都不至于，但是她好好的衣衫被弄湿了，慌忙起身的时候头发也变得乱七八糟，还吓得花容失色，样子好不狼狈。

桑祈一个没忍住，笑出了声来。

莲翩也想笑，碍着身份不好如此，忍得很是辛苦。

远处跟着的侍婢见状，赶忙跑上前搀扶，将宋佳音从池子里打捞出来，噤若寒蝉地颤声问：“小姐，您……您没摔着吧……”

苏解语等人也关切地上前，一时众人七手八脚，场面很是热闹。

桑祈得控制着点，才能让自己笑得不致太夸张失礼，刚扬声道了句“阿音如何这般不小心，以后走路还是看着点脚下，别总看着我为好”要走，便听宋佳音恼怒地在后面尖声喊了句：“桑祈！你怎么如此蛇蝎心肠！就算你我稍有过节，也不至于要把我推到水里！”

桑祈和莲翩同时驻足回望，蹙起了眉。

然而她们俩还没出声，一旁便有人抢先说了话。

“这位姑娘看起来娇俏可人的，却是金玉其外败絮其中，一肚子坏水儿，你们说好不好笑，哈哈哈……”

声音来自一个陌生女子，桑祈等人不约而同朝她看去。只见净灵台下方，一个衣着富贵、打扮华美的女子正看着她们的方向，不加掩饰地同周围伙伴嬉笑。

桑祈没见过她，不知这是哪家小姐，只觉着她有些特别。长相称不上多美丽大方，但浓眉大眼，神情开朗，看起来很有精神，眉宇中透出一股洛京女子罕有的英气。

于是怀揣几分好奇，想看宋佳音对这位突然杀出来的不速之客会做出如何回应，便保持了沉默，狡黠地美眸微眯，扯了莲翩退后一步看热闹。

宋佳音掉到水里已经够狼狈的了，恼羞成怒才将责任推到桑祈身上，不愿承认是自己偷鸡不成蚀把米，长这么大又头一次被人用“败絮其中”当面形容，登时面色惨白如纸，怒目圆瞪，尖厉道：“你说什么？”

“说你这人好不要脸。”台下的女子坦然回视她，抬步朝她所在的位置走来，挑眉道，“分明是你自己踩了人家的裙子，不小心跌倒的，却非说人家推了你，有几个心智正常的人会如此不讲道理？”

宋佳音死死咬着唇，怒不可遏，半晌才挤出来一句：“哼，不过是一商贾之女，也配议论本小姐？”

“商贾之女，便不可仗义执言，说出真相了？太傅之女，便可以信口雌黄，歪曲事实了？”那女子依然无畏无惧，仰着头，高傲地向前走。

周围的几个女伴倒是似乎有些畏惧，扭捏着拉扯她，想劝阻她莫要开罪于人。

有人眉头紧锁，低语道：“宝儿，别闹，那些人我们惹不起。”

“姐姐，不用怕，我们在理，她们不敢胡作非为。”她反倒笑着拍拍那人的手，不顾人家的好心，执意上前。

眼见着她靠近，桑祈玩味地勾起唇角，觉得事态变化越来越有趣了。而卓家姑娘和甄明月，却面面相觑，都让了让，似乎不想与她近距离接触。

那女子看在眼里，冷笑一声，丝毫无所顾忌，直接站到了宋佳音面前。

春水寒凉，宋佳音不知因为寒冷还是愤怒，牙关紧咬，肩膀颤抖，气得几乎说不出话来，干脆上前，抬手便要打人。好在被侍婢劝着，还没直接扑上去。

那女子冷哼一声，一脸鄙夷：“怎么，要掌掴我？你们这些官宦人家，自己不在理的时候，就是这样让人屈服的吗？”

“你……我便打你了，你能奈我何？”

宋佳音本来就理亏心虚，再加上脾气一挑就爆，急怒攻心，哪里还能跟她理论，甩开两个婢女，怒道“别拉着我”，便要跟她一较高下。

这一巴掌若是真打下去，以那女子的身份，是断然不可还手的。可看她那性情，也未必是善罢甘休之人，又会如何应对？

桑祈虽然充满好奇，却不能真让人家姑娘挨这一下子，刚要上前阻拦，只见在事情闹到无法收场之前，苏解语大概终于是看不下去了，秀眉蹙起，轻喝一声：“阿音，休得胡闹，看看你这样子，成何体统？”

“苏姐姐！”

别人说她什么都好，她只是生气，被自己一直以来敬爱有加的苏解语这么一说，再想想此时此刻自己被人逼上绝路，方寸大乱的窘迫，不由得悲从中来，一阵心酸，带着哭腔唤了一句后，总算是清醒过来，知道自己应有贵族风范，不能像个市井泼妇一样跟人动手动脚。可满腔委屈又无从发泄，只得跺着脚，恨恨地哭了出来。

苏解语凝眉轻叹一声，趁机示意她旁边的那两个侍婢赶紧先带她去找个地方把衣服换了，别再在这儿惹是生非。宋佳音便老大不乐意，哭哭啼啼跟着走了。

随着主角离去，场面冷了下来，那名仗义执言女子泼辣的视线扫过余下众人，大概也是觉得无趣，遂抬步离开。走之前被她的几个女伴们硬拉着行了礼，并连声替她赔不是。只有她本人一直昂着头，一副“我没错，为何要道歉”的样子，毫无屈服之意。

不管宋佳音有多少不是，好歹是上层世家、朱门望族，于情于理，都轮不到一个身份卑微的贱民来管教。何况她用市井之词辱骂，说话也极难听。苏解语自然也不会替宋佳音跟她道歉，只端庄地站着，礼节性地淡淡回了那些人一礼，道：“无须挂在心上，都散了吧。”

桑祈倒是对这人颇感兴趣，暗暗对莲翩言语了一番，让她上前打听一下此人的出身来历。

莲翩点点头，便跟在对方身后走了一段，唤住那人，低声道："我家小姐多谢姑娘方才侠义之举，小小谢礼，不成敬意。"说着将桑祈方才交给自己的一块玉玦递了上去。

那女子颇感意外，抬眸朝桑祈的方向看了一眼，见着一位明丽貌美的姑娘正朝自己微笑，收回视线又看了眼那玉玦，却没收下，而是硬声道："小女只是做了自己应该做的事罢了，无须言谢，姑娘请回吧。"说完还不忘特地补充一句："我出身卑贱，也无意与你家小姐结交。"而后看也没看莲翩一眼，大步离去。

好心好意凑上去，却碰了个大钉子，莲翩只得无奈地回头，朝桑祈摊手表示自己也无能为力。被拒绝的桑祈并没有生气，抚着唇角，看着那人离去的背影，反觉更加玩味。思忖之中，听得莲翩叫自己，并一直朝自己使眼色，便疑惑地朝自己身侧看去，发现卓家姑娘和甄明月已经走远了，而苏解语正站在不远处，似乎在等她。

桑祈稍加犹豫后，跟了上去。二人同行，苏解语先充满歉意地笑了笑，道："阿音实在孩子气，兰姬先代她赔个不是，还望阿祈莫要同她一般见识才好。"

桑祈耸耸肩，无所谓道："没事，反正掉水里的是她，我又没吃什么亏。"

约莫着是想起宋佳音那副窘相，觉得不忍卒睹，苏解语眉梢轻挑，头疼地摇了摇头，无奈道："她在家被骄纵坏了，可能哪天嫁人，方能明白自己这性子得改。其间谁说也没用，还不知道得吃多少教训。"

桑祈倒觉得，江山易改，本性难移，她这"病"恐怕是好不了了，淡淡笑着，没有接话。

沉默少时，又听苏解语道："上次没能送你回府，还一直惦记着，那日可曾平安到家了？"

"嗯。"桑祈把玩着披帛，应道，"素不相识的，也不好意思给你添麻烦。"

"麻烦定然谈不上。"苏解语温婉地笑着，又沉吟半晌，才轻声问，"刚才在山下，听见你说丝帕的事……"

桑祈一怔，心里打了个激灵，暗道不好，别是让人家听到，误会了什么，赶忙解释："你可别误会，我和晏司业完全是清清白白的师生关系……其实，那天回去的时候我遇到点麻烦……”

怕杀人见血的事儿，说出来吓着人家，桑祈在脑海里冥思苦想着该怎么表达这种麻烦，倏忽浮现出宋佳音方才的模样，灵台瞬间清明，打了个响指，道：“就像阿音这种境遇！所以……司业恰好路过，便施舍了个帕子给我。真的只是巧合。”

她一着急，自顾自地说了一堆，一与对方对视，才见苏解语低眉浅笑，面上并无异色，缓缓低语道：“我也没误会什么。”

“那就好。”桑祈轻咳一声，这才松了口气，有些尴尬地继续扯着袖口的一条丝线，又听苏解语道：“平安就好。若是出什么事，怕是少安也要担心的。”

担心吗……呵，桑祈自嘲地摇了摇头，不予置评。她倒觉得，那个坏了心肠的人很是乐意看她出丑呢。

二人继续走了一段路，便至净灵观大殿门口。宋佳音正在观中更衣梳洗，苏解语要去同她会合，桑祈也要在这里等莲翩过来。告别之际，苏解语抬步上了一级台阶，似乎忽然又想起什么，回眸问她：“能否冒昧问一句，那是个什么样的帕子？”

“嗯？”桑祈没有预料到她会问这样一个问题，微微错愕后，才开始蹙眉回想，对那丝帕的刺绣图案却是记不太清了，细细思索半天才勉强想起来一些，为难道，“我只记得很素雅，光滑柔软……上面的图案好像有花……有一种淡蓝色的鸟……”

苏解语出言提点道：“青鸟倚寒梅？”

“对！”桑祈一拊掌，用力点了点头，“青鸟，就是这个。我就说当时还觉得奇怪，印象中帕子上一般都是绣些海棠牡丹、兰花蝴蝶之类。便是男子所用，也少有绣这种特殊的鸟类，所以有点印象……”好不容易想起来，她一时性起，多啰唆了两句，才反应过来苏解语一直没出声，自觉多言，便又住了口，疑道，“兰姬这么问，可是有何不妥之处？”

苏解语低着头，眸光微动。风拂动她额前的碎发，看不清眼底颜色。待到桑祈叫了两遍才反应过来，面色微红，显得尴尬，低语道：“只是好奇他喜欢的款式图案。”

原来是这么回事，旁敲侧击地打听心上人的喜好，不好直言道来的那些委婉细腻的小心思。桑祈心下了然，朝她会心一笑。

苏解语便拱手施礼，转身离去了。

回去的路上，桑祈想了又想，对莲翩道：“要不咱还是老老实实，按他说的把旧帕子洗洗还回去算了。”

过几日，她便带了洗好的帕子和特地准备的谢礼去晏府登门造访，碰巧又遇到了清玄君。

本来是想在人家会客的前院坐坐就回去的，可玉树恭恭敬敬地说着：“公子抽不开身，还请小姐到后园中一叙。”她无奈之下，只好跟去。

晏云之的住处名为见山阁，其实别说城郊的远山，就连花园里的假山都看不到。桑祈也不太明白，取这么个名字是为何意。上次来光顾着看顾平川的文章了，没有仔细瞧瞧，重游一次，才发现与清玄君的院落不同，此处并无百花争艳，只有茂盛修竹，郁郁葱葱地，站了一簇一簇，汇聚成一片挺拔苍翠的海。

竹海之中，晏云之和清玄君都只穿了一层薄薄的中衣，在水井边忙碌着。但见地上摆着一个瓮，一个人往瓮里倒着白色的粉末，另一个人则拿着木棍往瓮中急速猛击。待到走上前去打量，才发现原来瓮中是一些青黑的液体，正随着木棍的击打快速旋转，不时还会有汁液迸溅出来。想来他们便是因为不想弄脏衣服，才只着中衣。于是桑祈识趣地退后一大步，才问：“这是在做什么？”

清玄君抡木棍抡得满腹豪情，挑眉看她一眼，边抬袖擦汗边笑道：“连这都不知道？”而后转而攻击晏云之，“你这先生是怎么教的？”

晏云之淡然抬眸，瞥了她一眼，复又看向瓮中，道：“她这个人务实，对风雅之事不感兴趣，教了也没用。”

这是夸人还是损人呢，桑祈白了他一眼。清玄君在一旁低低地笑，起身拿起一旁的麻布汗巾擦擦手，解释道：“靛蓝，作画用的。”言罢放下手里的东西，趁她和晏云之说话的工夫，到一旁喝茶休息。

晏云之也接过玉树递来的帕子擦了擦汗，桑祈趁机偷眼瞄着，发现帕子上的图案和自己手上的这个并不相同。想来，这人特别讲究，天天用的帕子图案都不重样。

她神思游离，胡乱想了一遭，才上前道：“之前的帕子，多谢了。”说着递上叠得整整齐齐，洗得干干净净，还熏了香的丝帕和一个青黄相间琉璃镶玉盒。里面装的是块圆柱形天然翡翠。翠分双色，外侧颜色青碧，晶莹剔透，无一丝杂质。中心的玉髓则是难得一见的梅红，温润盈泽。从侧面看去，青碧包裹着梅红，像极了剖开两半的西瓜。因而名曰翡翠西瓜，巧夺天工，极为稀罕。还是西昭和大燕商议睦邻友好的时候，奉送给皇帝的赠礼，后来才被转赠给她父亲。

她觉得能送晏云之的东西，定然不可单凭价值衡量，因着此物是自己能想到的府上最为好玩有趣的物件，今日便又拿来转送予他。

晏云之却还是没收，只让玉树把帕子接了，淡淡看那翡翠西瓜一眼，连眸光都没荡漾一下，道是："东西还了就是，这玉还是拿回去吧。"

"又不是在国子监里，没人知道。"桑祈以为清明将近，他是怕摊上什么贪污受贿的名头，特地补充了句。

晏云之莞尔一笑，依然摇了摇头。一旁的清玄君倒是觉得这东西有点意思，端着茶盏走过来，拿在手里把玩，道："我看看，到底是个什么稀罕玩意，让你觉得可配得上少安。"

"清玄君说笑了，这世上哪有什么东西配得上他？"见他打定主意拒绝，她便由着清玄君玩去了，还不忘勾唇哂笑一句。

清玄君闻言，将翡翠西瓜放回盒子里，视线落在刚才她还的那张手帕上，眸光微动，笑意深了几许，纠正她道："原本是有的，可我不明白怎的，他竟好像并不在意。"

桑祈感兴趣地凑上前问："何物？"

"喏，比如这方丝帕。"清玄君说完，哈哈大笑两声，抬手搭住她的肩，道，"你说，我送他的帕子，他转手就给了你，你还要再送还给他，这其中到底都是些什么原因？"

桑祈被他绕得有些发晕，糊涂道："不明白……不过，好端端的，你为何要送他帕子？"

还没等清玄君回答，晏云之便开口打断他道："因为他太闲。"言罢悠悠然走到瓮边，握住木棍，唤道："还不赶快来做完，晏某等下还要批改作业，没你那么清闲。"

清玄君只得朝桑祈耸耸肩，边应着"是是是……来了"边做头疼状走了过去。

二人交换角色，改为清玄君负责倒石灰，晏云之负责用木棒击打。这个组合效率比之前高得多。

仲春时节，天气微暖，阳光将积攒了一冬的热量毫无保留地挥洒，照在二人额间的汗水上闪闪发亮。他们旁若无人地或是将手上的袋子缓缓倾倒，或是木棍高高抡起，因为感到热而挽起了袖子，衣襟微敞。使得原本就宽大单薄的衣襟，若隐若现地露出胸口和手臂的肌肤，勾勒出肌肉的纹理，颀长，挺拔，并且健美。

两个人都散着发，晏云之的一缕墨色长发滑落到额前，被汗水打湿，贴在了面颊上，再随着动作飞起，将晶莹的碎光扫出优美的弧线。此时此刻的他，与以往温润风雅、充满仙气的形象不同，显得更加食人间烟火，也更加自由洒脱。

桑祈站在一旁，没有意识到自己从什么时候起看呆了。直到玉树给她递了杯茶，出声解释道："公子和清玄君喜好丹青。清玄君对颜料成色要求极高，觉着外面买的都不可心，所以总是拉着公子和他一同自制。小姐来得不巧，今日他们可是要忙上好阵子，您且稍坐吧。"

她才从怔然中回过神来，想到刚才自己盯着个大男人看了那么久，还感慨人家身材好好，不由得面色一红，赶忙道："不必不必，反正我也没什么事，主要就是把东西送来，便先告辞了。"说着还善解人意地称不要打扰他们，只让玉树送自己出了府。

又过了几日，一份新颜料便从晏府送到了各个与晏云之和清玄君交好的人手上。包括严桦，包括苏解语，竟然也包括桑祈，还有一份往漠北而去。

桑祈拿到颜料的时候很是意外。晏云之解释道："清玄君说，美人若是不解风情，实在太可惜。"模仿着清玄君的语气，"美人"两个字倒是说得脸不红心不跳。

桑祈看了看颜料，又看了看他，扶额申辩道："谁说解风情就一定要会吟诗作画了的？司业，你评评理。"

晏云之揽卷而坐，头也没抬，事不关己道："嗯，反正不是晏某说的。"

人家送的东西，又不是什么贵重之物，只是一片心意，总不好非要还回去。桑祈只得收了。可心里比起丹青画笔来，她更加在意的是习武一事，催着晏云之问："师父怎么还没消息？"

"好事多磨。"晏云之道，"他既答应要教，你急什么？"

桑祈长叹一口气，坐了下来，把玩着发梢道："就是觉得夜长梦多，总觉得，太平的日子过不久了，想赶紧多学点东西。"说着懒洋洋地趴在桌上，逗弄起他关在笼子里的那两条小蛇来。

晏云之半晌没有说话。

室内安静了一会儿，桑祈眯着眼睛，语气严肃道："南城近来又发生了两起盗窃案，你可知道？"

"嗯。"

"你说，会不会和上次的事件有关？"

"只是丢了些不起眼的小物，怀疑是流寇所为。"晏云之停下笔，看了她，道，"你也别太草木皆兵。"

又是流寇，哪来的那么多流寇？桑祈摇了摇头，不予置评，又叹一口气，道："好吧，我先走了。"

春日里洛京的世家中交际活动是最多的，她还得准备晚上去闫府参加闫琰祖父的寿宴。一来父亲强烈要求她去，说是为了修补上次因为联姻一事尴尬的两家关系；二来正好上次答应了闫琰要给他送奶酥饼还一直没履行诺言，也顺便带去。

于是她告别晏云之，出了国子监，回家换了身正装，又磨了莲翩一会儿才装好奶酥饼，坐上马车和父亲一同去往闫府。

贵宾云集的闫府里，便又见着了他。白袍玉冠，仙袂飘飘。同行的还有严三郎和苏解语。正犹豫着要不要上前打招呼，卓文远走了过来，折扇一合，在她的头上敲了敲，勾唇问："几日不见，有没有想我？"

桑祈赶忙扭头看他，想到他同闫琰一样，上元节后也鲜少出现在国子监里，疑道："是啊，几日不见，你这又是上哪儿消遣去了？"

"噗。"卓文远一脸无辜地笑了，"为何我不在就一定是去消遣了？"

"除了醉倒温柔乡，乐不思蜀，你还会干吗？"桑祈不屑道。想想浅酒那双能勾魂的眼睛，感叹的确是块可使君王不早朝的料。

卓文远保持着笑容不变，没有正面回答她的问题，只道了句："狗咬吕洞宾，不识好人心。我是知道今天苏解语也来，特地来陪你的，你倒不领情。"

桑祈迷茫："来的是苏解语，又不是宋佳音，我为何要你帮忙？"

卓文远打着扇，一边笑眯眯地往前走，一边道："不用最好。"

这人，一会儿说特地来帮忙，一会儿又说不用，真是好生奇怪，桑祈腹诽着跟了上去。

闫琰的祖父在洛京世族之中颇有声望，各家都遣了人前来祝寿。晏府来的是晏云之和他的一个兄长，苏府来的是苏解语和她的父亲，和桑祈这边的组合一样。卓府来的人则比较多，除了卓文远，还有他父亲、母亲，以及一个兄长和一个妹妹。令桑祈感到诧异的是，落座后视线巡遍众人，却没看到宋氏兄妹的身影。正想着如此重要的场合，怎么能缺了这“尊贵”的二人，便听坐得离自己不远的严桦冷哼一声：“宋太傅居然没来。”

“大约是闫公不愿见吧。”苏解语在一旁低语道。

“不愿见，他便不来了？”严桦冷笑道，“那老狐狸几时也有了此等自知之明？”

一时左右的人都朝他看来。严桦倒是面色无动于衷，苏解语微微颔首，压低了声音，劝道：“今日三郎还是小心说话。”说着向四下望了望，见到桑祈，对她莞尔一笑。

桑祈也回了一个微笑，心下却不明白二人所聊的内容。她对朝堂上和家族间的动态一向不太敏感，想问问什么情况吧，此时卓文远又不在，离晏云之还坐得远，跟正在交谈的这俩人也不是很熟，便也就揣着疑惑，无从开口了。

寿宴在闫府迎客用的紫云楼里举行，排场很大，贵宾云集，事先都按照长幼尊卑安排好了座次。晏云之虽然和桑祈他们是同辈，却声名早扬，与他们不可同等而语，因而座位在一众长辈之间。

桑祈和两个不认识的世家小姐挨着。自己这一排都是女子，前一排则是男子，严桦离她近些，就在她左前方，卓文远则离她较远。而苏解语却并未同女子们在一排，而是坐在了一众男子之中，与左右郎君只以纱帘相隔。严桦便在纱帘右侧。

宴会开始后，先有歌舞助兴，才陆续端上玉盘珍馐。清一色广袖长裙的侍女进来，流水般送上各式美食，又在每个人身后立了一个，专门服侍，用银箸细心帮忙将八宝鸭剖开，以竹签剃去时鲜鲈鱼上的细刺，将酱汁淋到晾好的烤羊腿上……做事很是讲究。

席间长辈们一直觥筹交错，小辈这边也三三两两地对歌舞评头论足。桑祈却一直没人可说话，有点无聊。正在这时，听见某个喝高了的长辈在对面嗓门嘹亮地高呼了一句："闫公，你府上这些琴师舞姬，技艺平平嘛。"

桑祈朝他看去，只见那位叔叔面色酡红，擎着酒杯，摇摇欲坠。闫琰的父亲闫铮道作为一家之主，大度地没有因这句直白的嘲讽生气，豪爽笑道："那可真是遗憾，这几个舞姬，还是犬子特地花高价买来的呢。"

犬子……该不会是闫琰买的吧？品位的确值得深究，桑祈忍不住低笑。

"既是太公生辰，怎可让此等平庸之辈扫兴？"那人蹬鼻子上脸，甚是失望地摆摆手。

得，这等于是在说闫铮道不孝顺，糊弄他老父亲了。

闫铮道一挑眉，好脾气地问："那依庐陵王所见……"

庐陵王打了个酒嗝，咧嘴乐道："在座的不就有我们全大燕最好的琴师和最好的舞者吗，何不教本王开开眼界？"

桑祈不知他说的是谁，但他话音一落，人们脸上的表情都有些奇怪。有人期待，有人担忧，有人则一脸责备地看着他，好像他说了什么不该说的话。周围有议论的声音，嘈杂低语声中，闫铮道纠结地蹙着眉，似乎难以做出抉择。一时场面有些尴尬。

苏解语便在议论纷纷中开了口，温然浅笑道："既然庐陵王对歌舞不满意，小女愿略尽薄力，献上一舞，博诸君一笑。"说着起身，众目睽睽之下挑开纱帘，款款走了出去。

庐陵王满意地一拊掌，道："好女子，痛快！"言罢笑眯眯地在对面的人群中寻觅了一番，盯着后排一人道，"少安，人家姑娘家都主动上前了，你还跟这儿羞涩什么呢？就那么不愿意为闫太公献奏一曲？"

桑祈听到"少安"两个字，心头一跳。只见晏云之正优雅地端着杯盏，闻言动作微微一顿，又自然地将酒送入唇边饮下，温雅如玉地笑道："好，便不拂了诸位的雅兴。"倒是一点也没有谦虚客套，施施然起身，也走上了前。

苏解语一身藕荷色长裙，披帛如同仙阁女神般无风自拂，白皙胜雪的面容上，额间一朵烈红花钿，端正地站在大殿正中，微笑对他颔首示意。

二人没有开口，只是用眼神交流了一下，便心有灵犀地达成了某种共识。晏云之坐到了琴几后，抬手起了一曲。苏解语则迎合着他的旋律，翩然起舞。从静谧空灵，脚步婉转得回味悠长，到热烈酣畅，飞速旋转得令人眼花缭乱，舞步与琴声相得益彰，只让人生出天作之合的感慨。

曲乃天籁，舞乃仙姿。只应流传天阙间，人间难得几回闻。一时间桑祈也和其他人一样陶醉其中，屏息凝神，终于明白了什么叫“大燕第一”的琴师与舞者。

曲终舞罢，人们还在久久回味，苏解语从回旋中从容停下，落落大方地作了个揖，回到了自己的座位上。晏云之也敬了主人一杯酒回了。桑祈望着空空的锦毯，却觉着还沉浸在方才的表演中，心情错综复杂。既有窥得天机的激动，也有曲终人散，美好不再的失落。正黯然失神，忽听一句暧昧的低语，问道：“这回还觉得，不用我帮忙？”

是卓文远。她抬眸，发现他神出鬼没地，不知何时又跟她前面的人换了位置坐了过来。不由得白了他一眼，嗔道：“你刚才去哪里了，怎么不早换过来？是需要帮忙，我都要无趣死了。”

“现在不是来得正好吗？”卓文远端了壶酒，笑道。桑祈不乐意跟他贫嘴，哼唧一声，喝了酒还是觉得无趣，便起身去给闫琰送奶酥饼了。

闫琰作为主人，和兄弟姐妹、七大姑、八大叔坐在一处，吃葡萄吃得专注，任桑祈招了半天手才看见她，打眼色示意她到外面说话。桑祈便走出紫云楼，到外面吹着夜风候着。

他与亲眷打过招呼后才跟出来，见她将奶酥饼递过来，激动地上前握住了她的手臂，郑重道：“太好了，可算等到了……”而后在桑祈诡异的目光中，才意识到自己这反应实在有点夸张，局促地收回手，挠了挠头，面色嫣红，道，“咳，我的意思是，你没有食言，我很欣慰。”

“噗。”桑祈笑着用胳膊肘推了推他，挤眉弄眼道，“得了得了，别装了，咱俩谁跟谁。”

闫琰脸色不太好，硬撑着道了句：“我装什么了……”之后才在桑祈意味深长的连声“哦？哦？哦？”质问下，绷不住“扑哧”一笑，叹了口气，撩起衣摆在台阶上坐下来，“唉，别提了，小爷我最近真是活得了无生趣。一天天的，唯一的盼头也就是你这奶酥饼了。刚才听说你来，早就想去找你问问，可一直没找到机会抽身。”

桑祈又一次表示理解：“是因为葡萄吧。”

“什么呀！”闫琰狠狠剜了她一眼，脸色通红，愤愤道，“是因为我母亲。”

桑祈不太能接受，心里觉着八成还是葡萄，面上却装作恍然大悟地猛点头。

闫琰愤愤地拿地上的碎石丢她，道："我都愁成什么样了，你还有心思取笑我。"

皎洁皓月下，桑祈衣袂翩跹，灵巧地闪身避开，捂着嘴乐，逗了他好一会儿，心情舒畅多了，才告饶道："好了好了，不笑你就是了。你跟我说说，怎么就愁得头发都要白了？"

"唉。"闫琰又叹息一声，将石头子朝远处丢去，蹙眉道，"说来话长。"

桑祈也理理衣衫，在他旁边坐下，道："没事，你慢慢说，我听着。"反正回到屋内也没什么意思，那里也没人能说话。

闫琰整理了一下思路，环顾四周，确定没人注意后，才压低声音道："你可留意了，宋太傅没有来？"

"嗯。"桑祈点点头，宋氏兄妹那俩大魔头没出现，她觉得今天月亮都圆了很多呢。

"在朝堂上，宋太傅和我父亲闹崩了。"闫琰严肃道，"年前严三郎提过一封弹劾奏疏，称宋太傅纵容在地方任职的亲眷横征暴敛，致使当地百姓苦不堪言。"

此事桑祈也有过耳闻，便又点点头，问："这又与你父亲有何干系？"

"原本是没有的。"闫琰蹙眉道，"而且年前这事儿就被宋太傅压下去了。可年后我父亲这边也掌握了一些情况，与严三郎所言相符，所以又提了出来。这不，就被宋太傅针对上了。"

他说着，不满地哼了一声，又朝远处丢了个石子。

桑祈却是有些不解："闫家也算根深叶大，宋太傅便敢这般公然针对吗？"

闫琰挑眉，正色看她，道："看他那对儿女，你还能这么觉得？那你就比我还天真了。所谓有其父必有其子，这道理反过来看也一样。若非他的言传身教，怎么能教出那么个儿子？"

桑祈听罢，若有所思地沉吟片刻，以点窥面，又想到了茶园的事儿，那廖管事背后，怕是的确有东家撑腰，就算没有石灰事件，也许也会找别的由头，不由得抱膝，侧过头琢磨："你说，这到底是为何呢？宋家在想什么？"

闫琰面色低沉，摇了摇头，无奈道："我要是他肚子里的蛔虫，也不必在此惆怅白头了，更不必去做那劳什子的给事黄门侍郎。”一说起这事儿，他更是一肚子苦水，道，“这几天没去上学，便是在家接受父亲安排的特训。他说我书法不过关，怕去了不讨皇帝喜欢，再被人找借口罢免了可不好。”

言罢他苦大仇深地拍了一下大腿，辛酸道：“每天抄经书，你知道有多无聊吗？更过分的是，就算以后上任了，也是每天帮皇帝传传话，写写诏书而已，真是要多无趣有多无趣。可是为了不负父亲所托，我还得硬着头皮去。”

桑祈同情地看着他，得，这还没上任呢，就已经如此抵触，快要腻烦疯了，也真是可怜，谁知道以后可怎么办。替他想想，不由得灵机一动，问道：“就没想到换个官职？”

“别提了。”闫琰垂头丧气道，“你以为菜市买菜呢，想做什么就做什么？官位空缺真的不多，大部分还都把持在宋家和晏家手里。”

“也不尽然。”桑祈托腮道，“也许有部分我父亲说了算。”

怎么说他桑家现在的能力也算是能和宋家棋逢对手，老爹这个大司马可不是白当的，如果兄弟有难，她还是愿意厚着脸皮开口一试的。可闫琰听了，依然不乐观地蹙着眉，道：“大司马说了算的，定然也都是些武将职位，你看我合适吗……”

桑祈上下打量了他一番，再想想他的箭术，住了嘴。

二人沉默着，闫琰打开她之前给的纸包，拿了个奶酥饼吃，缓解着心中烦闷。屋内又传来了管弦丝竹之音，一阵珠玉碎裂，洒落瑶池般的琵琶声后，桑祈突然豁然开朗，计上心来，喜悦地起身，扶着他的肩，道：“哈哈，我有办法了。”

“什么办法？”闫琰疑惑地抬眸，便望进了她那双比皓月更加明亮动人的眼睛里。

只听少女笑容婉转，声线悠扬，道：“让你也拜师学个艺，不就行了。”而后推着他道，“你别管，此事交给我就行了。”

这时，正巧久等她不见的卓文远走了出来，看见二人在聊天，凑上来笑问在说什么趣事，也算上他一个。桑祈并不想太多的人牵扯进来，给晏鹤行添麻烦，加之觉得卓文远似乎武功已经很好了，不用再学，便只道了句：“没什么。”

卓文远眸光微动，笑而不语。

作为主人离席多时有欠妥当，闫琰又是个乖巧孝顺的人，见桑祈有人陪，便告辞先回去给祖父祝寿了。于是只剩下二人，卓文远悠悠然迈着步朝外走，道："出去走走？"

感觉他有话要同自己说，桑祈便抬步跟了上去。二人散着步，走到了闫家的花园里，他果然开了口："桑二，我觉得你应该认清一件事情。"

"何事？"桑祈不解地抬眸看他。

他美眸微眯，勾唇道："其实嫁给我，对于你来说是最好的选择。"

而后没等桑祈出言反驳，他有条不紊地继续解释道："其一，你我知根知底，你知道我绝不会伤你害你；其二，眼下朝堂之上已隐隐有划派对立的趋势，宋太傅没来参加闫家的寿宴就是个例子。此等情形下，桑卓两家联合，也是各自保全自己的良策。否则，桑府的地位就会很微妙。"他眼中精光一闪，道，"你应该可以想到一点，皇帝虽然对各大家族之事干涉不多，但绝不愿见谁家独大。当年你姐姐之所以被迫入宫，就是个活生生的教训。"

他鲜有如此严肃正经地讨论事情的时候，因而桑祈听得有些怔然，顺着他的话点了点头。

他便继续道："而现如今，又到了这样的时候。你们桑家和谁联姻，便能直接决定会不会再次出现一方独大的局面。"言罢摇扇，笑意盈盈地看着她，月光下俊美的容颜显得魅惑而妖娆，衣衫被晚风吹起，摇摆成翩跹的弧度，如同一尾修行千年的美狐。

"总之，你再考虑考虑吧。"他说完，勾着她的肩膀，撩拨起她鬓角的一缕碎发，柔声暧昧道，"我想你父亲也是这样希望的。"

桑祈不悦地用胳膊肘推了推他，嗔道："就算他也这么想，也定然是被你灌了迷魂汤。"

打从过完年，他隔三岔五地就往她家里跑，不知道的还以为这亲事已经定下了呢。也不知道他是怎么说服的父亲，之前几次晨昏定省之时，父亲还真委婉地表达过想说成他俩的意思。可是，她早就打定主意亲事要自己做主了，施压什么的才没有用呢。

桑祈可不在乎联姻不联姻的事，走了几步超过他，回身朝他做了个鬼脸，道："也就是说，你也是为了家族利益考虑，并不是自己真心想娶我的？那何必为难自己呢？嫁不嫁人的事，我自己说了算，而不是我父亲。你就省省心吧。”潇洒转身的时候，却突兀地被人拉住了。

卓文远长臂一伸，扣着她的皓腕，用力往自己的方向一扯。桑祈防备不及，径直便向他怀里跌去。好不容易才站稳，刚蹙眉要埋怨他，便见他居高临下地俯下身来，俊脸在她的瞳孔里无限放大，直到即使在朦胧月光下，也能将光洁如玉的容颜上那些细小的肌肤纹理看得真切。柔辉渲染得他眉目如画，却点着一丝狡黠，另一只手绕过她的纤腰，把她困在身边不容逃脱，而后便勾唇笑着，朝她吻了下来。

桑祈挣了一下没挣开，只好直视着他的眼睛，点漆双眸晶亮清透，不惊不惧。在他快要吻到自己的时候，突然向后一仰，再猛地向前，额头重重地与他撞了一下。

“哎哟。”卓文远吃痛，不得不放开了她，退后两步，一脸无奈地扶额笑，“你呀你呀……”

桑祈看他倒霉的样子，亦乐不可支。闹也闹过，笑也笑过后，寿宴进行得也差不多了，二人又一同往回走。各自寻得自己的家人，一同离开闫府。到走，桑祈也没能跟晏云之说上话。等回了家，见莲翩在收那包靛蓝，才想起来这码事。

“这靛蓝是哪里来的，成色真好。”莲翩凑上前，八卦地问，“拿来染匹新布，倒是不错。”

桑祈凝视着精致的银盒中那抹浓郁的青靛，不由得又想起那日见他在阳光下肆无忌惮地挥洒汗水，想起清玄君说她作为一个美人不解风情真是可惜，想起今日见着的默契无间的乐舞，一时出神，半晌才目光幽暗地将盒子又盖上，回了句：“人家这是用来作画的，什么染布，真是俗套。”

莲翩皱了眉，一脸惊愕：“那小姐的意思，是要用它练习丹青咯？”

桑祈一边摘着发簪，一边若无其事道：“也不打算，就放着吧。”

“这么好的东西，闲置着是何意，多浪费呀。”莲翩不由得惋惜。

只听桑祈义正词严地解释道：“我收藏，不行吗？”

第五章

翩翩月下剑

乌飞兔走，白驹过隙，转眼便到了清明。万物皆洁齐而清明的节气里，桑祈告别国子监，结束了历时五个月的“找郎君”课程，遗憾地对父亲表示，国子监里自己仔细考察过了，实在没有选得上的。

桑巍大概一心想着让她跟了卓文远，对此大度地挥了挥手，除了“成，不爱去咱就不去了”，并没多说什么。

对于她离开国子监这事儿，和到来时一样，也是几家欢喜几家愁。

皇帝不太高兴，敢情她说来就来，说走就走，自己是想拦的时候拦不住，想留的时候也留不了，有点郁结难抒，觉得这皇帝当得实在没面子。博士冯默则在她来再拜告别后，终于松了一口气，感慨果然天清地明，万物又恢复了正常秩序，这场闹剧总算是结束了。

洛京城里的人在祭祖的祭祖、踏青的踏青、插柳的插柳的时候，桑祈也没辜负好时节，带着闫琰上了灵雾峰。

闫琰初听说她要带自己拜师学艺那会儿纠结了良久。毕竟，家中长辈一直想让他做个文臣，图个仕途安稳，也符合洛京人重文轻武的风尚。可几天前，明前茶采摘，宋家的茶园收成惨淡。宋落天一不高兴，又找了他家茶园的麻烦。自己没收成，也坏心眼儿地不想让别人有收成。让他愤慨的同时，也痛定思痛，意识到有的时候只靠一张嘴是解决不了问题的，必要时，还得靠拳脚说话，方能令敌人慑服。想着也许他闫家缺少的，正是一个军功卓著的强硬派汉子，这才接受了她的邀请。

而晏鹤行初见闫琰，原本也是不打算教，长眉一挑，用探询的目光看了看桑祈，问：“爱徒这是何意？”

只见桑祈镇定自若地作了个揖，一本正经道：“徒儿想，师父您教一个也是教，教两个也是教，不如就顺带着算上他一个吧。”听起来竟然很有道理，再加上见着闫琰一脸热忱恳切，晏鹤行只好叹气摇头，道：“好吧，好吧，现在的年轻人，真是越来越难对付了。”

桑祈一听，低头偷乐，闫琰也没让晏鹤行失望，郑重其事地行了拜师礼。可接下来，怎么同时教两个徒弟却成了问题。

晏鹤行只给桑祈准备了一把剑，并没有准备闫琰的，再加上觉得闫琰的基础太差，也不能直接教其剑法，还得从基本功练起，便灵机一动，想了个好办法——把剑法口诀告诉桑祈，让桑祈自行领会，他本人则暂且先带带闫琰。

然而，晏鹤行的剑法行云流水，极为自然玄妙，每每以四两之微，力拔千斤，要掌握好把看似优雅的动作化为可以要命的杀招的尺度颇具挑战。加之要义抽象，理解起来也颇为困难。桑祈手上挽着剑花，眉心微蹙，也是迷茫，一直摸不到要领。

正好清明休沐，晏云之也来到了观中。说是踏青品茶，可桑祈觉得，十有八九是专程来看她和闫琰的笑话的。

只见旧道观内，四个人各忙各的。

靠墙的一侧，晏鹤行白发白袍，只差一根拂尘便可得道升仙，悠然自得地喝着茶，不时捏起一片碎茶叶，精准地投入引山泉水的竹筒里。

这是一个考验速度和准度的环节，闫琰的目的是要在茶叶落入水中之前准确地伸手将其握住。可是他聚精会神扎着马步，胳膊都酸了，累得满头大汗，还是一次都没成功，平白浪费了不少好茶叶。这山泉水要是热的，下面泡的茶都可以喝了。

桑祈则和自己手上如柳叶般纤细的长剑大眼瞪小眼，企图用心灵沟通的方式让剑自己动起来，迷茫地拎着它，在院正中的沙地上辗转挪步，不时做几个动作。

而晏云之是所有人中最轻松的一个，揽卷而坐，好不自在。

桑祈大多时候都很专注，偶尔会抬眸看他一眼，思忖了几次要不要叫他帮忙，到底还是为了不辜负师父的厚望没有开口。

没想到，过了会儿，晏云之主动过来了。就在她又一次尝试如何转好一个名为“晴岚分水”的动作，差点不小心把剑抖掉地上的时候，身后一只手穿过来，轻轻搭在她的剑柄上，帮她扶住，温润动听的声音在她耳畔响起，淡然道：“所谓晴岚分水，是指风拂水面，层层涟漪荡漾开来般的动作，就像这样。”说着手上施以一定力道，引着她动了起来。

感受两次之后，桑祈恍然大悟，终于领会了个中深意，即使没有他帮忙，也运动得流畅了许多。晏云之又手把手地引着她做了好几个动作，直到当中有一“群星拜月”的动作时她转了个身，仰头，当当正正迎上他的目光，嗅到他身上那股诱人的草木清香近在咫尺的时候，才猛然察觉到哪里不对——他们两个人离得太近了，生生令练剑这件事染上了一丝暧昧色彩。

于是桑祈面色一红，尴尬地收了剑，唤了声：“司业。”

晏云之却一脸坦荡，眸色如常，毫无局促之意，平静道了句：“既不在国子监了，也就不必这般唤我，叫声师兄便是。”

从师长变成师兄，一时不太好改口，桑祈干笑一声，又重新唤了句：“是，多谢师兄指点。”

“嗯。”晏云之遥望远天，理了理衣衫，道，“休息一会儿再练吧。”

正好也有点累了，桑祈便没拒绝他的提议，和他一同走到桌边坐了下来。那边闫琰还不肯歇，绷着一口气，非要接到茶叶不可。

晏云之给她倒了杯茶，她边喝茶边看着闫琰练习。两杯茶下肚，凉快了些后，桑祈开口沉吟道：“最近，我专门让人打听了洛京府衙办理的案子。”说着从身上掏出一页纸，摊开来递给他，继续道：“元月十七捕头王氏家夜入窃贼，偷盗未遂，窃贼身死，王家无财物损失或人员伤亡；元月二十一，城东商户赵氏家失窃，丢了两个玉雕，盗贼未缉拿归案；元月二十五，城南一茶楼走水，所幸及时扑灭，未发生人员伤亡；二月初八……”

纸上的内容她烂熟于心，不用看也能倒背如流，逐条重复了一遍后，秀眉微蹙，问他：“你觉得，这些事件会不会相互之间有关联？”

晏云之低眸将纸上的字迹细细看了一遍，面色未改，道：“看不出来什么异样。”

桑祈叹了口气，正色道：“对，这就是问题所在啊。”

晏云之挑眉“哦”了一声，问她：“言下何意？这些事件类型不一，有盗窃、有失火、有打架斗殴，也有杀人；发生的地方也都千差万别，怎么彼此之间不相关反倒不正常了？”

“不正常。”桑祈坚定地摇了摇头，“最蹊跷的一点就是，案件发生得太频繁。我查了洛京府衙历年的卷宗，近两个月来发生的大大小小的案件，堪比前几年每年的总和。难道你不觉得，差别有点太大了吗？”

晏云之若有所思地抬手扶着茶杯：“所以——”

“所以……所以我也不知道到底是哪里不对，只觉得事出反常必有妖，你说呢？”桑祈眨巴着眼睛注视他，希望得到他和自己持相同看法的回答。

可那白衣飘飘的俊朗公子却没有说，而是淡淡一笑，反问她：“这几天你总眼圈青黑，就是在熬夜研究这个？”

桑祈无奈地耸耸肩，道：“是啊，反正之前没开始练剑，白天下课了也没事做。”

晏云之凝视着手上的清单，笑意不变，不知道在想什么。

桑祈以为他是在嘲笑自己，表情不太好看，上前将纸条要回来，抿唇道：“你敢说我做的是无用功？”大有他敢说她就敢翻脸的架势。

晏云之抬眸，迎着她的目光，莞尔一笑，有如春风拂面般悠然惬意，温声道：“不敢。”

桑祈这才满意，便听他又语气轻松，若无其事地问：“这个想法，你还与谁说起过？”

“没有了啊。”桑祈果断答道，“只跟你提了。”本来她还想跟师父说，可师父不是正跟那儿忙着遛师弟呢吗，也就只好稍后再议了。

晏云之眼里浮现一抹笑意，沉吟片刻，道：“我还以为，你也同子瞻聊过。”

桑祈一扶额，连连摆手道：“哪能啊？他那没个正形的，压根不会关心国计民生的大事，一门心思只想着泡妹子。”

晏云之喝了口茶，拢了拢长袖，笑道：“是吗？晏某却听说，他最近可是频繁出入桑府。”

桑祈蹙眉听着他这番话，总觉得哪里不对，似乎另有所指，想了又想，终于回过味儿来，惊讶无比地低呼了一声，问：“你竟然也打听八卦？”

晏云之抬起那远山流云般高远的眼眸，与她对视一眼，但笑不语。

他这么志趣远大的人，定然不会对八卦之事好奇，此番相问，怕是另有目的。桑祈在心底这样告诉自己，便稍加思忖，恍然大悟道：“或者，你是想知道我们是不是在筹备桑卓两家的联姻。”

晏云之有意做了一个有些惊讶的表情，顺着她的话接道：“是吗？”

桑祈轻笑一声，喝了口茶，坦言道：“他是与我父亲说过这方面的想法，但我并没有兴趣。”

便听晏云之又云淡风轻地多问了一句：“大司马也一样？”

桑祈想了想，如实道：“不知道。”

父亲的态度，她三言两语也说不清。说他有这意思吧，又没有正面提过；说无动于衷吧，又总要找机会跟她阐释一番卓文远这人有多么好。想来，应该处于略有所动，在犹豫之中，还没有下定决心的状态吧。

二人说话间，闫琰实在累得不行了，拖着疲软的脚步走了过来，跌坐在石凳上拿起茶壶猛灌了一通，一边擦汗，一边扯衣襟，连声道：“不行了，不行了……”说完一头栽在桌案上，好像整个人融化成了一摊雪水一样。

桑祈看着他的造型，觉得有些好笑，凑近他的耳朵戏谑地问：“小师弟，这就准备放弃了？”

本来对于自己做师弟，她做师姐这件事儿，就窝了一肚子不甘心的闫琰，立刻强打精神回了她一个白眼，倔强道：“这才哪儿到哪儿啊？小爷有的是力气。”可惜外强中干，话本身说得都有几分有气无力。

刚刚趴了一下，风还没把汗吹干呢，便见晏鹤行又闲闲坐在竹下，拿根竹叶丢他，唤道：“还不快来继续？要是想现在放弃就说一声，老夫正好……”后面“乐得清闲”四个字还没来得及说出口，便见闫琰龇牙咧嘴地爬起来，高喊一声“不”，跌跌撞撞地扑了过去。

桑祈也起身伸伸胳膊，道：“我也继续练习吧。”言罢拎了长剑，回眸笑问，

“师兄不来帮忙指点指点？”

晏云之一手托着茶盏，一手用杯盖拂了拂水面上正在舒展的茶叶，身姿挺拔，仪表翛然。不笑的时候，温润如玉的面容，显得有几分雪山之巅终年积雪般的高寒清冷，淡淡道了句：“不了，晏某要先行一步，回府去处理些事情。”

桑祈便也不留他，点点头，自个儿站到了一边，回顾起刚才经他指点过的动作来。只是，没有人指引相伴，总觉得缺了些什么。

一晃的工夫，天色便黑了下来。晏鹤行点起油灯，捋着长须道了句：“不早了，你们先回去，明日再来。”

闫琰如蒙大赦，松了口气，蹭到桑祈边上。来的时候他坐的是人家的马车，走的时候当然也是。桑祈先把自己搜罗信息的那张纸条给了晏鹤行，才跟他一起上车。

月升日落，山路不好走，马车行驶得很慢。昏暗的车厢内，桑祈挑帘望着幽深诡秘的树林沉思，闫琰则疲惫地蜷在角落里，连眼皮都不想抬起来。沉默持续了很久，大约是因为太无聊了，还是他先懒洋洋地出了声：“你知不知道，今年的洛京城一定会特别热闹？”

桑祈闻言回过头来看他，眸中光华一荡，问道：“此话怎讲？”

她还以为，没心没肺的闫琰也发现了什么隐忧，可对方说的却不是这个话题。

“很多份亲事都会在今年定下来。”闫琰稍微将身子坐正些，抬眼细数道，“不说少安和兰姬这一对早就该办了吧。宋家似乎希望也在今年内，把宋落天和宋佳音的一块儿给定了。除此之外，子瞻也到了年龄……你说，有这么多人要大婚，还不够热闹吗？”

这么一说，的确也是，似乎自己在洛京认识的人都要在这一年成亲了，桑祈一时颇有感慨，缓缓点了点头。过了会儿，又想到自己和闫琰，不由得莞尔，道：“如此，到了明年，还能愉快享受单身生活的就只有你我了。”

闫琰出了一身汗，被风吹得有点凉，将衣衫裹紧了些，懒懒侧头靠着，轻哼一声，道：“小爷还没加冠，倒是不着急，有的是时间可以慢慢选。你呢？男儿十八和女子十八，可不一样。”

桑祈没说话。他便继续絮叨道：“比如兰姬吧，恰逢碧玉年华，不巧就赶上了苏老爷子仙逝，生生守孝三年，耗成了老姑娘。要不是在外清修，还不知道洛京里要有多少人在她背后说闲话。”

“怎么会？”桑祈也理了理被晚风吹乱的发丝，道，“她和晏云之不是早就说好了亲吗？”

“话不能这么说。”闫琰眉头一蹙，正色道，“毕竟没正式说媒落聘，就不能算是定下来，还有的是变数。”

桑祈不知为何，一想到这两个人，脑海中浮现出他们默契无间的样子，就有些心神不宁，遥望着月色，吹吹冷风，淡淡道了句：“他们二人关系那么好，会有什么变数？”

“嗯。”闫琰点了点头，“关系好倒是真的。清玄君年长少安两岁，少安年长兰姬四岁，也算是年龄相仿吧。清玄君自幼与少安交好，又特别喜欢妹妹，三人自幼便时常在一起同吃同住，直到年纪大了才分开。”

想来，那份心照不宣的默契便是这样培养起来的吧。桑祈点点头，问：“既然如此，为何没早早把婚事定了？”

闫琰白她一眼：“你问我，我问谁？”

“你就不同他们往来吗？”桑祈疑道。

闫琰脸色一红，别过了头去。

她看他那样子，才恍然大悟：“哦，他们嫌弃你。”

只听闫琰咬牙切齿地低吼了一声：“桑祈！”便又傲娇着不肯说话了。

桑祈有些无辜地望着他，心道有的时候是不能乱说实话。过了好半天，都已经下了山，进了城，闫琰才又开口，语重心长道：“不是我说你，你也上点心。毕竟你和兰姬不一样。兰姬是洛京城有名的才女，在人们眼里也是数一数二的大家闺秀。即使这样都免不了被人议论，你就……”

大概觉得后面半句难以措辞，他说到这儿便住了口。

桑祈看他一眼，也明白他是为自己担心，莞尔一笑，道：“我明白。”

闫琰又面色一红，轻咳一声，附加了句：“当然，我也不是逼着你一定要再考虑考虑小爷……只是觉得，如果有合适的人选，别错过了。”

想来他总算是理解了自己的用心，也终于彻底放下联姻一事了，桑祈一感动，郑重地上前凑了凑，与他对视着，目光诚恳地道：“放心，我一定不考虑你。”

闫琰却唰地白了脸色，愤愤不平地吼道：“喂，也不用把话说得这么直白吧！小爷我怎么了！我长得也不赖，家世也挺好，玉树临风，风流倜傥，身子骨倍儿棒，吃嘛嘛香好吗！怎么就不能考虑了！你倒是考虑一下啊，这么坚定地把小爷排除了算怎么回事……”

桑祈坐回去，蹙眉看着他怒发冲冠，完全不明白又哪里惹到他了。说不用考虑的是他，吵着闹着要让考虑考虑的也是他，这人怎么这么难伺候呢？

原本她以为，闫琰细皮嫩肉的，自是吃不了修炼的这份苦，下车的时候腿好似灌了铅一般，明日许是要歇歇了。不承想，他竟意外争气，从没打过退堂鼓。一连几日观察下来，桑祈颇为感慨地拍拍他的肩膀，道：“没想到你这么拼命。”

闫琰一抬头，眼中晶亮晶亮，压低声音道：“你还记得，上次我要给宋落天下套，结果把自己绊了的事吗？”

因为智商低摔断了腿吗，桑祈当然记得，点了点头。便听他狡诈地笑道：“这些日子，我总想着，等学好了功夫，便再坑他一坑，这次吃亏的定然不会是我了。”说着还得意地拍了一下胸口。

对于这个结论，桑祈深表怀疑，眉心一紧，连忙劝道：“还是别了，你白天要去宫里，晚上还要练武，哪有时间去害人害己？”

“现在当然是没有机会了，所以我才要勤勤恳恳地练习啊。”闫琰解释过后，被家仆搀着走了，还不忘身残志坚地回头朝她挤眉弄眼。

桑祈真是头都大了，生怕这次他再把自己折腾个半死。可事后不管怎么打探，他都好似打定主意不愿让她横加阻挠一般，闭口不谈半个字。导致宋落天还没怎么着，她先提心吊胆了好久。

转眼到了孟夏，洛城芳菲已尽，灵雾峰北坡花却开得正盛。几棵梨树从矮墙探过头来，染了一地梨花白。

桑祈经过一个月的刻苦练习，已经能将晏鹤行的剑法完整流畅地演练下来。可晏氏剑法的精髓在于随心所欲，意念灵活，不拘泥于既定的动作形态，变化无穷。所以她需要领悟的内容还有很多，出师仍遥遥无期。

闫琰则顺利地结束了接茶叶的练习，开始了更为艰苦的体能训练，每天要背着沙袋在山路上奔跑整一个时辰。

这一日，师父扔下两个徒弟跑去采摘新鲜野菜，师姐弟二人各练着各的。桑祈挥剑转身之间，留意到晏云之不知何时出现在了院子里，看着眼前的白衣公子，她动作微微一滞。

晏云之没拿兵器，朝她淡淡一笑，抬手攻击。桑祈立刻迎敌，长剑出手，衣袂飘飘，追逐着对手优雅自如的辗转腾挪。比起当初水潭边的那一战，她的剑术精进了不少，至少能有几个招式逼得晏云之不得不挪动脚步了。只见他飞身而起，长发在耀眼的阳光下晃动出光华，衣摆如同一抹落入地面的流云，翩翩绝世。桑祈提剑跟上，却不小心碰到树枝，挑落梨花如细雨般霏霏落下，撒了二人肩上、衣上一片。

视线被一簇一簇的花瓣阻挡，看不清他的身姿，只觉那白衣和花雨混成了一块。桑祈无奈地笑笑，干脆收剑停了下来，香肩一耸，道："算了，还是打不过你。"

"你用剑还是像用枪，力气有余，巧劲儿不足。"晏云之说着，也从容回到地面，理了理衣袖。

桑祈低头看着手上的剑，叹了口气。她也明白，可是家传枪法练了那么多年，手上的每一个力道都已成为习惯，岂是说改就能改的。

"师父说我胜在灵敏精准，用剑合适，而闫琰速度和准头都不太行，在力量和耐力方面却有所长，反而适合练习桑氏枪法。所以，我在考虑要不要把枪法教给他。你以为如何？"她兀自嘀咕着，抬眸询问他的意见。

未料，不知何时，他已经站到了她身前，距离她极近，近得她胸口扑通一跳。便见晏云之没有答话，而是朝她俯身探下头来。他的长发被风吹起，拂过她的面颊，挑染出一缕绯红。桑祈只觉耳朵发烫，不明所以地心乱如麻。刚想后退，只见他的下颌在靠近她头顶的地方停了下来，轻轻呼了一口气。这时正好风大了些，吹动又一阵花雨落下。

他便在这阵花雨后抬手，在她头顶轻轻拂了拂，而后后退一步，一脸平静道："头上有花。"

桑祈方才一直心跳飞快，闻言一怔，面色更红了，不由得握紧剑柄，暗暗在心里骂自己，刚才在瞎想些什么呢，难道还以为他这样的人会占自己便宜不成！真是以小人之心度君子之腹。

晏云之将她的表情变化尽收眼底，唇角噙了一抹笑意，长眉轻扬，道："你在胡思乱想什么？”

“咳，没想什么，就是觉得你身上的味道很好闻，不知师兄用的是何熏香？”桑祈一尴尬，赶忙开始胡说八道。

“未曾用香。”晏云之淡淡道了一句，走到梨花枝下的桌旁，才回眸道，“清玄君一直夸你虽然是女儿家，心性却豪爽大方，光明坦荡。可莫学了人家小肚鸡肠，心思狭隘才好。”

桑祈明白他看出来自己刚才的促狭了，更是尴尬，低眉点了点头，拨弄着地上的梨花不语，便听他继续说：“所以，晏某再送你礼物，你也不要多想。”

桑祈眨了眨眼，有些迷茫，抬步走过去，疑道：“非年非节的，缘何要送我礼物？”

“你看，方才还告诉你不要多想。”晏云之一脸“你那点小心思果然被我看穿了”的表情。

桑祈不由得吐了吐舌，拿起桌子上的东西打量：“这是何物？”

晏云之将自己身上的花瓣抖了抖，道：“宁泽寄给我的特产，信中说也教给你带一份。”说着掏出一封书信递给她。

“宁泽是谁……”桑祈边嘀咕边打开书信，那刚健有力、瘦骨清绝的字迹很面熟——是顾平川写的，于是心下了然，继续读下去，发现信是写给晏云之的，交代了一番自己到漠北之后的情况，告诉洛京的朋友们一切安好，无须挂念。并称晏云之寄过去的颜料已经收到了，送些漠北独有的食材当作谢礼。顺便提了一嘴，记得桑家二小姐喜欢美食，收了人家那么厚重的礼暂时无以回报，特地也给她备了一份。

总之写得一本正经，但桑祈还是读出来了，这人话里话外的就是“桑祈是个吃货，好吃的不能忘了分她一些”的意思。不由得莞尔，看来上次醉鱼的事儿，他还记着呢。一晃分别四个多月了，她将信笺折好，若有所思地抚摸着纸上的折痕，恍惚道：“小半年都快过去了，下次一起喝酒，真不知道是什么时候了。”

“想喝酒了？”晏云之挑眉问。

桑祈吸了吸鼻子，可怜巴巴道：“可惜没人一起。”

清明过后，大家都忙碌起来。闫琰白天要在宫中供职，晚上要加紧训练。卓文远也离开国子监，挂了个官职，成天忙得不见人影。连她自己都除了练剑还恶补了好几本兵书。晏云之倒是不太忙，时常有空过来代替师父他老人家教学督导。可想想人家毕竟是快要谈婚论嫁的人，怕惹得苏解语误会，她也觉着不便相邀。

正想着，便听晏云之道：“那还不容易。”于是她眸光一亮，抬眼便想问“你愿意与我同饮一杯”话没说出口，就听他继续道：“清玄君的桃花酿可是一绝。”

桑祈便顿觉有些泄气，扶额道：“好吧，多谢指点。”

晏云之沉默了一下，指尖点着桌案，问：“你又在想什么了？”

桑祈连忙摆手，正色道：“绝对什么都没想，我对……头顶的树发誓。”

话音刚落，风起，雪白的花雨簌簌而下。

她的正经僵在脸上，晏云之眼底则掠过一抹若有似无的笑意。

既然话都说到了这个份儿上，她觉着自己回头必须到清玄君府上拜访一下了。于是次日便让莲翩准备些吃食，带去了清玄君隐居的小院。

与冬日里不同，院内如今青翠成荫，好像把小山搬到了家中，显得十分拥挤。清玄君也换了一袭青衫，在院子里摆了个藤椅躺着晒太阳。好像早上又饮了酒，见到她笑得眉眼弯弯，摇晃着起身，道：“昨个儿少安刚跟我提过，没想到你这么快就来了。喝酒这种事，干吗不直接过来找我？”

不知怎的，每次一见着这个长着一双好像永远醉意蒙眬的睡凤眼并总在笑的男子，桑祈都觉得自己会自然而然地跟着他放松下来，脚步都轻快了几分，上前将食盒放下，嬉笑道：“还不是怕你自己都不够喝吗？”

清玄君也不跟她客气，径自接过便取了酒。二人聊了会儿天，几杯清酒下肚，桑祈摇晃着酒樽，想到了之前闫琰跟自己聊过的话题，问他：“听说你小时候就和晏云之往来密切。”

“嗯。”清玄君眯着眼睛道，“他是晏相的老来子，跟家中兄长们年龄差异比较大，玩不到一处，所以一直同我走得比较亲近。”

“还有你妹妹？”

清玄君抬眼看她，勾唇笑道：“对，还有兰姬。”

桑祈若有所思地点了点头，又问上次闫琰没告诉她答案的那个问题：“那为什么他们二人的婚事到现在还没定下来？”

清玄君不说话了，喝了会儿酒，才摇头晃脑道：“这个嘛，谁知道呢……”他好像无意继续聊这个话题，说完侧过头来，若有所思地盯着桑祈看。

由于清玄君是半躺在藤椅上，桑祈是坐在石凳上的，位置比他高些，过了好一会儿才发现这人一直仰头盯着自己，以为自己脸上有什么异物，抬手摸了半天，疑惑地问："我脸上沾上什么了？"

清玄君单手撑着头，微微摇动一下，笑道："没有。"

"那你盯着我看做什么？"桑祈一脸不解。便见清玄君另一只手抬起，把她手里的酒樽拿过来，然后放在一旁，握住她的手腕，将她往自己的方向一拉。

桑祈的上半身弯了下来，发丝垂在两颊，狐疑地看着他。

两个人彼此都能够清晰地在对方眸中看见自己的倒影，也能闻得到对方身上的气息。可意外的是，桑祈发现自己"听君一席话，胜读十年书"，真的心胸坦荡了许多，没有了上次和晏云之离得这么近的时候，那种心怀叵测的感觉。

清玄君的眸子有如巧夺天工的琉璃宝珠，内外明澈，净无杂秽。保持着这个姿势，仔细看了她的眉眼良久，方才笑道："我发现，你的眼睛很特别。"

桑祈头一偏，拢了拢发丝，好奇道："怎么说？"

"是百里挑一的眼睛。"清玄君说着，抬手沿着她眼眸的轮廓轻轻描摹了一圈，柔声道，"威严中带了丝清媚，瞳如点漆，黑白分明，眼波流转，却神光内敛……很美。"

"咳。"桑祈扶了扶额，"漂亮的眼睛多的是。卓文远那双天生风流勾魂的桃花眼就很好看啊，你的眼睛也很美，晏云之的也是，为何偏偏说我的特别。"

清玄君笑了："那不一样。桑祈，你这眼相名为鸣凤，乃是足以光宗耀祖，显赫门庭之相。"

桑祈惊讶地张了张口："你还会算命？"

清玄君没想到她听完，在意的竟不是这"凤"字背后所指的大富大贵，世间罕有，而是他会看相这码事，不由得神情一怔，而后哈哈大笑。笑着笑着，只听院门开了，一个熟悉的声音飘了进来，淡然道："聊什么呢，这么开心？"

桑祈赶忙侧过头去，见晏云之挺拔昳丽地站在那里，正挑眉看着自己和清玄君。而清玄君的手还没放开，两个人还保持着刚才看相的姿势。想到不能心胸狭隘，不能思想龌龊，她清了清嗓，笑道："清玄君正帮我算命呢，你快也来算上一算。"

说着扭头问放荡不羁、衣衫半敞地躺着的桃花仙人，正经道：“大仙，麻烦您给看看，师兄这叫什么眼。”清玄君戏谑地笑笑，放开她的皓腕，合眸摇晃着长腿，道：“他长眼了？我怎么没看见。”

晏云之目似寒潭秋水，澄净明澈，眼波藏锋，威严自现，冷冷看他，走过来自顾自坐下，道是来替苏母给他带话的。

清玄君一听，连连告饶：“好不容易兰姬不来烦我了，你又来？”

晏云之话带到了，淡淡扫他一眼，拿了他的酒喝，道：“我只管说，又没逼你听，兰姬说了多少遍你都当没听见，这会儿倒是长耳朵了？”

“噗。”桑祈听着他们俩斗嘴，不由得失笑。

苏母让晏云之传的话，无非是强调了一下，他眼瞧着奔而立之年去了，却还完全没有要成家立业的意思，建议儿子没事也上上心。清玄君却坚称自己早已娶过亲，行过拜堂之礼了，反过来指着院子里的成群妻妾，埋怨母亲记性差。

晏云之在一旁事不关己地喝酒，看来确实只管传话，并没打算继续扮演他家长的角色代为说教。

桑祈则乐得看他笑话。谁知清玄君呼天抢地了一会儿，竟然安静了下来，扭头看她，忽地坐起身，凑上前道：“我说，桑祈。”

“嗯？”

“你这面相虽大富大贵，可凤眼威严太重，为女子身上所罕见，可能会导致你地位虽高，却姻缘欠佳。”他正色道。

桑祈语气有些无所谓地问：“所以呢？”

他便狡黠一笑，道：“所以，要是没人敢娶你，你看不如咱俩凑合凑合怎么样？也省得我那娘亲没事总烦我……”

桑祈扭头，一个没忍住，口里的酒喷了出来，洒了无辜的晏云之一身。一时场面就乱了套。晏云之低眉看着身上的酒渍。桑祈尴尬地又是道歉，又是掏出手帕来，不知道该帮忙擦，还是不该帮忙擦。清玄君则丝毫没有罪魁祸首的自知之明，在一旁笑得弯了腰。

晏云之睨他一眼，起身回去换衣服了，临走时还不忘驻足看看桑祈，冷声道：“闯了祸，还不走？”

桑祈暗暗吐了吐舌，临出院门前，却又被清玄君叫住，于是回眸看他，还没等他开口，便摆摆手道："好了，不用解释，我知道你就是随便说说。"

清玄君笑意温然，点了点头，又摇了摇头，道："也不全是。至少前半句，我说的是实话。桑祈，这世上能与你般配之人绝无仅有。"

桑祈方才是不愿拂他面子，如今听闻，淡淡一笑，平静道："多谢相告，但是我不太信命。"

"我信。"清玄君敛眸，表情难得一见地正经，道，"而且我知道，这人只有一个，刚好你我都认识。"

桑祈虽然不信，却有几分好奇，问道："是谁？"

清玄君眼波荡漾，唇角微弯，意味深长地道："晏云之。"

桑祈先是一愣，继而失笑："你看，我说我不信命吧。他是你家妹子的准夫君，按你这说法，我岂不是要一辈子嫁不出去了？"她哈哈一笑，说完又给自己和对方都找了个台阶下，道，"不过也不一定，兴许你见过的人太少了，天下之大，和他的眼睛长得一样的人还有很多呢。"

清玄君站在院门前，望着她远去的背影，淡淡一笑，叹道："得龙目者，定誉满天下，福荫百代，甚至可为帝称王。你以为这世间能有几人？"

晏云之天生此大贵之相，气度不凡，因而年少时便无意中引来众多拥护和随之而来的猜忌。否则，也不必窝在国子监里做个小小司业，一韬光养晦便是几年……他想着想着，似乎感觉有些无趣，也不太想过问这些政事，摇摇头，又晃悠着回去独自小酌了。

桑祈回去后，虽然告诉自己不要在意，却还是有意无意地会想起那日听见的这番话，时常走神。包括在闫琰跟她说自己已经成功了一半的时候，也没太上心，只是怔怔地点了点头。

闫琰觉得自己又被无视了，有些不高兴，抬手在她眼前晃来晃去，嗔道："桑二，你到底有没有在听我说话啊？！"

她被吼声惊了惊，才回过神来，迷茫地问："刚才你说什么？"

闫琰顿足哀叹，埋怨地看了她一眼，才又重复了一遍刚才说的话。

"我说，准备设计宋落天的事，已经成了一半了。"

"成了一半是何意？"桑祈有点不懂，坑成功了就是成功了，折戟了就是折戟了，怎么还有成了一半的说法？

闫琰刚从山脚下跑步回来，又费了一番口舌，口渴得要命，先灌了一大碗水，才解释道："反正，等过几日你就知道了，这回我们亲眼瞧着他倒霉。你别忘了，诗会一定要去。"

一年一度的诗会，是洛京初夏的传统项目。和上元节的灯会、七夕节的花会并称为洛京青年男女中的三大姻缘盛会。少男少女们可以在这一天相约结伴，共同赴会，参与其中，一展才华，互相了解品鉴。每年都有那么几对彼此看上眼后，回家请求父母做主说亲的，也因此传出过不少佳话。

可以说，三大盛会中，属诗会最为风雅，最能展现一个人的品质才情。当然，也是桑祈觉得最无趣的一个。如果不是闫琰再三嘱咐，她根本不会来。

如今乃是初夏，走在谢雪亭周围的河岸，只觉此处夏日果然不同，一改清冷寂寥，变得十分热闹。堤岸青草郁郁，万柳垂绦，群芳点缀其中，洛水河面上吹来的风带来几许清凉。

与上元灯会和七夕花会不同，诗会是白天举行，过了晌午便已是人潮涌动，熙熙攘攘。亭子里已经有人贴出赛诗的题目。按照惯例，邀请了中书令，也就是苏解语的父亲苏庭来作为主评审，晏相也在品评之列。

令桑祈没想到的是，清玄君和严桦也在亭中，与其他点评人同坐。

之前与她约好了同行的卓文远这会儿刚好也到了，在一旁解释："论文学造诣，苏家若说是大燕第二，恐怕没人敢称第一。不愧是一等一的书香门第，父子成就皆是登峰造极。清玄君七岁能文，十五岁写得一首《谢雪赋》名扬四野，谢雪亭的得名便是由此而来。虽然他年纪最轻，却是最有资历坐在那儿的一个。"

桑祈若有所思地点点头，觉得可以想象。看桃花仙那样子，就像是个极会吟诗作赋的，忽悠人也很有本事。而严桦，想来在无数青年学子中颇具盛名，也与此有关吧。

可是，为什么晏云之不在那儿呢？

卓文远只道是，灯会、诗会、花会，晏云之从不参加。个中缘由，一部分人觉着是因为他这个人清冷淡泊，不喜欢吵闹的地方，另一部分人则觉得是因为他早就心有所属，所以对此类活动不感兴趣。持前一种看法的大多是仰慕他的姑娘，持后一种看法的大多是因此吃味儿的汉子。双方争执不下，可当事人并没有做出过正面回应。

想到见不到他，也就自然见不到他和苏解语同行，不知怎的，桑祈觉得放心了不少。因着邀请她来的闫琰不见踪影，她便先与卓文远一同凑上前去看今年诗会的题目。

所谓诗会，赛诗自然是必不可少的环节。而与平日里玩乐的曲水流觞不同，诗会上的赛诗无须点名，人人都可即兴而作。可以一人独自参加斗诗，也可以与人组队参加。现在亭中给出的便是初赛的题目，要求每个参赛人或参赛队伍，于未时之前将诗作誊写在桃花笺上，置于谢雪亭内准备好的案上，由评审们品评后，选取进入下一轮的作者。

谢雪亭前早已准备好了一个大号日晷，供众人把握时间。桑祈和卓文远绕过日晷凑近，只见亭柱上贴着一张金边红纸，上书两个笔力遒劲、线条粗犷的大字——牡丹。想来，这就是初赛的题目了。桑祈觉着并不难，甚至还有点土气。但她心里也明白，越是这种平凡的命题，想写出彩来便也越是困难，推了推卓文远，小声问道："你行吗？"

卓文远似笑非笑地瞟了她一眼，拿过一张纸，俯身挥笔而就了一首五言绝句，看都没看便放到了晏相面前，而后一拱手，转身潇洒走了出来。

对于他这份不知道哪里来的自信，桑祈感到很惊讶，眨眨眼，赶忙跟过去问："你写了什么？我都没看清楚。"

"随便写了两句而已。"卓文远若无其事地摇着扇子，笑眯眯道。

桑祈一挑眉，觉得他恐怕是进不了下一轮较量了，四下环顾一番，还是找不见闫琰，不免隐隐有些担忧，心想这孩子该不会又跑哪里去自残了吧……正蹙眉张望，突然听见周遭发出一声低低的惊呼，而后有人七嘴八舌地议论了起来。探头瞧过去，在一众轻衫罗袂、披帛飘飘的少女身后，便见到了两个白衣胜雪的绝世人儿——晏云之和苏解语，赶忙在卓文远的腰间拧了一下，问道："不是说好了，这家伙不会来的吗？"

卓文远似乎也觉得有点意外，顺手握住她的手，无辜道："我只是说往年都是如此，并没保证他今年也不出现啊。"

桑祈抽了一下，没抽出来，被他牵着，毫不犹豫地掉头朝那二人的反方向走。

卓文远悠然自得地迈着步，笑道："来便来了，与我们又没有干系。走，带你去吃点好东西。庆丰楼的小二正在那边卖包子呢。”

“大中午的，谁吃包子……”桑祈无奈地倒腾两步跟上，继续试图挣脱。步伐虽然是跟着他走的，眼睛却在下意识地回眸眺望，瞄着那鹤立鸡群的身影，心里疑惑着，他为何今年偏偏来此呢？为何，偏偏就在她来的时候？秀恩爱什么的，也不至于如此张扬啊，好像全洛京的人有谁不知道似的。分明是欺负她和闫琰还都“待字闺中”，这师兄真是坏透了。她一边腹诽着，一边就被卓文远带离了人群。

当然不会有人傻到跑来这种风雅之地卖包子的地步，远离谢雪亭的河堤边，站着几个卓家的家仆，摆了台案，备了美酒小菜。

卓文远拖着她走了过去，道：“还要等好久呢，先休息一会儿吧。”

那边人太多，是有点头疼，还是清静的地方好。桑祈便点点头，席地而坐，临坐下前还不忘从他手里把自己的手抽出来，在他的背上报复似的狠狠拍了两下，打得卓文远笑着连连告饶。

清酒一盏，与谁同醉？

桑祈拎着白玉酒壶，对着壶嘴喝下去一半，擦了擦嘴角的酒渍，闲闲把玩着脚边的草叶，心中思绪万千，沉吟良久后，理理头发，侧过头去看身边的好友。

卓文远侧脸对着她，一双风流魅惑的桃花眼好像随时都在笑，显得整个人格外俊朗温柔。

她觉得自己问这个问题好像有点多余，但还是说了：“子瞻，你是真心想娶我吗？”

“当然是真心。”对方想也没想便给出了答案。

“为了桑卓联姻？”

卓文远本来是与她并肩而坐的，闻言侧过头来，勾唇一笑，道：“难道这理由还不够？”

“不够。”她晃悠着手里的酒壶，确定道，“当然不够，你知道我在意的是什么。”

卓文远复又远眺江面的滚滚波涛，笑而不语，只轻轻摇着檀木香扇，半晌后眸光随着水波的纹理轻荡，敛了笑意，道：“桑祈。”

“嗯？”

“感情是最靠不住的东西，这世上能将两个人牢牢牵绊在一起的只有利益。家族的利益，个人的利益。只要我们有共同的目的，我便不会负你，你可信我？”

难得听他用如此严肃的语气说了这么长一番话，内容却不是她想要的。她并不感到意外，只是心里微微有些冷，觉得他将这红尘看得太通透了，她也不知是悲是喜，又喝了口酒，反问道：“那若是没有了共同利益呢？”

卓文远不回答了，转过头来直直望进她眼里，莞尔一笑，问：“你觉得呢？”

桑祈“扑哧”一声笑了出来，笑到后来，却有几分苦涩。她放下酒壶，抬手勾住他的脖颈，郑重地在他肩膀上拍了拍，道：“我一点也不想失去你这个朋友。所以，还是忘了联姻这回事吧，咱们都好过，也不至于有分道扬镳的那一天。你我这性子，若是做了夫妻，恐怕谁都会受不了对方。”她笑意盈盈地看向他，表明自己说的绝对是发自内心的大实话。

卓文远半晌未动，而后抬手在她的额头上轻轻弹了一下，轻道一声：“傻瓜……时辰快到了，我们还是去看看有没有进下一轮比试吧。”说着便自顾自地站了起来，任桑祈在他身后喊，“喂，你倒是给个答复啊……”也不理不睬。

得，又白费一番口舌，喉咙都说干了也没有收效，桑祈只能气闷地跟着他回了谢雪亭。

卓文远的时间感很准，刚刚好到未时，写着初赛题目的那张红纸旁边又贴出了一张新纸，上面是进入第二轮比赛的名单。共有十人，上面有卓文远的名字，也有苏解语，甚至还有宋佳音，但是没有晏云之。

卓文远在桑祈耳边低声解释说：“苏解语和晏云之应该是一队。”

桑祈耸了耸肩，表示明白。这会儿在名单上仔细看着，又没看见“闫”字，才继续琢磨闫琰哪儿去了。四周没见着他人，纸上也没见着他名，别说是要整人的他了，连被整的对象宋落天也不在。闫琰特地嘱咐她来这诗会，到底是要耍宋落天，还是要耍她啊？桑祈有点郁闷。

卓文远似乎看出了她的心不在焉，挑眉问：“之前就一直觉着奇怪，你缘何非要到这种场合来，是不是有什么秘密瞒着我？”

“没有没有。”桑祈赶忙辩解。首先，并不是她的秘密，而是闫琰的；其次，她就算想对他坦白，也不知道能坦白些什么啊，于是只能纠结地问一句：“你见着宋落天了吗？”

这句话被一旁的宋佳音听见了。因着对自家兄长的名字敏感度极高，她本来没看见桑祈，这会儿也留意到了，不免俏脸一仰，抢在卓文远回答之前，惊讶道：“哟，阿祈也会来诗会这种风雅之地？”

桑祈一听这声音就头疼，无奈地回头看她，强颜欢笑道：“是啊，听说阿音会作诗，今日特地来大开眼界。”

宋佳音冷冷地睨她一眼，满脸高傲，一副不屑理会她这句话的样子。

说来也是，作为太傅家的女儿，她可以性格不好，却不能没有才华。琴棋书画，诗词歌赋，总要有那么几样拿得出手的，否则，怎么能在洛京的世家圈子里抬头挺胸做人呢？桑祈这样一想，便觉得她的名字能出现在名单里也不太奇怪了，耸耸肩，准备离她远点。

又听她不依不饶地问：“你找我家兄长做什么？”

看他倒霉？实话不能这样实说，桑祈脚步一顿，回眸正义凛然道：“许久不见，甚是想念。”

宋佳音嘴角一抽，差点没被她的脸皮厚度惊得晕过去，晃了两晃才站稳，冷哼道：“黄鼠狼给鸡拜年——没安好心。”

桑祈忍不住捂着嘴乐：“是你说的你哥是鸡，可不是我。”

“你……”宋佳音面色一白，刚想发作，大概是想起来了自己上次的失态。这次又在公共场合，可不能再丢人现眼，必须保持大家闺秀的风度，只得又重重地哼了一声，拂袖而去，不愿同她论战。

见这二人仗没打起来，卓文远吹了个口哨，闲闲接着上一话题道：“宋落天在河里。”

“什么？”桑祈这回也站不太稳了，这是要演哪一出？

卓文远见她误解了，勾唇戏谑一笑，又特地解释了一番：“确切点说，是在他家的画舫上。他不参加诗会比试，而是诗会彩头的提供者。这会儿，应该正在画舫上等候拔得头筹之人呢。”

“不是风雅盛会吗？居然还有彩头。”桑祈扶了扶额，只觉染上了铜臭气，这诗会也便没那么高雅了，难怪晏云之不屑一顾。

卓文远长眉一挑，道：“本来是没有的，近几年才被他折腾出来这个名头，大概是觉得有趣，自己脸上也有面子吧。至于参赛者，虽然大多数人都不在意那点奖品，但有个彩头何乐而不为呢，谁会跟白来之物过不去？”

说得也是，如果宋落天正在河面上的画舫里，大概闫琰也在那儿。想来，在地面上是找不见他了。那所谓的整人伎俩，恐怕也要到诗会角逐结束才能一见分晓。桑祈于是也就没再惦记着闫琰，暂且与卓文远一同去领下一轮比试的题目了。

第二轮比试，一共有十组参赛。大多数组合都是两个人，而且都是一男一女。比如桑祈和卓文远，宋佳音和她的另一个兄长，苏解语和晏云之。还有几对桑祈不太熟，也都是年轻男女。女子面带羞色，男子谦谦有礼，想来是传说中在诗会上看对眼了的组合。

这轮赛诗的主题从写物变成了抒情，比方才的概念抽象了很多。众人的题目还是一样，都是两个字——怅惘。

春和景明的，突然要写这种情绪，也着实叫人有些为难。桑祈左右观察着，很多人都一脸纠结，宋佳音的眉毛都快拧到一块儿了。离她最近的两个人倒是还好，长身玉立的宽袍公子在娇俏婉丽的女子耳边低语了几句，那女子眼眸一亮，似有了灵感，娇羞一笑，提笔写了起来。

眼见着他们写好，又互相商议着稍作修改，而后再誊写一遍交上去的时候，苏解语早就交完了，正从亭中走出来。迎上她的目光，对她颔首微笑。

桑祈也回了个笑脸，暗暗推推卓文远问：“写好了没有？”

卓文远倒是不着急，最后压着时间才送过去。临迈上桥前，桑祈拿过墨迹未干的泛着淡淡粉红色的纸张，将上面的诗句读了一遍。

卓文远写的是：

凤栖于桐兮，翘首求其凰。
将琴代语兮，聊以诉衷肠。
无奈佳人兮，不识我宫商。
何以得许兮，慰我独彷徨。

与美人和爱情有关，果然是他的作风。桑祈读着，确是感到字里行间流露出的无奈和惆怅，点点头，赞了句：“不错。”

这才放他过去交付，还不忘八卦地凑到人家耳边问：“你竟然还有求而不得、思之如狂的姑娘？”

卓文远抬手执扇，在她头顶上敲了一下，笑容无奈，道：“是啊，可惜我说的话，人家都当是放屁，半个字也不懂，你说怅惘不怅惘？我这可是有感而发，保证能让闻者伤心，听者落泪。”

桑祈也颇为感慨地点了点头，觉得他为了进决赛，也是蛮拼的。

结果出来，苏庭代表评委们将各组的诗作挨个点评了几句，挑选出其中最为优秀的三组进入最后角逐。好巧不巧地，尽是冤家聚头。卓文远和桑祈这一组，凭借着他所谓的真情实感，顺利杀入决赛。苏解语和晏云之当然是轻松自如，不费吹灰之力。令人意外的是，宋氏兄妹也发挥超常，恰恰是与他们竞争的最后一组。

之前的上元灯会，想看桑祈出丑没看成，宋佳音见不得她命好，上次有人帮忙，这次又有人帮，便迎着她的视线走过来，挑衅道：“阿祈，桑家尽是英雄男女，总要别人帮忙，算什么好汉。此番决赛，你敢不敢自己单独同我比试比试？你我各凭本事，若你赢了我，我便心服口服，不再找你麻烦。”

条件听上去有点诱人，桑祈疑惑地看她一眼，道：“此话当真？”

“自然当真，我宋佳音何时打过诳语？”宋佳音扬了扬下巴道。

“好，那你说，怎么算赢？”桑祈爽快应下，卓文远连拦都没来得及拦，在一旁直扶额。便听宋佳音道：“简单，只要你今日夺得头筹，我便公开承认，桑祈并非身居高位却不学无术之辈，认同你是真正的名门闺秀，也不再说你坏话了。但是，若你没赢……”

她轻笑一声，继续道：“若你没赢，你便要公开对我低头道歉，承认之前种种，都是你不对，是你小肚鸡肠，没有风范，看我不顺眼，故意为难于我。桑祈，你可愿意？”

“一言为定。”桑祈应得倒是痛快。

待到宋佳音一脸得意地笑着离去后，卓文远才狠狠地在她鼻尖上拧了一下，无奈道：“你呀你，什么样的赌约都敢应。上次就吃了亏，这次还不吸取教训。一个人得笨到什么地步，才能两次栽在同一个坑里？”

桑祈却是不解，摸摸无辜的鼻子，道：“怎么了，我觉得她提出的条件挺公平的呀。你不也说，我应该以后尽量与洛京女子交好吗……我这人很大度的，若是她今后不再总是找我麻烦，我也乐得清静，不去理她，不是挺好？”

“公平才有鬼。”卓文远真是哀其不幸，怒其不争，哭笑不得道，“她拿自己的长处与你的短处比，明明是故意而为之，算什么公平？更何况，若单单是让你与她比较也就罢了，可拔得头筹这件事，当中还要牵扯到苏解语，你怎么可能比得过？”

桑祈一听，这才反应过来，哭丧着脸埋怨他：“你怎么不早提醒我？”

“我倒是得有机会啊！”卓文远没好气儿道。

好吧，桑祈一脸惆怅地抬头看看他，又看看苏解语，再看看晏云之……感慨这次真心神仙也救不了她了。

她只好提提袖子，咬牙道：“没事，死马当活马医，咱们上！我在国子监怎么说也念了半年书，可不是白念的。”

对此卓文远表示高度怀疑。

为了公平起见，确保没有人帮桑祈，宋佳音提议干脆三组各自派一人，到谢雪亭中当场作诗，而后便自己身先士卒，大度地甩开兄长，作为代表独自走进了亭中。她的如意算盘打得当然好，反正自己不用比拼得过苏解语，也不必非拔得头筹，只要随便写写，然后便坐等输给苏解语的桑祈给自己低头道歉就行了。

苏解语并不知晓个中内情，对于这个提议并无异议，见这一队伍是宋佳音出马，大约是不想让她输得太难看，便对晏云之道：“请少安兄在此稍作等候，兰姬先去试上一试。”而后颔首告别，也自己去了。

桑祈便也只得硬着头皮跟上。

三人在亭中齐聚的时候，看宋佳音的胸有成竹，再看桑祈的视死如归，苏解语敏锐的直觉察觉到，这里面似乎有什么自己不清楚的隐情。可她暗暗观察许久，也没瞧出个所以然。

这一轮的题目，由三个评审分别将写着内容的字条交到参赛者手中。清玄君负责桑祈这一组，对于能在这儿见到桑祈，很是意外，一边将字条给她，一边笑问：“又找到新鲜的乐子了？”

桑祈耸了耸肩，不予作答，挠着头晃悠到亭柱边，深吸一口气，将字条打开来，只见上面写了一首诗：“凤阁龙楼起，玉树作烟萝。江南正春色，几曾识干戈？”

用一首诗来命题，也就是说，首先要准确把握住出题者想在诗句中表达的主题，然后再根据这一主题，重新赋诗一首。

可是，桑祈读着这四句话，心里有些迷茫，不明白作者的意思，到底想感叹江南歌舞升平正是好年景，还是想表达对于这种粉饰太平的隐忧呢？二者之间，失之毫厘，谬以千里。

她为难之际，回眸看向围坐一桌的四个评审，不知怎的，就留意到了严桦。想起他的慷慨悲歌，想起他那句豪迈的不死不休的壮志豪言。冥冥之中，有一个声音告诉她，那个举觞白眼望青天、横眉冷对高位前的男子便是出题者。于是，她觉得，正确的解读应当是后者，便坚定决心，顺着这个思路想了下去。

限时一炷香的时间，那边毫无后顾之忧的宋佳音已经早早交了诗作。

苏解语则也在思索，过了片刻，莞尔一笑，提笔开始书写。

桑祈虽然不知道自己的诗作到底在大家眼里是什么水准，但是也算对主旨颇有感慨，自我感觉好像还可以，便也大笔一挥，写了上去。

三人都将诗作交上来后，评审开始传阅。

谁也没注意，正在这时，晏云之走了过来。

因为作品已经交完了，一切已成定局，对于他的到来也没人多说什么，只是三个女生看见他，都有不同程度的意外。

桑祈正犹豫着，这个时候要不要上前打招呼，只见晏云之淡淡看了她一眼，便走到了苏解语身旁，提出借一步说话。

她的视线跟随着二人的身影，一直跟到亭前。不知道他说了什么，只知道苏解语侧耳倾听着，时而微微点头，时而微微蹙眉，最后眸光一荡，面上浮现一丝意味不明的忧郁，又转瞬即逝，温婉地颔首与他告别，回到亭中。

没过多时，评委们经过并不激烈的讨论，便对成绩达成了共识。毫无疑问，苏解语是第一名。晏相作为评委代表发言，表扬她的诗意境外柔内刚、傲骨清绝，格律也十分整洁，实在是不可多得的佳作。

桑祈听完他念的诗句，也不得不由衷拜服，明白了当时闫家寿宴上，为何她会被安排与那些才子名士同坐。抛却性别的障碍，洛京人士愿意承认她的品行与才华，给予她与名士等同的地位。不愧是能配得上晏云之的女子，她输得心服口服，没有任何不甘。只是一想到等下要做给宋佳音道歉这么违背原则的事儿，有点为自己的节操叹惋。

不料，点评过后，发生了意想不到的变数。苏解语先是上前谢过诸位评审，后却语出惊人道："感谢诸位赏识，可这桂冠兰姬不敢收下。"

一石激起千层浪，宋佳音抢在评委前惊呼了一句："苏姐姐，这是为何？"

苏解语回眸看看她，一脸为难，蹙眉道："阿音你看，这评委席四人中，一个是我父亲，一个是我兄长……兰姬拿这第一名，传出去恐怕不妥。"

严桦一听，不太高兴，横眉冷对，扬声问："难道会有人认为苏大人和清玄君徇私舞弊？晏相刚才将诗句也诵读过了，在场诸位，谁觉得兰姬当不起这第一名？"

很快有人应道："没有不服，兰姬受之无愧。"接着附和声便响成一片。

苏解语却坚持不肯接受，温雅而笑，只道："兰姬此番前来，只是图个乐子。能得到诸君赏识，自是万分荣幸，大礼却是万万不敢奢求的。这桂冠角逐，兰姬自愿退出。"言罢再不顾劝阻，执意转身，拖着逶迤委地的裙摆，身姿挺拔地潇洒离去，回到了人群中。有一白衣皎洁、面容俊朗，即使在群星之中亦光耀如月的男子正负手而立，等在那里。

待到她在晏云之身边站定，不免有人唏嘘，觉得她放弃这个名次太可惜。可她面色恬淡，只是安静地笑笑。

事态如此变化，桑祈和宋佳音都没有预料到，一时各有所想。宋佳音先是失望，后又觉得没什么，即使苏解语退出，自己也应该能胜过桑祈，便白了她一眼，高傲地继续等结果。

桑祈则隐隐抱了期待，盯着下一个公布名次的苏庭，心跳加速。听到他口中缓缓吐露的果然是"桑祈"两个字，忍不住握紧拳，暗自低呼了一声"好！"兴奋得差点没跳起来。

宋佳音万分不敢相信，又是一声惊呼："这不可能！"便听清玄君走上前，笑眯眯地代苏庭解释道："若论文采辞藻，阿音的确略胜一筹。"言罢遗憾地耸耸肩，继续道，"可是，你写的跑题了呀……"

“噗。”桑祈忍不住笑了出来，突然觉得苍天的确对自己颇有优待，这胜利来得竟然如此投机取巧。

宋佳音的脸色红一阵白一阵，极为不好看，在桑祈戏谑的视线中，恨恨地一咬牙，丢下句：“改天再去找你算账。”便拂袖而去。

桑祈想着，她会不会按照承诺，公开给自己道歉倒是次要，只要她再次碰壁，不敢再轻易来找碴儿，便真是极好了。而得了这白捡来的冠军，还要接受诗会桂冠，并且拿人家的彩头，她还真有点心虚。被队友卓文远推了半天，才尴尬地上前，屈身下拜，从晏相手中接过了桂冠。

卓文远用胳膊肘碰了碰她，示意她往河面上看，低声道：“你不是要找宋落天吗？看，他带着你的彩头来了。”

话音刚落，只听一阵乐声从河面上飘来，众人皆抬头看去。朝谢雪亭方向驶来的，是宋家的豪华画舫。有锦衣华服的乐师奏乐，身姿绰约的歌姬歌唱、舞蹈，船上纱幔飘飘，香烟袅袅，场面好不风雅。宋落天本人，衣冠楚楚地站在当中，打着仙鹤羽扇，一副淡泊超然之相……说实话，看着十分别扭，总觉得他穿的不是自己的衣服，摆的也不是自己脸上应有的表情。桑祈差点忍不住笑出来。

宋落天自是不晓得这些，让画舫一直行到谢雪亭，施施然走到船舷边，朗声道：“敢问今年的桂冠诗人是哪位高手？”

卓文远低低一笑，扬声回道：“正是桑氏阿祈。”

亲眼见着他听到这个名字眼皮跳了三跳，卓文远和桑祈对视一眼，都强忍着笑。

作为承诺赠送彩头的东家，总不能东西都运来了，得知要赠予的人是自己的仇敌之后再反悔，掉头回去，那也太跌份了吧？宋落天只得兀自假装镇定，清清嗓子，继续道：“阿祈，你可是有福了。今年，我宋家为诗会执牛耳者准备的献礼，是一份特别之物。”他说着，摆摆手让家仆从一旁把一个用红绸蒙着的大家伙搬了过来，故作神秘，仰着下巴，打着扇，道，“此物浑然天成，相传乃是天地初开之时，女娲补天遗物，名为补天石。通体天然五色，并有夜明之光。今日，宋某便忍痛割爱，将其赠予才德兼备之士。”

介绍完毕，他故意停顿了一下，先将众人期盼的目光巡视一圈，才满意地又给了个手势，示意家仆们可以把红布摘下来了。随着红布落地，他的耳朵已经准备好了迎接人们叹为观止的惊呼。却没想到眼前的众人，目光由期待变得意味不明，表情僵硬在面上，而后不知谁起的头，便开始哄堂大笑起来。有的人笑弯了腰，有的人笑岔了气。个别羞涩的姑娘以帕掩口，笑得梨花带雨，眼泪都出来了。

他觉得好像哪里不对，疑惑地蹙着眉，回头看去。这一看不要紧，登时脸色变得铁青，一个没站稳，差点从船舷边栽下去。只见原本应该美轮美奂的五色奇石上，如今确实也是五色，却是不知谁用颜料画上去的一个五色大鳖，并且在它憨态可掬的背上提名了“落天”两个大字。别说，跟他之前说的什么女娲补天的时候掉下来的遗留之物还挺契合，真真叫人挑不出毛病。

桑祈乐得脸都疼了，突然觉得有人拍了拍自己，揉着脸看过去，总算是见着了闫琰。小少年鲜衣潋滟，朝她一个劲儿地挤眉弄眼，自夸道：“小爷这次是不是干得还不赖？”

“哈哈哈……不赖，的确不赖……”桑祈笑得脸都酸了，抹着眼角的热泪问，“你是怎么弄的？”

闫琰一挑眉，得意道：“上次我跟你说成了一半的时候，便是打探出了他准备在这诗会上拿什么彩头出来。然后就简单了，把负责看守宝物的侍卫打倒，伪装成其中一人，在上面搞搞破坏，不就行了？我这次可是做了完全的准备，为了不出岔子，刚才还一直在船上扮作侍卫来着，这会儿才刚游回来。”说着拎了一缕头发伸到她面前，道，“你看，衣服换了，头发还是湿的。”言罢，他挺了挺胸脯，颇为骄傲，“怎么样，小爷这些日子的功夫没白练吧？那侍卫被我打得到现在还满地找牙呢。而且我的体质强健了，连凫水技术都比以前厉害了不少。”

桑祈也是被他这费尽心思的捉弄人思路折服了，笑得顾不上说话。

闫琰看着周围人的反应，心里美滋滋的，总算是扬眉吐气了一回。

可是，画舫上就比较惨了。负责搬石头的家仆，因为石头上一直蒙着红布，对此事毫不知情，东窗事发后一个个也都吓坏了，噤若寒蝉地跪在地上发抖，连连恳求主人宽宏大量。

宋落天又岂是那有雅量之人，气急败坏，厉声质问到底是谁搞的鬼。家仆答不上来，只顾告饶。于是他骂了半天人，不解气，干脆起脚狠狠朝一个家仆身上踹了过去。那家仆被踢得一个趔趄，向船舷边倒去，一个没扶稳，差点跌入水中。

宋落天却还不放过，又抬起一脚，想干脆把他踹进水里。家仆约莫不识水性，死死抓住船舷，哭得涕泗横流，喊着自家还有老人孩子要照顾，下次一定不敢了，求饶了这一回。

宋落天则把怒气都撒在了这可怜人身上，怒气冲冲喊着：“你放手，我命令你放手，你敢不放？少用你的脏手脏了老子的船！”

面对如此情景，桑祈笑不出来了，而是表情渐冷，握起了拳。闫琰似乎也有些不安，蹙着眉头看了她一眼，低声问：“现在该怎么办？”

桑祈还没来得及回答他，便见宋落天已经让其他家仆上前，掰开了那个抓着船舷不放的人的手，抬腿就是一脚，将其踹向奔流湍急的河水中去。桑祈暗叫一声不好，想飞身前去救人，却因为自己不识水性，面对河面有几分本能的心生畏惧，动作慢了半拍。

说时迟那时快，只见就在那个家仆从船上坠落的瞬间，一道白鹤振翅划破夜空般的身影从水面上翩然掠过，一把接住他，稳稳地落在了船上。

晏云之长身玉立，衣袂当风，一句话没说，只是睨了宋落天一眼，便让他无端打了个冷战。片刻羞愧后，才想起来自己才是受害者，于是又挺直腰板，蹙眉对晏云之道：“少安，我教训我的家仆，与你何干？莫要多管闲事。”

晏云之将那吓得发抖的人安置好，理了理滴水未沾的长袖，眉目清冷地看着他，淡然道：“晏某只是想多嘴问一句，这家仆犯了何错，你要如此惩罚于他？”

宋落天面色青白，抬手颤抖着指了指身后，看都不想看那个石头一眼，愤愤不已：“这还用问吗？”

“晏某却未见，这石头上的作品是他所画。”晏云之淡淡扫视了他身后一眼，若有所思道，“如果说宋家连家仆都有此等丹青造诣，倒还真叫晏某刮目相看。”

“你少在这儿冷嘲热讽！”宋落天恼怒地指着那个家仆的鼻子，咬牙道，“我还不知道不是他画的？就算不是他画的，也是他看管不力，否则怎么会被人钻了空子？”

晏云之闻言，也看向那个家仆，语气不偏不倚，道：“这位小哥请如实相告，你家主人可曾命你看管这彩头？”

“禀、禀晏公子……小的、小的并不曾看管啊……”那家仆哆嗦得话也说不利索，“小的只是负责把此物抬上来，将红布掀开……事先都不知道里面是何物啊……”说着说着，满腹委屈地哭了起来。

晏云之便又看向宋落天，道：“你看，他说他不负责看管。”

宋落天脸色堪比锅底，难看至极，还是坚持称不管怎么说，这家仆都有责任，他回去要把今天在船上的每个人都狠狠打上三十大板，冷哼一声：“反正是我宋府的家仆，你有本事，到我家里来管！”笃定晏云之管得了一时管不了一世，也就能在这儿逞逞威风。

晏云之却从容而笑，表情温雅，好似一尊光华莹润的玉雕，站在船舷，任河面上的风吹起猎猎衣摆，朗声道：“今日晏某与这几位仆役有缘，还望宋公子肯忍痛割爱，相让于我。并且，既因着他们几人的过失，害你损了彩头，晏某也愿以一物相赠，聊作弥补。”遂抖了抖衣袖，将腰上的一个环佩解下来，递给了宋落天，淡声道，“便以此物作为今日桂冠之彩，宋公子以为如何？”

音量刚好教岸上的人都听得清清楚楚。且不说给足了宋落天台阶下，还抛出了一个更好的彩头——比起那来路不明的所谓神石，难道能得到传说中大燕第一公子的贴身佩戴之物，不是更加令人兴奋吗？对于宋落天来说，更是解决了他现今处境的尴尬。毕竟总不能将这石头再送人，掏不出其他像样的东西来又不好交代，一直僵在这儿，就算把所有家仆都踹河里，也只会更丢人现眼而已。何况，晏云之当着这么多人的面，问他要几个仆人，若他宋落天不想落下个小气的名声，也不得不松口答应。

晏云之不急不慢的这番话，让宋落天稍微冷静了几分，权衡利弊后，不得不愤懑地点了头。表面上是答应下来，暂时化解当前的危机，也不找这几个家仆麻烦了，心里却怨毒地想着，若揪出来这幕后真凶，追到天涯海角也必将今日之辱加倍奉还。

那份狠毒用心，让岸上的闫琰没来由地缩了缩肩膀，吸吸鼻子，“嘶”了一声，道：“好冷。”

桑祈的视线一直追随着晏云之，看着他的风姿朗落，看着他的从容优雅，看着他处理矛盾精明游刃的手腕，看着他面对一众感恩戴德的船工平静自若、毫不居功的表情，看着他有条不紊地料理着后续，只觉他不仅有天人之姿，而且颇具王者风范，一言一行中自有一股庄重高远的辉光。若不是闫琰又一脸被无视了的忧伤，拍了拍她，她根本不会将注意力转移开来。

“喂，你傻了？”小少年不识时务地多嘴问了句。

桑祈这才收回目光，局促地笑笑，拢了拢衣衫，轻声道：“没有……我只是想，我们是不是做得有点过分了？每次都想打击宋落天，可总是牵连到无辜的人，闹得不好收场。”

闫琰也皱着眉头，思索一番，摸摸鼻子，道：“我也没想到他这么气急败坏。不过，总归还是他不好，不是我们的错。”

桑祈叹了口气，挑挑眉，道：“你说得对，我只是觉得，下次我们应该思虑得更周全些。这次要不是师兄，那些仆人就倒霉了。”

闫琰低头看她一眼，眸光微动，沉吟道：“他们也未必都是干净的，你以为他们背地里就没帮宋落天做过什么见不得人的事？为虎作伥，如何无罪？你现在心软，说明品性善良，是好事，可将来一直如此，恐怕要吃亏的。”

作为师姐，竟然被师弟教育了，桑祈闻言，以带了几许惊讶的目光看向他，从前总觉得他心思单纯，干净得像一张白纸，没想到也会这般语出惊人。

闫琰面上浮现一丝惆怅，有些无奈地苦笑道：“别忘了，我也是大家望族里长大的。洛京的人家，可没几个像你们桑家那么单纯。”

眼看话题要变得沉重，幸好有人朝他们走了过来，及时出声打断了对话。

“恭喜桑二小姐今日赢得诗会桂冠，这是我家公子特地为优胜者准备的一点心意，请您笑纳。”

来人是一个宋家的小厮，穿着衣料华贵，打扮有模有样，但因着刚才的突发状况，面色也显出几分苍白。

桑祈接过他躬身递上的那枚环佩，拿在手里又一时恍惚，抬眸望向河面。只见宋落天依然表情不善，可是已经能够正常说人话了，不再对下人动手动脚，只是不停摇着扇，看上去十分躁动。正同晏云之说着什么，晏云之与他对视的目光一直很薄凉。

周遭的众人，方才笑够了，这会儿也都默契地当作什么都没有发生过。只有少数几人，比如清玄君，还在玩味地偷笑。

卓文远的视线落在环佩上，眸光微荡，打开檀木香扇轻轻摇了摇，一脸叹惋，道：“可惜了，我还觉得宋落天准备的石头不错来着，多稀罕的玩意。换成这饰物，便普通了些。”

“是吗？”桑祈却嘀咕，“我觉得环佩也挺好的呀，可以经常拿出来看看，炫耀一下。补天石那么大的玩意，不好拿也没地方放。”

“呵呵。”卓文远不予置评，笑了笑，半晌后才道，“你喜欢就好。”

诗会结束了，人们陆陆续续离开，桑祈左右四顾，突然想起来什么，让卓文远和闫琰稍等片刻，便在人潮中游鱼一般流畅自如地穿梭而过，终于在一驾面熟的马车旁见着了苏解语，她赶紧快跑两步，赶在人家离开之前追了上去，唤道：“兰姬……”

苏解语一只脚已经迈上了车，刚要放下帘子，闻声转过头来，有些诧异地停下动作，缓缓转身，温雅地回眸朝她一笑。

桑祈呼吸急促，拍着胸口平复一番，才抬眸看向她，目光真诚，道：“刚才多谢兰姬出手相助。”

苏解语微微一怔，犹豫一番，似乎才想起来她所言为何，淡淡一笑，道：“谈不上帮忙，兰姬也是实话实说。”

桑祈叹了口气，耸耸肩，道：“谈得上，谈得上，你不知道，这个优胜对于我来说意义重大。”

若是真昧着良心跟宋佳音承认是自己错了，是自己主动找碴儿的，她觉得怕是要怄得吐血，外加还得回去向列祖列宗磕头赔罪。

苏解语敛眸，轻声低语了一句：“原来如此。那兰姬很高兴能帮上忙。”言罢似乎有些着急要走，匆匆转身，进入车内，临放下帘子前，才动作一顿。

见她几番欲言又止，桑祈疑惑地先开口问：“怎么？”

苏解语恍然一笑，摇摇头，抬眸道：“兰姬下月生辰，想邀阿祈来做客，不知阿祈可愿赏光？”

来洛京这么久了，还是第一次有年龄相仿的女子请自己参加生辰聚会，桑祈也笑了笑，道：“没问题，一定去，到时候定给你准备一份超大贺礼，将今日的人情一并还上。”

苏解语便作了一揖，叫车夫离去。

第二天傍晚，桑祈在师父那儿学习兵法的时候，闫琰和晏云之来了。

天色昏暗，晏鹤行给了桑祈一本兵书，她正在院中并着月色挑灯细读。闫琰见状，没有上前打扰，而是换了衣裳，自己默默地去一旁练习。

晏云之则进屋和晏鹤行说了会儿话，再出来的时候，看见她还在全神贯注地看着书，整个人身子前倾，都快掉进了书里，便走上前，在她对面坐了下来，淡声道：“仔细着些眼睛。”

桑祈一抬头，对上他的视线，方才正读得起劲儿，眸中正光彩熠熠，莞尔一笑，“不妨事。”说着直起身子来，刚才还没感觉，一动才觉得自己的关节都僵硬了，伸了个懒腰，边活络筋骨，边兴致勃勃地与其分享今日自己的收获。

“今日读了一个故事。前朝有一将士，攻克蜀中时，曾用一计，名为障眼法。设计大军压境之前先做了些小动作。今天在城东放把火，明天又派军骚扰城西农户。一开始蜀中守军还很警惕，小打小闹多了，便渐渐麻木……最终因这份轻敌失了城池。这个故事给了我灵感启发。你说，我们现在面对的，是否也是敌人在洛京布下的障眼法？”

晏云之表情平静，沉吟半晌，微微点了点头，算是肯定，而后一开口，却话锋一转，问道：“昨日好不容易才拿到的彩头，怎么没戴在身上？”

桑祈尚在思绪豁然开朗，脑海里犹如万马奔腾、酣畅千里之中，闻言随意地摆了摆手，边顺着自己的思路想下去，边心不在焉道：“是好不容易才拿到啊，所以为了避免弄丢，已经收到盒子里，妥善保存好了。”

晏云之嘴角浮现一抹笑意，沉默不语。

桑祈一边踱步，一边喃喃自语，半晌之后又从兴奋变得惆怅，沮丧地坐了下来，托腮道：“可是明白了这个道理之后，更不知该从何入手了。”

晏云之见她实在纠结，便好意提醒了一句：“其实你可以想想，越是早出现的线索，也许越是没有经过伪装，最为真实。不如沿着最初掌握的信息追查，不受后来刻意制造出来的迷雾干扰比较好。”

桑祈听完，幡然醒悟，在桌子上拍了一下，道：“所以上次我给你看那张洛京近期事件的统计，你才不加在意？”

晏云之淡淡一笑，算是默认。

这让她不免又有些伤感，自己好不容易才想通的事情，原来人家早就看透了，便努努嘴，换了个话题，问：“昨天那些家仆的事情后续怎么样了，你可把人带了回去？”

晏云之淡漠地收敛笑意，恢复平常的清冷，从容道：“我带他们回去做什么？晏府怎么会要他宋家赶出来的仆人。”言谈举止间，有一股说不出的清高倨傲。

桑祈有些惊讶，不解地看着他，问：“那你还要从人家手里要来？”

晏云之注视了她一会儿，眸光悠远，思量再三，还是同她解释了，道：“作为司业的时候，晏某曾经教导你，看人看事，不可光看表面，要从不同角度观察，才能接近真理。顾平川一事是，昨日落天石一事亦然。宋落天生气，并非没有道理。不管有没有被叮嘱负责，作为家仆，都有替主人看顾周全的本职。那些人没有仔细检查好东西就搬运上来，害自家主人丢了颜面，理应责罚。只不过，宋落天的态度激进了些，不可取罢了。而晏某所为，则是为了给大家一个台阶下，暂且安抚住场面，将大事化小而已。那些并未尽职还声声喊冤的人，却是断然不会收入府中的。事后只遣了他们去另谋营生，此时，大概找商号做长工去了吧。”

白衣卿相平静从容，优雅安闲，将世上的一切琐事，都看得清晰通透，却既不像严桦那样愤世嫉俗，也不同于清玄君的置身事外，而是巧妙地容身红尘之中，饮一杯清茶，赏一片落梅，抖一抖衣袖的工夫，便将事情处理得稳妥有度。

桑祈觉着，真不知道该说他现实好，还是说他冷漠。但如果这世间，真有所谓的天生王侯将相之才，除了他，形容的不会有别人。他能以不变应万变，只在这里闲闲坐着，便能运筹帷幄之间，决胜千里之外。相比较而言，自己的能力真的太渺小了。

不过，这反观自身产生的卑微之感，只片刻便消散，她给自己打了打气，心道：桑祈，你这不是也在进步了吗？咱们先天不足，后天努力补上就是了嘛。

这样想着，她便合上书页，在桌上一扶，豪迈地起身，道：“好的，那么我去练剑了。”

“且慢。”还没走远，又听见晏云之在身后悠悠唤了一句，“晏某有一事想问。”

“嗯？”

“关于是谁在那石头上做了手脚，不知师妹可有线索？”他语气平淡地问。

桑祈顿时停下脚步，有些不安地扯着衣袖，犹豫要不要实话实说。正在她纠结之时，又听他继续道了句：“不管是谁，晏某想提醒那人一句，此事宋落天绝不会善罢甘休，若还存有什么证据，且赶快销毁了吧。并且，以后莫要再做此等捉弄人的小把戏。下次兴许就不是闹着玩了。”说完又清清冷冷地如来般优雅起身，缓步离去。

桑祈不自觉地看向院子另一侧的闫琰，只见他动作一顿，手里的长枪差点掉在地上，正尴尬地回眸看她，抬起另一只手擦了擦汗。

晏云之一语成谶，担忧很快就变成了现实。

如他所言，宋落天的确不肯善罢甘休。亦如闫琰一贯的行事作风，这次又粗心大意地被人抓住了把柄。

当宋落天发现补天石事件的线索指向闫琰，又查出茶园收成不好是因为水中被人恶意掺杂了石灰，并且在逼问之下，得知可能与一个瘦高漂亮、动作敏捷的官家小姐有关，再听说了两家茶园发生冲突时，桑祈的所作所为，认定撒石灰的主谋便是桑祈后，真真叫一个怒不可遏。不但迁怒于给他汇报情况的侍卫，一脚把人家踢出了门外，还一气之下将一屋子收藏的古玩都砸了个稀碎，气喘吁吁地对着满地碎瓷，咬牙切齿，目光毒辣，骂了句：“贱人，老子不给你们点颜色看看，你们这对狗男女当老子好欺负。哼，老子倒要看看，我们斗到最后，到底是谁不得好死。”

而对此一无所知的桑祈和闫琰，还在心无旁骛地忙着自己的事情。尤其是闫琰，白天要到宫中做事，只有晚上才能练习功夫，格外刻苦。

第六章

脉脉花底情

令人欣慰的是，诗会过后，宋佳音竟然信守承诺，当真没有再找过桑祈麻烦。可更麻烦的是，卓文远还是那般不识相，总要搬出“最合适你的人是我，是我是我还是我”的理论来，对她进行劝降。她那个操心的老爹，也天天念叨着子瞻的好。为了耳根清净，她都想干脆躲在师父的道观里，不回去了。

一日早上，去书房拜会的时候，桑祈终于忍不住问出了心中的疑惑，抿着唇问：“父亲，子瞻说你有意把我嫁给他，这话到底是不是真的？”

桑巍先是一怔，转而问她：“你现在终于肯考虑成亲的事了？”

“……”桑祈一时语塞，声辩道，“女儿一直都在考虑，只是没考虑他而已。”

桑巍欣慰地擦了擦眼角，叹息道：“考虑就好，考虑就好，爹看你近日成天往山上跑，还以为你要进山修道去……”

桑祈无奈地扶了扶额，便听他继续道：“既然如此，爹也就实话实说了。我个人的确对子瞻颇为中意。”

桑祈追问为何，但又总觉得，他给了一堆理由，却又没有一个能说到点子上，只能愁肠百结地又回了自己的房间。

刚巧，莲翩新做了点心从厨房端出来，一边放桌上，一边道：“小姐，刚才有你的书信，我给你放床头了。”

“好。”桑祈应了句，拿了块点心放到嘴里，走到床边去看信。

拆了火漆，从里面掏出信笺来，才知道是顾平川写的。这已经是近期收到的第二封漠北来信。若说一开始，给晏云之寄特产的时候，顾平川的信中还只是隐晦地捎带着提上一嘴关于她的事，不会教人多想的话，后来这些单独写给她的信，就耐人寻味多了。

虽然，信中所言并无特别，都是他在漠北一些生活方面的琐事。比如今天很冷，不知道洛京的天气怎么样，添衣物的时候想起来也叫她注意保暖。比如母亲的咳症好了些，多谢她之前送的药。比如弟弟近来又读了本诗书，看弟弟读书的时候想起二人时日不长的同窗时光，她在课堂上闹的可爱笑话……

桑祈读着那如他本人一般清瘦颀长的字迹，时而会心一笑，时而隐隐皱眉。看完长长的一封信，抚摸着墨痕，怔怔出神。她一直觉得，自己看人还算准，心思也不笨。比如早就能看出来卓文远虽然对她好，但这份好，却并非恋人之间的独一无二，非你莫属，而是笼罩着一层若有似无的迷雾，如同他那双无论什么时候，都好像在笑的眼睛一样，教人看不清晰真实目的的情绪。

此时此刻，对着这封信笺，她似乎也明白了什么。顾平川的字里行间，并没有直言不讳，可她还是读懂了他的心意。他想告诉她，如果她愿意等，他会如最初同她所言的那样，真心以待，并许她一个未来。

说到底，唯一一个不为着她的身份，而是为了她这个人而欢喜，想要娶她的那个人，还是他。可桑祈却不知道，这份感情里，是不是掺杂了感恩的意味。不敢承这份情，因为真正帮他的人是晏云之，并不是自己。

莲翩看她点心吃了一半，捧着书信发呆，特地走过来，在她面前摆摆手，问道：“信上写的什么呀？”

桑祈这才回神，目光凝重地看她一眼，抬手握住她的手，严肃道：“莲翩，我觉得顾平川好像喜欢我。”

莲翩先是一挑眉，继而也跟着严肃起来，另一只手搭上来，也握住她的手，正色道：“是不是因为，他在漠北见不到什么姑娘……”

“去去去……”桑祈一努嘴，无语地拂落了她的手。

莲翩在一旁低低地笑，伸手就把信纸拿过来收好，道：“你呀，与其想那个远在天边的，还不如想想近在眼前这位，卓……”

桑祈一听到“卓”字，脑袋里立马嗡了一下，腾地起身，还没等莲翩把话说完，便喊着“我还要练功”跑了。

一路跑出府，漫无目的地走在青石板路上，桑祈心里想了很多。不知不觉，便沿着喧嚣的街道，走到了城门边，在当初送顾平川离开的地方驻足站定，想起自己曾在这里帮他系过衣袖，和他一起听过晏云之弹琴，看过严桦舞剑，和清玄君喝过酒，而后又目睹了他的友人们击节而歌为他送行的一幕，度过一个愉悦的下午……

想着想着，桑祈便凝眉远眺去往北方的流云，嘴角渐渐浮现出一丝笑意，确定了自己是思念他的。可这份情感牵绊，只属于对一个远方友人的牵挂，并非男女之间的情爱。

于是她开始纠结，是回一封信跟顾平川说清楚比较好，还是假装不知道。干脆先去买个包子吃，把这页翻过去不提算了。意外地，在庆丰楼门口她遇着了苏解语。

上前打了个招呼，才知道她是来集市挑选生辰宴上要穿的衣裳的布料的，也是路过，想买点点心尝尝，便大方地掏出一锭银子，道：“想吃什么，我请客，正好上次的人情还没还呢。”

苏解语莞尔一笑，垂眸道：“其实你要谢的人不应该是我，而是少安。是他同我说，你与阿音打了赌，若是输了，阿音又要生事。我为了让阿音收敛些，才会主动退出比赛。”

桑祈恍然大悟，难怪当时晏云之会突然出现，特地拉了她借一步说话。她不由得心头一暖，嘴角勾起一抹笑意，觉着这师兄好像对自己也不赖嘛，几次关键时刻都适时对自己伸出了援手，又道：“那也还是要谢你，回头再补谢他。”说完叫了些点心，邀请苏解语一同到楼上稍作歇息。

苏解语再推三阻四就显得矫情了，便大方地含笑应了下来。

二人点了一壶新茶，吃着糖藕，接着方才的话题，聊了会儿关于苏解语生辰宴会的事情。

往茶壶里添了几回水，话题自然而然就转移到了晏云之身上。

“兰姬不在洛京这段日子，想来，少安也经历了许多事。”苏解语温声道。

“是啊……不过都不是难事，我看他一天天过得很是逍遥自在。”桑祈笑道，

“并且，你放心，他特别洁身自好，连姑娘家随意送的荷包都不肯收的。”说着便将自己如何应了赌约，如何百般纠缠未果的事一股脑儿同她道了一遍。

苏解语听完，掩口低低地笑，道：“他就是那么个性子的人，看起来淡漠疏离，但你若真的因他被刁难，他也不会坐视不理。”

桑祈叹了口气，蹙眉道：“真难想象，这人的脾气是怎么养成的，莫非从小如此？”

苏解语仔细思索了一会儿，莞尔道：“非也，但他确实早熟。”说着，回忆起了一个故事，“我记得，我八岁那年，有一次，哥哥陪我在花园中玩捉迷藏。我眼上蒙着布找，哥哥藏。找了很久都没找到，便有些心焦，脚下走得快，一边喊着‘哥哥你快出来’，一边抬手乱摸，于是就摸到了一个人。我当时特别开心，以为自己赢了，紧紧拉着那人的手，摘下蒙眼的布条，喊着‘小语赢啦’。”说到这儿顿了顿。

“然后呢？”桑祈听得入神，急急追问。

她便笑了笑，眸光如同柳叶抽出的第一片新芽上覆盖的还没来得及融化的最后一片雪花般柔软，温声道：“然后才发现，自己拉着的不是兄长，而是他。当时与我的兴奋形成强烈反差的是，他一脸平静，目光淡淡地看着我，也不说话，只牵着我的手走远了些。一直到房檐边，才抬头叫兄长下来。后来兄长拿这事消遣他，问少安为什么不出声，是不是有意要伪装成他，占我便宜。结果少安冷眼看着哥哥，一脸漠然地回答，当时见我正好走到一块花圃边，眼看着还有一步便会迈进满是月季的花圃里，自觉出声提醒已经来不及，便干脆站到我身前，将我拦了下来。又怕我再乱走，特地带我找到兄长，确定安全之后才放的手。那表情和语气，俨然已经是个大人，眼睛里写着‘你自己不好好看管妹妹，反倒怨我，真是以小人之心度君子之腹’的反讽。出于惊讶，兄长还特地检查了他的衣衫，发现身后的确有被月季刮伤的痕迹。”

苏解语详细地将事情始末一一道来，而后喝了杯茶，笑道：“你看，当年他才十二岁，做事就已经这么成熟稳重了。”

桑祈点了点头，一脸同情，总结了句：“真是个没有童年的孩子啊……”想她十二岁的时候，还跟卓文远在草原上满地撒野打滚，差点把人家从马上推下去呢。对比之下，终于明白为什么晏云之能做司业教书育人，她和闫琰这种就只能老老实实被教育了。

苏解语被她的反应逗得发笑，半晌后笑意才渐渐淡去，眸光轻敛，似是沉浸在了过去的回忆里，面色柔和，良久不语。

桑祈觉得，她定是想起了什么与晏云之在一起的美好回忆，便也识趣地没有开口打扰，只是闷头吃点心喝茶。过了会儿，苏解语再回过神来的时候，察觉自己失态，忙尴尬地笑笑，问道："刚才说到哪儿了来着？"一边说，一边自然地去夹点心吃。

桌子上的盘子里，如今正好只剩下了最后一片糖藕。这一块品相最好，上面的桂花酱最多。桑祈本来是想趁她发呆的时候慢慢吃，把它留到最后解决的。如今银箸正好默契地和对方一起伸出去，没夹到藕，反倒是碰到了一个坚硬的东西，二人都是微微一怔，而后表情略有尴尬。

自己刚才已经吃了挺多的，理应让给苏解语，桑祈觉得道理是这样，可是眼见着到手的糖藕就要跟着别人的筷子飞走了，还是不免悲从中来，收筷子的动作十分缓慢，好似胳膊受到了莫大阻力，不让她后撤似的，咬唇盯着那片藕，一脸伤心失落。

苏解语动作优雅，慢条斯理，还没碰到藕片，便感受到一股幽怨的气息扑面而来。抬眸看看她，只见俏丽明艳的姑娘，此时好像受伤的小鹿，眼神格外楚楚可怜，再顺着她的视线看看盘中的藕，迟疑片刻，放下了筷子，客气道："还是你来吧。"

桑祈本来都想好让给她了，突然听得这么一句，难掩兴奋地眼睛一亮，感激地抬眸看她，脱口而出了句："你真是个好人。"而后才觉得有些难堪，清清嗓，道，"不，还是你来，我已经饱了。"

其实谁也不差那么片藕，她只是一时心理落差比较大而已，搞得好像自己多馋嘴似的，实在是太丢脸了。苏解语却已经擦了手，理理衣袖，温然一笑，道："你做的东，不必同我客气。而且，我也不太爱吃甜食。"

听她说不爱吃，桑祈就放心了，便也不再推脱，高兴地将藕夹了过来。吃完了藕，才继续她走神前自己想说却没说出口的话，道："我有句话，一直想找机会跟你说，就是不知道如何开口。今日既然在此偶遇，择日不如撞日，便说出来吧。"

说着，桑祈擦了擦嘴，正色道："师兄的那个环佩给了我，只是为缓解当时危机不得已而为之。虽说收到的彩头不好再转赠他人，但你放心，既是他的贴身之物，我定然不会佩戴，只会作为诗会优胜的纪念品收藏起来而已，也绝不会作他想。"

苏解语低眸听完她这番话，沉吟良久，终究还是笑了笑，道："放心，兰姬不是那么小心眼儿的人。”

桑祈这才安心许多。二人起身下楼，本应朝两个方向走。然而拜别之后，她走出去了几步，突然又听到苏解语在身后叫自己，回眸问了句：“嗯？”

便见苏解语柔和而坚定的目光注视着她，似是下了好一番决心后，轻轻开口问了句：“兰姬心悦云之君，你也是吗？”

面前的女子，如同一枝深谷幽兰，挺拔而秀丽，站在午后明朗的阳光下，大方地与她对视，没有任何征兆地将心底的疑问开诚布公地问出来。

桑祈被问得一怔，片刻恍惚后才赶忙哂笑，连连摆手道：“怎么可能……没有没有，绝对没有的事。”

苏解语对这个回答是否满意，她无法揣摩。只知道听到这句话后，对方只微微颔首示意后，便转身离去了，再没有回眸看她。

可这句话，却像一个诅咒一般，始终阴魂不散。

晚上睡觉的时候，她做了一个梦，梦境里每个人的面目都模糊得看不清晰，可她意识中仍知晓这些人是谁。他们或者厉声质问，或者一脸哀怨，或者兴奋不已，或者十分好奇……神态各异，但都问她一个问题——“兰姬心悦云之君，你也是吗？”

不管她走到哪里，都甩不掉这个声音，到处都是逼问她的人。她实在透不过气，烦不胜烦，压抑地大吼了一声，便在梦魇中惊醒过来。抬眼，发现自己尚在熟悉的帷幔中，天色才刚蒙蒙亮，而自己正一脸恐慌地急促喘着气。

深呼吸了几次，才平复下来，安定了心跳。

莲翩不在，她自己下地，摸索着倒了杯水喝，坐在桌前，久久注视着妆台。那里有她收藏的各种小玩意，包括之前清玄君赠送的颜料和诗会上得来的环佩。

房中没有点灯，桑祈在黑暗中静坐，身心都在这万籁俱寂的世界里沉静下来。心湖的水面，除却一切干扰和杂质。波澜不起，明净澄澈，教人看得清湖底沉淀着的，潜藏至深的秘密。

兰姬心悦云之君，你也是吗？

她在心里又问了一遍这个问题。

不为了别人而问，而是为了自己。而后埋头到水下，拨开层层水藻，各式杂乱碎石，寻找答案的时候，却又突然在马上就要碰触到写着真相的那块岩石的一瞬间，心生退意，又赶快游出水面，猛地摇了摇头，直到把发丝上的水花悉数抖落，那股畏惧之情才淡去。继而立即抽身而去，再不愿在这一境地停留片刻。水面复又起了涟漪，被杂乱无章的风吹皱，不再露出它的真容。

桑祈深吸一口气，看了看灰蒙蒙的窗外，告诉自己，还是别胡思乱想了，明天还要练武呢，继续睡吧。

午夜梦回之时的片刻犹疑，第二天晨起后，便随晨露一同消散而去。除了少许水渍，并未在心里留下太多痕迹。

洛京仿佛一夜之间就进入了潮湿多雨的季节，三五天里也见不到一次太阳。接连不断的阴雨连绵，让桑祈和闫琰的练武计划都受到了影响。山路不便，师姐弟二人只好各自在家中温习功课。自然，这段日子也就没能见到晏云之。

一头扎在兵书里的桑祈，过分沉浸其中，无暇理会儿女情长之事。那天扪心自问却无疾而终之后，便没再主动思考过这个问题。只是偶尔小憩之时，耳畔还时常会响起这句话——“兰姬心悦云之君，你也是吗？”

抛却这一点不谈，这几日她过得还挺充实快活。再见到晏云之，便是在苏解语的生辰宴会上了。

那是个难得的晴天，雾霭散尽，光辉明媚，洛京的夏日终于不加吝啬地展现出它妩媚动人的风姿来。

宴会在苏家后院的花园中举办，桑祈跟着前来接引自己的侍女，走过一扇圆形的小门，一抬头便看见了几个熟悉的面孔。

苏府私园内的水路，静悄悄地躺在回廊另一边。隔着碧绿的水潭，可以看到对面有一座湖心岛。岛上有一小山，地势较高，山顶有一拱顶攒檐八角亭，周围枇杷树亭亭如盖。几个服饰华美的女子正在亭中同坐，一边谈笑，一边不时透过树叶的空隙向山下偷瞄。

山下有一片花丛，夏日群芳鲜艳。百花拥簇着一个扇面形状的临水小轩，只有一方小座，一张小桌，容得下两人在内。透过开向岸上长廊这边的窗，可以看到墙上是苏庭自己题的匾额，名为“与谁同坐”。

姹紫嫣红之中，清玄君一袭青袍，腰佩一串六月雪，头上插枝白玉兰为簪。径自躺卧着，正举起一壶清酒，对着壶嘴饮下。花间一壶酒，懒顾人世间，活像一个游戏花丛的仙人。

晏云之则白衣飘飘，靠在轩内，执一盏清茶独坐。似乎在同轩外的清玄君聊着什么，面色柔和，任清风吹起长发的末梢。好像乘着风而行，低眸俯瞰红尘繁华的神祇。

天气格外温暖，夏日风光正好，少女明媚多情，君子言笑晏晏，在她的视线中定格。直教人觉着，对面的一花一草、一人一物，皆是风景。山上亭中的佳人们，在欣赏着山下的郎君。山下的郎君们，在欣赏着园中美景。河道对面的桑祈，则默默地欣赏着对面的一切。尤其是那小轩中丰神俊朗的男子。

如果说那扇形的小轩是一柄刚刚打开的折扇，他便是扇面上渐渐露出真容的那位，水墨色彩绘就而成的隐居山水之间的画中仙，教人为这画功与神韵双双惊艳。

谁是谁的风景，谁入了谁的画？一梦忽入桃花源。桑祈驻足停留了许久许久，直到接引的侍女在一旁唤了好几句才回过神来，唇角勾起一丝尴尬的笑意，道：“我们走吧。”话音落下，有些依依不舍地抬步。

这一瞬间，对面的人好像听到了这边有人说话似的，转头向她的方向看来。桑祈也不知道自己是怎么想的，心里“扑通”一跳，有种做贼心虚的感觉，赶忙上前一步。苏府园子设计得巧妙，只稍稍挪动这一步，她便进了回廊里，任白墙遮挡了对面的视线，只能自己看见对面，对面却无法看见自己了。

于是她又望了晏云之一眼，逃离作案现场，快步离去。

侍女一直把她带到了自家小姐的院子，让她在苏解语的客房稍作歇息，等候宴席开始。其他来为苏解语庆生的郎君女郎们，大多在刚才的亭子里，或者正在花园中游玩。而苏解语本人的院子对比之下，着实显得冷清了些。

见她来了，苏家小妹迎出来，嘴巴很甜地叫了桑姐姐，并对她转达了自家长姐的歉意：“长姐还在梳妆，说恐怕桑姐姐不喜欢和其他姐姐在一处，所以让桑姐姐在这儿等她一小会儿，再一起过去。当然，如果桑姐姐在这儿待得不耐烦，也可以出去走走，叫琴娘陪着就是。”说着指了指刚才带她进来的那个侍女。

“不用，我就在这儿坐着吧。”桑祈很理解地点了点头，觉得苏解语这名字取得真好，真是个心思玲珑、善解人意的姑娘。才回洛京没多久，在短暂的几次接触中就摸清楚了她的性子，于是便也乐得坐着喝茶，讨片刻清静。

大约喝完一盏茶的工夫，苏解语梳妆好现身，笑意温婉地走进来，道：“阿祈等候多时了吧？”

“不妨事。”桑祈大方地回应，“反正时间还早。”

苏解语今日穿的是一件粉白的纱裙，质地格外轻盈剔透，即使覆盖了一层中衣，一层罗裙，一层外衫，依然不显得厚重，相反煞是有道骨仙风。并且，可爱清浅的颜色，也更加衬得她肤色洁白中透着淡淡的粉红，当真是芙蓉为面，烟雨画眉。

因为尚未出嫁，不便梳发髻，她只是将三千青丝简单地以一条丝带束起，搭在背后，鬓角处点缀了二三银饰流苏，一如既往地贯彻了自己大方朴素、雅致淡然的风格。然以往不施粉黛，如今画了淡淡的胭脂，更加明艳动人。

桑祈在上元灯会上第一次见到她的时候，便为其风采所惊艳，没想到如今又被惊艳了一次。

苏解语见她盯着自己不说话，不由得低头打量自己，尴尬地问：“可是我这衣着有何不妥？我就说妆容画得有点太夸张了，要不还是回去擦擦……”说着面色微红，便显得更加俏丽。

“妥，妥，可千万别擦。”眼见着她转身就要跑，桑祈赶忙把茶盏放下，连声阻止，“擦了就太可惜了，外面那些人若是知道，少不得要痛心疾首。”

加上苏家小妹也劝说，她才肯依。然而一路往前院走，桑祈总觉着，苏解语美则美矣，眉心却始终凝着一抹淡淡的愁绪，便犹疑一番，试探着问：“明明该是高兴的日子，兰姬为何好像心神不宁？”

苏解语沉吟半晌，苦笑一声，低语道：“过了今日，便是桃李年岁……当初一起游玩的姐妹均已嫁人，唯独自己还留在家中。也没个能一起说说话的人陪伴，每每想到这一点，就难免有些感怀。”

原来是因为这个，桑祈也跟着叹气，点了点头，明白了她的苦衷。旁的女子，大多十四五岁说亲，及笄之后，便可婚嫁。基本在她们这个年纪，都已经盘了上发髻。再效率高点的，可能都开始相夫教子了。想来，作为洛京为数不多的大龄剩女，自己大概是最能理解她的人了吧。

不过桑祈对于成亲这件事，倒是不太看重，觉得早晚都无所谓，最重要的还是要看缘分，便宽慰她道：“别想太多，你毕竟守孝了三年，与她们不同，稍有拖延也是难免。而且，换个角度想，不是也比她们多享受了几年少女时光？”

“噗。”苏解语被她逗乐了，轻叹一声，打起精神来，道，“也是这个理儿。我应该多学学你，什么事都往好的方面想。”

“嘿嘿。”桑祈摸了摸鼻子，笑道，“没办法，我就是这样没心没肺的姑娘。”

“这不叫没心没肺，叫心胸宽广。”苏解语温然一笑。

说话的工夫，走过一座拱桥，便到了方才见着晏云之的地方。今儿的正主来了，山下为数不多的几个男子纷纷向她们的方向看来。清玄君单手撑头，眯着眼睛笑，离老远便赞叹了句：“呀，舍妹今日一打妆，果然宛若天仙。”说着回眸招了招手，对身后的几个人道，“不许看不许看，万一给看坏了可怎么办。”

对于自己这个不着调的哥哥，苏解语是一点办法也没有，满脸的无奈。倒是苏家小妹来了兴致，一蹦一跳地走过去扬声问：“长兄是说兰姬姐姐，还是说我？”

这一下众人都被逗笑了。清玄君坐起来，长臂一伸，捏着她尚显出青涩的婴儿肥的面容，笑道：“自然是说我们晴儿，长兄可觉得你喧宾夺主，比兰姬姐姐漂亮多了。快从实招来，是从哪座仙山里来的小仙娥？”

苏家小妹咧嘴嬉笑，调皮地在他面前转了个圈儿，故意让飘起的裙摆晃得他眼花，像只骄傲的小孔雀一般，满意地抬头挺胸走了回来。

苏解语这才挨个儿给几位公子见了礼。走到晏云之面前的时候，桑祈能够明显地看出来，以往一直端庄大方的她，今日格外紧张，低头的动作都流露出了几分不安与羞涩。

晏云之本在小轩中坐着，见她给自己作揖，起身虚扶一番，淡笑道：“你我二人多年交情，大可不必如此拘礼。”

苏解语也婉约而笑，道：“今日人多眼杂，礼数还是不能省的。”

晏云之明白她从小受的家教要求她在乎这个，也就不多说什么，只是寒暄几句，末了夸赞了句：“今日的衣着很适合你。”

桑祈亲眼所见，苏解语听了这句话，才终于舒了一口气，整个人都放松了下来，不再紧绷绷的了，不由得感慨，大概这就是爱情的滋味吧。旁人的眼光全然无用，于亿万人之中，只在意一个人的视线。

可是，不知为何，明明应该为苏解语感到高兴的她，此时此刻心头却弥漫上了一股难以名状的失落。那个问题，又突如其来地在脑海中乍现——兰姬心悦云之君，你也是吗？

桑祈心头扑通一跳，猛地摇了摇头，拼命打消掉那些古怪念头。告诉自己不会的，不会的，怎么可能呢？

山上的几个女子这会儿也正好走了下来，三三两两地围上前，打断了苏解语和晏云之的对话。桑祈听到苏解语在叫自己，为了掩饰心中慌乱，赶忙快步走了过去。

苏解语便将那几个女子中盘着发髻的三人一一向她引荐。桑祈对于她们本来出身哪家，现在嫁给了谁这种事，记得糊涂，也懒得上心，一听一过，礼节性地打了个招呼，便算是认识了。

而另外一拨未出阁的姑娘之中，自然少不了宋佳音。因着之前在诗会上打赌输了，宋佳音只好忍着不发作，仅拿眼神无声地攻击她。

桑祈暗自扶额，感叹别说跟她在一处交谈了，就是跟这儿一块儿站着，都觉得头痛。苏解语先把自己单独叫到院子里去，绝对是太贴心的安排。却不知道，今晚好戏连台，这才刚刚开始。

苏解语带大家来到布宴的楼阁中时，一个意想不到的客人出现了。众人进门之前，便发现清风明月阁里已经坐了一个姑娘。要说留意到她也是十分正常，不觉得惊讶才奇怪。因为整个明月楼早已摆好的一排一排桌案前，只坐着她一个人。

看见这一幕，自然而然挑眉的不仅仅是桑祈。

目光交错的一瞬间，宋佳音和那人便不约而同地眉头紧锁。

宋佳音先出声惊呼了句："怎么是你？"那姑娘便也毫不顾忌，一脸厌恶地站起身来，回道："我也想问怎么是你，真是冤家路窄。"

"你……"宋佳音双拳紧握，银牙咬得咔嚓作响，面色如纸，恼怒地低吼道，"上次那笔账，本小姐大人有大量，本不想跟你算。今日你还偏偏要送上门来，那就不要怪本小姐……"

"阿音，"还没说完，便听主人苏解语低声斥责了一句，"休得无礼，这是兰姬的客人。"

"就是，人家兰姬都没说什么，哪里轮得到你嚷嚷？"另外一个妇人附和道。

迫于周遭的舆论压力，宋佳音话卡了一半，被憋了回去，噎得够呛，说也不是，不说也不是，郁闷得紧，只得恨恨拂袖，凑到苏解语身边，扯着她的袖子哼唧："苏姐姐，苏姐姐，你怎么会叫这种人来？她一低贱商民，怎配与我们同室而食？"

"莫要胡说生事了，只管吃你的就是。"苏解语并未解释，只淡声训斥了她句，便走到了自己的座位。

其他人也陆续落座，宋佳音才最后一个不情不愿地走了进去。

今日在清风明月阁中齐聚的都是同辈，并未事先区分座次，只按照男女有别稍作区分，但是明显那名女子周围的座位都被空了出来。只有桑祈出于好奇，主动坐到了她旁边，自我介绍道："不知姑娘可还记得我，上次在净灵台，多谢姑娘仗义执言，出手解围。"

那名女子看了她一眼，似乎觉得她有些奇怪，不冷不热地道了句："不用谢，我也不是为了帮你，只是看不惯那姓宋的而已。"

桑祈低笑一声，道："小女桑祈，不知尊姓大名？"

"哼。"面对她的热情，那女子却是冷眼相看，转过头去，硬声道了句，"民女姓氏低贱，女郎不必知晓。"便不再同她说话。

又碰了一鼻子灰，桑祈只好无奈地喝了口酒。抬眸之时，发现晏云之正好坐在对面，正眉眼淡泊，看着自己。

这一口酒差点没呛下去。桑祈一个慌乱，赶忙咳了咳，抬袖挡住了自己的糗态。眼角却似乎瞟到，对面那看似清远雅正、端方如玉的男子，不经意地勾唇笑了笑，不由得在心里骂了句，这家伙一定又是故意的，不知道在打什么看她笑话的如意算盘。

长辈们都不在，宴上气氛比较放松，几轮歌舞过后，众人便陆续上前送上自己带来的贺礼。

桑祈准备的是自己和莲翩精心绣制的一幅草原风光图，道："别介意绣功，重要的是心意。我长这么大，还是第一次认认真真地绣这么大一幅作品……虽然还是让别人帮了忙。"

苏解语笑着接了，没提绣功的事儿，只道是："多谢阿祈，图样很特别，兰姬很喜欢。"

见她看着那蓝天白云，目光柔和，好像不是敷衍了事，桑祈也就安心了，转身回去，正遇上晏云之。

不知怎的，她第一反应就是快走两步，赶紧避开他。不料去路却被人挡住，不管她怎么走，好像都得迎面相撞。不得不抬眸，朝他努努嘴，停了下来。

晏云之倒是没事人似的，表情严肃，问道：“见了师兄，如何不招呼一声？上学的时候，司业就是这样教你长幼尊卑之道的？”

桑祈没好气地白了他一眼，晏云之却面色不改，只用“这是你应该做的”的眼神，威严地看着她。

她可受不住他这目光的无言压迫，干脆扭头看向了一边，还以“我就不行礼，你爱怎样就怎样”的倔强姿态。

晏云之便长眉轻扬，抖了抖衣袖，从容道：“其实，晏某也不差你那一声师兄。只是有些关于罂粟的情报，以为你会有兴趣，想告诉你一声。却因近来一直忙于事务，没有机会相见。本想着趁今日一叙，既然你不愿同我说话，便也只好作罢。”边说，边自顾自地绕过她，走了。桑祈败下阵来，纠结了一小会儿，转身追上，厚着脸皮笑道：“师兄你好，师兄你今天真的特别帅……师妹这厢有礼了。”说着还颇为夸张地屈身拜了拜。

晏云之眼角浮现一抹笑意，面上却仍旧清清冷冷的，道：“哦，是吗……可晏某还要送上贺礼，等下再说吧。”说完又迈着长腿走远了。

桑祈嘴角一抽，只得悻悻地回到座上，哀叹似乎自己又被耍了。

晏云之送给苏解语的礼物，是一张瑟，据说这是苏解语最擅长的乐器。又据说，这看似普通的瑟却是出自名匠之手，已有百年历史，并为名动一时的大师所用，堪称稀世珍宝。

桑祈当然不懂这些，都是耳朵尖，听旁人低语的。不乏有人云，琴瑟乃赠予知音之物，可见晏云之和苏解语的确交情匪浅。更有人说，这是琴瑟和谐的寓意，莫不是代表着晏家要向苏家提亲了吧。

桑祈一一听在耳中，戳在心口，感到苦涩。苏解语拿到贺礼却是激动不已，细细触摸着丝弦，眸中一片水泽，沉思半晌后，道了句：“兰姬有一不情之请，不知能否与少安兄合奏一曲？”出言坦荡，让人没有理由拒绝，晏云之便也落落大方地应了下来。

苏解语又命人拿上自己的琴来借他一用，温然笑道：“今日，不如稍作改变，由兰姬先起一弦？”

“今日是你的生辰，随你。”白衣君子谦谦有礼。

于是阁中安静下来，苏解语便抬手，起了一段《鸾凤鸣》。晏云之微微一怔，而后不露声色地和弦，拨奏了起来。琴瑟音色交汇，时而如两只蝴蝶追逐嬉戏，时而如高山流水相映成趣，默契无间，相得益彰。鼓瑟的女子，面容绝世，秀丽温雅；抚琴的男子，姿容皎然，飘逸若仙。无论怎么看都是一对神仙眷侣。

桑祈听着听着，只觉这阁中空气不好，教人胸口烦闷，便默默起身，悄无声息地退了出去。转身离去之时，没有看到苏解语抬眸目送她，眸光中流露出的丝丝黯然。更没有看到，另外还有一缕视线，一路若即若离，跟随着她的身影。

夜幕降临，苏府渐次亮起了灯笼，她走在院里，却不知道该往何处去。只好沿着水路而行，漫无目的地向前走。离清风明月阁远些，便在一丛灌木后听见那头有人争吵。其中一个声音是宋佳音的。

大概是因为胸口一口气闷着，感到压抑，就特别想找个什么借口发泄一下情绪，而偏偏这时候宿敌出现了。简直就是猎物朝着她的利剑飞奔而来，嘴上还喊着“还请笑纳，不要客气”。

桑祈便一挑眉，停下脚步，探头看去。只见争吵的人是宋佳音和那个商贾之女。大约二人先后出来方便，在此处偶遇。宋佳音也是今日看见了桑祈就心情不愉快，不能直接对她发难，就干脆把脾气都撒在了这个姑娘身上。此刻正叉着腰，横眉怒目，嗔道：“你这贱民长眼睛没长，看见本小姐难道不知道避让？”

那女子挑眉回瞪，一脸倨傲，道：“道这么宽，我又没拦着你，为何要让？”

“你出现在本小姐视线里就是不对！”宋佳音尖声道，“就算没有挡我的路，也污了我的眼。并且，与我说话的时候，谁允许你抬起头来了！给本小姐跪下！”

“哼。”那女子冷笑一声，语气轻蔑，道，“我只向敬重之人低头，从不向胡搅蛮缠、德行败坏之人下跪。”

“你——”宋佳音气得脸上一阵红一阵白，银牙紧咬，恨恨道，“贱民，你跪是不跪？”

“不。”那女子冷声道，没有表现出丝毫惧意。

“好……你等着。”宋佳音便也冷笑一声，喊道，“来人，快来人。”

附近有路过的家仆，听到喊声走了过来。大老远一看是这位惹不起的主，赶忙小跑两步上前，行了个大礼。

宋佳音便不耐烦地抬手指了指那名女子，道：“你们让她给我跪下。”

“这……”两名家仆闻言，偷眼看了看那名女子，虽不相熟，也知是今日自家小姐的客人，便为难地道，“恐怕不合适吧？”

“有什么不合适的，让你们办就赶紧照做，你家小姐事后若是怪罪，自有我兜着。”宋佳音蹙眉看着那俩人，仿佛很嫌弃他们胆小似的，睥睨道，“再说，我和兰姬什么交情，她又怎么可能会为了一个贱民责备于我，我这也是好心帮她驱赶蚊蝇。”

苏府的两个家仆面面相觑，依然不肯。宋佳音便连他们两个也一并刁难起来，端的叫一个不依不饶。

桑祈叹口气，重重咳了一嗓，缓步绕过来，笑了声：“哟，这么热闹。”

宋佳音的脸立刻又拉长了几分。

桑祈视若无睹，款款上前，道：“我说，阿音你究竟是哪里来的自信，觉得今日欺负了兰姬的客人，砸了她的场子，她不会怪罪于你？”

宋佳音冷眼看着她，高傲道：“我与苏姐姐的交情，岂是尔等能比？”

“是比不了。”桑祈耸耸肩，道，“可我觉着，兰姬并不是只认情不讲理之人，断不会因为你跟她认识的时间久就偏向于你。你说……可是我判断错了？”边说，边还故作疑惑地蹙眉。

“……”宋佳音心里明白她说得是对的，一时语塞，答不上来。

桑祈便趁她犹豫，又添了把柴，继续道：“我虽回到洛京的时日尚短，也听说了你一直十分仰慕兰姬，就连吟诗作赋都是缠着人家学的。既然如此，怎么就不能学点人家的好呢？多大岁数了，还跟个小孩子似的，唉……你说这世道啊，是不是有些人永远都长不大，学不乖……”说着，便在她眼皮底下，顺其自然地抬起胳膊，挽着那名女子，一边摇头叹气，一边絮絮叨叨地转身走了，逐渐消失在宋佳音瞠目结舌的视线里。

走远些后，桑祈才停止胡说八道，放开那名女子，无奈地解释了一下自己的行为，道：“今天是兰姬的生日，不好坏了主人的兴致，我觉得还是不与那泼妇纠缠不清的好。”

“你做得对。”那女子回道，“仗义，却有分寸。考虑事情很周全。我就不行，脾气一上来，管他在哪儿，管他是谁，十头牛也拦不住。阿爹总说，明明出身下贱，却生了一身公主毛病，定是让阿娘给惯坏了。”

桑祈侧头看她，面上带了喜悦的笑容，感觉这个姑娘终于肯敞开心扉，跟自己说话了，而且话匣子一打开就说了这么多，也是个健谈的主。

那姑娘一双大眼睛也打量着她，坦然道：“没想到你刚才会帮我，而且……还与我有了肢体接触。”

“噗。”桑祈忍不住笑了，摆摆手道，“我只是怕你还要继续跟她吵下去，才故意把你拽走的。”

“我明白。”那女子道，“我的意思是，大户人家的女子，往往都像刚才那位一样，对我这种人避之不及，连正眼都不愿一看。好一点的，如同现在这家的姑娘，态度算是客气，但也保持着距离。像你这样的，我还是第一次见。”

桑祈莞尔一笑，道：“像你这样的，我也是第一次见。”

“我叫汤宝儿，表字一个昕字，大家通常叫我汤宝昕。”那女子扬声道。

汤家如今乃是大燕境内数一数二富庶的商户，敛财无数，甚至有传言称已然富可敌国。桑祈自然也有所耳闻，本来以为只是个传言而已。如今见一介商贾之女能堂而皇之地出现在名门闺秀的生辰宴上，才觉实力果然不容小觑。

正思索着，便听对方叹了声：“汤氏世代经商，可纵然有再多财富，也买不来一分尊重。到了我父亲这一辈，已经不甘于此了，便想改变子孙的命运，也买个官做做，想办法跻身上流阶层。所以，才让我多与名流交际。”汤宝昕面色不喜地说，“我本也是不愿意的，然家中姐妹一个个的更是不肯，怕被折辱，所以也只好我来了。”

“你很勇敢，也很伟大。”桑祈由衷赞叹道。这个圈子，她是再熟悉不过了。连她这种明明出身豪门望族，只是不够文雅细腻的女子都会被人嘲讽鄙夷，更何况是出身低贱的商民之女。

“谈不上，只是在其位谋其政罢了。”汤宝昕却一脸平静，淡然道，转而问她，“感觉你也不喜欢这里的氛围，又为何要来，难道也与家族利益有关，不得已而为之？”

“呃……”桑祈有些纠结，挠挠头，为难道，“也不是，可能只是寂寞了，想交兰姬这个朋友吧。”

汤宝昕点点头，了然道：“她的确也算与众不同，是个好女子。”言罢又想起来自己还肩负使命呢，便赶回了清风明月阁送贺礼。

桑祈则与她告别，继续在花园中漫步，形单影只，茕茕一人。

晴朗的夏日夜晚，温暖柔软，好像一首措辞细腻的诗、一个少年多情的眉眼。萤火虫在草叶之中翩然起舞，夜来香吐露着动人的幽芳。此处离丝竹喧嚣之地较远，耳畔只能听到一片蛙声蝉鸣。在这自然的旋律和舞蹈吸引下，桑祈也走到扇形小轩中坐了下来，一时觉得有趣，伸出手，很容易便将一只萤火虫握在了掌心里，拢起手掌，从缝隙中饶有兴致地看去。可爱的小生灵，有些紧张地扇动着翅膀，尾尖发着忽明忽暗的光。

刚刚看了一会儿，便听耳畔响起一个熟悉的声音，淡淡道：“又在残害小动物了吗？”

于是抬眸，见晏云之从一群萤火虫中穿行而过，缓步向她走来。萤火虫围绕着他飞舞，就好像漫天星子坠落下来，追随着它们的神明。他的衣衫上流淌着绵延永恒的银辉，眸子里凝汇着日升月落的光影，整个人俊朗得简直没有天理。

桑祈下意识地一松手，放走了掌心的那只“星子”，看它抖抖翅膀，在空中划着优美的弧线，也飞回了主人的身边。被眼前的异象慑服，片刻失神，还没反应过来，便见他已经走进轩中，在她旁边大大方方地坐下。须臾间，原本空了一半的小轩中，变得充盈起来。

“嗯，谁残害小动物了？”桑祈意识到这点，面色一红，不由自主地往后退了退，争辩道，“我只是随便看看，这不是放飞了嘛。”

“哦？”晏云之施施然一抬手，便有一只萤火虫停在了上面，将他修长的手指照得晶莹发亮，好像他的皮肤是透明的，光芒正从当中放射出来一样。

不知道为什么，她觉得那根手指好像很舒服的样子，幻想自己也是只萤火虫，可以安然栖身于上。

“阿嚏！”桑祈，你想什么呢。念头只是一闪而过，她便赶忙晃晃头，将其从脑海中驱赶出去，自觉羞愧。

晏云之见状，抖了抖衣袖，温声问道：“你发羊痫风了？”

“并——没——有！”方才那些满溢的好感，霎时一扫而空，桑祈抬眸瞪他，恨恨道。

“那师兄就放心了。”他若无其事地看着她，表情竟然还很正经地做关怀状。

桑祈白了他一眼，扭头去，趴在墙上看四周飞舞的萤火虫，嗅着风中传来的暗香，沉吟片刻，开口问：“怎么出来了，没在席间陪伴寿星？”语气里有一股她自己也说不清道不明的异样滋味。

“那么多人在，也不差我一个。”晏云之淡淡道，“出来透口气，好巧不巧就碰到了你。”

桑祈竟觉得心头闪过一丝欣喜，嘴角也不自觉地笑了笑，却还是没转头，只是拢了拢鬓角的发丝，道：“好吧，说说那个罂粟的事儿。”

晏云之也顺着她的视线往外看，二人沉默无言，就这样安静独处了会儿后，才道：“有人在洛京看到过一女子，身上有西昭人的肩花。”

“肩花？”桑祈一听，立刻蹙起了眉，表情凝重。

西昭国内等级制度森严，比大燕有过之而无不及。每个西昭人，一出生便会在肩头被打上不可磨灭的烙印，作为区分等级的标志和等级的鸿沟永远无法僭越的警示。伴随着这一制度的，是严苛到近乎变态的律法。例如不同种族永远不可通婚嫁娶，奴隶、平民见到贵族必须退让到其视线之外并跪地恭迎，等等。像刚才宋佳音和汤宝昕这样的争执，在大燕尚可草草了之，若是换在西昭，宋佳音只需要动动小手指头，汤宝昕便随时可以体验三百六十种花样死法。

种种苛刻的规矩，让桑祈每每想起就汗毛直立，不由得问道：“那是什么样的肩花？”

“好像是两个相扣的圆环。”晏云之回答。

桑祈的语气沉重了几分，敛眸道：“那是锁链，代表奴隶阶层，象征着锁住他们双脚的镣铐。”

她自幼跟着父亲同西昭打仗，对这些西昭的风土人情了解得比晏云之深入，沉吟半晌后，诧异道：“在西昭，一日为奴，终身为奴，若没有主人的命令，不可随意离开主人身边。那女子可是与主人一同出现的？”

想到能养得起奴隶的西昭贵族，若是来洛京的话不会这么不声不响，否则定然居心叵测。俩人互相看对方一眼，桑祈的眼神里写满了担忧。

晏云之则平静很多，淡淡道：“不必自己吓唬自己，且先查下去，找到此人，问问再说。”

“嗯。”桑祈叹了口气，“也只能这样了。”

二人又沉默下来，须臾之间，桑祈便觉夏夜里的空气闷热，躁得面颊发烫，不愿多留，站起身来，拱手道：“多谢师兄相告，那个……我有点冷，先回去了。”

晏云之抬眸看她一眼，慵懒地靠在墙上，勾唇一笑，道：“哦？冷吗？师兄怎么觉着你面色红润，看起来好像是热呢？莫不是发烧了……来，让师兄看看。”说着抬手在自己身侧拍了拍，示意她走近些。

桑祈凤眸一瞪，赶忙又退两步，好像那边有毒蛇猛兽等着吃她似的，连连摆手道：“不用，不用了……”

本来就是觉得离他太近了才站起来的，要是往他拍的地方坐，岂不是变成了投怀送抱？更要命的是，心里竟然有一个声音，偷偷地撺掇她，兴奋道：“去呀去呀，让师兄帮你看看。”

桑祈连忙又退，跟自己的腿做着思想斗争，扭过头龇牙咧嘴地暗暗嘶吼：“不要去，千万不要过去，不能轻易受到牛鬼蛇神的蛊惑！要做个内心坚定、不轻易动摇的好姑娘！”

“怕什么，我又不会吃了你。万一真是发烧了，还得赶紧回去看郎中才行。”

好死不死地，晏云之还故意又说了一句，声音竟像这夏日里的晚风，格外温柔，带着丝丝缕缕说不清道不明的甜暖暧昧。

“不、不必了。”桑祈干笑着继续退。眼瞅就退出了小轩外，惊扰了几只飞虫。忽然，感觉到身后有人，她又急忙停下脚步，回眸看去，只见苏解语正站在不远处。

她虽然没做什么亏心事儿，却没来由地感到一阵羞愧，尴尬地转过身，诧异道：“你怎么也出来了？”

苏解语垂着眼眸，淡淡一笑，嗓音有些发涩：“宴席已近尾声，我见你一直未归，担心在这园子里迷了路，特地来看看。”

桑祈更加不安了，忙道：“哦哦哦……的确是有点迷路，耽搁了会儿。”言罢抬手往身后一指，干笑道，“这不，好不容易找到了个活物，正在问路，准备回去呢。”

晏云之淡然听她鬼扯，表情无波，对苏解语颔首示意了一下。

苏解语这才好像刚看到他在这儿似的，表情有些意外，而后也还了一礼，复又看向桑祈，微笑道：“那一起回吧。”

“不用了。”身边这两人一视线交流，桑祈就觉得自己杵在这儿特别多余，也特别难堪，胸口一滞，便脱口道，“我就直接回家了吧。”

“这么着急？”苏解语神色讶异。

“是啊，我……发烧。”桑祈随便找了个理由，连道声再见都没顾上，快步离开了苏府。一直回到家，心还是扑通扑通直跳，不得安宁。

莲翩见她那副做了贼的样子，给她递上手帕，蹙眉道：“你这是没坐马车，自己跑回来的还是怎么着？”

“唉，别提了。”桑祈叹了一句，无力地靠在床头，抬手擦着汗。

“好吧，我就是跟你说声，闫家小公子傍晚时来过，问你明日要是不下雨的话，要不要一起上山去找师父，正好他休沐。”见她不肯说明是怎么被吓回来的，莲翩也只得无奈地耸耸肩道。

桑祈疲惫不堪，连抬眼皮的力气都没有似的，发呆了半晌才轻声道：“嗯，我考虑考虑。”而后拖着沉重的脚步起身，宽衣解带，抬步进了已经准备好热水的浴桶之中。

水温很烫，蒸腾起雾气袅袅，打湿了她纤长浓密的睫羽。桑祈抬起胳膊，久久注视着从凝脂般的玉臂上滑落的水滴，如断了线的珠子般，接连不断地坠落水面，打散漂浮的花瓣，暗自出神。

这一次沐浴，她在发呆之中洗了很久很久，直到水已经变凉，感觉到背上的毛孔已经因为寒冷而紧张起来，她才无力地向后靠去，任身子在浴桶中逐渐滑落，从柔唇到鼻翼，一一被水淹没。合上眼眸，任思绪随波而去，脑海中浮现出与他相识以来的一幕幕。

他面色平静地出言挤兑她的样子；他不经意间流露出的清贵高傲的样子；他温柔

地为她拂去发上落花的样子；他冷漠而威严地仗义执言，完全不把宋落天放在眼里，却又游刃有余地将已经白热化的矛盾轻易摆平的样子；他清冷如雪地站在那里，好似生人勿近的仙人的样子；他嘴上不说，却默默在背后相助的样子……

那个问题又回响在耳畔——兰姬心悦云之君，你也是吗？

你也是吗？

是。

自从想明白这一点，桑祈便一连几日神思恍惚，非但没有兴致出门，在家里看兵书也时常走神，大半个时辰过去也翻不了一页。

莲翩见她目光呆滞、浑浑噩噩，以为是看书看傻了，忍不住想叫她找点旁的事做，放松放松，便端了盘花生来请她帮忙一起剥。

然而桑祈同意倒是同意了，剥个花生也剥得人心惊肉跳。眼见着她第五次把剥下来的花生皮扔到晶莹剔透躺着一群白胖子的琉璃碗里，顺手就把白白净净的花生瓤丢进了地上的草筐的时候，莲翩终于忍不住，抬手搭在桑祈的肩膀上，摇晃道：“小姐！”

“嗯？”桑祈迷茫地看着她，问，“怎么了？”语气听起来都有几分失魂。

“小姐，我错了，我不该说之前那番话……那个顾公子应该是真心喜欢你，就算周围有群芳争艳，心里也只有你一个人，你不要这么惆怅，千万要对自己有信心。”莲翩沉痛地道。

桑祈却微微一偏头，茫然道：“顾公子？”边说边把一个剥好的花生顺其自然地丢到了筐里。

莲翩哀号一声，赶忙把她拉起来，推着她远离“犯罪”现场，嘱咐道：“你先去那边自个儿玩会儿啊，乖，等我剥好再去找你。”

桑祈便沿着她推的方向一直混沌地走了下去。不知不觉便绕出自己住的院子，来到花园里，还呆呆怔怔的，一不小心跟一个匆匆跑过的侍卫撞到了一起。

两人都“哎哟”叫了一声。桑祈头上被那侍卫的头盔撞红了一块儿，疼痛才让她清醒过来，捂着额头直哼哼。那侍卫见自个儿莫名其妙把小姐撞了，吓了一跳，赶忙站好，深鞠一躬，道：“属下冒犯，还请小姐恕罪。”

桑祈尴尬地抚着额上的红肿，道：“不碍事，是我没看路。”

那侍卫便又一施礼，再次快步跑走，铠甲与佩剑来回碰撞，发出一阵叮叮当当的悦耳金鸣。

桑祈叹了口气，揉着发涨的头，就近找了个栏杆，倚靠在上面休息。

没一会儿，又听见几个路过的婢女议论。

她们说话的声音很小。

有的人语气中带着担忧，奇怪地道："小姐都四五天没出门了，真是个稀罕事。"

有的人忐忑不安，道："不是在外面闯了什么祸，被桑公关了禁闭吧？"

有的人则反驳："不可能，你看这桑府上下，除了老爷本人，谁能拦得住小姐。她若是想出门，禁闭有用吗？"

"那可就怪了，唉，不是生病了吧？感觉小姐这几天走路的时候，人都飘飘忽忽的。"

"难道是正在辟谷，想体态变得轻盈？"

"本来也不胖啊……已经很瘦了，健康活泼，能跑能跳的，不是挺好？"

"你懂什么啊，她们上流小姐，就流行弱柳扶风的那种。小姐这身子骨，已经算是壮实的了……"

"哦哦哦……唉，那可真是难为小姐了，不吃饱饭，多可怜啊。"

"是啊，是啊……"

几个人达成一致，为她要美丽不要健康的牺牲精神唏嘘了一番后，摇头叹气地走了。

桑祈听着，眼皮直跳，只觉嘴角不由自主地抽了抽，也顾不上疼了，捂着脑门跑回院子，一把拉过莲翩，瞪大眼睛震惊道："府上的人居然认为我在节食减肥，要迎合什么洛京世族风尚？"

莲翩被突然冒出来的她惊了一惊，眨眨眼，反问道："难道不是？"

桑祈简直哭笑不得，一收手，倨傲地抬起头，拢着袖子，道："怎么可能？我乃习武之人，不吃饱饭，怎能有舞枪弄剑的力气？瘦骨嶙峋并不能称作美，真正的美感是一种力与柔微妙的结合……"

"习武之人？"莲翩一挑眉，一边低头拨弄着花生仁，一边扬声打断她，冷哼道，“你还知道呢？那我问问你，你多久没练剑了？”

桑祈被问得一怔，竟答不上来，跟着呢喃了一句：“多久了？”

莲翩伸出手指头来比画了一下，沉声道：“五天，五天啊，桑祈！五天！”

桑祈眼波一震，似乎有点难以相信，刚才那副高傲的表情消失不见，取而代之的是一股阴霾。她猛地转过身，一边往房里走，一边喃喃道：“五天了吗……”

她不知道，时间过得竟然这么快。在她意识到自己也暗暗思慕着晏云之之后，已经在这种迷惘不安的情绪中，失魂落魄了如此之久。

走进屋里，墙壁将室外闷热的空气隔绝开来，带来丝丝清凉，又让她的神思清明了几许。但是不够，还不够。她的视线落在盆架上放置的一盆清水上，走过去，深吸一口气，将整张脸都埋进了水里，任井水中的寒意侵入每一个毛孔，打醒每一道神经，直到气息用尽，才吐了几个气泡，将头从水里抬起，拿起手帕擦了擦脸。注视着镜中那个未施粉黛、眉眼澄明，犹如清水洗濯而出的芙蕖般的姑娘，拍了拍自己的脸颊，深吸一口气，自言自语道：“桑祈，你不能再这么颓废下去了。当断不断，反受其乱。就假装没喜欢过这个人吧。世上好男子那么多，怎么就偏偏要看中别人家的那一个？”言罢一握拳，给自己加油打气，道，“你值得更好的，嗯！”

而后她大步迈出房门，先是拿起了晏鹤行给自己的那柄剑，刚做了一个动作，却觉心绪一乱，脑海中又浮现出了那个讨厌的白色身影。干脆把剑放下，重新拿起了自己用了多年的长枪。轻抚着枪头的红缨，好像穿越时光，又看到了没回洛京之前，那个张扬洒脱、无所顾忌、不知道愁肠为何物的自己。

可是旧时光，已经和这把陪伴她已久的长枪一样，在岁月洪流的冲刷跌宕中，不得不悄然退场。桑祈眸光深深，握紧它，又耍了一遍桑氏枪法。这一次使出了十成力道，咬着牙，打定主意要把一整套枪法完整地坚持下来。

汗水，像迎头倒下的一场大雨，被发丝扬起，在炽热的阳光下挥洒。红衣翻飞，与枪头上的红缨晃成一片耀目的绚烂。只要看见的人，都会由衷感慨，那个舞枪的姑娘，很美很美……

如她所言，真正的美感离不开力量，是一种刚与柔之间的深情缱绻。而这种美，在她身上被尤为集中地体现了出来。一舞过后，精疲力竭，桑祈直接将手一松，任长枪“咚”的一声倒在地上，自己也干脆原地躺了下来，大口大口喘着气，眯眼直视盛夏的阳光。

水滴顺着她的长睫淌下来，在眼前折射出七彩光芒，让人头晕目眩，有种已经不在此地，而是置身某种幻境的错觉。疲惫与疼痛透支了体力，也透支了精神。终于将每一分神经末梢的感官用尽，让她再也想不起任何烦心的事情，心里就像头顶万里无云的苍穹，空空如也。

短暂的解脱。

歇斯底里地释放一番过后，晚上桑祈的胃口好了很多，不但认真吃菜，还多吃了一碗饭。莲翩看着自家小姐终于又变回原来的样子，心里说不出的欣慰，又给她添了碗汤。

桑祈则一边细嚼慢咽地品着酱烧蹄髈的美妙，一边吸吮着食指，下定决心从明天开始，恢复正常生活的一切，再不为对晏云之的这份情愫所牵绊。

这世上有些人，注定不属于你。既然如此，何必为此困扰？随遇而安，接受当下，相信未来，向来是她的处世之道。更何况，她也并不想失去这两个朋友。

苏解语和晏云之才是天造地设的一对，应该祝福他们，不能心怀杂念，桑祈不断这样对自己说。可是那乱了方寸的心，又怎能在瞬间平复？

情愫在她未曾察觉的时刻，悄然萌生、发芽，扩大自己的根系。尽管地表显露出来的部分不多，土壤下却已潜藏绵延，根深蒂固。若是连根拔起，恐怕连带着地动山摇，整个世界都会动荡塌陷。

可怜情窦初开的少女并不懂得，天真地以为自己只要不去想，就可以当它不存在。第二天上山，桑祈又见着晏云之的时候，还微微一笑，主动跟人家打了招呼。

晏鹤行只看她比画了两下，便道最近天气太好，腿脚痒痒，在观中坐不住，不负责任地将两个新徒弟丢下，又不知去哪里云游了。负责任的好好师兄晏云之，便肩负起了教学督导的重任，主动代替师父指点一二。

可是，这位师兄明显偏心，大部分时间都用在了桑祈身上。而桑祈剑术已经学得差不多了，最近主要研习兵法，并不需要太多指点。她见晏云之总在一旁坐着，只觉心神不宁，胸口小鹿乱撞，根本看不下去书。一炷香之后，终于忍无可忍地把书合上，愤愤道："我说，你就不能换个地方喝茶吗，非得在我对面坐着是怎么回事？"

晏云之抬起头，神色有几分诧异地看向她："我喝我的茶，你看你的书，何曾碍着你？”

“碍着了！”桑祈没好气儿地抬手一指，理直气壮道，“你挡了我的光。”

晏云之顺着她的手，淡淡扫了一眼位于头顶正上方的正午的大太阳，玩味地道了句：“哦？”

桑祈厚着脸皮，硬撑道：“对啊，你看，我这眼前都有一大片阴影了，看不清书上的字，看不清啊，看不清……”说着，还抬手用力戳戳桌面上晏云之投下的一个小小暗影，一副像煞有介事的样子。

晏云之在她要杀人的目光下，平静地抬起衣袖啜了一口茶，正色道：“师父不在，作为大师兄，晏某有义务替他看管好你和小师弟。如果书上有什么不懂的地方，尽管说出来就是，不用这么害羞。”

哪只眼睛看见自己这反应是害羞了，桑祈无奈地站了起来，走到他旁边，扯着他的衣袖往起拽，边用力边道：“那师兄您行行好，还是赶紧去看看小师弟吧，他去跑步已经半个时辰没回来了，不知道是不是让狼给吃了，做师姐的我甚为担心。”

她力气不算大，晏云之看似清瘦，却属于结实紧致的类型，被她拽了两下竟然纹丝不动。桑祈只得又悻悻坐了回去，闷头看书不说话。眼睛死死地盯着书页，余光却不受控制地暗暗瞄着对面那挺拔俊秀的身姿，悲哀地觉得，自己上山来绝对是错误的，这书是没法看了，同时在内心深处的某个角落，又暗自揣摩着，他坚持和自己坐在一块儿，又是怎么想的呢？

难道说……他也……这个念头刚刚冒出来，便马上又被另一个念头压下去。一个声音在脑海里连连喊着，不会的，他都已经有苏解语了，珠玉在前，怎么可能对你有兴趣，桑祈你也太自作多情了，真不害臊。于是不知不觉，面上也羞愧地显出几分赧色，怕被对面的人看穿，干脆把书立了起来，整个人都躲在了书后。偏偏目光却好似一只调皮的蝴蝶，时不时地从书脊上方轻盈掠过，在他身上稍作停留。一旦碰触到他的肩头，又赶忙打着旋儿回落。

只见过了会儿，那袭白衣动了动，晏云之好像突然想开了似的，不用她驱赶，自个儿走了。桑祈下意识地把书拿远，探头一看，桌上的茶已经喝完了，门口闫琰也刚好回来。眼见着他落落大方地过去帮闫琰拿汗巾，询问今日练习的情况，亦一副师长般严谨有度、谆谆教导的样子，刚才还说服自己千万不能自作多情地揣度他人心思的她，不知怎么又感到些许失落，抿着唇回眸继续看自己的书了。

他在，想让他走远点。

他走远了，又想让他来。

桑祈觉着，自己矛盾纠结得简直状若疯癫。

这样的日子持续了好几天。桑祈觉着，自己心里好像有一根弦。他的一拂袖，一转身，挥剑时的衣袂飘飘，答疑解惑时的认真专注……一举一动，一颦一笑，都能轻易地将她拨乱，震颤经久不息，整个灵魂都在发出时而愉悦、时而悲戚的蜂鸣。

这样下去怎么能行！明明已经想好了要把这份心思放下的不是吗？终于，在又一次师兄妹一同练剑，她飞身辗转之间，与晏云之擦肩而过，看着离自己极近的俊朗容颜，闻到他身上清香的草木气息，心跳整整漏了一拍后，桑祈突然非常懊恼，回落到地上，恨铁不成钢地干脆将剑一摔，愤愤道："不练了，我先回去了。"说完连声招呼也不打，气冲冲地大步跨出了观门。

闫琰被她吓了一跳，一头雾水地挠着头走过来，问晏云之："她这是跟谁置气呢？就因为打不过你？至于吗……又不是第一天打不过。"

晏云之泰山崩于前都面不改色，只是若有所思地长眸微眯，将她的剑捡了起来，淡淡道了句："谁知道呢。"

而后的两天，桑祈又躲了起来，不再上山，只派人去观里送了信，说自己病了，要暂时休息一段时间，以此来避免与晏云之碰面。

然而，冥冥之中，好像命中注定有一股力量始终牵引着他们，让她不得不与他走到一起。逃避晏云之的计划刚刚进行到第三天，便出事了。

第七章

感君有此意

那是一个连一丝风也没有的闷热午后，头顶的树叶一动不动，桑祈正在院中的葡萄藤下闲闲摇着扇子纳凉，只见远处莲翩一脸惊愕地跑过来，连连叫着："不好了，不好了……"

"何事如此慌张？"她不由得蹙了蹙眉，觉得这丫头动不动就大惊小怪，实在缺乏风度，相反还很镇静地吃了颗梅子。便听莲翩一边努力顺气，一边道："琰、琰小郎出事了。你还记不记得，之前咱们让人查过洛京府衙今年办理过的案件一事？今日有人在朝堂上检举，称其中多起与他有关。包括上次那个罂粟粉末，据说也是他勾结西昭人买来的，有意图谋反的嫌疑啊。"

桑祈一听，立刻从椅子上站了起来，险些被梅核卡到嗓子，一通猛咳之后才吐出来，早已涨红了脸，却顾不上这些，急急问："当真？"

莲翩用力点头，抬袖抹了把汗，道："眼下早朝已散，听说皇帝直接把琰小郎扣留在了宫里。事情闹得沸沸扬扬，半个洛京城都知道了。现在闫家上下，怕是已经鸡飞狗跳。"

桑祈面色阴沉如寒潭秋水，拿起披帛便匆匆向父亲的书房走去，也不让人通报，提着裙裾便快步迈上台阶，推门进了书房里，快步走到桌前，连招呼都省了，直接开口道："皇帝把闫琰扣押在宫里了？"

桑巍刚刚下朝回来，还没来得及更衣，正打算先喝点凉茶，闻言端着茶碗的手一顿，黑着脸道："此事与你无关，莫要去管，反正我们也没和闫家联姻……"

"没联姻怎么就不能有关系了？他是我朋友啊。"确定闫琰出事了，她十分不解地来回踱步，摇头道，"怎么可能是他呢？没有理由的呀。"

桑巍一碗凉茶下肚，却是事不关已的样子，只道："宋太傅言之凿凿，不像有假。"

桑祈一听是宋太傅举报的，顿觉哭笑不得："宋太傅跟闫家有过节，不是早就明摆着的事儿了吗？他说的话还能信？"

"问题是人家并非信口雌黄，而是有真凭实据。"桑巍沉声道，有些不耐烦似的，摆手赶人，"此事你就别管了，赶快回去。"

桑祈却是不依，人是往外走了，嘴里却说着："不成，我得去闫府问问。"

"去什么去，给我老老实实待在家里！"还没走出房门，就听身后父亲声色俱厉的一声吼，并以力拔山兮的腕力，将茶碗猛地扣在桌上，发出沉闷的巨响。

于是她回眸，满眼的惊讶与不解。不知父亲今天这是怎么了，态度竟然如此坚决。

而后桑巍却是下了狠心，打定主意不让她搅和进去。那天的侍女预言成真，桑祈真的被禁足了。对于这种情况，她自知硬碰硬更没有好结果，倒不如表面装乖，私下里想主意，所以暂且按兵不动，一边在院子里踱步，一边眸光沉沉地思索整件事的来龙去脉。

毫无疑问，闫琰不可能同什么窃盗、走水、杀人放火，甚至从西昭购买罂粟花粉之类的事情有关。欲加之罪，何患无辞，定是宋太傅使了什么计谋，硬生生将罪名扣在他头上的。问题在于，如何证明他无罪呢？

莲翩见她一副忧心忡忡的样子，叹了口气，送上茶来，道："小姐，你也别太心急。闫家又不是什么小门小户，这点风波还是能扛过去的。到时候大不了捐些钱财，削个爵位也就是了。"

桑祈却并不觉得事态发展会这么乐观，接过茶来喝了一口，叹息道："若是普通的罪名倒是好办，可这意图谋反不是小事，弄不好别说闫琰小命不保，就连闫家上下也难辞其咎。宋太傅这是要一举打杀闫家啊。"

当务之急，她觉得要先与闫家人通个气，便对莲翩道：“总之，我得去看看。”

以她如今的功夫，想要从府上侍卫的盯梢中金蝉脱壳并不费力。于是待到老老实实用完晚饭，跟父亲问过安，假装落灯歇下后，桑祈便悄无声息地翻出了桑府的围墙，飞快来到闫府。

闫府灯火通明。闫琰刚过完寿不久的祖父正拄着拐杖，面色阴沉地坐在上座，好像刚刚才发完一通脾气。闫琰的母亲，那位大气端庄的夫人，虽然依然沉稳从容，没有显出惊慌失措，却不难看出，表情也很凝重。闫太师作为一家之主，闫府上下的主心骨，更是不能显露出一丝一毫的迷茫焦躁，只是说话的语气稍微有点快，听得出来，亦揣着几分担心儿子安危的不安。

偌大的宅子里，人人都不平静，空气中弥漫着一股紧张之感。

虽然桑闫两家没有因为联姻走到一起，可是对闫琰与桑祈私下交好，以及桑祈教他枪法的事情，闫太师也略知一二，见她能在这个节骨眼上造访，颇为慨叹。

桑祈将自己的来意道了一遭，只道是：“罂粟一事，晚辈也一直在暗中调查，定然与琰小郎无关。若是闫公信得过的话，不如就将此事交给晚辈处理。”

闫太师从前对她和晏云之调查的这些事一无所知，而今一听，不由得捋着须髯，沉吟道：“既然你们已有线索，老夫也就不插手了，唯有尽力为琰儿多争取点时间，希望能来得及……”言罢沉沉叹了口气，看得出对儿子性命和闫府安危的担忧。

“请闫公放心，小女定为友人竭尽所能。”桑祈郑重道。而后听闫太师将今日朝堂上的事件仔细说了一遍，才行色匆匆溜出闫府，偷偷回了家。

第二天一早起床后，桑祈一边对镜梳妆，一边暗暗叹息。虽然昨晚夸下了海口，可父亲看她看得严，自己的行动受限，只能找别人帮衬。而最信得过的人选，想来想去，当然还是晏云之。

不得已，她只能编了个先前约过苏解语要一起绘制扇面的谎，说自己好不容易交到个朋友，不好违约，今天一定要到苏府去一趟。

桑巍将信将疑，特地差人去苏府递了帖子，试探到底有没有这么回事。

不负桑祈所望，苏解语回信说，确实今早便专门等着她了。

桑巍这才颇为感慨地放人，并派了几个侍卫，名为护送，实则监督，看着小姐别往什么乱七八糟的地方去。

桑祈便在这无数双眼睛的盯梢下，热情地拉着候在门口的苏解语，有说有笑地聊着要画什么花样的话题，进了大门，直到绕到她的院子，才松了口气，牵着她的手，感激道：“兰姬，真是多谢你。”而后连坐一会儿都顾不上，便急促地道，“其实我来，是想让你避人耳目，偷偷带我去晏府一趟。”

苏解语从收到她那莫名其妙的帖子，到见她带了这么多随从来，对她所处的境况已明了几分，闻言眸光微动，温声道：“阿祈要去找少安，可是为着琰小郎一事？”

“正是。”桑祈忙道，“你懂我就好。”

苏解语淡淡一笑，啜着茶，沉吟半晌，又道：“桑公也是为了你好，此事恐怕牵扯至深……”

桑祈觉着她言下之意似乎有想要明哲保身的味道，便担忧地蹙起了眉，咬唇问道：“那……兰姬可会帮我？”

苏解语抬眸望向她，犹豫了一会儿，才无奈道：“自然会帮。”

“太好了。”桑祈便松了口气，低呼一声，激动地上前抱了抱她。

二人凑近些，低声商议起等会儿的计划来。

晌午过后，一驾苏家的马车缓缓出了府。

桑府的侍卫见状，上前恭恭敬敬地行了个礼，问道：“敢问外出的是哪位大人？”

只听车内响起一个稚嫩的声音，细声细气道：“我是苏府二小姐苏意晴，外头是何人相问？”

“吾等乃桑府随侍，恭送苏二小姐。如有冒犯，还请见谅。”那侍卫说完，保持着躬身行礼的姿态，目送马车走出去一段，心里还是觉得有几分蹊跷。

可这是人家苏府的马车，他多问一句已是唐突，断不可能要求打开帘子看看，于是眉心微蹙，暗暗思量一番，上前请苏府的家丁代为通报，说自己有急事想见小姐。

苏府的家丁去了一会儿，回来却告知，自家小姐和桑家小姐方才一直忙着绘制图画，这会儿累了，正在小憩，怕是不方便说话。并表示，可以带他先进去候着，待二人醒了再说。

侍卫道过谢，便跟了进去。那家丁带他走到苏解语的院门口，停下来，做了个止步的手势，压低声音，一脸歉意道：“你看，正睡着呢，等会儿再来吧。”

站在这个位置，视线被一丛花木遮挡，其实看不到里头的人，只能见着隐约露出的一袭衣角。侍卫颇为大胆地仔细瞧了瞧，见确实是自家小姐早上来时穿的那套红裙，也就打消了疑虑。自知自己这一身戎装，披金带甲的，在人家院子里不好多留，一拱手，道："其实也没什么大事，还是晚些时候再说吧。"又跟着家丁退了出来。

听到离开的脚步声，院子里的苏小妹长长松了口气。而向晏府的方向驶去的马车上，桑祈扯着袖子，还有点尴尬，道了句："真是不好意思，还借了你一身衣服穿。"

"无妨，反正是新衣，还没上过身。看你穿着合适，便赠予你吧。"苏解语捏着嗓子，还在学妹妹说话的声音和语气。

桑祈忍不住笑，推搡着她道："别学了，听着好假，我到现在还提心吊胆的，怕被发现呢。"

"倒也不必学得多惟妙惟肖，反正你家侍卫也没听过晴儿说话，应该不会被看破。"苏解语放开手，喝了口茶润喉，笑道。

"但愿如此。"桑祈可害怕回去之后又惹得父亲发火，眉间仍凝着一抹担忧。

不一会儿，马车便到了晏府，二人有意避人耳目，走了后门，递了苏府的名帖。

晏府的家丁拿了苏解语的名帖离去，回来后告知，晏云之出门了，还没有回来，要见他恐怕还得等上一会儿。二人便跟着他一路来到厅堂，发现有一妆容精致、看上去三十出头的美妇人正在其中。

桑祈未曾见过此人，还以为是晏云之的嫂嫂之流，因着不知人家名号，刚想问苏解语如何称呼，便听她低声对自己道："这位便是少安的生母——丞相夫人。"

于是她震惊之情溢于言表，险些喊出声来，定下神来赶忙低头施礼，掩饰自己的惊愕。心想不会吧，这是晏云之的母亲？说是他姐姐也有人信啊。明明应是五十多岁的人了，怎么能保养得如此容色鲜艳，肌肤如少女般光洁饱满，吹弹可破。恐怕当真是神女下凡，才生得出晏云之那样的儿子。

正胡思乱想着，便听那美妇人温柔笑道："桑二小姐前两次来府上，都未得以一见。今日一睹芳容，才知竟是如此美人，真教人惊喜。"说着招招手，对二人道，"来，都别客气，上座吧。"

"不敢当，不敢当……"桑祈尴尬地跟在苏解语身后走进去，寻了位置坐下。

“兰姬自从长成大姑娘，也不常来陪老身说话了。今儿是吹的什么风，你们都凑到一块儿了？”晏相夫人笑吟吟地命人给她们倒了茶。

苏解语先是表达了歉意，看桑祈一直光顾着喝茶不说话，又代为说了此番来意。

“原来是阿祈找我儿有事。”晏相夫人闻言思忖道，“他应该是去国子监了，若是着急，老身差人把他叫回来就是。”

桑祈一抬头，出于礼貌想说不急，还是别打扰他的好，自己可以等，可心里又确实有些着急，于是便不知该说“好”还是“不必”了。只觉着还是头一次说个话这么费劲，这么在意他人听了之后对自己的印象。

苏解语以为她又走神了，轻轻在座下碰了碰她的脚以作提醒。

桑祈才干笑道：“那就麻烦夫人了。”

晏相夫人即刻遣人去晏云之的院子里找晏云之的随侍白时，让他去把晏云之叫回来，自己则又陪着二人聊了一会儿。

说起来，苏解语也算是她看着长大的，二人知根知底，好似忘年交，有许多话题可聊。时常说着说着，便默契地笑起来。她们虽然一直顾及着有桑祈在，礼貌地没聊什么只有两个人知道的事，只说些能教她也插得上话的内容。可桑祈只聊了两句，便觉得自己到底还是个局外人，只能和她们话题相投，却无法心意相通。

于是桑祈便鲜少说话，只顾闷头喝茶，听苏解语和晏相夫人相谈甚欢，不知怎的，心里头竟然隐隐生出几许羡慕的意味，觉得今日喝的这茶格外酸涩。

好在，派了人后，晏云之很快便回来了。见他长腿一迈，进入堂中，桑祈心头狂跳，捏紧了茶盏，感慨万千。

三天没见他了，她连怎样开口都不知道。是该问一句“近来可好，身体无恙乎”，还是应该唤一声师兄，嬉皮笑脸地问这几日还好吧？

而他见到自己，又会作何反应呢？会不会挑眉称赞一句，师妹武艺颇有进步？抑或是清清冷冷地看着她，淡道一句又见面了。还是一本正经地讥讽她，哟，还知道来找我？会不会……像她抓心挠肝地思念着他一样，也很想她。

只那么一个瞬间，桑祈在心里设想了无数个二人相见的场景，心跳乱成了夏季的一场暴雨。

晏云之却步履从容，径直走过她，未曾停留，先给母亲见了礼，而后才转过头，同她和苏解语一一问候。

她设想的那些内容都没有发生。

他只是对二人稍稍俯身作了揖，甚至都没有唤声她们的名字。

桑祈故作平静地一口把茶灌下肚，也学着苏解语的样子颔首示意。

“不知母亲特地叫孩儿回来所为何事。”晏云之打过招呼后问晏相夫人。

“老身倒是没什么事，找你的是这孩子。”晏相夫人指了指桑祈，笑眯眯道。

晏云之便也顺着她的视线看过来，目光落在桑祈的面容上，黑眸幽深，有如古井，看不出个中情绪。

桑祈暗自又提醒了自己一遍：别瞎想，说正事儿，而后轻咳一声，放下茶盏，敛起衣袖，正色道：“桑祈冒昧前来拜访，是有一要事想麻烦司业，不知能否借一步说话？”

晏相夫人和苏解语闻言皆是动作一顿，若有所思地看向她。

桑祈硬着头皮在心里暗暗呼喊着抱歉，她也不想的，但这些事情，知道的人还是越少越好。

然而晏云之却半晌没答话，只是凝视着她，直到她觉得自己都快要被那两个女人揣度的目光烤焦了，才开口道：“书房请吧。”

桑祈终于长舒一口气，向在座二人致了歉，跟着晏云之一起出门，往他的院子走。一路上，晏云之在前，她在后，专注地盯着前方的那抹山巅流云般飘逸不群的白色身影，思绪万千。

他不说话，她便也不知从何开口，只能这般保持着尴尬的沉默。走着走着，蓦地，前方的人脚步一停，回过头来看她。

桑祈对这突如其来的事件全无防备，先是赶忙止步避免撞到他身上，才发现正迎上对方的目光，甚至能看到对方眼眸中呈现出自己瞪得大大的眼睛。

桑祈瞬间心头漫上一股偷窥被看穿了的羞愧之感，赶忙若无其事地扭头朝旁边上下左右打量，还把玩着袖口，哼起小调来，哼了一会儿，才又看他，做惊奇状扶着身边一棵六月雪，道：“师兄，你怎么不走了？哎，你看，这花儿多美。”

晏云之表情淡然，视线从她身上飘到一旁，再飘回来，道：“你捏的那根是树枝，花在下面。另外，下手轻点，别把晏某府上的树伤着了，它又没招你惹你。”

桑祈缓缓扭头，看了眼被自己残害的可怜枝丫，干笑着放开了手，又蹲下身子，颤抖地轻抚着六月雪的花瓣，沉痛道："原来你在这儿，可找得我好苦……"

晏云之面上不做表情，眼底却浮现出丝丝笑意，抬步走过来，在她旁边花坛边坐下，开门见山道："可是为了闫琰一事前来？"

一听说起正事，桑祈蹲在地上，抬头看他，未语先叹："唉，正是……师兄，洛京这些事件，万万不可能与闫琰有关啊。且不说他根本没那个时间。就算有时间，也没那个智谋；就算有那个智谋，也断不是那种能沉住气不声张的性子……"

还没等她说完，晏云之抬手比了个打断的动作，微微点了点头，温声道："我也知道。"

得知他站在自己这边，桑祈先安了五分心，又叹了口气，一边把玩着花枝，一边向他求教："那为今之计，我们该如何是好？"

晏云之稍加沉吟，平静道："大抵便是将真凶找出，还他清白。"

"说得轻巧，如何去找？"桑祈揉了揉额头，觉得十分苦恼。虽然昨夜在闫府说得信誓旦旦，但实际上她自己也是一团乱麻。先前始终苦于没有线索，如今又怎能在短短时间里突飞猛进？

"你若信我，不妨就都交给晏某来办，自己不要插手。"晏云之倒是颇为自信。

桑祈蹙眉看向他，不太甘愿，虽说的确是来找他帮忙的，可她也不想置身事外。不做点什么，她内心没法踏实下来，连觉都睡不好。

只见他优雅一笑，从容道："桑公不是也不想让你多过问吗？还是莫要惹老人家生气的好。"

她眨眨眼，奇道："你怎么知道父亲不让我过问？"这回又没有探究的拜帖和浩浩荡荡的随从。

晏云之轻轻施以援手，将她摧残的那朵花从她的魔爪中解救了出来，淡然道："你特地多此一举地叫兰姬陪同，还穿了不合适的衣服，还需要问？"

"呃……不合身吗？"桑祈有些尴尬地低头看了看，支吾道，"我觉得还行啊。"言罢只听"咔嚓"一声脆响，晏云之将刚才她把玩的那朵花折了下来，俯下身，抬手拨开她的发丝，摘下了她的红宝石簪子，又将花枝插好，细细打量一番，方才退回身去，一脸云淡风轻，道："不合适，因为换衣裳的时候没有换配饰，显得很不搭调。”

动作之流畅有如行云流水，根本没给她开口拒绝的机会。桑祈下意识地伸手摸了摸头发，脸上烧得通红，憋了半晌，才道是：“嗯，疏忽了……”

又听他淡泊地回：“下次注意。”

声线明澈，沉缓动人，明明只是简单的一句话，听在她耳朵里，也多了说不清道不明的暧昧意味，仿若他拂过她发丝的手，撩拨得她心湖荡漾。

不能再这样下去了！只要一在他身边，就会忍不住沦陷。桑祈腾地站了起来，快速说了句：“那就拜托师兄了。”转身便要逃离。

还没走出去几步，又听见他在身后叫她：“桑祈。”

犹豫一番，还是驻了足，却不敢回眸，心头乱跳地等着他继续说。隐隐地，竟是含了几分期待。她知道这不应该，可就是控制不住。

“若不是因为闫琰，你是不是还打算一直躲着我？”晏云之语气平静地这样问了一句。桑祈便觉大脑“嗡”的一声，一片空白，什么思绪也没有了，怔怔地呆立了许久，才苦笑一声，强压下那份心动，挤出一个自以为自然的笑容，转头道：“师兄说笑呢，我哪有躲着你？不过是这两天身子不便，懒得出门而已。”

说谎的时候，心虚的她不敢直视对方的眼睛。连自己怎么寻的路回去，怎么跟晏相夫人告别的，都记不大清了，直到出了晏府大门，一路回到苏家，还是心潮难平。

又在苏家把衣裳换了回来。直到日暮，收拾妥当，起程之时，桑祈一脚已经迈出了门槛，又痛下了决心，咬着唇，深吸一口气，转身正视着苏解语，道：“上次你问我的问题，我回去想了很久，觉得应该重新告诉你一个答案。”

而后在她的注视下，桑祈紧了紧拳，豁出去说出了心里话：“我也是。我明白这样不对，也不想再同他有过多瓜葛，可这次的事情，我真的做不到袖手旁观。你可以觉得被我利用了，可以讨厌我，可以警告我从此离他远点，我都不会有一声怨言。”说完，只觉心里平静了很多，人也没那么局促不安了，安静地等着对面的女子说话。骂她自不量力也好，骂她恩将仇报也罢，无论是唾弃她还是谴责她，她都会一言不发地受着。有本事动了情，就要有本事承担相应的责任。她可以试图逃避，但不能自欺欺人。

可是，她等了半天，没有，什么都没有发生。苏解语既没有伤心流泪，也没有指责怒骂，只低眸伫立了少顷，伸出手来，递过去两样东西，道："你能与我坦诚相告，我很高兴。"

令桑祈颇感意外，怔怔地接过白日里穿过的那套衣裳和上面摆着的那枝六月雪，半晌无言。

苏解语沉默着作了个揖，亦是无言地转身往回走。身姿挺拔，气质高贵，她那逶迤曳地的裙摆，带走了夕阳的最后一丝余晖。

夜幕天垂。

苏府的大门缓缓关上，桑祈久久站在门外，捧着衣物，觉得自己来到洛京之后难得收获的友谊，怕是也要随之关闭了。但是把心意坦率地说出来，她不后悔，再给她一次机会，她还是会做一样的选择。只因无法这样欺瞒地对待一份真心相交的情谊。

一阵晚风吹来，她感到有些凉，叹了口气，上了马车。

而后的两天，桑祈一直在府里等消息，等来的有好事也有坏事。好的一方面是，在闫家的努力下，闫琰已经放出来了，如今正在家软禁，皇上派人严密监视了闫府，不许他出门，等待最后定罪；坏的一方面是，晏云之那边一直没有消息。

得知闫琰回到家中后，她想前去看他，这次却是找不到合适的理由，只能再次半夜爬墙头。趁夜深人静，她提着兵器，连翻好几个墙头，来到闫琰的窗户根儿下。敲人家窗棂的时候，还擦着汗感慨，这皇上从宫里派来的侍卫，也是水准平平嘛。并且明白了，其实做个贼，也挺不容易的，主要不是技术问题，心理压力大啊。

"谁？"里面传来一声疲惫的声音。

"我。"桑祈立刻作答，说完又觉得似乎指代不太明确，又补充了一句，"你师姐。"这才听见一阵披衣下地的窸窸窣窣声响，过了会儿门开了一条缝，闫琰头发乱蓬蓬的，一脸狐疑地看着她，问："你怎么在我窗户底下？"

"你以为我乐意啊！"桑祈没好气儿地白了他一眼，趁没被人发现赶忙推着他进屋，关上了门。

闫琰一改从前的一惊一乍，任她闯进了自己的卧房，拖着沉重的步伐点了两根蜡烛，坐在桌旁，显得神情呆滞，如同行尸走肉。桑祈看在眼里，感到心疼不已。前几天还是那么活泼明朗、鲜衣怒马的少年，才一晃不见，便成了这个样子。心酸漫上眼帘，她赶忙吸了口气，不让自己哭出来，关切地问："在宫里，没吃什么苦头吧？"

“没吃。”闫琰轻轻摇了摇头，沉重地叹道，“什么都没吃……这两天一直胃口欠佳。”言罢突然想起来什么似的，一抬头，扯过桑祈的手，紧紧抓住，仿佛抓住溺死前的最后一根救命稻草般，声线颤抖道，“既然你来了，不图旁的，我只有一事相求……”

桑祈见状，心下了然，理解地反握住他的手，慨叹道：“什么都不用说，我给你带来了。”于是抽出手来，递上带来的包裹，在烛光下打开——只见内里是满满一袋今天刚出炉的奶酥饼，屋内霎时奶香弥漫。

闫琰鼻头一酸，眼眶随即红了，感激地看着她，抬袖擦拭着眼角溢出的热泪，拿起一块奶酥饼哽咽着咬下去，细细咀嚼吞咽，借此平复了一会儿心情，才抽泣道：“还是你对我好。”

“这话说的，咱们师从同门，就好比亲姐弟……”

“兄妹。”闫琰忙着吃，还不忘含混地纠正。

都什么时候了还斤斤计较，桑祈嘴角抽了抽，挑眉道：“好吧，就好比亲兄妹，我能不对你好吗。”而后拢起袖子，拨弄着烛火，沉吟一番，待他吃完两块饼，恢复些许力气后才问，“说说，是怎么个来龙去脉？”

她能打听到的消息再多，也不如他这儿全面，为了了解详情，也不得不去揭他的伤疤了。只听闫琰叹了口气，道：“别提了，到现在我也没想通，怎么就跟那些杀人放火之事牵扯上了关系。他们说，在一起窃盗案中，发现窃贼使用过一种叫作罂粟的东西。而后便有人查出来，我的庄子里有这玩意，于是怀疑背后是我指使。你说我冤不冤枉？”

桑祈仔细品着这番话，感到糊涂：“谁敢跑去翻你的茶庄？”

“据说一开始这玩意混在茶里喝死了人，洛京府衙追查，才查到茶庄去。”闫琰解释道。

桑祈听着，眉头渐渐拧了起来：“我总觉得其中大有蹊跷。”

“当然有蹊跷了。”闫琰跺着脚道，“我成天忙着练武，还要去皇宫里当差，恨不能一个人分成两个人使，哪有那个时间去组织什么阴谋！”

“我晓得，我晓得……”桑祈见他情绪上来了，赶忙宽慰道，“你先别激动，咱们好好捋捋。其实之前，我就一直在和师兄查流寇与罂粟一事。只是苦于没有进展，也便没告诉旁人。”

闫琰听完这番话，消化了好一会儿，才又叹道：“那就好说了。定是不光你们查出了猫腻，别人也发现了，便干脆顺水推舟，嫁祸到我身上，直接让我当替罪羊。”

桑祈点点头，抿唇道：“我觉着也是这么个理儿。而且，若当真如此的话，害你的元凶除了宋家那对老小，也断不会有旁人。”

闫琰头痛地揉着太阳穴，道：“都怪我，补天石一事太不低调，怕是被他抓住了把柄，这会儿正记仇呢，打算把我往死里整。”

“你先别灰心。这不是回来了吗，说明还有转机。师兄在帮你调查，我也会一直帮忙的。”桑祈郑重地探身上前，拍了拍他的肩，目光坚定，毫不动摇。

二人又说了会儿话，闫琰这边除了将喝茶死人这件事的相关人员告诉她了，也提供不了什么有用的线索。桑祈便借用了纸笔，将这些姓名记好后，又趁着夜色浓重，悄然潜回。

次日她又开始梳妆打扮，这一次是打算上街买些绫罗绸缎，做几套夏季的裙装，顺便，也挑选几样首饰。

女儿家的事情，桑巍不忍心阻拦，侍卫也不好时刻跟着，对于她来说是个好机会。因着还能顺便把莲翩带上，莲翩也很高兴。二人好似当真要去采购一般，有说有笑地打扮一番，出了门。为了蒙蔽侍卫，她们先正儿八经地去锦绣庄挑了两匹绫罗，让跟随的两个侍卫拿了，又到银楼说想打套头面。

桑祈皱着眉头，接了掌柜递上来的藏品，左挑右拣，也没有满意的，只是一再摇头。终于，双方都有点快要没有耐心了的时候，她灵机一动般，道：“其实我心里有个图样，要不我画下来，请您找师傅照着打，您看如何？”

可算有能打发这尊大佛的办法了，掌柜擦着汗，当然连声说好，马上叫人笔墨纸砚伺候。

桑祈便凭着记忆，画了几样在苏解语那儿见过的，她出入宫廷时才会用的华贵饰品。虽然不太擅长丹青，画技平平，可花样确是普通铺子里没有的。只要没有，而且造型不复杂到做不了，她就放心了。桑祈将图样递给老板，故意谨慎地问道：“您看看，这个可能做？”

掌柜端详一番，拱手道：“能做，能做。”

“那就好，你马上教人做吧，我就在这儿等着。”桑祈喝了口茶，慢悠悠道。

“这……”掌柜有些为难。

“怎么，不让等？”

“让，让……小的这不是怕您无趣吗……”

“无妨，这套头面对我来说很重要，回去了不放心，我就在这儿看着你们打。”桑祈若无其事地坐了下来，吹着茶盏中的浮沫道。

掌柜总不好把财神爷赶走，只能由着她了。一炷香的时间里，桑祈带着莲翩，还有两个侍卫，就耗在银楼的二层雅室里喝茶。喝了一会儿，她好像有点坐不住了，起身活络筋骨，对莲翩道：“我还是不太放心，要不你去后面银匠师傅那儿看看？”

“这……”莲翩为难道，“这银楼里的师傅，手艺可都是秘传的，岂会教婢子这个外人围观？”

桑祈听罢，略加沉吟，道了句：“也对，还是我亲自去吧。”言罢让莲翩帮她把掌柜叫过来，向他说明了自己的意图。

掌柜一开始也很为难，后来在她“我堂堂大司马家的小姐，难道会跑到你们这儿来偷师吗？再说不让我盯着点，用料什么的，我怎么能放心？工艺上，雕错一个花纹可怎么办，这东西对我来说非——常——重——要”的强大逻辑下，不得不败下阵来，作了妥协，但只允许她一个人进作坊看着，旁人不行——正中她下怀。桑祈心中暗喜，表面却不露声色，学着宋佳音那副胡搅蛮缠、任性跋扈的表情，翻个白眼望天，丢下句：“成吧，你们在此候着。”便施施然消失在通往后院的小门里。

而后，目的达成的她，当然不会真的去看什么银匠师傅，对掌柜匆匆一道谢，嘱咐他千万别说出去，回头另外有赏后，便飞身从后院翻了出去。掌柜被她变幻莫测的行事风格惊住，在原地呆若木鸡，半晌没回过神来，待到桑祈已经飞出去好久后，才一边叹着现在的姑娘为了会个小情人可真不容易，一边识趣地回去了。

桑祈则根据闫琰提供的姓名，到洛京府衙找到当时涉案的捕头，开始了自己的调查。虽说自家父亲和晏云之都阻挠她，可当真只是待在家里，什么都不做的话，她会看不起自己。既然担心朋友，就必须做点什么，何况查明洛京背后的黑幕也一直是她给自己定的目标。

就这样，以这套首饰做起来太耗工夫为理由，桑祈接连往银楼里跑了好几天。并每天都借着监工之名，偷偷跑出去调查一会儿，再趁没人发现溜回来。功夫不负有心人，终于让她查出了问题。

原来，闫家出产的茶叶，依据品质等级不同，分为好几种，既有卖给王公贵族的，也有卖给平民百姓的。据说喝茶后中毒而死的便是西市一户普通人家的男子。夫妇二人均在一家染坊做工，日子过得称不上红火，但也说得过去。

这一日，桑祈寻到他家中拜访，见着守寡的妇人，并没有坦诚自己的身份，只道是听闻此事对闫家这种草菅人命的行为看不过去，前来帮衬一把的，却觉着那妇人说话间言辞闪烁，行为举止也很奇怪，明明家中的顶梁柱倒下了，竟似不希望旁人关心，也不缺她那点资助似的。

桑祈将一锭银子放在桌上，发现她表情未变，更觉蹊跷。要知道，这一锭银子可抵得上他们家一整年的收入，缘何她却浑不在意呢？于是揣了这样的疑问，不顾对方婉拒，执意将银子放下了，说是不会再上门打扰，却在入夜后又悄悄折返。

不出她所料，夜深人静，四下无人之时，那妇人从院中鬼鬼祟祟地探出头，拿着包东西出了门。桑祈放轻脚步，与她保持着一段距离，一直跟踪到一处偏僻的院落。眼见着她打开门锁，确认没人尾随后走进去，自己也跃上了墙头。

只见院子虽然偏僻，却并不破旧，向内看去颇有一番别有洞天之感。仅有的一间房子里亮着灯，妇人又打开一道锁走了进去。桑祈便也跟着上了屋顶，学着之前看到过的那个拿竹管的人的样子，轻轻掀开瓦缝一角，偷听屋内说话。

“怎么这么晚才来，老子都快饿死了。”——这个显得极为不耐烦的，是一个中年男子的声音。

“唉，快吃吧，我总觉得今个儿特别不对劲儿。”——这是那名妇人的声音，说话间伴随了一阵瓷器与桌面碰撞的声音。

接着那男人似乎咕咚咕咚喝了两口酒，大大咧咧地道：“你就是爱瞎想，能有什么不对的？那闫家小儿都要被定罪了，你我只需再等上三五天，就能拿上一大笔钱远走高飞，逍遥自在去。你看看你，还不多想想买点胭脂水粉打扮打扮，就知道整天提心吊胆，真是没富贵命。”

“可这到底是昧着良心的钱啊。”那妇人依然很不安，道，“孩儿他爹，你说，这万一事情要是败露了，咱俩诬告人家闫家，会不会死得很难看？”

“我呸，败露个屁，乌鸦嘴！”那男子打了个酒嗝儿，不屑道，“只要你不说，我不说，谁能想到我还活着？查不出我活着的证据，就没理说咱们诬告。”说完又不耐烦道，“倒酒倒酒，给老子倒酒。之前送的早喝完了，老子这一天憋得发慌，可馋坏了。”

桑祈听到这里，怒火熊熊燃烧，简直一刻也坐不下去，恨恨地将瓦片放下，纵身跳到了地上。

终于被她抓住证据了！这一切都是场阴谋！连那所谓喝茶死了的人都还活着的话，茶叶里含有足以致死的罂粟粉末，便根本是无稽之谈，闫琰一事也就能重新立案调查了。一想到这个被人收买的男子在这儿大口喝酒大口吃肉，闫琰却寝食难安，她就觉得太过不公平，只想今天晚上便拉着他去见官，于是不由分说地上前叩起了门。

里面的人听到敲门声，登时慌乱，压低声音议论一会儿后，妇人来开了门。一见是她，吓了一跳，颤声问：“姑娘……你……你怎么……”

“我怎么到这儿来的？”桑祈冷笑一声，抬手指着屋内的男子反问，“倒是我应该问问，他怎么还活着吧？”

眼见事情败露，那男子缩在角落里，显得十分恐慌。

妇人急忙上前拉扯道：“姑娘，你听我解释……”

“要解释，还是去官府吧，要不直接去宫里也成。”桑祈冷眼睨着她，拂开她扯住自己衣袖的手。说完这句话，不知怎的，她突然觉得头有点晕。

当她意识到哪里不对，蹙眉看向角落里的男子的时候，只见男子身后一股细细的烟雾正在升腾而上，逐渐在室内弥漫开来。桑祈暗叫一声不好，怕是中了圈套，再想出门却是已经来不及了，没走几步，便眼皮一沉，身子一晃，栽倒下去……

好像睡了又长又沉的一觉，桑祈觉得眼皮重得抬不起来，但能听到耳边有嘈杂的声响，似乎有人在大声喊叫，唤她起床。她觉得很奇怪，自己不是在外面吗，什么时候睡着的，怎么完全没有印象了呢？而且这个叫她的人也不是莲翩，居然变成了男子。莲翩去哪儿了？她房里有男人？想到这儿，她一个激灵，拼命睁开眼睛，动了动四肢，发现自己躺在地上。她迷茫地坐起来，环顾了一圈室内后，才明白，自己还在那间屋子里，刚才恐怕是中了迷香之类的东西晕倒了。

门外有人一边喊着：“有人吗？快开门！”一边猛烈地砸门。桑祈的头还很沉，被吵得更疼，蹙着眉，脚步摇晃着走过去开门。一拨开门闩，外面的人便立刻用力将门推开。双方面面相觑，都吓了一跳。

桑祈惊讶于来人居然穿着洛京衙役的衣裳，并随身带了武器，一副前来抓捕的架势。心想自己还没报官呢啊，对方怎么效率这么快。

而门外的三个大汉则先是不约而同地倒退了一步，紧接着便凶神恶煞地拔出了佩刀。

桑祈让了让，想说你们要抓的人在里面。不承想对方却厉声朝她喊："休得乱动！把武器放下！"

武器？她糊涂了，自己来的时候并没有带什么武器啊？她迷惑地顺着喊话之人的视线往自己手上看，才意识到，自己手上正握着一支陌生的匕首，并沾了满手鲜血。再急忙转身，只见屋内凌乱不堪，似发生过一起激烈打斗。而昨晚的那两个人早已躺在地上，双目圆睁，血流不止，没了生气。桑祈终于彻底清醒过来，眸光一暗，握紧了拳，明白自己被算计了。脑海中电光石火，琢磨着此番该如何应变。

这一握拳不要紧，衙役的吼声更大了，勒令她赶快束手就擒。考虑到清者自清，不必心虚，桑祈并没有逃跑，而是听话地把匕首递了过去，平静道："我乃大司马府上的二小姐桑祈，尔等不必惊慌，我自会随你们回去一趟。"说着亮出了桑家的腰牌。

三个衙役你看看我，我看看你，似乎没料到眼前的人会是这般身份。不过在洛京府衙办事，三天两头就要跟权贵接触，他们倒是也没什么紧张的，只不卑不亢地道了句："那便得罪了。"按部就班地给她绑了手，带回洛京府衙。

来到府衙后，洛京府衙的甄大人对她还算礼遇，没有直接将她收监，只让她暂时待在耳室里，待调查清楚情况后再发落。桑祈也便趁机拼凑了些自己晕过去后不知道的故事碎片，还原了事情的大致过程。

原来，洛京府衙之所以会派人去那处小院，是因为接到周围的邻里报案，说这个院子里可能发生了杀人案件。先是听到有女人歇斯底里喊叫的声音，又听到打斗声，而后便没动静了。于是派了衙役前去，发现院门是开着的，屋子却门窗紧闭，并且落了锁。因为隔着门都能闻到一股血腥味儿，便急切地开始砸门。而后桑祈便一身是血地拿着凶器来开了门。

经仵作检验，她手上的匕首与屋内两个死者的伤口吻合。封闭的密室、打斗痕迹、仅存的活口、手上还拿着杀人凶器……如此看来，案件的过程昭然若揭，根本无须侦破，只等待她供认行凶动机，庭审判决即可。

可桑祈清楚地知道，自己是被人陷害的。她一边沉思对方构陷自己的手法，一边想着究竟是何人因何理由设下的这个圈套。思忖良久后，一个名字在唇边呼之欲出——宋落天。

除了宋落天，桑祈想不出还有谁能用这一石二鸟之计，接连把闫琰和她都算计进去。而不知幸运还是不幸，她的这一猜想，很快便得到了验证。

桑祈入了洛京府衙大牢的消息刚传到大司马府的时候，桑巍怒不可遏，亲自跑到府衙里大闹了一通，要求甄永康放人。可甄永康抹了一脑门子汗，也不敢松口。

倒是桑祈自己很平静，反过来安慰起父亲，说自己没事，在这儿关不了几天，很快便会洗脱冤屈回家。桑巍隔着牢门看着她，恼怒地抬手指着她的鼻子，想骂两句不听话，又心疼得说不出来，循环往复了好几回，只能一拂袖，重重地叹口气。

莲翩也一起来了，给她带了一大堆行头。有干净的被褥，也有换洗的衣物，还有些吃食。莲翩忍着眼泪千叮咛万嘱咐："小姐，你可一定要保重，早些回来啊。"

桑祈朝她粲然一笑，道："放心吧，你家小姐我命大着呢。"

可莲翩在阴暗的牢房里环顾一圈，哪里能放心得下，临走的时候，还不舍地一步三回头。

好不容易才送走这尊大佛，甄永康连连扇着风，长舒一口气，堆着笑对她道了句："那就委屈桑二小姐先在这儿候着了，下官还有要事处理。"说完赶忙退了出去，大口大口呼吸着久违的新鲜空气。

牢房里安静下来，只剩下了桑祈一个人。

她默默站了一会儿，动作缓慢地将莲翩送来的东西整理好，铺了层席子坐下来，托腮凝思。不知道此时此刻，都有谁知道了她的事，会不会像之前闫琰被关在宫中的消息一样不胫而走，这会儿已经闹得满城风雨了吗？

卓文远、晏云之……她的朋友们也知道了，又会作何感想？

夜幕很快降临，牢房里只点了几根蜡烛，光线昏暗。因着她身份特殊，被关押在单独一处，周围没有人，也没有狱卒敢上前招惹。桑祈孤零零地吃了莲翩留下的酱牛肉，因为太无聊，有意嚼得很慢很慢。

她吃完饭正对着牢门发呆的时候，宋落天来了。富贵公子哥儿一副嫌弃这牢房之地肮脏的表情，用手帕遮挡着口鼻，假装惊讶地扬声问了句："哟，这不是桑二小姐吗，什么风把你给吹这儿来了？"

桑祈一听见这声音就起了一身鸡皮疙瘩，冷冷地回眸，瞥了他一眼，勾唇道："我就知道是你。"说完转了个身，站都没站起来，只闲闲揪着被子上的丝线，问，"说吧，你想怎样？"

"嘿嘿。"宋落天低低笑了笑，眸光阴鸷，道，"都落到这步田地了，你不觉得应该对我换个态度吗？要不求求我？"

桑祈听完"扑哧"一笑，问道："我求你，你便会出去说人其实是你杀的，让他们把我放了吗？"

宋落天眉头一蹙，冷哼道："当然不会。"

"那不就结了。"桑祈耸了耸肩。

宋落天成竹在胸，也不生气，又阴笑一声，抖了抖衣袖，道："但是，我可以对他们说，你并非凶手，而是被陷害的。"

"哼，你要有那么好的心，母猪都会飞了。"桑祈对这个说法不屑一顾。

宋落天却摇摇扇子，玩味道："本公子说的可是实话，只要你答应我一个条件。"

桑祈转头看看，想知道他打的到底是什么算盘，便顺着话头接下去，问道："什么条件？"

宋落天勾了勾手指，示意她靠近些说话。其实狱卒都被他赶出去了，只远远地有他的两个随从守着，根本没人能听见他们的对话，此番多此一举完全属于下意识的做贼心虚。

桑祈皱着眉头，不太情愿地凑了过去。还没靠近他，便闻到一股脂粉味儿，厌恶地将眉头拧得更紧了，停下脚步，道："我就在这儿听着，你说吧。"

宋落天得意地挑了挑眉，出言讥讽道："怎么，还怕老子吃了你不成？放心，老子对你这种杀人不眨眼的毒妇可没兴趣，只喜欢柔若无骨的小娘子。"

桑祈抽了抽嘴角，只觉一阵反胃，一脸嫌弃地又小迈一步，道："现在可以了吧。”

这个距离，刚刚好够他伸出手来，用手上的扇子挑起她的下巴，眼中精光闪烁，勾唇道：“好吧，既然你这么有诚意，本公子就给你指一条明路。只要你肯出面做证，是因为你发现了闫琰那家伙的把柄，他才给你下的套，杀人灭口又嫁祸于你，本公子就保你冤屈得雪，早早离开这鬼地方，你看如何？”

桑祈听完，眉梢微挑，嘴角漾起一丝笑意，偏头避开他的扇子，又上前几步，一直走到不能再往前了才停下，而后倾身向前，靠在牢门上，贴近宋落天的面容，直视着他，嫣然一笑，勾勾手指，低语道：“我看不错，你凑近点，我们好好商议商议。”

就在宋落天俯下身来，以为自己阴谋得逞的下一秒，只听一声清脆的“我呸”，被桑祈一口唾沫直面吐在了脸上。

“你——”宋落天猝不及防，登时猛地闭上眼，跳脚怒吼，“贱人！你找死！”

桑祈见他手忙脚乱地掏帕子擦拭的样子，忍不住掩嘴偷笑，潇洒地一拂袖，转身走了回去，安稳坐下，摆摆手道：“郎君走好，不送。”

宋落天脸色煞白，狠狠踢了牢门一脚，甩下句：“桑祈！任桑家权势滔天，你也别想从这大牢里出去！”便愤然离去，嫌弃地再不想多看她一眼。

门口那两个随侍见到刚才那一幕也是吓得够呛，都快抖成了筛子，这会儿赶紧跟上，又是递清水，又是把旧帕子接过扔了给他换上新的再重新擦一遍。就好像刚才朝他吐口水的不是桑祈，而是什么毒物似的，神情十分紧张。

宋落天一把扯过新帕子，用力在脸上搓着，心里怨毒地想着，这该死的贱人，本来还想给她留一条活路的，如今看来，还是死了活该，边想边冷笑，幸好他早就打好了盘算。

昨日桑祈见到的那一幕，当然是他安排好的。从一开始，凡事便在他的掌控之中。他先是有意安排了一个喝茶致死事件，并以此为由头，牵扯出罂粟一物。进而将洛京的一系列事件，以里通外敌、图谋不轨的名义栽赃到闫琰头上。还在陈述罪名时，故意将死者的姓名等信息透露了出来，让闫琰听见，引得他关注。

而后，就连桑祈一定会去见闫琰这件事儿，都是他精心调查后作出的判断，把她和闫琰的性格特点都拿捏得死死的。事情果然按照他的计划顺利进展。闫琰按照预期被带回了家，桑祈也从闫琰那儿听完来龙去脉后开始着手调查，沿着他铺设好的线索，一路查到了那个所谓的“死者遗孀”。

这个“死者遗孀”当然是他安排好的，所谓“死而复生”的丈夫，也是另有其人。那天晚上桑祈所见的，彻头彻尾都是一场戏。目的就是让她认为自己抓住了把柄，贸然出手，之后顺其自然地让宋落天的人得以演出那场密室杀人的戏。

密室是真的密室，也确实只有桑祈一个人活了下来。可桑祈是凶手，还有一个很简单的前提，就是屋里的那两个死者不是自杀的。

宋落天每每回想起这个计谋来，都不禁为自己的聪明才智感慨一番。虽说可惜了那两个死士吧，但设计之完美简直令人拍案叫绝。不但让桑祈一步步顺利地掉到了坑里，就连结局也可以任他把控。

若是今天，她顺了他的意思。洛京府衙的仵作自然能查出来那两个人死于自杀，她也就会无罪释放。若她不从，这起命案的真相便将随之永远石沉大海。等待着桑祈的，是和闫琰下场一样的无边地狱。

“老子真是太机智了。”他坐在回去的马车里，还忍不住暗暗自夸。

而那讨人厌的声音消失后，桑祈的世界再次重归寂静。她嘴角的笑意渐渐退去，转而浮起一丝淡淡的哀愁，抱着膝盖，静坐发呆。她何尝不晓得，自己的不合作非但帮不了闫琰，还有可能让宋落天变本加厉地来对付自己？

可是，扪心自问，违背良心道义和出卖朋友的事情，无论怎样，她也做不出来。就算再给她多少次选择，结果都是一样。

而今前路未卜，她凝视着落在地面上的一小块惨白月光，轻轻叹了一口气，想着恐怕要做最坏的打算了，才明白古人说的“不听老人言，吃亏在眼前”这句话里蕴含的真理。怪自己没乖乖地听父亲的话，怪自己没遇事先跟旁人商量只想自己逞强。想起父亲已经斑白的霜鬓，她鼻间一酸，眼角悄然湿润了几分。但她依然咬着唇，不让眼泪掉下来，不断安慰自己道：别怕，桑祈，也许事情并没有那么糟，还有转圜的余地。要相信邪不压正，你一定不会输给宋落天那个坏人。

而后桑祈抬起头，将眼泪逼回去，遥望着牢房高处的那一扇窄窄的小窗。在不偏不倚地笼罩着世间万物的月色银辉下，目光逐渐变得柔和。她始终认为，如果真的有天道、宿命这种东西的话，也应该是公平的。就把这一切只当作上天对自己的一场小小考验好了。劳其筋骨，饿其体肤，空乏其身，行拂乱其所为，但最终，胜利的人会获得无比坚韧的力量。

桑祈入狱的消息，不像闫琰的那般声势浩大，因而大多数人都是第二天才知道的。可是她的罪名也随着消息的传开，变得越来越大。一开始只说她杀人，后来又说她杀的不是别人，正是与闫家茶庄的罂粟事件有关的证人，是怕泄露更多情报，才先行灭口。至于为何由她出面灭口，也有证据指出，其实她和闫琰本就是一伙儿的。有负责看守闫琰的守卫证实，曾经看到她秘密出入闫府，与闫琰密谋许久。

宋落天早就制造好了的“证据”，一拨接着一拨地向她席卷而来，压得她根本透不过气，只一次又一次地觉着回天乏术。

皇帝在对此事感到痛心疾首的同时，亦怒不可遏，已经下了三道圣旨追究责任。眼看着，时间已经不允许晏云之再去慢慢查出真相了。消息传到晏府里，玉树亲眼见着自家公子万年水波不兴的深眸里起了几道涟漪，光线暗了又暗。

虽然他什么都没说，但周身散发出来的那股压迫感，让她不由得心都提了起来，迈步上前，请示道：“公子，我们现在该怎么办？”

只见晏云之平静地啜了口茶，淡淡开口问：“白时呢？”

“还在盯梢，听说人刚回来。”她复又为他把茶添满，回答道。便见白衣公子站了起来，整理了一番衣衫，轻声道：“叫他回来吧，我亲自去一趟。”

“是。”玉树恭敬地应了声，放下茶壶快步退下。

少顷，晏云之的马车出了大门，一路向朝闻巷西侧而去，来到了卓府门口。

卓文远前脚刚从外地回来，后脚桑巍就来了。这会儿好不容易送走桑巍，椅子还没坐热呢，又听说晏云之来访，他长眉一挑，有几分诧异，问前来禀报的家丁：“他可说明了来意？”

家丁答道：“并未说明。”

卓文远听罢沉思片刻，优哉游哉地按照计划继续跟自己下着棋，道：“让他进来吧，就说我在花园里等。”

家丁领命而去，带着晏云之进门，再回来的时候，发现主人已经摆好了酒水点心，正在独自小酌。一见晏云之，卓文远勾唇嬉笑，道了声：“少安兄难得光临寒舍，快过来坐。”

“多谢。”晏云之也清浅一笑，温文尔雅地坐了下来，并接过了他递来的酒樽。

“不知今日来访所为何事？”卓文远笑问。

“想必，桑祈的事你也知道了。”晏云之开门见山作答。

卓文远眸光微荡，唇角浮现一丝无奈的笑意，道：“我昨日不在城中，也是刚刚才听说。这次桑二怕是惹上了大麻烦。”

晏云之闻言，喝了一口酒，也微微一笑，问道：“那子瞻作为她的好友，还有此闲情逸致在这儿喝酒，倒也是镇定。想必是已经有了应对之法？不知可否透露一二，说不定，晏某也能略尽绵力。”

“唉。”卓文远放下酒樽，长叹了一口气，“我也想帮，可连少安兄都没有办法的事，我能有什么好主意？恐怕爱莫能助啊。”说完颇为伤感地闷头将酒樽里的酒一口饮尽，继续道，“只能在这儿借酒消愁。”

俊美公子形象慵懒，眉梢含情，唇角带怨，看他摆出那副落魄感伤的模样，晏云之却是丝毫不为所动，表情平静地轻轻一笑，道：“子瞻真是谦虚了，此事若连你都帮不上忙，就真的没有人能救桑二了。”

卓文远低着头，眸光一凛，再抬头时却是一副迷惑不解的神情，问道：“少安兄此话怎讲？”

晏云之拿过酒壶来，抬手给自己倒了一杯，看着缓缓坠落的液体，莞尔一笑，道：“道理非常浅显。宋氏父子利用了洛京原本有之的几个事件，捏造了些线索，将罪名安到了闫琰和桑祈的头上。若是不明真相的人，确是很有可能被眼前的证据蒙骗。然而，真的就是真的，假的就是假的，假的东西，总有漏洞，永远真不了。”

卓文远笑容微敛，听完他这番话，长眉一蹙，道：“少安兄不愧是司业，这一套是是非非的论调，说得实在深奥，还恕子瞻愚钝，未能领悟。”

“简单，晏某只是提议你把真正的幕后黑手抛出来，闫琰和桑祈的罪名，自然也就洗清了。”晏云之品着佳酿，温声道。

卓文远“扑哧”一笑，连连摇头，无奈道：“少安兄说得轻巧，可我上哪儿知道真正的幕后黑手是谁？”

“哦？”晏云之淡淡一挑眉，道，“不知道吗？”

卓文远也喝了一口酒，桃花眼意味不明地弯着，再次道：“不知道。”

令他意外的是，晏云之得到这个答案后，并没有没完没了地继续纠缠下去，只说了一句：“那便是晏某找错了人，再去问问别人吧。”言罢从容不迫地起身，拢了拢衣袖，从中掏出一样东西，放在了桌上，道，“这个小物件，作为今日这壶佳酿的回礼。晏某先行告辞，不必送了。”说完便施施然离去。

卓文远凝视着他放在桌上的东西，唇角的笑意越来越淡，眸色却愈发深不见底。半晌后，他抬手捏起那物，猛地一用力，只听一声脆响后，小小的竹管应声断裂。而这竹管正是当初桑祈从王捕头家中遇到的歹人那儿所获之物，冯默博士口中的南方古笛。

随着竹管的毁坏，笑容复又回到他的面容，重新变回了那个风流俊逸、柔美多情的温润公子，他的眸光却是幽深一片。旁边的随侍犹豫着上前，问道：“公子，可还按原计划行事？”

他慢条斯理地喝光了杯中酒，才道了声：“先把浅酒叫来吧。”

而在大牢里的桑祈，对二人的这番会面一无所知，只知道傍晚时分，晏云之来看她了。

白衣公子一走进最里头的牢房，就看到暗室里，那个素衣姑娘全然没有颓废幽怨的模样。虽然未施粉黛，面上依然光洁如玉，发丝柔顺滑亮地垂在肩头，目光清澈见底，正蹲在地上，拿一堆豆子排兵布阵玩。她微微弓起的脊背，好像一根在狂风中顺势而弯的翠竹，外表闲适，内心坚韧，仿佛这世间，再沉痛的挫折，也不能将她打垮。

于是他的嘴角浮现了一抹淡淡的笑意，上前来，先递给她一封信，说是闫琰郑重地托付给自己的，要求定要第一时间交到她手上。

桑祈一听，赶忙起身接过信笺，还没打开看，便已感慨良多。回忆起第一次收到他的信，还是在国子监里，自己的桌案上。当时对方语气不善，洋洋洒洒地愤慨了一大篇，与她相约放学后一较高下。而今，也是篇幅冗长、情绪饱满的一封信，照旧力透纸背，说的却全然是另一回事。恐怕彼时，双方谁也不会想到，会以这样一种方式走到今天吧。

桑祈花了好长时间，才将信上的内容一字一句读完，低着头，久久无法言语。闫琰这一次想表达的东西，其实也可以用简单两句话概括——“没想到你这么够意思。

就算我闫琰英年早逝，这辈子能交到你这个朋友，死得也值了。”

不想在晏云之面前哭出来，桑祈揉了半天眼睛，才将信笺折好，珍重地收起来，嗓音略带沙哑地哽咽道：“瞧他说的，好像不能同年同月同日生，但求同年同月同日死似的，谁要跟他同生共死了？”

晏云之见她一直低着头，兀自逞强，不愿暴露自己的脆弱，也知趣地没有说什么多余的安慰话语，只恰到好处地递上帕子，淡淡道：“他说得也不是没有道理，眼下皇上已罢免了闫琰的职务不说，连闫太师也被以‘暂且休息一阵子’的名义软禁在了府中。也就大司马还能每天厚着脸皮跑到皇上眼前去闹腾，不依不饶地大喊冤枉。”

想到父亲为自己劳顿奔走，还有可能面临白发人送黑发人的危险。桑祈本来就一直压抑着的伤感，愈加浓烈，这下鼻头一酸，泪水是怎么也止不住，终于低低啜泣起来。

牢房里只有她和晏云之二人，相对而立。她此时此刻却已顾不上身边还有个他，只想心无旁骛地发泄一会儿，发泄完了好能重新整理情绪，找回坚强的勇气。

晏云之的一袭白衣，与周遭灰冷幽暗的色调格格不入。仿佛有一缕光线，源源不断地从他身上溢出，将这孤深的牢房照亮。他沉静地站在她面前，良久后，稍稍上前一步，在离她极近的地方停了下来，近到她只要稍稍一探头，就能擦到他的衣襟。而后他虽然没有伸臂将她抱紧，却轻轻抬手，拍了拍她的头，温柔地抚了两下她披散着但依然整洁光滑的长发，身形完全将她笼罩住，像一面可以为她遮风挡雨的墙，温声道：“别怕。”

这平平淡淡的一句话，好像冥冥中的一句命令，令难过再也无所顾忌地喷薄而出，涌上心头，桑祈虽然用力地胡乱点着头，哭得却更厉害了。

晏云之便静静地等她哭完。

大牢里，一阵压抑的低声哭泣停下来后，桑祈胸口的那股闷塞之感舒畅了些，理智也重新归位，才尴尬地退后，转过身去，破涕为笑，道：“丢人了。”

晏云之默了默，语气含了丝善意的笑，道：“是吗，晏某方才走神了，没注意。”

桑祈依然背对着他，揉了会儿眼睛，才回眸问：“想必你来也不是专程为了替闫琰送信，可还带了什么好消息？”

“称不上，只是觉得你和闫琰可能就快安全了，没必要着急同生共死。”晏云之收敛衣袖，面上恢复了清冷淡泊的表情。

桑祈一听，眸光亮了亮，喜悦地走过来，问：“你有法子洗脱我们的嫌疑了？”

晏云之意味深长地笑了，道：“或许。”

“或许”是什么意思，桑祈皱着眉头，晏云之却没再解释，只说让她安心再等些时日，便先行离去。于是她便怀揣着他递过来的这份希冀，小心翼翼地用微笑守护着，不再哭泣，安然地等待自己的结局，又没心没肺地过了两天。

仔细想想，大牢里虽然无聊，但是无所事事，落得一身清闲，不是也挺好的吗？她都已经有日子没有好好休息了，索性一觉睡到日上三竿。

相反的是，这两天里，宋落天就没那么自在了。他怎么也想不通，父亲明明说过难以追查下去的那些事，怎么就偏偏在他马上可以一举击败桑祈和闫琰的节骨眼儿上，突然露出破绽了呢？各种线索浮出水面，调查起来简直不费吹灰之力。

先是有人抓住了一个行踪诡秘、看似窃贼之人，一审问，才发现肩膀上有烙印，乃是西昭人士。

先前闫琰和桑祈的事已经传得人尽皆知，市井街坊都知道他们犯的罪行是勾结西昭。眼下抓住个西昭人，便打起了十二分警惕，立刻送到了洛京府衙。好奇的街坊四邻也都跟来了，都想知道，这个西昭人到底偷偷摸摸地在图谋何事。

甄永康迫于民众压力，公开审问了他，结果却在搜身的时候，搜出了内容令人惊恐的书信。接着顺藤摸瓜，牵扯出了一个幕后阴谋链条。

原来这几个西昭人是西昭的主战派派来的细作，他们不甘于与大燕和平相处，时刻张着血盆大口，觊觎着大燕富饶的土地。奈何现在西昭国内，王座上的大汗不愿意打仗，想休养生息，改改穷兵黩武、劳民伤财的政策。他们不好违背王命，野心又难以平息，只好蠢蠢欲动地搞些小动作，希望从大燕内部先行下手。

于是他们潜入洛京，做了一系列坏事，并将其嫁祸到了闫琰的头上，试图挑起洛京世家名门之间的矛盾。眼见着宋家、闫家、桑家已经都被牵连了进来，就差在朝堂上当面翻脸了，他们本来很满意。可是俗话说，常在河边走，哪能不湿鞋？他们在背后操纵了那么多起事件，除了王捕头家那次撞上桑祈，都没被人抓住现形，偏偏这会儿倒霉被盯上了。

甄永康一路顺着这个被抓住的西昭人查下去，直到端掉了西昭在洛京的细作窝点，将五个西昭人押入大牢，都不敢相信，自己居然这么顺利地立下了大功。

宋落天当然也瞠目结舌。奈何无论怎么看，这个结果都完美得无懈可击，连他自己的那番算计，都被人家利用了去，也是一句反驳的话都说不出来。

所谓道高一尺，魔高一丈，宋太傅也不得不低头认输，眼睁睁地看着皇帝一边尴尬地扇风，一边安抚着桑巍和闫铮道的情绪。桑巍还一脸不屑地不愿理他，一甩袖子便赶去大牢接自己的宝贝闺女了。

幸福的降临，如同大祸临头一样，都发生得太过突然。桑祈还没反应过来自己已经自由了，一看见父亲明显憔悴了几分的身影，就几乎完全没有考虑，快走两步跑过去，二话不说抱住了他，像小时候那样埋头在他宽阔的胸膛上，哽咽道："父亲，您辛苦了，女儿此番知错……"

自从桑祎辞世，已经近十年了吧。十年里，小女儿一直对他心存芥蒂，保持着距离，从来没有这般亲近的举动。如今又像孩提时代一般，全心全意地依靠着他，跟他撒娇，桑巍心里是说不出的五味陈杂。硬朗刚劲的面容上，线条变得难得一见的柔和，粗糙的大掌用力拍了拍她的肩，半晌无言。

这一幕，不但他本人渴望已久，也是莲翩一直以来的愿望。她在一旁看着，亦由衷地感慨并喜悦，一激动，竟自己先哭了起来。

桑祈听到她的啜泣声，才回过神，想着自己已经不是小孩子了，还与父亲这么亲昵，似乎有些不妥，于是便放开了手，转头去假意嗔道："好好的，哭什么？你们这是来带我回家的，又不是要送我去刑场。"

桑祈原本是想逗莲翩一下，缓解这悲伤气氛，没想到莲翩一听，哭得更厉害了，断断续续道："小姐，我这不是难过，是为你和桑公高兴啊……看你们这父慈女孝的……什么都值了。"

"啊呸。"桑祈白了她一眼，嗔了句，"净说些不吉利的。"说完面上的笑容淡去，眼眶亦跟着湿润了几分。

女孩子们在这种时候变得感性，好在桑巍作为一个大老爷们，还不至于跟着闹伤感，大手一挥，豪迈道："哭什么，都不哭。咱们回家，好好吃一顿，庆祝庆祝。"说完便催着二人赶紧离开这个让人再也不想回来的地方。

为了庆祝小姐冤屈得雪，桑府上下好像过年一样，热闹非常。厨娘们忙忙碌碌，做了好几日都吃不完的美味佳肴，满满当当摆了一桌子。桑祈看着面前的玉盘珍馐，再看看府中家丁侍女们的笑容，感受着家的温暖，一不小心，又伤感了一番。而桑巍不愧是大风大浪里走过几遭的人，已经开始痛痛快快地喝上了。

饭还没吃多大会儿，有侍卫匆匆来报，说闫琰和晏云之来了。桑祈本来正啃着个鸡腿，一听这消息，立刻放下银箸起身，快速擦了擦嘴，跑了出去，一路飞奔，第一时间赶到了大门。

闫琰和晏云之刚刚进门，只见桑祈一袭飘逸长裙，长发披在背后，如同青荇招摇在水底，乘风而来，径直跑到他们面前才停下。分明才几日不见，却好像已经过了几辈子那么漫长。如今两相对望，闫琰和桑祈都驻足，各自静默了一瞬，眼波变换，丹唇颤动，似有千言万语，最终却一句话都没有说，只默契地快步上前，握住了对方的手。

“你……胃口可还好？”半晌后，闫琰才紧握着她的皓腕，颤声问。

“嗯。”桑祈郑重地点点头，眼含热泪，道，“我还给你准备了奶酥饼。”

言罢，双方都用惺惺相惜的眼神，互相凝视着，大有相知恨晚，如今恨不能一醉方休之意。直到晏云之轻轻咳了一声，桑祈才意识到他也在，面色一红，松开了闫琰的手，上前两步，恭敬地给他行了礼，道：“这次多亏有师兄帮忙……”

“不必。”晏云之这种一向被众星捧月的对象，对于自己竟然成了被冷落的那个人这一事实，面上倒是没太在意，一如既往地表情淡淡，抬手拦住她，道，“晏某也没帮上什么忙。”眼神却是意味不明地朝闫琰的方向瞟了瞟。可闫琰正想着奶酥饼，并未在意。

想起自己曾经在他面前哭泣，将脆弱不安的一面完全暴露出来，桑祈发自内心地觉着尴尬，就好像让人家看到过自己赤身裸体一样。于是她扭过头去，避讳着与他视线接触，道：“哪里的话，要不是师兄出力，定然不会这么顺利。而且……之前你在牢里对我说的那番话，也给了我莫大帮助。”

说着说着，她的声音越来越低，心里泛起一阵悲凉的情绪。之前偷摸着去晏府找他的时候，他曾经问，如果不是因为闫琰的事，她是不是不会见他。彼时她一时尴尬说了谎，而今却又想起了真正的答案。

说好了不再相见，不再想念，却又不得不去寻，还再次欠了人家人情。恐怕，这一时半刻的，又要纠缠不清了吧？一想到这些，她就会忍不住叹气，叹自己没能更早遇到他也好，叹他为何那么光辉映丽让人无法移开视线也罢，总之是不该有的感情发生在了不该发生的时候，上演了一场注定以失败告终的痴恋。

桑祈的手指在衣袖中搅着，银牙一咬，暗暗告诉自己：好了，考验你的时候到了，桑祈，一定要坚持住自己之前的决断。就好像一曲终了，再余韵悠长，也要最终散场。于是她勾勒出一个灿烂的笑脸，上前搭上闫琰的肩膀，道：“好了，不说过去那些不开心的事了，来，府上做了好些菜呢，你也没吃呢吧，一起吃一起吃。”说着便要拖闫琰往院内走。

还没走出两步，便听一个清冷而带着几分凉意的声音在身后响起，道：“哦？方才还连连道谢，这会儿便只叫小师弟，不带上师兄了吗？”语气里有几分失望，好像在责怪她不识礼数，不懂得长幼尊卑。

桑祈没想到自己故意摆明了没有留客之心，对方还能这样不识趣地问出口。脚步一顿，微微蹙眉，不知如何是好。

倒是闫琰大方，一点都没把自己当外人，附和道：“就是，师兄也一起来吧。”还不忘补充一句，“莲翩做的奶酥饼可好吃了。”

桑祈瞟他一眼，没好气儿地道：“人家可是晏云之，你以为都和你似的，就知道吃。”

“难道你不也是？”闫琰不甘示弱地回击。

眼见要演变成一场斗嘴，晏云之淡淡笑了笑，道：“罢了，师兄就是逗逗你们。”说完便理理衣袖，一动不动。好像如果桑祈不主动开口相邀，他便没有要跟上去的意思。

虽说没想邀请，但毕竟人家刚才问了……桑祈纠结了半天，试探地问了句：“那你到底来是不来？”

“不去了。”晏云之平静道，“晏某还有事没处理完，得先走一步。”

不知为何，明明是自己先不打算带上人家的，听到这句话，桑祈还是一阵失落，面上却一挑眉，爽快地应了声：“那好，回头再叙。”说完还大度地挥挥手。

闫琰也跟着挥手。

晏云之当然不可能跟着挥手了，挺拔高傲地微微颔首示意，而后转身，信步出了大门。桑祈一直目送他的身影完全消失，才轻叹一声，推了推闫琰，道："走走走，吃饭去，我还饿着呢。"

闫琰若有所思地看向晏云之的背影，只觉着今日这俩人似乎有些奇怪，却也说不出哪里蹊跷，于是思忖着，一步三回头，走得迟疑。桑祈不得不连连催促。而离开桑府的晏云之并没有回家，而是坐着马车，直接来到了宫里，请内侍代为通报，有要事要立刻见皇帝。

内侍一开始很为难，说皇帝刚吃完饭，正在小睡，自己不敢去报，道："要不请晏司业明儿早朝时再来吧？"以为这样说，一向随性的他便会打道回府。

没想到今日，面前的白衣公子却只是淡淡道了声："哦，那我便在这里等。"说完竟悠闲地到一旁站着了，大有今天不见到皇帝就不回去了的意思，也不逼迫他快去通报，只用威严的眼眸时不时扫视他一眼。

明明是大热天，内侍却出了一脑门子冷汗，无奈地觉得，自己也真是够倒霉的了，怎么就偏偏今日当差，遇上这么个百年难得一见的大神不说，还赶上大神千年难得一见地主动要面圣，而且非见不可了……他小小一个内侍，哪里受得了大神这股扑面而来的气场压迫，没撑多久，就擦着汗，干笑道："要不，小的还是先去看看吧，兴许陛下这会儿醒了呢。"说完深鞠一躬，快步退了出去。

皇帝确实是在午睡，但睡得不沉，还没等那内侍上前，就被脚步声扰醒，心烦地皱了皱眉头，懒洋洋道："谁啊，这么不当心，坏了朕午睡的雅兴。"

内侍赶忙道："禀陛下，是晏司业。"

皇帝一听可来了劲儿，打着哈欠从龙榻上爬起来，玩味道："他怎么来了，稀罕事。"

"可不是，还说有要事相告，看样子竟是不肯等到明日早朝。"见主子心情还可以，内侍一颗悬着的心才放下，赶忙上前搀扶。

"嘿，有意思。"皇帝一挑眉，说着，"走，咱们去看看。"便迫不及待地出了门，好像晏云之的到来是什么特别好玩的事情似的。

因着皇帝特别怕热，外殿的香炉里由龙涎香换成了冰片，闻之可提神醒脑，遍体生凉。殿外屋檐的四角上，也有一股股冰凉的井水倒下，瀑布一般流泻下来，冲刷着盛夏的暑气。皇帝来的时候，晏云之正看着窗外的“雨帘”，优雅地静坐品茗，看上去也不像是心急火燎的样子。

皇帝便以为是自己这大殿起到了安抚心神的效果，心里颇为得意，扬声唤道：“少安，怎么今儿突然想起来见朕了？”

晏云之闻声，慢条斯理地放下茶盏，起身行了礼，道：“参见皇上。”

“嘿嘿，免礼免礼。”皇帝笑眯眯道。看得出来，因为西昭派来的细作被一举歼灭，桑巍也不上门来闹腾了，他好像心情挺好。

可惜，晏云之带来的却是足以把这份好心情尽数剿灭的坏消息，那就是——他怀疑其实事情还没解决，其中还牵扯了更深，与大燕内部势力更加紧密相关。说着，便将自己是如何从桑祈和晏鹤行那儿听来了蛛丝马迹，又是如何查到卓文远身上，再如何逼卓文远就范的事一一道来。

原来，那日他前去卓府拜访，实际上是揣了两个目的。其实他并不确定卓文远便是幕后真凶，仅是心里有所怀疑。对他说那番话，其一自然是希望他能够帮助桑祈，其二也是为了试探。结果果然没让他失望，卓文远一从外地回来，各路真相便如雨后春笋般涌出。从前根本查不下去的线索都一一有了着落，还顺利地让甄永康破了案。

所以他等到桑祈和闫琰都平安无事后立刻来见皇帝，目的只有一个，便是叫皇帝别高兴太早，要当心着点卓文远。然而，他的一番话，皇帝根本没怎么听进去，一听说是卓文远，忍不住直笑，连连摆手，摇头道：“不可能，不可能，你要说是宋家，或者桑家，哪怕是你晏云之要造反，朕都信。卓文远？不会，绝对不会。”

晏云之只是长眉微微一挑，对于这个结果似乎并不感到意外，气定神闲地抬手饮了杯茶，淡然道：“臣的话已经说完了，却拿不出证据。信与不信，还望陛下三思，不必急着早下结论。”而后起身行了一礼，从容告退。

夜里上了灯，皇帝在皇后那儿歇息，把这事儿当个笑话跟皇后讲了。

彼时他正半躺着，让皇后给揉捏肩膀，舒服地眯着眼睛，笑道：“少安竟然怀疑子瞻在搞鬼，你说好笑不好笑？”

皇后手上力道不改，眼里也含了笑，温声道：“不是我说他，子瞻那孩子若是有这些心思，兄长倒是还能少几分担忧。”

“噗。”皇帝一想到国舅每次提到儿子时那副忧心忡忡的表情，就忍不住直乐。

皇后无奈地在他肩上捏了一下，假意嗔道："陛下还笑？"

"朕不是有意的。"皇帝连忙告饶，抬手牵住爱妻的柔荑，服软道，"可你那侄子，也该收收心了。朕给他个御史中丞的位置坐，他还三天两头偷懒，就知道垂怜花街柳巷，连个婚事也还没着落。"

皇后眸光微动，拿起一旁的犀角梳来，一边给夫君梳头，一边叹气道："要说婚事，比起子瞻来，臣妾倒是觉得，苏家姑娘更让人着急。"

"哦？"皇帝疑惑地问，"怎么回事？"

皇后手上动作微滞，又叹气，惆怅满怀道："陛下莫不是忘了？苏家姑娘只比子瞻小两岁，到现在还没出阁呢。"

皇帝努力回忆了一会儿，诧异地问："她和少安的婚事，不是早就定下了吗？"

"要是早定了就好了。"皇后无奈道，"这不是一直拖着呢吗？"

"为何？"皇帝一脸不解，"朕记得他二人两小无猜，一同长大，前几年市井里还争相传言，说他们是一对金童玉女来着。"

皇后边听边点头，肯定他的说法，道："从前确是如此，可是……最近看着，少安好像又跟桑家二小姐走得很近。"

皇帝一听"桑家二小姐"这几个字，脑袋里就"嗡"的一声，身子一绷，不敢相信地向她确认："桑二？"

"嗯。"皇后平静地颔首。

难怪啊！难怪之前晏云之要向着她说话！皇帝紧紧握拳，呕了一口老血，深感自己当初所信非人，便听皇后继续解释道："臣妾听子瞻提起过，说他们还一起练武、研究兵法来着，朝夕相处，很是亲昵。桑家姑娘从前还经常与子瞻玩在一处，如今都不去找他了，只缠着少安。"言罢眉心微蹙，手上动作彻底停了下来，探身到他面前，压低声音，带了几分担忧，道，"已经有传言说，他们有要私订终身的意思，还说什么桑家姑娘将门虎女，晏家郎君旷世之才，都非凡人命相，也是般配的一对呢。"

桑祈和晏云之……皇帝若有所思地回忆起来，倒是从来没想过，这两个人若是在一起会是怎样。皇后见他似乎想到了什么，又上前一些，按摩着他手上浮肿之处，继续道："陛下，您说这桑家和晏家如今的地位都如日中天的。一个大司马，已经扰得您好几天晚上都睡不踏实了，要是再加上晏相……”

前几日的心理阴影还没散去，皇帝嘴角一抽，面色沉了沉，目光也变得凝重起来。皇后见状，自觉失言，触怒了龙颜，不敢再多说，只尴尬地笑了笑，拿起梳子来继续为他梳头，柔声道：“您瞧臣妾这张嘴，又乱说话了。”

寝殿内安静了一会儿，温婉贤淑的皇后，不声不响地将夫君的长发托在掌心，一缕一缕慢慢梳理。烛光满室，纱幔轻盈，气氛一片祥宁。

半晌后，皇帝眉梢一挑，回眸看看她，道：“既然你那么关心苏家姑娘的婚事，朕就准你去做这个红娘，上门替那两个孩子做主，赶紧把事定下来吧。都老大不小了的，也省得夜长梦多。”

皇后一听，会心地笑了，作了一揖，道：“那臣妾就恭敬不如从命，先替他二人谢过恩典。”

皇帝满意地点着头，只觉白天睡少了，如今困意袭来，便无意再聊下去，打了个哈欠，道：“时辰不早了，落灯吧。”

这边厢，帝后二人鹣鲽情深，同榻而眠。那边厢，西郊外的小筑之中，同样纱幔飘飘，馨香袅袅，却只有美艳动人的娇娘独自一人。

要说卓文远也确实是个会享受的主，不但将花魁独自包下，金屋藏娇，连人家青楼里的奢华汤池也学了来，仿照着在里间建了一个。汉白玉砌成的方池，四角各有一黄铜兽首，温水源源不断地从中涌出，保持着池内的温度。池子不大，仅容得下二人同浴，水也不深，坐下的话刚刚可以没过浅酒的肩膀。美人的长发披落，水蛇一样，随着池水的流动摇曳，嫩白如葱的指腹上，起了一层初生婴儿的皮肤般的褶皱。看样子，已经在池水里浸泡了许久。池边的窗半敞着，可以看到院中的七曲回廊和月色下的斑驳竹影。一阵夜风袭来，带来几许凉意，她却好像全然没有感觉到似的，只目光空洞地凝视着水中的倒影。

有人走过来，敲了敲门，唤了声：“姑娘？”

她分明听见了，却没有回话。

那人又叫了两声，依然没有得到回应后，抬步离去。

听着脚步声消失，她轻轻叹了口气，伸出玉臂来，扬起一串晶莹的水花，然后按在池壁上，稍稍一用力，整个人从水中起身，只听水声朝池边的缝隙奔流而去。

月光照在美人婀娜多姿、闪烁着水光的玉体上，美不胜收。她就这样沉静地站了一会儿，任风将自己身上的水吹干，而后才拢了拢长发，拿起纱衣披上。肩头臂上，那薄如蝉翼的轻纱，即使覆了一层，也能看到肌肤白净的颜色。

浅酒在镜前伫立片刻，看着镜中的自己，半晌后缓缓抬起手，将发丝拨到一侧，挡住了肩膀上一个小小的印记，而后才开始按部就班地对镜贴花黄，点唇画眉，精心打扮起来。

过了会儿，她打扮好，开门走出去的时候，发现刚才来叫她的仆役竟然还站在门口，虽然意识到了这意味着什么，但还是忍不住问了句："郎君已经回去了？"

"是。"那仆役面无表情，站姿笔挺，道，"郎君说有两句话留给你：其一，今日他不怪你；其二，不准再有下次。"

浅酒美眸一暗，苦涩地笑了笑，莲步轻移，向寝榻走去，赤脚在地上留下一串由深至浅的水印，轻声道："奴家知错。"

今夜的她，依然有着惊世之美，却无人鉴赏。浅酒和衣卧下，目光空洞地看着帐顶，轻叹一声，说到底，自己不过是他的一个奴隶而已。而连为自己命运唏嘘不已的浅酒都已经睡着的时候，桑府这边却还是一片热闹喧嚣。

桑祈没想到，闫琰酒量如此之差，酒品还如此之糟。他刚喝了一杯就有点醉醺醺了之后，竟然还愈发来劲儿，一边大嚼奶酥饼，一边喊着还要喝酒，任她怎么劝阻也不听。偏偏坏心眼儿的莲翩觉得这是个打击报复的好机会，由着给他倒。

好嘛，这下自作孽不可活了。这会儿琰小郎正撒欢儿地满地跑，追着莲翩讨教奶酥饼的正确做法，还像模像样地要了笔墨纸砚来，要好好地记下，免得以后吃不到了。于是他蘸好了墨，挥舞着大毛笔，就热情地朝莲翩扑了过去。

莲翩今天为了庆祝小姐出狱，重获新生，刚换了套新衣裳，见状吓得赶忙跑了，生怕被墨水淋一身。

结果闫琰不依了，嘟着嘴嚷嚷："小爷……嗝……小爷怎么着你了？你就跑。快给小爷站住……做……做饼！"说着，豪迈地大手一挥，一串墨点便朝前来阻拦的桑祈迎面洒了过来。

桑祈赶忙闪身避让，腰都要弯折了，才勉强避开。如此反复几次，累得出了一身汗，只觉得闫琰这甩墨水的本事，已经是出神入化，可比晏云之的剑法厉害得多，怕是青出于蓝而胜于蓝，都可以出师了。更要命的是，怎么就好像故意针对她似的，每次都正好瞄准着她来呢！什么仇什么怨，咱到底能不能坐下来好好谈谈，非要这么解决吗？

那边莲翩眼看就要被他追上了，惊叫着：“小姐，救命！”

桑祈累得坐下来，一边用手扇风，一边直喘气，无力地摇摇头，爱莫能助地道：“我是救不了你了，你自求多福吧。”

话音刚落，闫琰已经将莲翩逼到了墙角，封锁住了她的去路，坏坏一笑，捏住她的手腕，在她惊恐的目光中，一扬笔，道：“说，饼怎么做的。”其实这会儿笔上的墨已经干了，倒是不会再洒得到处都是，保住了她的衣裳。可因为距离太近，这一笔直接从她面上划了过去，登时便在她光洁白净的面容上留下一道黑色粗线。而且好巧不巧地，还有一部分墨汁涂在了她的唇上，莲翩顿觉唇上一凉，口中满是墨汁的味道。于是她整个人脸色都黑了，怒从心中起，恶向胆边生，歇斯底里地尖叫着，抬腿就给了闫琰一下子。

因为身高差异太悬殊，这一下膝盖顶到了什么不得了的地方。只见闫琰瞬间瘫倒了，毛笔也掉在了地上，跟着发出了一声石破天惊的呐喊，痛苦地弯下了腰。刚才还高高大大的少年，整个人越来越小，缩成一团倒在地上。

一时莲翩怔住了，周围看热闹的侍女也怔住了，没人敢上前。

桑祈在一旁左看看，右看看，尴尬地抽了抽嘴角，为难半天，觉着好像只有自己能上了，才揉着眉心走过去，蹲下来拍了拍他的肩膀，促狭道：“你……还好不？”

闫琰忙着在地上打滚，平日梳理得一丝不苟的头发都散乱了，闻声艰难地抬眸看她，一脸辛酸，欲哭无泪地道：“师姐，我还没讨到老婆呢。”

那眼神，说不出的无助与迷茫。桑祈赶忙扶他起来，郑重道：“放心吧，以后一定能讨到。”

闫琰哼哼着，顺应她的力道起身，打量着罪魁祸首莲翩，好像突然想到什么，眼眸一亮，抓住桑祈的手，煞有介事地提议道：“要不，你就把她嫁给我吧，这样以后我就有奶酥饼吃了。”

莲翩盯着指向自己的手指，惊恐万分，头摇成了拨浪鼓，连忙拒绝：“不不不不不……公子，您这可使不得使不得。大不了婢子多赔您几贴膏药就是……”

一听要赔的是膏药，不是奶酥饼，闫琰显得很失落，又坐在地上不愿起来。

桑祈只得拍着他的背，安抚道："放心吧，媳妇儿我虽然管不了，但奶酥饼不会少了你的。"

闫琰这才眉开眼笑，高兴地站起身，拍打着身上的尘土。

可是闹也闹过了，疯也疯过了，这会儿酒劲儿上脑，闫琰觉着头昏眼花，站也站不稳，一边拍，一边晃悠着就往身侧倒去，还带着桑祈也差点儿摔倒。

幸好，一双有力的手臂及时出现，一左一右，将两个人双双稳住。

尽管桑祈足够眼疾手快地去扶，却因为力气没有他大，非但没把他拉起来，反而差点儿被他带倒。

"谢了。"桑祈松了口气，笑道。还以为是哪个赶来的侍卫，偏头一瞥，才发现伸出援手的人桃花眼弯弯，姿容倜傥，笑得暧昧，竟是卓文远。于是她奇道："这么晚，你怎么来了？"

卓文远不落痕迹地将她和闫琰分开，挡在二人中间，拎起闫琰，挑眉道："你说我怎么来了？还不是一听说你回家了，第一时间就赶来看你。"

桑祈却是不太信，翻了个白眼，道："说得跟真事似的。那我在大牢里的时候怎么没见你去看我一眼？公子可是怕那地方腌臜，脏了你的靴子？"

卓文远眼波一荡，笑而不语，将闫琰交给自己的随侍，嘱咐他们用自己的马车送他回府，照顾妥帖后，才牵了一匹马，对桑祈道："来，上马。"

桑祈觉着这匹马似乎有些眼熟，围着它打量一番，才不敢相信地问："这可是我的那匹小红？"

卓文远微笑着点了点头。

"真不敢相信，你在哪儿找到的？"桑祈的眼眸也像闫琰见到奶酥饼一样瞬间被点亮，发出了喜悦的光芒。

小红是她在西北的时候骑过的马，不但陪伴她度过了一段没有姐姐的时光，还见证过她第一次上战场，对她而言，意义非凡。可是在跟随父亲回洛京的途中，却不小心被她弄丢了。后来大动干戈地找也没有找到，为此她还伤心难过了许久。

眼见着一年就快过去，她都已经放弃了希望，没想到如今还能再见到它。真像是做了场梦，一回首，发现原来一切依然如故。

卓文远牵着小红，将缰绳递到她手中。马儿立刻发出一阵欢快的嘶鸣声，甩动脖子蹭着桑祈的手。抚摸着它光滑柔亮的皮毛，看得出它这段时间似乎也没吃什么苦头，桑祈也安心了许多，亲昵地回蹭它。

卓文远安静地站了一会儿，看着这一人一马重逢的一幕，笑意柔和，突然趁她不备，一抬手将她抱到了马背上，自己也翻身骑到马上。双手从她的腰侧绕过，扯住了缰绳，催动马儿缓步走了起来。

“去哪儿？”桑祈不解，诧异地理了理头发，问道。

卓文远眯着眼睛笑，道：“随便走走。”

多年前在西北广袤辽阔的草原，二人也曾这样同骑一马走过绚丽的野花，走过潺湲的溪涧，走过一段青葱韶华。

如今，他们都已经长大。和她差不多高的那个稚气未脱的少年，现在二人平坐，都已经足足比她高出一头多，长成了宽肩窄腰、笔挺俊朗的郎君。一颦一笑，尽是韵味风流，以这样的姿势坐着，便轻而易举地将她整个人拢在了怀里。比起这样到底还合不合适，桑祈更担心的还是自己小红马的马身安全。

马蹄嘚嘚，走过空无一人的街道，走过浓郁的夜色，一路上她发现身后的卓文远难得地沉默着，始终不说话。终于在马儿来到河边，沿河而行，四周的树木茂盛，不见月光，一片漆黑的时候，桑祈用胳膊肘推了推他，问道：“怎么这么安静？”

“因为心里不舒服。”卓文远的声音淡淡地响起，比起平日显得有些低沉。

“嗯？”

“你出了事，我不但人没在洛京，还帮不上什么忙。”沉默半晌后，他哑声叹道，语气竟是出乎意料的认真。

桑祈微微一怔，莞尔一笑，温声道：“你当真了？我又不是真的怪你。”

卓文远苦笑一声：“我怪自己。”说完又沉默下来。

桑祈感觉到他环着自己的手臂缩紧了些，然后他勒紧缰绳，让马儿停下来，俯下身，将下巴抵在她的头顶，停顿片刻后，轻轻蹭了蹭。仿佛在用一种特别的方式，发出一声悠远的叹息。一股属于这个男子独有的温热气息，随着这个暧昧的动作萦绕在她的面颊两侧。桑祈不由得面色羞赧了起来，稍稍侧身，偏错开来，轻笑道：“痒痒，别闹，等下掉下去了。”

卓文远也微微一笑，抬起头，直起身，没再戏弄她。四周只听得到马儿湿润的呼吸声和远处河水的流水声。气氛僵化了半晌，还是卓文远率先打破沉默，道：“桑祈。”

他总叫自己桑二，鲜有直呼其名的时候，桑祈觉得他这一次可能是要说什么正事了，便也转头看向他，问道：“嗯？”

借着一点点朦胧的光线，能看得到他漆黑幽深的瞳孔，正注视着她，开口道：“你若嫁给我，我必不会让你再受这般苦难。”

桑祈先是一蹙眉，继而感觉到他说这番话的时候，语气里有什么东西不一样了，于是犹豫了一会儿，试探地问：“你这次是认真的？”

卓文远却笑了，道：“一直都是。”

“这……”桑祈的眉头拧得更紧，更犹豫了。

她心里的那个人是晏云之，这一点她自己比谁都要清楚。那份时刻想要见他，却又不敢见他的心情；害怕他知晓，更害怕他不知晓的悸动；偶然一瞥便足以在沉睡中惊醒的怦然心跳，日日夜夜的心灵挣扎……这一切的一切，都是别人不能给的。即使与闫琰牵着手，即使读懂了顾平川的心意，即使此时此刻，卓文远距离自己这样近，也不能替代。因晏云之这个名字，这个人而产生的情愫，无法复制。

可是，同时，她也清醒地知道，晏云之不会属于自己。他就像天上的熠熠月华，像山巅的皑皑白雪，你可以欣赏他的美，却无法将其握在手中。他只属于那片高空，那座远山。只属于同样在那里，可以与他灵魂共鸣、默契无间的苏解语。

她并不想做那个介入破坏的人。但也隐约意识到，这世上，大概再也不会遇到比晏云之更风姿出众的男子，也就再也不会对某个人倾心了吧？既然如此，会不会嫁给一个虽然自己不爱，也未必爱自己，但确实能够相处融洽的人，像所有其他经营着一份没有爱情的联姻的夫妻一样，平平淡淡，不付出感情地过完这一生，也许反倒成了最好的选择。

这个念头刚一浮出水面，脑海中马上又有一个反对的声音响起，喊着不行不行！桑祈，你怎么能有这么委曲求全的念头呢？你就甘心堕落，用这样一种方式结束自己多年的坚守吗？当初说好了，拒不接受联姻的命运，不接受没有爱情的婚姻，只想自由自在地凭借着自己的心意而活，替姐姐一起幸福下去的那份决心，都被马吃了吗？

而且，你若是真这么做了，又该怎样面对卓文远，面对你们之间不再纯净的友谊呢？

桑祈，嫁给卓文远，爱情和友情，你会双双失去。就算你想断了追寻爱情的念头，难道忍心连你们二人多年的友情也一并抛弃吗？再说，再等等，天涯何处无芳草，你又怎么知道自己一定会单恋晏云之那一枝花呢？想到这儿，桑祈长长叹了一口气，拍了拍卓文远的胳膊，沉声道："你再让我想想吧，让我好好想想。"

若是从前，卓文远大概会笑眯眯地继续贫上几句，惹得她烦了之后，二人打闹一番，再把这个话题越过去。这次他却收敛了笑意，只道了句："桑祈，我的时间也是有限的。"声线一如既往的温柔轻佻，却又不同以往地意味深长。

二人骑马沿着洛水又散了会儿步，待到晨光微曦的时候，卓文远才趁着晨起的人们还在梳洗，没有出门，沿着浸润着薄雾的石板路将桑祈送回府上。

一夜没睡，桑祈随意跟他点了点头告别，安置了小红后，便打着哈欠回去补眠。而卓文远则带着一身朝露大步走远，独自一人消失在晨雾里，教人看不清去往何处。

桑祈一觉睡到晌午才起，有些恍惚，揉着眼睛问莲翩："闫琰可回去了？"

一听这个名字，莲翩脸色就黑了，老大不情愿提到他似的，嗤之以鼻道："可不，让卓公子的家仆抬回去的。"

"哦。"桑祈应了声，拖着疲惫的双腿下地，才想起来昨天晚上卓文远确是来过。然而昨晚的他却与往常不大一样，好似与幽深的夜色融为了一体，带着丝丝神秘与疏离。昨夜的相遇，仿佛只是一场夏夜的迷梦，只有马厩里安然自得嚼着饲料的小红作为他实际存在过的见证。

桑祈去看了小红一眼后，才揉着头，厘清了昨晚的种种过往。感慨自己可能是太高兴，又喝了不少酒，想多了吧。回房的时候，莲翩已经贴心地帮她准备好了解酒消暑、提神醒脑的凉茶，并对她道："你还睡着的时候，有两个人来过府上递帖子说要见你。内容我一个也没看懂，都给你放书案上了。"

"知道了。"桑祈说着，边喝茶边去翻，好奇着莲翩又不是不识字，怎么会有看不懂的内容呢。只见那两个帖子一个用的是淡淡樱色的花笺制成，因为莲翩帮她看过，已经打开来，正平躺在案上，依稀可见原先的折痕。却不是整齐的折线，而呈现出了不规则的折痕，更奇怪的是，花笺上一个字也没有。

莲翩说，来送这个帖子的人，并没有言明自己是谁家的。

有人送帖子给她，还不留名，也不写内容，着实诡异。桑祈微微蹙眉，好奇心被勾了起来，放下茶碗，将花笺拿起来仔细查看。一靠近，便闻到了一股淡淡的香气，再贴近鼻翼，细细嗅嗅，能够分辨出来，好像是一种花香。

可她说不清具体是什么花的香味，只好招招手叫莲翩过来帮忙判断。莲翩仔细闻了闻，带着几分不确定，道："大概是昙花吧，府上花园有几株，闻着像这个味儿。"

昙花？桑祈沉思一会儿，嘴角浮现出一抹笑意，心里已经猜出了个大概，便开始尝试着动手将这个花笺折回本来的样子。她试了几次后，终于成功了，手上出现了一艘小小的纸船。见她捧着这个纸船，眼中疑惑尽消，笑得甜暖，莲翩不由得惊讶，凑过来问："小姐，你看明白了？"

"嗯。"桑祈微笑着将纸船放下，道，"时间、地点、人物，都明白了。"

莲翩一脸不相信："这么具体？那么，是谁送来的？"

桑祈看看她，眉梢一挑，笑得狡黠，道："就是你的心中偶像、梦中情人——清玄君啊。"

"啊呸，什么乱七八糟的，就知道戏弄我。"莲翩一听，耳根子立刻红了，恼羞成怒地推了她一下，翻着白眼儿走掉了，连她是怎么看出来的也顾不上问了。

于是桑祈看另一张帖子的时候，房中就只剩下了自己一个人。这张泛着蟹壳青色的信笺并没有清玄君的那么花哨，没有引人注意的香气，也没有奇怪的折痕。但是比平常的纸张要厚重，拿在手上有种坚实柔韧的质感。乍一看大气端正，干净素雅。仔细观察，才能看到上面还依稀绘有规整的云纹，工艺精湛，且有隐秘巧思。

同样是无字谜题，这一张因为信息量明显变少，解读起来要比方才的困难许多。桑祈琢磨了半天，也没有头绪，只好将它放下，先去梳洗更衣。一边梳头，一边用眼睛扫着它，心里似乎有什么答案呼之欲出，却又没有确凿证据——她隐约觉着，这张信笺，好像一个人。

一张纸，为什么会像一个人，她也说不清楚。只是在看到这张纸的时候，脑海中不禁浮现了第一次见晏云之，他撑的那把伞，还有他平日常穿的白衣，桌案上使用的文房四宝，他自己做的靛蓝，当作彩头送给她的那块玲珑环佩……他用过的东西，都带有他鲜明而独特的印记，外表质朴实际清贵，从来不以繁杂花哨的外表取胜，却有着志趣高雅深远的意味。尽管没有明确的线索，但桑祈觉得，这个帖子就是晏云之送来的。他没有说明时间、地点的话，应该就是等她看明白了，直接到他府上去。以他对她的了解，知道她会是这种性情不扭捏、直来直去的人。

可是这一次，他错了。桑祈眸光微动，将头发打点好后，缓步走过去，将那张信笺收到了书架上。刚走出去几步，又觉得有些不放心似的，退了回来。再把它拿出来，纠结片刻，小心翼翼地将其夹到了一本书中，这才出门。

莲翩正在院中浇花，见她出来，上前问道："小姐要出门了？那另外一张帖子是谁送来的？"

"不知道……"桑祈干笑道，因为说谎，不敢直视对方的眼睛，假装眺望天空，感慨道，"今天天气还真是好。"

莲翩努努嘴，有些扫兴。她以为桑祈看明白了那帖子是谁送的，很快便会赴约。没想到她却在花园里转悠起来，优哉游哉地选了几朵花，将其残害后，直到吃完晚饭才走。

昙花朝着圆月吐露它的第一缕幽芳的时候，桑祈来到了洛水河畔，送顾平川离去那天乘坐画舫的渡头。果然有一艘画舫等在那里，船上流泻出昏黄的暖灯，将四周漆黑的河水照亮，泛起粼粼光斑。

桑祈抬步上船，从背后拿出自己准备的见面礼——几串用鲜花做成的腰饰，笑道："喏，送给你做酒钱。"

话音一落，才觉得哪里不对。画舫上一时间有好几道视线同时向她射来，除了清玄君，在场的还有晏云之、严桦和苏解语。

清玄君坐的位置离她最近，闻声眨了眨眼，笑意深深，问道："送给我的？"

桑祈尴尬地站在原地，笑容僵在面上，微微点了点头。清玄君便落落大方地伸手接过来，把玩着，挑眉道："哈哈，不错不错，虽然手艺不怎么样，心意却弥足珍贵。要说这世上有谁懂我，果然还是阿祈啊。"说完愉悦地干了一杯酒，抬手唤她快进来坐下。

后面一句话明显意有所指。因为他虽然动作是招呼桑祈的，视线却似笑非笑地向晏云之脸上瞟。晏云之坐在最里面，只气定神闲地喝着茶，回了他一个视若无睹的表情。

清玄君便自顾自地乐，拉过桑祈，道：“说说，你是怎么猜出来的？”

“呃……”桑祈还略感尴尬着，老实答道，“花笺上染了昙花的香气，你用它的别称月下美人称呼过我，也只有你这样叫过。纸张又折成了船形，我们共同坐过的船，便只有宁泽离开洛京那日的画舫了。于是我便觉着，大概是你约我在这个画舫上见面。可是还不知道时间。鉴于只有这么两条信息，我又想，会不会昙花香气同时也暗指了是在昙花开放的时辰……”她说着，有些口干舌燥，拿过给自己准备好的酒樽，喝了一大口，才继续道，“可我没想到有这么多人。”

心思都被她猜中，清玄君一边听一边忍不住点头，露出赞许的表情。听完最后这句话，才又哈哈大笑着对她解释道：“其实是我跟少安打了个赌，他输了。”

“打赌？”桑祈不解地看向他。

“对啊。”清玄君玩味地继续说道，“我跟少安说，要匿名给你送这么个拜帖。别人都看不懂，但你一定能明白，因为你我二人心意相通。可少安不相信。”说着抬手一指，道，“喏，你瞧，就是现在这副不把我放在眼里的表情。于是我就跟他打了个赌，我们俩都派鲜少露面的家仆，去递一个不写字的帖子，看你究竟能读懂谁的。”

言罢他也喝了口酒，说话的声音中都盛了酒香，浓郁甘醇，摇晃着酒樽，道：“这不，我们特地找了两个见证人，在他府上等了一下午也没见你去，这会儿你却在，岂不是说明我赢了？这么多年来，我也终于制了他一回，还真是多亏了你。”

原来是这么回事，桑祈心头乱跳，为了掩饰只得跟着喝酒，垂眸轻叹道：“是啊是啊，他送那什么东西，真没看懂。我还以为是谁这么粗心大意，忘了写字呢。”说这番言不由衷的话的时候，她不敢看晏云之。自然也就没有看到，晏云之淡淡扫视了她一眼，眸光一谑。

桑祈便没来由地觉得后背一阵冷风吹过，仿佛幽暗的河面下有一双眼睛，森冷地将她那点小心思都看透了似的，只觉汗毛直立，后悔来了。

画舫缓缓行驶，关于打赌的故事告一段落，晏云之还是不声不响、自顾自地品茶，未见有任何挫败或失落的情绪。对于自己“没认出”他的帖子这件事，他到底有没有失望呢？桑祈不知道。却不想，向来对她白眼以待的严桦，这次却先对她开了口：“此次与闫家一同落难，你对宋家的行径怎么看？”

提起这个话头，桑祈眸光一沉，表情也严肃了许多，敛袖看向他，正色道：“我觉着宋落天只是与我和闫琰有私人恩怨，宋太傅便由着他如此胡闹，实在有些过分。”

“私人恩怨？”严桦剑眉蹙起，冷笑一声，“姑娘，你未免也太天真了。”

桑祈微微蹙眉，疑道：“严兄有何高见，还望指点。”

严桦单手叩着桌面，指骨撞击紫檀，发出沉闷的响声，半晌后道：“三两句也说不清，严某只想问一句，桑家经过此事，是站在严某这边，还是继续保持中立？”

父亲在朝堂上对宋家持中立态度，而不像自己和宋家兄妹关系一样剑拔弩张，此事桑祈虽然没听他具体谈过，也略知一二。就连这次宋家拿出证据针锋相对的时候，尽管桑祈一口咬定是宋落天给她下的套陷害，却因为没有证据，桑巍也没跟宋家闹崩，只是一再强调女儿定是被人冤枉的。

“真相大白”后，宋太傅称自己也是一时糊涂，受人蒙蔽，这个说法桑巍也接受了。这一场风波便被轻轻掀过。因此街坊上甚至还流出了桑公胸怀坦荡、为人大气、不斤斤计较、有容人雅量的美言。

总之，对于桑宋两家架没吵起来还握手言和了的这件事，她自己也是迷惑，闻言沉吟一番，坦白答道：“我也不太清楚父亲的立场。”

“哼。”严桦又是一声冷哼，高傲地扬眉，面容冷峻，道，“还能是什么立场，无非想持中庸之道，明哲保身。大司马自从回了洛京，就像是被人拔了牙的老虎，哪里还有什么昔日威风，简直是病猫一只。”

虽然自己对父亲的态度也颇有微词，但那是自己的想法，别人这么说自己亲爹，桑祈就不太乐意了，抿着唇，想要出言反击。一时间，小小的船舱里就弥漫出了一股硝烟四起的味道。

大概是怕二人真的吵起来，闹得尴尬，使好好的聚会不欢而散，有人抢在桑祈之前说了话，巧妙地将话题引开来。只听一直没出声的二人中，苏解语惊讶地掩口低呼了一声，吸引了众人的注意力，而后便面色微赧，温声浅笑道：“瞧我这记性，都忘了还从家里带了些酥油茶，想给大家尝尝鲜。容兰姬先退下，稍后就来。”说完便起身向船舱外走，路过桑祈的时候，稍稍停步，道：“这是有人送家父的西北特产，兰姬也不大会料理，不知能否请阿祈帮个忙？”

桑祈也不想当着晏云之的面跟严桦吵架，便忍下火气，点点头，起身跟了出去，直到走出船舱，面上还一副不高兴的样子，也不说话，只咬唇走路。桑祈一直跟在苏解语身后，来到船舷边才停下来。苏解语命人去将酥油茶拿过来，二人就在这里等。

吹着河面上微凉的风，遥望着两岸在黑夜里张牙舞爪的树影，桑祈蹙着眉，深深叹了口气，便听苏解语道："严三郎说话一向如此，并非有意针对你。"

桑祈这才低头苦笑一声："我也知道。我生气的是，竟然有那么几分觉得他说的是对的，连我自己都不理解父亲是怎么想的，这才是最让人恼羞成怒的地方。"

苏解语站在她旁边，与她隔了一点距离，没有显得很亲密，也没有很疏远，背对着船舷，看向船舱内，淡淡一笑，道："说来，兰姬与严三郎也相识多年了，若非不是早了解他的秉性，听了这番话换谁都要生气。"

桑祈一听，也跟着笑了笑，理理被风吹乱的发丝，回眸道："是吗？我倒是觉得，以你的涵养，即使再生气，也绝不会当面跟人家吵起来，不会落得要靠别人来帮忙收场的尴尬境地。"

苏解语笑而不语。桑祈顺着她的视线看，发现她在隔着船舱的纱帘，遥望晏云之的方向，便尴尬地转过头来，低声道："说实话，没想到你会帮我。我还以为上次对你坦白了之后，你不会再理我了。"

苏解语理了理被风吹乱的鬓发，很平静地回道："阿祈心里有谁，是阿祈自己的事，兰姬就算想管也管不了。单单在这洛京城里，少安便是多少女子的春闺梦里人？若是知道一个人仰慕他就要担惊受怕，介怀置气，兰姬恐怕早就气死了吧。"

桑祈一怔，没想到她竟然将感情之事看得这样敞亮透彻，相比之下，倒确实是自己心胸狭隘了，不由得苦笑一声，道："清玄君常说我洒脱，却不知兰姬才是真正通透的那一个。"

"也不尽然。"苏解语淡淡一笑，回眸认真地凝视着她，轻声道，"兰姬不洒脱。所以，即使再多女子心悦少安，包括你，兰姬也不会放弃。"

桑祈背对着她，看不到她的视线，只弯腰趴在船舷上，漫不经心地摆摆手，回道："没关系，我放弃了。"

关于这个说法，苏解语只笑了笑，不予置评。二人说话的工夫，有侍女帮忙将酥油茶的材料带过来了，由于不会弄，只好一股脑儿把用具也都搬过来，让桑祈帮忙指点。

桑祈便挽起衣袖，全身心地投入到了酥油茶的制作中，耐心地一边示范，一边给她们讲解。苏解语也在一边听着，但视线却没有专注地盯在煮茶的锡壶上，而是若即若离地看看远处的晏云之，再看看近处的桑祈，眉间凝着一股挥之不去的愁绪。

煮好茶，二人端着茶壶和茶碗回去的时候，船舱里的三个绝世公子正聊得热闹。也不知是在说什么，清玄君慵懒地半躺着，笑得欢快；晏云之依然坐得笔挺，面上也挂着笑意；就连冷酷惯了的严三郎，轮廓都显得柔和了许多。

苏解语不由得笑问缘由，清玄君便懒洋洋地一抬手，道："少安方才说，桑二五音不全，不识宫商，让她弹个曲子有如魔音入耳，还毫无自知之明地要在上元灯会的时候替名伶演奏。人家弹曲儿要钱，她那简直是要命。幸好他及时出手，挽救了万千洛京百姓的性命，做了大功德一件。"

晏云之原话当然没有说得这么厚脸皮，让清玄君一改编后，连他本人的笑意都明显了许多。桑祈面上一红，白了他一眼，为自己辩驳道："本姑娘只是懒得学而已，并不是学不会好吗？再说，虽然我不会弹曲儿，但是会唱歌啊，怎么能叫五音不全？"

"哦？"清玄君闻言来了兴致，撑起头眯眼看她，道，"我们这儿可有唱歌好的，你莫要大言不惭，要不来一首让在座诸位品评品评？"

桑祈听过严三郎唱歌，知道他唱得好，但对自己拿手的歌谣也有几分信心。为了挽回刚才的颜面，一仰头，不甘示弱地道："唱就唱。"言罢放下手上的东西坐好，清清嗓子，唱了起来。

歌声飘荡在水面上，随星子的流光远去，邈远清亮，空灵动人。一曲唱罢，只见清玄君若有所思地打着节拍，挑眉道："别说，还成。"

桑祈差点没吐血。这可是琴棋书画、诗词歌赋中她唯一能拿得出手的内容，而且怎么说也是曾经在上元灯会上被许多人夸奖过的，连在国子监曲水流觞的时候，那些挑剔的世家公子也说她唱得好，怎么到他这儿就变成"还成"了呢？这人的眼光未免也太高了吧？

桑祈自觉自己没输给严三郎，不由得挑眉道："那便让更好的来唱上一唱，也教我学学。"话音一落，她没想到的是，清玄君和严三郎竟然不约而同地将探询的视线投向了她对面的晏云之。

晏云之手上动作微微一顿，抬眸环视众人一眼，大方一笑，温声道："好，今日本就为了庆祝而来，便不扫你们的兴。"说完，理理衣袖，竟然是他唱了一首。

往常只知道他说话的嗓音很好听，没想到唱起歌来更加动人。音色低的部分，浑厚绵深，就好像一则自远古流传下来的神话，讲着创世之初的故事；又好像一张有悠久历史的焦尾古琴，琴音在寂静凄清的夜里，于月下久久回响。好像繁星，陨落在地面，汇聚成一片闪烁着古老星光的湖。

至深，至美。

随着他的歌声，桑祈的眼前似乎出现了幻觉，看到他身后天垂丽象，五颜六色的流光变幻。仿佛他是在九重天上歌唱的神祇，歌声流泻而下，滴落到人间，演化为岁月的长河，河面倒映着色彩斑斓的万丈红尘。

她甚至不知道他是什么时候唱完的，什么时候开始畅快恣意地将茶换了酒，邀众人举杯共饮的。她久久地沉浸在这份震撼中，难以自拔，只觉得所有轻浮与躁动，都被这歌声洗濯了个干干净净。眼角不知不觉竟微微有些湿润。这种先是灵魂深处前所未有地感到平静，而后又前所未有地感到空虚的滋味，桑祈说不清也道不明。那股空落落的感觉，在清玄君又给她倒上酒，邀请她一起喝，并且众人都和着节拍，跟着晏云之唱起来之后，便又一扫而空，被及时行乐的念头填满了。

歌声在桨声灯影里的洛水河上，飘荡了很远很远。谁也没再提任何烦心的话题。世间所有烦杂俗事，都被隔绝在了这艘画舫之外。此处有酒、有歌、有花、有友。这一夜，尽兴而归，桑祈步履轻盈地跳下船的时候，心里由衷地畅快。

第八章

愿言两心知

经历了前次事件和这次相聚，她隐约明白，自己只要还在洛京一天，只要还是属于这世族阶层的一分子，就永远与晏云之有着千丝万缕的联系。并不是打定主意不再见他，便凭一己之力就可以改变得了的。于是她对于命运的固执安排，不免又感到有些挫败。

师父这日叫她和闫琰一起上山，她虽然觉得有可能又碰到晏云之，可还是不得不硬着头皮去。一路马车颠簸，心也随之起伏。其实她心底是想见他的，这一点她当初骗不了苏解语，现在也骗不过自己。

洛京又下起了雨。与之前的阴雨连绵不同，天气说变就变。方才还万里无云的天，一下子便狂风乍起，豆大的雨点瓢泼而落。

桑祈忘记带伞或斗笠，只得下了马车，拎着裙裾，用手徒劳地挡在头顶，快步跑进观内。才不过一瞬的工夫，就被浇了个透心凉。闫琰比她早到些，避过了这场祸患，正在屋里跟晏鹤行说话，一见她的落汤鸡造型，不厚道地笑了出来。

她捋着头发上的水，白了他一眼，又皱眉看着自己紧贴在身上湿透了的衣裳，有些发愁。看样子这雨不知道什么时候会停，若是不出太阳的话，她难道就一直这么湿着？虽说不至于太透亮，可怎么说都不舒服啊。

想着，她求助地看向晏鹤行。晏鹤行摊摊手，泰然自若道：“老夫也不知道会突然下雨，柴火都在外面淋着呢，没法给你烤火。”

桑祈只得垂下头，又叹一口气，拖着湿漉漉的衣裳往桌边走。闫琰赶忙避让，生怕她把水抖自己一身。桑祈便上前，故意用头发在他面前甩。

“哎，师父，你看师姐这是不是明目张胆地欺负人？”闫琰尖叫一声让开，往晏鹤行身后躲。晏鹤行稳如泰山，岿然不动，低眉喝了口茶，呼气道：“啊……是啊。”

“什么欺负人！师姐这是想跟你有福同享有难同当，有奶酥饼一起吃，有大雨一起淋。你看看我，多凉快。”桑祈一本正经地说着，就要抬手去拽他。晏鹤行依然稳如泰山，岿然不动，放下茶盏，又呼了一口气，道：“也有道理。”

闫琰算是彻底看出来这老头儿靠不住了，快速跑了。二人正打打闹闹着，门又开了。

桑祈心头一跳，停下脚步看去，果然是晏云之来了。他撑着宽大的油纸伞，大夏天的却披了件绣着红梅的黑色斗篷。伞是黑的，斗篷是黑的，长发也是黑的，彼此搭配，便与往日的一袭白衣胜雪不同，给人一种格外沉稳内敛、威严有度的感觉。

桑祈和闫琰自觉地又变回了学生身份，脚步一停，都不好意思再打闹下去。晏云之则收了伞立在门口，一解斗篷，丢在一边的桌案上，露出内里干爽的白衣，又恢复了平常的模样，抬手朝桑祈丢过来一样东西，道：“给你。”

桑祈下意识地一接，拿在手上一看，发现是一件衣衫，男式的——晏云之的衣衫。她诧异地看向他，只见他面色如常，抖了抖衣袖坐下来，解释道：“我也是出门之后才知道要下雨，车上就这么一件备用的衣裳，你凑合换换吧，别等下着凉了还得我们照看。”

虽说穿他的衣服好像很不合适，可这个时候要是还冒着感染风寒的危险，故作扭捏，就是她不识趣了。桑祈便面色微红，点点头，借用师父的内室换衣服去了。再出来的时候，她已着了他的长袍，造型有点奇怪。她在女子里算是身量高的，奈何晏云之修长挺拔，比寻常男子还要高大，衣服穿在她身上，好像长裙一样拖了一地，就连想把手从袖子里伸出来，也要捋上半天。

闫琰于是又忍不住笑。桑祈白他一眼，怕走起路来踩到衣裳跌倒，只好缓缓在地上蹭着，寻了个位置坐好，偷眼看向晏云之。他倒是淡淡品着茶，没什么异样的表情。

闫琰凑上来，挤眉弄眼地问："师兄，你可就带了这一套备用衣裳吗？"

"是，怎么？"晏云之吹着热茶，云淡风轻地问。

"我要是也淋着了可怎么办？"闫琰叹了口气，假装很为难的样子。晏云之平静地道："光着。一个大男人，有什么可害羞的。"说完，还抬眸扫了他一眼，一脸的不屑。

闫琰瞪大眼睛，看看他，又看看桑祈，而后开始阴阳怪气地连连咳嗽。桑祈本来已经够尴尬的了，听他在那儿故意没个好动静，抬腿就踩了他一脚，嗔道："淋着的分明是我，你倒感染风寒了是怎么着？"

闫琰连忙告饶，龇牙咧嘴笑道："不不不，我这不是风寒，是针眼……"

桑祈脸色更红，扯着衣袖，继续瞟晏云之，见对方依然平静自如，不由得心里暗暗叹气。想着闫琰就是不懂事，大师兄这么磊落坦荡的人，哪里会对她有什么暧昧的心思呢？带了一件衣服，就只是个巧合而已嘛，毕竟正常人备用的衣裳，一件也就够了。不然呢，还准备一车吗？

她胡思乱想了一会儿，便被晏鹤行打了岔，只道是今天让他们一同来，是为了传授一套新剑法。可惜天公不作美，外面下了雨，只好先将画好的图谱交给他们自行领悟，等雨停了再出去练习。因着图谱只有一本，三人要坐得很近才能一起看。两个男子都比较有君子风范，谦让着，让桑祈坐在中间，闫琰在她的左边，晏云之在右边。桑祈感觉自己像在受夹板之刑，两边都是布满铁钉的木板，万万碰不得。但相比较而言，好像其中一边的钉子更多些。于是她不动声色地悄悄往闫琰的方向挪了挪。

闫琰看书向来认真，一点也没发现，倒是晏云之用余光瞥了她一眼，视线玩味，似乎在说：小师妹，你又心思龌龊了。

桑祈也死死盯着图谱，假装没看见。不知不觉，注意力便都在图谱上了，也就无心再想什么有的没的。

窗外疾风骤雨，窗内却烛光平静，师门三人，好像并肩生长的树木一样，温馨地挨在一起。独木难支，如此便可撑过风雨。

晏云之领悟能力极强，只消一眼就能看明白图文含意，因而大多数时候都不是在看桌上的图谱，而是目光温柔地瞧着旁的东西。

对此，桑祈和闫琰当然一无所知。一晃就过了一个多时辰，参读完了图谱，雨还没停。

桑祈皱着眉头往紧闭的窗子方向看，叹道："恐怕今天是练不成了吧。"

"是啊，要不我们还是先回去，明日再来？"闫琰大约饿了，揉着肚子提议。方才看得太专注，用脑过度，桑祈也觉腹中空空，便点头附和。好在，可以借用师父的斗笠蓑衣，回去倒是不致再被淋成落汤鸡。只是穿着这身衣服……还得千万避人耳目才行。她低头瞄自己一眼，不自在地咳了咳。

孰料，二人正商议着要走，还没出门，外面却传来了车夫的嗓音，唤道："小姐，公子。"

二人各自听到自家车夫招呼，感慨着奇怪了，怎么这么心有灵犀，刚要走他们就来了，还是一起来的，疑惑地开了门。

一阵乱雨，瞬间从门缝中泼了进来，带来阵阵凉意。闫家的车夫和桑家的车夫都在门外，虽然穿了蓑衣，戴了斗笠，可因为风大，雨都是斜着刮的，照样被淋得满脸都是水。

桑家的车夫扶着斗笠，抹了一把脸上的雨水，大声道："小姐，公子，方才听得山下一阵巨响，我等去看了一下，发现大雨导致山洪，山上泥石滚落，阻了道路，怕是一时半会儿无法通行了啊。"

桑祈一听，微微蹙眉，问道："路被冲毁了？情况可严重？"

"禀小姐，路倒是没被冲毁，可是落石太多，需要清理。晏家的仆役已经在清理了，我们赶过来通报一声，等下也过去帮忙。"

桑祈探头看了看外面的大雨，叹口气，道："这么大的雨，等会儿万一再有落石泥流怎么办，太危险了。你们别去了，把晏家人也叫回来吧，且先都在观里候着，待雨停了再说。"说完，看向晏云之的方向，问，"师兄意下如何？"

晏云之点了点头，两个车夫便领命离去。

门关上后，地上留下了一大摊水渍。就这么几句话的工夫，就被风扫进来这么多积水，外面雨下的情况可见一斑。桑祈眉头依然蹙着，心里有些担忧，不知照这样下去，什么时候才能下山了。平静自若的晏鹤行则缓步走到窗前，还颇为玩味地念了句："洛京很多年没有下过这么大的雨了啊。"

“是啊。”闫琰一声叹息，不安地在屋中踱起步来。也不知道是担心道路问题，还是担心山那边自家茶园的情况，抑或是担心自己的晚饭。

晏鹤行回眸看了心思各异的三个徒弟一眼，朗声笑道：“好在老夫这儿还备了些吃食。你们今日就随遇而安，在这儿歇息一夜，明日再下山吧。”

即使再想回去，也不能冒着大雨赶路。山路湿滑，危险不说，雨越下越大，有再好的功夫，用再快的速度赶回去，怕也是难逃一场风寒。于是三人便都依了他的提议。

桑祈虽然在家不常下厨，但好歹也是四人中唯一的女子，关键时刻挺身而出，跟着晏鹤行一起到小厨房里，帮忙打下手，简单置办了几个菜。白菜豆腐，用事先备好的老汤头煮一锅，加上几枚干贝。看似简单，却芳香四溢，喝着暖和。新鲜采摘的野菜和莲藕，带着盛夏的清香，用热水焯一下，清脆爽口，再淋上点酱料，配粥吃最是开胃。晏鹤行亲手种的黄瓜，洗过切段便可以直接吃，带着一股天然的甘甜。

一顿用材平平、做法考究的美味做好后，三家的车夫也都回来了。把马车停在道观门口后，正在车中休息。闫琰端着菜，晏云之帮忙撑着伞，给他们送了些干粮和热汤。再回来，师徒四人才开始吃饭。

桑祈从前跟着父亲在野外打过仗，急速行军，风餐露宿，经历过不少只啃干粮的日子，而今还有热汤喝，自然不挑剔，吃得津津有味。对于晏鹤行来说，这便是惯常吃的菜式，也不觉得什么。闫琰就不一样了，在家娇生惯养着，哪里吃过这么朴素的菜肴，放眼望去，满桌不见一块肉，明明很饿，却一点胃口都没有了，擎着筷子，半天没动，表情纠结，不知从哪里下手。

桑祈朝他做了个鬼脸，挖苦道：“公子哥儿，你若再不吃的话，等到雨停就饿倒了，还得让人抬你回家。回去人家问起，琰小郎莫不是淋了雨病倒了。我们还得解释，不是不是，其实是饿的……多丢人啊。”

闫琰黑着脸，瞪她一眼，倔强地一仰头道：“小爷这叫懂得谦让，你明白什么？”说着将自己面前那份粥推倒了她面前，道，“为了照顾你这个落汤鸡，让你多吃点。”可话音刚落，肚子就发出一声哀怨的啼鸣。霎时小公子便脸色通红，恨不能找个地缝钻进去。

桑祈低声笑笑，又把碗推回去，道：“我都吃饱了，你还是自己留着吧。”她可不想真的把他抬回去。说话间，不经意地瞟了眼晏云之，琢磨着他会不会像闫琰一样，也吃不惯。却不料对方正慢条斯理地夹着野菜，舀着粥，只是吃点小菜而已，吃相也那么优雅好看，像在品尝山珍海味。不由得感慨真是人外有人，天上有天。她抬起胳膊肘捅了捅闫琰的腰，道："你看看人家师兄，再看看你。"

闫琰脸色更红了，不想再被她数落，只得为难地动起筷子来，勉强吃了几口。晏云之一直没说话，看着桑祈吃完后收拾碗筷离去的背影，唇角噙着一抹淡淡的笑意。

吃完了饭，收拾完毕，天色完全黑了下来。

大雨还在滂沱地下着。闲来无事，桑祈提议，难得师父和师兄都在，要不还是趁此机会一起研读兵书吧，这样她有什么不懂的地方，也正好及时请教他们。

晏鹤行便将自己的藏书拿了几本过来，给他们腾了个吃饭用的桌子用。自己则在书桌上写自己的著述，嘱咐他们有事尽管找大师兄，大师兄解决不了再来问他。

可是，哪有什么是大师兄解决不了的问题呢？桑祈感觉又回到了国子监里似的，自己和闫琰是认真听讲、却还是一知半解的弟子，对方是上通天文下知地理、什么都难不倒的司业。

按照晏鹤行的说法，用兵之道，核心无非天时、地利、人和，能够妥善将三者运用好的将领，就可以称为用兵如神了。就算不保证百战百胜，也能以少胜多，凭四两拨千斤之势，化腐朽为神奇，省时又省力。若要参透这些，便不光要熟读兵法，还要广泛涉猎博物知识。可是……桑祈看着自己面前这本天书一样的节气历法、大燕地貌记录，只觉太过枯燥乏味，看三页一打哈欠，眼看就要睡着。

闫琰也没好到哪里去，最不擅长的就是术数，为了克服这个缺点，也在跟书本死磕。晏云之则闲闲读着本传奇故事，不时在桌子上叩叩，提醒二人集中注意力。

桑祈在哈欠打得眼泪都流出来了后，终于忍不住了，无力地趴在桌上，摆摆手道："不行不行，我得休息一会儿。"

闫琰也趁机站起身来，舒展着胳膊腿活络筋骨，还下意识地离刚才那本书远些，好像再也不想跟它有什么瓜葛似的。

于是晏云之便也起身，挪了个地方，坐在他刚才坐的桑祈旁边的位置，开口道："学习一事，讲究方法。方法对了，事半功倍。方法错了，事倍功半。"

"说得轻巧。"桑祈白他一眼，道，"问题不是找不到方法吗？这些记录那么无聊，比兵书枯燥多了，看两行就困了。”

“哦？”晏云之瞥着她压了一半的书，理理衣袖，道，“那我给你讲个故事。”说着，便讲起了一个大燕流传已久的神话传说，故事情节引人入胜，用他的嗓音说起来更加动听。

桑祈听着听着来了兴致，不由得坐起身来，全身心地投入到了故事中。待到故事讲完，她有些不解地看着身边的白衣公子，问：“可这故事，同我要看的书有什么关系呢？”

“简单，你看。”晏云之说着，低下头，拿过她的书本，伸出修长如玉的手指，一边在上面指点，一边解释道，“故事里提到的古蜀地区人们喜辣，你可知为何？便是因为书中记录的，此地四面环山，终年阴湿。人们为了祛湿发热，才多食辛辣。今后你再想起来这个故事，记得主人公为了给喜辣的妻子找寻辣椒而冒险行走于生死一线的天险栈道，也就知古蜀地区的地貌风俗了。”

桑祈眸光一亮，有如醍醐灌顶，顿悟道：“原来如此，那么后面的男子跌入江中，化为江神，立志于要冲毁阻隔古蜀地区与外界的天险大山，指的就是这条江会经常泛滥发生水患了？”说着也在书册的配图上一指。

“正是。”晏云之微微一笑，颔首道。

“那这里呢，这里也有故事吗？”桑祈好奇心被勾了起来，又翻了一页问他。

晏云之便有条不紊地继续讲解起来，用一个又一个耐人寻味、充满传奇色彩的故事，串联起了书上的知识。桑祈听得入迷，只觉自己像一只小船，他是驾船的竹篙，带着她在浩瀚的学海中遨游，轻而易举地避开暗礁湍流，采撷鲜美的莲子。不知不觉，时间过得飞快，一转眼便过了子时。

闫琰也在旁边跟着听了好半天，见晏云之终于讲完了半本书，上前拉住他道：“师兄，要不我这术数，你也给我讲讲吧。”

晏云之淡淡看了他一眼，喝茶润着喉，干净利落地道：“不会。”

哪里是不会，分明是偏心眼儿！闫琰嘴角一抽。虽然老大不乐意，却不敢找晏云之的碴儿，识趣地走开了，寻了个靠墙的椅子坐下来，从背后朝两个人做鬼脸。

桑祈刚才学了太多知识需要消化，便盯着书本，大方地一摆手，道：“不碍事的，你去教他吧，我自己温习温习。”晏云之不知是听了这句话，还是感受到了闫琰的恶意，一回头，冷眼睨了一眼，闫琰立马老实了。他便又转过身来，云淡风轻地道："没关系，他不用我教，已经准备睡了。你若累了，我们下盘棋歇歇？"

睡了，这么快？桑祈疑惑地回头去看。闫琰刚想起来喝口水，听到这句话，立马又把屁股按回了椅子上，闭着眼睛装死。行动上不敢有违，心里已经把晏云之怨念了一万次。

"也好。"桑祈便不疑有他，回身拿了棋盘来，同晏云之对弈。

屋外，依然风雨大作。屋内，晏鹤行和闫琰都睡下了，只剩下他们二人醒着，闲敲棋子，静听雨声。一旁的油灯上，火苗不时跳跃，发出轻微的噼啪声响，将这一角落照得温暖安详。让人全然感觉不到，漆黑得深不见底的午夜，喧嚣得好像永远都不会停的大雨，除了山洪还将带来多少未知的危险。

桑祈慵懒地撑着头，不落子的时候，将白玉棋子捏在两指间把玩，轮到自己的时候再轻轻放下，目光一直盯着棋盘，知道对方厉害，不敢掉以轻心。晏云之却坐得端方，执着黑子，从容而落，有的时候甚至根本不看棋盘一眼。

一个漫不经心，一个小心翼翼，一盘棋下了很久都没有个结果，先困的当然是注意力集中的桑祈。一开始还偶尔低声同他聊几句关于上次严桦问她的那个问题，关于之后宋家如果再找碴儿怎么办的问题，这会儿眼皮终于是真的抬不起来了，懒懒地摆了摆手指，胳膊力道一松，便倒头枕到胳膊上，在桌上睡了过去。

晏云之无奈地笑笑，轻唤她两声都没唤醒，于是悄然起身走过来，帮她调整了个舒服些、第二天不会落枕的姿势，又拿过一条薄毯盖在她身上，才坐了回去，继续看自己的书。

雨夜，深山里的古观，院外停着三驾马车，不时从中传来阵阵鼾声。观内，晏鹤行在里间的卧房睡着，闫琰在椅子上半躺睡着，桑祈趴在桌案上睡着。只有晏云之一个人还保持清醒。烛光照亮他面前的一小块天地，供他揽卷阅读。也照亮了桑祈的睡颜，他只需一低头就能看见。

龙章凤姿的俊朗公子，读了会儿书后，目光落在了面前女子的娇颜上。发现她睡着的时候，那明亮炫彩的眸子合着，整个人显得没那么爽朗鲜活，样子却意外有几分乖巧。白净细腻的肌肤上，没有一丝瑕疵，看上去十分光滑，安静得像上好的釉面。要不是浓密的睫毛偶尔微微颤动，会让人恍惚觉着，面前的人只是个巧夺天工的精美瓷器。

不知不觉，晏云之就凝视了一会儿。桑祈好像是发觉了这道视线，又好像是做了什么梦，眉心微蹙，转了转头，换了个姿势继续睡。晏云之便抬起手来，轻轻挪动烛台，放到更靠近自己的一边，用一本书卷挡住了能照到她脸上的光线，之后复又专心地看自己的书了。

趴在桌子上到底不舒服，桑祈睡了一会儿，变换了好几个姿势，终于打着哈欠爬起来，睡眼惺忪地问："什么时辰了？"

晏云之闲闲看着书本，头也没动一下，淡声道："早着呢，天还没亮，再睡一会儿吧。"

"脖子疼。"桑祈摇了摇头，道，"还是不睡了。要不你睡吧，有什么事我看着。"

她以为，看晏云之的样子，好似一直没睡，应该是担心雨下得太大的话，观里也会出事，所以才守夜来着，却听对方平静道："我不困。"

桑祈不太相信地望过去，只见他书册后面的那双眼眸，依然幽深清澈，黑白分明，确是看不出疲惫，便打着哈欠叹道："真怀疑你是天上的什么神仙，都不用睡觉的吗？"

晏云之翻动了一下书页，笑而不语。

"或者说，你熬夜熬习惯了？"桑祈揉着肩膀，给自己倒了杯水喝，声音微哑，眼睛也还被困倦纠缠着睁不开。

"算是吧。"晏云之给了个模棱两可的回答。

这个答案当然不能除却她心底的疑惑，桑祈耸耸肩，回头看去，朦朦胧胧地能看到闫琰正睡得沉，便只得再转过头来，将声音压得低过窗外的雨声，感慨道："师弟也是个心大的。"

"你若想去那边睡，把他叫醒就是。"晏云之道，"你是女子，他本该有君子风范，只是不小心睡过去了，醒来自会让你。"

"不用了，我是师姐，也要有风范的。"桑祈又打了个哈欠，道，"反正我睡了一觉，也不太困，陪你一起坐着吧。"说着拿起了刚才晏云之立在她面前的那本书，随便翻开一页看了起来，然而……本来就没睡够，书本内容又无聊，没多大会儿她就又困得昏昏欲睡，开始以头点地。

晏云之看在眼里，没说什么，在她马上就要晃倒了的时候，悄然起身，挪了个位置，将她稳稳扶住，坐在了她身边。桑祈只觉得好像靠在了什么软一些的物体上，比桌子舒服多了，挺好，一满足，一放松，便又睡了过去。

晏云之伸臂将她扶正，以免她睡着时滑倒下去，又用一只手稍稍将其固定，而后稳如泰山地坐着，一边看书，一边充当人肉靠垫。

鸡鸣时分，雨也渐渐小了。闫琰踏实地睡了一夜，因着雷打不动的作息时间醒转，还没等伸开僵硬了一夜的胳膊腿，就不小心看到了不远处的晏云之和正靠在他身上的桑祈，一时惊愕万分，下巴差点没掉到地上，刚要喊出声来，便见晏云之回眸，表情坦荡如常地看了他一眼，比了个噤声的手势。于是他赶忙捂住嘴，瞪大眼睛，点头如捣蒜。心里面设想了无数个此情此景的解释说法，最终还是觉得，看晏云之平时的为人和刚才那副光明磊落的样子，应该就是见桑祈睡得太不舒服，稍微尽一下师兄的义务，帮帮忙而已吧。再想想自己大大咧咧地占了个好位置，不由得羞愧，便起身整理了一下衣物，蹑手蹑脚地走过来，在他身边附耳道："让桑二过去睡吧，那边舒适些。"

晏云之用余光看了一眼还在熟睡的桑祈，再看看闫琰腾出来的位置，淡淡道了声："嗯。"便将书册放下，小心地把她抱起来，"放"了过去。

这边用两个方椅拼起来的小空间，刚好够她躺下，闫琰还很有眼力见地帮忙拿了几本书过来给她做枕头。可好不容易安顿好她，师兄弟二人刚要走，桑祈似乎睡梦中感觉到自己被挪动了，很是不满，翻了个身，用力扯住了意识中的"被子"。

刚迈了半步的晏云之，只觉衣角猛地被人抓了一下，脚步一顿，停下来回头看她。他扯了一下衣角，没扯出来。再稍微用力扯了一下，还没扯出来。只好无奈地笑了笑，俯下身，一根一根将她的手指拨开。

闫琰在旁边看着，又想阴阳怪气地咳嗽了，出于怕被他白眼，才拼命死撑着，扭过头当什么也没看见。

终于得以抽身，晏云之果然瞥了他一眼。闫琰赶忙连连摆手，走远些才低声道："我真没看见刚才你摸她手了……"

"什么叫摸她手了？"晏云之微微挑眉，问道。

“就是……”他难住了，纠结半天，学着以前对方的样子，仰头答了句，“字面上的意思。”

晏云之低头看书，面容淡然，语气淡淡地道了句：“无聊。”

闫琰摸摸鼻子，不说话了，只是一个劲儿戏谑地笑。

终于舒服了些的桑祈，按照没有人叫她起床的状态稳定发挥，一觉睡到了大天亮。她伸着懒腰从临时睡床上爬起来的时候，怎么也想不起来自己是怎么到这儿来躺着的了，只好挠挠头，起身下地，发现屋子里一个人也没有，而窗外的雨声似乎已经停了。于是她开门出去，只见晏云之和闫琰正好推开道观大门进院。二人身上都披着蓑衣，一个表情淡泊，脚步沉稳；一个面色有些焦虑，纠结地在泥地里跋涉。

一见她，闫琰先咧嘴不怀好意地乐了一会儿，才道：“你可算是起了。”

桑祈有些尴尬地吐了吐舌头，揉着被光线刺激的眼睛问：“路况如何？”看他俩的样子，应该已经去查探过了吧，院子里停的马车也不见了。

“清理了一部分，马车还不能通行，他们先停在外面了。不过等地上晒干些，人可以走过去。”闫琰指了指头顶许久不见的大太阳，把情况简要地说了一下，“路现在还泥泞湿滑，我们过了晌午再走。”而后又把晏云之之前跟自己说过的话重复了一遍。

看晏云之没有表态，默认了这个说法，桑祈便也就没有异议，点着头，四下环顾一周，奇道：“师父他老人家呢？”

“去后山了，说是看看那边受灾是否严重。”晏云之说着，视线看向院内一角。桑祈跟着看，才发现昨夜的惊风急雨中，有几根粗壮的树枝被吹折，落了一地。仿佛昨夜经历了一场浩劫，从这些丢盔弃甲的残兵败将身上，还能看得出战况的惨烈。上山来的时候还清宁平和的古观，一下子便显得破败了许多。而再抬眸向观外的山上看去，只见万物都被雨水浸润透了，草木呈现出苍翠欲滴的色泽，湿淋淋地蓄满水坠着，不由得唏嘘，一时恍惚，生出“山中方一日，世上已千年”的感慨。

好在，晏鹤行去看了一圈，很快就回来了，说除了发生滑坡的地方，别处伤亡并不惨痛，只吹折了几棵小树。

在这儿吃了午饭后，师兄妹三人带着各自的车夫，一起启程下山。马车则暂时安置在了道观外，等派人来疏通了道路之后再取。

晏云之走在最前面带路，闫琰和桑祈在后。走了一会儿，桑祈发现闫琰总用奇怪的眼神看着自己，还低声地笑，不知道他在笑什么，便凑近一些，一边专注地盯着地面，挑好下脚的地方，一边好奇地问：“你这一脸奸笑的，是怎么回事？”

“啊？”闫琰完全是下意识的动作，没料到被识破，摸了摸鼻子，望天道，“没啊，你看错了吧？”

他这一走神不要紧，脚下踩着一块烂泥，险些滑倒。还是桑祈眼疾手快地扯了他一把，将他扶稳，蹙眉道：“还说没有，看你这做贼心虚的样子。”

闫琰尴尬地嘿嘿一笑，凑过来些，将自己醒来后看见的事对她低语了一番。

桑祈听完，耳根立刻红了，感觉自己好像笼屉里刚蒸出来的馒头，头顶直冒热气。她绞着衣袖，抿唇看看前方晏云之的背影，半晌无言。闫琰拍拍她的肩膀，感慨道：“你也别太放在心上，师兄乃正人君子，只是对你关怀体恤，尽兄长本分罢了。”言罢还拍着胸脯义正词严道，“若是换了我也会一样。”

“哎哟……”他话音一落，腰上就被又羞又恼的她用力拧了一下，发出凄厉的哀号。

晏云之闻声转过头来，略显疑惑地看向二人。俩人都赶忙站直，假装什么也没有发生过，低头走路。

晏云之便又转过身继续走了。

桑祈扯着闫琰，故意同前面的队伍落开些距离后，才用贝齿轻咬着下唇，低声问：“你是几时醒来的？”

“鸡鸣时分。”闫琰答得不假思索。他每天风雨无阻，固定这个时间醒来。

桑祈回想了一下自己夜半醒转的时候，感觉好像也就丑时刚过的样子，不由得面色更红了，抬眸又去瞥晏云之挺拔如松的背影，琢磨着，他到底是怎么想的呢？隐约觉着，他和自己从前认识的那个清冷孤高、洁身自好的男子不一样了。从前别说碰到他的身子，就是摸一下他的衣角，他都要冷眼相看。

她还记得第一次一不小心拍了人家肩膀的时候这人是个什么表情。记得每次有人靠近他，他都会不落痕迹地躲开，与之保持一定距离，至少不让对方触碰到自己，就连好友也不例外。所以清玄君喝醉了敢缠着严三，却不敢缠他。就是这样的一个晏云之，居然让她靠在他身上，睡了一个多时辰，非但没把她推开，还没横眉立目？

未免也太奇怪了吧!

说来，桑祈觉着自己越来越搞不懂他，也越来越拎不清自己了。一开始发现自己喜欢他的时候，确实失落了一阵子。而后想着没关系，过阵子就淡忘了，大家还可以好好做朋友，于是未加处理。

然后又发现，好像没那么容易忘，遂决定先远离他一阵子，想着等他娶亲、她嫁人之后，自然就释然了。可又因为各种事情，被迫与他牵扯在一起，无从远离。于是又只能随遇而安，顺其自然地相处，告诫自己不要有乱七八糟的想法，克制自己的感情。

短短的一个多月内，她经历了这样多的心态变化，情绪起伏，每做一个决定都那么不容易。他却好像事不关己一样，总在她左右，轻而易举地拨乱她的心弦，让之前的所有努力功亏一篑。

桑祈忍不住恼恨地踢了一下脚边的碎石，银牙紧咬，在心里暗骂了一句，这厮怎么越来越行为不端了。这么下去，还让她怎么保持平常心!

闫琰见她一路拿石子撒气，看上去闷闷不乐的，眨眨眼又凑过来，问："怎么，害羞了？有什么的，你不是跟子瞻关系也很好吗？我听说他去年还背过你呢。师兄只是在特殊情况下抱了你一下，应该没什么吧，形势所迫啊。"

桑祈纠结地看了他一眼。若是从前，她肯定也这么觉得。晏云之这么做，必是顺势为之，对她略施援手而已，就跟随手给路边的饥民施舍点瓜果没有区别。

可是细细回想近来发生的种种。

他只陪她练剑；

他为她拂去头上的落花；

他亲自帮她绾发；

他在她哭泣的时候没有嫌弃她，而是默默地陪着她；

他耐心地教她读书，给她讲故事；

他跟她对弈，故意让着她；

他愿意成为她熟睡时的依靠，不忍心吵醒她；

……

这一切，桑祈不是傻子，也不瞎，看在眼里断不可能没有任何想法。

晏云之对她，绝对与从前不同，也与对旁人不同。她心里做了如是判断，却不明白原因为何。是他真的对她也有什么念头？还是只是因为自己对他有非分之想，所以看人家的时候，带了不一样的目光，只关注到他对自己好的细枝末节，并在心里将其加倍放大、不断强化，而自作多情地误会了呢？

理智告诉她，大抵应该是后者。可她心底深处却隐隐觉着，前面这个解释才是正确的。这样一想，她又糊涂了。都说晏云之为了苏解语守身如玉，从来不与女子亲近不说，连女子赠予的礼物都不收。如此看来，应当是对苏解语一往情深、痴心一片才对，并非那种三心二意或者喜新厌旧之人，又怎么会看中了她呢？

桑祈揉揉太阳穴，只觉这次不承认自己愚蠢也不行，真是绞尽脑汁也想不通。闫琰却不知下山的路途中，她沉默不语，竟是想了这么多内容，还以为她只是娇羞劲儿上来了，唏嘘着原来大大咧咧的桑二，也有如此小女儿的一面。

路途难行，一行人边走边清理落石残枝，速度很慢，直到天黑才回到洛京城。一个个的，都很疲惫。一夜没睡的晏云之面上也显出了几分倦容，在城外，距离城门最近的一个茶棚里坐着休息，合眸半倚，等待先行一步的车夫回府后叫人来接。

桑祈彻夜未归不说，还穿着晏云之的衣服呢，不敢让人发现。打从下了山就一直低着头，抬袖挡脸。也不敢惊动府上的人，准备跟闫琰一起走，让他家的马车捎自己一程。可惜好不容易等到闫家的马车来了，一挑帘，俩人的表情却纠结了。

原来，这驾马车行到半途，正好遇到了闫琰的一个兄长。此人原本同友人饮酒，打算饮罢乘乘凉，自己走回去的。奈何一不小心喝得有点多了，走得踉跄，看到自家马车，便拦了下来，也要搭一程。

这位仁兄人高马大，马车却窄。桑祈往里看了一眼就觉着，若是自己也上车一定很拥挤。而且若是熟人也就罢了，跟不认识的人挤在一起，好像也不太好。

闫琰也想到了这一点，不好把兄长赶下去，也不好把她扔下不管，一脸为难。桑祈不想给人家添麻烦，大度地挥了挥手，道："没事，你先走吧，大不了回头，我自己走回去。"

"那怎么行，你这个样子……"闫琰往城门的方向看了看，纠结道，"待会儿进城，人可就多了，这个时辰街上还热闹着呢。"

"那就等晚点再走，在这儿多休息一会儿咯。"桑祈无所谓地道。

闫琰还是放心不下，嘴上说着“你先等等”，脑筋飞快转着想办法。

可是……他那个脑筋，能想出什么好办法？正在自我折磨之时，只听一直合着眼眸闲闲背靠在柱子上、不知道是不是睡着了的晏云之淡淡开口道：“不是还有晏某人呢吗，不知道你们都在为难些什么？”

“啊，对，你可以坐师兄的马车回去！”闫琰闻言一拍脑门，恍然大悟道。

桑祈的脸色却黑了黑，拜托，她就是不想坐他的车的好吗！这边厢闫琰却觉着，凡事交给晏云之，简直太让人放心了，于是压根不在意桑祈本人的想法，没心没肺地上了马车，愉悦一拜，说完“那我就先走一步”便扬长而去。

桑祈轻轻朝踢踏的马蹄哼了一声。这驾马车前脚刚走，后脚晏家的马车就来了。比闫家来的那个宽敞了许多不说，车上还没有旁人。晏云之听见驾车赶来的白时唤自己，抬起眼眸，看了桑祈一眼，道：“还不上车，今晚还打算在外面睡吗？”说着大有谦让一下，先让她上去自己再上，或是她不上，自己也不上了的意思。

桑祈无奈，只得硬着头皮坐了进去。

晏家只来了晏云之的贴身侍从白时一人，桑祈的车夫便在外头同他一起驾车，车里只有她和晏云之。明明挺好的一驾马车，地方宽敞，铺的垫子柔软舒适，她却感到如坐针毡，不时向外看去，显得很局促。

晏云之则继续合眸假寐，也不开口说话，想来是真的累了。桑祈偷眼瞄了几次，借着月光和街道上的依稀灯光，看着他俊逸绝伦、宛如美玉的容颜一片宁静，便爹着胆子，多看了一会儿。偷得浮生片刻，这是只属于二人的时光。在这一瞬间，相信眼前的这个男子，喜怒哀乐与自己有关。不知不觉，她便看得入了迷，撑着头，含了笑意。

马车在石板路上摇晃而过，从人声鼎沸的长街，转入了相对寂静的街道，就快到桑府了，桑祈自己却没意识到。只见晏云之微微眨动眼帘，修长的睫毛像一群仙鹤在舞蹈，而后睁开眼，目光温和地迎上她的视线。

她反应过来，微微一怔，轻咳了一声，避开他的视线，扭过头去看车内的装饰，摆出一副饶有兴致的样子。

晏云之什么也没有说。过了会儿，快要到家的时候，纠结了一天的桑祈，终于憋不住，想把自己的疑惑问出来。一鼓作气，拿出勇气，抬眸看他，唤道：

“师兄……”

“嗯？”晏云之方才也在看窗外，闻言平静地应了声，转过头来。

视线一相交，桑祈只觉这气是白鼓了，几番欲言又止，也没好意思把“你到底是什么意思，是不是对我有什么想法啊”这种大言不惭的话问出来，便最终干笑一声，假装正经道：“这一天，真是太谢谢你了。”

晏云之淡淡一笑，道：“是吗？不用客气，应该的。”

话音未落，马车停了下来，白时的声音传来，道：“禀公子，桑府到了，属下把车停在了后门。”

“停后门就好，后门就好。”桑祈一听，赶忙道。只觉这后门到的太是时候了，赶紧快步下车，招招手，丢下句“大恩不言谢，那我就先回去了，师兄再会”，便落荒而逃。

而后她自个儿琢磨了两三天，还是不明白晏云之心里到底在想什么，便觉着，既然不好意思直接问他本人，旁敲侧击地问问别人是怎么看的，也许是个不错的主意。毕竟，比起她来，有些人更了解他，也更了解男人。

可是选谁呢？

苏解语肯定是不行了。清玄君嘛，因为是苏解语的哥哥，感觉也有些别扭。于是想来想去，桑祈觉得自己家师父晏鹤行才是最适合探讨这个话题的人选。一来他一把年纪了，又独自隐居，就算知道了什么，也断不会去到处乱说；二来所谓师者原本就应尽到传道、授业、解惑的职责，按说也不会笑话她；三来毕竟他是看过晏云之光屁股的人。

打定主意后，车夫上山去取马车的那天，桑祈也跟着去了。一看晏云之和闫琰刚好都不在，便让车夫在外面候着，说自己跟师父有话要说。

二人在室内小坐，桑祈乖巧地给晏鹤行泡了茶，又拿出茶点后，像模像样地坐在一边，小口小口啜着茶叶，思忖着该从何说起。还没等找出满意的开场白，只听晏鹤行先开了口，捋了捋长须，挑眉问道：“看你最近这阵子，一直像是有心事的样子。”

不愧是师父啊，居然早就发现了吗？被戳穿的桑祈连忙点头，摩挲着手中的青花瓷，重重道了声：“嗯……其实弟子一直有一事不解。”她清了清嗓，面色微红，道，“不知师父能否帮忙疏导开解。”

“哦？说来听听。”

“关于师兄和兰姬的事，师父可了解？”

“算是吧。”

“您觉着师兄待兰姬如何？”

“挺好。”

“那……”桑祈纠结了一会儿，又清了清嗓，问，“您觉着师兄待我又如何？”

“也挺好。”白衣飘飘的晏鹤行，在香炉氤氲的轻烟中端坐着，语气波澜不兴，从容作答。

桑祈听着有些无奈：“都挺好的？”

“苏解语那孩子是他从小一起长大的青梅竹马，你是他的亲师妹，对你们好，不是很正常吗？”她这样一问，晏鹤行反倒是一脸不解。

桑祈无言以对，半晌才憋出来一句：“……这倒也是。”

晏鹤行便淡淡一笑，低眉喝茶去了。

桑祈觉着自己可能是找错人了，红尘之中，年轻男女的情情爱爱这种事，师父他老人家可能早就不关心了吧。自己这点苦恼，在人家眼里，压根不算个事儿。便不想再叨扰，闲闲陪他喝了会儿茶，随便聊了几句后，就准备起身辞行。

将要离开的时候，晏鹤行却又叫住了她，意味深长地道了句：“世间本无事，庸人自扰之。桑祈，为师肯收你做弟子，是因为觉着你并非庸人，可莫教师父失望了啊。”

于是她脚步一顿，受宠若惊地躬身行了个大礼，正儿八经道了声：“是，徒儿谨记师父教诲。”而后才眸光沉沉，表情凝重地离开了。后来再上山来，也没再提起这些烦恼之事，只顾和闫琰一同学习新剑法。

又过了几天，她才恍惚意识到，晏云之很久没出现了。一连数日，来观中的都只有她和闫琰。终于有一天，她忍不住问了师弟：“师兄人呢，最近很忙吗？”

时值酷暑，天气炎热，闫琰一边擦着汗，一边扇着风，蹙眉道：“不知道啊，国子监里倒是不忙吧。大概是家中有事，一时脱不开身呢。”

“哦。”桑祈应了声，有些无趣地踢着脚下的碎石子。便听他道：“不过再忙，明日的花会应该还是会去的吧。”

“明日就是七夕了？”桑祈微微一怔，只觉时间过得好快，若不是他提起来，差点都把这茬儿给忘了。

“是啊，你还没去过七夕花会呢吧？特别热闹，比上元灯会和诗会好玩多了。”说起这个事，闫琰倒是眼眸亮晶晶的，看起来很感兴趣的样子。

桑祈心下了然，颔首道：“想必是因为吃的东西比较多吧。”

闫琰动作一顿，傲娇地白了她一眼，扭过头去不搭理她了。

与上元灯会和诗会不同，七夕的花会原本是各家各户自行在家庆祝的节日，没有什么公开场合的活动。因着世族子弟为了热闹，为营造出更好的节日气氛，便约定俗成地，每年都聚到一家府上共同赏花。年年负责招待的人家也不尽相同。巧的是，今年刚好轮到苏家。

桑祈本来避着与晏云之和苏解语碰面，不想去凑热闹。然而，千算万算，没算到当天上午，卓文远派人来找她，给她带了口信，让她晚上一定到场，自己有重要的消息要公布，只得一去。

因着各家青年男女都会来参加，花会每每都是展示一个家族风貌的重要契机，各家各户都力求做到尽善尽美，不可让他人小瞧了去。在这方面，就连行事一向低调的苏家也不例外。

七月初七的晚上，苏府里变成了展示清玄君个人艺术造诣的舞台。作为花卉种植的个中高手，他不仅培育出了许多色彩独特、品种珍稀的花，还颇巧妙地将不同的盆栽摆在一起，或将不同的花朵插在样式各异的粗陶中，设计成了各式各样的造型，令人赞不绝口。桑祈看着面前的插花沉思，本是应卓文远的邀请才来的，而今却没见着他的身影，人去哪儿了呢？

苏府在花园里布了酒席茶案，供众人一边赏花一边用茶点，戏台上还有著名戏班唱戏，气氛好不热闹。可这虽说是个萌生恋情的好时机，实际上大多还是公子和公子在一处，小姐和小姐在一处。所以桑祈没找到卓文远，晏云之却碰到他了。

清风明月楼的二层上开着窗，窗口正对着戏台，清风徐来，很是舒爽。晏云之、卓文远和另外几个公子一同围坐在一张八仙桌旁，把盏聊天。晏云之和卓文远都坐在靠窗的位置，二人挨着，却是面对两个方向。晏云之面对屋内，正和桌上的同侪交谈。而卓文远则不怎么说话，偶尔闲插一嘴，大多数时候却是望着窗外。

晏云之说了一会儿话，抬手喝口茶润喉的时候，发现卓文远眉眼弯弯，嘴角和眼底噙着的都是笑意，便微微敛眸，朝着他视线的方向看去。发现他果然不是在看戏，而是在看戏台旁边的人。

一身浅紫色衣裙、身姿挺拔俏丽的桑祈便站在他的视线尽头，正独自一人安静地赏花，不时迷茫地左顾右盼，好像在寻觅着什么。许是感受到了向自己投来的两道视线，她缓缓仰头，朝楼上看来。而后眸中流露一抹亮色，招了招手，意思好像是叫卓文远下去。卓文远便懒懒倚在窗上，眯着笑眼，也朝她招招手，比了一个让她稍等一下的手势。

晏云之平静地擎着茶盏，将这一幕尽收眼底，而后眸光轻敛，看向桑祈的目光也多停驻了片刻。桑祈却一扭头，有意无意地避开他的视线，去看台上的戏子了。

卓文远的目光不知什么时候收了回来，转而看着晏云之，低声笑笑，眸光意味不明。

晏云之便也转过身，悠然喝了口茶。

“少安兄方才莫非也在看桑祈？”卓文远明知故问，玩味地把玩着手上的酒盏。

一听说这句话，桌上的另外几人纷纷朝晏云之看来，表情各异。有惊讶，有疑惑，也有难以置信。

晏云之处变不惊，淡然将茶喝完，才瞥着卓文远的腰间，道：“看子瞻贤弟佩的这个荷包，觉得不大像是你的东西。黛色荷包配湖蓝衣衫，上面绣的还是奇怪的动物，贤弟这审美可真令晏某着急。”

卓文远也没嫌他不给自己面子，一挑眉，勾起唇角，笑意又深了几许，拎起荷包细细用指尖抚摸着，耸了耸肩，道：“没办法，桑二绣的，只能凑合着了。”

“是吗？”晏云之也淡淡笑了，这笑意却未达眼底。

说话间，戏班中场休息，苏庭前来，登台说了几句话，大意也就是对诸位到来表示欢迎，请不要客气地吃好玩好之类。卓文远趁机与同桌人告别，说自己突然想起来还有一急事，便端着酒盏下楼。他在苏庭差不多讲完话要走的时候，也来到戏台上，敬了他一杯酒，道：“大人请留步。”

这一幕，大多数来参加花会的人都没有留意到。一直在等他现身的桑祈却注意了，打算走过来问问他叫自己来究竟所为何事，靠近了些后，只听他正礼貌谦恭地对苏庭道：“晚辈昨日进宫，见了姑母，姑母这两天出宫不便，特地托晚辈问您一下，关于婚期的事，您和夫人商议得如何？”

他说完还不忘一脸歉意地补充一句：“按说这是苏晏两家的私事，但姑母那人就是这样的性子，对一件事上了心，就非刨根问底不可，还望苏大人莫要觉得心烦。”

一听到“婚事”和“苏晏两家”这两个词，桑祈心跳猛地快了几拍，脚步一顿，便停了下来，继续站在不远处侧耳倾听。苏庭倒是没介意，大度地表示无所谓，先感谢了皇后的关心，才道是：“尚无定论。不过应该也快了，待定过日子后，再进宫告知皇后娘娘。”

“那姑母应放心了。”卓文远笑吟吟地作了个揖，而后信步走下了戏台，好似没有看到桑祈一直站在不远处等自己，目不斜视地走远了。

桑祈呆怔在原地，半天没回过神来。在这清风和煦的晚上，原本一切都是那么安宁和美。苏晏两家将要定亲，就等着看日子的消息，犹如一道晴天霹雳，登时将这祥和的气氛击得粉碎。磨灭了她内心深处，一直以来深藏的那点小小希冀。

唉，亏得自己还自作多情来着，他都要择日成亲了啊。桑祈拖着失魂落魄的步子，绕过人群，一路寻到了苏解语身后，目光微湿，内心酸楚地望了她一会儿，努力挤出一个笑容，扬声唤道：“兰姬。”

苏解语正在带着妹妹游玩，闻声转过身来，见她一副奇怪的样子，有些诧异，微微一笑，问：“阿祈，怎么了？”

“听说你和少安要成亲了？”桑祈深吸一口气，艰难地挤出这句话，只觉每说一个字，都像在心上剜上了一刀。

一听这句话，周围的好几个人都不约而同地朝她们的方向看了过来。苏解语似乎完全没有预料到她提起的竟然会是这码事，眸光微动，半晌后才在众目睽睽之下，淡淡笑着，低眸道了声：“是。”

这个肯定的回答，给了她最后一击。桑祈勉强一笑，反倒觉得内心豁然开朗了。因为没有了期待，也便不再有任何疑惑与忐忑，剩下的只有浓浓的失落。可是，这又能怪谁呢？只怪自己芳心错许，又不是人家的错。于是她顺手从一旁的桌案上端起一壶酒，豪爽一笑，道：“来，我敬你一杯，先说声恭喜。”言罢一仰头，咕嘟咕嘟便喝了个干净，抬袖抹了抹溢出的酒渍，“咣当”一声将空了的酒壶放了回去。

苏解语将酒盏托在手里，却没有喝，而是微微凝眉，问道：“你……没事吧？”

“没事没事。”桑祈大手一挥，道，“我只是想做第一个祝福你们的人。毕竟你和少安，是我在洛京为数不多的朋友嘛。”说完，不敢让对方看见自己泛红的眼睛，一转头，念叨着还要去敬晏云之一杯，便快步走掉了。

苏解语立刻被包围上来的几个世家小姐围住，纷纷兴奋地感慨她和晏云之这么多年终于修成正果。可最应该感到高兴的她本人，面上的笑意却始终只是淡淡的，夹杂着说不清道不明的愁绪，目光时不时地看向桑祈消失的方向。

刚喝光了一壶酒的桑祈，还觉得心里空空的，需要更多液体来填满。她并没有去找晏云之，而是找到刚才从戏台下来留在花园里的卓文远。一把扯过他，朗声道：“走，咱们去庆丰楼喝酒去。”

以往不管她拉着他做什么，这位风流多情的贵公子都会二话不说就跟着，这一次却任她扯了两下，依然纹丝不动，只戏谑地看着她。

桑祈本来心里就不舒服，见他也跟自己作对，脸色沉了下来，蹙眉不悦道：“怎的，这儿还有什么美人，教你舍不得走不成？”

卓文远勾起唇角，摇了摇头，闲闲把玩着腰间的荷包，笑道：“那倒不是。只不过……你若不答应嫁给我的话，这酒，恐怕以后我都没法再陪你喝了。”

桑祈只觉原本就伤痕累累的心，又被甩了一鞭子，登时火辣辣地痛，本来气恼地看着他的眼神，也变得有了几分悲戚。这时候她才终于意识到，面前的这个男子，不会永远属于她，不是每次她只要想起来，回头寻找，都会站在她身后，随时可以陪她疯，陪她闹，陪她策马扬鞭，陪她大口喝酒。早晚有一天，他也会是别人的夫君，会有一个比她更重要的人，需要他陪伴守护。

想到这一点，桑祈便觉着自己终于在这一瞬间，懂得了加冠或及笄的意义。所谓成长，就是从前拥有的许多东西，都会慢慢失去。从前腻在一起的人，都不得不最终散场啊。一阵心酸感怀，她险些当场落下泪来，但还是倔强地一仰头，嗔了句：“不去就不去，谁稀罕。”而后头也不回地大步离去，自顾自往苏府大门的方向走。

沿途正好遇到闫琰，桑祈看了他一眼，径直走过去，不由分说扯了他的衣袖，丢下句“走，陪我喝酒”就走，全然不顾周围人讶异的眼光和闫琰本人的挣扎哀号。

她一路就这么紧紧拽着他的袖子，一直到上了马，狂奔到庆丰楼，买了两大坛酒，丢给他抱着，又上马，飞奔到洛水河边，寻了处四下无人的位置后，才终于松开手。她再也控制不住情绪，喉头一便，垂眸低声道："对不起，我怕你不来，不想自己一个人……"

事情发生得太突然，闫琰一路上迷茫得七荤八素，到现在都没怎么回过神来。只觉方才还置身于花团锦簇、美食无数、觥筹交错的苏府，突然就场景变换，跑到寂寥冷清的洛水河边来了。他仔细看着桑祈，发现她的目光还是飘忽没有焦点的。可是尽管不知道为何她会突然做出此举，他也不难看出，今天她很不对劲儿。他便没同她斗嘴，只疑惑地蹙着眉，理了理被她扯乱的衣衫，小心翼翼道："我倒是无所谓……"

桑祈叹了口气，一屁股坐在地上，二话不说，拆了酒坛的封口，仰头便灌。

闫琰这边则纠结了半天，也没捋平被她弄皱的袖口，见她不肯说话，只好跟着坐下，陪她一起看漆黑的河面。

桑祈闷头喝了一会儿酒后，终于放下酒坛，又拽了拽他的袖子。

闫琰生怕自己的另一边袖子也惨遭毒手，惊了一惊，赶忙抽回胳膊，拢着长袖，郑重对她道："放心，我不会跑掉丢下你自己一个人的，不用拉着了……"

看着他说话时候认真的眼眸，桑祈微微一怔，会心地笑了，泪水同时盈满眼眶："说什么胡话？这世上谁和谁都是要分开的。你早晚也会离我而去。"

这番话，如果不是亲耳听见，闫琰一定无法相信是从她嘴里说出来的。他表情严肃了几许，想知道大好的时日，她的这份伤感从何而来，但还是忍住了好奇心，先道了句："小爷说不会丢下你，就不会丢下。反正咱们都在洛京，还有一辈子的时间可以做朋友的。"

有些人同你说话的时候，即使看着你的眼神充满诚意，你也不敢确认是真心还是假意。可另外一些人，即使他没有看着你，你就是知道，只要他对你开口，就绝对不会欺骗。闫琰这句话到底能不能化作行动，践行到底，桑祈不知道，可当中的情分她却感受得清晰。她眼眶一热，一行清泪便涌了出来，叹道："没想到，第一个对我说这话的人，竟然是你。"说完自嘲地笑了笑，道，"我跟卓文远认识了这么多年，青梅竹马，私交甚好，他都没跟我提过要一辈子。"

"闫琰啊，我有的时候在想，自己做人是不是太失败了呢？"她擦了擦眼角的泪，问了一句。

闫琰蹙了眉，拿起另一个酒坛，捧在手里，却没有喝，疑道："为何突然这么想？"

"感觉自己付出了很多，但终究都是竹篮打水，不过一场空。"桑祈耸了耸肩，苦笑道，"比如之前的事，我明明很努力地想去帮你，可不但没帮成，还落入了别人的圈套，赔上了自己。比如卓文远，我明明把他当作了自己最好的朋友，以为友人不在多，有他就够了，可到头来却只换来他一句话，就没有了以后……又比如我下了多少次决心，要放弃某个人和某些感情，却还是一直被其纠缠，不得开心颜。"说完又灌了一大口酒，沉默无言。

借着模糊的月光，能看到她璀璨的眼眸中，难得一见地流露出茫然无光的色泽。闫琰陪着她喝了一口酒，把关注的焦点都放在了她说的最后一句话上，沉思一会儿，才小心翼翼地探询问道："你口中的这个人，不会是师兄吧？"话音刚落，桑祈就嗖地一扭头，瞪了他一眼，银牙紧咬，眼看又要哭出来。

"哎，别哭别哭啊，我错了……"闫琰在家的时候，最怕妹妹来这招了，见状赶忙摆手求饶。熟料桑祈一咬唇，竟不是放声痛哭，也不是被拆穿了的恼羞成怒，而是顺着他的话，满腔哀怨地控诉了一句："就是他，除了他还会有谁？"

说着，她愤愤不平地将酒坛咣当一声放到地上，一脸不满，横眉立目地道："你说，他这个人怎么这么讨厌？"

"啊？师兄不是对你挺好的嘛……"看她没朝自己发火，闫琰才松了口气，挠了挠头，弱弱地帮晏云之申辩了句。

"对啊，讨厌就讨厌在这一点上啊！"桑祈瞪大了眼睛，一拍大腿，义正词严地表态。

"啊……"这下彻底把闫琰弄糊涂了，怎么人家对她好，她反倒觉得讨厌呢？

"他为什么要对我好？就跟对其他人一样，冷淡又疏离，成天板着个脸，不是挺好的吗？像我刚到国子监的时候，他就那样居高临下，用蔑视的眼神看着我，说一句'不收，不去，没商量'。"她一边说，还一边挺直脊背，学着晏云之的表情。

那样子，闫琰看在眼里，想笑又不敢笑，只得强忍着，嘴角抽搐着点了点头："哦……"

“还有，有些话我已经憋在心里很久了，一直不敢说出来，怕别人觉得我思想龌龊，小肚鸡肠，可是……他分明就总在占我便宜啊！说什么衣服和首饰不搭调，就自顾自地来摆弄我的头发，还顺走我一支簪子。说什么陪人家练剑，就动手动脚……”

“我可没看见他动手动脚，不是都挺正常的，在辅导你姿势来着吗……”闫琰听到这儿，又打断她，小声地伸张正义。

桑祈语塞片刻，更气愤了，扬声道：“对啊，你看，他就是这么讨厌！分明就已经很暧昧不清了，还总一副光明磊落的样子，让别人挑不出错来，觉得他似乎没动手动脚。”

“那到底是动手动脚了，还是没动啊……”闫琰被她绕糊涂了。

“啊啊啊，这不是重点！”桑祈抓了抓头发，哀号了一声。

闫琰一脸无辜：“那你还说……”

“成成成，不说这个，我们再说别的。”桑祈赶忙打断他，喝了会儿酒，平复平复心情，继续道，“我就是不知道，他脑袋里面，到底每天都在想什么。”

“这……”

闫琰纠结了一会儿，分析道：“可能都是些你我理解不了的吧。”

桑祈胡乱摇着头，道：“我指的不是这个。我就是想知道……他为什么明明有兰姬了，还要来招惹我？你说，他那么聪明，对世事那么洞若观火……怎么会不明白，他那样绝世无双的男子，总在我身边，总对我那么好，我又不是什么清心寡欲的神仙，会……对他动心的呀。可是他又不能对此负责，只是事不关己似的撒手不管，施施然离去。反过来也许还会指责我自作多情，把他清水无秽的举措想得猥琐不堪……”

桑祈说着说着，终于抑制不住满腔的委屈和不甘，泪水夺眶而出，一边低头抹着眼泪，一边质问：“为什么，为什么他不能接受我的心意，还要让我喜欢上他？”

闫琰手忙脚乱，不知是该递帕子好呢，还是拍拍她的肩膀安慰些什么好呢，还是当作没看见好，只觉得怎么做都不对。桑祈便自顾自地哭着，越哭声音越大，眼泪越擦越多，到最后已经是泣不成声，再怎么掩饰也掩饰不住，断断续续道：“其实我也知道，并不是他的错。错在我自己，不该在早知道他已经心有所属的情况下，还管不住自己，对他动了心。我也想忘，可是……可是就是停不下来啊。”

“我好讨厌自己，好讨厌啊。”她哭到伤心处，又开始喝酒，泪水和酒水混在一起，从面颊流下，原本梳得整齐的头发也因为刚才的抓狂弄乱了，整个人显得狼狈又颓唐。放下酒坛后，她打了个酒嗝儿，又开始从谴责自己回到了谴责晏云之的话题上来，道，“我更讨厌他，讨厌喜欢他这件事情，把我变成了这个样子，连我自己都看不过去了。”

桑祈说着悲伤地抱住地上的酒坛，俯身趴在上面，呆怔了一会儿，开始伸手推搡身边的人，又是蹙眉，又是嘟嘴。每推一下，都要问一句：“你说，你为什么这么好？为什么这么讨厌？为什么要招惹我？嗯？你到底是怎么想的，你倒是说句话啊！”

“你要成亲了。妻子很好，可惜不是我……”她说着说着，又哭了起来，而后紧紧扯着他的衣襟，从推开变成了拉着不肯放手，埋头哽咽一会儿，难过道，“既然你什么都会，什么都知道，能不能教教我，教我一个不再喜欢你的办法。让我能重新以平常心面对你们，重新做回自己。我太笨了，我能想到的方法都一一试过了，可是全都没有用。师兄，你指点指点我吧，我不想再这样下去了，真的不想了……”说到最后，一抬眸，已是十足恳求的语气，万分无助的目光。

俏丽动人的美人，这副乖顺可怜的模样，任谁看了都会心疼，闫琰也不例外。可是他却僵在原地，任她都快把自己的衣襟扯散了，也不敢轻举妄动。

一来，是知道桑祈喝多了，把他当作了晏云之。自家妹妹虽然偶尔也会哭闹耍赖，但通常塞块糕点就好了，这种情形他还是第一次经历，完全不知道该如何应对。

二来，是第一次有人用这样的眼神看着自己，这么亲昵地拉着自己，都快钻到自己怀里来了。尴尬都来不及，已是面红耳赤，脑袋里嗡嗡直响，还哪有能好好说话的镇定。

三来……桑祈可能沉浸在自己的哀怨中，或是因为喝多了，完全没有注意。可他没喝多啊，早就发现晏云之本人来了，从刚才开始，就一直站在他们几步之遥的身后，想必一定把这一幕看在了眼里，把每个字都听了进去。更加不敢动，也不敢说话，只觉自己的处境水深火热，实在是倒霉透了。嘴上虽然是不敢跟着桑祈一起说晏云之坏话，心里却忍不住哀号，哭喊着：“师兄，你怎么能这么冷静？别玩我了，快来救救我。再这么下去，我连自己怎么死的都不知道了啊！”

正在他这样想的时候，桑祈又开始扯着他的衣襟晃他，哭得凄惨无比，还向他的胸口靠了过来。闫琰绝望地闭上了眼睛，心想完了完了，自己恐怕今天要交待在这儿了。没想到人生中第一次抱女人，居然抱的不是娇滴滴的美娇娘，而是桑祈这样哭得没了形象的泼妇。更关键的是，这泪水还不是为他而流……只觉悲从中来，不可断绝。感慨自己活得才真是憋屈，鼻子一酸，也想哭了。

所幸，他担心的情况没有发生。就在桑祈的头差一点点便要贴在他胸口上的时候，一只力道恰当而沉稳的手臂，坚定地将他拉到了一旁。

他一抬眸，便见晏云之终于来救自己了。英姿俊朗的白衣公子，衣袂飘飘，从容地俯着身，一只手扶着桑祈，一只手轻轻挥袖，对他道："你先走吧，这里有我。"

"是是是是……我先走了……"他如蒙大赦，也顾不上客套了，赶忙起身，把自己的位置和酒坛都让给他，飞快地行了一礼，拔腿就走。远离刚才的"修罗场"几步后，才站定，长嘘一口气，扑打着衣摆上的草叶，理了理衣袖，思忖一番，带着几分不安回眸望去。

其实，他也不知道自己这个时候落荒而逃，到底是不是地道。把这两个人单独留下，会不会发生什么不好的事情。可是至少有一点，他是确定的。桑祈的一切担心与揣测，都并非没有根据。并不是她心思龌龊，想歪了什么。他也早就感觉得到晏云之对她的与众不同。所谓当局者迷，旁观者清，大概就是这个意思吧。

那么，晏云之和苏解语……又是怎么回事呢？定亲的消息，桑祈的反常，还有晏云之这个时候的出现，联系在一起，拼凑出让他捉摸不透的迷局。闫琰想了又想，还是决定不去掺和了，这不是个该多管闲事的时候。纵使自己心有担忧，也应该让那二人自己解决。于是他又迈开步子，一步三回头地离去。

洛水河边，只剩下了桑祈和晏云之两个人。而酒不醉人人自醉的桑祈，对自己旁边已经换了人这件事还一无所知，只顾扯着他的衣袖抹眼泪，还在说着讨厌晏云之的话。

晏云之坐在方才闫琰的位置，也没主动出声提醒自己的存在，只半侧着身，任她拿自己的衣袖当手帕，目光温柔，又带着几分无奈，凝视着她的一言一行，半晌后才叹道："真的这么讨厌我？"

桑祈吸了吸鼻子，抽泣道："是啊，你要娶别人了，我还没有理由讨厌你吗？"

晏云之微微一挑眉，勾起一丝无可奈何的笑意，道：“谁告诉你的，我要娶别人了？”

“不用骗我，我都知道了。今天苏大人和兰姬都亲口承认了，还能有假？”桑祈一蹙眉，嗔怒地瞪了他一眼，道。

“苏大人和兰姬只是承认了，并没有主动提起这个消息，不是吗？你当着那么多人的面这样问兰姬，她如果说出实情，岂不是很没面子？你呀，怎么就不动动脑子呢？”晏云之一边耐心开解，一边掏出帕子来，抬手替她擦拭着眼泪，顺便整理一下自己的衣服。

桑祈喝了酒，头脑不够清醒，被他这一番话绕得云里雾里，听得不明所以，眉头蹙得更紧了些，拨开他的手，问：“那是什么意思？我不懂。”

晏云之笑意更深了些，温声道：“你不用懂，只要耐心地再等等就好。”

这算什么？桑祈对这个回答很不满意，想要扯着他继续问个清楚，却被他伸臂一带，拉进怀里，贴上了一个温暖坚实的胸膛，并且听得到他有力的心跳声，闻得到他身上特有的好闻的草木香气。

河面上一阵晚风吹来，又吹落了一行泪珠。桑祈知道这样做是不对的，却还是忍不住抬手搭在他的腰间，紧紧抓着他的衣袖，整个人都软了下来，哽咽道：“晏云之，我真的好舍不得……”

“我知道。”他轻轻抚着她的发，月光下，音色轻柔，又带了几分蛊惑。

“不，你不知道。”桑祈摇了摇头，蹭乱了他胸口的衣襟，叹息道，“但我必须舍弃。这份思念太沉重了，我不能带着它走下去。它会把我压垮的呀。”

晏云之将她拥得更紧了些，面容平静温润，眼眸里好像有无数星子，在天河里一闪一闪，低头凝视着她哭花了的脸，宠溺一笑。这回也不用袖子或什么手帕了，而是直接抬起修长如玉的手指，为她细致入微地擦着眼泪，道：“你无须舍弃，也不会被压垮。相信我，一切都会好起来。”

桑祈靠在他的怀抱里，被他这样温柔对待着，不知不觉，已经渐渐平静下来，把这句话听了进去，可还是一脸不相信，抬眸看他，抿唇问：“真的？”

“真的。”他看着她被泪水冲刷得湿润的眼眸，唇角微弯道。

“可是……兰姬怎么办？你怎么跟苏家交代？你肯定还是在骗我。”

晏云之一向说话算话，没有什么是他答应了但是做不到的事情，桑祈向来这样认为。可此时此刻，她却还是不安忐忑，怀疑他说这番话，是不是在故意安慰她而已。内心的悲戚，便也挥散不去。

晏云之见状，不得已，只得在她的眉心力道极轻地弹了一指，苦笑道："真拿你没办法。怎么别人的话你都信，反倒是我说的就不信了呢？好吧。其实，父亲的确有想要和苏家联姻的意思。心目中的人选，也当然是我和兰姬。"

桑祈含怨看着他，咬着唇不说话，表情却是在说：你看，我说得对吧！

晏云之视若无睹，淡淡一笑，继续道："可是，你有没有想过，如果我真的想娶兰姬，怎么会拖到这个时候？就算兰姬去替祖父守孝期间不能举办婚事，早在苏老爷子去世之前，也可以先把庚帖换了，定下聘书。怎么可能一拖便拖了这么多年？"

听上去似乎有点道理……桑祈被他的话吸引住了，蹙眉问："对啊，那是怎么回事呢？"

晏云之便用玩味的目光看着她，手指轻轻摩挲过她的面颊，问："你以为呢？"

桑祈只觉得被他手指触过的每一个毛孔都忍不住在战栗，想偏开头去躲过，却怎么也逃不开，只得泄气道："我怎么知道？"

"因为那是长辈的想法，不是我的，我不愿意。"晏云之说着，将她凌乱地挡住侧脸的鬓发一一耐心拨开，继续道，"虽然现在，长辈们仍然坚持这个意思，皇室也在其中干预，妄图指手画脚。但是在我心里，只把兰姬当作知己好友，而不是恋人。如果硬要按着他们的意思娶了她，那才是既对不起自己，也对不起她，更对不起我们多年的情谊。没有一个人会过得顺心如意。你觉着，我会做这种得不偿失的事？"说完，他把她的鬓发整理好了，莹白如雪的柔滑凝脂悉数显露了出来。他俯下身，从容而优雅、大方自然地在她的眉心落下一吻，而后就停在这里，保持着这个与她亲密相依的姿态，声线低哑，道："我只是在等待合适的时机，你可愿意再给我点时间，陪我一起等？"

桑祈将他的这番话、他的这个举动，消化了好一会儿，才后知后觉，不敢相信地问了一句："这么说，其实，你也是喜欢我的？"

晏云之又笑了，反问她："难道你觉得我不喜欢你吗？"

"不不不。"桑祈用力摇了摇头，道，"我不要再猜了。我要你明明白白地告诉我一个确定的答案。”说完深深地望进他的眼底。那里沉静如深潭，落着她的倒影。

晏云之吐气如兰，搭在她肩头的手臂缓缓下移，搂住她的腰肢，而后缓缓低头，在与她的柔唇极近极近的位置，声音清润却坚定地道了句：“对，我也喜欢你，只喜欢你，桑祈。”而后在她的唇上轻轻啄了啄。蜻蜓点水般的一个吻，却让桑祈觉着一股强烈的悸动瞬间在体内流窜，由唇上的这一点，蔓延到四肢百骸，一发不可收拾地，带出了每一根神经的狂喜。

她甚至一个没忍住，差点兴奋地直接从地上蹿起来，立刻拉住他的手，连声道：“真的？真的？那你为什么不早点告诉我？”

“没早告诉你？定情信物不都送过你了吗？”晏云之说着，瞄了一眼她的腰间，挑眉道，“你还一直不肯佩带。丝帕也送过了，环佩也送过了，还为你绾过发，抱也抱过了，还要怎样才算是告诉了？你几时听说过我如此待别人，包括兰姬？”

他耸耸肩，笑了。那笑容虽然只是恬淡而端静的，称不上有多灿烂，温暖却胜过她长这么大见到过的所有朝霞。

桑祈顺着他的视线看向自己空落落的腰带，才想起来那个他曾经贴身佩带的玲珑环佩。终于得到自己想要的答案，惊呼一声，径直便搂住了他的脖颈，埋头在他的颈间，泪水簌簌而落，连声叹：“太好了……太好了……原来不是我自作多情……”

见她被心爱的人表白之后，全无娇羞拘谨的模样，反倒像个孩子似的，就像一直想做某件事，但之前没有得到长辈的应允，或者被长辈命令禁止不许，又实在忍不住心里痒痒地想去做，于是一直惴惴不安、小心翼翼，觉得自己时刻在犯错，内疚不已的孩童，而后有一天，突然得知其实自己是误会了，这件事原本就是可以去做的时候，便觉得豁然开朗，开心地跳起来，肆意地表达着自己的喜悦。

晏云之任她抱着自己乱蹭，又是哭又是笑的，笑容无奈，表情却是从来没有过的温柔。桑祈就这样胡乱开心了一会儿后，才从他怀里钻出来，坐直身子，笑眯眯地看着他，晃着他的长袖，道：“喂，晏云之，你再说一遍你喜欢我。”

“嗯？”

“再说一遍嘛。”

“……我喜欢你！”

“嘿嘿嘿嘿……”

桑祈听完，心口又是扑通扑通一阵狂跳，勾唇幸福地傻乐。

借着酒劲儿，她又凑近些，壮着胆子道："那你再亲我一下。"

晏云之一挑眉，像看神经病似的看了她一眼。

"亲不亲嘛！"见他一副高冷的样子，她不由得撒娇耍赖道，"不亲我就继续哭给你看。"

不料那姿容绝世的白衣公子却镇定自若地回了句："你哭你的，谁管你。"

…………

为什么跟戏本里写的不一样，这人怎么软硬不吃，自己就是找不到能制服他的方法呢？刚才的温柔深情什么的，都是装的吧？现在分明才是他的正常模样，让人感动是假，窝火才是真。桑祈憋屈地努了努嘴，忽然计上心来，狡黠一笑，道："那你不亲我的话，我亲你了。"

于是她半跪在地上，让自己的位置高一些，与他齐平，便扑了过去。不料衣服太长，下摆被膝盖压住，距离掌握得也不太对。这一扑不要紧，还没等亲到人家，就"哎呀"一声栽倒下去，还保持着两臂伸开的飞扑姿势，看起来就好像刚才一瞬还是只振翅欲飞的美丽凤凰，让人本以为，会保持着这个耀目的身姿，完成一次完美翱翔。谁知下一瞬，便演砸了，这美丽的鸟儿被自己绊住，"啪叽"一声栽了个跟头。

所幸没摔在地上，而是被她追随的天神稳稳接住。桑祈一脸尴尬，吐了吐舌头，一边把裙摆扯出来，一边道："我太笨了。"

本以为晏云之又要挖苦嘲讽她，可对方并没有。他只是淡淡地附和了一句："嗯，我看也是。"便抬手勾起她的下巴，俯身吻住了她的唇。

这悱恻缠绵的一吻，不同于方才的浅尝辄止，而是细致地将唇齿的每一丝芳泽都感受了一遍。起于她惊慌失措、瞪大眼睛的一道视线，止于她沉沦其中、舌尖轻颤的一声嘤咛。

夏季天空晴朗，北辰率领着满天星斗高悬。地上流萤飞旋，阵阵微风拂动，河面上波光粼粼。双唇分开的时候，小姑娘终于害羞得两颊绯红，抬不起头了。

始作俑者却还是一副气定神闲的模样，拉着她起身，道："好了，先回家吧。"

桑祈就这样晕晕乎乎地被他送了回去，直到第二天早上起来，还想不通昨天晚上的一切，到底是真实发生过的，还是自己的春宵一梦。她迷茫地坐在床上，不愿起来。直到莲翩进来叫她，视线落在梳妆台上，讶异地“咦”了一声，才让她的注意力稍稍有所转移。

只听莲翩笑道：“前些日子一直没见着，我还以为你这支红宝石簪子丢了呢。虽然不是什么稀罕玩意儿，可毕竟也是咱们从西北带回来的东西，用了好多年，都觉得有感情了。”说完把玩着发簪问，“小姐，你是在哪儿找到的？而且……怎么还有支坏了的簪子放在这儿？”

桑祈一听红宝石簪子，赶忙看过去，只见莲翩一手拿着一支发簪。左手里正是自己那日穿着苏解语的衣裳去找晏云之的时候，晏云之说衣服和首饰不搭调，自作主张地帮她换下来后就没还给她的那支，而右手则是她昨天戴的那支银簪，上面原本有两排小流苏，如今有一排却不知去向。

什么时候还回来的呢？什么时候弄坏的呢？桑祈自己也记不得了。

她呆怔片刻后，才回忆起一个模糊的情景。好像昨天她把自己的头发弄乱了之后，发簪也掉了。后来捡起来，发现上面的流苏不知掉在了哪里。晏云之便拿出这支红宝石簪子帮她重新理好了头发，将坏了的那支放在了她的手上。而后自己回府，因为喝了太多酒，吹了半宿的冷风，头痛不已，便混混沌沌地将各种首饰都摘下来，丢在了妆架上。

想到这儿，她不由得一个鲤鱼打挺，翻身下床，快步走到莲翩面前，接过那支红宝石簪子攥在手里。只觉心跳得飞快，一股难以名状的甜蜜涌上心头。

这么说来，昨天晚上发生的那些事，并非黄粱一梦，都是真的了？她对晏云之说出了心里话，晏云之也对她表白了，说只喜欢她。事到如今，她回过味儿来，仍觉得不敢相信，拿着发簪，忍不住一阵傻乐。

莲翩觉得，自家小姐好像又不太正常了，不就是找回了一支簪子而已，至于乐成这样吗？于是无奈地翻了个白眼儿，道：“我先去把这支簪子拿去修了，你要不要起来吃点东西？刚才卓府派人来送信，说是卓公子想邀你到府上去一趟呢。”

“知道了。”桑祈笑眯眯地把发簪放下，步履轻盈，哼着小调去洗脸，对她道，“我想吃白水煮蛋，再加份肉粥和青菜。”

莲翩应下了，抬步出门，临走还诧异地看了她一眼。她知道，桑祈平日是不爱吃这个的。但是从前大小姐还在的时候，逢年过节，或者桑祈的生辰，都会给桑祈煮一个蛋，要求她吃掉，说这是家乡的传统，即使远在千里之外也不能忘。后来大小姐不在了，这个习惯也保留了下来。白水煮蛋，在桑祈心里，和庆祝、纪念等词语紧密联系在了一起。

可是，七夕是昨天呀，今天有什么可庆祝的？莲翩想不通。

桑祈剥水煮蛋的时候，还是一直笑眯眯地哼着小调。被莲翩问了缘由后，神秘兮兮道："有个好消息，不过现在还不能确定。"

莲翩于是更加迷惑不解，追着问了好几遍："什么好消息？哎呀，好奇死了，你快告诉我啊！"

桑祈却优哉游哉地吃完煮蛋，擦擦手，施施然出门去了。一路上，她完整地回味了一番昨天晚上晏云之同她说过的话后，忍不住又露出了笑容。他想保护她的心意，她懂，但是她并不畏惧。同外界的阻力相比，她更害怕的是，他心里没有她。只要他跟她站在一起，前方有再多大风大浪，便也都对她构不成威胁了。她会与他一同面对，一同承担，一同搏击风雨。

想着想着，她已信步到了卓府，门口早就有家丁专门候着她了。一路跟着家丁来到卓府的庭院，上了湖边的小舟，她还主动跟卓文远打了招呼。虽然昨天这人不讲道义地弃她于不顾，可是她也并不是那么斤斤计较的人，气来得快去得也快，这会儿心情好，也就不怪他了。毕竟他们就是这样打打闹闹的朋友嘛。

倒是卓文远见着她元气满满的样子，感到奇怪，一挑眉，戏谑道："什么事这么高兴，说出来也让我乐乐？"

小舟上只有他们两个人，卓文远亲自撑着竹篙，站在船头，青衫拂动，长发飞扬，挺拔俊美，同周围的菡萏莲叶相映成趣。桑祈坐在船尾，托腮看他，笑道："是有好事。"

"我还以为听说了晏云之和苏解语要择日成婚，你会不高兴呢。"卓文远道，"看你着急地拉着我要走，一副落荒而逃的样子。"

桑祈白了他一眼，嗔道："哼，你这会儿倒好意思提了。"

卓文远便耸耸肩，笑眼弯弯地道："我不过是想激激你，谁料你真走了。这不，今个儿还得是我低头赔礼，又把您老人家请来了。"

"嘿……倒也不是坏事。"桑祈莞尔一笑，显得有些羞涩，但还是按捺不住心中喜悦，爽朗道，“其实，晏云之昨天晚上跟我表白了。说他想娶的人是我，不是兰姬。”

“哦？”卓文远一听，动作顿了顿，问道，“那你怎么说？”

“我说我也想嫁给他啊。”桑祈说着，拿起面前小几上的酒盏把玩着，道，“虽然，有些对不住兰姬。但感情这种事，原本就不能勉强。若他心里的人是我，我也不想放手。”

卓文远听着听着，放下竹篙，也坐了下来，任小舟静静地停泊在一丛荷花环抱之中，眸光里晦暗不明，半晌后才举起杯来，笑道：“那我岂不是要敬你一杯，祝你终于找到合适的意中人，顺便再恭贺个新婚之喜？”说完，抬手拿起几案下面准备好的一壶酒，将两个酒盏倒满，自己拿起了一杯。

“噗，还早着呢。”桑祈笑道，也拿起了杯子，大方地一饮而尽。

卓文远却将杯盏放在手上把玩着，并没有喝，而是看着杯中的液体，挑眉问：“可是你有没有想过，皇上未必乐于见到晏家和桑家强强联合。就像我之前同你说过的。现在各大家族之间保持着微妙的平衡，而你选择的联姻对象，将决定这一平衡是否会被打破。”

“我明白。”桑祈放下酒杯，又给自己倒满，平静地道，“可我还是想争取一下。毕竟，婚事不只是制衡的工具，还事关两个人一辈子的幸福。”

“那……桑公的意见呢？”卓文远又试探性地问。

“父亲？”桑祈想了想，笑道，“他应该会尊重我的意思吧。”

“也对，在这方面，他总是强不过你。”卓文远沉吟半晌后，摊摊手道，语气是闲散自然的，看着她的目光却复杂难言。

桑祈拨弄着手边的荷花，没有注意，刚想说那是，自己在这方面早就跟父亲达成过协议，他之前总往府上跑去说服父亲，完全是无用功，却忽然觉得，大概是因为这夏日的午后太安闲，荷花的香气太浓郁，眼皮一沉，一股倦意袭来，好想睡上一觉。

待到她伏倒在案上，睡着了之后，卓文远试探性地叫了她两声。见她没有反应，他方低低一笑，长臂一伸，将杯中的液体悉数倒进荷花池里。

荷花开得紧凑而茂盛，小舟停在花丛深处，四周全是接连碧色，遮挡住了外围的视线。加之莲枝娉婷净直，在无风的午后挺拔高耸，好似一堵密不透风的花墙，若是舟上的人不站起身来的话，很难被旁人看见。他动作小心翼翼，收了酒壶和酒盏，将小几推到船尾后，扶着熟睡的桑祈躺了下来。自己则靠在她身边，半卧着，撑头看她。

身侧的美人睡得很沉，通体弥漫着一股水莲的清香。鹅黄浅碧的轻纱间色罗裙，清丽动人，让她看起来像是一份精致的糕点，引得人食指大动，迫不及待地想要品尝。卓文远的视线从她乌黑亮泽的秀发上缓缓下移，端详着她浓密如缎的睫羽、光滑如瓷的肌肤、白净胜雪的鼻尖与丹红赛过这池中最美的那朵花的唇瓣。眼眸又黑又深，仿佛在欣赏一份追寻已久、爱不释手、奈何主人却不肯割爱相让的艺术品。就这样注视了一会儿后，俊美的公子微弯了他暧昧风流的桃花眼，抬手轻轻拂过她的额头，拨弄着她的鬓发，轻叹一声："桑二，你为什么就是不肯听话呢？"

美人睡得正香，没有开口回答。他也知道不可能得到任何答案，只是带着几分无奈，继续自言自语："如果你能让我省点心，我们也不至于走到今天这一步，你说是不是？"说着指尖温柔地下移，在她的脸颊上摩挲流连，细细抚摸着她水润的柔唇。良久后，低头吻了上去，吻过她的额间，吻过她的眼帘，而后一翻身，整个人将她压在身下。

桑祈还在睡着，但丹唇被他吻得更加红润，更加娇艳欲滴，也更加有诱惑力。

他微微一笑，玩闹似的，抬手拨弄着她胸前的衣襟。每次都拨开一点点，然后再松手放回去，如此循环往复，弄得衣襟松散。

可是，就在腰带被解开一半的时候，桑祈好像在睡梦中不太舒服，蹙着眉头哼了一声，挪了挪身子，轻轻抬手推他。他以为自己的动作幅度太大，弄疼了她，低头去看是不是腿压到了她。这一看，目光却停在了她的衣裙下摆——只见她在诗会上赢来的那个一直收藏着没舍得佩带的玲珑环佩，如今就安安静静地躺在那里。

于是他眼底的迷醉与狂乱渐渐退去，又恢复了一片幽深如晦。他停了很久很久之后，才自嘲地一笑，翻身到一边，小心地将她的衣衫拢好，假装什么都没有发生过一样。

桑祈不知道自己怎么就在船上睡着了，睡了多久，只觉得醒来的时候，头有些轻微的涨痛，胳膊酸，腿也酸，连嘴唇好像都酸了。她揉着太阳穴起身，一起来不要紧，看到自己的衣裙吓了一跳，总觉得，好像衣襟散开了，腰带也有些松，再加上自己身上感觉也奇奇怪怪的，登时瞪大眼睛，扯紧衣裳蹿了起来，尖叫道："卓文远！"谁料这一声喊出去之后才发现，青梅竹马的男子并不在身边。

小舟上只有她一个人，四周是寂静的荷塘，连一丝风也没有。放眼望去只有无穷无尽的莲叶荷花，整个世界寂静无声。她蹙着眉，不安地站起来四下张望，出声叫道："卓文远？"

没有人回应。

"卓文远！你在哪儿呢？不要吓我……"叫了几次都没人应答之后，桑祈有点害怕了。她不识水性，也不会划船，把她一个人丢在这荷塘深处，可教她如何是好？

正在她哭丧着脸，准备拿起竹篙来，研究研究怎么把自己运回去的时候，突然，只听水上传来一阵波浪声，而后小舟随着水流猛烈地晃了两晃。而她由于处于站立状态，本来就不是很稳，这一晃吓得赶紧俯身抓住船舷惊叫。就在悲戚地觉得自己怕是要栽到湖里的一瞬，庆幸船终于不晃了。她刚稍微松一口气，便感到头顶一阵清凉，水花扑面而来，不由得又是一声惊呼，赶忙抬袖去遮，可还是被淋了一脸水。她懊恼地擦去之后，才见卓文远正泡在荷花池里，不怀好意地看着她笑。青衫在水里招摇，与荷叶连成一片，不分你我，丹唇皓齿，眼眸柔媚，水珠在阳光照射下闪烁着光辉，看上去活像一朵刚出水的青莲。

好看是好看，但是——也太遭人恨了。桑祈咬牙切齿地嗔了句："你这变态！吓死我了。"说着，还不甘心地蹭到船边，也俯身掬起一捧水朝他泼过去。

"哈哈哈……别闹别闹，我可是一番好意。"卓文远赶忙闪躲，笑眯眯道。边说边踩着水靠近，让桑祈帮个忙把自己拉到船上。桑祈若有所思地看了看他递给自己的手，轻咳一声，道："让我拉你上来可以，但要先回答我一个问题。"

"什么问题？"卓文远甩着头发上的水，一脸迷茫地问。

桑祈差点又被甩到，赶忙闪躲，边拿袖子挡住脸，边支吾着问："那个……你刚才是不是趁我睡着的时候……做了什么坏事？"

"坏事？"

"咳……你懂的。"

"不懂。"卓文远一脸无辜。

"你……"桑祈面色一红，懊恼道，"少装蒜。你知道我在说什么，就是男男女女，什么奇奇怪怪的活动……”

卓文远沉吟片刻，风流暧昧的桃花眼一眯，勾起一丝狡黠的笑容，恍然大悟道：“哦，你是指那件事……”

“哦你个头！”桑祈看他这样子就忍不住又扬水泼他。

“嘿嘿。”卓文远巧妙地闪躲着，道，“奇怪，我几时占过你便宜？”

“从前是没有，但是……”桑祈一怔，绞起袖口来，局促道。她想说可这次她觉得身上不大对劲儿，又不知道该怎么描述比较妥当，正在挖空心思地找合适的形容词的时候，只听卓文远又是一阵坏笑。

“嘿嘿……该不会是，你做了个春梦，在梦里跟晏云之做了什么奇怪的事情，醒来就以为是被我非礼了吧？哎哟，真是千古奇冤，人间惨案。你看着，等会儿就要七月飞雪了。”卓文远边说，还边摇头叹气。

桑祈恼羞成怒，干脆收手不拉他上来了，嗔道：“呸，胡说八道。你要不是做贼心虚，你往水里跳干什么？你这龌龊心思，就是跳进洛水河，也洗不清的。”

卓文远也不用她拉了，一按船舷，纵身一跃翻了上来。这一跃带动船身摇晃，又吓得桑祈脸色发白，死死扣住船舷。俊美公子即使全身湿透了也依然俊美。濡湿的衣衫紧紧贴在身上。平日宽袍缓带，看不出身材，此刻只需瞥上一眼，便能将他完美矫健的身姿与精致流畅的肌肉线条尽收眼底。可惜桑祈压根没看，只见他带上了一船水，下雨一样洒落，赶忙又挡脸。待到下完“雨”后，便听一阵扑通扑通的声响，面前掉下来好几个新鲜的莲蓬。

桑祈眨眨眼，放下袖子，诧异地看他。卓文远挑着眉回视，嬉笑道：“专门去给你采的莲蓬，还说我图谋不轨，我不冤枉谁冤枉？”说着捡起一个莲蓬塞到她手上。

桑祈呆呆地看着一船莲蓬，哑口无言。眼下卓文远这全身都湿透了，一时半会儿也晒不干，便也不继续在藕花深处饮酒晒太阳了，撑起竹篙，又将小舟渡了回去，停泊在岸边，叫人来帮桑祈把船上的莲蓬收了，等会儿带回去。自己则回去换身衣服。换好衣服，莲蓬也收好后，他亲自帮她拿着装莲蓬的竹筐，送她出门，告别之前，将竹筐递到她手里，声线平静而温润地问她：“晏云之的事，你真的决定好了？”

桑祈接过竹筐，点了点头：“嗯。”便见他潇洒地收手，长袖一振，笑容淡淡，道，“那我也有一个消息要告诉你。我决定，也要成亲了。”

“咦？”桑祈怔了怔，“这么快，你也决定好了成亲的对象了？”

“嗯。”卓文远微微颔首，“之前在苏家，和这次叫你来，我就是想告诉你这件事。如果你还是不肯嫁给我的话，我就要另娶他人了。”

“是谁？”桑祈不由得好奇。

卓文远理着袖子，平静地道了句：“宋佳音。”

……桑祈瞠目结舌，半晌没说出话来，表情抽搐了好一会儿，才沉痛地拍拍他的肩膀，语重心长道：“你可想好了，千万别后悔。”

“我知道。”卓文远却是一副乐天安命、没什么不情愿的样子。

桑祈与他挥手告别，转身离去，还在为自己好友的未来唏嘘感慨。

却不知卓文远目送着她的背影，笑容越来越淡，眸光愈发幽深，轻叹了一句：“这句话应当是我对你说才对。桑祈，希望今日你作此决断，将来不要后悔。”

第九章

奈何秋霜覆

桑祈以为，凭借着晏云之的能力，成功打消皇帝要苏晏两家联姻的念头，并不是什么难事。却没料到，这件事遇到的阻力比她预期之中还要大上许多。

且不说晏云之，就是她也遭到了父亲的强烈反对。那日下定决心后，她开诚布公地与父亲深谈了一番，表明了自己非晏云之不嫁的态度，没想到桑巍听后盛怒，言辞俱厉地要她尽早放弃这个想法。

桑祈不明所以，皱着眉头问："父亲何出此言？我嫁给晏云之有什么问题？"

桑巍一开始不愿意细说，被问了好几遍之后，才不得已，重重叹气道："阿祈，你姐姐的教训、闫家的教训，你还没吸取吗？你以为嫁给晏云之是那么简单的事情？爹费了多大力气，遣散部下，削减兵力，自断羽翼，才换来我们桑家在洛京平静安稳的日子。若是你和晏云之成了亲，你以为皇上还会是现在的态度，宋家还会是现在的态度，容我们安安稳稳地在这儿坐着？不收拾我们，他们连觉都睡不安稳的呀，我的傻孩子。"

桑祈抿着唇，细细将父亲的这番话消化了一遍。其实个中道理，她又何尝不懂，可她不甘心，也不肯认命。她相信，凡事总有转圜的余地，于是沉声道："可是我们并无谋反之心，他们即使忌惮，没有证据，又能奈我何？更何况，我相信我等是为大燕效忠，皇帝早晚也会理解我们的一片赤胆忠心……"

“唉。”桑巍一拍大腿，摇头叹气，道，“说得轻巧，如果人人都像你这么想，哪还有那么多政权纷争，早就天下太平了。有的时候不是你去找麻烦，而是麻烦来找你。木秀于林，风必摧之，便是这般道理啊。”

桑祈还是不服气，摇着头道：“不，女儿相信总会有解决之道的，这世上没有什么过不去的难关；也没有什么扭转不了的宿命。”说完，她不想再跟父亲争辩下去，转身要走，却听桑巍在后面沉声提点了一句：“好吧。那爹给你指条明路，唯一一个让别人不忌惮你的办法，就是像晏云之现在这样，明明有经世治国之才，非要在国子监里做个小小的司业，韬光养晦。你若是嫁给晏云之，还继续让他一辈子这样下去，并且自己也能放弃要当个女将军、为家族争光的理想的话，倒是也有可能太平地过日子。你可愿意做出此等牺牲？爱情和理想，要是必须放弃一个，你怎么选？”

桑祈脚步一顿，沉吟片刻后，没有回答他这个问题，而是头也不回地大步离去。她不能选，也选不出来。嫁给一个自己喜欢的人，而不是为了政治联姻的目的，是从小到大一直支撑她的信念。不靠夫家的力量，而是靠自己为桑家延续荣耀，亦然。两个信念就像是支撑着她的两条腿，相辅相成，缺一不可，放弃哪个都会让她变成走不稳的废人。

她不选，她相信自己一定能找到一个两全之法。也许想出这个方法不能急于一时。可是，皇后对于给苏解语和晏云之牵线这件事，却是越来越上心了。

她觉着自己和晏云之就像是在跟时间赛跑，前面是皇后动作飞快，远远地把他们甩在后面，后面是两个家族沉重的负担拖着他们的后腿。

所谓家家有本难念的经，正如她所遭遇的一样，只要她和晏云之都想促成这件事，晏、苏、桑家就没有一家好过。

这边厢，苏家的马车刚走，晏相面上的笑容便消失了，重重地拍了一下桌子，怒斥道：“不孝子，你可知道你刚才说了什么？”

晏云之却在父亲怒气冲冲的注视下，平静地喝了口茶，淡声道：“孩儿知道。”态度良好，却是坚毅、毫不服软的语调。

晏相一听，又气得连连急喘。晏夫人赶忙上前，帮他拍着后背顺气，劝慰道：“别气别气，身子要紧。”

晏相却不听这个，长叹一声，摆摆手叫她走开，示意自己没事，愤愤道：“老夫自己的身子不重要，重要的是我晏家上上下下几十口人的安康。你问问这臭小子，他可把我们放在心上？”

“孩儿谨记父亲教诲，并无一刻忘记以晏氏福祉为已任。”话音刚落，晏云之便从容作答。

“没忘？”晏相冷哼一声，白眼道，“那你说说，执意要娶那桑祈，不肯跟兰姬成亲，又是怎么回事？”

“孩儿以为，这与晏氏兴亡是两码事。”

“你二伯就是这么教你的？”晏相冷眼一眯，怒气又重了几分。

“无须何人相授，道理本应如此。孩儿既然要娶桑祈，就有保全桑晏两家之法。”晏云之依然一副“我永远都是正确的，你们能奈我何”的淡定模样，看得晏相牙直痒痒，不想再跟他口舌之争，摆摆手让他去了。

晏云之恪守礼节，慢条斯理地起身，给父亲母亲都行过礼，才施施然离去。自己儿子这个倨傲的性子和执拗的脾气，晏相比外人更了解。他不想做的事，谁也别想勉强。可是……和桑家联姻，又一定会被皇室顾忌。他又怎么能不为儿子的前途，为晏家的安危忧心呢？

这个时候，他又不免有些羡慕逍遥事外的二哥晏鹤行了，若是自己也能卸下肩头的担子，恣意而为，纵情山水，该有多好？年迈的丞相神情流露出几丝怅惘，但只存在仅仅一瞬，便又消失不见。

而苏府离去的马车里，苏夫人的惆怅可就去得没那么快了，又想叹气，又怕再勾起女儿伤心的情绪，只得望向窗外，眉头紧锁，不知说什么是好。

一旁的苏解语反倒看着比她平静得多，闭目养神，表情无波。看着，竟有了那么几分心如死灰的意思。

做母亲的岂会不了解女儿的心思，苏夫人看在眼里疼在心里，终于还是忍不住叹了句：“不是我挑理，少安这件事做得确实不地道。”

苏解语微微挑起眼帘，抬眸轻叹了一声，道：“阿娘，其实，少安也不是第一天这个态度了。他对女儿是什么心思，女儿一早就知道。只不过从前一直抱着还想努力努力的念头，想要腻在他身边试一试。如今……”

“唉。”苏夫人又叹了口气，“娘就是想不通，你们从小一起长大，这么般配，又要好，为何他偏偏会中意那个不知道从哪里冒出来的阿祈？”

苏解语自嘲地笑了笑，道：“感情这种事，说不清的。与时间长短、距离远近，都没有干系。大概我和少安，就属于有缘无分吧？”

苏夫人却不认同这种说法：“你们又没有一起生活过，如何知道以后就不会有感情？夫妻之间的情谊，都是需要慢慢培养的。娘同你父亲成亲之前，也没有感情啊，现在还不是过得好好的？要我说，少安只要娶了你，日久天长的，总会忘记那个阿祈。女儿啊，你又何必早早放弃？刚才在晏府的时候，居然就顺了他的意思……让娘说你什么好。自己的幸福，是要自己去争取的啊。”

“娘！”苏解语出声打断她，眸光微颤，道，“你怎知女儿没有争取过……女儿实在是竭尽所能了。”

“竭尽所能？”苏夫人不这么认为，蹙眉道，“娘可没看出来。你若真想让他对你上心，便是使些手段……”

“娘！”苏解语微微蹙眉，唤了一声，将声音提高几分，仓促地打断母亲的话，面色惨白，看上去情绪激动，连指尖都在不由自主地颤动着，半晌后才哽咽地抿唇道了句，“您以为，女儿没使过手段，没耍过心机吗？女儿做过了，什么都做过了，可是没有用啊……”

而后她合上眼眸，沉沉地向身后靠去，声音极轻地道了声：“您就别逼我了，女儿虽然心悦于他，也有着自己的骄傲。有些行径，还是不屑于做的。”

她还没哭，苏夫人为自己的爱女感到不值，反倒一阵心酸，眼眶一红，先偷偷抹起泪来，抽泣道：“唉，我苦心的孩儿啊……你怎么如此善解人意，偏偏人家还不领情……像你这么好的女子，这世上还能到哪里去找……”

“别说了，娘，各人有各人长处，人家自有长处是女儿比不过的。”苏解语偏过头去，被母亲的情绪感染，也开始默默流泪。

苏夫人移身过来，母女二人抱头痛哭了一会儿。眼睛都肿成水蜜桃了，苏府也到了，苏夫人才擦着眼角，一边平复着情绪，一边安抚女儿道：“不过，你现在也不必早早放弃。虽然少安个人表了态，可皇后那边还在施压。搞不好，这亲事到最后还是能成的。听娘一句劝，你那嫁衣，继续绣着吧。”

苏解语怅然叹了口气，沉吟片刻，点了点头，无力道：“女儿知道了。”

进府之后，苏夫人又安慰了女儿几句，便回了自己住处。苏解语也步履沉沉地回了房间，坐下来一声叹息。

丫鬟见状，上前问有何吩咐。苏解语只疲惫地摇摇头，叫她先下去，留自己一个人静一静，若是没叫的话，不必来服侍，而后独自一人静坐片刻，起身，走到角落里，打开了一个红木箱子，望着箱中的东西，怔怔地出神。

里面躺着的并非旁的，正是一件绣功精美绝伦的大红喜袍。苏解语苦笑一声，抬手细细抚摸着每一处针脚。母亲叫她继续绣着嫁衣，却不知道，她早已经偷偷绣好了啊。早在多年前，她便想着有一天，能够穿着这身红衣，站在他身边，与他执手相看，互许终身。

她以为，这是她的命运。

从她记事起，就知道苏晏两家世代交好，有不少联姻的先例。晏云之的生母严氏又同自己的母亲是至交，情意深重，更想亲上加亲。

自小她便经常见到他，同他玩在一处。后来，看着那个男子渐渐出落得越来越英姿俊朗，才貌双绝，她心里时常有一种抑制不住的暗喜。站在他身边的时候，总会不由自主地为这个男子将会是自己未来的夫君这件事，感到无比骄傲。

她知道，自己会被天下所有女子羡慕，甚至妒忌。自己也希望不负众望，成为可以配得上他、与他并肩的那个人。所以，她努力学习琴棋书画，诗词歌赋，熟读史册，通晓玄经，深谙礼数，帮助母亲操持家务，学习如何做个好妻子。

她会让哥哥帮忙打探晏云之都在读什么书，自己必然也要读上几遍。晏云之练习的曲目，她必定也会弹奏，甚至还会模仿晏云之的字体。长此以往，终于成了可以读懂他的一言一行，与之默契无间的那个人。可也是在那个时候，她明白了，晏云之对她，并没有存一样的心思。

尽管旁人都津津乐道地说他们是一对金童玉女，郎才女貌，佳偶天成，她表面笑意盈盈地听着，内心却十分苦涩。因为她知道，在晏云之眼里，自己的身份或许只是一个妹妹、一个友人、一个知己，却并非他倾心所恋的佳人。

到了快要及笄的年岁，晏云之对她还是那样一副礼遇有加、却不温不火的态度，让她有些心焦。彼时她以为，只是自己一直以来都在他的身边，所以才让他没有认清情感的机会，没有感受到失去自己的失落。于是她借着给祖父守孝的由头，辞别洛京。以为晏云之会看清内心对她的思念，前去寻她。

可是直到她绣好了嫁衣，他也没有来。一别三年。三年后，他身边出现了那个人——桑祈。

上元灯会，她回家的那天，第一时间便去找了晏云之。晏云之已经从清玄君处得到了她要回来的消息，正在府上等她。见到他的那一刻，她内心是何等欢喜，可这股欣喜劲儿还没过去，就听他问了一句："要不要去灯会走走？"

本以为，他是要带自己去看烟火，苏解语心情更加雀跃。谁知到了灯会现场才发现，醉翁之意不在酒，晏云之的目的是为了给桑祈救场。她忍不住去接近那个姑娘，想知道桑祈到底是怎样一个女子，竟然能令晏云之待之如此与众不同。

而后，她便看到了那个女子的很多面，很多在洛京的世家小姐身上从来没有看到过的性情。她与洛京是那么格格不入，那么色彩浓烈鲜明。她的洒脱爽朗，她的明朗温暖，她的巧笑顾盼，她的率真大方，她的坚毅刚强……都像一道亮丽夺目的风景，教人移不开眼。这个女子，分明美丽不输给任何一个姑娘，却选择像一个男子一样活着，什么都想靠自己。虽然有的时候会有些莽撞，有些草率，却勇敢得一塌糊涂。

苏解语记得，自己曾经偷偷上山看她和晏云之一起练剑。见到那一幕，才知道什么叫作真正的佳偶天成。虽然桑祈的动作总是慢半拍，让晏云之不得不迁就着，但那种心灵上的共鸣，是她与他合奏的时候，无论多么琴瑟和谐，都没有过的默契。

她早就知道，晏云之的心，在这个女子身上了。只因着自己心底那份厚重的爱意，不肯轻言放弃，想着再争取争取，再为自己搏一搏。于是她也耍了些小心机，然而晏云之和桑祈对彼此的情意，就像汹涌的浪潮，一路推进，势不可当。

这才是早已被众神书写好的命运，你无能为力，无从反抗。苏解语苦笑一声，又将箱子盖好，精心地擦去箱面上并不存在的灰尘。

她人生中的前二十年，都在按照"晏云之的妻子"这个标准要求自己，接受着这个预设好的身份生活。二十年后，才发现这个身份不一定属于她。而就在她准备要放弃了的时候，却又传来皇后想要下旨赐婚的消息。本以为一切都会就此尘埃落定，没想到晏云之又态度强硬地表示拒不接旨。

如此跌宕起伏，如此一波三折，扑朔迷离，那传说中的大燕第一公子的发妻身份，最终又会花落谁家？现今，她自己也说不清了。只知道，若皇后真的执意要促成这桩婚事，她怕是不会主动退让。

这套嫁衣，也许终有见光的一天，不致永远尘封箱底吧。

慨叹一番后，苏解语决定收拾起心情，还是先去父亲那里一趟。眼见着每日晨昏定省的时辰要到了，即使心情再不好，礼数也是万万不能缺的。于是她洗了把脸，收拾一番后，出了院门。

苏庭已经听夫人将事情的来龙去脉说过一次，个中细节，其实他更清楚些。早在女儿及笄将至，而晏家迟迟不来提亲的时候，他就明白，恐怕这桩亲事未必能成了。所以皇后来表达了想促成此事的心愿后，他也没有急于表态，只表示再等等。

只是没想到七夕花会那天，卓文远竟然又催了这件事，还让旁人听了去。以为亲事已经定了下来，皇后也顺了这意思，让皇帝拟旨赐婚去了。

如今苏晏两家骑虎难下，怕这亲事不成也得成。只希望晏云之那边不要太固执己见，能将事情圆满解决就好。作为一家之主，他同晏相一样，在意的也并非男欢女爱层面的小事，而是整个家族得失的大局。比苏解语的苦恼有过之而无不及，只叹自己那个离群索居的儿子也指望不上，真是白养了。他无奈地扶额摇头，摆摆手让女儿先回去。

苏解语告了退，刚想回房，便遇到家丁来报，说有拜帖送来，是给大小姐的。接过来一看，只见上面的落款是桑祈，她握紧信笺的指尖止不住颤抖。

一个时辰后，在谢雪亭夏夜的晚风中，桑祈和苏解语相对而坐，衣摆随风拂动。

桑祈主动给二人面前的酒盏斟满了佳酿，举杯道："这一杯，我敬你。"

苏解语接过酒盏，笑意清浅，轻声问："不知阿祈敬我什么？"

"敬你肯来见我。我知道如今你当真有一百个恨我的理由，就算打我一顿也不为过，却没动手，便值得一敬。"桑祈言罢，先行一饮而尽。

苏解语握着杯盏，沉默半晌后，才微微一笑，道："若不是你，也会有别人，反正结果都是一样的。我一向了解，在感情方面，他是个不会将就的人，却还抱有不切实际的期待，其实也有不对。"言罢，缓缓将杯中酒饮下，敛去笑意，认真地看着桑祈，道，"话虽如此，可事到如今，我若说心里对你没有任何芥蒂，还能好好与你做朋友，也是不可能的。主动退出，更是无从谈起。桑祈，兰姬还是那句话：不会放弃。晏云之不是糖藕，你舍不得，我也舍不得。"

说着她从盘中夹起一片沾满桂花酱的莲藕，放到了桑祈面前的骨碟里。桑祈预料到了会是这样的结果，低眉注视着那片糖藕，也笑了笑，挽起袖子夹起糖藕咬了一口，道："这样最好，我来也是想自己主动跟你挑明。觉得起码比你从别人嘴里听到要好。从此，我们就公平竞争，谁也不亏欠谁。"而后也夹了一颗旁边盘子中的五香蚕豆，放到苏解语的盘中，笑道："我记得你不爱吃甜食。"

"是这个理。"苏解语也跟着温婉一笑，领了她的情。二人一同干了一杯酒，可是放下酒杯的时候，苏解语却因心思百转，而动作迟缓，极目远眺江面，轻轻叹了一声。

其实所谓的公平竞争，从一开始，就是不存在的吧。虽然看上去，桑祈这边有晏云之本人的支持，她这边则有外界环境的推动，好似难分伯仲。可实际上，孰胜孰负，不是早就注定了的事吗？然这短促的一声轻叹，很快便被江面上的晚风吹散，连一丝涟漪都没留下。

各自向彼此坦言之后的一段时间，虽然三个人态度是明确了，但事情进展得依然不顺。如桑巍和晏相所料，皇室忌惮着两家联姻的势力，打定主意要横加阻挠，接连往晏府送了两次圣旨，催促晏云之和苏解语的婚事。只不过晏相拖着，迟迟不肯执行。

而与之相反的是，卓文远和宋佳音的联姻一事，倒是进行得异常顺利。从确定联姻，到互换庚帖，到下聘送彩礼，再到挑选吉日，仿佛只用了一瞬间的工夫，眼看着，就要到行礼的日子了。

卓府和宋府，上上下下忙碌不已，都在准备这场大婚。两个主角，却又都好似事不关己。

宋佳音不但没绣完嫁衣，还把母亲给的那套红鸾喜服剪了个粉碎，气得好几天不肯吃饭。

哥哥宋落天看在眼里，疼在心里，在门口跺脚砸门，忧伤道："妹子，你就是再不开心，也不能不吃饭啊。要是饿坏了身子，吃亏的还不是你自己？"

"你走，我不想听！"房里传来一声有气无力的哭啼，听得出来，她的嗓音都嘶哑了。

"唉……"宋落天担忧地来回踱步，绞尽脑汁想出个劝慰的句子来，"子瞻又没惹过你，而且他那个人脾气温和，婚后肯定不会欺负你……”

“哥，”宋佳音哽咽着唤了一声，将他的话打断，咬牙恨道，“我不甘心……我就是不甘心，嫁给一个心里有桑祈的人。”

“这……”

宋落天很想说一句，未必如此。可是一直以来卓文远和桑祈的亲密全洛京人都看在眼里，这辩解的话语，说出来也是苍白无力，于是只得劝道：“话虽如此，但这也是你的一个好机会啊。你看，从前你和桑祈作对的时候，总有他帮衬桑祈。如今你若是把他拉到你这边来，桑祈身边不就没有盟军了？媳妇儿和朋友，他该帮谁，应该还是有分寸的。”

宋佳音好像觉得这句话也有几分道理，沉默了一会儿，却还是抿着唇，重重叹了一声：“可我还是不愿意……总觉得是人家不想要的东西，才轮到我。哥，你说说，从小到大，我用的什么不是全洛京最好的？虹霓阁的缎子，每年我都买新染的第一匹；云庄的柔纱，送到宋府来的也是最轻薄的；还有胭脂、首饰，甚至文房四宝……我哪里要过什么被人挑剩下的物件。”说着说着，又觉心中悲恸无比，放声哭泣起来，蹭到门前，吃力地拉开门，扑倒在兄长身上，泪如雨下，道，“我不想嫁给卓文远，真的不想。哥哥，求你了，你去跟父亲说说，我求你……”

眼见着妹子差点哭得晕厥过去，站也站不稳，宋落天觉得自己的整颗心都被暴雨淋了个湿透，对桑祈真是恨得牙痒痒。要不是她，宝贝妹妹嫁给卓文远也就嫁了。虽然卓家实力是不如他们宋家，但毕竟卓文远出落得一表人才，为人温润，又是皇后疼爱的亲侄子，也不算吃亏，哪里至于难受成这个样子？要不是她，明明跟卓文远卿卿我我了这么久了，突然又移情别恋，非去晏云之和苏解语之间横插一脚，贪得无厌地想要攀上第一公子，父亲又怎么会挑中卓家联姻，逼妹子去蹚这潭浑水？

总之，都怪桑祈，都怪她不知廉耻，才害得宝贝妹妹受此等大辱。宋落天怨愤地想，自己早晚有一天，要为妹子讨回这个公道。

而卓文远则继续游手好闲，有事没事总往外跑，去找他的如花美眷。

这一日，他又在浅酒的别院里小坐，一边吃着美人喂过来的樱桃，一边撑着头，暧昧地笑，道：“宋佳音那姑娘可没那么好说话，怕是娶了她，以后可有得闹腾。”

浅酒眸光微动，去拿樱桃的手轻轻一颤，说话的语气却还是平静的，只道：“世上怎会有令郎君无能为力的人，依奴家看，不出多时那位姑娘便会对您言听计从。”

“没有令我无能为力的人吗？”卓文远慢慢将樱桃核吐在一旁的帕子上，长腿微屈，眸光潋滟，轻笑了声，“也未必啊。”

日升月落，很快，洛京就在当事人双方一个不情不愿、一个心不在焉的态度中，迎来了卓文远和宋佳音的大喜之日。

宋佳音几乎是硬被父亲虎着脸塞上花轿的，哭得比喜婆见过的任何一个新娘子都要伤心，一路哭着到了卓府，一路哭着行完礼，让到场的宾客都感到别扭不已。反倒是新郎卓文远身着大红喜袍，长身玉立，一点没有不耐烦的样子，不管对方如何挣扎，一直贴心地紧紧握着新娘的手。

桑祈看在眼里，不得不感慨，卓文远为了这桩婚事，也是挺拼的。新娘被送入洞房之后，她绕过人群上前，给他敬酒的时候，有意扯了扯他的袖子，凑上去低声问：“话说，你没问题吧？”

卓文远一挑眉，笑容戏谑，反问：“我看起来像有问题的样子？”说着还意有所指地看了一眼洞房的方向。

“像。”桑祈认真点了点头。

“怎么说话呢？”他无奈地抬手打了一下她的头，故意转移话题道，“还有那份闲情逸致操心我，你和少安的事怎么样了？”

哪壶不开提哪壶，桑祈不悦地白了他一眼，蹙眉喝着酒，道：“还没有结果。与其关心我，还是多担心担心你的洞房花烛夜吧。”

“呵。”卓文远轻笑一声，“放心，阿音只是刁蛮任性了些，咽不下这口气罢了，还不至于要把我吃了。”

“但愿。”桑祈对宋家人可不这么乐观，耸耸肩，不耽误他款待宾客，先离开了。

吃完喜宴，闹洞房的时候，歇斯底里的新娘子叉腰站在门前，把前来的宾客通通赶了回去，直到最后一个人也悻悻地走掉后，才精疲力竭地跌坐在床上，连连喘息。她早上起来就没吃东西，还哭了一天，又闹了一通，这下彻底没了力气，连想朝卓文远翻白眼都翻不起来了。一身红衣、柔媚如狐的新郎，与暴躁的她截然相反。丝毫没有着急的样子，既不上前责备她不懂事，也没有打算拥着妻子更衣就寝的意思，只是坐在桌旁，气定神闲地喝茶。

过了一会儿，到底还是宋佳音先坐不住了，哼了一声，有气无力地嗔道：“本小姐都屈尊降贵来了，你莫非还嫌弃本小姐，不愿娶我不成？”

“咦？”卓文远一脸对于她会主动跟自己说话这件事感到十分意外的表情，放下茶盏，疑道，“莫非，阿音是嫌为夫在这儿喝解酒茶喝太多了，没尽早过去陪你共享夫妻之乐，跟为夫置气呢？”

“呸。”宋佳音面色一白，恼羞成怒地咬牙道，“谁稀罕！你休想碰我一下。”

“哦。”这句话反倒像是在他的意料之中，卓文远温雅一笑，起身理了理衣襟，道，“好吧，那我去书房睡，你也早点歇息吧。”说完走上前，吹灭了红鸾帐前的龙凤双喜烛，拿起屋内仅剩的照明来源——桌上的烛台，便要离开。

宋佳音一直没有反应过来，直到见他当真要出门了，才脱口而出，唤了声：“等一下。”

“又后悔了？”卓文远一只手已经搭在门闩上了，闻声转过身，挑眉问。在烛火照应下，显得他的眉眼格外魅惑。某一瞬间让人产生一种幻觉，仿佛他是修行千年的红狐，衣摆翩翩，好似九根尾巴，正在暗处妖冶地招摇。

宋佳音狠狠地剜了他一眼，不满道：“你走你的，烛台留下，另外再把我的婢女叫进来。”

听完这些要求，卓文远却狡黠地一笑，眸光缓缓暗了下去，难得一见地显得面色严肃起来，负手而立，道：“宋小姐，哦不，卓夫人。你可别忘了，这不是你们宋府，而是卓家。我们这儿没有让侍婢在房内服侍主子就寝的规矩，夜里过了亥时，也不许点灯。”

“你……”宋佳音见他说完这句话径自推开了门，心里一慌，赶忙道，“可是本小姐……怕黑，从来没有晚上一个人熄灯睡过觉。”

“那没关系，睡上几次就不怕了。”卓文远回眸一笑，施施然离去，并且走的时候还让自己的随侍在外面锁上了门，还带走了钥匙和宋佳音带来的贴身侍婢。

宋佳音在漆黑的房间里，瞪大了眼睛，完全没想到自己第一天来，就被他摆了一道，先是震惊，又是愤怒，可很快，便尽数被恐惧的情绪吞没，只剩下了对黑暗的畏惧，全身都颤抖起来。一个没忍住，惊慌失措地跑到门前，尖叫着：“死卓文远，你给我回来！有没有人，有没有人啊！快来人，给我一个烛台！火折子也可以啊……喂！你们这些贱人，敢不理我！”

空荡荡的大门外，无人应答。

直到喊得没了力气，她才又是惶恐，又是委屈，无助地滑倒在地上，紧紧缩成一团，最终因为劳累过度而昏睡过去。

卓文远第二天早上才回来，看上去昨天一晚睡得很好的样子，还换了身清爽利落的水蓝长袍，一开门，故作惊讶地问：“咦，夫人缘何睡在地上？”

宋佳音迷迷糊糊地感到眼前突然一亮，被晃醒了，抬眼看到身前挺拔昳丽的男子面上那关切的神情，满腔怨愤无从倾诉，一撇嘴，又哭了起来。

“啧啧啧，哪有新婚第一天还哭的新娘子？”卓文远怜爱地蹙了眉，俯身将她抱了起来，叹息道，“看你这成了什么样子，昨晚脸也没洗，凤冠也没摘，喜袍都脏了。快来人，给夫人梳洗梳洗，换身衣裳。”

早有侍婢在外候着，听到主人命令后快步进来，一左一右拉着宋佳音到妆台前，按下坐好，把她头上的饰物摘下来。卓文远则一直立在后面看着，保持着摇头叹气、满目怜惜的样子。

宋佳音望着铜镜里自己狼狈不堪的样子，亦是不忍直视，低头死死攥着拳，舔了舔干燥的嘴唇，哑声道：“我……太累了，梳洗完毕，你们就先出去吧，让我再睡一会儿，晚点再去给父亲母亲见茶。”

他流露出的片刻温柔，让她有了自己可以提出此番任性要求的妄想，以为自己若是肯先服软，他也不会继续变本加厉。没想到她那狐狸似的狡猾夫君叹了口气，上前亲自帮她梳着发，似笑非笑道：“那可不行。为夫等下还有事务要忙，可没时间等你。”

于是她又心头一酸，涌出一串眼泪来。本想开口骂人，可一想到昨晚的沉沉夜色，无助又绝望的颤抖，便心有余悸，最终死死咬着唇，忍下了这口气。

三日回门，受尽委屈的宋佳音，在家里情绪爆发，歇斯底里大哭一场，说什么也不肯再回卓家，差点以死相逼。不幸的是，她依然被父亲黑着脸赶了回去。母亲虽然心疼女儿，也不得不劝道，嫁鸡随鸡，嫁狗随狗，就是嫁了只狐狸，也得认了。而卓文远则继续做一脸无辜、和善可亲状，好像欺负宋佳音的人不是他，他也格外心疼妻子，同仇敌忾似的。于是如此“软硬兼施”，在原则问题上一点不通情理，但又时常于她最无助之时温柔出现，拉她一把，细心安稳一番的做法进行了没有半个月，就将宋佳音收拾得服服帖帖的了。在他面前偃旗息鼓，再不敢造次。

而桑祈和晏云之这边，依然腹背受敌。这一日，二人见了一面。要说这一面见得也确实不易。桑巍曾虎着脸不让她再和晏云之往来，总派人盯着她，为此父女俩还刚刚起过一番争执。这会儿她趁着父亲不在家，费了好半天劲才偷偷跑出来。

晏云之近来也诸事繁忙，所以二人也没约在别的地方，桑祈干脆直接到国子监里来找他，坐在他平时休息的房间，泄气地趴在桌上，懒洋洋地哼哼。

晏云之则在一旁气定神闲地批改作业，半晌后才稍稍抬头，道了句：“你大限将至了？”

“哼。”桑祈只动动眼皮，白了他一眼，哀怨道，“快了。你要是再不理我，我马上就要去了。”

晏云之勾唇淡淡一笑，暂时停下手上的动作，道：“别闹，我今天要把这些作业都批改完，你先自己玩会儿。”并指了指窗口，示意她可以去摧残一下窗边的花花草草什么的。

桑祈连看都没看，撑起头来，凝视了他半晌，叹道：“难得见一面……”

“有何难？”晏云之已经复又开始提笔书写了，闻言头也不抬，平静地打断她的话，道，“以后有的是时间在一起。”

听到他这样说，桑祈心头一甜，不自觉地笑了，可笑意过后，又有担忧，蹙眉道：“可是，万一我们已经很努力很努力了，家里还是冥顽不灵，于是我们最终还是没能在一起呢？”

晏云之微微抬眸，看神经病似的审视着她，音色清澈如水，似珠玉在弦，反问：“你觉得可能吗？”

桑祈眨眨眼，无从回答了，只得端起茶杯，若无其事地喝水，喝了一会儿，才继续道：“看你这么有自信，又好像其实也没做什么。我真好奇，你到底怀揣着什么妙计，一直不与我说？”

“也没什么良策，只是觉得着急担忧也无用而已。”晏云之悠悠然抖抖袖子，放下毛笔，一边研墨一边道，“君子待时而动。”

好吧，既然他如此有把握，自己也应该全心全意地相信他才是。桑祈这样想着，便主动蹭了过去，从他手中接过墨块，道："你继续改，我来帮你磨吧，能快些。"

"哦？"晏云之侧头看她，似笑非笑，道，"不嫌弃我忙于琐事不理你了？"

桑祈平静地摇摇头，回道："你不是说了，以后有的是时间，不必急于一时嘛。那你现在要忙什么，我陪着就是了，能帮上忙更好。"说完便缓缓研起墨来，安安静静地跪坐在一边，看着面前男子静如美玉的侧脸，恍惚出神。过了会儿，发现晏云之忽然转过头来盯着自己看，她眸光一亮，笑问，"忙完了？"

"没。"晏云之微微摇头，抬起笔尖指了指她唇角的方位，面色如常，道，"注意你的口水。"

"咳……"桑祈连忙尴尬地半转过身，抬起长袖来挡住头，一脸想死的表情，另一只手掏出帕子来快速擦了擦，一边擦，一边忍不住傻乐。只要一想到这个宛若天人下凡般、令万千少女魂牵梦萦的男子是自己的，幸福感就喷薄而出，在体内肆意乱窜，笑意根本停不下来。她真想找个没人的地方，仰天长啸，大喊三声"哈哈哈哈"，痛快地吼一句："我桑祈的命实在是太好了！"

可一来想着做人要低调，二来毕竟还没最后敲定，她也就只是在脑海里想想作罢，不会真的表现出来。暗自腹诽他片刻后，桑祈才放下袖子，清清嗓子，转了回来，假装刚才什么都没有发生过。

晏云之便也只字不提。

墨研磨好了，闲来无事，她也随着他的视线，往写满字迹的宣纸上看去，观察他批改作业，他先用朱砂圈出需要修改的地方，再换上普通毛笔，写上修改意见。看着看着，在他批阅完一页的时候，她自然地伸手，帮他将批改好的纸张拿起来，放在了一边。

晏云之的动作稍稍一顿，深深地注视了她一眼，眸中一片柔情。桑祈却先读了一遍下面这张宣纸上的新内容，好奇他会在哪里下手，并未留意。

他便笑了笑，又拿起朱砂笔，继续手头的工作。如此循环往复，桑祈又是帮忙研墨，又是帮忙翻页，配合得十分默契，令他的效率提高了许多。原本以为到学子们放课后才能批改完的作业，比预期提早了一个多时辰完成。

晏云之起身理了理衣摆，将厚厚一沓纸张收好，对她道："走吧，现在可以陪你了，一起出去散散步？”

“嗯！”终于等到这一刻，桑祈欢快地起身跟了出去，边走边活络着筋骨，环顾国子监的后院，感慨道，“其实也没离开多久，怎么就觉得这里与我在的时候大不相同了呢？”

“因为你的心态不同。”晏云之从容解释。

“也许吧。”

那时候总想着怎么赶紧把荷包送出去，确实每天在这儿都觉得压力挺大的。桑祈笑着，快走了两步，来到曾经玩曲水流觞的地方，蹲下来用手拨弄着清凉的溪水。如今，不用上课，不用送荷包，再故地重游，才发现其实国子监里很安逸。

晏云之在她旁边卓然而立，偶有路过得见的人，免不了一阵窃窃私语。而他却在议论声中，稳稳地牵起了她的手。

直到迈进家门，桑祈还甜蜜地低头看着自己的手，感觉掌心酥酥麻麻，连带着心里都痒痒的。可是，迈进大门不久，就觉得不大对劲儿。府上气氛凝重，侍卫们也好像表情都很紧张的样子。于是她笑容一沉，快步往书房走去。

一推门，发现父亲不在，屋子却挤满了曾经在他麾下的将领们，桑祈眼皮一跳，顿时有种不祥的预感，急忙行了一礼后，蹙眉问：“各位叔叔来此，不知所为何事？”都是来劝她不要嫁给晏云之的？动用这阵仗未免有点过了吧。

“二小姐。”一个留着小山羊胡的中年男子先开了口，简明扼要地将来意说与她听。

桑祈瞪大双眼，震惊不已。

原来，今日快要下朝之时，大家已准备散了，告病多日的甄永寿却突然出现在大殿上，大喊着有冤屈要诉。只见他衣衫褴褛，头破血流，身上伤痕累累，哪里像是病了，分明被人严刑拷打至此。一时间，大殿的气氛立刻严肃起来。

甄永寿是桑巍的老部下了，跟着他在沙场上出生入死多年，回到洛京之后还没过多久安生日子，居然突然变成这个样子。最先做出反应的便是桑巍，眉头紧锁，上前问道：“你……”

而他伸手要去拉甄永寿起来，不料对方却愤愤地甩开手，跌跌撞撞地跑上前，几乎是整个人倒在地上的，大喊道：“陛下，臣冤枉啊。陛下，请您千万为臣做主。”

皇上一头雾水，迷惑道："爱卿何事冤枉，这又是被何人所伤啊？"

只听他双目赤红如血，眼含热泪，咬牙悲愤道："正是大司马桑巍。"

一言既出，满朝文武，尽数哗然。

甄永寿称，自己因为掌握了大司马通敌卖国、意图谋反的罪证，被大司马关押拷问。今日多亏防守松懈，才有命逃出来，并将所谓的罪证取出，要当着文武百官的面呈上。他悲愤陈词道："大司马因为长女被迫入宫，终日寡欢，最终郁卒而死一事，对皇室一直心怀不满。但臣万万没有想到，这份不满，竟然催生出了他的谋逆之心。去年冬天，洛京城郊常有流寇作乱，臣弟京畿太守甄永康曾经怀疑，这些人的真实身份并非流寇，并将这一隐忧秘密知会于臣。于是臣在暗中调查，发现那些流寇遗留了此物。"说着从怀里掏出了一样沾血的物件，让内侍官帮忙递到了皇帝面前。

皇帝皱着眉头看了一眼内侍官手上的小竹管，不解地问："这是何物？"

"此物乃是南方某地特产的古笛，能吹奏出人耳听不到的声响，有扰人心智的功效。这种古笛的制作工艺早已失传，最后一门掌握这项手艺的人家，便是先前挑起南方叛乱的岳氏一族。"甄永寿解释。

皇帝一听岳氏，脸色便冷了几分，对于那次西南边境的叛乱仍然心有余悸。当时若不是在西北的桑将军支援，恐怕现在西南的半壁江山就已经易主了。等一下……好像哪里不对，岳氏一族乱党，不是已经被桑巍全数歼灭了吗？既然如此，只有他们家会做的笛子，又怎么会出现在洛京呢？

皇帝看向了桑巍。桑巍则在看甄永寿，面色比他还阴沉，紧紧攥着拳头，不知道在想什么。

"臣便是当年跟随大司马平定西南乱党的部下，所以一见此物，亦是心生疑惑，于是暗中调查一番。后来才知道，原来大司马当初并未将岳家赶尽杀绝，相反还秘密安置了他们，企图利用他们的技艺在洛京兴风作浪，一同造反啊。"甄永寿说着，愤懑地看向桑巍，目眦欲裂，充血赤红，咬着干涸皲裂的嘴唇，吐了口殷红的鲜血，恶狠狠道，"算我甄永寿瞎了眼，如今才知自己跟随多年的人，竟是窝藏祸心的乱臣贼子！"

话音一落，整个大殿都安静了，一时间好像没人能接受这个说法，包括皇帝自己，也将信将疑地揉着太阳穴，道："这……仅凭一根小小的竹管，怕是下不了定论吧。”

甄永寿扭过头，正义凛然，挺直身板道：“当然不止这一条罪证。臣前些日子以拜访为名去了一趟桑府，偷偷调查了一番，又找到了此物。便是因为将其偷走，才被这披着羊皮的狼囚禁，逼迫我交出，我才落到了今日这般田地。”说完，他又掏出了一个边角已经破损了的小册子，看上去似乎之前是埋在土里的，上面全是灰尘。

皇帝又一脸嫌弃地离远瞧着，用帕子挡了嘴，怕吸一鼻子灰，问：“这又是何物？”

内侍官帮忙翻看了一下，拱手道：“启禀陛下，这册子上写的都是一些洛京人家的资料，哪一家住在什么位置，姓甚名谁，上面还用了黑线和朱砂标注。”说完指着一处给他看。

皇帝瞧着这一堆黑黑红红的线和乱七八糟的人名，还是一知半解。

甄永寿便道：“这册子上的内容与洛京府衙自去年大司马回京之后办理过的案件对比着看不难发现，标注朱砂的，便是去年发生的命案。标注黑线的，则遭受过窃盗。可见背后均乃大司马一手策划，若非如此证据确凿，臣也不愿相信大司马竟然是这样的人……”说着说着，还悲痛地掉下几滴眼泪来。

皇帝挑眉，又一次感到难以置信。

这时宋太傅恍然大悟地开口说话了，“启禀陛下，臣也以为此事太过耸人听闻。可仔细想想，先前那些西昭细作一案，虽然已经破获，却没有牵出幕后隐藏更深的势力。想必，单凭西昭人，没有洛京的里应外合，纵使有着通天手眼，也难成气候。今日说来，大司马莫不是为他们提供情报之人？放眼洛京，的确桑公最有这个实力啊！”

“放屁！老子有这个实力，难道你就没有？”一直沉默不语的桑巍，听到这儿才终于开口，对宋太傅怒目而视。

这一辩解不要紧，甄永寿捂着胳膊上皮开肉绽的伤口，又将他狠狠骂了一番，称自己所信非人，枉费了跟他出生入死的情谊，要多悲痛有多悲痛。

桑巍任由他红口白牙骂了一会儿，却没像攻击宋太傅一样还嘴，只是面色几番变幻后，大步走上前，抬手就要给他一巴掌，道了句：“老夫才是看走眼的那一个，这么多年，竟没想到你……”

事情发展到这个地步，大多数人已经理清头绪。这一巴掌，便被周围的人拦了下来。

皇帝若有所思地盯了面前的两件证物和大殿正中跪着的那个证人半晌，眼珠转了几转，道了句："既然人证物证俱在，大司马就别怪朕不客气了，还是烦请到天牢里坐上一坐，等待朕将事情查个水落石出吧。若查清当真并非爱卿所为，朕也定会还你个公道。"说完，传令侍卫上殿，将大司马带下去。

几个侍卫上前拉扯，不料大司马虎躯一颤，对他们怒目而视，那股征战沙场多年、饮血而归、被称为"鬼枪修罗"的威严终于在洛京显现。让几人登时脊背发凉，下意识地后退了一步，眼睁睁地看着他一拂袖，脊背挺得笔直，声如洪钟，道："老夫自己会走，用不着你们上手。"

说完他目光复杂，深深地看了跪在地上的甄永寿一眼，而后一拂袖，转身走远。

大殿中继而爆发了一阵激烈的议论，皇上连喊了好几嗓子都没压过去，只得无奈地让内侍官通知下朝，自己先回去缓缓了。

桑巍的这些部下和幕僚便马不停蹄地聚到了桑府来。

桑祈听完几人拼凑起来的描述，不解得很，摸索着在椅子上坐下来，眉头紧锁，道："父亲为何不在大殿上申辩？"

"我等也不理解桑公的做法，或许是觉得清者自清，没多久就能安然无恙地出来了？"一个旧部来回踱着步道。

"依父亲的性格，应当不会啊。被人冤枉了，肯定要第一时间骂回去不是吗？"她迷茫地抬眸，看向自己比较熟悉的傅先生。

傅先生微微点了点头，算是认同她的说法。

"这……"先前那些旧部也糊涂了，一时也想不出别的理由来，只得背着手踱着，步伐更加焦躁。

桑祈叹了口气。眼下桑家只有父亲带着自己在洛京，其他亲眷要么在老家齐昌，要么留在了西北镇守。一时半刻，怕是家里也没有个能做主的人，只能自己拿主意了。虽然自己也很心焦，但表面上还是要拿出桑家人的样子来，不要乱上加乱。于是她沉着起身，先谢过了在座的叔叔伯伯们对自己父亲的担忧，拜托他们各自回去帮忙想想有没有什么线索，可以反驳甄永寿拿出的证据，为父亲洗清冤屈，并表示自己会先想办法进天牢去见父亲一面，而后再从长计议。

几个旧部一方面打心底里觉得桑巍是被冤枉的，一方面见桑祈临危不乱也放心了许多，见天色不早，便陆续回了。

临走时还有人拍着她的肩膀，叹气道："闺女，别着急，咱们都是大风大浪里走过的人，再多生死关头不都过来了，这次也一定没事。"

"阿祈前不久也刚被人陷害过，结果虚惊一场，父亲此番定然也会逢凶化吉。"桑祈反倒朝那人笑笑，出言安慰对方。

傅先生是最后一个走的，让桑祈送自己一段，待到只有彼此二人时，才沉声道："阿祈，傅某觉得，这件事不简单。"

"肯定又是宋家搞的鬼。上次设计我不成，这次直接对父亲出手，真是越来越过分。上次栽赃我和闫琰买通西昭细作，这次又说父亲勾结南方乱党，他们到底哪里找来的那么多假证据？总用一个套路，不觉得烦吗？"桑祈扶额道。比起上次，她已经没那么意外了。

傅先生似乎并不这么认为，沉吟了一句："也未必是假的。"

"先生此话怎讲？"桑祈诧异地问。

傅先生却未详谈下去，只道了句："总之，你先想办法与你父亲见上一面再说。我会亲自去一趟齐昌，请你大伯过来暂时代为主持府上大局。"

"阿祈也这么想，先谢过傅先生了。"桑祈说着，深深拜了一拜，恭送他出门，而后顾不上吃晚饭，匆匆进屋换了套衣服，带上两个侍卫，坐了马车往皇宫去，打算连夜见父亲一面。

谁知，到了宫门口，内侍竟然以皇帝已经歇下了，没有亲笔手谕不敢放人进天牢为由，不让她进去。

国子监来了个女弟子

GuoZ i Jian
LaiLeGe
NvDIZI

下

花千辞 著

中国友谊出版公司

目录

第十章

飘摇零落去

一连三天，别说天牢了，桑祈连皇宫的大门都没摸到，这下觉得有点不对劲了。

“小姐……你说，老爷会不会在里面出了什么事？”莲翩不安地绞着帕子，想象一下平日威风凛凛的主人在天牢里被严刑拷打的落魄模样，就忍不住要掉眼泪。

“又乌鸦嘴。”桑祈嗔了她一句，“父亲好歹还是堂堂大司马，我在洛京府衙的时候都没人敢欺负，更何况是他本人？”

其实她自己也没来由地胸口发慌，只是表面上强装镇定，不想自己先乱了阵脚，让桑府上下更加恐慌而已。凝着眉，想了又想，既然皇帝这边见不到人，不如先从皇后入手，让她帮忙递个话好了。

至于如何跟皇后说得上话，当然是通过她的侄子卓文远。念及此，她便又拿起了披帛，快步走出房门，道：“我去卓府一趟。”

她以为，皇宫的大门进不去，进卓府总没问题吧？没想到递了拜帖，家丁进去片刻后，竟前来回话，道是卓文远不能见她。

“为何？”桑祈完全没有料到会是这样的结果，瞪大了眼睛问。

那家丁亦是一脸为难的模样，道：“这个……”

“快说！”她没那个耐心耗着，蹙眉命令道。

家丁忙道：“公子只让小的给姑娘带个话，说没办法，媳妇儿看得严，脾气又不好，不敢得罪啊。”

桑祈一听这个理由，无语得很：“因为宋佳音不让他见我？”

家丁没正面回答，只是尴尬地拱手笑了笑，算是默认了这个说法。

桑祈怒极反笑，勾唇道：“他是这样的人？我怎么好像第一天才知道？”

“小的也只是传个话……”家丁局促道，“姑娘还是别难为小的了，请回吧。”说完径自关上了大门。

吃了第二份闭门羹的桑祈，重重在紧闭的门板上砸了一拳，愤然而去。转身离去的路上，一阵风起，她有了种树倒猢狲散之感。

可是……父亲只是暂时被押入了天牢，又没有定罪，这些人就做此反应，是不是太早了点啊？被卓文远断了找皇后帮忙这条路后，她一时迷茫，也不知如何是好，只是站在巷口，目光沿着石板路，向深处张望，半晌，步随心动，转身朝国子监的方向走去。想着这个时辰，晏云之应该还在国子监里吧，不如先去找他商量商量。

然而，又一件没想到的事情发生了——国子监的杂役告诉她，晏云之今天告了假，并未来国子监。

“告假？”她不解地问，“可是生病了？”

“原因倒没具体说明，我们也不知道。”那杂役挠挠头，笑道。

无奈之下，她只能再次折返，拖着有些疲惫的脚步，往晏府去。希望在晏府能见着他，询问下自己现在该怎么办，顺便也看看他身体是否安泰。叩开晏府大门的时候，她苦笑一声，琢磨着，这次总不会又吃闭门羹吧，要是连晏家大门都不肯为她打开，她的人生境遇也未免太悲惨了些。

见到是玉树出来回话，她稍稍松了口气，挤出一个笑容，先问了句：“听闻少安告了假，身体无恙乎？”

“谢姑娘关心，公子无碍。”玉树礼貌地行了一礼，温声答道，“只是他有事出了门，不在府上。”

好嘛，门是开了，却依然扑了空。桑祈头疼地揉揉太阳穴，问：“他可说了何时回来？”

“并未。”玉树道，态度虽然依然彬彬有礼，比皇宫里的内侍和卓府的家丁都要好上许多，可是看样子也没有叫她进府的意思。

桑祈明白，先前因为自己和晏云之、苏解语三人的事，晏相很是头疼。她也觉着既然晏云之不在家，进去见到晏相或者晏夫人，也是徒增尴尬。遂托玉树带个话给晏云之，说自己在府上等他，就先回去了。

玉树恭敬地应下，目送她离开后才进门。

折腾了好几趟，再回家的时候，不知不觉已到了傍晚。府上的气氛，明显又紧张了几分。桑祈这一整天四处碰壁，只觉得自己撞得满头是包。但她将家中侍卫和仆役的表情看在眼里后，又暗暗盘算着，傅先生去齐昌请大伯，往返至少也要三日。在此期间，自己就是府上唯一的主心骨了，可不能出任何差池，让父亲身陷囹圄还要担心。她便打起精神，将全府上下召集起来，佯装平静地谎称自己今日已经进宫见到了父亲："他很快就没事了，只是要把栽赃陷害他的人一举打压下，才将计就计地继续留在天牢。诸位无须记挂，安心做好自己的事，等待父亲归来便是。"

自家小姐向来是个直率性子，有一说一，因而府上待得比较久的人，对她说的话都信了几分。虽然大家散场的时候还是摇头叹气的，面上的阴霾却是退去了一些。只是，桑祈自己内心的焦灼，还是在用过晚膳后，莲翩快步进屋，说有人来找她的时候显露无遗。

她急急放下茶杯起身，眼眸一亮，边往外走边问："可是晏云之来了？"

莲翩却尴尬地笑了笑，道："不，是卓公子。"

桑祈脚步一顿，险些绊倒在门槛上，诧异地脱口而出："他来做什么？"白天不是还说怕宋佳音生气，不肯相见的吗？于是她面色不悦地迎出去，倨傲地翻了个白眼，道："你还知道来？"

卓文远摇扇轻笑，道："别这么说嘛，不知道的还以为我是个负心汉，负了你似的。"

桑祈冷哼一声，敛袖坐下，挑眉道："难道不是？"

卓文远也跟着坐了，接过莲翩递上来的茶，面色无奈，道："分明是你先推开了我，如今反倒要来怪我，天哪，这大燕上下，真是没有比我更冤枉的美男子了。"言罢喝了口茶，才轻叹一声，继续道，"别怪我。你也应该明白，现在我是宋家的女婿，这件事代表着什么。"

桑祈一听这句话，心头一跳，继而只觉得指尖发颤，胸腔中似有什么东西急速地坠了下去，拽得整颗心都疼起来。

她明白，她何尝不明白，只是一直不愿面对这一事实罢了。

所谓联姻，从来都不只是关于两个人的事。卓文远并非因为怕宋佳音生气才不肯见她。而是因为，如今卓家已经站到了宋家一边。他就是同她关系再好，怕是也无法违背家族意愿，胳膊肘往外拐，去跟自己的岳丈对抗。

二人多年情谊，在这强大的利益纽带面前，脆弱得不堪一击。而亲手将他推远，直到另一阵营的那个人，正是自己。想通这一点，她鼻尖一酸，险些落下泪来，忙深吸一口气，借着喝茶的工夫平复情绪，嘴上死硬道："不讲情义就是不讲情义，不要给自己找借口。"

"我若真不顾念情分，现在就不会出现在这里了。"卓文远无奈地耸耸肩，柔声细语道。

那温情脉脉的声线，更加轻而易举地让她勾起对往昔的怀念。桑祈坐在他对面，眸中一片水泽，差一点点便要溢出来。她不想示弱，只得仰着头，学严三郎做翻白眼状，抿唇道："好吧，既然你说自己顾念旧情，想必此番前来，定是带了什么对我桑家有益的情报？"

卓文远将她的兀自逞强看了个清楚，风流暧昧的桃花眼眯成一条狡黠的缝隙，沉吟半晌，才道："抱歉，并没有。而且就算我真的掌握了这种情报，也不会说出来。桑祈……我来只是想见你一面，看看你是否安好，顺便对你表示深深的歉意。眼下之事，就算我个人再想帮你，也无能为力。劝你一句，你还是去试试找找别人，别再惦记从我这儿入手了比较好。面见皇后这条路，怕是走不通了。"

桑祈扯动唇角，牵出一丝自嘲的笑意，点点头，低眸道："我了解了，多谢提点。"言罢猛灌了一口茶，将眼泪全部逼了回去，坦然看着他，故作无所谓的样子，道，"无妨，我还可以找晏云之嘛，也许可以托晏相帮忙美言几句。"

"晏云之？"卓文远听到这个名字忽然失笑，戏谑地与她对视，好像觉得她这番话十分好笑似的，问道，"你当真以为，他能帮上忙？"

"那是自然。"桑祈不明白他为何做出如此反应，下意识地脱口作答。

只见卓文远的笑意更深了，慵懒地倚在椅背上，摇头叹了句："桑二，你果然还是太天真了……我来问问你，事发之后，你可去找过他？"

"去了。"

"那他可有见你？"

"他不在国子监，也不在府上……所以，没有见到……"

"于是你在家等到现在，他有没有主动来找你？"

桑祈音量低了几分："……没有。"

卓文远露出早就料到如此的表情，闲闲喝了口茶，挑眉道："那不就得了？如今事关谋逆，谁也不想沾上这个麻烦。你究竟从哪里来的自信，觉得他一定会帮你？"

桑祈先是一怔，继而失笑，道了句："他会。"

"哦？"卓文远做了个准备洗耳恭听的动作。桑祈却没有给出一个确切的理由，只道，"我也说不清，但就是有这样的自信，知道他不会抛弃我，无论发生什么。"

卓文远的笑意便深了几许，低眸喝完杯中茶，看天色也不早了，随意说了几句安慰的话后，以自己是偷偷摸摸背着宋佳音来的、怕宋家要是知道了又要起风波为由，先行离去。待到他的脚步走远，一直站在门口的莲翩才进来，面色是掩盖不住的失望，长叹一声，动作野蛮地收着茶杯，不满道："真没想到，卓公子竟是这种人。"

桑祈有些疲惫地靠在椅子上，抬手揉着头，闻声微微挑眉："哪种人？"

"见利忘义，落井下石！"莲翩猛地一拍桌子，眼中燃烧着愤怒的小火苗，愤愤道，"算我看走了眼，还一直以为，他对小姐你情深义重。"

与她的激动对比，桑祈反倒很平静，只淡淡道了一句："并非情深义重，但也谈不上落井下石。只是从前一起走了很久的朋友，如今与你选择了不一样的路……"言罢，蓦然领悟到了晏云之从前对自己说的那句话里，蕴含的洞悉与无能为力，叹了句，"人间事，多如此。"

莲翩却是不懂，为何明明觉着那般有情的一个人，如今会与小姐走到这般田地，无论如何她也不能接受。她皱着眉头收好茶杯后，凑到桑祈跟前，沉吟道："你说……晏公子和闫公子会不会也……"

桑祈喝了口茶，还是那句平静的回答："不会。"

"可是，他们一直没露面。"莲翩虽然不忍心打击她，却还是担忧地提醒了一句，"小姐，你还是要做好心理准备啊。真讽刺，人家都说患难见真情，这回大人的突遭陷害，倒成了个辨识人心的好时机。"

"好了，别瞎想那些有的没的了，有这个工夫还不如帮我想想怎么溜进天牢里去看父亲。"桑祈无奈地在她腰间戳了戳。

夏至已过，天黑得一天比一天早。仿佛只一瞬间，夜色便深了。

桑府中，女儿琢磨着怎么才能见到父亲。天牢里，父亲也在琢磨着如何才能见到女儿，把一些非常重要的事交代给她。

戎马一生的大将军，脱下战甲与官袍，换上一身素服，也难掩周身的凛冽苍莽之气。耳后的一道伤疤，记载的是过去的荣光。不知何时渐渐蓄起的长须，则在说明如今的辉煌不再。

他用了大半辈子征战四方，一开始年轻气盛，求的也是功名。通过将敌人击溃，并使其一退再退，受人景仰敬畏，来获得个人成就的满足。那时候的他，很拼命，也很贪婪，不知餍足，一路披荆斩棘，带领桑家走到了家族荣耀的最顶峰。

而后，在鼎盛时期，遭受了皇室和其他家族的忌惮。可他还是不想停下脚步，只将女儿匆匆进献，作为交易的筹码，换取信任后，继续奔向战场。直到长女的死讯传来，幺女跟自己关系闹崩，他才惊讶地驻足回望，发现自己已经在这条路上走得太远，失去得太多。

感到懊悔的他，开始质问自己：是不是从前的想法错了？自己拿着战枪、奋勇杀敌的时候，究竟是为了什么？只是为了享受人们崇拜的目光？享受敌人一听到他桑家的旗号就闻风丧胆的恐惧？

想了很久，他才明白，并不是。自己最得意的东西，不是战场上有多勇猛的战绩，让敌人流了多少血，抢回多少土地，而是浴血归来后看到的女儿那张欣喜明丽的笑颜。那才是对他来说最重要、最值得自己拿起长枪的理由。不是为了掠夺，而是为了守护。

幡然醒悟后，他渐渐变了，变得不再那么贪恋战场，快刀斩乱麻地结束了与西昭多年鏖战后，带着小女儿回到了洛京。他想尽自己的一切所能，让她过得更好。让她像所有洛京的世家小姐一样，在安宁繁荣的都城过无忧无虑的生活。

可是，洛京并不平静。粉饰太平之下，杀机隐匿，暗流涌动。他又开始为了她，加入新的战场。不同的是，目的已经与从前大相径庭。然而，他一心一意只为女儿未来的幸福着想的时候，却遗憾地发现，自己想给她的，不一定是她想要的。

这个小女儿，就跟当年的自己一模一样——固执倔强，一意孤行。认准了的事情，别说十头牛也拉不回来，就是撞上了南墙，怕是也不肯回头，只会把这堵墙撞破，继续向前走。

他又不忍心破坏这么多年才终于缓解的父女关系，也不敢对她态度太强硬，只得由着她去，同时苦口婆心地劝劝，除此之外，还能怎么样呢？做一个好父亲，比做个好将军难多了。

想到这儿，他不由得无奈地笑了笑，感到有些口渴。傍晚时分，有内侍来给他送过晚饭，放在门口还一直没动过。

桑巍内心有一股傲气，不愿接受自己成为阶下囚的身份，两天都没吃东西。可如今想到女儿，他心情比较好，便想喝上两口，朝门外大声喊道："有人没有，拿些酒来！"

外头无人应答。明明应该有内侍和羽林卫一同看守来着，怎么都不出声呢？他有些诧异，又开口问了一遍："喂，有没有人在？皇帝不会这么小气，连口酒都不给老夫喝吧？"

话音刚落，只听一阵脚步声响起，有人一边朝牢房里走来，一边笑道："来了来了，桑公要喝酒，谁敢不给？"语罢能听得到一阵液体晃动的声响。

桑巍面色一沉，冷笑了声："是你。"

他起身欲动，奈何对方的动作实在太快。"快"这个字，意味着什么？天下武功，唯快不破。纵使他天生神力，也压根来不及应对。

最后，将军一声不甘的长叹，仿佛刹那之间苍老了半生，感到自己的结局，实在是有些憋屈。

夜，继续沉着，像一摊厚重浓稠得化不开的墨。

第二天一早，换班的羽林卫进牢房来查看后，惊愕地快步跑到大殿上，禀报了大司马桑巍昨夜死在了天牢里的消息。

一时间关于他的死因，朝堂上众说纷纭。

以宋太傅和御史中丞卓文远为代表的"有罪派"认为，大司马是为了逃避极刑，自杀谢罪。证据就是现场没有任何人出入的痕迹，致死的凶器也落在遗体的旁边。

晏相则不认同这一说法，捋着长须，琢磨道："可是凶器是一把匕首，大司马当初进天牢前应该已经被搜过身，又是如何带入的呢？"

"人家好歹也是大司马，自有办法。"宋太傅冷眼瞟着他，气势倒是到位，可这个解释多少有些无力。

以闫太师和给事黄门侍郎闫琰为首的"无罪派"则认为，大司马此次和先前的闫琰、桑祈一样，都是被陷害的。陷害他的人担心这次又会被桑家反击，才一不做二不休，干脆取人性命。证据则是遗体的死相听说十分可怖，双目圆睁，满是不甘。

这点晏相却不太认同，总觉着这次的事件，证据确凿，有理有据，大司马也不像是单纯被栽赃。

总之，谋反一案的真相，随着桑巍的横死，变得愈发扑朔迷离。只有他那双徒劳睁大的、死气沉沉的眼睛，还在试图拨开重重迷雾，看向自己已经无力触及的未来。

桑祈早上起来就觉得心神不宁，正在梳洗，准备再去皇宫试试能不能见上父亲一面。万万没想到，等来的却是这样的消息。

“不好了，小姐，小姐……”莲翩跌跌撞撞地从院外往里跑，好几次没看路光顾着喊叫，差点绊倒在地上。好不容易跑到门前，她已经是气喘吁吁，泪流满面。

桑祈心里咯噔一下，手一颤，把犀角梳掉在了地上，扯了扯嘴角，起身迎过去扶着她，问：“何事如此焦急？”声音轻得发颤，好像一不小心就会触发什么惊天动地的大危机。

莲翩未语先泣，断断续续地哭道：“老爷……老爷他……”

桑祈感觉自己的心都快被她的眼泪冲到大海里，随风浪远去，再也找不回来了，握着她的手腕力道一重，蹙眉道：“父亲怎么了，你快说，说完再哭！”

“老爷他……去了……”莲翩被她一晃，才忍不住痛哭失声道。

她勉强说完，只见桑祈呆立在了原地，半晌才喃喃道了句：“什么？”表情呆滞，声音也飘忽失魂。

“今天早上，羽林卫发现老爷死在了天牢里。”莲翩又是心疼大司马，又是心疼小姐，一时也不知如何是好，边抹眼泪边劝道，“小姐……”

还没等她把安慰的话说出口，只觉面前一阵疾风吹过，桑祈砰的一声重重关上了房门，把自己锁在了屋里。

“小姐！”这突如其来的反应，让莲翩一阵心慌，也顾不上哭了，赶忙抬手拍门，喊着，“小姐，你别这样，你先把门打开！小姐！”

里面一点回应也没有。没有回话声，没有哭声，没有摔东西的声音……一片死一般的寂静。

“小姐……”莲翩还记得，大小姐的死讯传来时桑祈的反应。彼时年幼的她大哭了一场，并且生气地跑到大司马的书房里把他的东西能砸的都砸了，肆无忌惮地发泄了一通悲痛情绪后，才算勉强平静下来。之后的几天，也都没有食欲，经常掉眼泪。

可这回……里面越是安静，就越教她心慌。莲翩努力拍打着被从里面闩死的房门，一遍遍叫着“小姐”，红着眼睛道：“兴许只是个谣传，你先振作些，我再去打听打听。”

其实不可能是谣言，也没什么可打听的。消息是闫琰亲自来说的。最开始她也不相信，可闫琰前脚刚说完，后脚陆陆续续就有好几拨人来，一个比一个表情凝重，说的都是同一件事，也就容不得她怀疑了。她这样说，只是不忍见自家小姐太难过而已。

里面还是没有动静。二人一起长大，相伴这么多年，莲翩一向自诩了解她，也自诩鬼点子多，如今却是阵脚大乱，毫无办法，只能徒劳地一遍又一遍敲着门。

过了不知多久，就在她已经没了力气，拍打得一下比一下轻，一下比一下间隔长的时候，突然，只觉手臂重重地一沉，却扑了个空，没有落在门上，而是直接挥了下去。她惊诧地抬眸一看，才发现门已经开了，桑祈正仰头站在夕阳的余晖中，披着一身金光，一边往外走，一边沉声问："傅先生回来了吗？"

"啊？"

莲翩怔了半天，没反应过来。见桑祈面色虽然凝重，却看不出来是不是哭过。只知此时此刻，她的目光是清冽而冷静的，面上刚才已经擦过胭脂，这会儿已经又洗下去，不施粉黛，露出质朴干净的颜色，可也没有显得憔悴不堪。衣裳没有换，依然穿着方才那套暗红色的长裙，只是步伐稍快地，拖着逶迤曳地的裙摆朝院外走着，又问了一遍："傅先生回来了吗？"

莲翩这才赶忙跟上，接道："还没有。"

桑祈又问："家里都知道了吗？"

想来她指的是大司马已经过世的消息。莲翩摇了摇头，道："没敢说。闫公子来的时候，特地只告诉了我。老爷的旧部也有人来，嘱咐我在齐昌那边的人没到之前，先不要声张。"

"嗯，你做得对。"桑祈赞许地看了她一眼，而后目光又沉了下去，道，"可是瞒不了多久。这么重大的消息，很快就会闹得满城风雨了。快派几个人，沿着官道去迎，一旦遇着齐昌来人，立刻快马加鞭把他们带回来。恐怕他们这会儿，还不知道事态的紧迫程度。"

"然后再帮我捎个口信到闫府，就说我有要事要找闫太师，让他过来帮个忙。"桑祈一连串说了好多话。莲翩一边用心记下，一边点头，看着她，觉得被她的镇定感染了，一时也顾不上悲伤，也学着她，步履匆匆地去找人交代。离去后，她还不忘朝她的方向看看，叹一声小姐果然与当年不同了，来到洛京后，成熟了很多。尤其在老爷出事之后，更像一棵小树，喝饱了雨水后，伴随着惊雷声响一路成长，从娇嫩的幼芽，蜕变出坚韧的外皮，长成足以屹立不倒的大树。而这种成长，让她欣慰的同时，也感到阵阵酸楚，不知该不该感到高兴，只觉深深地无奈。

至于桑祈，连无奈的情绪都顾不上了，只面沉如水地一路来到外院的厅堂里，坐好后叫了府上的侍卫统领和内务管事来。

如今只有她了。

只有她了，再没有一个宽厚的肩膀，能站在她身后，随她去任性，随她去张扬，随她去闯祸，永远虎着个脸，挽起袖子为她收场。

尽管自己只是个女子，也是时候拿出一家之主、坐镇厅堂的架势来，桑祈关起门来，竭尽所能地以一种平静的表情和语气，把父亲已经不在人世的消息告诉了管家和侍卫长。

二人都是桑府的老人，也是父亲生前最信得过的人，听完她的话，都感到震惊不已。

侍卫长是个急性子，跟随桑巍多年，有过战场上打出来的情谊，当时就红了眼眶，要杀去宫里把将军的遗体夺回来。

桑祈无力地扶了扶额，让管家帮忙将其拦住，劝道：“此事不必急于一时，眼下最重要的是，在大伯来之前，我们内部不能出乱子。等他来了，自会主持外务。我已经派人去了闫府，让闫太师过来，先商议商议对策。之前他们家出事的时候，我稍微帮过一点忙。如今，闫太师应当也不会袖手旁观。”

她说完叹了一口气，道：“毕竟父亲只是被押在了天牢，遭受怀疑，又没有真定下谋逆之罪。而今之计，最重要的就是安稳人心，别让咱们自己人以为桑家要倒台了，情急之下弄出什么乱子。”

“小姐说得是。”管家稍微比侍卫长要冷静些，拱手应道，但看得出他额上渗出了不少细密的汗珠，想来心里也很紧张。

桑祈又安抚了二人两句，要他们一定相信自己，在大伯来之前，帮忙照看好府上的下人，之后才让二人离开。

又过了会儿，莲翩回来，告诉她已经派人快马加鞭去迎了，并且把闫家人也带了来。

桑祈抬眸一看，只见来的人不是闫太师，而是闫琰。

她从没见过这个少年如此凝重的眉眼，如此怆然的表情……她只看了一眼，便匆忙扭过头去，强行抑制了半晌，才恢复平静，开口问："怎么是你，闫太师呢？"

"父亲还在宫里。"闫琰蹙眉答道，朝她走得近了些，似乎怕她失望，特地又解释了一句，"晏相、宋太傅他们都在，还在吵来吵去。父亲是不想让大司马蒙冤而……"

还没等"死"字说出口，桑祈听不得这个字，忙抬手打断他，道："我知道了，回去后还烦请代我多谢闫公。"

"客气什么？"闫琰在她面前很近的地方停下来，似乎在犹豫着，要不要上前说些安慰的话语。他本以为又会看到桑祈在哭，打定主意这次一定借她肩膀倚靠，如今看她如此平静，反倒不知如何是好了。

"要不，我去把师兄叫来？"闫琰思索片刻，灵光一现，提议道。

"别，千万别。"桑祈忙阻止，"别叫他来，你也先回去吧。"

"为何？"闫琰诧异道，"你好像刚才见来的人是我，不是我父亲，就挺不高兴似的。"

要不是知道眼下不是傲娇的时候，估计他又要翻白眼以"小爷"自称了。

桑祈苦笑一声，耐着性子解释道："我是小辈，闫公是长辈。我在洛京没了依靠，向信得过的长辈求助，本没什么。可你和晏云之就不同了。我们是同辈，而且你们是男子，我是女子，你可明白？"

闫琰将她这番话在脑海里过了两遍，才道："你竟也在乎外头那些人说的闲言碎语？"

"原是不在乎的。"桑祈无奈道，"可眼下是非常时刻，不得不谨慎行事。再说，就算别人不说什么，我也不想依靠你们。"

她抿着唇，唇色略显苍白。还有一个很重要的原因没有说出口，她虽是女子，可也不想让人瞧不起，觉得家里没了男人，她就没人依靠了似的。这是桑家的事儿，她必须自己解决，决不能倚仗晏云之。而且，见到了闫琰，她都差点把持不住，若是与晏云之碰面的话，她更不知道自己的冷静还能保有几分了。

闫琰却是不知她想了这么多，只重重地叹了口气："好吧，那我就先回去了。"说完拔腿往外走，临走时，还不忘在莲翩身边不放心地叮嘱一句，"好好照顾你家小姐。”

“我当然知道。”莲翩蹙着眉道，心里虽说对他有成见，也起了几分感动。

桑祈在他背后又唤了声：“师弟，谢谢你。”

闫琰这才摆摆手，迈出门槛。

眼见窗外乌云滚滚，自西边而来，渐成压城欲摧之势。桑祈遥望着远方，手在长袖里握成拳，祈祷着大伯一行人快些赶到，千万可别再出什么差池。

然而，她正在房间踱步的时候，忽然听到外头一阵嘈杂的喊声，警觉地推开门，问莲翩：“后院怎么了？”

莲翩也不知道，刚想去问问侍卫长，只见管家捂着头，满脸是血地跑了过来。她吓了一跳，赶忙迎过去，查看他伤得是不是严重。

管家疼得脸色发白，却顾不上同她多言，小跑着赶到桑祈面前，急道：“小姐，不好，府上有人造反了。”

“什么？”桑祈眸光沉了沉，严肃地问，“是谁走漏的消息？”

“小的也不知。”管家抹了把脸颊上的血迹，道，“突然就有人说，大司马已经在宫里被皇帝秘密处决了，接下来桑府也要被查封，恐怕还会满门抄斩。众人都在传，也说不清是从谁先开始的。”

“所以，大部分人都知道了？”

“全府上下，怕是无人不知、无人不晓了。”管家苦着脸道。

看他这样子，桑祈也不用细问了，想来定然是发生了自己最不想见到的结果，不安的情绪在府上蔓延开来，有人暴动，起了争执。于是她直接问了句：“他们有什么要求？侍卫长呢？带我去见他。”边说边往外走。

管家匆忙跟上，解释道：“倒也没说什么要求，只是要走，有的人还趁乱拿了府上的东西。小的便是去拦的时候，被人用花瓶打了头。”

桑祈点点头，又嘱咐莲翩：“你不用跟着我，先带管家去处理一下伤口。”

“这……”莲翩看看她，再看看管家的一手血，一脸为难。

“我的武艺你还信不过吗？”桑祈朝她挤出一丝笑容，示意她放心，道，“你们都跟着我，反倒拖累我。”

莲翩这才点头，带管家包扎去了。

桑祈独自一人来到嘈杂声所在，发现桑府正门已经成了双方对峙的战场。侍卫长带人包围了大门，不让人离府。而另一边也有几个侍卫，看上去神情慌张，好像是和暴动的仆役一伙儿的，对侍卫长刀剑相向，让他放行。

另外还有几个仆役，在一旁规劝着，说还没闹明白是怎么回事，千万别冲动，行差踏错，伤了小姐的心。

“老爷和小姐都待你们不薄，你们这时候，怎么能弃小姐而去，还抢府上的东西，做如此不仁不义之事啊？”有一个年长些的婆婆上前拉扯着一个男子，苦口婆心地规劝。

桑祈看在眼里，感到一阵暖流在心里汩汩流淌。又听那男子冷笑道：“仁义？那是他们这些世族才讲究的迂腐玩意。我们是什么？我们只是奴才，是狗，讲什么仁义，好不好笑？”

“是吗？可我听说，好狗还不嫌家贫呢。更何况，我桑家还没垮。”桑祈清了清嗓子，正色道了一句，迈步上前。

那男子面色一僵，回眸看她，显得有几分尴尬，抱紧手上的翡翠果盘，为自己辩道：“小姐，我们也没别的意思，只是家中还有妻儿老小，不想被牵连。您就放我们一条生路，让我们回了吧。这些东西……就当是弥补我们的工钱和精神损失。反正若是皇上带人来抄家的话，也会拿走它们，您想留也留不住。”

桑祈认出了说话的这个人只是厨房的一个帮工，才来府上做事不久，只叹管家招工的时候辨人不力，面色清冷道：“我还真没有大度到让你们为所欲为、随便拿走东西的地步。况且，桑家也不会牵连你们什么，还请各位耐心一些，回到自己的位置上，做好自己手上的事，等我大伯到了再说。”

闻言，这个男子还没说话，与侍卫长对峙的一个侍卫先出了声，咬牙道：“他来了有什么用？老爷都死了，桑家还有谁能靠得上？别以为我们不知道，桑崇……”

“你敢再说一个字，我就刺烂你的嘴！”侍卫长忍无可忍，拔剑架在了他的脖颈上，由于太激动，长剑震颤，发出一阵嗡鸣声。

“莫要相逼，我们也只想要条活路！”那人旁边的几个侍卫，立刻也不甘示弱，双目赤红，对侍卫长亮出剑来，并上前一步。

眼看战斗一触即发，而侍卫长这一方明显人数不占优势。桑祈二话不说，飞身上前，抽出侍卫长这边阵营中一名侍卫的佩剑，毫不犹豫地一剑向刚才意欲辱骂大伯的那个人肩头刺去。

霎时，夜风将一股血腥的气味儿吹散开来，人们都不由得缩了缩肩膀。只听那人惊叫一声，武器掉在地上，赶忙捂住了自己被剑刺破的肩头，惊愕回视。

桑祈便在他的目光注视下，平静地擦了擦剑上的血迹，转身淡淡道："你们谁还想走？"

谁也没料到她真会出手，一时间无人作声。她便继续道："我没有别的要求，只希望在这个节骨眼儿上，桑府不会发生让亲者痛仇者快的事件，丢脸给阴谋得逞的人看。等大伯来了，将府上事务梳理清楚，你们谁要走，我也不拦着，一定让管家给你们结好账，还你们卖身契，让你们安安心心地离开桑家。话我就先放这儿，信与不信，诸君随意。"说完她便站在原地，一一审视众人，大有就在这儿跟侍卫长一起守门了的意思。

众人先是安静了一会儿，才陆陆续续地散了，有人暂时坐到一边。家丁这边算是暂时没人敢轻举妄动，而侍卫们没有几个不清楚自家小姐实力的，自然也暂时按兵不动了。

稳住局面后，桑祈稍微舒了一口气，抬头看天。阴云密布，别说星星，连月亮的光辉都看不见一星半点，可雨，还不知道什么时候才能下来。

被她刺伤的那个侍卫哼唧了一会儿后，被人带着去止血了。

巧的是，与此同时，晏府这边也有人血流如注。玉树好不容易才把白时的伤口包扎好，看他非要起身，伤口又裂开，涌出一大片鲜血来，不由得蹙眉，上前扶住他，道："公子让你好生歇着。"

因为失血过多，昏迷了一整天刚醒来的白时，脸色显得十分苍白，咬牙艰难道："我没能……"

"公子说不是你的错，你安心养伤便是。"玉树边说，边把他按了回去。

看着自己身上缠的厚厚绷带，白时只觉得全身上下没一个地方不疼的，刚才只动了那么一下，说了一句话，便牵动得五脏六腑都火烧火燎的，只觉得自己还能逃回来，侥幸活着，简直是个奇迹。

可是主人交给的任务没能完成，这命捡得也有些心虚。他还是坚持扯动嘴角，问了句："那位大人……"

玉树知道他要问什么，给他重新绑绷带的手微微一顿，摇了摇头。

暂时将场面稳定住的桑祈，则站在门柱旁，看着众人，若有所思。管家处理完伤口，也赶了过来，走到她身边，用极低的音量低语道："小姐，小的觉得，此事蹊跷。"

桑祈微微点了点头。她也感觉到了，确实蹊跷。按说本应只有自己、莲翩、管家和侍卫长知道的消息，为何会这么快就传开了呢？并且，就算有人口风不严，或者被人偶然听去，内容也不应与他们知道的大相径庭。什么秘密处决，会被满门抄斩之类的言论，简直匪夷所思。她不得不怀疑，是有人故意在府上散播谣言，煽动情绪。视线一一扫过在场人士的面容，桑祈眉心微蹙，琢磨着，到底是谁呢，为何要在这个节骨眼儿上火上浇油?

对了，指使他们闹事的，八成和陷害父亲的是同一拨人。这些人不但想要父亲的命，还想要彻底打垮桑家，其手段之卑鄙，简直无所不用其极。桑祈在心里苦笑一声，只是没想到，府上的下人们，忠诚度竟然这么低，随随便便就让人给忽悠了去。

目光所及，有几个人在交头接耳，看上去表情不善，不时向她的方向瞟来。

家中只有一个女子做主，压力是有些大啊，桑祈尽量保持着清冷严肃的表情，挺直了脊背。

管家见她一直不说话，又紧张不安地提醒了一句："若是有人蓄意挑拨，恐怕不会善罢甘休。"

"嗯。"桑祈应了声，将手上的剑握紧，既是安慰他，也是安慰自己，道，"无妨，我们只需要坚持到大伯来。"

就这样，在不安与紧张的等待中，又过了一个多时辰，门外传来一阵马蹄疾驰声与车夫吆喝声……齐昌的队伍终于到了。

推开门，见到傅先生推着大伯，桑祈松了口气，迎上前去，匆匆给桑崇作了个揖。

桑崇带的部下雷厉风行，很快接管了府上的事务。他本人则和傅先生、桑祈一起进了前厅。莲翩上来送茶，可桑崇看上去很烦心的样子，不耐烦地摆摆手，示意不用，正好她一直也比较害怕这个面上有一道狰狞伤疤、蓄着络腮胡子、虎背熊腰的粗犷男子，赶忙又退了下去。

"荣澈那小王八羔子！"

莲翩前脚刚走，就听背后一个沙哑的声音恨恨地骂了一句，险些打了个哆嗦。

桑崇脸色极黑，显得疤痕更加可怖。

桑祈忙解释了一句："大伯，现在还不确定是皇上派人干的。"

"除了他还有谁？他家的天牢，还容得别人去撒野？"桑崇愤懑地大掌一挥，差点儿把桌子拍散架。

"其实……我们自打回到洛京，就一直与宋家关系不太好。侄女之前也被他们陷害过，所以这次……"桑祈继续解释道。她还是怀疑，这件事的幕后主使是宋家，皇室也不过是被当枪使了。

可桑崇还是固执己见，将皇室破口大骂了一通，只道："我桑家人豁出命去给他荣氏保江山，死的死，残的残，结果他眼见天下太平，和西昭的停战协定还没焐热乎呢，就要行兔死狗烹之事，简直是畜生！"

见他处于气头上，也听不进去什么劝，桑祈便识趣地暂时不说话了。她以为，看这架势，大伯可能马上就要进宫跟皇帝拼命，正愁等会儿该怎么拦着。却不料桑崇骂完之后，竟话锋一转，道了句："阿祈，你快收拾东西，我们回齐昌。"

这突如其来的转变让她怔了半晌，脱口而出问了句："大伯您不打算进宫了吗？"

"进宫？"桑崇冷着一张脸，道，"当然要进，不能让二弟死后还要受人侮辱。等我们拿回你父亲的尸身，就回老家去安葬。"

原来是回去给父亲下葬，桑祈叹了口气，道："那没什么东西可收拾的，我随时都可以走。"

"不，要收拾，把洛京的房契、田产、铺面都变卖掉。我们回去之后，就不回来了。"桑崇见她理解错了，沉声强调道。

桑祈愕然眨了眨眼睛，端的叫一个不解："为何？"

桑崇脸色很不好，却只是眸色阴鸷地叫她和傅先生赶快去办，自己则稍事休息，打算明日一早就进宫，并未多做解释。

桑祈一边同傅先生往外走，一边不安地绞着衣袖，忍不住问："傅先生，大伯为何要回齐昌？你们来的路上，他可与你说了计划？"

傅先生沉吟半晌，坦言道："其实这是傅某同他商议的，眼下，桑家确是到了该功成身退的时候。"

"功成身退？"桑祈哭笑不得，"父亲蒙冤而死，难道当务之急不是为他洗清冤屈，查出真相？所谓功成身退从何谈起？"

“傅某人以为，大司马原本也早有此意，只是晚了一步，没来得及。”

傅先生说完这句话，见桑祈还是一脸迷茫不解的神情，便知她当真对此一无所知，才轻叹一声，耐心解释道：“大约半个月前吧，桑公来找过我一次，向我暗示了要回齐昌去的意思。那时他没有直言，大概是说，洛京恐怕很快要变天了。这次他不想参与其中，只想回齐昌，安守故里，保全家人，并且，他也为此做了一系列安排。难道你一直没有留意，大司马原本在洛京的兵力，已经暗中调度，眼下只剩不到半数了吗？”

桑祈闻言面色一红，感到惭愧。最近她一直在纠结自己和晏云之的事儿，确实没有注意到这些。不过，仔细想想，傅先生所言如果是真的，倒真与父亲不想让她嫁给晏云之这件事，在动机上如出一辙。于是她哑然良久，才摇摇头，低声道：“我还是觉得不敢相信。”

洛京要变天的预兆，她也能看得出来。宋家狼子野心，路人皆知，并另有一股暗潮在背后推波助澜。回到洛京的这一年，虽然看似一切太平，可实际上却时刻身处权力的旋涡之中，这种感觉，她也有体会。可是，面对这一切，父亲居然不积极筹备应对，而是准备自保其身。这可不符合她一直以来对父亲的了解。

说父亲就是背后主谋，她定然不信；说父亲准备坐山观虎斗，她亦是不信。桑家会为大燕王朝保驾护航，这是历代先辈贯彻多年的信条。满门忠烈，世代名将的名声，绝不是虚言。父亲又怎么可能背弃列祖列宗，懦弱地选择明哲保身？

“也许，父亲是有什么特殊安排，我们只是未能窥得其中深意。”桑祈沉思半晌后，如是分析道。

“傅某也不得而知，但与你大伯商议了一下后，至少在退守齐昌这一点上，他和桑公是想法一致的。傅某以为，是不是他们一早就通过气了呢？”傅先生叹了一句。

桑祈摇了摇头。这会儿才懊恼地发现，自己除了知道父亲对自己和晏云之的婚事百般阻挠这一点，对父亲最近在忙什么一无所知。也许争执之中，他曾经提及要回齐昌的意思，可她正在气头上，没听进去。

她头疼地按了按太阳穴。

傅先生见状，宽慰她道：“你也别想太多，也许桑公是怕你担心，才没与你说。”

这一点倒是。父亲是个打定了主意就不会改变的人，确实不用同她商量，只到时候命令她走就是了。桑祈苦笑一声，表示自己明白父亲的行事作风。

一路走到大门口，傅先生表示明天会跟管家一起结算桑家的账目，让桑祈先好好休息，无须操心这些。桑祈微微颔首，道过谢后，目送他离开，回身往自己的房间走，琢磨着眼下该如何是好。

她是不操心账目，她操心的是，怎么能打消大伯要回齐昌的念头。这一夜，她彻夜未眠，努力回忆着近一个多月来父亲的一言一行，希望从中窥探到关于他到底做了如何安排的蛛丝马迹。

第二天一早，早朝时间还没到，桑崇便带着三百精骑来到皇宫门口，以逼宫之势，迫使皇帝交出桑巍的遗体。他领回尸身后，将其安置在了府上准备好的灵堂里，却下令封门，不接受人们前来吊唁，只让手下人尽快准备回迁事宜。

皇室那边，因为对大司马谋逆的罪名迟迟没有定论，又忌惮着桑崇的脾气，只好乖乖放人。

然而一波未平一波又起，桑崇前脚刚走，朝堂上关于是否要给桑巍定罪还在争论不休，后脚就传来边关急报。信封用扎眼的赤红标明着事态的紧急性。皇帝赶忙让内侍拆开快报，登时傻了眼——西昭人不顾停战协议，又打了过来。

从边关快马加鞭急报朝廷，大概要走上十天。掐指一推算，十天前，战火就已经燃起，还不知道这十天中演化成了什么状态。而曾经安邦定国，只需虎峙三军之前，跺上一脚，就能让敌人抖三抖的那个大司马桑巍，已经不在了。

第十一章

乱世硝烟现

皇帝这才沉痛地意识到自己掉进了一个处心积虑、精细编织的大阴谋里。可再去找甄永寿，为时已晚。京畿太守甄永康早上没到衙门，在家养病的甄永寿也不见踪影，甄家就像一夜之间人间蒸发似的，彻底从洛京消失了。

据前去的人回报说，看样子好像是趁着前两日，桑崇一行人还没到的时候就金蝉脱壳，举家逃跑了，连家当都没带。

皇帝不敢相信，愕然问了一句："怎么走的？难道这么多男女老少出城，守城的卫兵就没觉得蹊跷？"

"这……"羽林卫尴尬道，"问题就出在这儿了。他们是没带家当走，但是带走了大司马的兵符。"

皇帝眼前一黑，只想赶紧晕过去算了，说不定还能赶上桑巍往地府去的脚步，哭着喊着把他给拖回来，承认自己的错误。

然而，此举明显不可行。边关告急，大司马之位又在这时悬缺，兵符还被不明身份的人带走。皇帝死死掐住龙椅的扶手，告诉自己不能晕，现在绝对不能晕。

群臣也面色焦急。有人提议："要不，让桑崇顶上他弟弟的位置？"

皇帝嘴角一抽，摇了摇头。桑崇本来就是个不会好好说话的暴脾气，发生了此等乌龙之事，刚才进宫的时候没揍自己一顿，已经是给了十足面子了。自从他断了一条腿，不能再骑马提枪之后，性格也变得十分古怪。谁也不敢再跟他提战场、将军这种字眼儿。

“要不你去试试？问问他想不想出山，我可不去。”皇帝连连摆手道。

提议的人回想一下桑崇那张脸，便也蔫蔫地缩了回去。

关键时刻，还是宋太傅挺身而出，拱手道：“老臣这儿倒是有一顶替大司马的人选。”

“快说来听听。”

“犬子宋落天。”

“太傅，你是逗朕玩呢吧？”

“那小婿卓文远。”

“太傅，你让朕静一静。”皇帝真的好想晕过去。还没等他从龙椅上栽下来，只听严桦冷哼一声，骂道：“太傅这是忧国忧民呢，还是借机夺权呢？趁火打劫的意图何其昭彰！”

宋太傅脸色有点不好看，义正词严地回道：“老夫这也是为大燕着想。”

“是为你宋家能夺了大燕的江山着想吧！”严桦不客气地打断他，长袖一拂，丢下句，“不就是说服桑崇上任吗，有何难？你们都不去，严某人去。”

说完，他看也不看宋太傅一眼，当着文武百官的面转身就走。皇帝感慨地看着他长发飘飘的背影，动容的同时，也为他捏了把冷汗。

宋太傅这边还在积极举荐自己中意的这两个人选。严桦走后，闫铮道又接替了位置继续跟他争执。皇帝被吵得一个头两个大，只盼望着严桦能早点带回好消息。

而消息此刻还没传到桑府，不明情况的桑祈正站在灵堂内，看着父亲的尸身出神。

由于桑巍走得太突然，连个像样的棺木都还没来得及打，只得躺在架上，以白布覆盖身躯。她便隔着白布，目光悲怆，凝视了很久很久。

此刻或许悲痛欲绝，大哭一场，才是正确的反应。然而谜团一个接着一个，让她应接不暇，她竟奇迹般地一滴眼泪也流不出来，只是望着那昔日高大魁梧、小山一般的身躯，如今轰然倒塌，想上前拍拍他的手，让他睁开眼睛，告诉自己一句，他到底是怎么想的。是否真的要弃自己的职责，弃桑家的荣耀于不顾，明知大燕风雨将至，还要龟缩回齐昌，固守一隅，不再拿起他擦得光亮的长枪和磨损破旧的战甲。

“父亲，女儿现在该怎么办？”她长叹一声，低喃了一句。十年了，她跟父亲斗气，一意孤行，从来没有问过一句“该怎么办”，每次只是说“我要这样办”。如今终于问出这句话，可沉睡的那个人，却再也无法回答了。

“小姐……”莲翩见她站了半个多时辰，担忧地出声提醒道，“大老爷吩咐，让我们今天就收好东西，您看？”

一边是桑崇催得急，一边是桑祈无动于衷，两边都是主子，她夹在其中，有点难办。

桑祈眸色沉了沉，道：“先不用动，我再去跟大伯说说。”说完，再次深深望了一眼父亲的遗体后，转身大步向书房走去。

谁知，她还没走到书房，大伯带来的侍卫脚步匆匆地从她身边跑过，面色十分凝重。

桑祈微微蹙眉，直觉事态又有变化，也加快步伐跟了上去。到书房门口的时候，正好听那侍卫说，皇宫里传来消息，西昭人背信弃义，挑起战火。她心里咯噔一下，忙上前道：“既然如此，我们就更不能回去了。”

桑崇却面色阴沉，道：“既然如此，我们就更应当回去。”说完便命令部下看好大门，千万别放任何人进来。

桑祈一万个不明白，诧异道：“大伯，您究竟为何执意要回齐昌？”

“为何？”桑崇缓缓推动木制轮椅，从书桌后绕出来，道，“那我问问你，为何不想走？”

“眼下大燕正是需要桑家的时候，我们怎么能弃皇室，弃边境百姓于不顾？西昭虎狼之师，大伯您也曾领略一二，知道他们一旦攻下城池，烧杀抢掠，奸淫妇孺，无恶不作。想到边境战事，无辜黎民，恕阿祈无法安心卧榻酣睡。”

提到战事，戳到了桑崇的痛点，他动作一顿，脸色更加阴霾，厉声问：“如何无法安睡？这天下是他荣家的天下，边境战事，自有他荣家派兵去管，与你我何干？桑家能力不济，只能保住齐昌一方太平，管不了那么多。”

桑祈苦笑一声：“大伯此言差矣，若说桑家实力不济，这放眼大燕，也就没有能与西昭抗衡之人了。我们有这个能力，就应该担起这个责任啊。”

桑崇十指紧紧握住轮椅的扶手，指节颤抖，半晌后才喊出一句：“阿祈，你搞清楚，不是我们桑家有这个实力。是你爹！是我二弟桑巍有这个实力！可是他已经躺在那儿了！并且正是被荣氏所害。你我又能做什么？还能做什么？”他吼完用力在扶手上一拍，只听整个轮椅都在颤抖轰鸣。所幸轮椅质量过硬，才没散掉。

桑祈眸光微动，心生黯然，却还是倔强地道了句："父亲尽管已经辞世，可桑家还在，桑家的威名还在，桑家军还没垮。"

"没垮？呵呵……"桑崇原本目眦欲裂，闻言却哈哈大笑了几声，将她的话重复了好几遍，才道，"阿祈，大伯该说你是太看得起我，还是太不自量力？你看看，看看桑家，除了你父亲，现在还有谁能上战场？除了老弱就是病残，再不就是妇孺……这几年来，桑家全靠你父亲一个人在撑着啊！后继无人了啊！可是尽管如此，荣氏还是没放过他，没放过……"

他说着，拿起挂在手边的酒囊，仰头猛灌了一口，空气中瞬间弥漫起一股刺鼻的烈酒与怨愤的味道。

桑祈一着急，语气加重，强调道："阿祈已经说了，害死父亲未必是荣氏的意思，皇帝也许也只是被利用，被人蒙蔽了。我们就这样回去齐昌，让敌人奸计得逞，父亲岂不是死得更冤枉？"

桑崇却没有继续再听她说下去的意思，摆了摆手，赶她出去，道："无须多言，快回去收拾东西，我们尽快动身。既然战火已燃，洛京更不能久留。"

"大伯！"桑祈还是不甘心，情急之下，道了句，"您这是逃避！懦弱！"

"你要非这么想，我也没办法。"桑崇背过身去，不愿再与她争执。

桑祈一时气结，"您"了半天，颤抖着挤出一句："您不配做桑家的族长。"

桑崇眸色一凛，回眸朝她怒目而视，沉声问："你说什么？"

"我说您不配做桑家的族长。我齐昌桑氏，铮铮战魂，傲骨不屈，无数先烈战死沙场，从来没有不战而降的先例。您现在回齐昌，就是不战而降，给桑氏一族抹黑，所以不配做桑氏的族长。"桑祈一咬牙，屈膝跪了下来，正色道。

"你……"桑崇又羞又恼，气得浑身颤抖，喝了句，"你这不孝女！你可知自己在说什么？"

"阿祈知道。"桑祈深吸一口气，继续道，"但是想到英勇捐躯的先人，想到战争意味着什么，阿祈不得不直言。"

桑崇怒发冲冠，一个没忍住，直接硬撑着从轮椅上单腿站了起来，抄起椅背后的拐杖就朝她背上重重地打去。

桑祈咬牙，生生挨下了这一棍，疼得胸口一钝，只觉喉头腥甜，差点吐出血来。

桑崇双目赤红，也像有血在烧。打完这一下后，他还坚持站着，全身颤抖，嘶吼道："战争意味着什么？满门忠烈意味着什么？你以为我不知道？意味着我年纪轻轻就没有了父亲！意味着我辛辛苦苦把几个弟弟拉扯大，却要眼睁睁看着他们英年早逝！意味着我死了三个兄弟、两个儿子，还有分家旁支数都数不清的侄儿！意味着桑家我这一辈现在最后一个健全的男子也死了！意味着我二弟这一支，只剩下了你这么一个女子！我不配做族长？我只是不想让桑家灭门，不想我弟弟彻底绝了后！"他喊完这一句，才似终于用尽了最后的一丝力气，身子一偏，栽倒下去，发出轰隆一声巨响。

"大伯！"桑祈吓了一跳，赶忙上前搀扶，却被他大力推到一边，坚持要靠自己爬回去。

外头的人也听到了声响。一个小男孩儿跑了进来，见到屋内的一幕，满脸惊讶，差点哭了出来，快步跑过去，拉扯着他的衣袖，道："父亲，您这是怎么了，快起来！"

男孩儿看上去八九岁的样子，眉眼还没长开，但依稀能看得出来与桑崇有几分像，想来是他当初身受重伤，回到齐昌调养后生下的子嗣。当着弟弟的面，桑祈不忍再多说什么，只是期待地看向桑崇，搭了把手帮忙。桑崇不知是因为见到了儿子，还是因为终于把压抑多年的宿怨宣泄了出来，火气也消了一半，朝小男孩儿温柔地笑笑，抬手摸着他的头，道："没事，爹没坐好，不碍事。你和姐姐先出去玩一会儿，我们明天就回家。"

"是。"小男孩儿乖巧地应了声，上前拉桑祈的手，道，"姐姐，祝儿帮你去收拾行李吧。老家那边，院子已经给姐姐准备好了，还有一个很大的花园……"边说边抬步往外走。

桑祈只得先跟着他出去，一步三回头，充满了不甘。

"母亲一直说，姐姐可漂亮了，等姐姐来，就有人跟祝儿做伴了。"少年不识愁滋味，天真无邪的桑祝似乎全然不知发生了什么，肉嘟嘟的小手吃力地伸着，握住桑祈的两根手指，畅想未来用的都是开心的语气。

桑祈叹了口气，拉着他停下来，俯身蹲在他身边，问："祝儿今年几岁了？"

"八岁。"

"这么小的年纪，为什么不在家里等，要辛苦跋涉，跟着大伯到洛京来？"

“祝儿也不知道，可父亲无论去哪里，都要带着祝儿，不让祝儿离开他半步，说是要时刻保护祝儿什么的。”小男孩儿头一偏，奶声奶气地道，一看就是在学父亲的话。

不知怎的，桑祈就想起了自己的父亲，眼眶一热，几滴泪水涌了出来。她不想让弟弟看见，上前一步抱住了他，低声哽咽几下，将泪意压了回去，拍着小家伙的头问：“那祝儿喜欢被保护吗？”

“有的时候，觉得也挺没意思的。”小男孩儿老老实实道，“父亲从来不同我说外头的事情，也不说祖父和各位叔叔。但是，祝儿知道哦。”

他的表情突然变得得意而狡黠，桑祈不由得被他逗笑，放开他，擦了擦眼角，问：“知道什么？”

“祝儿知道，二叔是个大英雄。”小男孩儿眼睛里亮晶晶的，提到“英雄”这个字眼，满是崇拜的目光，道，“所以这次来洛京，听说能见到二叔，祝儿是自愿来的。”

桑祈沉吟片刻，抬手捏了捏他的脸，又问：“祝儿也想做英雄吗？”

“嗯！”小男孩儿坚定地用力点了点头。

桑祈忍不住又想掉眼泪了，激动地再次抱紧他，道：“真好！不愧是桑家的男儿，祝儿以后一定能成为像你父亲和二叔一样的男子汉，做个顶天立地的大英雄。”

“真的吗？”小男孩儿听了这话十分高兴。

“真的，不过在此之前，你得先帮姐姐一个忙。”桑祈直接把这粉雕玉琢的小公子抱了起来，边往回走边道。

小男孩儿一脸疑惑地偏头看着她，不明所以。

“很简单，你就把刚才那番话，再同你父亲说一遍就好。”桑祈笑道。

“嗯。”男孩儿乖巧地抓紧了她的胳膊，虽然能感觉到姐姐抱自己有点吃力，可能随时会掉下去，面色却没有丝毫胆怯，只是认真地盯着地面，牢牢攀着她，做好了摔一跤可能有点疼的心理准备。

见他俩又回来了，桑崇拧起了眉毛。桑祝在桑祈鼓励的目光下，走上前，对父亲说了自己也想像二叔、像父亲、像祖父、像很多叔叔哥哥那样，做个大英雄的话。

自己在家一直没给他讲过这些事，也不让别人提，对于他是如何得知这些的，桑崇感到很讶异，不悦地瞪向桑祈。

桑祈赶忙解释：“大伯，我们刚走出去几步远，话绝不是我教的，完全是祝儿自己的想法。”

桑崇沉默着，不说话了。

桑祈趁机也放软了三分，继续劝道：“大伯，您说桑家后继无人，都是老弱妇孺。可是妇孺和弱小，未必就不能有一番作为。何况，祝儿是桑家的血脉。将来您是想让他和列祖列宗一样，受世人景仰，还是被人在后背戳脊梁骨，说他祖祖辈辈都是英雄，到他这辈却变成了狗熊？”

言罢她又是深深一拜，道：“阿祈绝不乐见后者，所以愿替父出征，继承桑家衣钵。待到平定天下后，再将未来交到祝儿手中，送他一个人民安居乐业、可以安心开疆扩土的太平盛世和桑家忠烈之士的无上荣光。”说完，她静静地等待着桑崇的回话。

桑崇还是无动于衷，沉着脸，叫人将桑祝带下去，并将她也赶走了。

桑祈在院外徘徊，心里是说不出的失望与无奈，正在思索还能怎么办，听莲翩来报，说严桦来了，已经在府外等了许久，可侍卫就是不肯放他进来。

“他来做什么？”桑祈有些意外。

“来请大老爷出山的。”莲翩叹了口气，解释道，“侍卫不肯让他进门，他就站在外面喊。看那架势，好像大老爷一刻不见他，他就一刻不肯走了。”

桑祈好奇之下，跟着她一路来到大门，透过门缝向外看去。只见严三郎一身白袍素服，头系白纱，腰系麻布，凛然而立，在门外扬声喊着桑崇的名字。从忠义孝廉，说到桑家门风；再从桑家门风，说到而今时事。将宋家的狼子野心和洛京各个氏族之间的内忧外患、大燕与西昭的战争形势一一道来，言辞犀利，并不惧把各大氏族，包括自己家的阴暗面揭露出来。他坦言洛京世族之孱弱，除了桑家，无人能与西昭对抗。

此举引来了许多人围观。有不少寒门子弟，或是有见地的下层人士，被他的话触动，也纷纷上前，跪在他身后，共同请缨，希望桑崇出任大司马一职，再次于危难之中匡扶社稷。

桑祈从外头的情形判断，觉得事态似乎比自己想的还严重。一问才得知，原来第二封急报也到了。留守边关的桑家部队，不知受了何人指示，竟然不战而退，连弃三城。眼见着西昭人一路畅通无阻，仅仅用了一日，都快打过贺兰山了。于是她更加觉得形势危急，不容大伯再犹豫下去，皱着眉头，又回到了书房，连连砸门。

桑崇实在头疼得很，不得不开门，这次选择以理服人，叹着气对她道："阿祈，你太天真了。就算二弟的死，真怨不到皇室头上，可这世家之争，你也是玩不过宋玉承那只老狐狸的。你怎么就不明白呢，为何在齐昌早就准备好了给你的宅院？就是因为连你父亲都觉得，在这次危机中，怕是难以全身而退，所以才要回去的啊。你就理解理解他的一番苦心吧。"

傅先生的猜测终于得到验证，桑祈心头一紧，还是摇了摇头，道："阿祈不走。如果父亲真是被宋太傅所害，待我平息战乱后，定会亲手为他报仇。"

"战乱，报仇！"桑崇紧紧蹙眉，揉着太阳穴，面沉如水，冷哼道，"无一不生死攸关，你就不怕死？不怕你父亲费尽心机，为你铺就后路，你却自己非要去送死，辜负了他的期待？"说完见她露出痛苦的表情，明白自己抓住了她的软肋，只希望她早点想通，继续劝道，"齐昌并非什么兵家必争之地，这些年来桑家在那儿也根深叶大，实力雄厚，即使是在乱世，想要安身于一隅也并非难事……"

"大伯，"桑祈突然出言打断他，重重地在地上一叩首，沉声道，"阿祈宁可站着死，绝不跪着生。我意已决，若是大伯不允，阿祈哪怕只靠自己一个人，也要亲手捍卫桑家荣耀，绝不容忍它蒙尘。"

这侄女跟自己弟弟一样，简直油盐不进，桑崇心里千百万个无奈，重重拍了一下轮椅扶手，叹了声："唉，你这女子……你说说，你一个女人，能做什么，嗯？"桑崇眉头紧锁，上下打量着她，良久后面色一黑，好像想起了什么，冷声问道，"你该不会是为了你那个情郎吧？晏家那小子？为了和他在一起才不肯离开洛京，跟大伯回去，是不是？"

桑祈没想到他此时此刻会提起这茬儿，怔了怔，才语塞道："并非如此。"

桑崇却是不信，一脸阴鸷，仿佛在责怪她都到了这个时候了，还在惦记着男欢女爱这种事，不惜为此搬出这么多大道理，实在太不懂事。

书房内，二人在对峙。大门外，严桦率领寒门士子坚持，有几个高门子弟也陆续加入进来。而就在这个时候，晏云之出现在皇宫里，并带去了一样令皇帝意想不到的东西。

"阿祈并不是为了晏云之，还望大伯三思。"桑祈又重重叩头，耐心解释道。

桑崇却听不进去，执意叫侍卫来带她出去，动用武力看紧她。

进来的侍卫都是桑崇的亲卫，一个个面无表情，行动整齐划一，态度强硬而谨守秩序。由于没接触过，能不能打赢他们是个未知数。桑祈情急之下，一个转身，利用自己灵活迅速的优势，先发制人，抽出靠近自己的那个侍卫身上的佩刀，架在了自己的脖颈上。其他几个侍卫见状，立刻停下，不敢轻举妄动。

“你这是要以死相逼？”桑崇眉心一紧，冷声问道，“早就听二弟说过，你这闺女主意正得很，自己想做的事情，无论如何也要去做。我就不明白了，晏家那小子就那么好，值得你豁出命去也要留下？不惜一而再，再而三地忤逆长辈，也要嫁给他？”

桑祈悲愤地摇摇头，长发飞扬，抿唇道：“阿祈已经说了，原因并不在于晏云之。值得我豁出命去的，是我从小到大的理想。为了继承父亲的衣钵，有朝一日能成为真正配得上‘桑’这个姓氏的好儿女，像男儿一样为家族争光。我付出了多少，是大伯您不曾了解的。如今最好的机遇就在眼前，您却叫我放弃，恕阿祈无论如何做不到。”

听完这番话，桑崇还是冷面不语，面色没有转换，也不松口。仿佛料定自己这个侄女只是做做样子而已，不会真的血溅当场。

桑祈明白他还是不相信自己的话，于是别无他法，只得一咬牙，拢起秀发，手起刀落，将及腰青丝斩断，而后把侍卫的佩刀丢回去，道：“既然大伯不信，阿祈就在此割发立誓，战乱平定前，绝不嫁人。如有违背，当同此发。”

一松手，掌心的三千青丝便被丢在了地上。一阵晚风又将其吹散，四处飘扬。

桑崇没有想到她竟会决绝到如此地步，十指紧握，要说这下还没有一丝动容是假的。他的心里起了层层波澜，只是这波澜还没有壮阔到足以推翻那堵心墙的地步。于是他表面还是不肯松口，虽然没有再让侍卫把她关起来，也还是坚持挥挥手，打发她出去了。

桑祈便在书房的门口长跪不起。隐隐约约，能听到院墙外传来歌声。那是辽远而苍茫的严三郎的歌声，唱着“大风起兮云飞扬，安得猛士兮守四方”。

她觉着屋里的大伯，应该也听得到这歌声，应该也能想起自己曾经的峥嵘岁月。毕竟，骨子里那份热血与执着，一脉相承地流淌在桑家每一个儿女的身体里，与这歌声产生共鸣。

于是，她就这样在歌声中跪了很久。

莲翩看在眼里，急在心里，却知道自己根本没有什么话可劝。事到如今，最应该做的，就是默默支持她。桑崇不了解，可她了解那断发明志的女子，心念是何等的坚决。十年来，她见证过她付出的每一滴汗水，不眠不休的日日夜夜。知道她虽然跟父亲闹着别扭，心底却是深爱着他，深爱着这个家，无时无刻不以家族为荣。桑家军的旗号，大司马的高大形象，就是她努力的动力、活着的意义。

她像所有崇拜英雄的孩子一样，是那样坚定地追随着父亲的脚步。即使回到了洛京，她也在坚持练武、学习兵法，等待着机遇降临的那一刻。更何况现在，大司马死得蹊跷，还蒙受谋逆的怀疑，而边境狼烟四起……事到如今，怕是已经没有任何人、任何力量，可以阻止她了。

想着想着，莲翩不由得凑上前去，小心翼翼地问："小姐，我能帮上什么忙吗？"

桑祈感激地回眸看她一眼，握了握她的手，道："莲翩，你能支持我，我就很高兴了。"

"哪里的话，我不是一直都无条件支持你的吗？"莲翩假意嗔了她一句，不悦道。

桑祈便微微笑了笑，思忖片刻，道："大伯想回去，也只能带走桑家现在的兵力。你拿着我的令牌，去找找先前被父亲遣散的旧部，问问他们有没有愿意追随我的。这样就算到时候我还是说服不了大伯，我们也可以自己行动，算是有条后路。反正我肯定不会跟他回齐昌去。"说着摘下自己的腰牌给了她，并嘱咐道，"若是大伯的人问起，你就说你去找傅先生。他在帮忙处理府上的田产，你有些要紧事要尽快告诉他。事关重要，必须亲自同他说。"

"放心，使诈我最在行。"莲翩拍了拍她的肩膀，有些不放心地看了她一眼，道，"小姐你自己多保重。"

"没事，我身子骨好着呢，跪上一时半刻的不成问题。"桑祈潇洒地挥了挥手，催促她赶紧去，不用担心。

院墙外，歌声依然持续不断地飘进来，只是声线越来越沙哑，听得出来唱的人越来越吃力了。她也不知道自己到底跪了多久，莲翩去了多久，大伯考虑了多久，只知道书房门开的时候，已经几乎感受不到自己下肢的存在了。

桑崇推着轮椅，站在门内，无奈地叹了一声："阿祈……"

她眸光一亮，唤了声："大伯？"

"唉……"桑崇一声长叹，"你这是何苦？"而后缓缓转动轮椅，又往屋内走，道了句，"起来吧，进来说话。"

"是。"她赶忙激动地起身，可是因为跪了太久，双腿麻木，走不稳，踉踉跄跄地坚持跟了进去。

桑崇示意她坐下，然后沉默了一会儿，方坦言道："不是大伯冷血，硬要拆散你和晏家儿郎。也不是大伯不讲理，完全不认同你的信念。"

"阿祈知道，大伯也是为家族延续考虑，为我的安全着想。是我一时激动，说了过分的话。"既然对方退了一步，桑祈也赶忙道。

桑崇略略一顿，又道："一方面如此，另一方面……有些事大伯一直没跟你说。桑家的实力，确实已经大不如前。搁两年前，你与我说要上阵杀敌的话，我也不会拦着你，可现如今……"

桑祈听着这话，有点糊涂。桑崇便将她不知道的一些事情简要地说明了一下，比如现在桑家的兵力只有从前的三成不说，甄永寿作为桑巍最器重的部下，此番背叛，怕是还带走其中一部分。还能剩下多少，连他都没有把握。

桑祈听完也情绪低落了片刻，突然又道："无妨，我们还可以联合其他家族，事态紧急，他们也应当会施以援手。"

"唉。要不怎么说，你这女娃娃太天真呢？其他家族？宋氏肯定是指望不上了，闫铮道和晏相是什么样的人，我不比你清楚？闫家人向来走的是明哲保身之路，你看他们现在好像是在帮我们，那只是口头上说说，让他们出钱出力，就没门了。至于晏家，能保持繁荣昌盛的一大原因，也是不轻易去蹚浑水。我们除了自己，根本指望不上任何人。当初打南方乱党的时候，你父亲腹背受敌，还不是孤军奋战，他们有谁来支援过一兵一卒？"桑崇语重心长地道。

桑祈却不这么认为，笑着摇摇头，道："大伯，人总是会变的，我相信这次他们不会坐视不理。"

"他们莫非有什么把柄在你手上，否则你何出此言？"桑崇不解地看向她平静自信的面容，诧异道。

"不。"桑祈微微一笑，眸光沉静柔和，道，"只是有人曾经对我许诺会一辈子不离不弃。"

“……”桑崇一时语塞，不知道该怎么回答了。

过了会儿，莲翩回来了，见二人平静地相对而坐，正在说话，好像气氛还挺和谐，便稍稍松了口气，见过礼后，对桑祈附耳低语了几句。

桑祈一听，面色凝重了几分。

“这丫头是不是替你传话去了，人家怎么说？”桑崇挑眉问。

莲翩有些尴尬地退了两步，没敢回话。桑祈自己沉声开了口，道：“有人信不过现在桑家的实力，不愿与我一同送死。有人信不过现在桑家的名声，以为我们要趁乱造反，更不愿相助。还有人不肯表态。”

总之，莲翩此去，几乎是徒劳而返，将此次桑家蒙受打击的严重性，又提升了。桑祈也没想到，会变成现在的境地。桑崇则一副早就料到了的表情，若有所思地看向她，仿佛在揣测，她会做何反应，还能不能坚持下去。

既然这样，如何才能取得这些人的信任，让他们肯随同自己出征呢？桑祈一边思索，一边缓缓起身，道了句：“请容小女回去想想。”说完略微一拜，转身出了门。没走几步，她却恍惚发现，歌声停了。

“严三郎回去了吗？”她迷茫地远眺，问了一句。

“刚才我回来的时候还在的。”莲翩道，“大概是夜深了，怕惊扰到周围其他人家吧。”

是吗……桑祈若有所思地点点头，拖着沉重的步伐往前走。寂静的宅院中，偶尔传来一声嘹亮的鸡鸣。莲翩思忖一番，才问：“小姐，天都快亮了，你要不要先去睡一会儿？”

“我不困。”桑祈毫不犹豫地答道，摇摇头，继续往前走。

不困才怪，打从大司马去世的消息传来后，都两天了，根本没见她睡过，就是铁打的身子也受不住的啊。莲翩长叹一声，感到很心疼，劝道：“不能急于一时，你还是养精蓄锐，从长计议的好。”

“我知道。”桑祈朝她淡淡笑笑，道，“可我真的不困，想睡也睡不着。你刚才出去跑了一趟，应该很累吧，要不你先去休息，我自己再琢磨一会儿。”说着就要打发她走。

莲翩当然不肯了，住了嘴在后面默默跟着。只见小姐从书房一路又绕到了停灵的厅堂里，缓步上前，驻足凝视片刻后，踩在椅子上，抬手把挂在墙上的一样东西拿了下来——那是桑巍生前最常用的一把枪，名为神威烈火。杆长九尺，乃寒铁铸成。其锋三寸，精钢混金，锐利无比。挥舞时，会在阳光下反射出耀眼金光，犹如烈火燎原，故得此名。

自从回到洛京，它就再也没有被使用过，一直被当作装饰品挂在这儿。枪身很重，桑祈拿在手里有些吃力，险些站不稳。莲翩见状，赶忙上前帮忙搭把手，问道："小姐你这是？"

"帮我把鹿皮拿来。"桑祈没回答她这个问题，而是坐在椅子上，抱着长枪道。

莲翩不明所以地去了，回来递给她，便见她抱着长枪，开始擦拭枪头。桑祈只抹了一下，往鹿皮上看去，便突然眼眶一湿，泪水涌了出来，紧紧攥着鹿皮，低声哭泣。哭了一会儿后，她又抹着眼泪，捧着那块鹿皮笑。

莲翩更糊涂，"小姐，你在笑什么？"

"你看，"桑祈擦了擦眼泪，将鹿皮递给她，兴奋道，"多干净。"

果然，鹿皮上一点灰尘也没有。可这又说明什么呢？莲翩不解地看着她。

"还不明白吗？"桑祈激动地攥紧了长枪，"这神威烈火枪，父亲从来不让其他人碰触。枪头如此干净，就说明经常擦拭它的那个人，正是父亲自己啊。他们都说，父亲不想打仗了，父亲也要走明哲保身之路，还说父亲是心甘情愿要回齐昌的……可事实并不是，这就是证据。他内心里依然渴望着重回战场，让这把枪再次有用武之地。"说着说着，又涌出了一大片眼泪。

莲翩看看她，再看看身上覆盖着白布的大司马，一阵动容，也忍不住转身哭泣了起来。

好在，没多时，桑祈就止住了泪水，继续抱着长枪，满眼深情地擦拭了起来，尽管那上面根本没有一点灰尘。

莲翩不忍再看，说了声去给她倒点水喝，便夺门而出。

过了会儿，脚步声再响起的时候，桑祈还以为是她回来了，见来人久久不说话，诧异地抬眸，才发现，站在面前的人不是莲翩，而是晏云之。

龙章凤姿的绝世公子，一袭白衣，在微薄的晨曦中伫立，仿佛为冰冷黑暗的人世间带来光辉与温暖的神祇，黎明将在他身后拉开序幕。

桑祈手上动作微微一顿，挤出一丝笑意，低眸道："你来了。"

"我来了。"晏云之没说什么多余的安慰话语，只是走近几步，在她侧旁坐了下来，视线落在她齐肩的发际上。

桑祈自己拨弄拨弄头发，轻轻笑了笑，问他："是不是很丑？"

"别有一番风情。"晏云之淡淡答道。

"噗。"她不由得失笑，叹了一声，"也就你的审美这么奇怪。"

晏云之微微一挑眉，把她这话当作夸奖，抬手轻轻撩起她的一小缕秀发，温声问："为何要断发？"

桑祈略微沉默了一会儿，深吸一口气，道："因为在大伯面前发了誓不嫁。"言罢一边继续擦拭着长枪，一边笑道，"没想到吧？努力了这么久，最终却是这样的结果。我也没想过，自己会是先放弃的那个人，但是有些事情……实在是不得不去做啊。而且，就算我想嫁，此去还不知道要多少年，能不能活着回来。你也老大不小的了，总不能一直等我。苏解语是个好姑娘。真的，我长这么大没有遇到过像她这么好的女子。你跟她在一起其实也挺好的。这样你家、苏家、皇室也就都安心了。"

她也不知道这些话是想说给他听，还是用来麻痹自己的，只是自顾自地说着，握着鹿皮的手动作越来越快，颤抖得越来越厉害，低着头不敢看他。不知道他会不会看不起她的逃避，出言讥讽，只做好了承受一切指责的心理准备。

良久后，听得他用清润如水的声音极其平静地道了句："你嫁不嫁给我，这头发能说了算吗？"

"啊？"什么意思？她不解地抬眸看他。

只见他从容自若地从衣袖里拿出一样东西，放到了她面前，示意她自己看。

明黄的绫锦，黄玉卷轴，系着赤红的丝带，那是一道圣旨。

眼下却不是犹豫是不是应该行个大礼，跪地接旨的时候。她看了看晏云之，诧异地将父亲的长枪放到一边，抬手打开了卷轴，看到上面写的内容后，惊讶得说不出话来。

没错，确实是一道圣旨，而且是给她和晏云之赐婚的圣旨。

"怎么可能？"她不敢相信，颤声问，"陛下不是一直不想看见桑晏两家走到一起吗？先前还执意要给你和兰姬赐婚，圣旨都下过三道了，这会儿怎么突然改了主意？莫不是一激动写错了？"

晏云之听完她的一连串疑问，只是淡淡一笑，问："怎么，陛下都同意了，你倒是要执意反悔了？"

桑祈一时语塞，说不出话来。只感慨命运真是可笑，是啊，皇帝都同意了，她倒是反悔了。她长叹一声，将圣旨合拢，放了回去，道："可我已经发誓，战乱平息之前，不会嫁人。你何必等我那么久？"

"谁说我要等你了？"

"啊？"桑祈更糊涂了。

晏云之笑而不语，似是有意要吊她胃口。正巧这个时候，莲翩回来了，还带来了桑崇。桑崇接过圣旨来看了又看，沉吟道："这倒也是条路。阿祈，你嫁给晏七郎之后，就安生在洛京过日子吧，莫要再想着报仇了。实在不甘心的话，便让你夫君出面做主。"

"大伯……"桑祈叹了一声，低下了头。能和晏云之修成正果，自然是一件天大的好事。可此时此刻的她，听了桑崇这番话后，却怎么也高兴不起来。只觉得自己逃避靠联姻来获取力量这件事，逃避了许多年，到最后，似乎仍然没能逃出这道命运的枷锁。

如果嫁给晏云之，依靠他，依靠晏家，而不是通过自己的力量令桑氏东山再起，那自己与千千万万选择联姻的人，与因为利益关联而结合在一起的宋佳音和卓文远，又有什么分别？到头来，难道真有所谓宿命，是她根本无力抗争的存在吗？一想到这儿，她原本喜悦的心情，便蒙上了一层灰暗的颜色。

有些事情，她想一定要自己去做，不依靠别人。这也是当初挥刀断发，下了决断的原因。不光是为了做给桑崇看，也是为了坚定自己的决心。如今，也是白做决断了吗？

她不甘心，不接受。

晏云之将她那点小心思都看在了眼里，微微一笑，起身从袖中又掏出了一道圣旨，将其展开，直立于房间正中，道："晏某这儿还有一道圣旨，请桑氏阿祈接旨。"

咦，怎么又有一道？桑祈诧异地起身，叩首领旨。只听晏云之缓缓念道："奉天承运，皇帝敕曰'晏家七郎云之君，拿回丢失兵符有功，特此封为一品大司马，接管原大司马桑氏事务，率军讨伐西昭，三日后出发'。朕实在是头痛难耐，至于麾下诸将，你且自己做主吧。"

念完，他将玉轴卷起，负手而立，温声问道："大司马晏云之敢问桑氏阿祈，可愿为我麾下先锋将军，率桑家军，随晏某出征？”

桑祈简直不敢相信自己的耳朵，喜悦的泪水瞬间盈满眼眶，连忙起身，道：“我愿意，愿意！”一激动，三两步上前，猛地扑到了他怀里。

这一刻，盛大的幸福感喷薄而出，宛如赖以生存的空气般，将她笼罩环绕，紧紧包裹，密不透风。世上有如此一人，不但爱你，而且懂你，知你心忧，解你困苦。你若选择了远方，他绝不成为你的牵绊，而是伴你风雨兼程，不离不弃。还有什么比这更幸福的事情？

晏云之任她扑在自己身上，也抬手搭在她腰间，轻轻拍了拍，半晌后才笑道：“好了，这么多人看着呢。”

“呃……”桑祈这才反应过来，此处是灵堂不说，大伯和莲翩也都在呢，不由得尴尬地放手，连退后好几步。

莲翩翻着白眼看天，桑崇则死盯着圣旨，当作没看见。

宣布完圣旨，晏云之就又要走了。圣旨上说三日之后开拔，时间紧迫，他也有很多准备要做，临走前来到桑崇面前，道：“把阿祈交给我，您可以放心，万军之中，晏某也定会护她周全。”言罢一拱手，俯身作了个揖。

此人向来高冷，鲜少行礼。桑崇眉心虽然不安地皱着，良久，还是重重叹了口气，无力点头，道：“罢了，罢了，年轻人的事，我们这些老顽固，或许本来就不该管太多。不让他们去自己闯一闯，受受伤，怎么能把翅膀练结实？毕竟也不能依靠我们一辈子。”

“晏某也是这个意思。”晏云之闻言微微颔首，笑道。

桑祈看在眼里，怎么觉着这俩人好像连辈分都一致了呢。

晏云之说完话，又给桑巍行了个大礼，告诉桑祈自己晚上再来，便离开了。心里一块大石落了地的桑祈，在天亮之后，终于睡了一会儿。醒来收拾一番，穿戴整齐后，又去拿父亲的枪。

莲翩不解道：“小姐，晏公子不是已经要派兵了吗？你这是做什么，莫非要在战场上用这个？”连拿稳都这么吃力的武器，带上战场恐怕不能杀敌，反倒容易自伤吧？

桑祈一边端着长枪往外走，一边解释：“晏云之有他的部下，我自然也得有我的军队。他虽然把兵符夺了回来，可还是让甄永寿给跑了，并带走了我桑家好多私兵。

如今这兵符还能调动的人员有多少，也是个未知数。所以，我还是想把父亲一些退隐了的旧部召集回来。”

“可是我昨天去问过了……”想到昨天的处处碰壁，受的那些冷眼，莲翩心有余悸，不想让桑祈也去面对这些。

“无妨，我用实力说服他们。”桑祈说着，颇有自信地一挑眉，朝她笑笑。披上铠甲，扛着长枪的桑祈，将割短的发在脑后束起，扎成了马尾的形状。脊背挺直，步履从容，看起来格外神采奕奕。

父亲的老部下，她大多认识。第一个去的是一户姓董的人家。这家的主人当初跟桑巍关系十分亲近，做过他的副将，儿子也在他的麾下担任传令之职。也是回到洛京后第一户解甲归田的部下。

见到她来，董家父子都呆怔了片刻。大司马辞世的消息早已传出，他们都没想到，此时此刻，桑祈竟然会以这样一副姿态出现在他们面前。她亮眼的披风在初秋的凉风中燃烧，渐成燎原烈火，笑容灿若朝霞，问：“我可以进来吗？”

儿子董仲卿反应了好半天，才想起来说一声“请”，侧身将她迎进了门。

“小姐……”父亲董先念有些为难，想把昨天婉拒莲翩的话再说一遍，却喉头一哽，说不出口。

“叫我阿祈就好。”桑祈平静道，“今天我来，想必目的二位也都明白。阿祈只想说，虽然父亲不在了，可他的枪还在，英魂永存。我这个做女儿的，会继承他的意志。还望诸位能够如从前追随父亲一样，也助我一臂之力。”

说着，她耸耸肩，笑道：“我知道，想做个好将军，要有令下属信服的实力。而你们并不相信我有。所以今天，阿祈也顺便证明一下自己。”

她接着便解开披风，放在案上，在二人惊愕的目光注视下大步跨到院子中央，深吸一口气，挥起了手中的长枪。神威烈火枪，在烈日下闪烁着耀眼的金光。她手中的枪花一挑，飞身一跃，力道虽远不及枪的旧主，但那空气被陡然刺破的呼啸风声，却让二人恍惚间觉着自己回到了过去，回到了荒凉戈壁，莽莽草原，跟随着将军奋勇杀敌的铁血岁月。那支枪，面前的女子明明用得很吃力，可奇迹般地，竟然不会让人感到违和。就好像这神枪是有灵魂的，而它的灵魂认可了这弱小的新主人。

桑祈披着一身光芒，用这支自己连拿着都感到勉强的长枪，完整地将桑家枪法演练了一遍。而后收手，擦了擦流泻而下的汗水，一拱手，郑重道：“阿祈明白，各位叔叔、兄长们，也许无意再卷入风波之中。可父亲沉冤未雪，西昭人的狠辣嗜血，你我亦心知肚明。值此大燕外忧内患，生死存亡之际，还望各位三思，给阿祈一个子承父业的机会。阿祈定不负各位性命相托。”言罢深深一拜，也不说多余废话，告辞后匆匆赶赴下一家。

这一日，她造访了十几户人家。有现在已经买下田地怡然耕种的归隐人士，也有在京畿守卫军里任职的仆射，还有早已弃武从文的官吏。遇到从前的武将，她就演练枪法，证明自己的武艺功底；遇到从前的谋士，她就推演阵法，论辩兵书，证明自己的理论知识。她撑着一口气忙完，到家便一头栽倒在床上，怎么也起不来了。只觉全身无一处不酸，无一处不痛，一点也使不上力气。

莲翩赶忙又是打热水帮她擦身，又是找膏药帮她按摩。每捏一下胳膊，桑祈都要哀号一声，听得她直慌。而发出惊悚喊声的人，叫唤完却忍着眼泪，细声细气道：“用力点，不好好捏捏，明天更难受了……”

莲翩只得挑挑眉，用力一按，旋即房间里便又响起一声惨叫，刺得她耳朵发疼，摇头叹气道：“明天还是好好休息着吧，再过两天就要走了啊，你这个样子，被下面人看到还不要笑死他们。”

桑祈泪汪汪地盯着帐顶，也叹道：“不行啊，还有好多家没去呢。”

“真管不了你。”莲翩端的无语，只盼着晏云之早点来，好能劝劝这个拼命三郎。

然而，这家伙来的时候，听说桑祈累得连床都起不来了，从容地从袖口里拿出了一盒药膏，道：“用这个。”

“啊？”莲翩愣住了。

“这是晏某的家传秘方，对缓解筋骨酸痛和疲惫有奇效。”晏云之见她不肯行动，多解释了一句。

“公子，婢子想问的不是这个。”莲翩扶额，道，“那公子既然来了，能不能劝劝小姐，让她明天……”

“嗯，我来也是为此。”晏云之缓缓点了点头，又递上一样东西，道，“这是今日册封阿祈为左将军的兵符和诏书，她明日去的话，带上这个，事情会好办得多。她自己信得过的下属，就让她自己招募吧。”

莲翩听完，简直瞠目结舌，不敢相信地看向面前的公子。只见他颜如天人，眸似沧海，端正雅立，没有一点像在开玩笑的意思。而身后的屋里，则传来了桑祈低低的笑声。

由于累瘫了的那位出不来，莲翩又执意不肯放他进闺房，晏云之送完东西就回去了。莲翩左手拿着诏书和兵符，右手捧着药膏，一脸阴郁，快步走到床边，沉痛道："小姐！这样的人能嫁？"

桑祈还在笑，抽空施舍她一句："当然能。"说话的时候连眼睛都带着笑意，满脸甜蜜欣喜。

疯了，这一对儿都疯了。莲翩只能继续摇头叹气："男人，对自己心爱的女人，难道不应该疼爱、呵护着，不让她受哪怕一丁点苦吗？真不明白，你们之间这一个愿打一个愿挨的，到底演的是哪出？"边抱怨，边在手上涂了药膏，用力地搓着桑祈的小腿。

桑祈忍着酸痛，扯了扯嘴角，反对她的想法，道："我觉得不是这样，比起保护我，我更高兴的是，他知道我在想什么，并且尊重我的想法，肯让我放手去做。也只有他如此。大概这就是我只爱他的原因吧。"

"呸，不害臊。"莲翩面色一红，嗔了她一句。

用了晏云之送来的神奇膏药，第二天桑祈身上果然没有那么酸痛。虽然还没达到"药到病除"的逆天境界，但一咬牙，继续做昨天没完成的事情还是可以的。于是带上自己的兵符，又出门忙碌了一天。晚上回来则又是让莲翩按摩和惨叫。

到了第三天，便是大军集结、盘点人员和物资，做出发前准备的时候。日暮之前，桑崇也整理好行囊，带好桑巍的尸身，准备回齐昌了。临行他留下了自己带来的三百精骑，只带了几个随行的侍卫，拉着桑祈的手，深深看了她一眼，道："注意安全，我们在齐昌等着你凯旋。家里的事，都无须挂念。"

"嗯。"桑祈凝视着宽大的马车，看着父亲安安静静地躺在那里，上前跪拜作别，道了句："父亲，女儿不孝，待归来后，再到您的灵前祭拜。"而后又送了桑祝几样自己喜欢的小玩意，才朝桑崇缓缓作了一揖，站在家门口，看着一行车队渐渐走远。

九月初一的子夜，洛京城郊重兵云集。

皇帝调拨了三万大军给大司马晏云之，加上晏家自己的私兵，约有四万人在此集结，场面蔚为壮观。他们领取物资，登记在册，重新编制，等待清晨主帅到来后出发。桑祈也早早便离了家，来此候着了，希望自己前两日的游说能起到作用。带来的三百桑家精骑，严肃有序地驻扎在角落里，人和马都在休息。她本人则在忙碌的人群中到处乱转。

突然看到前方有人擎着火把跑过去，火光映照下，一张剑眉星目、唇红齿白的脸，竟然有几分面熟。于是她快跑两步追上，拍了拍那人的肩膀，诧异地问："闫琰？！"

"啊。"闫琰转头看了她一眼，脚步却没有停下的意思，匆匆道了句，"回头再跟你说，我得先回府一趟，阿娘叫我临走前去她那儿辞行，我给忘了，得赶在皇上送行前回来。"

"等等，你为什么也……"桑祈上下打量他一番，指着他身上的玄铁战甲，一脸迷茫。

闫琰一笑，露出一排整洁的白牙："你和师兄都去，这么热闹的事，怎么能落下我？早在宋落天坑我那回，我就决定好了，从今以后誓死追随师兄……不说了，我得赶紧去了啊。"而后不再理会她，一溜烟跑远，牵了匹马，扬鞭向城里疾驰而去。

这火急火燎的性子……桑祈低眸，忍不住笑了笑，笑容中带了几丝欣慰。

可是她最想等的人，依然没有来。

是夜，洛京无人安睡。

卯时三刻，皇帝将在宫门口为众将送行。卯时到了的时候，莲翩拉了拉她的袖子，叹了口气，道："小姐，快进城吧，等下来不及了。"

上元节等待晏云之无果的那一幕似乎又在重演，桑祈环顾一周，握了握拳，叹息一声："好吧。"刚放弃希望要走，只听一阵马蹄踢踏之声，赶忙向声音来源看去，只见董家父子领头，身后跟随着一众将士，正在朝她的方向赶来。

董仲卿一挥鞭，第一个来到她面前，抬手一拱，道："小姐……不，将军，我们来晚了。"

"不晚不晚。"桑祈看着他身后浩浩荡荡的队伍，激动得险些语无伦次。这些人的出现，对她来说就是最好的鼓励。哪怕只有寥寥几人，也比皇上赐来上万军马更教她欢喜。只要肯来，绝对不晚。

桑祈觉得自己好幸运，付出和期待，总算没有再次白费。于是安心进城，赶往皇宫门口。

时辰刚好。银甲白袍，腰佩长剑，一身戎装，显得格外英姿挺拔的大司马晏云之站在最前面，新晋的左将军桑祈，右将军闫琰，分立后方两侧，从皇帝手中接过饯行酒。

轮到桑祈的时候，皇帝尴尬地叹了口气，沉吟道："桑二啊……"

"陛下。"桑祈一躬身，端正作了一个男子式的揖。

"……"皇帝有太多话想说，却不知从何说起。该对桑巍的离开深表遗憾呢，还是对桑祈的不怨恨而感激动容呢？最终只握了握她的手，眼含热泪道了句："你保重。"

桑祈便颔首，干净利落地应了声："臣遵命，陛下也保重。"

同来送行的皇后，对自己先前做媒不成这件事，似乎还在耿耿于怀，看她和晏云之站在一起的样子，表情不太好，但也只是那么一瞬间，在皇帝转头叫她上前的时候，复又恢复了端庄典雅的风范，含笑也为诸将敬了饯行酒。

而后皇帝又随意发表了一番演讲，说了几句鼓舞士气的话，将军们便骑上高头大马，向城门出发了。

大部队已候在城外，跟随他们的只有一小众亲兵，还有前来送行的人群。桑祈那招摇的马尾辫，在行进的队伍中十分显眼，免不了引起旁人的议论。

"听说桑家又出了位女将军呢。"

"是啊，打从开国皇后晏花嫣之后，咱们大燕就一直没出过女将军了吧？"

"只知道她蛮横任性，不知道有没有实力。"

"八成只是凭借家族地位而已，听说桑家青黄不接，也没什么人能领兵打仗了。"

"那可不好说，也有人说这姑娘武艺超群，乃将门虎女，不输其父呢。"

"哈哈哈哈，怎么可能……"

议论声接连传到桑祈耳朵里，她只顾挺直脊背前行，假装没听见。过了会儿，走在她前面的闫琰勒勒马，等她赶上来，凑近了问："喂，桑二，没事吧？"

"能有什么事？"桑祈诧异地看他一眼。见他一脸担忧地瞟向旁边，便明白了他在担心什么，爽朗一笑，道，"打从回到洛京，我听到的闲话还少吗？"说着还大度地摆了摆手。

闫琰又勒了勒缰绳，挑眉道："看你这没心没肺的。我真是不明白，桑公刚辞世不久，你就能这么有精神，到底是怎么做到的？”脱口而出后，他才反应过来问得唐突，赶忙又住了嘴，脸色尴尬地泛红，往旁边看去。

桑祈低眸凝视着自己腰上缠的一圈白布，浅浅一笑，道：“对我来说，父亲并没有死。只要我还披着这战甲，拿着这长枪，他就没有离开。因为我身体里，流淌的也是他的血。而且，很奇怪，拿着这支枪，就觉得父亲好像一直在我身边似的，自然也就不难过了。”说着，她又一仰头，朝他灿烂一笑，表示自己真的没事。发辫在她的脑后随着这个动作一摇一摇。

闫琰只觉被她身上铠甲反射的光芒晃了眼，这才放心地点点头，回到了自己的位置。

一行人浩浩荡荡出了城门后，与大军会合。桑祈发现晏云之回了一下头，也顺着他的视线看去。只见城楼上，严三郎、清玄君和苏解语正并肩而立，来给他们送行。三人都一身缟素，以麻布系发，表示在为桑巍哀悼。

周围别无他人，两个清瘦倨傲的白衣男子凭风茕茕而立，衣袂上下翻飞，看起来有几分天地浩渺我独行的怆然寂寥。

留意到桑祈，清玄君勾起唇角，朝她笑笑，做了个举杯的动作，意思是说，等她回来再一起喝酒。

桑祈也抽出一只手来，回了个一样的姿势。

严三郎则拱手抱拳，昂首挺胸，以一个标准辞别礼的姿态保持着，似乎打算一直恭送大部队走远。

这一次没有饯行酒，没有辞别歌，有的只有坚定的信任和厚重的嘱托。

苏解语的目光一直凝在晏云之身上，只觉今天的他，格外英姿俊朗。而这样一个他，永远不会属于她了。于是她只沉默地伫立了一会儿，便转了身去。

晏云之在好友的目光注视下，继续策马前行，抬起一只手臂，朝后闲闲挥了挥，彻底与洛京作别。桑祈和闫琰默默走在他两侧。身后，有一支腰间都缠了白布的队伍格外引人注目。在这支队伍中，桑家军的旗帜在秋日湛蓝如洗的苍穹下，再次高高飘扬。

今当作别离，不知何时归。

原本应该情绪激昂的桑祈，心中也隐隐有着自己的担忧。临去皇宫之前，让董仲卿帮忙清点了一下人数。算上父亲的旧部和分拨给她的兵卒，跟随她的，大概有八千人。再加上大伯留下的三百精骑和允诺回齐昌后再调拨给她的两千人，也差不多只有一万。这个人数，和当年离开芜州前的队伍比差了太多。

其余九万人，有一部分驻守在芜州，有一部分回到洛京之后就离开了桑家，有一部分不愿追随她而来，剩下的去哪儿了呢？甄永寿怕是不光陷害了父亲，偷了兵符，还带走了父亲的大半兵马，真是好一招苦肉计！并且，抓住他之前，父亲的被害仍是个谜。这个对父亲忠心耿耿、被父亲视如手足的叔叔，被谁许以了怎样的利益，才突然倒戈相向？又是谁暗中煽动府上下人的悲观情绪？

加之西昭的来袭发生得太是时候。就好像一切都是一步一步安排好的一样。她相信，这些都不是巧合，真相尚待解答。

夜里大军驻扎的时候，晏云之看出她面上的愁容，宽慰了两句，道是自己已在洛京安排了人手，教她放心。

桑祈叹了口气，低头捡了一根篝火里的树枝，撩拨着火星，久久后，沉吟道："其实我还有一件更不解的事。"

晏云之解下披风，沉吟道："关于桑公的？"

"嗯。"桑祈沉默片刻，才稍稍点了点头。

"傅先生说父亲早就有所预料的这番论调，后来也被大伯证实了。我不明白，他的预感从何而来？又为何想抽身？兵符如此重要之物，父亲几乎从不离身，甄永寿又是如何拿到的？"说着，她迷茫地看向晏云之，"傅先生甚至还说，这次父亲不像是完全被人栽赃陷害的，竟有几分真……我不懂，他莫非当真有过反意？"由于自己打从内心深处惧怕验证这一猜想，她说出来的字都是飘忽的。

晏云之起身靠近，在离她很近的地方停下来，凝视了她的不安片刻后，忽然一笑，抬手在她的头顶重重地拍了一下，平静道："桑公怎么可能会反？你还是别胡思乱想了，早点睡一觉吧。大家昨天晚上都没休息，明日还要急速行军呢。"

晏云之的话，她自是全心全意相信。既然他都认为父亲绝对不会有二心，她便也安心了几分，点点头，叫上一旁"仇人见面分外眼红"、正和闫琰忙着斗嘴的莲翩走了。

大军中渐渐安静下来，除了守夜的人员，都陆续进入了梦乡。而百里外的洛京，皇宫里还是灯火通明。

皇帝担忧得睡不着觉，总觉得眼皮直跳，头也疼，正让皇后帮自己做头部按摩。

皇后温柔体贴地帮他按着，望了望西边的树影，蓦然叹息了一声。

“爱妻又为何事发愁？”皇帝打了个哈欠问，“还为朕出尔反尔生气吗？朕是答应让你给晏云之和苏解语那丫头做媒了，圣旨也拟好了。可晏云之那小兔崽子，竟然拿着兵符逼朕就范，朕也是没有办法啊。”

一想起来那天晚上晏云之一边气定神闲地握着兵符喝茶，一边看他写圣旨的那个优雅姿态，他就气得牙痒痒。早先几次想叫他出山，给了一堆好官职，他都用一句冷冰冰的“没兴趣”推掉了。说好的只想在国子监里随便教教书呢？怎么这会儿为了个赐婚的圣旨，就肯就范了？晏云之你的原则哪里去了，居然还学会了用派出晏家的私兵帮忙，并亲自领兵打仗这个条件做诱饵！皇帝深深觉着自己这么多年真是看错了他。

“你平日就是太惯着他们了。”皇后懊恼地戳了戳他的头顶，语气带着几分嗔怨与怜惜。

“唉。”皇帝叹了口气，无辜道，“没办法啊，事到如今，朕也没什么人能依靠了。百姓中都传宋玉承狼子野心，朕总不能把兵权交到他手里。你那些哥哥侄子什么的，又没有一个中用……闫家武力不行，桑家又没有个能撑起台面的，他晏云之就是算好了朕只能倚仗他，才敢如此肆意妄为啊！”

一窝火，他又开始死死捏东西了，这一次没捏龙椅的扶手，而是差点捏坏了手里把玩的玉珠。

皇后爱怜地细细拍着他的肩膀安慰了一会儿，犹豫道：“话是这样说，可是，臣妾也有担忧。”

“担忧何事？”

“这……”说与不说，皇后好像左右为难，非常纠结。还好夫君大方，大手一挥，道：“没事，你只管说出来，不用怕说错。”

皇后才低眸道：“臣妾想起了开国皇帝的故事。当初战乱年代，群雄割据，大燕荣氏的先祖，是百年难得一见的人才，可追随的国君却弱小。后来在率兵抵御外敌的战争中，赏识提拔了晏氏一族，并与女将晏花嫣情投意合，结成伉俪。战争结束后，共同逼退了旧主，迁都洛京，建立新政权，继而统一诸国，才有了后来领土广博的大燕。”

祖先的故事，皇帝从小听到大，比她还清楚，边听边点头，之后不解地问了句：

“所以呢？”

“所以，陛下不觉得，现在的事，同当年的历史惊人的相似吗？”皇后秀眉紧锁，道，“一样的乱世狼烟，一样的皇室孱弱，一样的龙凤之才……”话都说到这份儿上，她也就不怕失言了，屈身一跪，便含泪道，“臣妾只怕晏云之和桑祈也……”

“朕明白，你先前不愿我将兵权交给晏云之，担心的也是这些。可是……朕觉得，即使形势相似，人和人也是有区别的。一直以来，关于晏云之的传闻很多，包括他生有龙目啊，如天人下凡啊，等等，总有人担心他有一天会取朕之位而代之。但是这孩子，朕总觉得不是那种在乎这些东西的人。”皇帝自以为了解得很透彻，如是安慰皇后道，“而且说实话，之前关于甄永寿控告桑巍的那些事，我本也是不信的。只是想借着由头，杀杀他的威风而已。”

言罢他苦笑着摇摇头，补充道：“你想，这桑家和晏家，都已经将大燕的实权掌握在手中了，还有什么谋反的必要啊？更何况桑家人向来重义，虐待下属也不会是他的作风。朕本想着关他个几日就放了的，没想到……”

想起桑巍的死和桑崇的那张杀气腾腾的脸，他至今心有余悸，忍不住缩了缩脖颈。

皇后却仍然放心不下，叹了声：“桑公一案暂且不提，就算从前晏云之没想过，不代表以后不会想，人对权力的欲望，犹如饕餮谋食，总是没有止境。”说完便笑了笑，“好了，不说这些了，但愿是臣妾杞人忧天吧。今儿早上起得早，陛下还是早些歇息。”说完唤了宫人来给皇帝送些安神茶，待到他困劲儿上来后，二人便歇下了。

第二天一早，皇后以自己的嫂嫂卓夫人最近身体不适，要去探访一下为名，出宫去了一趟卓府。

据说卓夫人因为新媳妇宋佳音太不好相处，这才没出一个月，就把自己气病了。可实际上，她这嫂嫂也并没有这么娇贵，的确和宋佳音发生过两次口角，但都被卓文远从中调和了。现在虽然看这个媳妇百般不是，也只是保持在自己的院子里，除了晨昏定省见一面，尽量不去主动与人家接触的状态。病倒倒是没有的，最多比较无聊而已。

皇后贴心地先在她这儿坐了会儿，听她抱怨几句，安慰一番后，想顺便去看一眼那要命的侄媳妇。

然而，宋佳音今天回娘家去看母亲了，刚好没在。院子里只有卓文远一个人半卧着，面前摆着一盘错落的红绿玛瑙，在跟自己手谈。

皇后微微一笑，边走过来边道：“看嫂嫂这状态，只觉当个婆婆可真不容易，你娶这媳妇也是够她受的。”

卓文远见到来人，一点都没觉得惊讶，泰然自若地吃掉一子，才勾唇笑道：“姑姑这时候倒是觉得，没有个儿子费心，倒也挺好的了？”

皇后没接茬儿，自行在他对面坐了下来，给自己倒了杯茶喝，道：“还有心思挖苦我，看来那桑家二小姐被赐婚了，你倒是接受得也挺容易的嘛。挖空心思地做了那么多事，现在人家还是跟晏云之双宿双飞了，你怎么想？”

卓文远手上动作一顿，半晌后“呵”了一声，将棋盘上的玉子一颗一颗拾起来，慢条斯理道：“她父亲刚去世，守孝期内不能成亲。”言下之意在说，就算有圣旨，不也得干等着吗？这事儿还得走一步算一步，三年后如何，现在讨论还为时过早。

皇后淡淡一笑，啜了口茶，又问：“那浅酒姑娘，你又打算什么时候带进府？”

“再过一阵子吧，不着急。”卓文远揉了揉发僵的肩膀，无奈道，“不然好不容易安抚好的宋佳音，又要闹起来。现在正值关键时期，我可吃不消。洛京和方圆三百里内的城池，驻守的兵力少了一半。要是西昭人打过来，可真不知道怎么办才好。”

皇后葱段般的玉指摩挲着琉璃茶盏，轻轻摇晃着里面淡金色的液体，附和道：“是啊，尤其是这个节骨眼上，万一各大氏族之中，再有几个不安分的，就更麻烦了。”

言罢，二人对视一眼，意味深长地笑了。

第十二章

金戈铁马寒

远在百里之外，正在嚼干粮的桑祈，突然打了个喷嚏。

莲翩立刻起身，拿过她的披风帮她系上，担忧道："小姐，你没事吧？"

桑祈摆摆手，示意自己一切正常，可能就是突然吹了阵冷风而已，道："没事没事，不要这么大惊小怪。"

莲翩便又坐下，捧着自己的那份酥油茶喝，四下张望，寻找晏云之的身影。之前大司马下过军令，由于需要急速行军，今天夜里就不扎营睡觉了，大家趁现在休息休息，吃些东西之后就出发。可看桑祈连打两个喷嚏，像是着凉的前兆，若是行军计划不变，这人定会硬撑着，到时候万一真感染风寒就不好办了。她便想能不能跟晏云之说说，改变一下计划，明天早上再走。

然而莲翩左顾右盼了一会儿，也没找到人，悻悻地收回视线的时候，却留意到了一处不寻常，赶忙拍了拍桑祈，朝她背后一指。

桑祈向她所指方向看去，见离她们五十步开外的地方，有两方人士对立。其中一方腰上缠着缟素，正是她的兵。她认出了带头那个国字脸粗眉、个子高并且看上去很壮实的男子正是董仲卿，而另一方衣着上没有辨识度，人也面生，她也分辨不出来是谁的部下。只见一开始两边还只是表情不善地你一言我一语，也不知怎的，董仲卿就突然上前一步，扯住对方的领口，像拎小鸡一样把对方拎了起来，目光凶狠地说了句什么，又手上一用力，狠狠将其丢在地上。

由于他比较高壮，对方比较瘦小，这一下摔得狠，趴地上滚了两下都没爬起来。对方立刻聚上来好几个人，不由分说要跟董仲卿动手。

怎么还没遇到西昭军队呢，自己人先打起来了？这场面可把桑祈吓了一跳，丢下咬了一半的饼子就跑了过去，三五步上前，拉住了要挥拳的董仲卿，喊了声：“都别动！”

没啥效果……

“他无缘无故打人在先，让他先给我们个说法，我们就不动，不然，我们可不想跟这条疯狗待在一块儿。”一个人指着董仲卿的鼻子嚷嚷。

“啊呸，跟你们在同一队伍里，老子晚上睡觉都得担心会不会第二天早上被人给卖了。”董仲卿倒是被桑祈拉住了不好动手，却狠狠往地上吐了口痰。

“你怎么说话呢？”对方中另一个还算冷静的，一直没动手的人，一看他朝自己这边吐痰，也脸一黑，脾气上来了，质问道：“桑将军，你的人你管不管？不管我们找大司马评理去了啊。或者让我们自己动动手，内部解决也行。”语气里透着的那股蔑视，桑祈不是听不出来，可眼下是尽快了解详情解决矛盾，而不是激化矛盾的时候，她便没理睬这个人，只迈了一步，站到两边中间，沉声道：“都别吵，先好好把话说清楚，为什么打人？”

两边人都在互相冷眼相看，谁也不愿先开口。

争执引来了其他围观的人，眼见有愈演愈烈的趋势，桑祈没法子，只得下令让先动手的董仲卿把事情的来龙去脉如实道来。

不料董仲卿黑着个脸，就是不肯开口。

还是对方先有人讲述了起因。

“他是不好意思说吧，因为屁大点个事儿置气，也是条汉子？”说话的人是个小个子，站在董仲卿对面，整整比他矮两个头。虽然外形远没有他有气势，可是表情傲慢，语气中也满是讥讽，“真不知道是不是饿死鬼投胎，不就是一壶热茶嘛，至于吗？将军，说出来都不怕你笑话，这人跟我们起冲突，就因为我们有茶喝，他没有。”说着，还耸了耸肩，一脸同情地看向董仲卿。

桑祈去过董家，知道他家境殷实，虽说称不上大富大贵，日子过得也还不错，怎么可能为了一壶茶耍小心眼？于是看向他，等待他给自己一个解释。

董仲卿大手按在腰间的佩剑上，紧握剑鞘，关节泛白，颤抖了一会儿，才终于开口道："你怎么不说，前提是你这茶是用董某提的水泡的？想喝水，自己不会去提？"

"啧，我喝你一点水怎么了？水都是河里的，又不是你家的。"小个子一阵哂笑，嘲讽的意味愈加明显。

董仲卿面色阴沉，一把将挡在中间的桑祈推远，上前扯住了他的衣襟，冷厉地迫近他，居高临下，冷声道："对，董某就是连口水都不屑于同你们分喝。你们这些懦夫，要喝自己去打，下次要是再被我碰见有谁动我的东西，就别怪我刀剑相向。"说完猛地一收手，看也不看桑祈一眼，转身大步离去。

桑祈感觉，他也生自己的气了，可她着实感到有点莫名其妙。

小个子整理着衣襟，朝董仲卿身后狠狠吐了口痰，而后也不屑地瞟了桑祈一眼，临走时与同伴窃窃私语，朝着董仲卿回去的地方指指点点，看上去大有这事儿还不算完，后续还要继续找对方麻烦的意思。

桑祈站在原地，纠结地揉了揉太阳穴。这时才明白，当个将军，比自己预想得还要难。不光要武艺高强，会领兵打仗，谋略布局，还要管理好部下，调和他们的内部矛盾，让每一个人都对自己信服。

外人怎么说她，都无所谓，但队伍中的人不能轻视她，否则今后令有不从，会非常棘手。两拨人闹的这个矛盾，虽然对她来说是挑战，但也是来之不易的契机，如果能圆满解决，对自己在军中的威慑力一定会大有提升；反之若是没解决好，原本就微薄的信任也会大幅下降吧。桑祈抿唇思索着该怎么办，并没有注意，从一开始，晏云之和闫琰就在不远处看着这一切。

与董仲卿起冲突的小个子是闫家的兵，因此闫琰也在扶额，纠结道："我去说说他们吧，让他们跟董大哥道个歉。桑二费了那么大力气才把人家拉来的，闹成这样怪没面子……"

晏云之却摇了摇头，笑道："别去，此事让她自己解决。"

"为啥？"闫琰一脸不解，"她一个姑娘家，要应付一堆大老爷们吵架，未免也太勉强。"

"他们的关系首先是将军和部下，其次才是女人和男人。既然她选择了到军营中来，就不能因为自己是女子而逃避。"晏云之远远凝视着桑祈，眸中含笑，道，"走吧，我们只管静观其变。"

闫琰看看桑祈，又看看他，纠结一番，也只得无奈地跟了上去。而桑祈这边，冥思苦想后，灵机一动，先找到了董仲卿的父亲董先念。没提刚才吵架的事儿，只旁敲侧击地问董仲卿是不是跟队伍中的某些人以前有过节。毕竟，为区区一壶水引发的矛盾，说来实在蹊跷。

董先念年纪跟她父亲差不多大，鬓发亦已斑白，闻言面色一沉，半晌后才叹了口气，道："过节儿也谈不上，只是他一直对闫家人看不上眼。不知将军可还记得南方一战，当时我们既要应付西北来的西昭人，又要深入西南战场，腹背受敌，分身乏术，一度陷入困境。向朝廷请求增援眼见来不及，就派人去了最近的城池邀其相助。当时去的人就是仲卿，求助的对象就是闫家。可闫家人表面和和气气，万事好说好商量，却迟迟不肯派兵，怕敌方因为他们守城兵力不足乘虚而入。结果……"

回忆起岳城之战的惨烈，老将的双目中显得浑浊湿润，沉吟片刻，才继续道："那次虽然突围成功，但我们损兵折将，死了不少人，其中就有他几个要好的拜把子兄弟。因为这件事，他一直对闫家耿耿于怀。此番一同出征，怕是少不了冲突，给将军添麻烦了……唉，回头我定会劝他。"

桑祈对董仲卿的心情明白了几分，深吸一口气，拍拍衣裳起身，道："无妨，我自己去跟他聊。"

她遂在营地转了几圈，一直寻到外围的树林边，才找到一个人坐在暗处的男子，缓步上前，拍了一下对方的肩膀。

董仲卿一动不动。她便自顾自地在他对面坐下来，道："你与闫家的事，董叔都同我说了，想来你心里有气没处发泄，也挺烦躁。"

董仲卿看了她一眼，欲言又止，最终还是没说话。

"你刚才给我几分面子，我很感动。我知道董大哥是个仗义、重旧情的人，否则也不会跟随我，还帮我说服其他人。"桑祈说到这儿，叹了口气，继续道，"也明白，你担心的是历史重演，闫家又弃我们于不顾。可那都是过去的事了，人总是会变的。你若信我，我信闫琰，也希望你不要继续拿过去的过失惩罚他们、惩罚自己。"说着，又伸手在他的肩膀上重重一拍，目光真诚，道，"这次，我为闫家担保了。若以后真有什么意外，董大哥要恨要怨，只管冲着我这个担保人来。"

董仲卿与她对视着，良久后，勉强点了一下头，虽然幅度极小，但算是暂时妥协了吧。桑祈也明白，想要改变一个人的态度，并不是那么简单的事情，眼下只要他有想转变的意愿就是好的，之后便靠时间来继续缓和吧。于是她也不再多言，朝他笑了笑，又起身去找刚才那个小个子，还特地拉了闫琰一起。

闫琰顾忌着晏云之说的，要让桑祈自己树立威信，不能帮忙，虽说出于好奇还是跟去了，可只顾四下张望，假装一副事不关己，只是来看热闹的样子。

而那个小个子和他的一众兄弟见闫琰在，态度却比先前好了不少。虽说看她的目光还是带着几分轻视，却没再出言狂妄。

效果让桑祈挺满意，于是她清清嗓，道："刚才的事，是董副将不对，我先代他跟诸位道个歉。"边说边行了一礼。

小个子和旁边的人面面相觑，见到这一幕有点意外。听说，桑祈是个目中无人的狂妄姑娘，不是吗？便听桑祈继续道："我已经批评过他，叫他不要没事找碴儿。大家都是自家兄弟，理应互相帮助，有水同喝，有茶同享，对吧？"说着，拧了拧闫琰。

闫琰龇牙咧嘴了一番，琢磨着自己这样算帮忙了吗？支支吾吾地左右乱看，道："啊……嗯……"

什么态度!

桑祈又拧了他一下，还专门挑了个掐人疼的地方。闫琰咬牙忍着不叫，眼泪都快流出来了。

桑祈却若无其事地堆着笑容，大方地对小个子等人道："听说刚才董大哥把你们的茶打翻了，诸位没喝成。我做主请客，等会儿派人给各位送些上好的酥油茶来。"说完又捏了闫琰一下，在他疼得眼泪汪汪但还没彻底哭出来前，扯着他又往回走了。

小个子一众人等，呆呆地看着自家那个一向傲娇的小公子在她面前的受气样，惊得手里的水囊都掉在了地上。你看看我，我看看你，达成了一个共识：这个女人不好得罪。

桑祈扯了闫琰一路，偷偷回头看着那几个人的表情，忍不住低声笑了。闫琰也跟着她的视线回头看，再结合她这副奸计得逞的样子，终于悲哀地明白，自己被她彻彻底底地摆了一道，报复心起，轻咳一声，问："你觉得这样能有用吗？"

桑祈摊摊手，老实道："不知道啊。"

"不……"闫琰一听这话，悲从中来，觉得自己白疼了一回，怒道，"不知道你就掐我！"

“别生气嘛，咱俩谁跟谁？”桑祈倒是大方地抬手拍拍他的肩，心态乐观，道，“他们无非是觉得我一个小姑娘家的，身居高位，看着不爽而已。可我若先低头，他们还要执意跟我计较的话，就显得太没有男子汉气概了，你说是不是？所以，我想还是会有点作用的。刚才掐你的那两下，我也顺便道个歉。”

顺便得一点诚意都没有，可因着前面那句话在先，闫琰觉得好像要是再不依不饶下去，没有男子汉气概的人就成了自己，也就只好忍下了这口窝囊气，冷着脸哼了声，不跟她一般见识。

说好了连夜行军，休整过后，将士们又整队出发。桑祈暗暗观察着，只见董仲卿和小个子狭路相逢，互相都递了个不算友善的眼神。幸而，只是眼神有所表露，没有再动手或出言相讥，心怀不满地擦身而过，去了自己的位置。她稍微松了口气，跨上马背，听见前面晏云之在叫自己，便催促马儿走了过去，询问何事。

晏云之将地图递给她，指了指地图上的正西方，道：“我们计划先去平津，你可以传话给你大伯，让他派出的军队直接从齐昌过去，在那里与我们会合。”

桑祈没什么异议，将地图交还给他，颔首道了声：“好，我派人飞鸽传书去齐昌，估计大伯也明天才能到家。”

晏云之点点头，复又问她：“刚才的事可处理好了？”

“算是暂时安抚住了吧。”桑祈仔细想了想，如是判断，并诧异地瞥了他一眼，反问，“你怎么什么都知道？”

晏云之用一副写着“你做什么都逃不过我的眼睛”的表情看着她，笑而不语。

大军每两日休息一晚，急速前进，只用五日，便赶到了平津。

平津乃是洛水和白马河交汇处的重要城镇。自西部高原雪山发源的大河浙水，一路向东奔流，于贺兰山前分出一条支流，向南流去，名为白马河。白马河则在平津地区，又分出了一条向东的分支，便是洛京的母亲河洛水。

洛水河北岸，正如前文所说，有一长段地势崎岖的黄土地带，土壤贫瘠，既不便行军，物产亦不丰饶。而南岸则相对平坦，土地肥沃，城镇集中，一直被物资匮乏的西昭觊觎。平津作为洛水河南岸的第一座城池，同时也是沟通白马河和浙水的要塞，自然而然，成了兵家必争之地。

晏云之算好了对方一定会主动攻来，便有意率领大军在此驻扎，守株待兔，不再继续向西北前行。毕竟芜州前线已经失守，再向西北推进，反而对本方不利。

抵达之时，从浙水北岸后撤的阳州守军正好也退到了平津，守将向他汇报了现今的战况，只道："西昭人已经打过了贺兰山，我们实在不得已才弃城。"

晏云之还没来得及说什么，桑祈先皱了眉头，质问了句："那阳州百姓呢？可随军撤退了？"

"这……"守将紧张得直擦汗，道，"只撤出来了一部分。"

桑祈一听，长叹了一口气。以她对西昭人的了解，没来得及撤出的百姓是何下场，恐怕不难想象。守将也对这一点心知肚明，低着头直发抖，小声解释了一句："属下也是没办法，他们大军压境，来了二十万人，可属下的兵力只有三千。与之相抗也是以卵击石，除了死伤更多人，没有任何意义啊。"说着紧紧咬着干裂的嘴唇，重重在地上磕了一头，"属下不想眼见着兄弟们徒劳无功地送死，只叹西昭人来得太快，时间上实在不足以安排所有百姓撤离。战报传来的时候，我们本以为贺兰山北的驻军能拖延上一段时间，坚持到洛京派兵……"

"我们人数本来就少，保留住有生力量，不无谓地损兵折将也很重要。"晏云之从他厚重的黑眼圈和干裂出血的嘴唇便能看出，他撤下来后一直处于精神高度紧张、严重自责的状态，出言打断他的话，安抚了几句，让他先去休息了。而后根据他提供的情报，敛眸沉思接下来该怎么办。

西昭军队有二十万，并且训练有素，乃虎狼之师。而自己这一边，人数上不足他们的一半不说，其中还有一些是从来没有上过战场的新兵，缺乏经验。拼人数，拼武力，他们都处于劣势，唯一能取胜的，便是战术。他思前想后，觉得驻守平津，不主动出击，做好防御工作才是关键。

而确定了这一战术，晏云之想要具体布置下去的时候，才见桑祈站在门口，遥望着北方沉思，面色怆然，不知道在想些什么，于是他心头一软，轻叹一声，走上前在她的头上揉了揉，问："在想阳州的事？"

桑祈点点头，又摇摇头，"战争之中，百姓无辜受牵连，也是没办法的事，我知道不能怪他，刚才是自己一时冲动口不择言，可……"

"可心里还是不好受？"晏云之抬手拍拍她的头，温声道，"你现在是一员将领，不能太感情用事。"

桑祈却笑不出来，又叹一声，道："比起这个，我更在意的是，贺兰山北，三城的守军去哪儿了？茺州驻扎的是桑家一整个旁支，按说战斗力不弱，就算对方来了二十万大军，也不至于这么快就全军覆没。如今不但弃城而逃，还人间蒸发，不见踪影……”提到这个，她都觉得面红耳赤，好像弃城丢脸的是自己似的。

“我已派人暗中调查，相信很快会有结果。如你所言，那么多人马，不可能凭空消失。”晏云之淡声安慰道。

他都这么说了，桑祈也只好继续等待，点点头，道了声：“那我先去叫人过来。”说着就要往外走，却被他拉了一下，揽在怀里轻轻抱了抱，才揉着她的发，笑道，“去吧。”

桑祈面色微红，只觉这平津气候诡异得很，秋老虎热死个人，连连用手掌扇着风给脸上降温，去找传令官通知众将的时候，说话语气都怪怪的。

诸将集结后，晏云之做了一番战略部署，安排大家将精力先集中在防守之上，多建造守城工事。

有人看了看地图，皱着眉头道：“他们有可能从白马河上游来，也有可能直接横渡洛水，河道这么长，一味防守，我们能守得过来吗？”

桑祈刚才正巧也在琢磨这事，细细盯着地图，还没等晏云之开口，便率先沉吟道：“既然我们本来人数就不占优，更不应该分散有限的兵力。既然白马河和洛水多处可渡，我们不如就集中兵力，死守两个关键渡口。也免得处处设防，处处薄弱，最终落得被各个击破的下场。”

晏云之挑眉看了她一眼，满意地点点头，道：“晏某也正是此意，诸位便照桑将军说的做吧。”

自己的想法得到了肯定，桑祈高兴地朝对面的闫琰挤挤眼。闫琰却因为师兄和师姐都有表现，自己一直没有什么表现的机会耿耿于怀，不满地哼了一声。

然而，看似无懈可击的战术，刚刚实行了两天便不得不被更改——有急报传来，从齐昌前来会合的桑家军，在平津东北侧的茨城陷入了西昭军队的包围。

茨城乃是浙水以南的第一处重镇，若被敌军占领，可成为他们在浙水南部的重要补给点。听说带领这支包围队伍的，是西昭名将呼延恪、呼延律两兄弟，桑祈和董先念不约而同地皱起了眉头。

旁人许是没有领教过这兄弟二人的厉害，董先念却是亲身经历过，叹道：“桑公不在了，我们对付这两个人，怕是有些吃力。”

闫琰却不以为然，只觉得自己一显身手的机会终于来了，摩拳擦掌地跃跃欲试，道："不如让我带一支队伍前去解围，一直在平津窝着，明明上了战场却没仗打，也挺无趣。"

桑祈对此持不同意见："不，这是桑家的队伍，我觉得我自己带领大伯给我的三百精骑前去比较合适。"

一看她又要抢自己风头，闫琰有点不高兴，脸一扬，道："师姐，论谋略战术，我的确不如你和师兄，可是此等冒险之举，怎么能让你一个女孩子去？单论武功，我觉得我还是不逊于你的吧？"

桑祈却摇摇头，认真地看着他，道："正因为你不善谋略，才应当我去。一来，我家的三百精骑都与呼延兄弟交过手，对敌方有所了解；二来，我们还要集中兵力守卫平津，以防敌方大部队来袭，不可能调拨太多人前去，我带领三百精骑数量上也最为合理。而这以少敌多之战，如何取胜，谋略正是至关重要的。"

"可是，对方不是武艺高强、令人闻风丧胆的名将吗？就算你再有战术，能打得过？"闫琰还是不甘心，想争取到这个打头阵的机会。

"不一定，但我们怕他呼延兄弟的名号，呼延兄弟也怕我桑家的名号。我想，我还是有一定威慑力的吧。"桑祈坦言道。

眼看两人各执一词，互不相让，一直沉默不语的晏云之开了口，温声道："晏某倒有一计，需要你们二人配合执行。"

一听俩人都能去，闫琰赶忙上前一步，兴奋地问："什么计谋？"

晏云之眸光深邃，注视着地图上的白马河，微微一笑，道："此计名为声东击西。"说着，他在茨城以北，用修长的手指在地图上画了一条线，自平津一路引向浙水，"闫琰先率领一万人，佯装从西路出击，绕到敌军背后偷袭。西昭人见我军有此意图，定会分兵前来抵挡，距离最近的，便是已经在浙水以南的呼延部。到时，茨城的守备便会有所放松。桑祈再趁调虎离山之际，带领三百精兵前去，迅速突围，带回茨城军民。"

桑祈听完，拊掌叹道："妙计，这样一来，有闫琰的大军吸引注意力，我也就不怕后面西昭再派人支援了。"

闫琰听来听去，却觉得好像立功的机会还是人家的，自己只不过是去走个过场而已，有点不高兴。然军令不可违，晏云之这么安排了，他也不好说什么，遂告退，心不甘情不愿地去调拨属于自己的那一万大军。

分受人推崇。若是士兵们见他二人落败，势必军心动摇，不战而败，对我方能把握时机从包围圈突围撤退大有裨益。所谓擒贼先擒王，就是这个道理。否则，即使我们进了茨城，待到敌军发现中了闫琰的调虎离山之计而撤回，也难全身而退。”

董先念粗糙的大掌互相摩挲半晌，觉得她说得很有道理，可是对于队伍中谁能肩负起这斩杀呼延兄弟的重任，却没有把握，不由得沉吟道：“将军打算如何杀？”

“我亲自去。”桑祈在他惊讶的目光注视下，平静地伸出手指头，逐条分析道，“万军之中取上将首级的战术，我是最合适的人选：第一，呼延兄弟屡战屡胜，颇为自负，我既是新将，又是女子，他们根本不会把我放在眼里，轻敌是必然；第二，我的速度快，论力量、论对敌经验，我的确不如军中许多老将，但论速度和敏捷，全军上下恐怕没有几个人能超越我。”

董先念听着她话中不容置疑的决心，看着她勇往直前的眼神，仿佛眼前又出现了桑巍模糊的身影，一时动容，可是转念想起临行前，晏云之对自己淡淡道的那声“阿祈的安危就托付给您了”，又觉喉头发涩。他定夺半晌，才挤出来一句：“将军意既已决，属下定全力配合。”

桑祈便感激地笑笑，道了声：“多谢。”而后也想休息一番，奇怪的是她非常精神，困意全无，只好继续擦拭马鞍。

董先念明白，她这是马上就要上阵杀敌了的兴奋。那动作、那神态，简直同她父亲一模一样。以往桑公在阵前，也是每次都容光焕发，精神抖擞，好像天生就属于战场，不让他舞刀弄枪的，反倒蔫儿了。大概这便是传说中的血脉相承吧，他这样想着，也没有了睡意，将自己的佩刀打磨得更加锐利光亮，眼底不知不觉湿润了几分。

夜幕再次降临的时候，桑祈带领队伍一路向东北方向狂奔而去，原本应该用半日才能到的路程，他们只用了一半的时间，于当日深夜，来到了茨城。

留守茨城的西昭人对于这批突然出现的人马丝毫没有防备，桑祈也没有给他们任何反应时间，径直带领部下连人带马冲进了对方营地。

西昭营地中登时乱作一团。有赶忙找盔甲披上的，有赶忙去擂鼓的，有赶忙去牵马的，也有一时半会儿还没缓过神来的。桑祈深知西昭人的军队实力，一旦让他们装备起来，对自己这一边便会很不利，于是策马疾驰在鸡飞狗跳的营帐之间，眉头紧锁，急切地搜寻着呼延律的身影。

战鼓响起，号角声震耳欲聋的时候，她还没找到呼延律，心里一慌。蓦地听见不远处传来熟悉的喊声，董先念在朝她狂奔而来，挥鞭指着她的右方大喊：“将军，那边！”

桑祈忙侧头看去，只见火光映照下，能看清距离自己几十尺远的地方，呼延律肩头那圈夸张的狐狸围脖和独树一帜的以鸟羽装饰的发辫，红灰间色，十分显眼。她不由得挑眉一笑，让你嘚瑟，这么招摇过市，生怕别人认不出来，被我逮到了吧。

时间紧迫，她连向董先念道声谢都顾不上，便掉转马头，飞速向他奔去，到他面前，能让他看清自己的时候，高声喊了一句：“呼延律，把你的狗命拿来！”

却说呼延律方才还在帐中拥着三四个从阳州搜刮来的美人温存，这会儿才刚草草披上战甲跨上马，看见桑祈，目光又有些恍惚。第一反应，听这叫嚣的声音像是个女的，就已经吃了一惊。定睛一看，对方只穿了一身贴身的软甲，隐约还能勾勒出女子婀娜玲珑的身段，并且面容白皙光洁，明艳俏丽，唇红齿白，一双灵动的点漆双眸晶亮晶亮——果然是个女的，就更加吃惊。再仔细看，这女人居然出现在战场上，还提剑纵马，已经够奇怪的了，竟梳了一个比自己还奇怪的发型，又是怎么一回事？！

他只觉得，眼前的一切，都太匪夷所思，无法理解。待到桑祈从马背上一跃而起，飞身来到他面前，剑尖都快抵到他的脖颈上了的时候才反应过来……提剑……剑！这女人会用剑！这带着一阵凛冽杀气，闪着寒光，就在自己眼皮底下的玩意不正是剑吗！

他身子比意念先动，赶忙避让。要说名将的称号可不是平白无故得来的，虽然只差一点点就碰到了，可这一剑到底还是让对敌经验丰富的他给避了过去。

随着这下紧急躲避，呼延律也厘清了头绪，轻蔑地哈哈大笑两声，粗声道：“一个黄毛丫头，也敢跟老子叫板，我看你们大燕是真没人了，打仗连条汉子也派不出来了！”

一击未成，桑祈没有灰心丧气，绷紧神经，轻盈跳到一旁的帐顶，闻言挑眉笑道：“恶贼莫非不知？我桑家满门良将，就是女子也不逊色！对付你，我这个区区黄毛丫头足矣。”同时手上也没闲着，瞄准他发怔的契机，再次发起进攻。

听见桑家的名号，呼延律有一瞬间的动摇。正在这一瞬间，被桑祈抓住机会，削铁如泥的利剑挑破了他铠甲的系带，霎时使他露出破绽。

“哼，自不量力。”呼延律登时冷眼一眯，短暂的怔然后，依然一副瞧不起她的样子，道，“这点雕虫小技算什么？老子都不用动枪，赤手空拳便能捏断你那没有酒壶嘴儿粗的脖子！”说着挥舞着粗糙大掌，空手向她袭来。

桑祈嘴角浮现一丝狡黠的笑意，此举正中下怀。

晏鹤行已经将一套优雅如行云流水，看似舞蹈般曼妙，却于不动声色之中暗藏杀机的剑法，悉数传授给了她。她也许不是最厉害的将军，但是一个善于使剑的杀手。那么多次和晏云之对练，可不是白练的。短暂几番交手，一个仿若流风回雪的剑尖轻挑后，呼延律惊愕地瞪大双眼，徒劳地捂着血流喷薄如柱的脖颈，满手鲜血，栽倒下去，大口一张一合，却发不出声音来，只能吐出带着腥臭味儿的血沫。

意识残留的最后一秒，这位威震一时的西昭名将，怎么也没想到，自己竟然会死在一个第一次见面的小姑娘手上，小姑娘还梳着比他更奇怪的发型。莫非这就是传说中优胜劣汰的先兆？往后这战场上，大家比拼的到底是什么啊……

桑祈处于头次对阵便将对方猛将一举击杀的兴奋之中，自然对他心中所想一无所知。

还是稳重的董先念最先反应过来，第一时间高喊了三声："呼延律已死！呼延律已死！桑将军已将呼延恶贼斩杀！兄弟们，冲啊！"

听到喊声的士兵会意，也跟着喊了起来，很快呼延律已死的消息就潮水奔涌一般在混乱的军营中传开。

董先念翻身下马，手起刀落，将呼延律的首级砍下，拎着他发上的羽饰，递到桑祈手里，痛快道了句："将军，拿上这个上马，好趁他们军心大乱之际，将其一举击破。"

虽说人是自己杀的，可看死得痛快的全尸是一回事，拎着个滴血的人头就是另一回事了。桑祈第一反应是皱着眉头，惊吓地往后退了一步，连连摇头，见董先念还是坚定不移地硬要把头塞给自己，才哭丧着脸，颤抖着接过来，纵身上马，在播散开去的喊声中，一咬牙一闭眼，将其高高举起。

原本就因为他们的突然闯入而自乱阵脚的军营中，立刻比先前更加混乱。西昭人刚开始听到呼延律已死的消息，根本就没当回事，以为只是大燕人故意说来诓他们的。可喊声一波接着一波，接连不断地冲击着他们的耳膜的时候，他们也不得不开始相信是真的了。再加上离桑祈的位置比较近的人，已经看见了她手上拿着的那装点着鲜艳羽毛的颇有特色的头颅，惊得连连后退，站都站不稳，人仰马翻地跌倒在地上的不在少数。

很快就不只是大燕人在喊，西昭人自己也在惊恐地尖叫，喊着呼延将军死了，战无不胜的呼延将军，竟然被一个名不见经传的大燕小将单枪匹马手刃了。

桑祈原本挺忌讳手里这玩意，但既然拿着了，知道所有人都在看她，便也故意倨傲地仰着头，佯装镇定自若，向四周投去高冷的白眼儿，有事没事地，还不忘在唇角勾起一丝狡诈的笑，晃晃自己张扬的马尾。

呼延律的血还没滴完，半数包围茨城的西昭军队都已知晓统帅阵亡的消息。如桑祈所料，失去主心骨的队伍立刻军心涣散，以为遇到了什么强大得不得了的敌人，惊慌失措，战意全无。

而桑家军这边却正好相反。由于桑祈的首战杀敌成功，军心大盛。非但这突袭小队的三百骑兵精神抖擞，发觉城外异动、见着桑家军旗而从城中赶来驰援的士兵们也斗志昂扬，很快便打得零零散散的西昭军丢盔弃甲，落荒而逃。以区区二千余人，微弱伤亡的代价，解了茨城的万军之围。

城门大开的时候，看着茨城百姓松了一口气的表情，一股前所未有的骄傲之感在桑祈心中油然而生。

然而现在还没到可以掉以轻心地大肆庆祝一番的时候。她清楚地知道，解围只是暂时的，西昭人重整旗鼓之后，很快还会回来。他们的人数劣势没有变，茨城依然不能久留。于是她进城之后，便迅速召集城内的官员将领商议下一步安排。

带领从齐昌赶来的两千桑家军的，是当初桑崇的一名副将，在桑崇的腿受伤以前一直跟随其左右，和桑祈也有过数面之缘。这会儿相见，连叙旧也顾不上。桑祈只朝他快速一拱手，便上前摊开了自己带来的羊皮地图，道："大司马分析，西昭人渡过浙水之后，在南岸没有补给点，因而对茨城志在必得。所以城我们是不能硬守了，只能带领军民弃城离开。"

"带茨城百姓一同去平津与大军会合？"那副将闻言，皱着眉头问了一句，"茨城人口大约有两万，将这么多人迁至平津，能否妥善安置暂且不提，光是这路上的危险就……"

桑祈明白，带上百姓的话，行军速度势必会放慢，这样一来他们能不能赶在西昭人回来之前返回平津便成了问题。并且万一半路与敌军遭遇，有这么多普通百姓在，也施展不开手脚。毕竟，像这次这么侥幸的胜利，并不能奢求再来第二次。可是他们也不能弃百姓不顾啊。

她托腮凝视着地图，沉思对策，权衡一番利弊后，沉吟道："要不，从你们当中调拨出五百人，和茨城原本的守军一起，带领百姓向东北方向行进，撤回齐昌去，如何？平津很快就会变成战场前线，相比之下，齐昌更为安全。"

副将一听，又皱了眉："这倒是个办法，可是将军的队伍怎么办？若平津很快将会成为战场，您正是用人之时。而我们一旦回去，待到茨城被西昭人占领之后，再想南下，可就难了。"

董先念对副将的观点表示认同，道："请将军三思，虽然只有五百人，可您别忘了，这是桑家私兵的五百人，以一当十，抵得过皇帝给调拨的五千人，撤回齐昌未免可惜。"

桑祈又纠结了一下。然时间紧迫，众人的视线都集中在她身上，根本容不得她瞻前顾后。大约过了一盏茶工夫，桑祈按了按腰间的佩剑，道："我有一个想法，请茨城太守将城中的青壮年男子召集起来，听我说几句话。"

紧急关头，人们办事效率也特别高，太守领命而去后，很快便回来了，告诉她，已派人挨家挨户传达过召令，各家壮丁已经陆续来到府衙门前集会。

桑祈道过谢，深吸一口气，向一个个子瘦小些的士兵借了一套像模像样的铠甲，换下了自己的软甲，提剑走出，站在府衙的台阶上，直视着骚动不安的人群，高声喊道："父老乡亲们，我乃当今左将军，出身齐昌桑氏，前大司马桑巍之女，单名一个'祈'字。"

早在这伙人入城的时候，一个年轻女将斩杀了呼延律的消息，就以迅雷不及掩耳之势在城中传开了。有些人还不太相信，而今验证大燕当真又出了一员女将，还是这么漂亮的姑娘，人群中难免起了一阵骚动。

桑祈不得不重重地清清嗓子，将大家的注意力引到自己接下来要说的话上，继续道："父亲为我取这个名字，乃是祈祷大燕国泰民安，远离战乱之意。可惜，愿望是美好的，现实却很残酷。我知道尔等不愿意打仗，希望过太平安生的日子，害怕战乱中的流离失所和生离死别。这很正常，每个人都一样，我也害怕。"

她说到这儿笑了一下，面色有些腼腆，道："毕竟，我是父亲留下的唯一一条血脉了，还没成亲呢。"

这一笑，对紧张的气氛稍有缓解，人群中也有人忍不住跟着笑了。可桑祈笑完，却话锋一转，又道："但我即使害怕，也不得不战。因为我们不去抵抗，敌人不会自己大发慈悲，从吃人的恶狼变成温顺的羔羊。他们会肆无忌惮地侵占我们的土地，劫掠我们的物资，残害我们的骨肉同胞。今天我来到这里，选择拿起手中的剑，而不是躲在安逸的洛京绣花作画，吟诵风雅，就是因为我害怕。害怕如果此刻选择了退缩，以后连苟且偷生的机会都没有了。我都来了，你们还有什么理由不与我同行呢？”

说完，她潇洒地一拔剑，抖落一地寒光，郑重道：“男儿自应配吴钩，阿祈在此诚恳相邀，请诸君与我一同前往平津，为国一战。而你们的父母妻儿，将由茨城守军护送，迁至齐昌，躲避战乱。那里有我大伯驻守，可保平安。”

一番酣畅淋漓的言论，如果是别人说出来，用高谈阔论的语气、华丽正经的辞藻，可能会让人觉得虚伪空洞，没有说服力，然而她的话语真诚恳切。此时此刻站在他们面前的这个清瘦高挑、明艳美貌的女子，看起来是那么弱小，又是那么强势，一举手、一投足之中，都流露出干练坚强的飒爽英姿。让人恍惚之间会感到诧异，觉得她与将军这个字眼是如此格格不入，却又有一种奇妙的契合。

人群中渐渐安静下来，没有人表态，但看得出有人在犹豫。董先念能感觉到，在场的很多人被她打动了，不由得目光中又多了几分赞许，觉得跟随她，是正确的选择。

按照桑祈的计划，如果能将茨城中的青壮年男子带走，编入军中，加入战场的话，需要撤退到齐昌的人就少了一部分。这样负责护送的人数也可以削减不说，回平津的这支队伍，虽然速度慢了，可战斗力却有一定提升，也不算亏。

演讲过后，人群散去，她便褪下金光闪烁的铠甲，将征兵事宜交给了董先念负责，自己则休息了一会儿，以养精蓄锐，应对即将到来的开拔。

分头行动的启程时间定在了当天夜里。由于被围困多日，茨城百姓早就收拾好细软，做好了逃难的准备，个别人家连马车都套好了，也不算太仓促。两拨人马各自集结，桑祈也没想到，愿意跟随自己的，竟然有两千余人。

眼前的这些男子，有的是农夫模样，有的是寻常商人打扮，有的则是衣衫上打着补丁的长工……他们衣着不一，年龄各异。有四十来岁满面沧桑的叔伯，也有尚未加冠面容青涩的少年。大部分都面色紧张而惶惶不安，看上去并不是那么坚定，甚至腿脚发抖，好像随时要转身回去似的——却终究没有转过去，即使牙关打战，也坚持站在了原地。

向齐昌撤退的队伍那边，马蹄和车轮声远去的时候，桑祈眸光激荡，对留下来的这些人，深深地行了一礼。

事不宜迟，容不得煽情，礼毕她便匆匆率领众人向平津撤退。

来的时候只有三百轻骑，回去却多了几千人的队伍，外加从茨城带走的辎重补给，洋洋洒洒拖了一条长龙。能用上的东西都带了，除了带不走的田地房屋，没给西昭人留下什么。

路上，她还忍不住为茨城军民的办事效率深深感慨。

然而，有辎重补给固然是好事，却也极大地拖慢了行进速度。

于是当他们走到半途，悲剧发生了。被闫琰调虎离山的呼延恪部队，闻悉茨城之变后，意识到上当，已经快马加鞭赶了回来。听说弟弟被杀的呼延恪，更是气得额头青筋暴起，誓要屠尽茨城百姓，并拿桑祈的人头给弟弟陪葬。当初落荒而逃的那些散兵也被他重新聚集，一同向桑祈的队伍追来。

殿后的将士最先发现异样，赶忙跑到队伍前头汇报。桑祈心里咯噔一下，没想到追兵来得这么快，蹙眉问道："有多少人？"

"刚派人快马刺探过，人数远远超过我们。"那人汇报道。

桑祈在心里权衡着可否一战，然对方速度之快，还没等她考虑好，呼延恪的先遣骑兵部队就已经追了上来。桑家军副将赶忙率领部下前去迎战，双方缠斗在一起。惊慌的新兵第一反应就是快跑，推着车，扛着辎重，向队伍前面撤去。

马蹄踢踏，腾起黄沙滚滚，喊杀声响成一片。对方有备而来，应付起来可没有先前那么容易。打斗持续一会儿后，董先念意识到这样下去不行，对桑祈道："对方人马众多，又要报先前的一战之仇。而我们这边虽然人数比来时有所增加，可刚征上来的新兵还没有受过训练，非但不能参战，还需要我们分心相护。形势孰优孰劣，实在明显。更不要提，西昭这才来了先头的骑兵部队，估计后面还要有步兵赶来。"

"我明白，待到那时，就更应付不了了。"桑祈沉声道。

董先念正是此意，拱手道："将军当早下决断。"

可桑祈一时也没什么好主意，尴尬道："让我有时间事先准备还行，这临场应变，还真是没什么经验，须臾之间我也想不出什么好对策。您上阵经验丰富，依您看，我们当如何是好？"

董先念的目光停留在正在着急避让的那些新丁和拖着辎重补给的马车上，沉吟道："董某确有一计，只是不知能不能行。"

“且讲。”桑祈忙道。

“我们来时，优势是速度和出其不意，并且抓住了对方的心理漏洞。走时，亦应沿袭此道。”董先念道，“属下建议丢掉辎重补给。一来可以减轻负担，二来，西昭军马这么多，又远离国土，都到了浙水南岸了，后勤物资必定跟不上。”

“于是丢掉的辎重，他们来取，我军便可趁机溜走。”桑祈听到这里，眼眸一亮，不由得赞叹道，“实乃妙计！”

自家将军虽然经验不足，脑筋动得还是蛮快的，悟性也够，日后稍加打磨必成大器，人家桑家的血统就是好，董先念心中又感慨了一句，满意地点点头。

“好，就这么办，毕竟人命重要，辎重乃是身外之物，该舍的时候也得舍，就当便宜他们了。”桑祈爽快做了决断，遂火速传令下去，让众人将手上能丢的东西都丢掉，如不必需，无须携带，并且不必恋战，丢掉东西后随即准备抽身。

下头的人虽有不解，也很快照做了。个别机灵的，还故意把箱子扔远一些，丢得七零八落，而后赶忙往前跑。敌方果然又一次中计，有不少士兵的注意力放在了被大燕丢弃的辎重物品上，下马夺取。趁此机会，正在鏖战的骑兵们也抽身而退。

方才的被动，很快便由于辎重的消耗而减弱了，队伍加快速度，迅猛撤离。

然而，又一件意料之外的事情在桑祈等人没跑远的时候发生了——士兵是忙着抢东西，可呼延恪本人追了上来。一身结实厚重的铁甲、膀大腰圆、眼如铜铃的男子，挥舞着手中巨大的赤铜流星锤，大喊着：“是谁耍阴谋诡计，害了俺弟弟，速速给俺滚出来！”流星锤带起一阵旋风，以锐不可当之势冲入了大军之中，一锤便将一个人从马背上抡飞出去，就像挥手扬起轻纱披帛一般轻而易举。

桑祈见这架势，忍不住吞咽了一下口水。被抡飞的那个可是她大伯的亲兵，体格绝称不上弱小。要换成她，恐怕还要飞得更高，飞得更远。

董先念可是吃过这位猛将的亏，脱口叫了声：“不好，将军，赶紧撤退！”

她也想啊，但速度毕竟有限，到底还是让呼延恪给追了上来。

一只老虎，还是双目赤红、愤怒的饿虎，张着血盆大口，龇着獠牙，对面前的羔羊垂涎三尺。为了让队伍能够顺利撤退，桑祈蹙眉勒了勒缰绳，觉得这一仗，大约是非打不可了。

她身侧的几个人也不约而同地放慢速度，在她周围聚拢。桑祈看了董先念一眼，拱手道：“董副将先带队伍走，吾等断后。”

“这……”董先念面色犹豫。这呼延恪就是奔着桑祈来的，把她留下断后，岂不等于送羊入虎口？

桑祈却格外冷静，沉着道：“您年纪大了，不比当年，不是他的对手，眼下还是安稳军心最重要。我带几个身强力壮之人，与他斗斗便追上来。放心，即便饿虎，也敌不过群狼。”说完不再废话，叫了身边几个人，吩咐几句，向呼延恪赶了过去。

董先念没办法，只得坐镇大军之中，催促大军加速前进。

留在后面的桑祈和五个骑兵，则马匹首尾相继，将呼延恪团团围了起来。马儿整齐有序地扬着蹄，激起阵阵飞沙。呼延恪被困其中，丝毫没有异色，只冷眼相看，喝道：“哪个是桑家的？速速出来与我一战，莫要做缩头乌龟！”

桑祈知道这是他的激将法，此时此刻万万不可急躁，便以其人之道还治其人之身，扬声道：“我便是将令弟斩首之人，要杀你也不在话下，想来你比那草包也厉害不到哪里去。呼延兄弟二人徒有虚名。”

呼延恪的性格比弟弟沉稳，可一见对方真是个女子，也难免有些轻敌，再加上受到言语上的挑唆便火气直冒这一点和弟弟一模一样，黑着张脸，二话不说就哇呀呀地叫着，挥舞着流星锤向桑祈冲了过去。可桑祈一行人在绕圈，等他冲了两步，她又跑到别处去了。如此被溜了两遭，呼延恪难免心生急躁，不管不顾地见人就打了起来，想将这个圆圈打散。

要的就是他着急，桑祈一声令下，众人分别出击，一同与他相斗。

“废物，有本事跟老子单打独斗，躲在人群里算什么英雄好汉！”呼延恪轻蔑地嘲讽了一句。

桑祈耸耸肩，置若罔闻。反正她本来也不是英雄好汉啊，再说战场之上，谁跟他单打独斗啊，吃饱了撑的，嫌自己命长吗？

于是她继续自己群狼斗饿虎的围剿之计。靠桑家亲兵的出众战术武功，配以自己灵敏精巧的剑法，虽然这一仗打得辛苦，耗时长了些，但终于在敌军队伍赶上来之前，成功将呼延恪斩落马下。

桑祈累得精疲力竭，艰难地抬起沾满血迹和尘土的手，擦了擦滴落在睫毛上挡住视线的汗水，咬牙对幸存的两个人喊了句：“快走！”说完扯了一个倒在地上、受了重伤、不知是死是活的战友，架在自己的马背上，猛地一夹马腹。另外两个人也照做了，快马扬鞭，拼尽全力，用最快的速度，赶上了前方队伍。

董先念一见三人虽然衣衫褴褛，模样极其狼狈，好在性命无虞，才算是松了口气。虽然留下六人，只活着回来了半数，可仅凭这么少的牺牲就能重创呼延恪，已经可以说是一个奇迹了。

桑祈无力地扯动嘴角笑了一下，声音微弱，道："他千错万错，不该被怒火冲昏头脑，独自一人前来。要是再多带几个人，我们怕是就不行了。说起来也是幸运，这俩兄弟在有勇无谋方面，如出一辙。"

"将军快别说话了，前面就是渡口，回去好好休息。"董先念忙将她马背上的尸身接了下来，安置在自己马背上，好让她轻松一些。

桑祈倒是没受重伤，只是累，全身都疲惫不堪。一行人顺利来到渡口，整装过河，回到平津，听说前去诱敌的闫琰一行也已经回来了。

身后的追兵没有主帅的命令，不敢贸然渡河，又再次失去将领，乱了阵脚，不得已只好撤回茨城。

大燕出手的第一战，便以斩杀敌军两员猛将，顺利解救茨城军民，仅有少数伤亡的傲人战绩宣布告终。年轻的左右将军，一战成名，分别向世人证明了自己的实力。

而疲惫不堪的桑祈，一回莞州，倒头便睡。再次醒来是被一股浓郁的酱香蹄髈的气味诱惑的，她只觉腹中空空，垂涎不已，刚起身准备出去寻，就见莲翩老大不乐意地大步走过来，怒气冲冲地来了句："小姐，你看他！"

桑祈还不太清醒，迷茫地琢磨着，看谁？便听另一个熟悉的声音，一边咂摸嘴，一边道："哟，桑二，睡醒啦？"抬眸看去，闫琰正穿着常服，手拎酱烧蹄髈，得意地看着她，唇角还沾了点红亮的酱汁。

"你看他，把我专门给你准备的蹄髈都吃光了！"莲翩愤愤控诉道，拉扯着桑祈就要让她评理。

"谁吃光了？"被她这么一说，闫琰一脸不乐意，"你做了那么多，你家小姐又吃不完……我不过才帮忙吃了两块，干吗大惊小怪的？真抠门！"

"两块？是最大的两块！"莲翩瞪眼，重重地咬在了"最大"两个字上，强调道，"再说这可是我为了庆祝小姐旗开得胜，特地从厨房找出来的，又不是给你吃的！呸呸呸，吃人家蹄髈，不害臊。"

"我也旗开得胜啊。"闫琰不满道，"怎么她吃得，我就吃不得？"

"你都没打仗就回来了，小姐那可是出生入死的，怎么能一样？"莲翩叉着腰，一脸义正词严的表情。

“哎哎哎，话不能这么说，没有我，可就没有你家小姐。”

“怎么说话呢！”

“我的意思是，没有我去调虎离山，你家小姐也……”闫琰蹙眉挠挠头，觉得这话算是说不明白了。

桑祈这一路上对二人的吵嘴已经是司空见惯，知道这事她掺和进去就更没完了，只若无其事地打着哈欠自顾自走了，肚子倒是不饿了，只是想某人想得紧，听说晏云之还没睡，决定去他那儿一趟。

大军大多驻扎在平津城外，只有少数部队和将领住在城中太守特别给安排的一处宅院里。条件还不错，但房屋数量毕竟有限，晏云之起居的地方和他们平日讨论战术的议事厅是一处。而今还亮着灯，开着门，看得出里面的人还在挑灯忙碌。

远远地凝视着他如鬼斧神工雕刻出的俊逸绝伦的侧脸，在油灯下认真地注视着地图的幽深双眸，桑祈觉着，这个男人平时一副超脱自在的模样已经足够动人。反常起来，专注的时候，竟也别有一番滋味，更加让人觉得心头狂跳，躁动不安了，好像在对她发出某种召唤，在说“来啊，过来，靠近我”……

她鬼使神差地一言不发走了过去，直到快贴到他身上的地方才停下来，低头想要继续早先一次未遂的计划——偷偷亲他一下。刚要亲上，就听晏云之淡淡道了句：“先把门关上。”说完他从容地将手中的一根木签刺在了地图上的一点，非但没躲避，连长睫都没眨一下。

桑祈一撇嘴，悻悻地去关门了。再回来的时候，他已转过身来，闲闲撑头看着她，眉梢微挑，做出一副请君入瓮的样子，仿佛在说“来吧，这会儿可以亲了”。

可是……偷吻这种事儿，最重要的就是要趁人不备，出其不意，被他发现了，还这么看着，谁还好意思亲啊，她今天又没喝多！桑祈白了他一眼，走到他旁边坐了下来，理理衣袖，道：“还不睡？”

“嗯。”晏云之应了一声，细细打量着她，看得她浑身都不自在的时候才轻轻一笑，温声问，“受伤了吗？”

“一点小伤而已，不严重。”桑祈摆摆手，做出一副无所谓的样子，提到这事儿还有点兴奋，回忆道，“对付呼延律的时候倒是没费什么力气，就是他哥哥难缠些，那流星锤的力量实在太大。不被碰到还好，被刮到一点，就准倒霉。”

她就是不小心，被剐蹭了一下，肩膀上立刻划出了一道血痕。说着她碰了碰受伤的左肩，唏嘘道：“好在我动作快，不然估计要掉下一块肉去。”

晏云之微微探身上前，一本正经地蹙眉道：“我看看，要是有毒就麻烦了。”

桑祈闻言也跟着蹙眉，支吾道：“应该不能吧？我没觉得身上异样。”

“不好说”三个字，从这个做事笃定、极有分寸的男子嘴里说出来，给人感觉事态便严重了几分。原本觉得并无大碍的桑祈一听，也有点紧张了，忙转过身，忐忑道：“那你快帮我看看。”

“嗯。”晏云之应了一声，抬手搭上她的肩膀。

桑祈方才已经脱下软甲，换了一身轻便的长裙，衣领宽敞，只需要轻轻一拨，便能裸露出里面被藏的大片莹滑美肌。只可惜本应白皙光洁的左肩后方，却横亘了一条暗红的血痕。

她先是感到肩头一凉，继而又被一个更凉的东西碰触了一下，不由得嘶地惊叫一声。

身后传来晏云之平静的问话：“疼？”

“疼倒是不疼。不过，你这是涂了什么，真有毒吗？”桑祈下意识地缩了缩肩膀问。

那碰触她的力道消失了一瞬，又回来，晏云之淡淡道：“毒是没有，但伤得也不轻，要是留疤就麻烦了。可能有点凉，忍着点。”说完便继续用那冰冰凉凉的东西在她的伤痕处涂抹起来。

桑祈听说没毒，本来松了口气，可是这不知道他从哪儿变出来的药膏，透着一股沁人心脾的凉意，想着他的手指隔着这药膏在自己身上摩挲来摩挲去，脸色一点一点红了起来。

然而涂完药后，再看晏云之，还是一副清冷孤高的表情，就好像刚才只是给一个木桩上了点药，完全没有什么旁的想法似的。

桑祈望着月色下他清冷如雪、莹润如玉的容颜，不由得觉得有点好笑。当初清玄君曾说她有光耀门楣的能力，可姻缘之路恐有不顺，若说世间有人能与她般配，定是晏云之无疑，不料竟预言成真。如今她和晏云之，名义上是定过亲，可也不知道真正能成亲要等到什么时候。接到赐婚的圣旨和任命的诏书都太突然，三日内便离开了洛京，她甚至连对方的家人都没来得及见上一面。更不知道对于皇上两次下旨，前后赐婚二人的这本糊涂账，晏家和苏家，分别作何感想。

千里之外的洛京，刚刚下了一场雨，雨后迎来了清爽的早晨。

晏相新得了几幅好画，晏云之的生母晏夫人便带上其中两幅，来到中书令苏庭大人家中，与苏夫人一同品评。

婢女煮了些青梅酒，二人一边赏画，一边小酌。

晏夫人瞥了一眼旁边的院子，问："兰姬怎么没过来一同看画？这可是前朝吴中散人的名作，我记得，她最是喜欢。"

苏夫人摇头叹道："恐怕又是在抄《养生经》吧？最近刚抄好两本，给我和夫君一人一本，说要再抄两本送给你们夫妇二人，答谢多年关照。"

"这么说，她是想开了，可有好好吃饭？"

"饭是肯吃的，但是不是真想通了，我觉得可不好说。"苏夫人道，"看她那平静得心如死水的样子，有时真不知是好事还是坏事。我倒宁愿她哭哭闹闹，像寻常姑娘一样跟我撒撒娇。"

"唉。"晏夫人也跟着叹了一声，"难为她一片痴情……早知如此，我们就不该管这个闲事。"

"也怨不得你，我们当初想法也是好的，谁知道这两个孩子，到底还是缘分未到。要怪只能怪你生了个那么出色的儿子，让别人再入不了我家女儿的眼。"苏夫人说着，苦笑了一声。

回忆起这件事，昔日交好的二人，都颇有感慨。当年刻意地安排儿女经常见面，想促成一对良缘的的确是她们。可除了自己的意愿以外，她们也知道，儿女的想法也很重要，若是孩子们不愿意，也不能强求。出于对自家这个儿子的了解，晏夫人是早就看透了，儿子是没有那个意思的，否则也不会过了他的加冠之年，还迟迟不提定亲下聘一事。

彼时她以为，儿子只是不着急，年纪大了，惦记男女之事了，首选应当还是苏解语。毕竟放眼洛京，能入他眼的女儿家屈指可数。然而事情的后续发展，太令人始料不及。

二人正说着话，苏解语来了，典雅大方地给母亲和晏夫人行了礼，命侍婢递上一本散发着新鲜墨香的小册子，温声道："这是兰姬近来抄的《养生经》，还额外加了自己的一些批注，望丞相夫人笑纳。"

晏夫人接过，拿在手上翻了翻，满意地赞叹道："真是有心的孩子。"

苏解语谦虚地颔首，在一旁坐了下来，又开口对母亲道：“近来无事，兰姬想去兄长那儿小住几天。”

一言既出，两位夫人互相看了一眼，都不太相信这样的话竟然是从她嘴里说出来的。

“可是……”苏夫人一时不知该如何开口，纠结道，“这恐怕于理不合。”

她一个未出阁的女儿家，跑到外头住，算是怎么回事？虽说那是她的亲哥哥，可毕竟是个男子，又是独居的男子，传出去未免也不好听。

苏解语自己倒是一副平静无所谓的样子，耐心解释道：“总赋闲在家也是烦闷，兄长那儿有花花草草可打理，也能解闷。而且，他的仙鹤近来生病，我正好帮忙照顾照顾。”

因着女儿情绪刚刚好转些，苏夫人不忍开口拒绝，将求助的目光看向了好姐妹。

晏夫人放下酒樽，稍加沉吟，笑道：“那就去住上两天也好，权当散心。”

苏夫人一脸的费解，待到苏解语谢过并告退后，才无奈道：“这种事，亏她也能说出来，亏你也能支持。”

晏夫人平静地抿了一口酒，笑眯眯道：“她大概这么多年，实在憋坏了，一直循规蹈矩，听话得很，偶尔任性一回，你也别太担心。清玄君虽然行事风格洒脱不羁了些，还是有分寸的。”

“唉。”苏夫人又连叹了好几声。

忽而有人来报，说是苏大人回来了。苏夫人一抬眸，疑道：“怎么回来这么早？”正琢磨着，苏大人走进内院，见到晏相夫人，先是互相作了揖，苏夫人才上前问。

苏庭叹了口气，解释道：“皇上这几日身子不大好。”

外敌来犯，皇帝又龙体欠安，真是个多事之秋。一时，三人各自无言，心中想的却是同一件事。

晏夫人扶了扶额，多嘴又问了句：“芜州战况如何了？”

“最新一则战报，说是西昭人已经打过贺兰山，到了阳州，还在以锐不可当之势一路向东南而来。”苏庭道，“这是昨天送到洛京的消息，如今尚不知少安的大军行到何处。”

担忧归担忧，没消息也只是自寻烦恼。三人便没再继续讨论这个话题，转而又说起了苏解语的事。因着是人家的家事，不好干涉太多，再加上苏庭既然回来了，晏相也应该回家了，晏夫人便未久留，辞别苏氏夫妇，也回到了自己家中。次日便听说，苏解语收拾细软，带了些行李，搬到了清玄君的小院里。

而平津这边，则为首战得胜举办了一场虽不奢华却异常隆重的庆典。

桑祈火红的披风猎猎，站在城楼上，感受着受万军拥戴的喝彩声，只觉腰板都挺得有力了不少，挑挑眉，朝身边的闫琰粲然一笑。同样穿着精致威武的铠甲飒爽而立的闫琰，表情就不是那么好看了。他一直有些懊恼，仿佛当真信了莲翩所说的，胜利是属于桑祈的，与他无关似的。

相识这些日子以来，对他这傲娇不肯服输的性子，桑祈了解得深入，偏头打量他一会儿，大手一挥，重重地在他背上拍了一掌。

“哎哟。”闫琰陡然一惊，脱口叫出了声。

桑祈则收回手，负手而立，若无其事地直视着城楼下排列整齐、挥舞着手中的各式武器喊着“将军英勇”的士兵们，抬头挺胸道了句：“谢啦。”

“谢什么。”闫琰努了努嘴，“我就是出去跑了一圈而已。”

“可要不是你引开呼延恪，我肯定就回不来了，更别提什么解救茨城百姓，立什么战功。”桑祈挑眉道。

本以为捧捧他，他能高兴些。不料他还是板着张脸，一副郁郁不得志的样子。

怪了，这人是怎么回事，给了台阶还不下？桑祈疑惑地凝视着他，半晌后才恍然大悟，指着他惊呼道：“哦哦……你该不会是觉得，功绩没胜过我，在莲翩面前丢了面子吧？”

闫琰眼眸一瞪，脸色腾地红了，不由分说抬手拨开她胡乱挥舞的食指，唾了句：“呸，胡说八道！”

“才没有胡说，就是就是，被我看穿了吧？”桑祈不依不饶地奸笑。

“看穿个头，小爷我……唉，你手烦不烦人，别在这儿摆弄。”闫琰一脸嫌弃，轰苍蝇似的轰她。

桑祈手是收回去了，却因为乐不可支，去扶肚子了。

“我叫你别摆了……不许笑！”城楼下的士兵们还在欢呼，闫琰却气恼地觉得，这地方是一刻也待不下去了，愤愤一拂袖，大步走远，发出一阵铠甲碰撞的铿锵声响。

第十三章

上阵夫妻档

虽然晏云之十年磨一剑，终于出山，并带领年轻的左、右将军取得了首战胜利，一举斩获西昭两员名将，但遗憾的是，此战并未从根本上改变敌强我弱、敌众我寡的局面。短暂的欢欣鼓舞后，两方战争进入了漫长的僵持阶段。

按照晏云之只守不攻、重点防御平津一带的战略决策，己方相对被动，只能等对方先出击。而西昭人又远离补给，不敢二十万大军全数推进。每每总是三五万人来犯，又在平津城的充分准备面前不得不退回去。

一来二去，硬是拖了好几个月，从入冬一直纠缠到开春也没有个结果。原本镇守平津可以仰仗着距离岳城近，我方粮草无虞的考量，如今也要重新思虑了。毕竟岳城再物产丰饶，要长期供养这突然冒出来的几万人，也颇有压力。为了做好长期消耗的打算，过完年，晏云之的大军里就开始缩减开支。

三月，已是气候回暖、草长莺飞的时节。平津城外被马蹄、落石、箭矢、流火摧残了一冬的大地上，也有顽强的新草坚韧地冒出头来，为荒凉的土黄色装点了一抹鲜亮。

桑祈在城楼上向下看。距离西昭的上一波攻势结束，已有半个多月。城外混乱的战场，如今被重新清理干净。还有几个士兵正在三三两两张罗着重新布置绊马索。

不远处的河面结束了一冬的沉寂，也随着雪山融水的汇入，焕发出生机，闪烁着晶莹的辉光，蜿蜒向东流去，河中不时能看到有几尾小鱼欢快地跃起。

她注视着那一片碎光斑斓的河水，下意识地按了按肚子。

打仗最辛苦的，莫过于心灵受到的煎熬。这煎熬来自长久的忍耐、反复作战的疲惫，还有饮食的糟糕。本来就吃不到什么好的，节衣缩食以来，更是为了以身作则，连吃上一顿肉的机会都少了。看着那几尾游鱼，她难免心里有点想法。只可惜，鱼还太小，捞上来恐怕都不够塞牙缝，估计还得过一个月才行。

她不由得叹了口气。正好，莲翩觉着风大，上来给她送件披风，见她一边盯着远处的河，一边摇头叹息，走上前问："小姐，在想什么呢？莫不是西昭人太久没来，手痒痒了？"

她以为，小姐不是为战事操心，就是为茺州那三万桑家军至今没有消息而担忧。没想到桑祈回过头，目光幽幽地看着她，答了句："我觉得，河边树林里，肯定有不少蘑菇。"没鱼没肉，来点鲜美可口的蘑菇也是好的啊。

莲翩嘴角抽了好几下，到底没说什么，只是往河边瞥了两眼。

"唉，罢了罢了，还是回去煮点萝卜吧。"平津人人都忙得什么似的，哪有那闲工夫去采蘑菇。桑祈也就是那么一想而已，将莲翩带来的披风系好，摆摆手叫上她一起，准备回去吃午饭了。吃完午饭，还有自己的事情要做。

从城楼下去，再走回住处，一路上遇到的将士们，大多会友好而恭敬地向她问好，态度比刚刚出发时缓和了不少。毕竟她已经向世人证明了自己的实力，靠真本事，教非议的人都住了嘴。

而且，闫琰比她还要积极，首战的风头被她抢了之后，一直憋着一口气，铆足了劲在几次敌军来犯的时候，主动请缨出城迎战，立下了汗马功劳。

两个年轻的将军，现在是越来越得军心了。桑祈从茨城带回来的那千余人，也陆续在军队中找到了自己的位置。

这不，就有一个圆脸粗颈、面目憨厚的大叔，舞刀弄枪实在不行，在烹饪方面却颇有心得，善于用简单朴素的食材制作出不输肉类的美味。于是桑祈看完鱼肚子饿了，就去找他，想讨论讨论中午吃什么这一重大命题。

后厨里炊烟袅袅，虽然天气仍是料峭春寒，圆脸大厨却一边揉面，一边被蒸笼的热气熏得面色红润，挥汗如雨。见桑祈进来，他咧嘴一笑，招呼道："将军又来啦。"

"嗯。"桑祈轻轻闻了闻，将蒸笼挑开一条缝，好奇道，"今天吃什么？怎么感觉这馒头的气味和颜色都怪怪的？”

“嘿嘿，里面加了些黑豆面，没见过吧？”圆脸大厨擦擦汗，解释了一番自己杂粮馒头的做法，叹道，“将军们在洛京养尊处优，听说你们那儿都是大米白面，多得吃不完，甚至拿来喂牲口，这玩意儿不知吃不吃得惯。”说着同情地看了看她。

桑祈却无所谓的样子，耸耸肩，道：“其实只要味道好，吃的东西贵贱倒是无所谓，我就是吃不到肉有点难过。”

她说完，哀怨地坐到一旁，摆弄着厨案上刚洗好的野菜。圆脸大厨只觉得在战场上再英勇无畏的将军，说到底还是个没长大的小丫头，不由得想笑，擦擦手，走到她面前，眯着自带笑纹的小圆眼，狡黠地低声道：“要不，小的晚上帮你偷偷做点送过去？”

桑祈先是眼眸一亮，只一瞬又暗了下去，摆摆手道：“罢了，不好坏了规矩。大司马说了逢五食肉，就是逢五食肉，他自己都不例外，更何况是我呢。”说着拿了根穿心莲在手里，边闲闲揪着叶子，边道，“我就是来随便看看，先回去了。”而后便哼着小调往外走。

圆脸大厨目光停留在她盈盈一握的腰肢上，摇了摇头，暗暗想着，小丫头还是长身体的时候嘛，又是名门闺秀，居然连续几日连块肉都吃不上，也真是怪可怜的，再想想从前听说过的，洛京世家里的奢侈做派，不由得唏嘘。

桑祈其实倒没有他想的那么娇贵，自我安慰着，少吃点肉，说不定还能瘦点。以前在洛京的时候，不是经常有仆役说她体态丰腴什么的……

她正准备回去练会儿剑，忽然听到一阵急促的号角声，紧接着是接连不断的铜锣声从城门口一直传至城中央——警示众人西昭人又来了。

半年来，在平津生活的人都已经习惯了这一套路。桑祈也反应极快，赶忙转了个方向，快步朝晏云之的住处走，自觉地去与诸将会合，商议此战对策。进门的时候，该来的人都已经到了，见面相互草草打了个招呼，便直接切入正题。

“这次来的敌军数量较多，还带了攻城用的大型器具。”一个刚从城楼上察看完敌情跑下来的小个子匆匆道。

“想来，物资贫乏的冬季已经过完，他们也不想再挠痒痒了，要来一发硬的。”主要负责守城工事的董仲卿蹙眉分析了一句。

一时之间，气氛有些凝重，众将的紧张感都有所提升。只有晏云之还是一如既往的平静，先淡声问了句："城门封锁了吗？"

"禀司马，已经封锁。"

"弓箭手？"

"已就位。"

"滚石和油料？"

"数量充足。"

"城外的绊马索和陷阱？"

"刚布置好半数。"

寥寥数问，将我方准备情况了解得差不多了之后，晏云之微微点头，沉稳道："既然他们带了攻城器械，又人多势众，我们就关紧城门，不出去应战，只集中在城楼上做好防御。"说完大致安排了一下任务，便教众人抓紧时间去落实了。

分配到任务的诸将，四散离去。桑祈作为一个精敏的神射手，在箭术方面比闫琰有优势，不出城应战，正是她发挥威力的时候。于是她主动申请了到城楼上去带领弓箭手。可她身上穿的还是常服，上城楼之前，得先回去换一身衣裳。

"莲翩，我的护手放哪儿了，你记得吗？"快步回到自己住处，还没迈进屋子，她就扬声问了句。

屋里没人回答，莲翩不在。她也没在意，自己进去换好了铠甲，收拾好头发，又开始找护手。然而因为不是自己收的，找了半天也没找到。

为了赶时间，她只好就这样出门，匆匆跑上城楼，接过了副将递来的弓箭，向城楼下看去。方才还空旷寂寥的大地上，如今已是人头攒动，黑压压一片，人群之中，还有不少只消看上一眼就觉脊背发凉的大型器械：高耸入云的云梯、发出巨大轰隆声响的冲车，还有足以比肩城墙的高橹，架势可比先前几次的"过家家"看着认真多了。

城楼上的己方士兵，神情也比先前要紧张，步履匆忙，各自就位。桑祈一挑眉，将金翅木硬弓拿在手里握了握，觉得没有护手等会儿掌心出汗肯定会影响发挥，便叫住一个刚好路过自己身边的守城官兵，嘱咐道："帮我找找莲翩姑娘在哪儿，若是找到了，让她帮我把护手送过来。"

"莲翩姑娘？"那守城的官兵闻言一怔，皱起了眉头。

"嗯。"桑祈以为他不知道是谁，刚想解释一句就是总跟着自己的那个女子。

却见他突然惊恐地瞪大眼睛，猛地一拍大腿，道了句：“糟了！”说完就趴到了城楼上，急急向远处看去，心急火燎道，“事发突然，我差点忘了。莲翩姑娘方才出城了，说是要采蘑菇去，刚才关门的时候，好像还没回来啊。”

城楼下方已经响起了西昭人的战鼓和叫嚣声，这番话在嘈杂的喊声和呼啸的冷风中，显得颤抖而不清晰。桑祈手里的弓差点掉在地上，径自将其往那士兵手里一丢，二话没说便跑下了城楼。

这一路，她都不知道自己是怎么鬼使神差地跑到议事厅的。

战争期间，任何一次交锋都充满不确定的危险，即使再有自信的将军也明白，任何时候都不可掉以轻心、麻痹大意。呼延兄弟，便是前车之鉴。晏云之教导过她，每次战役都要事先做好最坏的打算。

而今她不由得浮想联翩，如果莲翩在混乱的攻城战中，被流箭或者落石所伤怎么办？如果侥幸没受伤，可是被西昭人擒获怎么办？就因为她无心的一句想吃点蘑菇，便有可能失去一直以来在自己身边的人吗？长姐不在了，父亲不在了，和其他亲眷又不熟络，她最亲的人，就是莲翩了啊。

西昭人震耳欲聋的战鼓声已经传到了城墙这边。

桑祈摇摇头，转念又想，莲翩那么机灵，一定会在战乱发生前就意识到危险保护好自己的。毕竟虽然上午看起来风平浪静，可西昭人随时可能会来这一点，在平津，连三岁的小孩子都心知肚明，她又怎么会没有任何准备就出了城？她一边安慰自己，一边暗暗握拳，脚步却丝毫没有放缓，一进屋，便开口直截了当道：“我要出城。”

晏云之闻言抬眸看了她一眼，目光中带了疑惑。

“我还想出城呢，可你看这次对面的架势，出城就是送死。师姐，咱还是老老实实射箭吧。”闫琰也在屋里，也想出城正面对敌，刚被晏云之给堵回来，正摇晃着手里的连弩，一副有力气无处使的姿态，一边往外走，一边拍了拍她的肩膀，“走吧，各人有各人的长处，你不适合和这么多人硬碰硬，但射箭的准头还是数一数二的呀。”

桑祈却抖抖肩膀，甩掉他的手，站在原地一动不动，态度坚决地又道了一遍：“我要出城，请主帅恩准。”

这回别说晏云之，就连闫琰也能轻易看出她的异样了，他收回手，诧异地问了句：“出城干吗去？”

桑祈看着晏云之，晏云之也在看着她，仿佛也在问这个问题。不知怎的，在他面前，她一着急，就觉得想哭，抿唇哽咽了一句：“莲翩……还没回来。”这几乎是绝望地从牙缝里挤出来的一句话，声音极低，飘忽得好像风一吹就散了。

晏云之听完眸光沉了沉，闫琰手里的弩则“啪嗒”一声掉在了地上，大声问道：“她出去干吗了？”

“回头再说，关键是我要趁西昭人还没开始攻城之前，出城去把她带回来。”桑祈顾不上多说，焦急道，“就我一个人去也行，我快去快回。”

晏云之缓缓坐了下来，沉吟半晌，到底还是道了句：“开城门太危险，你自己一个人出去也太危险，我哪个也不能应允。”

桑祈虽然料到他可能会这么说，真听到的时候，不免也感到心头一阵酸楚，眼泪差点掉下来，换了恳求的语气道：“我一定小心行事。”

一旁的闫琰突然道了句：“你不用去，我去。紧要关头，怎么能让女人以身犯险？再说正面对敌，我比你有优势。放心，既是师姐重要之人，小爷定会帮你找回来。”说完没等晏云之开口，拔腿就往外走。

桑祈心中一阵动容，看看晏云之，又看看离去的他，一咬牙，喊着“等等”快步追了上去。

晏云之的目光跟随着两个人远去，半晌后无奈地摇了摇头。

闫琰还在大步往前走，看起来焦急程度不亚于桑祈，任她怎么喊也不停。桑祈无奈，只得动用轻功上前，拦住他，沉声道：“你等一下，就一下，跟我来。”

于是她扯了他往自己的院子跑，一口气跑到房间里，取下放在架上的长枪，塞到他手里。

“这……”闫琰手上一沉，盯着光芒闪耀的神威烈火枪，不知道该说些什么。

桑祈又不由分说地拉着他往外走，路上边走边解释，道：“桑家的枪法，你也掌握了，用这把枪，便能发挥出最大威力。当年父亲亦是凭借着这把神枪，单枪匹马闯过了上千人的封锁，才得了‘枪神’的称号。”

话音未落，已来到院门口，眼见着他跨上高头战马，桑祈抬头仰望着他和他手中的长枪，握紧双拳，郑重地道了句：“这枪和莲翩的性命，我就都托付给你了，务必……把他们都完好无损地带回来。”

闫琰重重点了点头，猛地一夹马腹，扬鞭疾奔，一路赶到了城门前，命人开门。

守城的官兵没得到大司马的命令，不敢擅自妄为，纠结道："右将军，大司马不准任何人出入城门，您还是回吧。"

"小爷办事什么时候轮到你们指指点点了？我说开门，就把门给小爷打开！"闫琰的那股狂妄劲儿一下子蹿上来，厉喝一声，挥枪便抵在了那人的脖颈上。

可怜的小兵只是个负责开门关门的，刚从茨城过来半年，哪里经历过这场面？登时双腿乱颤，只觉一股杀气袭来，看着他头盔上的红缨，仿佛看到了嗜血的火焰，差点吓得尿了裤子，紧闭双眼，不断求饶，可心里明白违背军令的后果也很严重，所以门还是万万不敢开。

前来守城的部队中也有闫家的队伍，见着自家公子和下面的人发生了冲突，虽然不明所以，但还是下意识地上前帮忙。一时场面有些混乱，闫琰便趁乱暗暗给自己人使眼色，命其在其他人来之前，压制住负责开关城门的几个人，毫不犹豫地打开城门，径自冲了出去。

城外，声势浩大的攻城已经开始。密集的箭矢，犹如落雨一样从城楼上飞去，西昭的士兵则冒着箭雨，前仆后继向前，企图把云梯搭在城楼上。门一开，立刻有全副武装的骑兵盯准了这个契机，想要趁机冲进来。而桑祈早已带领自己的三百精兵在门里相候，毫不留情将少数几个闯入者斩杀，眼见着又有人想趁机闯入，还有冲车正在袭来，忙喊道："快关门！"

方才帮自家公子开了门的几个闫家人，又赶忙手忙脚乱地拉动绳索，将厚重的大门关上。以寒铁层层加固过的大门轰隆隆落下，沉沉坠地，扬起一阵尘土，将闫琰与和他一起冲出去的十余人及接连不断的撞击声、喊杀声，一同关在了门外。桑祈隔着大门，再看不见他们的身影，还是依依不舍地深深凝视了一眼，方才翻身下马，向城楼上跑去。

从什么时候开始呢，觉得这个少年长大、成熟了。他原本白净光滑的面容上，总是会留下淡淡的胡楂儿，配着英挺的剑眉星目，便褪去几分青涩、稚嫩，显得威风凛凛，像是个年轻有为的将领了。肩膀宽阔了许多，胸膛也变得厚实起来，不再一有事总是求助于别人，想让别人为他遮风挡雨，而是成了能够凭借一己之力，守护一方百姓无忧的那个人。

他去救莲翩，一定没问题的吧？桑祈站在猎猎风中，搭弓射箭，瞄准高橹上的西昭军，这样想着，一定都要平安地回来啊。而眼下她能做的，就是尽自己所能，多杀几个敌人，为他们保驾护航。

然而这一次，敌方有备而来，攻城的势头异常猛烈。眼见着云梯已经架上，越来越多的敌军沿着云梯爬上城墙，守卫告急，城门也在冲车的撞击下岌岌可危。不得已，晏云之终于下令动用一直暗中准备的撒手锏——他亲自改良设计并让董仲卿负责监造的投石车，用于摧毁对方的冲车和高橹。

董仲卿指挥着下属安置投石车，忙乱之中，碰到下撤到后方拿箭的桑祈，突然想起来什么，一把拉住她，从衣襟里掏出一样东西，塞到她手里，道："你的护手。"

"谢了。"桑祈匆匆接过，脚步未停，走出去两步才反应过来，惊讶地驻足，回头问，"你在哪里找到的？"

第一次使用这种投石车，董仲卿要亲自检查，专注地看着车上的竹竿，头也不抬，道："莲翩托我带给你的。"

"莲翩？什么时候的事？"

"就在刚才，我去大司马那儿的时候，正好在你的屋前碰到了她。"

董仲卿说完，桑祈只觉眼前一黑，暗道一声不好。莲翩已经回来了？那闫琰岂不是白出去了？她顾不上细问，拔腿就要往回跑，去找莲翩问问到底怎么回事。没想到跑出去不远，迎面遇上莲翩也在朝她跑来，两人一见面，都又惊又喜。

桑祈拉住她，急急地问："你不是在城外采蘑菇吗，什么时候回来的？"

"你以为这么多年，光你勤于练武研究兵法了，我就一点也不懂吗？"莲翩一挑眉，道，"我虽然武功一般，可偷偷练了这么多年，体力还是可以的。我出去的时候准备了绳索，城门关了之后，便顺着侧面城墙爬了上来。好在我身上带了你的腰牌，士兵也没找我麻烦。"一口气说完这些，她也顾不上详细说明，反拉住桑祈的手，蹙眉问道，"先不说这个了，我刚去大司马那儿，想问问你在哪儿，就听说闫琰出城找我去了，又是怎么回事？"

桑祈一颗心凉了半截，明明见到她应该高兴，却怎么也高兴不起来，懊恼地拍了一下大腿，叹道："这阴差阳错的！我听人说你还在城外没回来，又回去找了一圈，确实四下都没见着你，还以为你身陷险境。本想着自己出去把你带回来，可闫琰不放心，非要替我去。为此违背了军令还是小事，若是回不来可如何是好？"想到这一点，她就忍不住自责，觉得是自己连累了人家。

莲翩也蹙起了眉头。

正在二人踌躇之际，董仲卿已经将投石车安置好，一声令下，数十架投石车同时将大石高高抛起，跃过城墙后又重重落下。抛出的大石，或砸在高橹上，或正好命中人群，登时城外就传来一阵木头碎裂的咔嚓声和人们的凄惨哀号。同时被抛出去的，还有成捆的稻草。城墙上的守军则换了裹有一圈沾满灯油的棉布、正在燃烧着火苗的箭矢，瞄准散落在城外的稻草射击。

不消片刻，城外火焰四起，浓烟滚滚。没被石头砸到的西昭人，也被这弥漫的烟雾呛得连连咳嗽，睁不开眼睛，乱作一团。随着最后一座高橹的倾塌崩坏，敌军将帅终于不得不下达了撤退的命令。敌军保护好冲车，纷纷逃窜。

守城的将士们又将爬上城墙的残余敌军剿灭后，才总算是松了口气。桑祈和莲翩则站在城楼上，望着城外的浓烟烈火、断壁残垣、被砸得血肉模糊的尸身，完全没有又一次取得了胜利的喜悦之情。

这一战不但对对方造成了重创，己方也损失惨重。光被高橹上射出的毒箭所伤的就有上千人，近身肉搏，不敌爬上城墙来的西昭人而丢了性命的，更不计其数。周围到处充斥着呻吟哭泣的声响，弥漫着刺鼻的烟味儿。大门也危在旦夕，要不是及时用落石和流火硝烟战术逼退敌军，恐怕撑不住多时了，也要重新加固。

可比起这些来，桑祈更关心的是，闫琰还没回来。城外的稻草还在烧着，浓烟未散，周围有人匆匆忙忙地跑来跑去，将伤亡的士兵转移到后方。有人递了蘸水的帕子过来，给她和莲翩，说是防止被浓烟所呛，并劝道："二位还是先回吧，清理工作实在忙乱。"

桑祈却不肯走，挪了挪地方，时而帮忙搭把手，时而探头张望，坚持要等到闫琰回来。莲翩亦然，并且不知道是被烟熏的还是着急的，眼圈泛红，隐隐有泪光。

"莲翩……"桑祈担忧地唤了一句，便见莲翩别过头去，擦了擦眼角，尖声道："明明就没几个本事，还非要逞威风！我倒是不担心他会有去无回，可那神威烈火枪是大人留给你的，万一弄丢了可怎么办？想想就心疼。"

知她是心里倔强，不愿承认自己在惦记闫琰的安危。桑祈也没心情戳穿，同她拌嘴，只得叹口气，继续眺望。

夜幕降临，烟雾也在渐渐散去。城楼上清理战场的人提了灯笼，可昏暗的远处还是看得不清晰。夜色每重一分，桑祈的不安就跟着加重一分。她想了又想，还是决定亲自出城去找找。

“将军先别出去啊，危险，烟还没散呢，要是有敌军可怎么办？”守门的人怯怯地劝道，生怕今天右将军给自己来了一枪之后，左将军也朝自己来上一剑。

“没事，我拿着火把，再带几个人。”桑祈平静道，“外头已经没动静了，想来西昭人已经回去了。”

“这……”守门的人纠结一会儿，考虑到现在已经算是战役结束了，反正等会儿也要打开城门检查受损情况，让她出去也不算违背军令吧，才勉强肯放行。

桑祈跨上马，擎了火把，带了几个亲兵出去跟自己一起找，教莲翩留在了城里。

天已经完全黑了，依稀还有雾气，城外一片烧焦的痕迹，落石碎木还无人清理。她催动着马儿朝河边走去，用火把照着四周，扬声呼喊：“闫琰，闫琰，你在哪里？”

其他几个人则向不同的方向寻找，呼唤声此起彼伏，却迟迟听不到回应。

桑祈一路找到河边，在树林和草丛里仔细看了也没找着人，想了想，又往西昭人撤退的方向走。

夜色之中，忽然听见有马蹄声响起，与自己迎面而来。隔着草烟，桑祈看不清来者何人，心头一跳，试着问了声：“闫琰？”

对方没答话，马蹄声继续靠近。

难道是和大部队走散了、落在后面的西昭人？她看了看周围环绕的高橹残骸，微微蹙眉，一只手搭在腰间的剑上，不死心地问了一遍：“闫琰？”

对方还是没答话。

看来的确是敌军了。桑祈横下一条心，准备先发制人，刚想拔剑上前，便见对方走到了火把能照亮的范围。先是能看清黑黢黢的高头大马额前的一小撮儿白毛，继而是反射着火光的枪头和招摇的红缨，然后才是马背上摇摇晃晃、满脸鲜血的男子。男子有气无力地朝她笑笑，哑声低语了句：“别喊了，招魂儿似的，我还没死呢……”说完身子一倾，便从马上栽倒下来。

幸亏桑祈反应快，赶忙飞身下马，将其接住，结果被他的力道一带，重重跌在地上，充当了一把人肉靠垫，腰在身后的木头上硌了一下，只觉咔一声，疼得她眼泪都快出来，肯定是脱臼了。她顾不上缓缓，赶忙拍拍怀里的男子，道：“振作点，我这就带你回去。”

她费了九牛二虎之力，将他安置在自己的马上，让他靠着自己的背，缓缓催动马儿，使其走得尽量稳些，往平津城去。闫琰的马则驮着神威烈火枪，安静地跟在后面。硝烟中，桑祈能够感觉到，身后的人还活着，气息有些散乱，但尚有力度，许是受了内伤，稍微走快些便能听到他哼唧一声，只得慢慢行着。

闫琰趴在她背上，合眸休息了一会儿，在她耳边低低嗫嚅道："枪，我给你完好无损地带回来了，可是莲翩……"

桑祈眼圈一红，回手拍了拍他的脸，忙道："傻瓜，莲翩已经回来了，你没事就好，还在乎什么枪！"

"回来了？"

"安然无恙。"桑祈补充了一句。

"那就好……你看我英武不英武？这回她总不会鄙视我了吧……我可是从万军之中单枪匹马杀了回来呢。"闫琰语气一喜，终于长舒一口气，卸下了所有重担，绷紧的神经放松下来，头一歪，昏了过去。

桑祈吓了一跳，听见他低沉的呼吸声，才稍感安心，让马儿在保持稳定的情况下走得快些，赶回了城里。隐隐约约，似乎瞟到城墙上有一抹雪白的衣角，却没工夫仔细看，嘱咐守门的士兵吹事先约定的号角声，召唤其他出去寻找的人回来后，匆匆带着闫琰回了他的住处，叫了郎中来。

郎中看过，告诉她闫琰身上伤了许多处，但别看血肉模糊的很是吓人，所幸都不是要害，真是吉人自有天相，好好调养调养，很快就会好。

桑祈这才放下心，出了门，想去告诉莲翩。只见莲翩正焦虑不安地在院子里来回踱步，一见她，忙问："怎么样？"问完才意识到自己的失态，又仰着头，补充了一句，"你可别误会，我只是不想小姐你欠他个人情，回头他又该嚣张了。"

桑祈突然计上心来，有意装作沉痛的样子，摇了摇头，欲言又止好几番，到底抹着眼角，哽咽了两声不说话。

莲翩一怔，连退两步，惊呼了一句："不可能！"便丢下她，也不管什么避嫌不避嫌的了，快步朝闫琰的房里跑去。

不知怎的，一见桑祈那通知病危的样子，她的眼泪唰地就流了下来，明明很讨厌那个人的啊！总是一副耀武扬威的样子，却一天天没心没肺的；因为一点小事就要奓毛，又因为一口好吃的就高兴起来；又傻，又弱，嘴也笨，却非要挑刺儿逞强；好像自己很厉害的样子，还叫嚣着要保护这个、保护那个，信誓旦旦地说总有一天会名扬四海……真心脸皮厚又烦人。明明觉得他做什么都是活该，咎由自取，为什么想到以后都不能再跟他斗嘴了，心里就这么难过？短短几步路，莲翩却仿佛上了刀山，下了火海，在地狱里走过了一遭似的。

直到冲进屋里，和这会儿已经醒转、正赤裸着上身半坐起来、让郎中往伤口上上药的闫琰面面相觑，她才恍然大悟自己被骗了，不由得一咬牙，歇斯底里地大喊了一声："桑祈！"

面色泛红的闫琰清了清嗓子，语气有些得意，挑眉道："你这是在担心我吗？"

"我……"莲翩语塞半晌，才挤出来一句，"谁担心你了，我就是来关心一下郎中，怕他被你吓着。"

郎中默默无语地低头剪布，心想：我招谁惹谁了？跟来的桑祈忍着笑，眼疾手快，幽灵一般跑进来，扯着郎中就跑，丢下句："是啊是啊，郎中好怕啊，还是麻烦勇敢的莲翩姑娘帮忙上下药，我们先走了。"

她说完关上门，对一头雾水的郎中比了个噤声的手势，低笑着催着他走，道了句："无妨，包扎上药这种事，莲翩都擅长。今天的伤员那么多，您就先去照顾别人吧。"

"哦……"郎中不明所以地擦了擦汗。

莲翩也想追出房门去，找桑祈理论个清楚，可是一听身后闫琰的哼唧声，想起他那包扎了一半的伤口，这腿就没法往前迈，只得咬牙切齿，愤愤地转过身，大步来到他面前，不满地看了他半晌，才心不甘情不愿地拿起药瓶，别过头去不看他的身子，嗔了句："你转过去。"

赤膊被一个姑娘家看见了，本来就容易害羞的闫琰，脸已经跟被火烧过似的，却意外地没赶她出去，也没同她犟嘴，强忍着那股害臊劲儿，听话地翻了个身，半晌才想起来，闷声问："为啥要转过去？"

"让你转你就转，哪来那么多为什么？"莲翩嗔了句，手指抖了抖，开始给他上药，心里抱怨着：还不是因为不想让你看到我脸红吗？

若说八卦精神，主仆二人真有些一脉相承。桑祈推走郎中后，自己又悄悄回来了，躲在窗户根儿底下偷听屋内的进展。也不知是因为太尴尬，还是闫琰伤得没力气，里头的两个人难得地没吵架，相反十分安静，只听得到灯花噼啪作响和药瓶被拿起来又放下的声音。

听久了，难免无聊，桑祈耸耸肩，起身要走，一动才恍惚感觉到，又看见了那抹雪白的衣角，赶忙循着那道白影向上看，验证了果然不是自己的错觉。只见晏云之正衣袂翩跹，皎然如月，负手立在不远处，含笑看着她，一只手抬起来，正准备叩门。

怎么能让他在这个节骨眼儿上坏了好事！桑祈赶忙三两步上前，扯着他的袖口就走，远离窗户后，才低低松了口气，道："吓死我了。"

晏云之握住桑祈的手，问："这回安心了？"

"嗯？"

"我是说莲翩和闫琰的人身安全。"

"哦……"桑祈反应过来，干笑两声，继而回头遥望人家的窗口，眼眸亮晶晶的，已然把找回闫琰前的艰难险阻都抛在了脑后，兴奋地扯着他，挤眉弄眼道："我好像知道了什么了不得的秘密。"

闫琰说要帮她去寻人的时候，她还不明白，这小子是为了逞威风，还是一时仗义。如今才想通，都不是。只是因为听说没回来的那个人是莲翩，同她一样心急而已。想来二人这一路以来，已经从单纯斗嘴，升级成了打情骂俏。

晏云之但笑不语，只牵着她的手，听她叽叽喳喳啰唆了一堆，半晌后才转移话题，问："今天出去，可伤着了？"

桑祈正八卦在兴头上，笑道："没有。"

"那就好，不然再被打几板子，我该心疼了。"

"嗯……"听他说心疼自己，她刚心头一甜，转念又不明所以，疑道，"几板子？"

"对啊。"晏云之从容地又一笑，"今天你和闫琰罔顾军纪，非要闯门，以为就这么算了？"

桑祈尴尬地笑了笑，挠着头，纠结道："可是……可是你也没拦着啊？你要是想拦，我们谁能打得过你？"

"是没拦着。"晏云之平静道，"可也没让去啊。"

桑祈悻悻地垂下头去。任她和闫琰与晏云之的关系再怎么亲密，这是在军中，以晏云之就事论事、军纪严明的规矩，就这么轻轻放过，不加处罚是不可能的。毕竟，闫琰违抗军令夺门而出，还威胁恐吓守门士兵的一幕，许多人都看在了眼里，不罚难以服众。

闫琰自己也明白，军中不是徇私之处。闯门之举，往小了说是感情用事；往大了说，与叛乱无异。即使暂时没人说什么，日久天长的，也免不了遭人非议，晏云之和他的威信力都会有所动摇。于是他能下床了之后，便主动去领了二十军棍。

当然，桑祈也没逃过。

好在，负责执行的人还算怜香惜玉。再加上晏云之说了，敌军不知道什么时候还会来犯，不好让自己的左膀右臂安逸在后方养伤，意思意思也就行了。这二十棍打下去，不至于皮开肉绽，可静养上几天还是要的。

躺是躺不了了，桑祈趴在床上让莲翩给上药，因为怕痒，一碰就直哼哼。

莲翩又横眉立目地开始谴责晏云之，再次不满道："小姐，这样的男人能嫁？！"

好不容易跟西昭打了一仗没受伤，回头却被自己未来的夫君下令打了，算怎么回事？还有闫琰，原本就有伤在身，打的时候号叫得那叫一个凄惨，也不知道会不会去了半条命。莲翩想想都觉得后怕，只觉得闫琰叫一声，她的心都跟着哆嗦一下，咬牙切齿地在心里埋怨着晏云之，免不了下手也重了些。

怎么说也被打肿了，这么一按，桑祈疼得猛地咬住枕巾，只觉得眼泪都要夺眶而出了，赶忙道："我没事了，真没事了，要不，你还是去给闫琰上药吧，他皮糙肉厚的，禁得住按……我这……我够得着，自己来就行，自己来……"

让她去给闫琰往哪里上药？莲翩手一顿，登时拉下了脸，愤愤起身，尖叫了声："谁要去给他上药！谁爱去谁去，反正我不去。"说完，恼羞成怒地拂袖而去。

桑祈扶额叹了口气，感慨丫鬟年纪大了，翅膀硬了，真是不好管啊。现在自己的命令，人家都不听了呢。也不知道是不是该效仿晏云之，打她一顿就好了。她又哼哼了一会儿，才摸索着去寻药膏。

虽说胳膊能够着自己的屁股吧，可是毕竟看不见，想擦点药还挺麻烦的。她一脸纠结地拱来拱去，半晌才擦好了一半。听见门口有声响，以为是莲翩回来了，摇着手上的药盒，挫败道："姑奶奶，我错了，还是你来吧。我再也不打发你去给琰小郎上药了。"

话音刚落，抬眸去看，才发现进来的人不是莲翩，而是晏云之。只见大司马一身月白常服，长身玉立，面容映丽，表情平静，星眸璀璨地看着她。好像哪里不对？她怔了片刻，尖叫一声，赶忙拉起被子整个人缩了进去，面红耳赤了好一会儿，才感觉到有力道拉了拉她的被角，慢条斯理地劝道：“别憋着。”

被子怪厚的，是有点闷，但是……我憋着，怪我咯？她翻了个白眼，悻悻地将被子拉开一条缝，喘了口气，支吾道：“怎么是你？”

“不然是谁？”晏云之挑了挑眉，顺着这条缝将被子掀开，把她的头露了出来，以免她没被西昭人杀死，没被军棍打死，反倒被被子憋死了，传出去还不够丢人的。

桑祈又是羞臊，又是缺氧，面色通红，看起来娇艳欲滴，还怯怯地不敢看他，支吾着别过了头去。晏云之心念一动，便抬手抚了抚她的面颊，唇角勾起了一丝淡淡的笑意。

“嗯，别碰，痒痒。”桑祈只觉被他触碰的部位一阵痉挛，赶忙偏头避开了。

“哪里痒？”

“明知故问，不是脸，难道还是屁股吗？”桑祈哼了一声。

晏云之微微一挑眉，语气说不上到底是担心还是戏谑，道了句：“屁股痒莫非是被打伤了？唉，这些人真是的，说了下手轻点，下次打仗还要用呢，怎么还这么不小心。”说着就又要掀被子，关切道，“来，让我掌握一下军备情况。”

桑祈在他拉开被子的一刹那，像离弦的箭一样弹了出去，腾地裹着被子缩到了角落里，戒备地看向他。晏云之则手上动作一滞，玩味地回视，那眼神，就好像在看一辆自己还没检查完就自顾自跑了的投石车似的。

“我才不是军备！”桑祈不悦地嗔了句，拨了拨散乱在额前的碎发。

晏云之笑了笑，唇角勾起好看的弧度，温声道了句：“头发长长了。”

“嗯？”话题切换得太快，桑祈的思路没跟上，碰了碰自己手上的发丝，才蓦然发现，的确长了些。距离断发立誓战乱平息之前绝不嫁人，已经过去半年多了，发丝已经在不知不觉中越过了肩头，教人不由得感慨时光荏苒，在人身上留下了痕迹，低喃一声：“是啊。”

晏云之坐在床头，拍了拍自己的腿，唤了句：“过来。”

桑祈犹豫了一会儿，到底抵挡不住他的蛊惑，听话地乖乖缩在被子里蹭了过去。

他便顺其自然地拉着她躺在了自己的腿上，细细用手帮她打理乱糟糟的头发，在她耳边轻声问：“怪我？”

桑祈稍稍摇了摇头：“不怪。”

“不给你点教训，你下次还要乱跑。该让你去的地方，我自不会拦着。可出发前我也答应过你大伯，要护你周全。这次出去的要不是闫琰，而是你，你以为还有命回来？而今知道疼了，下次还敢不敢不听话？”晏云之缓缓道。

“可是……我也是害怕失去莲翩嘛。”桑祈噘着嘴，弱弱地为自己辩解了一句。

现在想想这件事，她其实还是有些后怕的。要不是上天眷顾，也许，只差那么一点点，她就会永远失去莲翩或是闫琰。如今两个人都能平平安安的，真的是天意垂怜，运气太好。

当然，她也知道，这份“幸运”，与他们平时的努力和众人的付出也是分不开的。却听晏云之淡淡道：“我自会帮你去找，也不知道，你们到底是急什么。”

话音很平静，就好像在说去帮她做件类似采个蘑菇、上个药一样简单的事情。她明白，他之所以这么举重若轻，是因为语气背后，有这份足以匹配的强大实力。只是这半年来，他一直甘愿坐镇后方，放手让她和闫琰去建功立业，自己用英明决策为他们保驾护航啊。想到这儿，她不由得轻笑一声，叹道：“一着急，差点忘了你有多厉害。”

晏云之莞尔，轻轻拍了拍她的头不说话。三月里的春风，温度刚刚好，从窗户吹进来，轻柔地拂过面颊，好像一双温柔的手。阳光也俏皮地从门缝探进头来。窗外的槐树，枝叶沙沙作响，间或夹杂着几声北归候鸟的轻啼。

如果不是战时，该是多么惬意闲适的午后。桑祈眯着眼睛，枕在晏云之腿上，感受着他衣料的柔软细腻，只觉得比枕头舒服多了，教人放松得想睡觉。于是他又抱了她一会儿，她便忘却了身上的伤痛，真的睡了过去。

连日操劳，要处理的军务一堆一堆，晏云之也是疲倦得很，便靠在床头，也眯起眼睛小憩了片刻。

莲翩再回来的时候，一脚迈进房门，看见的便是这样和谐、暧昧的一幕，不由得脚步一顿，硬是生生把没来得及跟进来的那只腿又落了回去。

屋内熟睡的桑祈感觉到风大了些，支吾一声，翻了个身，头在晏云之腿上动了动。也不知是莲翩开门的声音吵醒了他，还是桑祈的这个动作弄醒了他，总之莲翩犹豫了一下，再看的时候，晏云之已经醒了，朝她比了个噤声的手势，而后轻轻地抬起桑祈的头，换了枕头垫在下面，起了身，悄无声息地走到门口。

“等她醒了，记得给她把药上了，她自己弄得乱七八糟的。”退出屋后，他才在莲翩身边低声嘱咐了一句。

“您没帮她上吗？”莲翩下意识地把自己暗自揣测的话问了出来。

晏云之眸光一定，微微一挑眉。

她恨不能咬断舌头，赶忙作揖，道了句：“婢子知道了。”说完匆匆进屋，关紧房门，挡住了那男子令人心虚的审视视线。

桑祈睡醒，打了个哈欠，揉揉眼睛，看着自己面前突然冒出来的莲翩，左顾右盼一遭，诧异道：“咦，晏云之回去了吗？”

“嗯。”莲翩刚给她带了饭回来，道，“刚巧，起来吃吧。”

一股诱人的香气钻进鼻翼，桑祈忍不住多闻了两下，眸光一亮，道：“红烧肉？里面还加了蛋！怎么这么奢侈？”

“这就叫奢侈了，小姐你的节操呢？”莲翩哀其不幸地叹了口气，好歹也是出身名门显贵，也不至于一块红烧肉就这么兴奋啊。

“嘻嘻……”桑祈吸着鼻子，狡黠地笑笑。待到莲翩把碗递过来，她才看着里面的肉块，想起来什么，担忧地小声问：“这该不会是厨子偷偷给我加的吧？”

要是违背军纪可不行，她可是有原则的少女！这样想着，刚要落下去的筷子又停住了，只是咽了咽口水。

那点出息！莲翩简直看不下去，扶额道：“放心大胆地吃吧，不是偷偷给你开的小灶。”

“可今天不是逢五的日子。”桑祈还是不太信。

莲翩只得解释道：“是大司马说，上一仗弟兄们打得辛苦，特地让厨房做点好的犒赏大家，每个人都有一块红烧肉，伤员还额外加个蛋。想来，这里头的伤员，把你和琰小郎这种也算上了。”

桑祈恍然大悟，这才放心地动筷，刚夹住一块肉，却又停下来，诧异道：“等一下，为什么我有两块？”

“大概是因为大司马把自己的那份给你了吧。”莲翩咳了咳，嗔道，“一天天就知道公然秀恩爱。我看要不是还没来得及成亲，你们肯定早就搬到一块儿了……”说着去挠她的痒痒，埋怨着，“你是不是嫌弃我多余已经嫌弃很久了，所以才总把我往闫琰那儿赶的，你说，是不是？”

“哈哈哈……”桑祈怕痒怕得不行，乐得飙泪，连连求饶，喊着，“哎！我可是伤员！哎！别闹了，小心我的红烧肉！”求饶归求饶，她面上那股得意扬扬的神采却丝毫不加收敛。

笑过闹过，莲翩终于放过她，坐到一旁去吃自己的饭，撇嘴道：“我倒是没什么，只是董副将曾经叮嘱我，要看好你，毕竟没成亲，别到时候传出什么不好听的，对你自己和桑家的名声都不好。”

“是是是，我知道了。”桑祈笑了笑，报复道，“我知道你不是羡慕和嫉妒，你也有琰小郎。”

“呸！”莲翩若无其事地唾了句，“胡言乱语，当心咬着舌头。”

“胡言乱语？”桑祈挑眉，不服气地指了指她的碗，道，“我胡言乱语的话，你倒是说说，你的那块红烧肉哪去了？刚才我看我碗里有两块，你碗里没有，还以为你要说，是你把自己的给我了，结果你说我这块是晏云之的……那就莫要怪我多嘴问一句：你的那块，是不是给琰小郎了？”

一贯伶牙俐齿的莲翩，闻言一怔，竟是半晌无言。

“唉。”见被自己说中了，桑祈煞有其事地接着叹了句，“闺女大了，留不住啊，这就胳膊肘往外拐，有肉不知道留给我，尽惦记着自己的小情郎了。”

本以为，对方会杏眼圆睁地反唇相讥，或是使劲儿辩解。没想到，莲翩若有所思地凝视着自己的筷子尖，良久没有回应。

感觉到气氛的不对劲，桑祈也不敢说笑了，撑起身来，试探性地轻声问：“怎么不说话，生气了？”

莲翩还是没作答，沉吟片刻，才突兀地笑了笑，轻叹一声：“惦记着，有何用？”语气中满满的都是失落。

桑祈哪曾有过一次听见她用这样的语气说话，不由得心头一紧，赶忙道了句：“怎么没用呢，师弟心里有你，你不相信？”

“信，当然信，若非如此，他也不会总招人烦地往我面前凑。”莲翩说着，又笑了笑。

桑祈稍感安心：“既然如此，你还担心什么？”

莲翩苦笑一声，摆了摆手，偏过头去，道：“你也知道，你和大司马这种关系，总在军营里出双入对的，难免会有人羡慕。而琰小郎又恰好正值春心萌动的年纪，军营里除了你，又只有我一个女子……”说到这儿，她停了下来，不再言语。许久后，莲翩看着桑祈迷茫不解，连红烧肉都没兴致吃了的神情，才不得不继续解释了一句：

"还不明白吗？他只是身边没有女人，又想要一个，所以才对我有兴趣而已。人家是名门之后，我只是一个连人身自由都不能自己做主的婢女而已，惦记有什么用？"说完拍了拍桑祈的肩，语重心长地道，"所以说，我才烦他，这回明白了吧？"

桑祈感到无言以对，张了张口，到底没说出来什么。好在，莲翩只是感慨一句，没有接着抱怨，也没有流露出伤感、需要人安慰的神情，只是表情无波地吃完碗中的最后一口菜，道了句让她趁热快点吃，自己等一下回来收碗筷，便出门了。

看样子就好像莲翩在心里早已平静地接受了这一事实，同她说来，不过是解释给她听，教她也别做他想而已。

可是……桑祈缓缓咀嚼着嘴里的肉块，挑眉琢磨着，所谓的事实，当真如此吗？

与刚刚春回大地，显露出几分绿意，又残忍地被战火扼杀的平津不同，三月里的洛京，桃李开得锦盛，煦暖惹人醉。

清玄君昨夜醉酒，一觉睡到晌午才起，披着松散的宽袍，赤脚踏了双木屐，打着哈欠走出房门。扑面而来一阵沁人心脾的草木清香，几朵被风吹落的桃花瓣落在他的发上，让他看起来更像是个被自己酿的桃花酒醉倒的刚刚才从树下爬起来的慵懒花仙。

清风拂去沉醉，唤醒耽溺于梦乡的心灵，他忍不住舒展筋骨，伸了个懒腰，而后深吸一口气，才感觉到这股自然清新中，还隐约夹杂了一缕若有若无的别样香气。他眯眼循着这香气看去，只见一个青衣女子正在不远处，精心剪着花枝。纤纤素手，一手拿着长剪，一手轻抚着翠绿的枝叶。露在衣袖外的一小截玉臂，比花枝还要纤细；白净无瑕的柔荑，比娇嫩的花瓣更加状若无骨。那随风而来的，正是少女的体香。人比花娇，青裙迤逦，香风旖旎，自然是极为赏心悦目的画面。

可清玄君却对美人美景无动于衷，只万般无奈地把原本就凌乱的发揉得更加乱七八糟，懒洋洋地抱怨了句："怎么又来了？"

对于自家这个妹子，他十分无语。原本过得逍遥自在的独居生活，这半年来，全被她打乱了。自从第一次见她消沉，于心不忍，勉强开了口，同意她过来小住之后，便一发不可收拾。苏解语隔三岔五地就要过来住上一阵子。

倒是不会吵闹，打扰到他，两个人只是各过各的。可毕竟院中多了个女子，空间一下子变小了，随时可能碰到一个人不说，很多事情都变得不方便了。比如从前他在自己家中，不出门的话，内里的小衣是不穿的，外衫也是随意披着，带子看心情系一系，偶尔漫不经心地打个结，动一动便松散了也无所谓。然而苏解语在的话，穿衣就不能这样随心所欲，生活的每个细枝末节，便都因此而拘谨起来，叫他头痛。

想到这儿，他拢了拢长袍，将带子系紧些，确定不会散开后，才拖着木屐踢踢踏踏地下了台阶，漫步到院内，准备到井边去打水洗脸。

苏解语背对着他，悄无声息地继续剪着花枝，将剪下来的枝条放在一旁后，才道："上次说想跟你学插花，你总拖着不肯教，说没素材。这不，我看最近花开得正好，来帮你弄些。"

清玄君舀了一瓢清凉的井水，喝了一口后，掬起一捧泼在面上，挑眉道："恐怕是醉翁之意不在酒吧。"

被戳穿了，苏解语的反应倒是很平静，也不辩解反驳，淡淡一笑，从容地坐下来，夹了一小撮儿茶叶放在茶炉中，复又敛袖坐好，看向兄长，眼神好像在说自己等着他提水煮茶已经等了很久了。

清玄君只得又舀了一瓢水拎过去，扶额道："不想嫁人，不嫁便是了，何苦如此不辞辛劳地自毁名节？"

原本，他觉得自己对这个妹妹也算是有所了解，懂得她对晏云之的那份心意。当她说不会再嫁人的时候，他也信了。却没想到，她为了彻底断绝父母和那些仍然会来上门提亲的人的心思，竟做到了这种地步。一个未出阁的女儿家，经常借住在独居的兄长府上。往好了说，叫与他一道，同名士相伴，附庸风雅，心境超脱，无视世俗眼光；往坏了说，还不知道会传出什么样的风言风语。尽管清玄君向来对于非议诽谤、流言诳语入耳即过，从不放在心上，但也不难想到一些令人厌恶的说辞。

这不，冬天还时常有人出入苏府，最近已是许久没听说有上门提亲的消息了。苏解语达到了自己的目的，而且很成功。恐怕从今往后都不会再有人动迎娶她的念头。曾经名动一时的洛京第一美人，终究落得了个被人弃如敝屣的下场，还是她自愿的。

苏解语俯下身，用火折子给茶炉点上火，淡笑道："我也是愚钝，想不出什么好法子。本想着干脆离家修道，图个清静。可你已经不在父母膝前尽孝了，若我也离去，怕是要伤了他们的心。"

清玄君耸耸肩，绕到一旁的石椅上，闲闲半躺下来，顺着话头接了句："二老身体可好？"

"不太好。"提起这个话题，苏解语轻叹了一声，"父亲近来格外操劳。"

“为何？”

“听说皇上打从去年秋天开始，龙体欠安，且状态每况愈下。一开始还只是隔几日感到头痛，早早退朝而已，如今已经是时常不能起身来上早朝了。父亲和晏相都很担忧。毕竟现在边关战事压力大，太子又尚且年幼。”苏解语知道清玄君不爱关心政事，稍稍解释了几句，点到为止。

清玄君合眸，晃着长腿沉思。关于皇上生病的事，他已经听严桦说过好几回，耳朵都快起茧了，就算再不关心，也难免有所好奇：“宫里的太医就没什么法子？”

按说去年夏天他还见过皇帝一面，看着皇帝身宽体胖，面色红润的，也不似如此虚弱之相啊，怎么会说病就病了呢？

“太医连什么病症都没查出来，”苏解语摇摇头，叹道，“更不要说对症下药了。现在就只是迷茫地治着，能不能好转，全凭运气。为此，皇上头疼得紧时，一不高兴，就拿太医撒气。他们的日子也挺难过。”

聊着聊着，茶煮好了，她倒了两杯，递给清玄君一杯。清玄君却摆摆手没有接，只觉此事内有玄机。仔细一想，去年秋天，皇帝刚刚闹头疼，不正好是西昭人打过来的时候吗？一开始严桦还欣慰地说，皇上终于也知道为边境安危忧心疾苦，都操劳得头疼了。

他也以为，皇帝不过是一时着急上火，犯了心病而已。可过了这么久，要是还有心病，而且愈演愈烈，也太不像是这位皇帝的风格了。若非心病，这二者于同时发生，会不会内里还有一种另外的不为人所知的隐秘联系呢？

想到这儿，他不由得停下悠闲晃腿的动作，微微蹙了蹙眉。的确，他是不关心政事。反正，荣氏皇族资质平庸，碌碌无为，已是穷途末路，大燕的倾覆不过早晚的事。伴随而来的颠沛流离、动荡不安，也有注定发生的必然。而不久之后，新的统治者又会建立起他的王朝，重整秩序，进入短暂的安定时期，并再次经历从兴起到逐渐衰落的过程……如此循环往复。

世事如此，所谓的社稷，救与不救，无甚分别。谁在那个位置，也无甚分别。谁也不会比谁更好，谁也不会比谁更糟。混沌人间，本就不存在永远安宁祥和的桃花源。

可是，他关心他的朋友。若真的到了内忧外患，风浪频起，要改朝换代的时期，远在平津的晏云之和桑祈，身在这动荡的最前线，会否已经处于某个巨大阴谋的深处?

他脑海中浮现出了桑祈那张巧笑嫣然的脸，不由得笑了笑，又开始晃腿了，琢磨着要不要和严桦商量一下，给晏云之和桑祈写封信，提醒他们洛京现在的情况。

然而，计划永远赶不上变化快，这封信还没写好，洛京就变天了。

久病缠身的皇帝，终于在四月桃花落尽的那天夜里，一病不起。从紧急召集所有太医进宫，到宣布皇帝陷入昏迷，用尽一切手段也唤不醒，仿佛只用了一夜。束手无策的太医们冷汗直流，除了跪地磕头求饶，再做不了任何事情。

与皇帝夫妻三十余载，情深义重的皇后，扑倒在龙榻上，哭成了个泪人。好在朝堂之上，众臣早有心理准备，暂时推举出以宋太傅、闫太师和晏相为首的几个代表，协助病倒的皇帝和悲痛欲绝的皇后处理政务。他们做了最坏的打算，深知皇帝命不久矣，便开始着手安排年幼的太子的继位事宜。

谁也没想到的是，还没等皇帝驾崩，人们悲催地发现，太子失踪了。

第十四章 江山倾覆间

皇帝后宫佳丽三千，多无所出，太子荣寻乃是唯一子嗣，虽然养在皇后膝下，生母却另有其人。

那是一段关于游龙戏凤的民间传说。荣寻的母亲当年不过是一个戏班里的学徒，跟着戏班进宫唱曲儿的时候，在偌大的深宫里迷了路，与独自闲逛的皇帝发生露水姻缘，一夜恩泽，回去后便怀了龙种。

可是发现之时，戏班已经离开洛京，姑娘头脑又不太灵光，没有意识到腹中生命的重要性，只觉惊慌，想用各种方法打掉这个孩子。无奈小太子的生命力如野草一般顽强，任她用尽各种道听途说来的堕胎偏方也没能如愿。一直到孩子生下来，她才走投无路，说出了际遇。

戏班班主又千里迢迢带着这对母子前来认祖归宗，皇帝听说是个儿子，按捺不住心中的激动之情，再见着姑娘本人，也隐约记得这事儿，时间又对得上，便不疑有他。

相对来说较真儿的皇后挺冷静，又组织了一次滴血认亲，进一步确定了小皇子的身份。荣寻便作为皇帝流落民间的血脉，被隆重地接进了宫。生母当然也被册封，戏班班主摇身一变成了皇亲国戚。

而当年的小姑娘，如今的淑妃曹氏，头脑还是不太灵光。得知儿子丢了，除了跑到皇帝龙榻前来痛哭流涕，完全不知所措。

还是母仪天下的皇后稳重，一边要担忧昏迷的夫君，代替皇帝主持事务；一边要操心太子下落，安抚曹氏的情绪，三头六臂，无所不能。皇后拍着曹氏的肩膀，温婉道：“别急，小太子兴许只是贪玩，在后花园里跑丢了，很快就能找回来。”

曹氏还是泪水涟涟，哭哭啼啼道：“可是，这都好几个时辰不见踪影了，姐姐，你说这可如何是好？若是寻儿有个三长两短，我也不活了。”说完悲恸不已，干脆扑到皇后身上，抱住她大哭起来。

皇后眉心微蹙，保持着笑容，缓缓将她推开，又安慰了两句，命人先带她下去休息，不要在这里哭闹，吵着皇帝，而后目送着她的背影，目光逐渐变凉，厌恶地拿了块新帕子，一下又一下，反反复复擦着自己的手和被她碰过的衣裳。

擦了一会儿后，视线落在沉睡不醒的皇帝脸上，勾起一丝若有若无的笑意，抬手抚摸着这张再熟悉不过的容颜，声线柔美，道了句：“你看，让你不老老实实管好自己的下身，这就是你儿子的母亲的德行，你说，把江山交给这女人的孩子岂能放心？”

皇帝一动不动，既没有悲愤地握拳，也无法回答她的问题。

正在这时，闫太师刚好进到侧殿，见到的便是这幅皇后俯身靠近皇帝、眉眼温柔的画面，脚步一顿。

皇后略显尴尬地起身，神色焦虑，长叹道：“光天化日的，好好一个大活人，怎么说不见就不见了呢？”

闫太师一拱手，道：“臣等已经发动各方力量寻找，眼下重要的是，暂且不要泄露消息。”

“本宫晓得。”皇后了然地点点头，看了看沉睡不醒的皇帝，温声道，“以防万一，已经通知我的兄长前来相助，他在洛京还有一些兵力。”

彼时闫铮道心中只是稍有困惑，万万没有想到，这所谓的相助，正是颠覆的开始。怪只怪他们都太相信皇后，太相信卓家了，以为卓氏只是一群没有野心、贪图安逸之人。

却不料就在他们对宋氏千防万防，恨不能贴身紧盯宋玉承之时，包围了皇宫，将数位重臣围困其中的，正是皇后的娘家人。

傍晚，卓文远带兵将皇宫围了个水泄不通，不但不许人入内，也不许宫内的人出去。而后踏上九重宫阙，站在火红的城墙边，看了一眼平静的洛京城，大步向金銮殿走去。

他身佩长剑，毫无顾忌地迈入大殿，留守在殿中的晏相立刻皱起眉头，上前一步，喝道：“休得无礼！来人，快把卓御史带下去。”

然而，本应应声而上的羽林卫，却迟迟不见踪影。晏相看着面前那张笑意莹然的年轻俊颜，心底一凉，挺直了腰板，冷眼相看。

卓文远回眸望了望身后空荡荡的殿门，温声道：“晏公侍奉御前多时，也该回去歇歇了。”说着便轻轻拍了两下掌，立刻有几个士兵装扮的人不知道从哪儿冒了出来，也闯入了大殿。

殿中以晏相和闫太师为首的几个臣子已然意识到发生了什么，一时哗然，议论纷纷。晏相冷笑一声，临危不乱，偷偷给闫太师使了个眼色，示意其赶快找个机会将玉玺藏好。

闫太师却眉心微蹙，虽然自己进宫以来就一直留意着玉玺的下落，可是始终不知道其放在哪里。他问过了皇后，皇后也说不知道。眼下又如何去藏？只能寄希望于自己带进宫来的那几个亲兵比卓文远的人先找到了。

正在卓文远带来的士兵在殿上与众臣拉拉扯扯，钩戈声与众臣的怒斥声响成一片之时，忽然，人们听到一个沉静如水的女声响了起来：“都住手。”

大家闻声看去，只见皇后卓氏一身华服，凤钗闪耀，款款从殿后走出，妆容精致，步履从容，哪里还有一丝悲色？她清清冷冷地睨着众人，一直走到御案前，从怀中掏出了一物把玩。

闫太师定睛一看，正是她“不知道在哪里”的玉玺。他与晏相交换了一个眼色，二人皆是神情复杂。

卓文远带的那些士兵则顺从地站到了两侧，他本人也带着玩味的笑意，从容上前几步，搀起了姑姑的胳膊。

那衣着华美、母仪天下的女子便淡淡地道了声：“皇帝已经在昏迷中宾天了，尔等现在便可选择留下还是走出这道殿门。”说着抬起葱葱玉指，朝殿外指了指。

日头正在西沉，残阳的余晖染红了殿外的天空，江山如血。殿内安静得落针可闻，紧张的气氛下，群臣各怀心思。

闫铮道和晏相都在等着他们事先安排好埋伏在宫里的人赶来，却迟迟没有等到。一抬头，只见宋太傅正阴恻恻地笑，于是依稀察觉，这些人可能永远都等不来了。

晏相冷哼一声，拂袖转身，带着一身凛然之气，大步往殿外走，刚一出殿门便被几个士兵扭送着往禁宫押去。

老丞相愤怒地高喊一声：“宵小无礼，休得碰脏老夫的衣袖！”

闫铮道长叹一声，也跟在他身后，面不改色地走了出去。

而后众人各自做出了选择。

走出大殿的都被软禁在了禁宫之中，并有几队人分别朝他们的府邸包围而去。与此同时，晏云之早在临行之前留下的后手，亦从藏锋中出鞘。金戈铁马声惊醒了一直沉浸在太平年景幻想中的洛京民众，即使是再单纯的人也不难醒悟，发生了大事。

留在殿上的，则在皇后出示了一张所谓“遗诏”，并当着他们的面扣下玉玺后，屈身行礼，对着卓文远道了声：“恭贺陛下。”

大燕绵延三百余年的国祚，随着皇帝荣澈的崩殂，宣布江山易主。原本歌舞升平、奢靡浮华的岁月，骤然喑哑。

洛京上空风云嬗变，一连串由此而来的风波，犹如一阵滔天巨浪，以恢宏不可当之势，从高高的宫墙上一层一层向远方激荡开去。

卓文远依旧穿着进宫时的那身简洁的水色宽袍，大袖飘飘，立在宫墙上，俯瞰着从四面八方突然冒出来的晏家精兵，面上波澜不惊，只带了淡淡的笑意，仿佛这一切，也早在他意料之中。

皇后则又回到了皇帝身边，笑容恬淡地最后一次为他梳好了发。风轻轻拂动她的华摆，她手中的银梳每动一下，眸光就沉下去一分，渐渐迷失在过往的回忆里。

还记得，初进宫时，她便开始为他梳头。那年她才刚刚及笄，一心只想做好他的妻子。彼时的皇帝也还没发福，面相宽厚温柔，笑起来嘴角有好看的梨涡。夫妻二人甜甜蜜蜜，过了一段鹣鲽情深的日子。

一晃过去数年，她的肚子始终没有动静，卓荣两家都很着急，太医轮番来看，最后盖棺定论，称她注定无法生育。她的天空骤降晴天霹雳，一连几日把自己关在屋里，郁郁寡欢，甚至有了自我了断的念头。

何其有幸，那时的荣澈，依然温柔地拉着她的手，笑着安慰她不碍事，即使她不能诞下子嗣，也永远是他的皇后。

该说惊喜万分呢，还是感动得无以名状呢？总之当年的她闻言紧紧抱住夫君，哭成了个泪人，觉得自己是世界上最幸福的女人。

然而好景不长，他虽然对她深情，却也是个多情种。身边的莺莺燕燕不断，很快便陆续有人有了身孕。听他提起某个女子怀了龙种，兴致勃勃地拉着她一起为孩子取名字的时候，她心里的滋味，就仿佛有人在拿布满钢针的密齿梳一下一下狠狠地梳理着心脏一般。

她才是他名正言顺的妻子，能与他生儿育女的，只能是她啊，怎么能够容忍其他女子产下他的骨肉，和他组成一个完整的家庭，将她排斥在外？她无法允许这种事情发生。所以，这些女子的孩子，一个也没能生下来。

该说是恶有恶报呢，还是天意弄人？她机关算尽，却没想到，终究还是有了荣寻这个鞭长莫及的产物。

看着夫君对这个孩子的宠爱，看着荣寻那张融合了他和另一个女子全部优点的可爱笑脸，她只觉眼睛被刺得生疼，一刻也无法看下去。

一种名为极乐引的毒，提取自西昭产出的罂粟，起效极慢，不易察觉。漫长的下毒过程，她花费了整整两年时间。其间她一直在等待，等待她的夫君对她说“我不要别的女人和孩子，只要你”。

只要他说，她随时可以中断下毒，他得到悉心的对症治疗也就不会死。

可惜，她始终没有等到这个转机的到来。

洛京燃起了战火。喊杀声漫天之中，皇后没有点灯，安静地在自己的夫君身边坐了很久很久。

而后，皇帝崩驾，太子失踪，卓文远篡位登基等一系列消息随着战火波及而去，半个月之后传到了平津。

晏云之的议事厅里，每个人脸上的表情都很沉重。

听说父亲被软禁在宫中，闫琰双目泛红，死死地握紧了拳，抬腿恼怒地踢了椅子腿一脚，恨道：“没想到卓文远竟然是这种人，我们这些年来被他卓家蒙蔽得好苦。”

“还以为宋玉承是只老狐狸，没想到卓文远隐藏得更深。”

“卓后没有子嗣，皇帝唯一一个儿子还是个平民所生……唉，听说她一直宠溺子瞻，对这个侄子视如己出，想必为娘家谋划也不止一天两天了吧。”

…………

众说纷纭之时，桑祈一直愣怔着，目光空洞，觉得脑筋转不过来。

卓文远？

他们说的这个人，真的是卓文远吗？自己自豆蔻年华便与他相识相知，一直玩闹到十七八岁的那个风流倜傥、游手好闲的美少年？还是说这世界上还有另一个同名同姓她所不认识的卓文远？

西昭人这个节骨眼上，再次兵临城下，锣鼓声喧嚣起来，容不得他们在这儿徒生感慨。几个将领又抱怨了几句后，便陆续被晏云之遣散，出去迎敌。连闫琰都愤愤不平地大步走远，房间里只剩下了他和桑祈两个人的时候，晏云之才坐近些，抬手在她眼前晃晃，开口唤她："回神了。"

桑祈茫然地摇了摇头，扯住眼前的手指，问道："真是卓文远？"

晏云之轻叹一声，道："事到如今，有些事也不得不告诉你了。我原本希望，不必走到这一步的。"

"有些事？"他早就知道了什么，却一直瞒着自己吗？桑祈更糊涂了。

晏云之靠在椅背上，沉吟一番，语气沉静平缓，道："最早我们刚发现洛京有流寇作乱的时候，我就怀疑过子瞻。你和子瞻一起出城，回来的时候，按说他就算自己不能送你，也应当加派几个护卫，不能让你一个女子入了夜还独行。而没带护卫，偏巧就遇到了流寇，这流寇目的还不在劫持马车，而是攻击你，便更显蹊跷。"

"莫非你是想说，这是他刻意安排的？"桑祈无语地笑了，摇摇头，表示不解，"可是，这样对他有什么好处呢？"

"大概是想英雄救美？可惜半路我二伯突然杀出来，搅乱了他的计划，没救成，他也就默默把这件事掩盖过去了，当作什么都没有发生过。"晏云之挑眉道。

桑祈还是不能理解："英雄救美，图什么？"

晏云之宠溺一笑，抬手揉揉她的发，低声道："图什么，他不是同你说好多次了吗？图你啊。他想要娶你，跟桑家联姻。"

"从这条线继续推展下去，不难想到，负责查案的洛京府衙，也与他有勾结，所以才三番五次地查不出结果，只把罪名都推到流寇身上，包括被你撞破的王捕头家的盗窃事件。我怀疑他，便是从发现他频繁提出想与你结亲的意愿，又频繁奔走和洛京案件频发，这三件事处于同一时期开始的。只苦于一直没有明确的证据。后来你被宋落天陷害入狱，扯出西昭一事，人命关天的时候，他刚好不在。待到他回来，幕后黑手很快自行现身，你的危机自然而然地化解了。这件事更加不得不让人浮想联翩。为此，我还特地提点过皇上，可惜皇上对卓家十分信任，毫无防范之心。"

晏云之将自己怀疑卓文远的过程有条不紊地从容道来，仿佛早已洞察了对方的阴谋，而后续发生的一切，也都尽在他的掌握之中。

桑祈终于明白，卓文远一直没有骗她。他说想与她联姻，得到桑家的力量，都是实话，只是没有说出背后的真实目的而已。

这样一想，连他之所以频繁出入桑府的原因，也显而易见了。她还以为，他是不懂她，才总是围着父亲打转，做父亲的工作。现在想来，不懂的那个人，是她自己啊。人家的目的，一开始就是她父亲，而不是她，不是吗？

西北草原上的邂逅，他带着脉脉温情的接近，对她的陪伴呵护……一步步处心积虑，只是为了撬开她的芳心，好得到她背后的力量。

而这力量，他会不会，已经得到了？

脑海中的几件事情串联在了一起。自从上元节，卓文远频繁出入她家里之后，父亲就多次明示暗示，表达想让她嫁给他的意思。在得知她执意要嫁给晏云之之后，父亲的暴怒和不断施压。傅先生口中提到的，父亲开始暗中撤兵，准备回齐昌，说预感到洛京很快会出事，时间似乎刚好在卓文远放弃说服她，选择与宋佳音大婚之后。甄永寿手上有父亲的兵符，并且在朝堂上公然指责父亲谋反，虽然没有拿出与西昭人相勾结的证据，可与洛京内部的流寇事件有关的证据却是言之凿凿。父亲没有反驳，傅先生也说证据不像是假的……

桑祈越想越害怕，不知不觉中，身体开始微微颤抖，惊恐地看向晏云之，掩口低呼了一声："该不会其实父亲有心谋反的事，也是……真的？而且已经付诸行动了。只是因为我不肯嫁给卓文远，才不得不收手的？"

话一说出口，她又开始拼命摇头，自己否决了这个猜想，起身焦躁地来回踱步，连连道："不不不，不可能……"

她无论如何也不能相信，在自己心目中顶天立地的父亲，当真有过谋权篡位的野心。若真是那样，他与严三郎声色俱厉地怒骂着的宋太傅，又有什么分别？她的父亲，一定是个英雄，必须是个英雄啊。

当晏云之起身将她揽到怀里，她已经肩膀止不住地颤抖，泪水亦盈满了眼眶，一转身，死死抓着他的衣襟，牙关紧咬，才能不放声痛哭出来。

他看得出来，她在害怕。饶是经历过被栽赃陷害、身陷囹圄的生死一线；经历过父亲突然薨殁，只能靠自己撑起一个家庭的重压；经历过战场上的以命相搏，与传说中拥有不败战绩的名将正面交锋，或是任攻城的流矢擦着发梢而过……都没有见过她如此害怕。他不由得双臂收紧，让她感受到自己怀抱的坚实温暖，一手搭在她的脑后，安慰地轻轻拍着她的头。

“你说，那些事情，到底是不是父亲指使甄永寿做的？”桑祈埋头在他胸口，良久后才强行将泪意压回去，抬眸看向他，颤声问。

晏云之的深眸平静而幽暗，轻轻抬手拂过她的面颊，勾唇笑了笑，温声道：“我不知道……目前我只知道，甄家和卓文远有勾结。包括京畿太守甄永康和你父亲的得力副将甄永寿。以甄永寿的地位和你父亲信任他的程度，若说是他单方面跟卓文远合谋，在你父亲不知情的情况下动用桑家的力量，也并非不可能。”说完，俯身在她微湿的眼角落下一吻，哄道，“你先别多想，眼下，要紧的是尽早击退西昭。洛京那边，我已交代过白时，如有异动，先保太子，约莫现在他已经带着太子藏匿起来了。只是……如今，卓文远知道太子在我手里，定要倒打一耙，说我想要挟天子以令诸侯。这叛党的帽子，怕是躲不了了。”

说着，他抬眸看了她一眼。桑祈心下明了，他是在询问自己能否接受这一点，遂收敛衣袖，正色答了句：“关键不在于别人说了什么，而是我们做了什么。只要你我行得端正，何必在意旁人眼光！”

得了她这句话，晏云之方才舒展笑意，微微点了点头。

随着卓氏的上位，西昭人也明显加强了攻势，想要趁乱一举夺下平津城。方才出去迎敌的副将，面色焦急，脚步匆匆来报，说是前线防守吃力，出城应战的右将军一行，怕是要顶不住了。

“他们这次又来了多少人？”桑祈闻言，蹙眉问道。

“大约十万。”副将说出这个数字的时候，嘴唇都有些发白。

“十万？”桑祈吃了一惊，“怎么会这么多？”

因为后方补给的沉重压力，西昭人的主力部队一直不敢冒进，始终驻扎在浙水以北。在浙水以南的，大约只有几万，停留在洛水北岸，与他们相互制衡。突然冒出来十万人，也就意味着对方派出了半数队伍，大军压境，不顾后果，此役势在必得。不难想象，等待他们的，会是一场比先前的战役更加艰苦的硬仗。

而他们虽然半年来死守住了平津要塞，却在接连不断的战役中损兵折将，原来近五万人的军队，除掉伤亡，如今能上战场的，也不过三万余人，连对方的半数都不到。更要命的是，过一会儿，又有人传讯回来，说是外出歼敌的右将军闫琰率领三千精兵出城，竟几乎被全数歼灭，侥幸逃脱的也都受了重伤，包括闫琰本人。

桑祈和晏云之对视一眼，面色都有疑惑。

经过了这么多次出生入死的历练，闫琰已不是初出茅庐的小将，也曾在乱军之中单枪匹马而归，缘何这一次会落得如此狼狈的下场？

心中又是不解，又是担忧，桑祈决定亲自去看看，和晏云之匆匆道别，自己骑马前去。

为前线撤回的伤员做紧急处理的营帐设在南城城墙下，如今已经安置了数百人。还有伤员正接连不断地被送来，空气里到处弥漫着草药的味道，充耳满是痛苦的呻吟和疼痛难耐的嘶吼。

每个人都步履急切，每个人都面色凝重。她刚刚赶到，就有一个捧着一堆被鲜血浸透的棉布、快速从她面前跑过的小兵皱着眉头，朝她大喊了一句："喂，伤兵营里不许骑马，还不快下来！"态度十分不好，想来因为太着急，只是下意识地喊了一句，连她是谁都没看清。

桑祈还是老老实实下马了，飞速打了个绳结，将马儿拴在一旁，随手拉住一个人问："右将军呢？"

"那儿！我说，你倒是看着点！"那人端着一大盆水，被她拉扯了一下，险些洒出去，惊呼一声，朝前方扬了扬下巴。

"多谢。"桑祈一拱手，也顾不上道歉了，脚步未停，便朝着他示意的帐子跑了过去。

一挑帘，只见里面挤着好几个伤员，都在清洗伤口，做紧急处理。一个坐在地上的士兵肩头中了一箭，正有一人按着他，另一人用力将箭头拔出来。受伤的人死死咬着棉帕，发出一声压抑的哀号。

另外还有一士兵被落火所伤，烧没了半截裤腿，内里的皮肤也焦黑溃烂一片，看上去十分骇人。正有人拿着清水与抹布，细细为他擦洗在地上打滚灭火的时候，伤口上沾的尘土。只消看上一眼，就觉得一定很疼。

桑祈头皮一麻，赶忙转头，继续寻找闫琰的身影。终于在内里的一张简易搭起的床板上看见了他，正半躺着，灰头土脸，露在铠甲外的衣衫上，布满或长或短的划痕。不用仔细瞧，她也能辨认出来，那是枪伤，赶忙上前一步，俯身问："伤得可严重？"

其实这句话问得有点多余，看他那牙关紧咬，哼哼唧唧的样子也知道了。闫琰却还是倔强地摇摇头，坚持道了句：“我没事。”而后突然一把拉住她的手，用了极大的力气将她拉向自己，凑近她耳畔，嘴唇翕动，悄声说了一句话。

桑祈一听，惊愕地瞪大了眼睛，不得不立刻捂住嘴，才没惊呼出声。

闫琰眼皮肿胀，睁不太开，吃力地眨了眨，仿佛刚才拉她的那一下，已经用掉了全部力气似的，连勾勾手指头都显得有气无力，嗫嚅道：“我也是瞎猜的，你别去……”

正在这时，郎中一口烈酒喷在了他右膝后方的伤处，他双眸一瞪，疼得晕了过去。

桑祈二话不说，不顾他方才的劝阻，转身飞跑了出去。穿过忙碌的人群，一路跑上城楼，第一眼便见负责指挥在城楼上的守军的董先念，正背对着她，双手扶在城墙上，低头不知道在看什么，半晌一动不动，好像在冥想或者发呆。

哪有人会在如此紧张的战役中冥想发呆的！桑祈只觉得心跳缺了半拍，愈发有种不祥的预感，喊了一声：“董叔！”

董先念身子一僵，缓缓转过头，看见她正朝自己跑来，皱着眉快走两步，拉住她的胳膊就往回带，道：“将军何故来此，大司马刚刚下令，要你过去一趟。您还是赶紧……”

“骗人！”桑祈不肯走，打断他道，“他知道我去看闫琰了，就算下令，也会派人去伤兵营找我，怎么可能会来这儿告诉你，让你转告？”

说着她继续往城墙边凑，想看看他刚才到底为何发呆。方才他转头的那一刹那，眼中的沉痛与悲叹没能逃过她的眼睛。

“这……”谎言被拆穿，董先念一时语塞，手却还是不肯放，二人拉扯起来。

桑祈挣了两下没挣开，眸色一凛，喝道：“董副将，我以左将军的名义，命令你放手，还是说，你连我的军令都不听了？”董先念一怔，没想到她突然拿身份压人，纠结半晌，到底还是长叹一声，犹豫不决地放开了手，嘴上不忘继续劝道：“您还是先回去吧。”

“不走，我倒要看看，你究竟想瞒着我什么。”桑祈脾气一上来，倔强道。说完，她大步迈到他刚才站的位置，向城外远眺，而后，眸光越来越沉，越来越晦暗，手也不由自主地握紧了拳，骨节苍白，每一处关节都咔嚓作响。

董先念立在一旁，千言万语，都汇作了一声无奈的叹息。

少顷之后，桑祈一转头，抬手指着外面，开口的时候，竟然笑了：“你不想让我看见的就是这个？人家都到家门口来了，难道还能瞒得住吗？”

那笑容，不似寻常的灿烂，而充满了难以言喻的酸楚与自嘲。

董先念自己也知道，不可能瞒得过，就算此刻不让她看见，恐怕下一刻，她也会从别人嘴里得到消息。他只是自欺欺人地觉得，不让她亲眼一见，可能会好一些——毕竟，城楼下与大燕军队搏命厮杀且所向披靡，已经取得了压倒性优势的不是西昭军队，而正是消失了整整九个月的驻守在荛州的桑家军。

那是怎样一幅画面呢？他完全没有设想过。谁会知道，前一日还行踪成谜的他们，竟然犹如鬼魅般出现，兵临城下，并且将长枪对准了大燕的方向。

难怪遍寻大燕也没有消息，原来他们一直在被西昭占领的荛州，根本哪里都没有去，而是成了西昭那二十万大军的一部分。

桑祈还在笑，笑得要多苦涩有多苦涩。甫一看到闫琰身上枪伤的位置，她就觉得不对劲。且不说他身上穿着的是精心定制的上好铠甲，乃是大燕技艺最为精湛的工匠所打造，桑家的枪法也本就攻守兼备，而他伤的恰好全是薄弱之处，就好像对方对他装备和技艺的缺点都心知肚明，有备而来似的。谁会如此了解大燕的战铠，如此了解桑家的枪法套路？

再听闫琰说，觉得这一次来袭的先锋部队很特别。打伤自己的那些人，虽然穿着的是和西昭人一样的衣裳，却不似西昭人一般喜好用刀，而是使的枪。而且怎么看怎么都和他的如出一辙，甚至还有专门克制他的套路。她便意识到，这支队伍有可能掌握了桑家的武功。

但那时她还只是以为，是不是西昭人抓了几个她的远亲，在威逼利诱下学会的。万万没有想到，眼前挥戈相向的，正是自己的亲眷无疑。不管她的父亲有没有过反意，眼前这些人反了，乃她亲眼所见，证据确凿。他们带领着三万大军投靠西昭，不光壮大了对方声势，还出卖了大燕，无论对于平津前线奋战的桑祈本人还是她带领的桑家军来说，都是一记重创。

她的目光里隐隐燃烧着火焰，笑容逐渐变凉、消散，短暂的失控后，边大步向城楼下走，边叫上董先念，道：“去叫上我们的人，我同大司马请命领兵出城一战。”

“这……”董先念急忙跟上，迟疑道，“恐怕不妥吧？将军，那可是……”

“可是什么，自己人吗？有我的兄长叔伯、远房亲眷，对吗？”桑祈回眸看了他一眼，平静道，“早就不是了，从他们将枪头对准大燕的那一刻起，就不是了。两军阵前，我们的关系是敌人，仅此而已。”说完脚步不停，策马而去。

对于她来说，现在身边的这些人，晏云之、闫琰、董先念，等等，所有与她一同抵御外敌、在平津奋战了近一年的人，才是她的家人，才是她要拿起手中的武器保护的对象。

桑家的枪法被克制了，没有关系。还有桑家人坚忍不拔、永不言败的精神，是别人偷不走也无法剥夺的。只要他们还有这个信念，就不会输。更何况，既然对方知道他们的弱点，那他们也知道对方的弱点，彼此彼此而已，便看谁能技高一筹。

这一战，大司马晏云之终于亲自披挂上阵，代替身受重伤的右将军，与左将军桑祈一同出了城门。

他银白色的披风和桑祈的猎猎红衣一同随风飘扬，站在城门口，相互对视了一眼。平日里便龙章凤姿、惊为天人的男子，银甲加身，显得更加英挺俊逸。轮廓凛冽之中，眸光依然清润，透着股天高云淡的缥缈，淡笑问她：“有信心？”

“嗯。”桑祈握紧手中长剑，点了点头。

晏云之长臂一伸，将一只手伸向她。她便会意，也伸出手来，与他用力一握。随即不再留恋，各自放开手后，一勒缰绳，率领身后将士奔向战场。

两边的桑家军曾经受一样的训练，武艺套路也近乎相同，这次正面交锋，注定了是一场艰苦卓绝、历时良久的消耗战。

而比起在后方养精蓄锐已久的叛军来说，桑祈带的这些人，已经被多次战役消磨得疲惫，无论精力还是体力，较对方都有不如。优势的一面便是，他们比对方的执念深，拼着一口气，一定要知道对方倒戈相向的理由。

桑祈亲自出面，抱的也是这样的目的。既然枪法对方熟悉，她便用了晏鹤行传授的剑法，虽称不上所向披靡，但凭借着自身在敏捷、灵活与精准方面的长处，也还算能占些优势。一路披荆斩棘，寻找着敌方主帅。

方才还是晴空万里的天，俄而飘来几片乌云，笼罩在战场上空，一朵连着一朵，铺叠开去，越来越密，越来越厚。阳光照破云层的力度越来越弱，周围天色昏暗，扬沙四起，喊杀声此起彼伏，不时有流箭落石擦身而过。

愈是深入敌阵，愈是杀机四伏。桑祈一个没注意，落了单，周围围了四五个敌方骑兵。而且好巧不巧地，都是西昭人。看样子觉得还有几分面熟，好像在哪里见过。

“哟，这不是杀了呼延将军的那个小娘子吗？”一个满脸横肉、凶神恶煞般的人认出了她，策马围着她打转。

“杀了她，给呼延将军报仇！”另一个壮汉拎了拎手里的狼牙棒，恶狠狠地唾了一口。

“在这儿杀了多便宜她，这小丫头还有几分姿色，不如抓活的，带回去大家伙儿一起睡个大燕将军，啧啧，多有滋味。”说这句话的人则上下打量着她，嘴角挂着淫笑，目露邪光。

桑祈冷冷扫视他一眼，还要找桑家叛军的带头人呢，没工夫理会他，二话不说，直接长剑出手。而这几个西昭人，似乎也因着她斩杀过自家将军的事实在先，虽然嘴上出言狂妄，真打起来却是一点不含糊，万万不似那对有勇无谋的兄弟般掉以轻心，不但各自使出全力，相互之间还很注意配合。

桑祈无人相助，形势上十分吃亏。敏捷灵活，此时派不上什么用场，对方穿了重重铠甲，全副武装且皮糙肉厚。她觉得自己的剑刺中了人家好像跟挠了对方痒痒似的，不由得感慨，原来这才是西昭虎狼之师的真正实力。

不过她也没有气馁，一边应对，一边思索着突围之计。终于瞄准一个空隙，飞身而起，先让战马冲撞出去，逼得对方避让，再剑锋一挑，令身边夹击之人不得不稍稍退开。而后趁机准备用轻功脱身，回到马背上。

却不料对方反应也很快，竟然能一边闪身躲开她的剑尖，一边以一个诡异的角度转身回来，反手握住了她的手腕，用力一拎，就像拎小鸡一样，把刚刚腾空而起的她拽了下来。

桑祈只觉身子往后一沉，重重地仰面摔在了地上。

四周爆发起一阵哄笑声，还没等她起身，便有马蹄向她踏来。她赶忙侧身一滚。这边又有另一匹马挡住她的去路。纵使她反应敏捷，连连躲避，还是被马蹄踩了一脚，刚好踩在右手手腕上，不得不下意识地一松手，剑掉在了地上。她急忙要去捡的时候，敌方也有一人下了马，一脚将长剑踢远，而后猥琐地笑着，趁她被马蹄围困，注意力又在剑上之时，从身后抱住了她，将两手从她的肋下穿过，将她架了起来。

桑祈眉心一紧，暗道一声不好。只听耳畔一个粗哑的嗓音阴沉沉地道了句：“将军往哪里跑呀？我们这儿可有好多哥哥等着你呢，要不要哥哥们教教你，什么才叫打架？”伴随而来的，还有一股男子身上的汗臭和口腔中难闻的恶气。

桑祈忍不住反胃，抬肘就给了对方一下，寻找着可以攻击的角度。可惜完全被对方钳制住，没有什么可乘之机。

就在那人哈哈大笑着，准备把她抱到马上，顺手捏了一下她的下巴的时候，她眼角的余光一扫，瞥见一道白光，穿云破霭而来，紧接着连呻吟声都没听见，便见包围自己的外围一个人，径直从马上栽倒下去。

白袍飘飘的晏云之，神祇一般，从天而降，容颜清冷出尘，动作干净利落，犹如行云流水，一招一式都透着从容优雅，下手却招招取人性命。周遭的人还没反应过来，又接连倒了两个。没有了主人的战马惊慌失措，押着桑祈的那个人也怔了怔。

桑祈瞅准时机，身子用力向后一摆，再荡回来，抬脚就是一记飞踹，重重踢在了对方裆部。那人双目圆睁，疼得顿时找不着北。她趁机脱身，还不忘朝他回唾一口，道了句："呸，做你的春秋大梦。"

赶来解围的晏云之挑眉看了她一眼，用目光询问了一句是否安好。

桑祈四下寻觅，捡起自己的剑，抬眸朝他一笑，道了句："谢啦。"

晏云之也淡淡一笑，向站在乱军之中，头盔掉了，脸也弄脏了，笑容却依然坚定而明朗的女子伸出手来，温声道："上来。"

桑祈自己的马不知跑去了哪里，也不推辞，没拿剑的手放到他掌心，一借力便翻身到了他的马背上，顺其自然地揽住他的腰，四下张望，问了句："我的马呢？"

"没看见。"晏云之随便一抬手，一剑刺死了个不要命地扑过来的敌人，有条不紊地道，"边走边找吧。"

身边有他在，即使深处万军之中，桑祈也感到很安然，闻言点点头，稍微靠在他背上休息了一瞬。四周仿佛笼罩了一股与战场格格不入的气氛，喧嚣声随着尘埃落下，复归沉寂。他的披风飞扬，将刀光剑影都隔绝开来，有他在的地方，她便不再有任何危险。

片刻出神后，她突然笑了一声。

"怎么了？"晏云之微微侧头，挑眉问了句，"有什么好笑的事情？"

"没什么。我只是觉得很奇怪，你身上的味道怎么就这么好闻，跟那些臭男人一点都不一样。"桑祈在他背上深吸一口气，唇角含笑道。

晏云之无奈地笑了笑，抽空回手捏了一下她挺翘的鼻翼，假意嗔道："想什么呢？"

身后的人却得寸进尺，不但用力吸吸，还把脸贴到他的披风上蹭了蹭，直到觉得刚才那股被臭气熏染的反胃之感，都被他身上的草木清香带来的清新气息取而代之后才罢休。

然而战场之上，她终究是个将军，不是需要他悉心照料、分神相护的柔弱女子。偷得片刻安宁后，桑祈正好看到自己跑丢的战马，便擦了擦手中利剑，起身，不加留恋道："我去了。"

"嗯。"晏云之淡淡应了一声，温然嘱咐了句，"小心些。"

桑祈朝他一笑，纵身跃下他的马，趁乱穿过人群，来到自己的马上，又策马返回找他，朝他使了一个慧黠的眼色。

二人并肩齐驱，相互照应，剑法配合得默契无间。他正面诱敌，她悄无声息地从背后给予敌人致命一击；抑或她吸引住敌人的围剿，他行云流水的剑术鬼魅一般将万军一一斩落。一路过关斩将，所向披靡，几乎毫不费力，便来到了敌军后方，直面对方主帅。擒贼先擒王，二人不用言语，就有这种默契。

面面相觑，对方领军眸光一荡，唤了声："二小姐。"

桑祈却冷眼相看，一言不发，直接出手。没过多时，在大司马和左将军的带领下，几人合力，擒获对方两员大将后，大燕的兵马获令撤回了城中，主动结束了这场胶着的战斗。

西昭人则似乎是因为这次来的人数众多，觉得根本就用不着攻城器械，冲车高橹都没出动，待到平津城门落下后，便也暂停了进攻。

双方各有伤亡损耗，分别休息整顿。

桑祈将自己带回来的人五花大绑，押到了议事厅。好奇的众将们纷纷赶来，都想听一听这些人通敌叛国的理由。

晏云之解了战袍，端坐在上位，淡漠的目光停留在地上跪着的两个人身上，又看了看桑祈。

桑祈抬手分别指了指二人，介绍道："左边这人名为桑光耀，是我一个远房堂兄。右边的名为李裳，原来是我家的一名仆役，后被父亲看中，培养成将领，留在荒州辅佐。"多的话她也不想说，只用审视的眼神端详着二人，眸光幽深，缄口不言。

屋内的另外几个人开始窃窃私语起来。晏云之轻轻咳了一声，众人立刻闭嘴。然而任他如何审问，二人都死不开口，说什么也不肯说出自己叛逃的始末。甚至不得已，动了刑，也没能撬开二人的嘴。

自始至终，二人始终挺直着腰板，看起来竟然还一副傲骨铮铮、不肯屈服的模样。就在晏云之下令先将二人关押起来的时候，桑光耀才终于肯开口说句话，只道有些话只想与桑祈一个人说。

一时整个房间里的视线都凝聚在桑祈身上，桑祈在这探询的目光中，目不斜视、镇定自若地点了点头。

晏云之便摆手示意大家先退出去，自己也暂时离开，转身带好了门。

议事厅里，只剩下了昔日有过交情的三人。沉寂无声，空气也凝滞了片刻。

桑祈方才站着，这会儿寻了个正面对着二人的位置坐下来，两手交叉而握，冷声道："有什么话，说吧。"

桑光耀被俘以来，说的第二句话，便是一句温和的感慨，像所有亲眷多年再见那样平常，道："桑祈，你长大了。"

桑祈设想过千万次对方会说什么，也没想到会是这句，呼吸一滞，只觉心湖被投下了一颗落石，开始动荡不安。

不用她问，对方自己开口说了下去："你放心，我们没有背叛大燕。"

桑祈只觉这是自己从小到大听过最无耻的一句话了，不由得双眸一瞪，笑出了声来："哈哈……难道你要说，刚才的一切，只是我们所有人共同做的一场噩梦而已，实际上并未真实发生过吗？"

面对她的嘲讽，桑光耀无动于衷，只平静地又重复了一遍："我们没有背叛大燕，只是背弃了桑家嫡系，也就是你。"

他的语气太平常、太冷静，内容却又那么非同寻常，桑祈不由得又是一怔。只听他继续道："桑祈，桑家三代人，为大燕尽职尽忠，浴血沙场。可是朝堂中留下的，却只有嫡系正宗的名字。我们这些旁支，一样在卖命，回报却远远不如付出。没有人为我们歌功颂德，甚至连边境安定之后，我们都不能回到洛京，荣归故里，同你们一起享受荣华富贵，而是还要镇守在荒凉的尧州。"

桑祈不太懂他话里的逻辑，蹙眉道："此话怎讲？即使我出身嫡系，你出身旁支，可我们都姓桑。每一份属于桑氏的荣耀，都是我们共同拥有的啊。"

桑光耀笑笑，摇头道："不，你就是你，我就是我，我们不能混为一谈。我们之间，就像是下品与上品之间，存在着难以逾越的鸿沟。所以就连同一套武学枪法，传授给我们的都有所保留。能够统率桑家所有军队的号令，也只能在嫡系手中，永远到不了我们手里。例如桑公薨殁，桑家的当家只能是桑崇。哪怕他身体残疾、脾气古怪，也远远轮不到我们当家做主。甚至，就算轮得到你一个女子，也轮不到我。这血缘的壁垒，就像铜墙铁壁一般不可撼动。可是，你说得对，我们也姓桑，我们也应当拥有与付出对等的荣誉。桑祈，说白了，在桑家内部，是任人唯亲，而不是任人唯贤。放眼整个大燕，也都是这样的体系。这被世家望族垄断的仕途，也应当改改了。而今，我们要为自己的命运争上一争。”

他是用怎样温和平实的语气，说完这番惊天动地的话语的呢？桑祈听完，徒劳地瞪大眼睛，只觉思绪紊乱，完全不知道该怎么接下去，半晌后才看向一旁一直没说话的李裳，问了句：“你也是这么想的？若说我父亲真是任人唯亲，不是任人唯贤，你作为一个奴籍出身的家生子，能率兵打仗，建功立业，用我父亲传授给你的武艺挥枪与我为敌？”

李裳刚被打了几鞭子，如今微微低眸，嘴唇颤抖，脸色发白，也不知道是出于疼痛，还是出于愧疚，垂着头不说话。

桑祈冷冷一笑，总结了句：“一派胡言。”而后抬手一下一下叩着桌面，沉吟道，“这番话是谁说给你听的？”

桑光耀的表情浮现出一丝若隐若现的惊讶，被她敏锐地捕捉到，于是她对自己的想法更加笃定，继续道：“若说你对自己的待遇感到不满，想要更多功名利禄，我可以理解。可是‘世家望族垄断仕途，该改改了’这句话，不是你能说出来的，定然是有人拿捏了你的心思之后，刻意给你灌输的想法。这个人是谁？”

桑光耀眸光一荡，颜色几番变换，而后才扯动嘴角，轻声哂笑，又道了句：“阿祈，你真的长大了。”

“少废话，是谁？”桑祈冷硬地重复了一遍。

桑光耀却不正面回答，只是与她对视少顷，道了句：“晚了，阿祈，已经来不及了。”

桑祈蹙眉，细细琢磨着他的话，以及最近自己知道的一切为之震惊的消息，突然意识到了什么，猛地一拍桌子，霍然起身，看也没看二人一眼，大步擦过桑光耀身旁便迈了过去，一把拉开门，急切地寻找晏云之。

方才离去的晏云之，已经和其他将领一同清点着此番战役中我方的损失伤亡情况。桑祈叫了两个士兵，先把俘虏的二人关起来后，匆匆赶来，道了句：“坏了。”

院中人不约而同地回眸看她，不太明白什么坏了。

“那二人跑了？”董先念眸光一凛，就要拔刀。

“不是不是。”桑祈刚才一路小跑有点着急，边顺气边断断续续道，“不是他们。”而后拨开人群来到晏云之面前，拉住他的袖子，问道，“你说已经在洛京留了后手，安排好了人，安排的是谁？”

晏云之一挑眉，淡淡道：“我的贴身侍卫白时，还有我兄长带领的私兵。”

“对，兄长！”桑祈赶忙问，“亲哥哥吗，还是旁系的远亲？”

晏云之看她心急火燎的样子，抬抬手示意她先冷静，唇角含笑，从容道：“你去参加兰姬的生辰宴时见过的，我兄长云衾。”

他言罢询问她为何如此焦虑。桑祈担忧地来回搅着衣袖，一股脑儿道：“桑光耀不是主动叛变的。虽然他一直心里有不满，但还没到会自己想出靠造反来表现的地步。他是被人煽动的，以我的推论，这个煽动的人肯定是卓文远。想来，卓文远是深谙这些旁支族系和下品寒门的心理，并且早就计划好了要加以利用。原本你说在洛京留了人，我以为我们不必太有后顾之忧，只要保住太子，很快就能平息这场风波了，如今看来……”

“如今看来，卓文远能把胳膊伸这么长，策反你堂兄，就也能策反我在洛京的人。”晏云之听完，略加思索，问道，“你是想说，这样一来，我们留在洛京的势力，也未必靠得住了？”

“对对对，就是这个意思。”桑祈重重点头，而后面色又沉了几分，道，“还有，我想，与西昭人勾结的也是他。西昭人此番来战，并不是为了占我大燕国土，只是为了吸引我们的注意力，将我们拖住而已。”

桑祈觉得脊背发凉。所有的一切都串成线了，除了不知道父亲到底是否牵扯其中过，其余事件已经真相大白。

卓文远与西昭人相互勾结，先是利用西昭的细作，在洛京营造出一种洛京内部风雨欲来、有人蠢蠢欲动的假象，让各大世家相互猜忌，并趁乱派出自己的死士，到下品寒门和世家望族的旁系中，各家各户拉拢人心。而后再教西昭派兵，大军压境，诱使大燕将大部分兵力集中到远离洛京的边境来。在众将疲于应对西昭的时候，利用空当，一举夺宫。夺宫之后，便用自己先前拉拢的人，帮忙巩固政权。并且，他定然也许给了这些人和西昭人不少好处。

不难想象，许给桑光耀的便是待到新朝建立，安定下来后，令他可以取桑氏正统的地位而代之，实现抱负。许给西昭的，恐怕是他们镇守的这个平津城，以及早就沦陷的茨城以北一带。

现在，他几乎就要成功了。除却太子意外失踪和平津城久攻不下这两件没有按照他预期发展的进行外，距离他宏伟蓝图的实现，仅有一步之遥。

多么历时良久、规模宏大的筹谋！

多么凶险万分、掩藏至深的野心！

桑祈万万不敢想，竟然会有如此深思熟虑之人，设如此伏笔千里之计。

正在这时，又一验证她猜想的消息来了。有一士兵匆匆来报，说城东的瞭望塔楼上，看到东边出现了一支军队，打出来的是甄家的旗号。消失已久的甄永寿也来凑热闹。极有可能被卓文远卖给了西昭的平津城现腹背受敌，危在旦夕。

而对洛京中的一些人来说，境遇又何尝不是如此？

登基称帝后，黄袍加身的卓文远，今日穿了一身暗色黑底的纹金长袍，以莹润的上品白玉束发，正坐在上座，浅笑吟吟。虽说当了皇帝，还是谋权篡位的皇帝，看上去除了因着身份服饰稍微多了几许端正，依然是往时那副随和亲切、温润如玉的样子。反倒是屋里其他人显得特别局促不安。

年轻的帝王轻轻呷了口茶，道了句：“诸位请随意，无须拘谨。”

在座的人你看看我，我看看你，才有人尴尬地拿起了茶杯，年纪不大，手却是颤颤巍巍的。

“朕今日请诸君前来一叙，不为旁的，只是觉得尔等乃有真才实学之人，却埋没于市井，实在可惜。眼下新朝伊始，正是用人之际，朝堂多处职位空悬，朕欲拜各位为官，相助于朕，不知尔等可有想法？”卓文远放下茶盏，说完了这番话，后一一扫视在座的人，竟如数家珍，把他们的能力才干和遭遇过的事挨个清晰地道了一遍。

他们大多出身下品寒门，空有才学，却仕途不济，被名门望族压制已久，一听说卓文远要打破朱门世家对上品官职的垄断，难免有人手抖得更厉害，按捺不住内心的激动情绪。当然还有一些人，犹豫着难下决断。

卓文远也不着急胁迫，只命人将拟好的诏令交给他们，让他们想好了之后再拿着诏书进宫来面见自己，而后便教众人散了。

当场有三五个人留了下来，表态接受邀请。

卓文远又同他们聊了一会儿，待到全部人都走了之后，才得以空闲下来，唤了一个内侍进殿，问道：“那几个博士还在外面叫嚷呢？”

内侍答了句：“是。”

卓文远扶额无奈，起身道：“朕去看看。”遂信步来到殿外。只见御阶上站着几个人，都是国子监的博士。当中有教授史学的冯默博士，也有教授箭术的武学博士霍诚。

他走近两步，先给几个博士作了个揖，温声道：“学生这厢失礼了。”

虽说一日为师终身为父，敬重他们乃是寻常礼节，可现如今，他是君，他们是臣，还能自降身段，给他们行礼，算是显出了十足诚意。然而，老博士冯默却完全不给面子，仰着头，连个正眼都不屑施舍。

卓文远也不生气，只是愈显无可奈何，笑叹一声：“您这又是何必？您一直苦于无处施展抱负，只能窝在国子监里做个小小教书先生。如今弟子敬重师长您的才学品行，愿以太史令一职相邀，您非但不肯接受，还把弟子的好心当作驴肝肺是何故？”

“休要乱叫，尔乃不忠不孝的乱臣贼子，老夫可教不出这样的学生。”老博士冷冷地喝了一声，仿佛觉得连跟他说话都会脏了自己似的，边说边往后退了一步。

卓文远挑了挑眉。这几个博士，尤其是以冯默为首的老顽固，实在是太倔了。他已经拉拢了不止一天两天，好话说尽，对方却还是这个态度，就是脾气再好的人耐性也有限。看冯默打定主意不为所动，他便也不想再多耗费精力，无奈地摆了摆手，唤人将冯默送出宫，却单独把霍诚留了下来。

比起冯默来，霍诚要冷静自持得多，平日就不苟言笑、寡言少语的他，只是一如既往地冷着脸，跟在卓文远身后，悄无声息地走着。

“霍博士以前，好像也想做个带兵打仗的将领，而不是窝在国子监，不痛不痒地教那些只嗜好风雅的学生点花拳绣腿吧。”卓文远笑眯眯地道。

“嗯。”霍诚干净利落地接了一声，而后继续沉默。

“朕现在手里不缺兵，可惜缺了几员良将。没有好帅，勇兵也不过是一盘散沙。若你愿意，现在建功立业，也为时不晚。这大将军的位置，弟子可是给你留着呢。”

“陛下为微臣费心了。”霍诚还是痛快地答了一句，态度平平淡淡，没说接受，也没说拒绝。

此人一向如此内敛，表面上看不出任何情绪。卓文远只凭感觉，觉得他内心有所动摇，便露出一个狡猾的微笑，先让他回了。而后自己继续在花园里散着步，迎面遇上了宋佳音。

眼下时局动荡，还没有时间举行封后大典。自从他许诺过一定给她筹备一场隆重程度不亚于前朝开国皇后晏花嫣的册封礼后，就一直疲于处理各种琐事，把她扔在后宫里迟迟没见面。

这会儿宋佳音是主动来找他的。早先被蒙在鼓里，对他和父亲的谋划全然不知情的她，在听闻自家夫君篡位登基的消息后，震惊程度不亚于一无所知的平民百姓。

而短暂的震惊后，随之而来的，是豁然开朗的喜悦。事到如今，她才终于算是明白了父母的苦心。原来，他们并不是把她推入火坑，而是想要给她这世上对于一个女子来说，最尊崇的位置。远比那个被封了左将军，风里来雨里去，和一群有汗臭味儿的男子成天厮混在一起的桑祈要好得多。

想通这一点后，她只觉得自己那股骄傲劲儿又回来了，连看卓文远都比以前顺眼了很多。大燕第一公子算什么，她的夫君也不输任何人嘛，都坐上皇位了。他晏云之呢？成王败寇，如今是个叛军领袖。

少女时，她是洛京第一人；为人妇，她仍是洛京第一人。一身华贵宫装的女子，得意全写在面上。

只是这个人中龙凤的夫君看向她的目光，表面热忱，深处却有几分薄凉，笑问：“今天怎么这么有空，册封大典上用的后冠准备好了？”

“还没。”一提到这个事儿，宋佳音就忍不住想翻白眼，手下那几个女官，审美实在是靠不住，到现在也没弄出个让她满意的设计，用料也都太小家子气。本来为着这事儿，她就够烦心的了，而今来找他，却是为了个更烦心的事儿。她上前一步拉住他的胳膊，扬声问道：“话说，前阵子跟你说过的事，你考虑得怎么样了啊？”

“何事？”卓文远挑眉，上下打量她一番，勾唇魅惑一笑，低语道，“为夫晓得你寂寞难耐，可惜近来政务缠身，实在无力分神相顾。”

宋佳音脸色一白，恼怒地掐了他一下，嗔道：“胡说什么呢，我说的是我兄长！”

“哦……”卓文远玩味地应了一声，语气稍显不耐烦。

“他听说你要派人去平津围剿乱党，正兴致勃勃地主动请缨呢，见你见不着，就总来烦我。一天三趟，我都快被他烦死了，可一点都不寂寞。”宋佳音说着翻了个白眼。她也知道，哥哥这是手痒痒了，一听说能去收拾桑祈和闫琰，简直巴不得马上就出发。

“可是你那个兄长，上得了战场？”脑海中浮现出宋落天那副闲散模样，卓文远不由得苦笑一声，抬手扶额。

“这有什么。”宋佳音虽说也了解自己家哥哥从小就对舞刀弄枪的没兴趣，别说带兵打仗了，就连花拳绣腿也不会。可是在战场上做主帅，不就是挂个名而已？到时候不用他亲自上阵就是了。

她觉得如此再正常不过，不由得扯了扯卓文远的衣袖，道了句：“就这么说定了，反正他在洛京也没什么事做。你就让他去吧，不然我早晚被他烦死。”

说完她就像自己已经帮他下好了决断，没什么可质疑了似的，摆摆手，施施然走了。

卓文远面上的笑容一点一点淡去，望着她的背影，眸底最后一丝温度也凝成了霜。

傍晚宋太傅进宫来与他商议政务，又同他提了一嘴宋落天的话题。

卓文远询问宋太傅是何意见，宋太傅只道：“教他去感受一下也无妨，免得在家游手好闲。毕竟年纪不小了，也到该历练的时候了。”

卓文远便呷着茶浅笑，勾唇道了句：“那便依您的意思办吧。”

宋太傅算是了却一桩心事，点点头，敛袖正色道：“听说你白日里，又召见了国子监那几个老顽固？”

“是。”

“他们又不像世家望族那么有实力，无足挂齿，若不依顺于吾等，杀了便是，何必费力？”宋太傅微微蹙眉，一副对他的所作所为不太满意的样子。

卓文远微微一笑，无奈道：“岳丈大人有所不知，这些人轻易杀不得。新朝伊始，正是急需用人之际。原来的文武百官，多出身名门望族，彼此由于长期联姻，多有亲族关联，相互勾结，一个不服，百个不服。若与他们较量下去，实在太过耗费精力。倒不如趁此机缘扶持些寒门人士，培养成我们自己的势力。这些人怀才不遇已久，若一朝受到器重，自会心怀感激，尽职尽忠。”

“那若是拉不拢呢，比如冯默这种？”宋太傅蹙眉问。

卓文远叹道：“就算拉不拢，我们也不能把这些人怎么样，尤其是国子监这些博士。前朝一直以忠孝礼义治国，尊敬师长的思想在士族之中根深蒂固。冯默等人又恰恰正是朝野之中诸多年轻人的授业恩师。杀了他们，反而会失人心。”

听他所言，似有道理，宋玉承理解了几分，可内心里还是有所不满，带了丝丝厌恶蹙眉，冷哼了一句：“听说你还允诺他们称要改变世家望族对上品官职的垄断，又是何意？要知道，此举意义甚为重大，往深远发展，势必动摇统治根基，后果不堪设想。”

卓文远勾唇一笑，眸光闪了闪，狡黠道：“前朝是怎么亡的，岳丈大人和朕最是心知肚明。荣氏多年孱弱，皇权不稳，不就是因为实权大多落在了我们手里？有此前车之鉴，我们也是时候从各大家族手中，将权力收回来了。朕现在所做的，便是通过扶持一批新贵，来削弱原有贵族的力量。所谓任人唯贤，也不过是个好听的说法罢了。”

看得出来，宋玉承对于他这番加强皇权的举措心中有所忌惮，卓文远言罢，又话锋一转，温声浅笑，安慰了句：“不过岳丈大人大可放心，您宋家的地位是任何人都不可撼动的。皇族和后族一同强盛，才是卓宋两家的共生之道。”

宋玉承表情无波，眼色几番变换，终究啜了口茶，附和着笑笑，没再多说什么。

入夜，洛京虽已是初夏，晚风仍有凉意尚存。

冯默只穿了一身中衣，站在院中，对月长叹。距离先皇宾天已逾半月。半个月以来，洛京发生了太多事。

晏相、闫太师等人一直被软禁在宫中，虽说性命无忧，但两家都因此忌惮着，节节被动，不敢妄为。而失踪已久的太子，至今仍然没有下落。

想到这些，他就忍不住眼眶涌出几许湿意，狠狠握紧了拳，怎么也没想到，那谋权篡位之人，竟然是自己教过的学生，还是那么温良如玉、看似人畜无害的一个。再想想曾经被自己看不起的桑祈，也许此时正在遥远的边疆，为了保家卫国而战斗，就更加唏嘘。

正在他感慨自己研读史书研读了大半辈子，依然难辨人心之时，突然听到院中传来一阵异动声响，不由得心中一凛，以为该来的总要来——卓文远派人杀他灭口了。

他遂不动声色地挺直腰板，微微合眸，朗声道了句：“来者大可不必惊扰老夫家眷，要杀要剐，悉听尊便。”

不料一阵风动后，他并没有感受到寒凉的杀意。眼前不知什么时候多了一个黑衣男子，正恭敬地向他作揖，并道了句：“博士，请收拾细软，随在下同行。”

要收监吗？老博士冷冷地看了来人一眼，唾了句：“不敢光明正大行事的卑鄙小人。”也就只能趁着夜色深重，用此肮脏下作的手段了，白日里还要假装是个礼贤下士的好君王的样子，真教人反胃。

对方却一抬眸，微笑道：“博士误会了，在下不是卓氏派来的人，而是晏家的家仆。”说着亮了亮手中的信物。

冯默比方才更意外几分，疑道：“晏家家仆，来寻老夫做什么？可是邀老夫至晏府？”刚想叹而今连一向光明磊落的晏家人，行事都如此小心翼翼了，便听对方解释道：“非也，在下是来带您离开洛京的。烦请您带上亲眷，即刻随在下上路。”

老博士沉吟半晌，将他话语背后的含义猜出了几分，久久无言。

那人恭敬地立着，候了多时，才听他道了句：“已经到了此等地步了吗？”

“晏相和闫公在对方手里，且守备森严，我们多次尝试营救，都未能如愿。如今忌惮此事，不敢与卓家正面交锋，不得已，只能出此下策，暂时离开，保存实力，从长计议。”来人解释完，怕冯默博士还是不能理解事态紧急，特地补充了句，“虽然目前看来，卓氏没有在洛京行使非常手段。可是根据我们的情报，已经有两个荣氏王爷带兵从封地打过来了，也想分一杯羹。不久之后，洛京定然硝烟四起，您留在这里，太过危险。”

“呵……”老博士听完，突兀地笑了笑，一拂袖，昂首道，“国之亡矣，还能如何危险？老夫只恨不能身死殉国，他们来得正好。”他花白的霜鬓随着一阵晚风扬起，欺霜傲雪般凛然无畏。

来者预料到他会这样说，从容一笑，用主人早就准备好的说辞劝道：“您想死倒是容易……”

“你……”老博士双目圆睁，怒斥了句，“无礼！”

那人赶忙解释：“博士莫怪，此话乃是我家七郎所言，他说您若一心求死，以身殉国何其简单，只是没意义。难的是如何活着，如何督导小太子，辅佐他成为一代明君，夺回属于自己的位置。”

“小太子？”冯默肩头一颤，急急问道，“小太子当真如那乱臣贼子所言，在你们手里？”

那人淡淡一笑，没有正面回答。但冯默明白，他既然这么说了，定然不会有假，不由得心生动摇。

那人趁机又强调了句：“留得青山在，后会长有期。”

老博士颤抖着合眸，双拳紧握，纠结一番，长长叹了口气，做出了一个异常艰难的抉择，转身道：“好吧，老夫跟你走。”然而这句话的语气，却不似方才决心慨然赴死之时那般无畏，而是充满了难以名状的落寞。

只一个转身的瞬间，让人觉得他又苍老了许多。

与此同时，另外几户人家，也都有晏家家仆到访。

而小太子荣寻，已经先行一步，在颠簸的马车上，朝着背离洛京的方向，一路远去了。

从小娇生惯养的他，一身稚气，还是个粉雕玉琢的小童子。换下华服霓裳，着了身寻常布衣，打扮成了市井中普通人家孩童的模样。可那点漆般的眼眸，仍能流露出几许清贵与灵气，正警觉地睁着，在夜色中闪烁出明亮的光泽。

白时刚刚小憩了片刻，抬眸见他仍然没睡，不由得微微蹙眉，叹道：“太子殿下可是被颠簸得睡不着？”

小童子身上盖着薄毯，卧在马车一侧，闻言抬眸看他，咬紧下唇，半晌后倔强地道了句：“我不怕颠。”而后死死地闭上眼睛，小眉毛都缩成了一团。

白时被他的样子逗得有些想笑，又笑不出来。

自从把他从皇宫里带出来，这些天来，年幼的太子并不明白发生了什么。只知道父皇母妃都不在身边，一直惶惶不安，担惊受怕。局势比白时预想得要难以应对，夺回皇座暂不可能，审时度势之后，白时只好选择执行备用方案，先带他离开洛京。

临走的时候，小太子牵着他的手，怯生生地问了一句，是不是再也见不到父皇了。他竟然半晌无言，久久答不上来。

在这个漆黑的午夜，偏僻的山路，颠簸的马车里，小太子睡不着，倔强地伪装了好一会儿后，还是不得不坐起身来，往他身边凑了凑，扯着他的衣袖，脸色发白，轻道了句：“白时，我肚子不舒服。”

“属下让马车停一会儿，你下车缓缓。”白时见他一副马上就要吐出来的样子，起身便要叫住车夫，袖口却被一股弱小的力量一拉，小太子掩了掩口，强行将呕吐的冲动压制了下去，面如纸色，却还是道了句：“你不是说，要抓紧时间赶路，否则被人追上来，会有危险吗？我没关系，不用停车，继续走吧。我睡着睡着就好了。”说完又用力闭上了眼睛。

第十五章 离乱风烟里

这边厢，车轮滚滚，继续疾驰而去。

那边厢，有人的马车终于赶到落脚处，可以歇下。

车夫安置好马车后，从车上走下来一个身着白衣、怀抱素琴的姑娘，不施藻饰，未上脂粉，清雅素净，正是战乱后自洛京消失多时的苏解语。

“赶了几十里路，才找着这么一处客栈，小姐且先歇息片刻，明日晨起，小的再去探探前方路况。”车夫驾车已久，疲惫不堪，忍着擦汗的冲动，躬身道。

“吴伯也好生歇着吧。”苏解语颔首应了句，遮上面纱，转身往院内走去。

此番出行，她只带了一个车夫和一个丫鬟，因而未声张，主仆三人时刻谨记低调行事。用最朴素的马车，穿最朴素的布衫。可即使这样，也难掩其倾城绝色。不得已，只要出了马车，这掩面用的厚纱是一刻也不敢摘下来的。

毕竟，今时不同往日，整个大燕怕是再没有一处太平的地界。

小二给她开了最后一间空房，而后便熄灯打烊，自个儿也回去歇下了。

将屋内里里外外检查一番，确认无虞后，苏解语的贴身丫鬟席笙摇了摇空空如也的茶壶，推门道：“婢子去打些热水来，请小姐稍候片刻。”

“嗯。”苏解语在椅子上坐了下来，只觉全身疲惫，酸胀不已，揉着肩膀叮嘱道，“多打些，做沐浴之用。”

“是。”

席笙领命而去，过会儿回来，却蹙眉放下茶壶道：“店家准备的水不多，婢子去要的时候，最后一桶刚刚被对门的住客提走。要不……小姐您先将就将就？”

言罢她叹了口气，将茶壶放了下来，里面亦是一滴水也没有。

天气又干又闷，出汗浸湿了衣衫本就难受，洗不了澡也就罢了，连擦擦身子，甚至解解渴的水都没有。饶是苏解语出发前做了再充分的心理准备，也难免要叹息一声，有种深深的无力之感。

按计划，原本他们应该同晏云之带领的大军走一样的路线，沿着洛水河南岸一路西行，可那条路早已走不通。且不说淮阳王带的兵正沿途一路向东推进，再往前，还有甄永寿的队伍拦路。不得已，他们只好迂回一番，绕远朝南多走了一段，图个安稳。

没想到这边也不安生。打从过了年，一滴雨也没有下，如今田地大旱，不但江河断流，连井水都快见底。因着水源紧缺，住店打尖，都要多花不少银子。可这花了银子还没有水，着实教人无语。

“罢了，帮我拿块帕子来吧。”苏解语无奈道。

席笙应下，刚要去拿，忽然听到了敲门声。打开门一看，正是方才她去取水的时候遇到的称自家主人住在对门的那个小厮。

“我家公子说，既然这是最后一桶水，还是让与二位姑娘为好。”夜深人静，小厮怕打扰其他住客，低声说着，将水桶递了过来。

席笙有几分惊讶，觉得这样受人恩惠似乎有些不妥，但犹豫着回眸看了眼自家小姐后，还是抬手接了，彬彬有礼地作了个揖，道：“恭敬不如从命，那婢子便代我家小姐多谢你家公子。”

小厮微微一笑，拱手而退。

席笙拎了水桶进来，倒进茶壶中一些去煮开，并浸湿了帕子，递过去给苏解语擦汗，低语道：“难得遇到个好人。”遂将方才的事情经过说了一遭。

一路向西，邂逅之人不少，碰到这么有风范的还是第一次。苏解语微微一怔，沉吟半晌，不由得莞尔道：“确是碰到了君子。不过我们也不能白白受人恩惠，你拿个盆来，将水倒出来一半，剩下半桶，再送还于对方吧。”

“是。”席笙应了一声，温顺地照做了。

简单擦洗一番后，天都快亮了，二人疲惫地睡去。

没多时，苏解语便按照往日晨昏定省的时辰醒来，见席笙还在睡，知她是累坏了，便没作声，抱上琴，独自出了房门。

才刚清晨，大地便升腾出了暑气，闷得人发慌。阳光灼热地兜头罩下来，客栈的院子里难寻遮阴处，最是晒人。倒是不远处有一片林荫。她便缓步走了过去，信手起了一段弦，一解心中苦闷。

弦语时而急促嘈杂，时而婉转哀鸣，抒发的是情感上长久以来抑郁不得志的困顿及面对大燕山河即将支离破碎、忧国忧民的悲情。

曲调深沉，几多哀思。曲罢，抚弦的女子潸然泪下，素指压在弦上，良久无言。

本没有风吹过，却听林间传来一阵沙沙声响。

匆忙回神，她的第一反应是将面纱遮好，而后才抬眼望去。只见前方不远处，走来了一个人，看衣袍像是一个年轻男子。

值此多事之秋，她打算起身避让，以免惹祸上身。然而还没来得及走，却见对方先停了脚步，驻足在一棵老树下，止步不前，开口道了句："独自莫抚弦，无限江山，别时容易见时难……在下原以为抚琴的是一位故友，多有失礼，还望恕罪。"

隔着粗壮的树干，只看得到他衣袍的一角夹杂在树影斑驳里。他的声音有些低沉，却不粗哑，好似一阵穿过林间的清风，徐徐而来，叩响了轻盈的玉珰，发出金石悦耳的嗡鸣声。

苏解语不知怎的，又鬼使神差地坐了回去，踟蹰半晌，回应道："公子既能听懂此曲，想必亦是忧思之人。"

"算是吧。"对方沉默半晌后，模棱两可地道。

苏解语眸光微动，怅然道，"小女无德无能，无力挽救家国，不知公子可有此志？"

听声音，对方好像是抬手摘下一片树叶在把玩，思忖片刻，反问了句："在下却不知，德为何，志又为何？"

"不负众信方为德，不忘初心方为志。"苏解语从容作答道。

便听对方轻笑了一声。

半晌后，那树后的男子负手而立，望了望万里无云的高天，叹道："只可惜，吾所愿，与众人信，未必同一。不过姑娘的话，在下还是受教了。此处不宜久留，姑娘独自在外，多有危险，还是早些回去吧。"说完转身信步离去。

苏解语也跟着仰头看了看天，便也站起身来，抱上琴，待到那男子走远后，缓步回到店中。

一进客栈的院子，便见到许多人聚集在院里，焦躁不安地交头接耳。环顾一圈，不见方才那抹玄色衣袍的影子。

许不是住在店里的客人吧？或者，根本没有遇到过这个人，只是自己迷失林间，偶遇了林间精灵，一时产生的错觉。她如是想着，自嘲地笑笑，寻到了自家车夫，问道：“吴伯，前方官道可能行进了？”

车夫连连摇头，无奈道：“小的刚跟人打听过，前方几乎所有往西边去的路都封了，不让西行啊。眼下我们要么继续绕路，要么只能打道回府，留在此处，恐怕也不是长久之计。”

而后他左顾右盼，寻了个偏僻的地方，擦擦汗，对她详细地解释了一番自己调查的结果。

原来平津战事吃紧，现如今谁也不愿往那边去。继续绕路的话，即使能到，一来不知道要拖到何时，二来沿途的补给也会愈发成问题。并且，现在待的地方，不久后也要危险了。继淮阳王之后，南边的濮阳王也领兵进京，此地正在这支队伍的必经之路。

一股脑儿说完这些，车夫颇为难地道：“听说各大世族都在准备南迁，断了联络已久，不知道老爷和夫人是否也已离开洛京。如今我们进也不是，留也不是，退又不知道往哪里退，真是进退维谷。”

与他的急躁相比，苏解语倒是显得很平静，安安静静将处境了解完后，从容道了句：“无妨，我们继续西行。若是进不了城，走不了官道，绕路前进就是。”

看来此次自家小姐是打定了主意。没想到平日她看起来温婉柔和、端庄娴雅，骨子里却是如此执拗。要不也不至于混乱伊始，丢下封书信便出了城，一路坚定不移地要到平津去了。自知多说无益，吴伯只得叹着气去套马车，顺便跟人打听如何才能继续往平津走。

席笙这会儿也收拾好东西下来了，与她一同在客栈大堂的角落里候着，少顷，突然凑近她，压低声音道：“小姐，方才那位，就是昨日让水给我们的公子。”

苏解语闻声抬眸看去，只见席笙用眼神示意的那个男子已经走出客栈大门。一闪而过的，正是方才在树林中瞥得的那件衣衫一角。不由得唇角浮现了一抹淡淡的笑意，不知怎的，恍然涌现一丝心里某种预感应验了的踏实感，“果然是他”，同时又带了些许迷惑，不知道在这乱世，像他这样温润端方的谦谦君子，心中之志，又究竟为何呢？

只可惜对方已经毫不犹豫地上了马车启程，这兵荒马乱年代里的匆匆一遇，恐怕再难相会。

很快，车夫向店小二打听了一条可以绕开被封锁的城池和官道，往平津去的路。苏解语一行继续上路。崎岖的山路，险阻难行，沿途一处人家也没有，别说茶铺，就连水井也难找到一口。而曾经从山上蜿蜒流下的小溪，已然干涸。

天气闷热，马车行进得又慢，带不起风来，主仆三人都很难受。

车夫吴伯不停地用毛巾擦着汗，席笙则一边给苏解语打着扇，一边也时不时地抬袖擦一擦额角。

“不必为我扇风了，你歇息一会儿吧。”苏解语微微抬眸，见席笙额头上隐约可见一层细密的汗珠，缓声开口道。

“是。”席笙应了下来，放下蒲扇，退远了些。这样隔开距离，还能更凉爽几分。

可是一会儿不扇风，苏解语也出了几滴香汗。

席笙眼明手快地递了帕子来，低叹道：“要是有点热茶喝就好了。”说着她舔了舔干燥的唇瓣。

话音刚落，忽听外面吴伯兴奋地喊了一句：“小姐，前面有处棚子，看样子好像是个茶棚，我们过去歇歇？”

这样偏僻的路上，竟然还能遇到茶棚，苏解语略感意外，挑帘向外看去。只见不远处有一个简陋的凉棚，上面果然飘着写有“茶”字的酒旗。虽说对这种干旱年景，她对茶棚还能不能经营不抱太大希望，但有个盼头总是好的。于是她温然一笑，道了声：“去看看。”

车夫便加快速度，一路赶到茶棚处，只见棚子里坐着两三个人，正在纳凉，面前的杯中闪烁着晶莹的水泽。他心头一喜，赶忙叫自家小姐和席笙下车。

席笙也是口渴坏了，刚要挑帘而出，忽然被苏解语拉了一下，递给她一块面纱，示意她戴好，压低声音道：“凡事小心为好。”

而后自己挑开车帘观察了一下，只见茶棚里的三个人中有两个也是歇脚的旅人，从穿着上来看似是商贾，旁边停着的，想来是二人的马车，马儿吃饱了草料，一动不动，正在打盹。另外一个则是茶棚的主人，一见有人来，笑眯眯地把毛巾往脖子上一甩便拱手走了过来，热情道：“客官快过来歇歇脚，要热茶还是凉茶？”

说话声引起了两个商人模样男子的注意。二人也往他们所在的方向瞥了一眼，但只一眼后，就若无其事地转了回去，继续聊起了私事。

似乎一切都很正常，没有什么异样。苏解语这才和席笙一同戴好面纱，下了马车。

吴伯将马车安置好，拧了拧毛巾上的汗，抬手遮挡着太阳光，叹道：“大旱的天儿，幸亏有你这棚子。”

“哈哈，渴坏了吧？”浓眉大眼的小哥接着话茬儿道，“亏得家中有一口水井，永不枯干，即使是天下大旱的年景里，也能打上来水喝。平日里也就是口普通的水井，真到了灾年，可就是宝贝咯。听我祖爷爷说，他小时候啊，有一年比现在还旱，那简直是寸草不生，连最耐旱的作物都枯死了。村民们喝不上水，渴死了好多人。幸亏家里守着这口井，祖爷爷才能活下来，才有了我。”

小哥边讲着传奇故事，边张罗叫他们进棚子里坐，嘟囔着家里也没什么别的营生，日子其实挺不好过。而今正好能指着这口井赚点银两，所以大热的天，自己才不辞辛劳地出来开茶棚。连开在这种偏远之处的原因都说了出来，只道是知道现在官道不好走，特地跑到这儿来守着过路的商贾的。

大约是因为路上实在人少，小哥独自一人待久了，闷得慌。话匣子一打开，人就特别啰唆。但细细听来，觉得他说的话逻辑通顺，衔接有序，都还挺有道理。苏解语心里还揣了的那几分隐忧，渐渐也打消了疑虑，安心地带着席笙进到茶棚坐下，要了一壶热茶。

“好了您哪，马上就上！”小哥甩着毛巾，笑眯眯地转身去棚子后面的茶炉烧水。

这时，原本在茶棚里的两个商人有意向吴伯搭话，问道：“看方向，你们也是往前线去的？”

吴伯回答之前特地看了苏解语一眼，用眼神询问该不该回答。见苏解语没有阻止，方才接道：“是啊。”

对方便开始感慨道不好走、生意不好做之类，和吴伯攀谈了起来。闲闲聊了两句，茶端了上来。平日里即使在洛京最好的茶楼，点最好的茶叶，也不过十两银子一壶。而今这一壶放在洛京任何一家茶楼他们都不会看上一眼的，最普通的茶叶都要五两银子。这两桌茶水卖出去，赚的钱都够一户普通农家一整年过活了。

苏解语不由得心中感叹，也不知这样算不算是趁火打劫。然物以稀为贵，而今水源乃有市无价之物，就是人家漫天要价也只能忍了。但求能早些赶到水源充沛的平津就好。

席笙拿起茶壶，给苏解语、吴伯和自己都倒了水后，动作娴熟地将茶碗递给二人。虽然其间没有使用敬语，但精明的人一眼就能看出来，她的一举手一投足之中不经意流露出来的，乃是大户人家的仆役长久以来养成的习惯。包括喝茶这件事，明明三碗都倒好了，还要等苏解语带头先喝，其他两人才能动，这种小细节亦然。

商人之中的一个不由得挑眉，疑道："二位小姐怎么会在这种时候出门，路途危险，也没多带几个护卫？"

席笙动作一僵，警觉地看向苏解语。苏解语本是背对着二人的，闻言眼眸也起了些许涟漪，放下茶碗后，却是从容不迫地微微转头，淡笑道："二位叔叔见笑了，我和妹妹哪里是什么小姐，不过是商贾之家的孩子罢了。这不，先前父亲变卖了家产，打算去洛京做一笔大生意，妹妹和我也想跟着去见见大市面。结果赶上战乱，铺子被砸毁，本钱全赔了不说，父亲还被官兵误杀。我姐妹二人而今，正着急回家找兄长呢。"

这套说辞，是她出于安全考虑，早就准备好的。一路上和席笙二人都穿缟素，也是为了符合刚刚死了父亲的设定。她的话里主要想表达这样两层含义：第一，我也是普通人家的孩子，而且家里现在没钱；第二，虽然现在我没带护卫，但是家里有兄长可以依靠，若是想惹我也没那么容易。

两个商人互相对视一眼，附和着感慨了句世道真乱，姐妹二人年纪轻轻的不容易。

苏解语淡淡一笑，颔首表示了一下谢意。

一碗热茶下肚，觉得舒爽了很多，棚子里又难得阴凉，吴伯打了个哈欠，生出了几许倦意。他本想坚持住，可越来越困，实在是撑不住了，想着等会儿还有好远的路要赶，下一次休息还不知是什么时候，这儿的小哥看起来又很可靠的样子，应该休息一会儿也没事，便揉着眼睛对她道："小……姑娘，我这昨晚没睡好，有点累，先眯一会儿，你们等下要走的时候再叫我，如何？”

苏解语稍加思忖，也觉得他要是太困倦，打不起精神来的话，待会儿赶路怕是有危险，便点了点头，笑道：“辛苦您了，您先睡会儿吧，我和妹妹再喝碗茶。”

吴伯获了恩准，哈欠连天地在长凳上躺了下来，头刚刚枕上胳膊就睡着了。

苏解语这个时候还完全没有做他想。毕竟，在崎岖坎坷的山路上驾车了一上午，觉得疲乏倦怠，也是人之常情。

吴伯睡着后，她和席笙还怡然自得地喝了一碗茶。小哥又热情地过来一次，帮她们添了水。

然而，她没有留意到的是，在这次添水之前，她身后的那两个“偶然到此落脚的商贾”和“热情的店家小哥”之间，悄悄进行了一次眼神交换。若她背后有一双眼睛，自然能看到这个眼神中显露无遗的恶意，可惜唯一一个正面对着两个商贾的吴伯睡得正香。

待到她自己也觉得困意袭来，身体感到异样的时候，已经一切都来不及了。眼前一阵模糊，察觉到不对劲的苏解语抬手，刚想拉住席笙，可是话都没说完，胳膊便无力地滑落，擦着对方的袖角坠了下去。整个人也摇摇晃晃地向桌子上倒去。

“小姐！”此时此刻也忘了什么身份掩饰，席笙一着急，脱口而出唤了一句，立刻想去扶她起来。可是下一瞬，自己也一阵眩晕，摇摇欲坠。记得的最后一件事，便是自己死命地想去拉住苏解语，可五指再怎么挣扎，就是不能往前挪动，哪怕只是一丁点。只觉得苏解语的衣袖明明离自己那么近，又是那么远。终于，最后一丝指尖上透过来的阳光也消失后，眼前一片金星，失去了意识。

待到二人完全一动不动了，那两个“商贾”起身，走到两个姑娘身侧查看了一番，挤眉弄眼地看了店家小哥一眼。

店家小哥也卸下了热情的面具，冷笑了一声：“一群笨蛋。”说完不屑地一抬脚，狠狠踹了一下吴伯躺的长凳，吴伯骨碌碌从凳子上滚了下去，仍然沉睡着，一声不响，像个滚落的冬瓜。

两个“商贾”分别将苏解语和席笙拦腰抱起，动作粗鲁地像是扔沙袋一样，扔到了早就停好的那驾马车里，落下了车帘。其中一个人扔完，单腿跨在车辕上，眯眼瞧着两个身段婀娜的妙龄女子，不由得吸了吸鼻子，道了声：“看这两个妞身材不错，不知道长得如何，一直戴着面纱，不会是奇丑无比不敢见人吧？”

“我看不像，许是长得太好看了，不放心给你这种淫贼看。”另一个人白了他一眼，摆摆手走了，对这两个姑娘的相貌没有太大兴趣，只着急拿上东西，赶紧驾车离开。

“哎，我跟你打个赌怎么样？赌左边这个姑娘比右边那个好看。”车上那人却兴致勃勃，嘿嘿一笑，朝后面的人喊道。

“赌就赌，先说好，要是你输了，这一票赚的钱可都归我。”

“成成成，你个财迷。”

“有脸说我，你个色鬼。”

二人呛了两句，先提出要看看两个姑娘面容的那个一抬腿，迈到车上，搓搓手，奸笑着掀开了苏解语和席笙的面纱。这一掀不要紧，不由得倒吸了一口凉气。

“喂，有没有结果啊？你那份钱倒是归不归我？”后面的人看他半天没动静，叫嚷了一句。可同伴还是没答话。

“有那么纠结吗？”后面的人一皱眉，干脆自个儿凑上前来看，结果瞠目结舌，也说不出话来了。

他本不是贪图美色之人，甚至一直以来，都很看不起这个一看见美人就走不动道的同伴。认为好色和贪杯一样，都是耽误赚钱的恶习，万万沾染不得。然而，在看到车上两名少女的真容的一瞬间，他却前所未有地第一次理解了自己的同伴。觉得自己从前之所以不好这一口，大概是因为从来就没有见过真正的美人吧。

车内的两个素衫女子，无一不是人间绝色。左边的这一个，肤如凝脂，毫无瑕疵，只消看上一眼，就能想象得到，若是手指抚摸上去，该是怎样柔滑细腻的触感，一定令人不舍流连。面颊两侧莹白的肌肤透出一层暧昧的粉红，宛如春桃，不胜夏暑，微垂低赧的娇羞。刚刚喝饱了水的樱唇，也褪去干涩，显露出盈泽水润的亮色来，诱得人忍不住想要凑上前细细品鉴。虽然她合着眼帘，看不见那娇花映水的双眸，可宁静修长的卷睫和眼角那一点风情万种的美人痣，却不动声色地又为她的妩媚娇颜添上了浓墨重彩的一笔。

美人的衣衫紧拢，对这两个垂涎不已的男人来说，却丝毫构不成障碍。正在后来的这名男子欣赏得出神，不由自主地咽了咽口水的时候，他那同伴早有行动，大掌已经不安分地抚上了美人的胸口。

睡梦中的席笙感觉到一阵疼痛，微微蹙眉，长睫颤动，轻启檀口，贝齿咬住了下唇，发出一丝丝不愉快的闷哼。听在满心邪念的人耳朵里，端的是娇媚入骨。按捺不住的男人，口水都要流下来了，暗骂了一句就想脱裤子。一手解着腰带，一手不忘拉扯着美人的衣襟，顺便够意思地对同伴道了句，“老子忍不住了，我先来，等会儿旁边这个留给你。”

右边的这个姑娘，当然也很美。如不然，他那好色的同伴，也不会在关于哪个更漂亮的这个命题上，迟迟难作决断。但不同的是，这名女子美得颇有仙气，一看就出身高贵，且腹有才学，其气自华。娇则娇矣，却有种高雅淡泊、难以亲近、不似人间尤物之感。如果说左边的姑娘是朵娇艳欲滴的芍药，让人忍不住采撷的话，右边这位就像是深谷中的一朵幽兰，孤芳自赏，慕名而来的人也只能在悬崖峭壁上，遥遥地看上一眼，舍不得去破坏她的美。

他嘴上唾着：“呸，你个急色鬼。悠着点啊，我等会儿再来。”心里却也痒痒得很。

他前脚刚走，后脚车帘就被放了下来。留在马车上的男子将苏解语往里推一推，就粗暴地撕开了席笙的衣衫。然而，就在他准备提枪上阵的时候，突然听到外面的同伴在急切地叫自己。好事刚要进行，此人懊恼不已，狠狠地在席笙的胸口捏了一把之后，才不情不愿地提着裤子退出来，皱眉道：“怎么了？”

“让你不快点，有人来了。”留守在外面的人骂了一句。

只见店小二已经匆匆跑回来，正把昏睡在地上的吴伯往一旁的草丛里拖，火急火燎地叫他搭把手。

“呸，这事儿能快吗！”他不悦地系好裤带，把来人的祖宗十八代都骂了个遍，才和同伴一同收整起来。

等远处来的马车赶到的时候，一切又已经恢复成了苏解语他们来时见到的模样。不同的只是，多了一驾马车。因着马车上已经有“货”了，来人又带了几个侍卫，看起来不太好招惹。三人并不想继续出手，只想着快点打发他们走算了。

小二道了句茶刚刚卖完，边说边一脸歉意地指了指那对“商贾”。马车上下来的玄袍男子却好像没听见一般，径自走到茶棚里坐了下来，淡淡应道：“哦，没关系，我们就歇歇脚。”说着召唤自己带的几个人都进来坐。

看他一行两辆马车，还带了几个骑马的随从，每个人都配有刀剑在身。两个商贾面面相觑，都有点紧张，只盼望着千万别出什么差错，赶紧把这几尊大佛轰走。

玄袍男子则不急不躁，安静地坐了一会儿，突然指了指苏家的马车，开口问：“店中原来只有一桌客人，缘何会有两驾马车在此？”

他声线低沉优雅，问的语气也不像是质问。但三个做贼心虚的人心里却是同时咯噔一下，暗道不好，怕是露出了马脚。好色的那个男子比较机灵一些，干笑道：“这位公子误会了，虽然我们两个人坐在一桌，却原本是不认识的。只是一聊天，发现是同乡，才坐到了一起。”

“哦。”玄袍男子点了点头。

两个人稍微松了口气。可看他若有所思地起身到处走，打量着茶棚里的各种痕迹的时候，又难免提心吊胆，视线一直追随着他的衣摆。

不一会儿，那身量颀长、剑眉星目的俊朗公子，又不解地指着草地上留下的拖拽过重物的压痕，问了句：“你们车上运送的可是什么大型货物？”

两个男子动作一顿，半晌后才嘴角抽搐着应道：“是啊。”

“能不能让在下看看。”玄袍男子抖抖衣袖，温声道，“在下要去的地方物资紧缺，你们手头的东西，说不定正是在下所需。”

“这……”二人面露难色，尴尬道，“我们的货已经有人事先定下了，呵呵，怕是不能如公子所愿。”

“哦？”玄袍男子微微蹙眉，对这异口同声的反应感到不解，“二位分明不相识，却回答得如此有默契，还说‘我们’？”

“……哈哈哈，那当然是因为我们刚才已经聊过，就知道了啊。”二人勾肩搭背，笑得有点不自然，互相使了个颜色，当中一个先起身道，“时候不早，我也该走了，二位兄台，来日再会。”说着一拱手，上了有苏解语和席笙在的那驾马车便要离去。

马车又一摇晃，苏解语的意识终于从一片混沌之中清醒了几分，努力张开眼眸，只见自己在一个陌生的地方，身边的席笙衣衫尽褪，面色红得十分不自然。不由得心下一凛，赶忙想要叫醒她。

然而，能睁开眼睛已经是很勉强了，胳膊依然觉得软绵绵的抬不起来，全身都没有力气。她只能徒劳地颤动着手指，耳边听得到隐约传来的说话声，好像有很多人。她不知道自己是否还在茶棚边，外头的人又是否是刚才那些人的同党。

可事到如今，搏上一搏，总比坐以待毙的好。

于是她一咬牙，拼尽全力，使劲在马车内壁上捶了两下。而后便身子一软，又眼皮一阵沉重，无可奈何地再次昏了过去。

本来拳脚就没什么力气，这两下捶的声音更是被说话声和马蹄声盖了过去。可恰好在这时候，玄袍男子一转头，留意到了马车那一下轻微的、不正常的摇晃，微微蹙眉，在那人还没来得及离去之前，沉声唤了句："等一下。"

店家小哥喝了声："不好！"当即从桌子下方抽出了雪亮的刀。

几个侍卫的佩刀同时出鞘。

待到苏解语再醒来的时候，从隐约透进来的光线可以感觉到，天色已经暗了下来。马车一动不动地停着，席笙还在她身边，也已经醒了，正蜷缩在角落里，空洞地瞪大了眼睛，拢紧衣衫，瑟瑟发抖。

苏解语动了动，感觉身上力气恢复了些，便凑近点，唤了声："席笙……"席笙咬紧下唇，没等她说下面的话就匆匆摇头，轻声道了句："小姐，我没事。"看得出有几分故作坚强。

苏解语叹了口气，本想早些带她离开这伤心地，却听着外头传来的激烈打斗声，一时又不敢轻举妄动。而外面的人，则似乎在打斗的间隙中听到了车内的响动。一个人在嘈杂的背景音中沉稳地向她们走来。

席笙的眼神明显一慌，而那脚步声只走近几步，便停了下来，接着传来一个男子低沉舒缓的声音，温文尔雅，道："二位姑娘放心，歹人已经被在下的侍卫制伏，你们安全了。"

苏解语和席笙对视一眼，席笙明显一副不太相信的样子，苏解语却觉着这个声音有几分耳熟，拍拍她的手，示意她放心，开口试着问了句："外头的，可是早上在客栈与小女有过一曲之缘的那位公子？"

玄袍公子闻言一怔，嘴角渐渐浮起一丝笑意，叹道："真是人生无处不相逢。"

又听了一句，确认是他后，苏解语终于感觉到紧绷的心安定了下来，而后又扬声，略显愧疚地道了句："多谢公子相助，小女这会儿怕是不方便相见，还望公子海涵。"

玄袍公子只道是无妨，自己并不介意。而后二人隔着车帘，又说了几句话。在苏解语的询问下，玄袍公子同她解释了，原来这几个人是专门在这里伴装成店家与过客的人贩，目的便是引人上钩，放松警惕后，通过在茶水里下药，迷倒路人，而后分门别类地将其估价出售。女子的话，按照姿色，有的卖到有钱人家做小妾，有的卖给青楼，有的卖给正在打仗的军队做军妓。男子的话则看年龄，如果年轻一些的，或是卖给有钱人家，代替那户的壮丁应付征兵，或是直接卖到西昭做奴隶。年纪比较大，无处可卖的，便干脆就地杀掉。而后他遗憾地告诉她，吴伯已经惨遭毒手，刚刚他的部下在茶棚后面不远处发现了老仆的尸体。

听完他讲的来龙去脉，苏解语不由得感到有些后怕，脊背隐隐发凉。原来这只是一整个系列人口贩卖当中的一个环节，就连早上给她们指路的那个客栈小二，都是其中一分子。这些人在这儿守株待兔不止一天两天了，还不知有多少人遭过他们的毒手。要不是玄袍公子及时出现，恐怕自己和席笙也早就被卖掉了吧。

见她久久没说话，玄袍公子以为自己吓坏了小姑娘，便放松语调，温声道："这些人早有预谋，且演技精湛，难以让人抓住把柄，也不能怪姑娘掉以轻心。便是在下，若不是因为他们没有及时将你二人送走而出现破绽，怕也是分辨不出的。"

苏解语叹了一口气，蹙眉摇头，无奈道："小女子向来自诩聪明，没想到竟险些在这些愚民手里栽了大跟头，都怪自己，太容易轻信于人。"

从早上的琴声和说话的时候温婉娴雅的语气，不难判断所遇女子是个养在深闺的大家闺秀，玄袍公子不由得笑了笑："世事险恶，姑娘自小养尊处优，无法了解这世上的阴暗面也是正常。如果可能，永远不了解才是最好。"

言罢，他感觉二人不像是要回家的样子，不禁多嘴问了一句："在下冒昧问一句，姑娘究竟想要去往何方？"

吴伯已经死了，前路还不知道会遇到多少像这次这样，甚至更可怕的危险。苏解语面对这个问题，第一次产生了动摇。可是半晌后，还是轻吟了一句："去平津。"

玄袍公子皱了皱眉，"平津？为何要去那里？那是西昭与我大燕交战的最前线。"

"因为有重要的朋友在那里。"苏解语淡声道，"今生最为珍惜的友人，就在那战火纷飞的前线上。若是公子的话，又会作何选择，是继续西行，还是掉头折返？"

玄袍公子眸光微动，沉默片刻，道了句："既然如此，在下还要带走这三个贼人，便先行告退。另外会为姑娘留下两个侍卫，就让他们保护你继续去找那位重要的友人吧。"言罢转身做了一番安排，而后将五花大绑的两个"商贾"和那茶水小二押上了马车，自己则牵了匹马。他上马后，刚要离去，突然又想起来什么，返回苏解语的马车前，稍加沉吟，道："虽然世态炎凉，人心险恶，这一路上还不知道会遇到多少坏人。望姑娘不要灰心气馁，还能一直保有相信他人的能力。"声线沉缓中，自流露出一股坚实温暖的力量。

苏解语闻言有些意外，合眸，漾出一湾清浅的笑意，颔首道："多谢公子提点。公子的大恩，小女今生无以为报。若有来世，愿结草衔环以报。"

"在下专门为这些歹人而来，顺便相助，举手之劳，不足挂齿。"玄袍公子转身策马离去，最后轻声道了句，"只愿姑娘能早日与友人一见。"而后回眸望了望西边，日头正在缓缓沉下，夕阳的余晖将天幕染成了一片血光浓烈的红。让人恍惚间有种错觉，以为那就是平津城燃起的冲天战火。

今生最为珍惜的友人啊。他又何尝不是时时挂念着那天边的友人，渴望着早日与她再次相见呢？可再见之日，却是那般遥遥无期。那时，她应该已经成为别人的妻子了吧？自己对她而言，终究只是生命里的匆匆过客。她又怎么会知道，那惊鸿一瞥的短暂相处，在他心里留下的雪泥鸿爪。

对她的牵挂，可会随着战火的烧尽，一同烟消云散吗？他只容许自己伤感了一瞬，便坚定地一扬鞭，道了声："走吧。"

玄色衣摆在火红的层云下逐渐远去，拉落了夜色的帷幕。苏解语坐在马车中，隔着布帘，保持着目送的姿势很久很久。收整一番后，她的马车也沿着颠簸的山路，孤零零地继续向平津的方向驶去。

这是普普通通的六月的一天，与历史上每一个日子一样平凡，又动荡得那么轰轰烈烈。

被她的马车远远甩在身后的洛京，原来上层官员中，都是出身名门望族的世家公子，家族也多数不服卓文远的统治。民心所向一直在荣氏这边，期待着小太子的归来。

可自从卓文远开始了大规模的更换清洗运动，将他们"请"下台，扶持寒门出身的士子上位后，朝野里站在他这边的人逐渐多了起来。洛京的人心所向，也在逐渐向他的方向倾斜。许多人都在传言，卓文远是个开明贤德的好皇帝，仿佛因着几个寒门士子的上位，看到了被门阀士族垄断的仕途那坚不可摧的围墙裂开了一条缝隙，自己的未来也因此变得光明起来。

晏家的私兵忌惮着晏相在对方手里，束手束脚，被打得节节败退，如今已经离洛京城百余里。

然而，就在卓文远这边的形势一片大好的时候，严桦站了出来。写诗，作歌，日日在自家屋顶上放声长啸。

他不羁的长发飘着，一身缟素，这一次是为国殇哀悼。歌中唱着对豺狼与恶犬的抨击，以及对为了功名利禄弃信义与道德于不顾的士子的不齿。

就算你们上位了，也不过是为虎作伥的小人，难道能得到一生清名，后人歌颂？没有了气节，对于一个读书人来说，又剩下了什么？今天你可以背叛故国，明天就可以出卖家眷友人。口口声声说着自己是君子的那些人啊，你们的傲骨哪里去了？

这一次，特立独行、放浪疏狂的严三郎，将他高傲的白眼投向了整个洛京。

往昔他就有不少追随者，严家三郎的名号说出去，立刻一片肃然起敬。自从他上次在桑府外跪地不起，恳请桑崇出山带兵，匡扶社稷之举后，对洛京有识之士的影响力更不一般。

人们都知道，他是真正关心大燕、关心百姓的人，能够值得人们尊敬，并不只是因为出身和姓氏。一来二去地，又有不少原来已经接受了卓文远邀请的人，产生了动摇。

可卓文远又一时奈何不了他，只得摇头，苦笑着在自己的棋盘上再落一子。

平津城里，清早刚起床的桑祈，听说有飞鸽传书送来了洛京的消息，连衣服都没来得及穿好，匆匆将带子一系，抹了把脸，就跑到晏云之处，一拍桌子，焦急地凑上前看，问道："怎么样？怎么样？"

却说她虽然混在男人堆里已久，对自己的形象也向来还算在意。每天也像万千少女一样，按部就班地臭美，要先对镜贴花黄，打扮一番再妆容清新地出现，因而被下属们戏称为兵荒马乱中一道亮丽的风景。而今虽然不施粉黛，人也是美的，却披头散发地没了形象，一屋子的人看她衣袂带风地跑进来，都不同程度抽了抽嘴角。

晏云之无语地抬手，在她额头上轻弹了一下，把她推远些，以免俩人撞上，从容地将信笺折好，道："不太好。如你所料，果然我留在洛京的私兵，也发生了内讧。"

桑祈秀眉一立，又拍了下桌子，刚想说"看吧看吧，我说什么来着"，就听晏云之继续道："不过好在，已经被我兄长镇压了，只是现在不能在洛京与他们硬碰硬，不得已，正准备南迁。"

“南迁？去哪里？”桑祈疑惑地问。

“原本我就做过这样的打算，如果洛京守不住，便让兄长带着太子来平津与我们会合。可而今有甄永寿拦路，濮阳王作乱，来平津的路途太过凶险，而且平津城恐怕也守不了多久了。我准备让他们去旧都临安，我们再去那里同他们会合。”晏云之收好信笺后，悠然抬手，在地图上一指，道，“那里前有白马河，后依乌山，地理位置优越，比较安全。”

尽管现今形势，与他当初预判相比，出现了很多意想不到的偏差，可面对这些意外，他也能镇定自如地应对，不慌不忙，冷静地在第一时间做出调整。能够做到应变如此之快，除了对大燕地形地貌、风土人情有精准的把握，还要有渊博的智慧和强大的自信。近一年来，他也在无数次对战中，用自己的英明决策充分体现了这些能力。

自然，而今说出来的计划，也没有人提出反对意见。大家都默默点了点头，却也同时犯了难。

现在的平津，可谓是前有狼，后有虎，在西昭人和甄永寿的联合夹击下，能顽强抵抗到现在，已是不易。想顺利突围，到达临安，前路又是何等艰险？

一时议事厅里气氛凝重，每个人都在沉思，有人想到了没来开会的右将军。有他在的话，说不定还好办些。可自从在上次战役中身负重伤，闫琰的情况就一直不太好。起先是伤口感染，高烧不退，真真正正鬼门关前走了一遭。严重的时候，甚至昏迷不醒，烧得直说胡话，哭诉他的葡萄们手拉手，撒着欢儿跑远，弃他于不顾。

幸而有莲翩日夜不眠不休、相伴左右、无微不至的悉心照料。许是这份执着感动了上苍，才教他侥幸捡回一条命，高烧奇迹般地渐渐退了。

可是，郎中曾经私下里偷偷告诉桑祈，右将军的腿，恐怕是好不了了。原本宋落天当初害他的那次，他的腿骨就受了创伤，当时表面看似愈合无碍，实际却已埋下隐患，这一次又伤到了同一部位，更是雪上加霜。凭他的医术，已经无法让闫琰的右腿恢复如初。

桑祈听完，双拳紧握，颤抖了半晌才道：“怎么可能呢？”闫琰才多大年纪啊，刚刚崭露头角，正是建功立业的好时候，居然就伤了腿，再也不能复原了……这简直像是个充满恶意的玩笑。

彼时郎中只是叹气摇头，道自己只能尽全力想办法，至于能不能好，还要靠老天保佑才行。

而桑祈向来是信人不信命的，斩钉截铁地嘱咐郎中，一定要好好治，必须治好。另外，绝对不许把这番话告诉闫琰本人。于是这件事，就成了只有郎中和桑祈两个人知道的小秘密。

可是，她再想隐瞒，自己身体的真实情况，也瞒不了闫琰本人。彻底退烧后，闫琰第一次下地，就察觉到右腿的不对劲了。

当时莲翩只笑话他，怕是躺太久，都不会走路了，他也就挠挠头，尴尬地笑着，没当回事。

而今还是如此，也就再难用这个理由敷衍自己。大家商议如何撤退的时候，他正按照几天来的习惯，按部就班地在外头散步，活动活动僵硬的筋骨。郎中说，这样也有助于早日康复。

只见他沿着台阶，慢慢走着，不仔细看的话，还以为他是因为身上伤口还没痊愈而走不快。可若是仔细观察，不难发现，小将军的右腿有点跛。

莲翩在他身边小心地搀扶着，走了几步后，按着他坐了下来，绷着脸道："好了好了，该休息了。说好了只走一盏茶的时间，你看看你，又多走了这么久。不赶紧回去躺着，我怎么有时间去给小姐拿吃的？"边不情愿地说着，边掏出手帕来塞给他。

闫琰额头上一层汗珠，接过帕子却没有擦，而是又从台阶上弹起来，豪迈道："没事，我还能走一会儿。"

"我不能了！"莲翩没好气儿地又把他按了下去。

眼见着她又横眉立目地要叉腰训斥他，他只好摸摸鼻子，老老实实地开始擦汗。

关于他什么时候才能好好行走，不需要别人在左右看顾这件事，二人之间似乎达成了某种默契，都缄口不谈。

平津城三面临水，夏天格外潮湿闷热，闫琰头上的汗怎么擦也擦不干。他便干脆不擦了，握着帕子，抬眸看她。整个军营里，那是除了桑祈唯一一个女子，也是唯一一个会老老实实地穿女装，不动不动就舞刀弄枪的女子，正低着头，在绣框上飞快地穿针引线。五彩的丝线，在她的手下逐渐编织成美丽的图画。

莲翩感觉到了这道比阳光还灼热几分的视线，皱着眉一抬头，呛声问道："看什么呢？"

"没什么。"他面色一红，便笑了笑。阳光下，一排白牙反射着白亮的辉光，这笑容显得十分灿烂夺目。

一时院内安静下来，连只夏蝉的鸣叫声也没有。

气氛尴尬半晌，莲翩白了他一眼，继续若无其事地绣花。闫琰则容色几番变换，时而苦闷，时而低笑，时而惘然，将自己若是真的跛了的话该如何是好在心里想了一遍，终于猛地一撑地，没用人搀扶，自己站了起来，挺挺胸脯道：“你歇着，我继续走走。”

莲翩诧异地看他疼得豆大的汗珠直落，还在咬牙坚持，不得不叹口气，放下绣框，跟了上去。

不知是因为他确实命好到人神共愤，还是郎中之前对桑祈说的内容，只是医术不精的危言耸听，抑或是在他执着的信念支撑下再一次发生了奇迹。总之在决定弃城离开之前，闫琰的腿脚已经明显有好转的迹象。走路的时候不再需要人搀扶，也能自行上马了。虽说小跑和大跳，还是太过勉强，但至少必要的时候，也能在马上一战，不会成为队伍里的累赘。对于这一点，他本人已经很满足。满怀信心，相信在不久的将来，自己一定能恢复飒爽英姿。

桑祈看着他一天天精神起来，觉得很欣慰。更欣慰的是，能清晰地感觉到，他和莲翩之间，和从前不一样了。

晏云之和董先念一起，苦苦钻研好几天，终于拟定了一个方案，召集众人安排各自的任务，准备收拾行囊，择日离开。各个领队的将领，都装备整肃，聚集在晏云之左右，等待发号施令。

从地形图可见，西昭的大部队驻扎地和平津城之间，还隔了一条白马河。如果西昭人发现燕军离开，想要追击，便要先行渡河，经过白马河之后，再派骑兵从陆路进发。毕竟，他们的船只有限，走水路一次运不了多少士兵。而沿着白马河西岸行进，从后路包抄，则是不可能完成的任务。高耸入云、连绵不绝的乌山，自古以来就在临安城背后形成了一道难以逾越的天然屏障。

于是，根据地理条件和敌人最有可能选择的战术分析，晏云之将队伍分成了三部分，即先锋部队、中间部队和收尾部队。收尾部队负责殿后，最后撤离，必要时候牵制住西昭前来追击的军队，保障前方人员的安全；先锋部队负责冲在队伍最前，迅速向南推进，争取在甄永寿的防线中，打开一个缺口，让大军得以顺利前往临安；中间部队，要在先锋部队撕开防线后，负责押运物资和保持这条通道的畅通。

其中，先锋部队和收尾部队任务都很艰巨，只有中间部队相对来说比较安全。

因此晏云之主张，将城中的非战斗人员和负伤在身不方便参战的伤兵，都安排在这一队。这也是不需要众人协商一致认同了的人数最多的一队。

很快，这支队伍的人员确定下来之后，便是选择谁去突围、谁留殿后的问题了。

明眼人一看就明白，虽说在队伍最前面和最后面，都很凶险，但是相比较而言，后面的这支队伍，危险怕是要更胜一筹。因为突围的先锋，面对的是甄永寿的军队，相比较而言，实力就不比西昭军。而且，前方等着他们的，是相对安全的临安；后方跟着的，还有相对充足的补给。

而最后的这支队伍，则很有可能会面临这样一种境况：前头的同伴刚走，自己还没来得及撤离，西昭人就趁守备空虚打了过来。要单单凭借一支队伍的力量，尽全力拖住西昭追兵，为先头部队争取更多的安全撤离时间，心理压力非同一般。更不要说，很有可能因为行进速度的不同，三支队伍拉开距离后，明明前两支队伍已经从包围圈里杀了出去，待到他们要走之时，包围圈却又重新合拢。他们便会陷入孤立无援的绝境里。

孰去孰留，几乎是生死抉择。众将表情复杂，许多人不约而同地都想把生的机会留给别人。

桑祈第一个开口，几乎是不假思索便道："我留下。"

话音一落，就遭到了一片整齐划一的反对声——"不可。"

"左将军是我们中最年轻的一个，又是个女子，怎么可能让你殿后？"一个闫家的副将如是说。

"就是，我们这一群大老爷们，难道还能输给个姑娘？"闫琰如是说。

"你当初率三百精骑，便解了茨城万军之围，论速度，论敏捷，论突围的经验，都不在话下。相比较而言，确实冲锋陷阵这个任务，更适合你，而不是留守。"冷静的晏云之如是说。

桑祈还想说什么，在众人态度明确的强烈反对下，只好同意打这个头阵。

接下来在关于另外几个人的去留问题上，大部分人也很快达成了一致。

大司马晏云之，作为主帅，必须时刻掌握突围路线的最新动向，以随时做出调整，也是队伍中不可或缺的力量。同时，待到撤到临安之后，肯定也需要他来制定下一步决策，所以也被很快划到了桑祈这一队里。

闫琰有伤在身，尚未恢复平常实力，按说本来应该留在中间部队的，可他本人坚持不愿承认自己是病号。众人无奈之下，也只好把他排在了冲锋部队。

最后商议完，桑祈发现，留在后面的，大多是老将。这些人中，几乎每一个都称自己久经沙场，有丰富的对敌经验，尤其是在应付西昭人方面，因此最为适合殿后。

他们都愿意将生的机会优先留给晚辈。

其中也包括追随她的董家父子。

告别之时，依依惜别，董家父子不舍地将她送了很远很远。桑祈朝几人拜别的时候，已是眼眶通红，心中坚定了信念，定要誓死撕开对方的防线。

第十六章

携手两不疑

从平津突围，一路向东南推进，在冲锋部队的奋力搏杀和后方队伍的稳妥保障下，以晏云之和桑祈为首的大军，于包围圈中撕开了一道缺口，来到了位于甄永寿部主力驻扎的岳城西北三十里的孟良岳。为了等待后续部队跟上，在这里稍作休整。

是日，他们刚驻扎好，干旱已久的大地，突然迎来一场暴雨。惊雷电闪，狂风猛烈，大雨以瓢泼之势，持续了一天一夜，没有要停的意思。

对于渴求降雨已久、盼星星盼月亮的受灾百姓来说，自然是求之不得的上天馈赠。人们兴奋地在雨中奔跑，相互打闹，高喊着："得救了，得救了……"将所有能盛水的容器都搬了出来，装了个钵满盆满。

久旱的甘霖，复活了人们心中的希望，却也让冲锋部队陷入了困境。随之而来的孟良岳大规模山体滑坡，将他们来时的道路堵了个严严实实。前去查探的士兵回来，一脸沉重地表示，情形非常严峻，恐怕没有十天半月，路是通不了了。

于是冲锋部队的五千余人和后续大部队，便被这道"天然屏障"隔在了两端。身后，树倒山崩，是用惨烈也无法形容的自然灾难；前方，是占领着岳城的敌军，这五千人的处境着实艰难。

晏云之安静地坐在大帐中，沉思对策。

桑祈听着帐外雨声，悻悻地叹了口气，道："早知道，晚点再走好了。"

晏云之微微抬眸，淡眼相看，平静道："该来的总是会来。"而后又派人趁雨小一些后，向前赶路，调查一下前方的敌情。

调查到的情报，更加不容乐观。

“听说在岳城驻扎的，大概有五万余人，还有后续部队正在赶来，我们之前遇到的，只不过是他们的先遣队伍罢了。”刺探敌情的小兵抹着脸上的水道。

桑祈一惊：“哪来那么多人？”

“据说一部分原本是桑公的部下，一部分是庐陵王的兵，还有一部分则是最近才从洛京调度来的。”小兵拱手回报。

她默了默，抬眸看了晏云之一眼。

这会儿也算是知道，除了留守莞州跟西昭人同党的那些部队和自己带来的人，剩下的那部分桑家队伍到底在哪儿了。只是没想到，连庐陵王都和卓文远站到了一边。

“后续赶来的部队，可知有多少人，由谁率领？”晏云之抚着唇沉吟。

“属下不知。”

“好的，你先去休息吧。”

小兵一行礼，出了营帐，刚才站过的地方留下了一摊水。

桑祈避让开来，往晏云之的方向靠了靠，有些担忧地询问：“怎么办？”

“唯有一战，还能怎么办？”晏云之低头看着她，淡淡一笑。

一战？是啊，后无退路，前面是必须去的临安，别说挡在他们前面的是五万大军，就是五十万豺狼虎豹，也只能硬着头皮上啊。

否则，单独前往临安的太子岂不危险？

“后续的队伍，大概是为追击我兄长的部队而来，目的未必在我们。”晏云之道，“可这样一来，我们更要在他们封锁临安之前抵达。”

营帐里的众人点了点头，只道：“请大司马下令。”大家目光坚毅，大有慨然赴死之决心。

晏云之却从容一笑，道：“不忙，我有一计。我们不去，而是等他们过来。”

既说着急，还要防御？众人不明所以。晏云之便指了指地形图，解释道：“我方人少，对方人多，他们定会觉着，以十倍之优势，无论采用什么战术，击败我们都不在话下。既然如此，我们就在这里，叫他们过来。”

桑祈探头看他指的位置，那是往岳城去的一处山路隘口，通道很窄，犹如瓶颈。晏云之便是想将岳城部队引入隘口。

仔细看了一会儿地图，别人都没明白是怎么回事的时候，桑祈恍然大悟道："你要打一场心理战。"

晏云之满意地点了点头。

"心理战？"闫琰还是一头雾水。

桑祈眼中狡黠的光芒一闪，道："对，我们不但要叫他们过来，而且要晚上叫。同时在隘口两侧安排好人，目的不是伏击，而是装神弄鬼。而我就站在河道这边，等着甄永寿。"说着看了一眼闫琰，补充了句，"父亲那杆枪，我要先拿回来。"

"不成，这太危险了，这种地势，把人家叫过来，岂不是等于被瓮中捉鳖？恕属下不能同意这一战术。"一个副将，皱着眉，连连摇头。

桑祈代为解释了晏云之的意图，一声冷笑道："诸位可能有所不知。这甄永寿，曾经非但是我父亲最信任、最得力的部下，还受过父亲的救命之恩。可就是这样一个人，却投靠卓文远，背叛了我父亲，害他惨死于狱中。不管他是出于什么目的这样做，我想，但凡他还有一丝良知，定会于心有愧。我们要做的，就是利用他这一丝丝愧疚和心虚。"

"晏某正是此意。"

在座的各位还是听得一知半解，迷茫地大眼瞪小眼，看得出心里诸多怀疑。晏云之却已不顾劝阻，将各方任务安排了下去。只有桑祈，目光坚定不移，与他相视一笑中，流露出的那股信任不可言喻。

众人步履匆匆，神色惶惶，领了莫名其妙的任务在雨幕中离开后，桑祈还留在原地，若有所思地缓缓抚摸着枪身。也许她追寻已久的答案，就在眼前，会随着这次战役的结束真相大白。她等这一刻，已经等了太久。

晏云之趁她不注意，轻轻将其拦腰一抱，将坐在身边的她带到了怀里，温声问道："害怕吗？"

与先前不同，虽说西昭名义上也派出了二十万大军，可这二十万人，从来不曾全线压境，即使是来的人最多的一次，两方人数差异也不至于如此悬殊。更何况当时的他们，始终有牢固的平津城作为坚实后盾。如今，没有了屏障，也没有了后援，对方人数又十倍于己。这支队伍，还能否做到一如往常般临危不乱？比起下面的人，他更关心的，是她是否心安。

他的怀抱永远那么坚实温暖，桑祈将长枪放下，回身往他怀里缩了缩，摇头道：

“不害怕，我无论如何也想知道答案。如你所言，此战必须打，也必须赢，除此之外没有任何办法。我只是对闫琰他们有点担心，若是他们不认同你的决策，不好好实行可如何是好……”

晏云之还没等答话，帐外传来了一声通报，只道：“禀大司马，岳城派人来了。”

桑祈抬眸看了晏云之一眼，心有疑惑，同时手脚麻利地从他身边离开，佯装无事退到一旁。

只听帐外传来一阵窸窸窣窣的声响，士兵将来人全身上下搜了个遍后才允人入内。来者高大魁梧，铠甲已经在外面脱掉了，只着了里面的牙色常服，头上戴了斗笠，抬手扶着，微微行了一礼。桑祈打眼细细瞧，也没辨认出来是不是自己以前认识的人。而那人一抬头，露出真容之时，她却实实在在地又被吓了一跳，退了一步，难以置信地惊呼道：“霍博士？”

霍诚一如既往的面容冷毅，没什么表情，回道：“桑将军。”

桑祈干笑两声，觉得没有比这更尴尬的事情了。对面站着的，是敌军派来的人，她的敌人，同时也是她的授业恩师。虽说国子监里的武学课程，她从来没有放在眼里，霍诚博士也没有真正教过她什么，可毕竟有师长的名分在，于是她片刻局促后，赶忙行了一礼，抬手请他上坐。

而霍诚非常清楚自己此时此刻的身份立场，只端正地站着，道了句：“不必，霍某今日是来劝降的。”

晏云之从他进来开始一直没说话，而今闻言，也只是丝毫不意外地点了点头，笑问：“我们若降，有什么好处？”

“放弃抵抗，交出太子，可保尔等性命无忧。”霍诚如实将卓文远对他说过的话复述了一遍。

晏云之听完，眸光轻敛，极其平静地回道：“我们的性命，本来就不需要你们来保证无忧。”

话音刚落，桑祈跟着认同地点了点头。

对于他的答复，霍诚似乎也没觉得意外，沉吟片刻，好像还有什么别的话要说。

晏云之也若有所思，看了桑祈一眼，道：“你先退下吧，我有点事想单独同霍博士说。”

桑祈看看他，又看看霍诚，尽管心里有些好奇到底是什么需要避人耳目商谈的事，想一探究竟，可不好违背军令，只好悻悻地告辞。

大约过了一盏茶的时间，霍诚才从晏云之的大帐里出来，领回了自己的铠甲和兵器，牵上了战马离开。晚些时候，桑祈又跑到晏云之那儿，好奇地问："你后来又跟霍博士说了什么？"

晏云之故作神秘地道："过两天你就知道了。"

"哼，小气鬼，现在就告诉我嘛。"桑祈一撇嘴，表示不满。晏云之却任她拉扯衣袖，纹丝不动，大有就算扯掉了衣服也不说的意思，一脸淡然。

前期准备进行了两日，第三天傍晚，晏云之的副将带领一支大约二百人负责诱敌的队伍出了隘口。桑祈则整齐地穿好战袍，擎起了父亲的那柄神枪，骑上高头大马，守在了隘口的这头。

雨不大，但依然下着。

天色昏暗，看不见太远的地方，她不知道诱敌的队伍走了多远了，也不知道隘口两侧的人都准备好了没有，只能始终保持着高度警惕。

偶尔回头看一眼，觉得好像还能看到营帐的方向，晏云之的大帐中，灯火依然亮着，在黑暗之中，给她以光明。

时间一点一点过去，终于，又一次传来了马蹄涉水而过的声音，紧接着有人高喊了一句："来了！"

桑祈和自己带着的人，立刻将满弦的紧绷神经又紧了几分。

前去诱敌的队伍，陆陆续续返还，撤到桑祈的后方后，悄无声息地停了下来。

桑祈伸手，一把抓住带头的一个人，问道："甄永寿来了吗？"

"来了。"那人快速作答，十分笃定。

她便冷冷一笑，感慨了声："那就好。"

对方的大军如这位诱敌的副将所料，觉得这是个瓮中捉鳖的好机会，仗着自己人多，毫无防备地压了上来。待到最后一批诱敌人员回来后，谷地里已经黑压压一片敌军，带头的几个人举着一排火把，叫嚣着："你们往哪里跑？还不快快束手就擒！"

桑祈则不慌不忙地招招手，命大家跟着自己前进。

他们没有火把，只在夜色中，等待对方将自己照亮。

于是带头的甄永寿最先看到的，便是对面走在最前面的桑祈手中那熟悉的长枪枪头反射的耀眼辉光。即使在夜幕中，也让人觉得闪烁夺目，被刺得眸光一痛。

桑祈策马缓缓走上前，从容不迫地扬声道："甄叔，许久不见，不知道小女手中这把枪，你还记得吗？"

甄永寿拉长了脸不说话。

一时桑祈身后的人都在附和，重复这句："你还记得吗？"喊声在山谷中连绵回响。

甄永寿握着缰绳的手紧了紧，还是不言语。桑祈便用力将长枪向地上重重一击，喝道："还记得，它的主人是如何挡在你身前，带你过五关斩六将，将作为部下的你护在身后的吗？还记得，它的主人，是如何带你荣归故里，如何给了你而今的实力，好让你反制于他的吗？"

"甄永寿啊，你的良心，在这样的夜里，可还睡得安稳？不怕桑巍化作厉鬼，来找你索命吗？"她厉声喊。

"甄永寿啊，你的良心，在这样的夜里，可还睡得安稳？"其他人也一齐重复道。

如果不是夜色本来已经够浓了的话，他们一定能看到甄永寿那张比夜色更黑的脸。他已恼羞成怒，当即就要抬手下令，让人放箭。

桑祈这边的队伍中，却有人唱起了歌来。她从大伯那儿带来的三百精骑，唱的是桑家军中流传的战歌。沉郁苍凉的歌声，让人想起在大漠时每一个月凉如水的午夜，将士们固守着防线，遥望月色，思念着亲人和不知何时才能重返的故乡。

我经历过彷徨和苦涩。可是，我的战友啊，我不曾想过退缩。

生，与汝同生；死，与汝共逝。

岂曰无衣？与子同袍。

岂曰无衣？吾乃汝泽！

战歌嘹亮，一字一句，向闻者心灵深处最脆弱的缝隙处撞击。

不光是甄永寿本人，对面前来的，所有曾经与唱歌的人并肩而战的兄弟，都陷入了惘然的情绪当中。借着火光，可以看到很多人都流露出了犹豫神情，尽管手指死死地勒住弓弦，可那箭，要么放不出来，要么放得乱七八糟。甄永寿虽然始终沉默不语，却连自己的马都牵不稳了，马蹄不安地来回打转。

桑祈觉得时机已经成熟，又将枪猛地提起，双腿一夹马腹，厉喝一句："无耻小人，偿我命来！"说完身先士卒，带领着众将士，势如破竹般冲了出去。

唱歌的人还在继续。

对面的人还没来得及从往昔回忆的追思中回味过来，便有些慌张地开始迎战。

战斗打响的同时，隘口两侧，由闫琰带领的早已埋伏好的人员见状，也开始了动作。只见他们身披草叶，藏匿于林间，悄然点亮了手中的火把，另一只手则举起了刷过油的白布。

甄永寿带的人本来听着桑家军的战歌和桑祈的质问，就已经心念不稳、神情惶惶，无心一战，再看到四周的山峦上，不知何时突然出现了闪烁的火光，愈发不安。

星星点点的火焰，宛如鬼火一般幽蓝，悄无声息地在山间流窜。时而闪现在这里，时而闪现在那里，不可捉摸，还有那飘忽不定的招魂幡……惊悚的画面将人心底的恐惧进一步催生出来。

不知是谁先喊的一句："大将军！是大将军的鬼魂来复仇了！"

喊声很快传开来，越来越多的人这样说，越来越多的人开始恐慌。

在这个幽深的雨夜，苍茫的歌声和忽明忽暗的火光，在夜色中形成一股诡谲压抑的氛围。恐惧一点一点地如同脚下涨起的汛河，席卷而来，向他们合拢。寒意侵入你的毛孔，阻塞你的呼吸，令你无路可逃。惊慌的士兵们，下意识地连连后退。

然而，地面湿滑，隘口狭窄，他们来的时候整齐而有序，通过尚且需要时间，如今毫无秩序地被心中的惧意驱使着，被桑祈率领的队伍逼迫着后退，一个人跌倒，两个人撞在一起，便在拥挤的人群中起了连锁反应。

很快就传来一片喊叫之声，嚷着谁踩了谁，谁将谁挤倒了。又因为太黑看不清，后面的人继续踩上来，哀号声此起彼伏。

甄永寿还算冷静，喊着叫大家不要慌，对方不过是故弄玄虚而已，并没有什么鬼魂索命。可混乱之中，哪有人能听进去他的话？

歌声和脚步声，将他的喊话音量盖了过去，离他近的人尚且听不清，更何况是远处的。这大概就是队伍中人数太多、战线拖得太长的悲哀，后方的人群根本不知道前面发生了什么，只知道好像在往身后的方向退。不明所以之时，又有人快马加鞭地跑回来，大喊着："前面的队伍败了，前面的队伍败了，快退，快退！快退回去！"

前头的都是甄永寿带来的桑家旧部，久经沙场，尚且败了。后面这些庐陵王派出的队伍，本就是些乌合之众，唯一的优点便是有自知之明。一听说这话，赶忙也跟着退。

场面更加闹腾，人头攒动，混乱不堪。无数人被挤倒在地，活活被人踩死。呻吟声，叫喊声，撕心裂肺，犹如鬼哭狼嚎。

慌乱的将士们，一心只想着赶快离开这个鬼地方。只觉落下的雨水，像是鬼神冰冷的触碰；裹挟着雨水的凉风，好似厉鬼阴魂不散的呼吸。就连风吹动草木摇曳，发出沙沙的响声，他们也觉得像是枉死的桑巍，带着从阴曹地府里召集的无数鬼兵，紧跟在他们身后穷追不舍。

逃窜的仓皇程度，前所未见。这混乱的场面带来的伤亡惨重，亦是前所未见。

桑祈在细雨霏霏中，捏紧了手中的长枪。幽蓝和明黄的火光交错，在她澄澈明净的眼波中明明灭灭。

她将这炼狱般的画面深深刻在脑海里，而后带领部下乘胜追击，于乱军之中寻觅着甄永寿的身影。

追击持续到第二天清晨，原本抱着必死决心上阵的弟兄们，见自己亲手实践了如此规模宏大的逆转，情绪都十分激昂。

这场战役，因着充分利用了地形、天气和对方心理，以悬殊的人数差异取得了胜利的关系，成为一场名传千古、以少胜多的经典战例。当然，这些都是后话。

闫琰从泥泞的山路上归来，抖掉遮蔽用的枝叶，手里还拿着加了磷火的火把，脸上一副不敢相信的表情，惊讶道："成了？"

"是啊，成了。"回答他的人看着隘口处被丢弃一地的凌乱物资和没人来得及去收拾的尸体，也是一样迷茫。到处都是散落的箭矢，甚至还没来得及搭弓射出，就被成袋撒在淤泥里。战旗倒在浅浅的河水里，因为黄浊的河水看不清颜色。被踩断的枪戟、被践踏的躯体……眼前的画面，清晰地展现着昨夜的惨烈。

众人失神了一会儿，才清晰地意识到，成了，他们成功击退了敌军，有时间等后续部队慢慢赶上来了。接下来要做的，便是将营帐转移到城内，占领岳城。这样一来，即使后面的补给迟迟不能赶到，也不必为口粮问题发愁。

于是刚刚打了胜仗的人们，又开始马不停蹄地清理起战场来。将还完好无损的戈矛兵甲收整归纳，查看有没有活口，并将死去的人集中安葬。这些人中的一部分，曾经也是他们的战友。如今不得已而为敌，许是也有军令当头，不得不从的苦衷。

莲翩听到外面的喧嚣声平静了，从营帐里出来，蹚着没过脚踝的积水转悠了一圈，没找着桑祈，便寻到闫琰，问：“我家小姐呢？”

闫琰正在组织人将完好无损的箭矢清理出来，闻言一怔，这才想起来，好像打从自己下山，就一直没见到桑祈，不由得蹙起眉，叫了一个抱着一堆长弓的士兵，问道：“去追敌的人都回来了吗？”

“听说是都回来了，大司马之前嘱咐过，穷寇莫追，只需将其赶出岳城即可。”

话音一落，莲翩立刻紧张起来，不安地绞着衣袖。

闫琰见状，嬉笑着摆手安慰莲翩：“别多想，我师姐那是什么人啊，别的不说，跑得快。这么多弟兄都安然无恙，更何况是她了。肯定是不小心跑太远。”说着将工作托付给一个副将，刚想自己去找找看，便听一阵急促的马蹄声响起，桑祈从隘口的那边赶回来了。铠甲被雨水洗刷过，光亮如新，披风上也没有污垢，看起来应该是没有受伤，只是神情十分疲惫，眼里密布着暗红的血丝。

路上有人跟她打招呼，闫琰和莲翩也在同她说话，可她始终眼神飘忽，好似看不见也听不到似的，自顾自地下马，挑帘走进了帐中。

闫琰和莲翩面面相觑，觉着她这状态，可能是没抓到甄永寿。

将帐帘放下，与帐外的一切隔绝开来的桑祈，只觉胳膊沉重得很。使用这神威烈火枪作战，对她来说确实还是吃力了些。解了铠甲和披风，将枪放好，“扑通”一声，人就倒在了毛毡上，说什么也不想再动弹一下了。

虽然口渴得很，嘴唇都干裂了，她也不想倒水，只呆呆地看着帐顶。也不知道过了多久，听到了挑帘的声音，微微抬眼，只见一袭银甲映入眼帘。不用看脸，也知道来者是谁。桑祈眸光一动，便见一只修长的玉手擎了杯盏，递到了她的唇边。

于是她就着他的手喝了一口，努力撑了撑，勉强起身，一下子抱住了他，沙哑道：“师兄。”

杯盏摇晃，被晏云之稳稳擎住才没洒她一身。而后他将其随手放在一边，就势回抱住了她，疼爱地抚摸着她的头。

“师兄，我们赢了。”她埋头在他的胸口低语，语气中却没有一丝兴奋。

“是啊。”晏云之垂眸在她的额头上亲了一下，平静地笑问，“打了胜仗怎么不高兴？”

桑祈努力挤出一个笑容，心里却高兴不起来。尽管别人都在说这个战术多么冒险，可是她对胜利的结果始终内心笃定。

然而，胜利带来的不只有喜悦。她永远也忘不了昨夜鬼哭神嚎的诡秘氛围，人们凄厉的叫喊。更忘不了，拼尽全力找到甄永寿后得知的真相，竟令人那般无奈。

原来，当年她的长姐进宫之前，曾经与甄永寿的长子有一段缱绻深情。二人甚至已经私下互许终身。可是父亲执意将长姐送进宫，生生将一对大好的鸳鸯拆散。没过多久，甄永寿的这个长子就因为万念俱灰，郁郁寡欢，宿醉而死。甄永寿表面没说什么，心中却将这笔账记在了父亲身上，一直计划着复仇。便是因此，轻易被人蛊惑利用，不但要一举除掉桑巍，还妄图取而代之。

桑祈手刃仇敌，为父亲报仇雪恨。临终之前，甄永寿还哈哈大笑几声，毫无悔改之意。只道是桑巍当年救他的恩情，他早已在战场上为其出生入死还过了，彼此两不相欠。

可是，人与人之间的感情羁绊，一旦发生，又岂能轻易结算？看着甄永寿为自己的行为辩解，竭尽所能地让自己心安理得的嘴脸，桑祈感觉不到多少报仇的快感，只为父亲，为他，为其中牵扯的所有人感到深深的遗憾。

思绪飘荡半晌，她感受着晏云之沉稳有力的心跳，嗅着他身上清新淡雅的青草香，觉得自己被搅成一汪浑水的心湖也渐渐平静了下来，这才诧异地看向他，问道：“你怎么这么快就回来了？”

她记得之前安排战术的时候，他曾经说要亲自做一项冒险的举措，偷偷深入敌军后方，散播前方败退的假消息来着。

晏云之淡淡一笑，道：“我把制造谣言一事交给了霍诚。难道你没注意，其实昨晚我一直在跟着你？”

桑祈闻言一怔，继而心中弥漫起了一层厚重温暖的感动，又将他抱得更紧了些。那样复杂混沌的战局之中，他一直在她左右，默默守护；同样，即使是再复杂混沌的人生，他也定会一直陪她走下去。这样一想，她便深觉心安，精神一放松，困倦铺天盖地席卷而来，不消多时，她便在晏云之的轻声安抚下睡了过去。

晏云之也趁机下了休整的命令。

昨夜混乱的战场回归安静，只偶尔能听到雨滴滴落的声音和间或响起的鼾声。除了少数几个负责把守的士兵，所有人都暂时卸下了精神防备，东倒西歪地睡着了。

桑祈做了一个梦。

梦里看到了小时候的自己，稚嫩青涩的模样，梳着两个小小的垂髫，迷茫地在开满了野花犹如锦毯一般的草甸上走着，似乎在寻找什么。那一天格外安静，没有马儿奔跑，没有雄鹰翱翔，连风吹动草叶发出的声响也没有。就在天地间一片静谧里，她突然听到一声压抑的哭泣。犹如一颗石子，落进湖水里，接着涟漪一圈一圈荡漾开去，逐渐演变成一片接连不断的哀吟。

谁在哭？她看不到哭泣的人，感到害怕，踟蹰一番，才爹着胆子往声音传来的方向走。越走，草越浅，花也越多，视野愈加开阔。而后就在那片烂漫如织的花丛中，她看到了两个人。一个男人和一个女人，紧紧相拥，躺在繁花簇拥之上。

天空一片澄澈透亮的湛蓝，偶有几朵流云，悠然划过，阳光肆无忌惮地洒在草原上，映得百花姹紫嫣红，明媚鲜艳，煞是好看。花丛中的那个男子，精壮的上身袒露无遗，蜜色肌肤在阳光下闪闪发亮，汗水沿着坚毅的侧脸，一滴一滴落下去，滴在姑娘白皙的脖颈上。姑娘也衣衫半解，粉黄间色的长裙，在身下层层绽开，好像是花仙化成人形的精灵。可这美丽的精灵，却咬着唇，在低低啜泣。晶莹的泪水，宛如朝露，在阳光下蒸腾破碎，令人心颤。

那男子则像是自苍穹之巅落下的苍鹰，强悍不容拒绝地压迫着柔弱的花仙。姑娘紧紧抓着他的手臂，推拒抵抗，连声告饶。

年幼的她，上一刻还在欣赏美景，这一刻只觉吓得失神，生怕那美丽的花中仙子零落凋谢，丢掉手里的花环，不由得分说地跑了过去，抬腿就给了那男子一脚。

而后男子的表情尴尬，姑娘羞红了脸……画面过得飞快，她看得不清晰。

不知不觉，好像又回到了最开始的一幕，一切重演。她又站在旁边看着这对男女，这一次终于能看清楚，那美丽动人的姑娘，眼神中除了痛苦，还有一种别样的情绪。一种她从来没有见过，也从来不曾体验的欢愉。而那男子的一举一动，强势之中，似乎也带着某种细致入微的疼惜。

他说，嫁给我吧，祎祎。

她流着泪，却笑答，好。

这广袤的天地，辽阔的草原，盛开的野花，流转的岁月，年幼的她，都曾经见证他们相爱。然而这份爱，却最终化作一缕云烟，飘散在风里，了无痕迹。

醒来时，桑祈感觉自己的眼角有些湿润，抬手擦了擦，才看清面前的晏云之。

二人的铠甲已经被他解了，如今只着贴身的中衣，他也在睡着，二人近在咫尺，一睁眼，就能看见他俊逸出尘的容颜，那如风雕刀刻般棱角分明的侧脸。

不知怎的，她忽然就很想靠近他，再靠近些。抱一抱他伟岸的身躯，亲一亲他微凉的薄唇。

晏云之感觉到怀里的人用力贴了贴自己，腰上一只手臂勒住他的力量也紧了紧，便长腿一伸，将她困在怀里，仍带有几分睡意蒙眬地问："怎么了？"

"想你。"桑祈埋头在他的胸口嘀咕了句。

他不由得笑了："我不是在这里吗。"

也是啊，桑祈想了想，又一本正经回道："那也想。"

晏云之感到有些意外，稍稍抬眸，看她微红的侧脸，忍不住抬手抚摸，问道："想我什么？"

桑祈摇了摇头，老实说："不知道，只是想。想离你更近一些，想抱着你，想要你是我的。"

晏云之长眉一挑，勾起她的下巴来，让她看着自己的眼睛，温声道："再说一遍？"

四目相对，她觉得他的眼神和平常不太一样。那一向平静邈远的目光，从深处隐约向外透出一股热忱，犹如寒冰之下沉睡的火焰，正在找寻喷薄燃烧的出路。那星星点点的火光，让他的眼眸看起来更加魅惑动人。桑祈吸了口气，便向前一探，朝着他的薄唇吻了上去，手脚也开始不安分起来。

这是她的男人，她是那么喜欢他，那么仰慕他，那么崇拜他，那么依赖他，那么想要他。总觉得，现在的一切都还不够，她完全不知道该怎么做，才能让自己觉得，他是完全属于自己的，自己也是完全属于他的。

尽管现在他们已经有了别人无法介入的心灵默契，也还不够。到底该怎么办呢？她此时此刻才觉得有些懊恼，为什么长这么大，没人教过她这些？

师父不在，幸好，她有一个尽职尽责的好师兄。在她茫然无措，只知道凭借着本能乱动一气的时候，耐心地牵着她的手，一个动作一个动作地慢慢引导。安抚她的躁动，驱散她的不安，将她心底隐秘的愿望完完全全释放出来。

他们经常在一起练习切磋。因此他知道该怎么教，她学得也快。领悟到了要领之后，便能顺应着他的动作，做出精彩配合。帐内的温度急速蹿升，若是有残留的水汽也蒸发干了，天气又变得十分闷热。

桑祈觉得自己出了很多汗，全身都泡在雨水里一般湿润，攀着他的肩，抱怨了一句：“好难受。”

不说话还好，一说话，每一个音节都是炽热焦灼的，每一个语调，都婉转多情地表达出一些旁的含义。晏云之按着她纤细的腰肢拉向自己，啄着她的唇角，问道：“想好了吗？”

“什么？”桑祈不太明白地蹙眉，只觉得被他身上某个粗硬部位磨蹭的地方最是难受。

“想好了吗？”他并不加以解释，只是又问了一遍，“要我吗？”明明是问句，可似乎说出来也只是走个过场。关于回答，他早已心中笃定。

虽然前半句话桑祈不太懂，但后半句很确定，春水盈盈的双眸注视着他，说不出的楚楚动人，坚定地回道：“要。”

而后她便真的得到了他。关于得到方式的意外与惊讶，则被他堵住柔唇，悉数吞没在一连串的呜咽里。

她终于真正明白了梦里的那个眼神，为什么是带着痛苦的甜蜜。为何明明每一个关节都在紧绷地想要抗拒，却又每一个毛孔都舒展开来，放纵全身心地相迎。这般矛盾，是只有他能给予的体会，神秘而浩大，万物合一的幸福。

晏云之也是一样的感受。她的这个好师长、好师兄，一开始还记得教书育人，不久之后，随着教学相长，渐渐也将一切知识都抛在了脑后。回归到灵魂深处的震颤，只遵从本能的呼唤，与她的心意交相呼应。

巫山生云，翻腾覆雨。

桑祈是不信天命，不信鬼神的，却在某一个瞬间，只觉灵魂出窍，离开了自己的身体，在一片朦胧的、五彩斑斓的迷雾里，与他的灵魂相遇、纠缠，完全交融在了一起。

想来这灵魂出窍的功夫太耗费能量，接下来她便觉得四肢瘫软无力，除了连连喘息颤抖，什么也做不了了。可身上的那股热度依然未褪。没过多时，又在他的召唤下再度释放。

身体，心灵，完全被他掌控。这浩渺的天地间，每个人生来都是孤独的。身边之人，皆是过客。永远只能在某一段时间，陪伴我们做某一些事情。大多数时候则是形单影只。路只能自己走，一切都要自己面对。

因为那些本该陪伴她一程的人离开得太早，桑祈尚且年幼的时候就懂得了这个道理。所以她一直想握紧手中的武器，尽全力能够任何事情都靠自己。不去养成依赖他人的习惯，也便不致一朝落魄，无枝可依。

然而这一天，她遇见了一个奇迹。终于窥探到尘世间还有这样的奥秘，一个让两个孤单的个体，可以合二为一，连接成一个整体的天机。她得到了他的一部分，再也不会孤独了。

几番交融，无数次起起落落之后，心中的阴霾也随着这震荡被洗涤掉，桑祈依偎在晏云之怀里，精疲力尽，唇角却噙着笑意。

晏云之帮她拢了拢被汗浸湿了贴在侧脸上的长发，轻轻按着她的小腹，暧昧一笑，问道："笑什么，舒服了？"

桑祈一阵害羞，别过头去拧他的胳膊，假意嗔道："才没有，疼死了，你这伪君子，居然这样欺负我。"

"是吗？"被人骂了是伪君子，他也不生气，只是微微挑了挑眉，而后一脸平静，用关怀的语气道，"那以后不做了。"

桑祈无言以对，又狠狠掐了他一下。

他又抱了她一会儿，才笑着放开，起身去拿帕子帮她擦拭。

桑祈躺在毛毯上看他，不由得在心里暗暗比较了一下他的身体和自己曾经不小心看见的那个男人的，感慨果然还是他的好看。穿着衣服的时候，看着还是挺清瘦的，没想到里面这么有料。

晏云之却不知道她在想什么想得脸红，一抬头，迎上她的视线，问道："还想要？"而后有些为难的样子，"我倒是没问题，但刚才是谁哭着哀求不要了来着……"桑祈恼羞成怒，二话不说，拎起手边的枕头就扔了过去。

晏云之灵活地一偏头避开来，拾起一旁的衣服穿上，边整理头发边恢复平常的语气，不再同她打趣，只是温声道："外头的人估计也都起来了，我出去看看，你再休息一会儿吧。"说着拢好头发，理好衣襟，复又变成平日里那个干净清冷的白衣神祇，俯身在她额头上落下一吻。

桑祈确实是想起也起不来，只好顺从地点点头。

外头的人当然起来了，不但早就睡醒了，还以为大司马和左将军丢了呢。

少数几个离大司马的营帐较近，还比较明事理的，隐约猜到了是怎么回事，自觉地守着帐外三尺，不让旁人靠近，被问及理由，便装傻往地上一指，称积水较深，走过去要湿鞋的。

什么鬼理由，真不愧是桑祈带出来的兵。闫琰抽了抽嘴角，刚想冲进去，就看晏云之迈步走了出来，看上去睡得不错，神清气爽。于是他白了拦路的几个人一眼，心道是哪有什么积水，上前拦住他道："战场收拾得差不多了，明早应该就可以开拔，进入岳城。我已经先派一队人马过去了。"

晏云之边往前走边应了声："好。"

对方个子比自己高，腿比自己长，本来平时就跟不上，最近腿脚不太好，追起来更是费劲，闫琰追了两步，问道："桑二怎么了？"

只听晏云之云淡风轻地道："没大碍，再睡一会儿就好了。"

语气非常平常，让人不由得信服，觉得不会有什么不可告人的事情，桑祈只不过是太累了，在他那儿睡得昏天黑地而已。帐内的桑祈一心虚，悄无声息地往里侧缩了缩。

闫琰"哦"了一声，挠挠头跟了上去，还不忘嘟囔一句："真能睡。"

帐外围着的几个士兵，面面相觑，不得不在心里感慨了一句，大司马真是神人也，右将军也真是够单纯，而后清清嗓子，才从帐边撤走，各忙各的。

桑祈疲乏得很，果真在他那儿又睡了一觉后才趁人不注意，悄悄溜出来，回到了莲翩身边。

莲翩一看她的表情就知有什么不对，蹙着眉凑上来，用胳膊肘推推她，问道："小姐，没出什么事吧？"

"能出什么事啊……哈哈……"桑祈干笑着，拿了水囊喝水，佯装不解。

莲翩问了半天，没套出话来，只好作罢，但看着第二天她骑马的姿势，就明白了几分。

桑祈对男女之间的事，向来不感兴趣，一知半解，不代表莲翩也一样。同府上的婆子丫鬟接触多了，私底下传阅的那些见不得光的画册和话本她也不是没看过，对于桑祈在晏云之的帐内期间到底发生了什么，心里已经猜出一二。

在岳城安顿下来后，她便去了一趟郎中那儿，回来给桑祈熬了一壶热茶。

桑祈接过来一闻，就皱了眉头，疑道："这什么玩意儿？"

“红花。”莲翩没好气地答道，在她身边坐下来，抱怨道，“大司马也不为你想想，毕竟没成亲，你又在孝期，万一不小心身怀有孕，传出去可怎么办？”

桑祈尴尬地咳了咳，面红耳赤，绞着手指头，低头道：“他……”

“他什么？”莲翩白了她一眼，“你就知道他好，永远偏袒他。”

桑祈吐了吐舌头：“也不是我偏袒……他……还是帮我推拿过的。”用细如蚊蚋的声音，说完了这句话后，为了不让莲翩操心，她还是把这碗红花水喝了下去。

莲翩看她喝得干净，方才满意。事已至此，多余的也不好说什么，只叹了口气，叫桑祈还是多小心些，便去睡了。

然而，比起操心她会不会怀孕，眼下还有更棘手的问题。占领岳城后，原本松了一口气的将士们，很快便发现了一件非常奇怪的事情——岳城里物资紧缺，官府根本没有存粮。

本以为可以暂时获得甄永寿部剩下的补给，不必像之前那样着急，等待后方队伍上来的他们，再一次陷入尴尬的境地。塌方的道路尚未可以通行，而他们的粮食，就算再节省，也只够再吃两天了。

众人商议对策，晏云之沉吟一番，提议道：“我们可以向岳城的商号借粮。”

闫琰觉得不太可行：“现在是战时，他们若是有粮，高价卖出还来不及，哪里会借给我们？”

晏云之道：“钱我们不差，只是一时难筹。若是他们高价肯卖，以我们几家的声誉，先借些粮食，回头再把钱补上，也应当不成问题。”于是便派人前去打听打听，岳城之中，现在有没有什么大型商号在，粮商们现在手头都有无存粮。

打探的士兵很快就回来了，兴奋道：“岳城现在确有一家商号在，而且卖粮，还是大燕第一大商号汤家的铺子。”

一听说管事的是个汤家姑娘，桑祈想起一个故交，决定由自己出面，前去会上一会。临行前，她和莲翩张罗了一番，带上了仅备的几套首饰中最好的一套。

汤家铺子位于岳城的中心，装潢最豪华的那家就是，非常好找。街道上因为战乱，没几个行人，大多商铺都大门紧锁，挂上了歇业的木牌。只有这里还在营业，宛如仍在太平年景。

为了掩人耳目，桑祈穿了一套平常的衣裙，看上去不过是个普通贵族小姐的模样，进了店门，对掌柜道有事要找东家商议。

掌柜一看她的气势便知是重要客户，恭敬地一抬手，请她到二层一坐。

桑祈跟着去了，见到这个汤家小姐，眸光一亮，果然是汤宝昕。汤宝昕正独自一人在二楼算账，将算盘拨得噼啪响，看见她，也有些惊讶，摆摆手叫掌柜下去，便起身道："桑祈，你怎么来了？"

桑祈笑笑："我也想问这句话呢，兵荒马乱的，你家里怎么放心让你到岳城来管事？"

汤宝昕倒是一副无所谓的样子，耸耸肩，道："没办法，谁叫我不安分呢，你不也一样？"说着略显英气的眉梢一挑，抬手客气道，"坐下说话。"

久别重逢，本有太多话想聊，可桑祈有任务在身，不便寒暄，寥寥几句后，便开门见山地切入正题，阐明自己的来意。

汤宝昕听完，面露犹豫之色，沉思半晌，轻叹一声，道了句："恐怕不行。不瞒你说，甄将军他们在的时候，粮草就都是我们供的。可是拿出来给你们……以我们现在站在朝廷这边的立场来看，怕是不妥。"边说边摇摇头。

朝廷，想必是指卓文远的朝廷。想起最后一次二人相见的时候，正是在卓文远和宋佳音的大喜之日，桑祈心下明了了几分。不过是萍水相逢的缘分，自己来了，对方肯友好相见，已经是给了面子，断不会因为这么点情分，违背背后整个家族的意愿。在她将价格再次抬高之后，对方还是摇头，桑祈便知自己是要无功而返了。

正巧这个时候，三楼下来两个男子，看样子好像是汤宝昕的兄长和叔叔。汤宝昕起身给二人行了礼。出于礼貌，桑祈也跟着作揖。

两个男子中年纪较长的一个问了桑祈的身份，汤宝昕只道是来买粮的，并未说姓甚名谁，而后用眼神示意她，有送客之意。桑祈领会，便大方自然地告了辞，说着回去跟父亲商议了之后再过来，快步下了楼。

莲翩和两个士兵正在不远处等她，见她走出商号，匆忙上前询问情况。桑祈摇了摇头，叹道："算了，还是回去想想别的办法。"可又有什么办法呢？她自己也不知道。

然而，就在她刚要迈步打道回府之时，忽然听到身后有人叫自己。回身看去，正是汤宝昕。只见这个衣着华贵的女子从容上前，掏出一块玉佩，放在她的手里。

桑祈低头看了看，笑容无奈，想要把玉佩还回去，推拒道："你的好意我心领了，但我不缺这些。"

“不。”汤宝昕坚定地又将玉佩推回去，解释道，“刚才三叔在，有些话我没说完。虽然站在家族的立场上，我没法帮你，可是抛开家族不谈，我个人跟你是朋友。这些年除了家族的生意，我自己也尝试着经营了些个人名下的商号。虽然实力比不上汤家的，但应该也能帮上一点忙。这块玉佩你拿着，只要看见有和上面图案一样的旗号，都可以进去，要他们无条件相助。”

桑祈一怔，将手中的玉佩握紧了些，只觉微凉的玉璧上，还残存着对方掌心的热量，贴心而温暖，一时感动，说不出话来，伸臂给了她一个大大的拥抱，感激道：“多谢，我真的不知道该说什么好。”

“没什么。”汤宝昕一脸平常，似乎也没觉得自己做了什么要紧的事情，只道，“这是一个朋友应尽的情分。而且，别看我不过是个商贾之女，可我们行商之道，也未必单单看重眼前的一时利益。朝堂如生意场，卓氏、荣氏、晏氏……到底谁会是最后的赢家，暂时还不好说。我只愿，如今帮了你，将来万一有一天，需要你帮我的时候，你也能拉我一把。”

轻描淡写的一句话，在战乱年间，在二人的立场下，却显得如此宝贵。纵使卓文远抛弃了他们的友谊，这个交情浅淡的商家女子，却坚守着这份曾经互敬友爱的微薄情分。桑祈将玉佩收好，拍了拍她的肩膀，郑重道：“如若能助，必不相负。”

而后她告别汤宝昕，愉快地带着莲翩回去交差，忍不住还哼哼上几句小调。走着走着，忽然发现，城门口停了驾马车，车上的人似乎与守城的官兵发生了争执。

甄永寿驻扎在此地的时候，岳城是禁止平民百姓出入的。自打他们到来以后，放宽了进出城门的政策。只要在岳城内有亲眷，由亲眷本人来接，便可入城。看样子，马车的主人并没有亲眷来接应，却也想进城，因而被官兵拦了下来。

桑祈瞟了一眼，本不想多管闲事。然而刚刚收回视线，还没走远，便听那几个守城的官兵急切地高声叫着“将军”，迷茫地左右看看，确定周围没有另一个将军了，才指了指自己，疑惑地看向对方。

那几个官兵对着她连连点头，她迈步走过去，疑惑道：“找我何事？”

官兵状若松了口气：“将军您来得正好，这位姑娘非说自己是您的亲眷，属下不信，一直没敢放行。”

“定是有什么误会吧？”桑祈一听就乐了，自家姐姐早就去世了，其他亲眷要么在齐昌留守，要么和西昭人混在了一块儿，哪会有什么姑娘来找自己呢？刚说完肯定不是，摆手要走，就听马车里一个声音响了起来，轻声细语地唤她：“桑祈。”

桑祈脚步一顿，觉得这个声音有点耳熟，好像在哪里听到过，可是又记不太清了。回眸打量，便见马车的车帘挑了起来，一个姑娘探身出现，轻轻解下了面上覆的薄纱。尽管一身素衫，却依然美丽动人，不可方物，不是苏解语又是谁？

再三确认自己没看错后，桑祈深感意外，诧异地惊呼道：“兰姬，你怎么跑到这儿来了？”

“说来话长……要不我们换个地方聊。”苏解语向侧旁看了看，温声道。

“好的，快跟我来。”桑祈忙同守门官兵知会了声，这人是自己的朋友，之后引着苏解语一行，回了住处。

“洛京那么远，这一路风尘仆仆，定是吃了不少苦头吧。”邀她先在自己帐中小坐后，桑祈一边叫莲翩备茶一边道。

“还好。”苏解语答得平静，关于路上遭遇的一切只字未提。可从她面容上显而易见的憔悴，便不难看出她经历了多少艰难险阻、惊心动魄。桑祈完全想象不出，这个除了守孝的那三年，在清静悠然的山间道观里待过一段时间，从来都没有离开过洛京的女子，一路是如何走下来的。只觉自己又一次被她惊艳到，尽管她此时褪去了在洛京时的风雅唯美，精神紧张，举止疲惫。

“喝了茶，我会教人帮你安排住宿的地方，你先去换身衣服，面纱也可以摘了。”桑祈忍不住叹道，“这里很安全，不用再担心。”

“给你添麻烦了。”苏解语端庄有礼地笑笑。

“哪里的话？不麻烦。”

这时，正好莲翩倒茶回来，将茶壶放在桌上，席笙赶忙接了过去。桑祈摆摆手，想着叫莲翩跟自己一起先去给她找住的地方，让她暂时在自己这儿歇歇，便起身往外走。

苏解语见二人要出门，叫了她一声，似是有话要说。可等到桑祈停下来等她说的时候，却又笑着摇摇头，不说了，低眸喝起茶来，眼波随着茶杯中的液体轻荡。

桑祈脚步一顿，似有所悟，道：“要不，我先带你去见少安？”

“不必。”苏解语呷了口茶，抬眸望向她，道，“车马劳顿，我太累了，还是先借用你这儿歇息一下再说吧。”

既然她本人都这么说了，桑祈便也不再多言，颔首告辞，拉着莲翩退了出去。走出去几步远，莲翩皱着眉头扯她的衣袖，低语道：“她来做什么？”

桑祈耸耸肩：“你问我，我问谁？”

“八成还是对大司马没死心。”莲翩挑眉，自问自答。

“瞎说什么呢？”桑祈无奈地在她腰间戳了戳。

莲翩连忙避开，做了个夸张的表情，道：“我可不是瞎说。别以为没有洛京的消息，我就看不出来。她还梳着闺阁女子的发髻，分明还没成亲。眼下又跑到军中来，不是为了投奔大司马，还能为了什么？小姐呀，你可要当心着些了哟。”

桑祈以白眼回之：“背后嚼舌根，兰姬不是你说的那种人。”

“我说她是哪种人了吗？”莲翩一挑眉，道，“若是往常，她兴许没有这个心思，知道什么该做，什么不该做，该跟谁保持距离，我信。但现在是战乱年间，很有可能过了今日，没有明天。这人的想法呀，可就与平常不一样了。也许只在乎当下，不顾忌那么多后果了。”

桑祈默默听完，沉吟半晌，抬眸看她，了然道：“你这说的，是你自己吧。”言罢抚着唇角，继续点头，“我说怎么最近看你和闫琰不怎么吵架了，一直相处融洽的样子。还想着，你不是之前还说讨厌人家，跟人家没可能，惦记也没用来着吗？”

分明在提点她要多注意苏解语，却莫名其妙地又扯到自己身上来，莲翩张了张口，一时不知道该接什么话，红云一路铺到耳根后，才一跺脚，丢下句：“懒得管你。”愤愤不平地走掉了。

一看就是被人识破了，心虚的，桑祈如是想，不由得吐舌笑笑，转了方向往晏云之那儿去。一进门，她先说正事，把玉佩拿出来放在案上，道：“汤家商号不肯卖粮给我们，可主事的小姐是我的旧相识，给了我这个。”

晏云之接过来打量一番，听她把玉佩的用途说完，沉吟道：“也好，只是我们到哪儿去找这些铺子？”

“这……”桑祈一怔，才想起来自己好像光顾着激动，忘记问了，挠挠头，讪笑道，“不知道。要不，我等会儿再回去问问？”

晏云之看她窘迫的样子，唇角勾了一丝笑：“不必了，既然汤家是和卓氏一伙儿的，你若再去，会被看穿身份，自己危险不说，恐怕还会连累那位仗义相助的汤小姐。我便派几个人，将玉佩上的图案记过之后，火速去找吧。想来既然她这样告诉你了，能帮上忙的铺子，也不会太远。”

说得也是，桑祈松口气，找了个地方坐下来，道：“还是你聪明。”

晏云之笑而不语。

坐了一会儿，她开始把玩他案上摆的一块干净的砚台，轻轻抚着砚台上单腿站立着的那只漆黑的仙鹤，低声道：“苏解语来了。”

“嗯？”晏云之抬眸看了她一眼。

“苏解语来了，现在正在我的帐子里，我让莲翩去给她找住处了……你要不要过去看看？”桑祈迎着他的视线看回去，一边用力捏可怜的仙鹤，一边说。

比起她的意外来，晏云之对于这个消息接受得倒是比较平静，没有表现出过多惊讶，只是沉思了片刻，问道：“她可说了是来做什么？”

桑祈摇摇头：“没有。我想，可能只是来找你的吧。”

晏云之眉梢轻轻扬了扬：“既然没说，你怎么知道？”

“那不然，难道是来找我的？”桑祈哼唧了一声，“这不是明摆着的事儿嘛。”

晏云之不置可否，只道：“既然在你那儿，你便先安排着吧，我这儿还有好多事要忙，无力分神。回头有空了，再去看看。”说完便低下头去看手上的书册。

“真不去？”桑祈凑上前，试探着问了句。

“真不去。”晏云之头也不抬，淡声道。

“唉，人家姑娘要伤心的。”

桑祈叹了口气，又坐回去，小小地打抱不平了一下，可嘴角却不自觉地流露出几许笑意。

只听晏云之道：“那你叫她过来也行。”

她手上一用力，差点儿把立在砚台上的可怜仙鹤整个儿掰下来，没好气儿地回：“成，等晚上的。”

到了夜里，苏解语睡了一觉后，精神了许多，又换上了平常的衣裳，重新打理一番，摇身一变，洛京早春烟雨里那个温婉端庄的美丽少女再次出现在眼前。

桑祈不由得感慨：“好长时间没见过一个这么正常的姑娘了，仿佛一下子回到了洛京……”

莲翩在旁边狠狠踩了她一脚。苏解语笑得也有些无奈，让席笙留下收拾行李，便道：“走吧。”而后跟着桑祈一同来到晏云之的帐门外。

追逐过千山万水、一路未曾有过半分动摇的她，却在同他之间只隔了这最后一道薄薄的透着烛光的帐门的时候犹豫了，驻足止步，久久不前。

反倒是桑祈落落大方地挑了帘，等了半晌发现她没挪步，才回眸问："怎么了？进来吧，没什么军事机密。"

苏解语闻言，眸光从片刻怅然中清醒过来，恍惚笑道："是啊。"复又挺直脊背，跟在她身后，款款走进帐内。

主帅的营帐里随时有人进进出出，对于突然造访的客人，晏云之毫不在意，连头都没抬一下，专注地凝视着面前的沙盘，抬抬手，道："说。"

桑祈三两步凑上前，伸手在他眼前晃晃，道："兰姬来了。"

他这才将视线挪开，转移到多时不见的老友身上，颔首示意，友好地打了个招呼。

三人一同小叙，关于自己到来的目的，苏解语直白坦言，是因为记挂他，还有桑祈的安危。

久别重逢，自己痴心相付的那个男子，丝毫没有被硝烟与战火折磨得粗粝。经历过灾荒与战乱、颠沛与流离，背负着莫须有的罪名……尽管如此，他依然是她所熟悉的清冷如雪、仙姿朗落、高洁脱俗的模样。仿佛那高山之巅，凛然不屈的仙人，人世间不存在任何事物可以将他打垮。依然，在四目相对的一瞬间，令她不可抑制地心如鹿撞。

然而她却拼尽全力，好好地将全部思念与冲动，用一双幽兰般宁静淡泊的美眸，尽数压制了下去，万般潮涌，不露痕迹。只有眼神，还是时常不受控制地落在他身上。为了多看他几眼，同时不暴露自己的情绪，她将自己离开洛京前，洛京的情况简要叙述了一番，并描述了自己一路以来的见闻。

晏云之和桑祈大多数时候认真倾听着，偶尔会问几个问题，不知不觉，就聊了一个时辰。苏解语可能从小到大都没一口气说过这么多话，一直喝茶润着喉。关于自己遇到的危难，她自然是隐去了未表。吃苦遭罪，也都站在旁观的立场上，寥寥数语带过。只道是因为战乱和先前的旱灾，百姓已经承受了太大压力，苦不堪言，甚至有些人不惜铤而走险，做起了肮脏的营生。若是可以的话，但愿战争能早日结束，动荡尽快平息下来就好了。

桑祈虽然没亲眼所见，仅仅听说也觉得心有戚戚，认同地点点头。

眼见着周围的营帐都已经灭了灯歇下，几人交谈得也差不多了，苏解语觉得再留下去多有失礼，便自觉告退，说刚到岳城，还得好好安顿一下，明天再看看有没有什么自己力所能及的事情可以做。

因着军中都是男人，给她安排到别处也不方便，桑祈已经让莲翩多备了两套被褥，干脆让她和自己睡在了一个营帐里，这会儿便要同她一起回去。刚要出门，只听晏云之淡淡道了句："送完回来一趟，关于那个玉佩的事我还要同你商量。"

"没问题。"桑祈爽快地挥挥手。

出了营帐，二人一起往回走，路上难免遇到几个巡逻的士兵，好奇地打量着苏解语。她一路走来，已经适应，以淡笑一一回应。

两个营帐之间的距离不远，很快便到了，苏解语先挑起帘来，站在门口道："既然大司马还有事与你相商，你就先去吧，我自己安顿一下便可。"

"好吧，如果有什么事的话可以找莲翩，晚上最好还是不要随便走动。"桑祈想了想，叮嘱道。说完，她转身又要回去，只听苏解语在背后幽幽地唤了句："桑祈。"

"嗯？"

"其实，你也知道我来的理由吧。"苏解语眸光微荡，凝视着她道，"知道我还是放不下他。"

如果她不主动提起，桑祈本来是没想聊这个话题的，闻言脚步一顿，点点头，笑道："也正常，说来自从圣旨下来，也一直没来得及见你一面。我还想问问，苏府和晏府都是什么反应来着。"

"父亲母亲都不高兴是肯定的。可与西昭的战事摆在眼前，父亲也没心思多说什么。至于晏相和夫人，你倒是不用担心，他们对于少安的事情一直看得很开。"

"那就好……"桑祈道，踟蹰一会儿，又问，"你呢，你怎么看？"

苏解语低眸片刻，低低一笑，道："大概就是命中如此吧。"言罢又道，"话虽如此，你也不必担心，分寸我还是晓得的。"

"这我当然清楚。"桑祈忙道，"既然来了，你也别多想，注意安全便是了。"

苏解语也点了点头，表示明白和感谢她的理解，而后放下了帐门。桑祈转身，揉着太阳穴，往晏云之那儿走，只觉右眼皮一直跳个不停，有种不祥的预感。

眼下甄永寿的队伍彻底被打散了，后续卓文远还会派兵来，但一时半会儿还到不了，显然忧心的不是这个；后续的部队刚刚取得联系，说是西昭人在占领了平津城之后便驻守在平津，没有再追过来，继续跟着他们的只有桑家旁支的那支队伍，人数较少，暂时不会构成太大威胁；被阻塞的山路雨停了之后，也很快就能修复了；粮食的问题，汤宝昕给的玉佩也应该能帮上忙。可以说，种种迹象来看，自己的队伍在若干日内，都会处于一段相对平稳的时期，这种不祥的预感，又究竟从何而来？一直晃悠到晏云之的营帐里，她也没想明白，摇着头，叹了口气。

晏云之坐在桌前，见她闷闷不乐，不由得挑眉问道："不高兴了？"

"嗯？"桑祈抬眸看他一眼，见他正在招手示意自己过去，便走到他身边坐下，坦言道，"你以前说我体质异于常人，我觉得不无道理，因为每次想好事总是难成，坏事却每每应验，这不，眼皮又跳上了。"说着还抬手指给他看。

晏云之淡淡瞥了一眼，道："可能是困的。"

"……困才不是这样的。"桑祈无语地翻他白眼。

晏云之便笑笑，不再同她打趣，而是指着面前的沙盘，与她一同讨论起运粮的下一步计划来。

由于桑祈个子矮些，伸手比画的时候不容易够到沙盘的另一边，干脆一偷懒，俯身靠在了沙盘上。二人你一言我一语说了一会儿，不知不觉，她感觉到有只手在碰她的腰，晏云之俯下身来，靠得很近，近得她的耳畔能够清晰地感觉到灼热的呼吸。

不知什么时候起，空气也开始变得灼热起来。他的呼吸略微急促了几分，说话的声音也变得暧昧低哑。一个不留神，桑祈就被他解了衣带，面色一红，有些局促，反手推搡道："等一下，我先研究完这个。"

"不忙，你慢慢想。"晏云之慢条斯理地边说边将她的衣摆轻轻撩起，几番摩挲，贴身相蹭……桑祈站也站不稳，想叫又不敢叫出声来，只好紧咬柔唇，哀怨地回头，用干瞪眼表示自己的不满。

但很快，她又被他带到忘我的境地里，满腔幽怨，都化作了爱意缱绻。营帐里的烛火大多吹熄了，只有他们面前的一盏油灯亮着，照亮眼前的一小块沙盘。夜色中，如此温暖情浓的角落，二人紧密纠缠，难分难舍……

过了一会儿，桑祈忍不住挠他，刚想打趣两句，却看他合着眼眸，若有所思的样子。不由得想起自己刚告诉他苏解语来了的时候，某一瞬间，也看到过这样的表情在他脸上一闪而过。于是她清清嗓子，半开玩笑地问了句："兰姬来了，你心有触动？"

“嗯。”晏云之平静地应了一句。

桑祈心头一跳：“什么触动？”

“总想着，人家既然这么讲情义，回头我也应好好回报才是。”

“如何回报？”她声音颤了两颤。人非草木，孰能无情，苏解语这般作为，就是清冷淡泊如晏云之，怕是也要为之感动了吧。她忐忑又好奇之际，只见他一睁眼，修长的睫羽将她的身影扫进眼底，从容自若道：“用庆丰楼的包子回报如何？”

桑祈一怔，旋即笑出声来，用力掐了他一下，嗔道：“没个正经。”言罢拢拢衣衫，将裸露在外的肩头遮好，站起身来，又拿着灯盏去看沙盘。

见她还没有要回去睡觉的意思，晏云之复又将她揽到怀里，轻轻咬了一下她的耳垂，温声道：“你要不想回去，睡在我这儿也行。”

上次第二天起来，路都走不好，过了一整天才缓过来，桑祈还心有余悸，一听说住在他这儿，赶忙避让开来，连连摆手道：“不用了，不用了，多谢师兄照顾。我这人认帐篷，还是回去睡得好。”说完放下烛台，快步跑了。一路做贼似的，回到自己帐中，只见莲翩早就已经睡下了。倒是下午刚睡过一觉的苏解语和席笙还醒着，在帐篷一角点了盏油灯，一个在仔细地一根一根擦拭琴弦，一个在缝补衣物，听见声响，齐齐向她看来。

桑祈干笑一声，轻手轻脚地走到放水盆的地方，想先擦洗擦洗，有点儿后悔没在晏云之那儿擦洗。正当她摸黑寻找帕子的时候，苏解语拿着灯，悄无声息地走了过来，为她照着。

“多谢。”没点光亮是不方便，桑祈也便没推脱，借着光亮，快速洗了把脸。

由于灯光只能照亮近处，苏解语站得离她很近，安安静静地提着灯，待她整理好，说“可以了”的时候，才从失神中回过味儿来，却没抬步，反而笑笑。

桑祈疑惑地看去。她自觉失态，轻咳一声，收敛笑意，道：“恕兰姬唐突，只是，你会回来，我有点意外。”

“呃。”桑祈窘迫不已，尴尬道，“当然要回来了。毕竟，我和他还没成亲呢，不方便走那么近。”

“虽然没成夫妻之礼，却已有夫妻之实，不是吗？”苏解语抬眸直视着她，问道。

桑祈面色一僵，捏着帕子，都不知道手该往哪儿放才好了，惊讶道：“你怎么知道？”话一间出口，才反应过来，完了，这岂不是相当于不打自招？

“猜的。因为你身上全是他的味道。”苏解语低眸，笑容中有几分说不清道不明的苦涩。

桑祈不自觉地深吸了两口气，发现自己竟全然没有察觉。也不知道是不是这事儿人人都发现了，只是都心照不宣地缄口不言而已。也就自己以为别人都天真单纯，懵懂无知。看着苏解语的表情，她不由得有些后悔，想着还不如不回来了。

苏解语倒是没多说什么伤神的话，只是往回走，顺便道了句：“不要怪我多嘴，既然我虚长你几岁，觉着有必要提醒你一下，桑公刚薨殁不过一年，你还有两年的守孝期要过，万一……可就麻烦了。也不知你对闺房之事了解多少，要不，平日还是常喝些红花水为好。”

“嗯……莲翩已经帮我煮过了。”桑祈咳了咳，点头应道，“放心，我也有分寸。”

苏解语却摇头笑笑，不敢苟同：“都到了这一步了，可不像是有分寸。”言罢敛袖坐下来，认真看着桑祈的眼睛，道，“我了解少安是什么样的人，他表面也许不像家兄那么放任疏狂，但心里也是视礼法规矩如无物，不在乎这些的。可世人毕竟大多在乎。事到如今，再说这个可能已经晚了，但我还是不能认同你们的做法。夫妻之事，理应等到成婚之后。你便这么由着他，实在不妥。”

桑祈也跟着坐下，耐心听她说完这么一长串话，捏着衣角浅笑：“其实也不能说是由着他……是我自己愿意的。你的意思，我懂，但下媒落聘，洞房花烛，都只是形式而已。不管有没有这些，我都会和他在一起，也当真不在乎这些虚礼。有些事情，心之所向，如若抗拒，未免煞风景。”

听她这样说，苏解语知道二人观念有着根本的不同，也就不再自讨没趣，点点头，住了口。大帐中沉默了下来。半晌后，桑祈突然抬头看她，低声开口道了句：“不过，还是很感谢你能对我说这些话。我以为你不会再与我做朋友了。”

灯花跳了两下，发出轻微的噼啪声。少顷，苏解语的声音淡雅温润地传来：“我原也这么想。可是得到战局变化消息的那一刻，好像突然明白了一个道理。人与人之间的关联，其实是无比脆弱的。在天灾人祸，家仇国难面前，根本不堪一击。一个生命，如此轻易便会凋零，与他相关的一切缘分，也将随之了断。这样一想，便觉得，无论怎样的缘分，只要存在过，都独一无二，弥足珍贵。还要斤斤计较的话，就太不懂得珍重了。如你所言，辜负心之所向，未免煞风景。”

桑祈折腾了一天，已是困倦，合着眸，听得似懂非懂，只觉得苏解语的心结多少算是解开了吧，这样自己也舒服些。于是她点点头，也没回答，便沉沉睡了过去。

第二天，晏云之安排了运粮的队伍出城，苏解语也在军营之中找到了自己力所能及的事情。先前，莲翩一直在伤兵营帮忙打下手。自从闫琰腿伤了之后，才开始全心全意照顾闫琰，没再过去。而受伤的将士，其实还挺想痛苦之际，能见着个温柔的姑娘家的，别说聊天解解闷了，就是光看着，赏心悦目一下也好啊。并且，相比较而言，还是女人体贴，下手温柔。有些糙汉子绑起纱布来，简直跟要勒死人也没什么区别。

苏解语便自告奋勇，带着席笙一起去照顾伤员，令整个伤兵营如沐春风。

又过了几天，阻塞的山路终于恢复通行，后继部队陆续赶来。桑祈等人有了充足的粮草在手后，又可以作为开路先锋，继续向临安进发了。

然而，随着向终点推进，新一轮敌情又摆在了眼前。

第十七章

分别终有时

白马河岸边，等着他们的是一件好事和一件坏事。

好事便是，太子和南迁的世族一行人已经安全抵达临安。

坏事则是，甄永寿带领的那支队伍的残部，与后来从洛京派出的援军合并，挡在白马河，阻了晏云之军往临安去的路。

桑祈一听说对方易帅，从霍诚变成了宋落天，当时就差点把刚入口的热茶喷出来，瞪大眼睛问："那么大个洛京，难道就没人了吗？"

闫琰正在摆弄案上的一堆急报，闻言手上微微一顿，道："八成是专门为了我俩来的。"言罢突然想起来什么，咧嘴一笑，又补充了句，"如此由着宋家任性妄为，可见卓文远现在处境也挺艰难。"

"确实是难。"桑祈耸耸肩，"濮阳王和淮阳王早就打到洛京了吧，估计正闹腾着。这皇座坐上去容易，一直坐着不让人推下来可不简单。"

闫琰深以为然地点了点头。

于是白马河的双方交战状态，变成了对方想过河，去继续追被带到临安的小太子，同时又不想让晏云之方过河，晏云之方也想过河，去与迁入临安的小太子和一些南迁世族会合，同时也不想让对方过河。双方在白马河北岸互相纠缠，猛拖对方后腿，大有我过不去你也别想过的架势。

这一纠缠，便又纠缠了数月。临安的城门一直紧闭着。

是日，桑祈站在一处矮坡上，向西南方向眺望，能看到白马河波光粼粼的水面。终点近在眼前，就隔着这么最后一条浅浅的细带，竟然好似天堑。冬天了，即使在草木四季常青、鲜少落雪的温暖西南，风也带了几许清寒。晏云之走过来，拿了件斗篷搭在她肩上，站在旁边一起远眺。

桑祈道了声谢，问他："霍博士近日可好？"

自从上次大败甄永寿，知道霍诚身在曹营心在汉，暗中帮助过他们后，她就难免心惊胆战，生怕内情败露，夫子遭遇不测，再考虑到宋落天那个人的性格，近来没上前线，没了博士的消息，便有些放心不下。

"前日对战还有人看见了他，在做先锋将军。原本以为甄永寿倒台了，他可以接管帅印，可自从宋落天到来之后，敌营之中，似乎都是宋落天一个人说了算。"晏云之淡淡道。

桑祈忍不住揉揉太阳穴。本来刚听说对方主帅换人，成了宋落天的时候，她和闫琰的态度还十分乐观，觉得把他的队伍打趴下，渡过白马河，不费吹灰之力。却没想到，生生被耗了这么长时间。

"宋落天哪懂得什么兵法战术？"她怎么也想不通。

晏云之倒是不觉得难以理解："许是本来不懂。但你莫要忘了，他并不傻，在阴谋诡计方面向来是个中高手。"一想到宋落天掌权之后，运用的那些战术，他的眸光就不由得暗了暗。

桑祈面色也凝重了几分。的确，宋落天带领的这支队伍，论能力，论策略，比晏云之军都远远不及，可论歪门邪道却占尽上风。

就拿上一次的战役来说吧，分明晏云之军已经占了优势，眼看已经把他们逼得没有退路。他们竟变戏法似的，突然将几名妙龄少女押到阵前，声称若对方不退兵，就要当场奸污这些女子；若是退兵，便可将这几名姑娘放走，令其免遭沦为军妓的命运。

一排风中落叶般瑟瑟发抖的姑娘，其中还有看上去才十二三岁的孩子，衣衫褴褛，表情灰败，站都站不稳。那哀求无助的目光，看得人心中酸痛。为了证明自己所言非虚，对方还当即扒下了一个女子原本就破烂不堪的衣衫。瘦弱而苍白的肉体，在两军交战的前线，与周遭的一切显得那么格格不入。裸露的躯体传递出来的信息，没有欲望，只有悲凉。桑祈恨得红了眼睛，只好咬牙切齿地下了撤退的命令，将差一点点就取得的胜利拱手相让。

那是好不容易发动的一次奇袭，失了机会，便又陷入更长时间的拖延。打了这么久仗，她第一次感到迷茫无措，回来后久久窝在营帐里不出去，害怕别人说她心软、懦弱、妇人之仁。

某天夜里，她终于忍不住问晏云之：我做错了吗？幸好彼时他只是温柔地抚着她的发，微微摇了摇头。

部下之中，有人对她不满，但好在，大多数人还是觉得她做的是正确的抉择。而当看见其中一个被她带回来的姑娘，明明已经恢复了自由身，本该远走他乡，离开战场，去过太平日子，有一天却突然回来了，带着自己的丈夫和两个年幼的孩子，求见于她，而后二话不说跪下就开始磕头，怎么也拦不住的时候，她才真正觉得，自己做了对的事情。每回想一次这番经历，就愈发觉得宋落天面目可憎，拳头也难免要握得紧上几分。

晏云之伸手，用自己的掌心将她紧绷的拳头尽数包住，道："要入夜了，回去吧。吃完饭，大家一起讨论一种新战术。"

总这么拖下去也不是办法。虽然有他们在后面纠缠着，又有一路护送太子而来的晏家私兵驻守，宋落天也进不了城。

可谁知道，那些本就为数不多的私兵还能撑多久呢？谁知道，宋落天又会想出什么臭不要脸的战术呢？谁知道，洛京什么时候会派来新援军呢？

夜长，做噩梦的机会便多。

大司马的营帐里，又一夜灯火通明。晏云之说要以其人之道还治其人之身的时候，桑祈惊讶地以为自己听错了，迷茫地问了句："再说一遍？"

晏云之从容不迫地重复道："以其人之道还治其人之身，既然宋落天一直跟我们玩阴的，我们再这么君子下去不是办法，也要做一回小人。"

"这怎么行！"闫琰一拍桌子，第一个不干了，剑眉紧锁，愤愤道，"要老子搞点恶作剧还行，像他那般龌龊下作，我可干不出来。老子宁可战死，输得一败涂地，也不能放着人不做，去做畜生啊！"

想到宋落天干的那点事儿，他都恨不能直接扑过去揍得那禽兽满地找牙。就说上次吧，这人也不知道从哪儿听说的，无论是原桑家的队伍，还是现在晏云之的军队，都治军严谨，从不随意搜刮百姓一米一面，也不收军妓，好多血气方刚的大老爷们都有日子没碰过女人了。宋落天竟然故意偷偷摸摸跑到他们的营帐附近，找个夜深人静的晚上，带着军妓来嫖，并且她们还不是普通的平民百姓家的姑娘，而是有意找的精于此道的花娘。

虽然不消片刻，他们就整装出动，前去搜寻，对方也赶忙逃散了。可后来好些人都睡不着觉，着实军心乱了一阵。导致闫琰心惊胆战了好久，即使明知下属都是自家兄弟也不放心，恨不能天天把莲翩放眼皮底下看着。好在，一直没出什么事。教他去做如此兽行，哪怕莲翩说行，他都过不了自己这一关。

众将也不明所以，议论纷纷。却听晏云之一抬手，示意大家安静，淡笑道："也不是当真要做小人之举，只是使诈，骗他们一骗。"

桑祈听着，在一边直皱眉头。兵不厌诈，骗人正常，她倒是一开始就没觉得晏云之真的会去使什么下三烂的手段。可是她在意的是，有些招数对他们有用，对宋落天，能有效果吗？人家已经是禽兽不如之人中的翘楚了，岂会买吾等凡夫俗子的账？

闫琰听说不是真的要去做什么龌龊事，才冷静几分。

"怎么骗，难道我们也要去找些女人来？"董先念诧异地问。

"女人对他们当然是没有用的。"晏云之道，"可是对方心里也有欲望，很可能为此上钩。"言罢视线掠过闫琰和桑祈。

迎上他的目光，桑祈明白了他说的意思，接道："比如我和琰小郎。他想要报复，看我们出丑受挫，下场惨烈，甚至比取得胜利更能吸引他。这才是他到这儿来的目的。"

晏云之微微点头。

闫琰毕竟也跟随他有些时日了，虽做不到桑祈那么心领神会，也依稀有所悟，了然道："如此说来，便是我和桑二要去演这个骗他的戏码？"

晏云之正是此意，将自己的具体计划娓娓道来，不时看向桑祈和闫琰，用眼神询问二人能否接受。众人一听，确实是个能让敌人放松警惕的好办法。若加上霍诚做内应，从中协助的话，许能成功。只是，主要负责实施的桑祈和闫琰，恐怕要冒风险，还是相当大的风险。

对于这种事，二人倒是挺平静。毕竟说起与宋落天的斗争，可没人能比得过他俩。桑祈在心中暗暗盘算一番，觉得还比较有胜算，听完稍加思忖，便道："可以，我去。"

这个方案其实有一个很简单的主旨，便是诈降。晏云之设计，在发起一次大规模交锋之后，令桑祈和闫琰假意通过受伤或落单等方式，受制于敌军，并最终被带回敌军大营中。

若是别人被俘，遭受的待遇大约不是关押，就是诛杀。可桑祈和闫琰不会。宋落天想要的是慢慢折磨羞辱他们，他们也便正好可以反过来利用这段时间，想办法将身上藏好的蒙汗药交给霍诚。待到霍诚下药，令营中将士中招之后，再破敌军，也就不必惧怕一堆瘫软无力之人使出任何阴谋诡计。

闫琰和桑祈照做了，一切按照计划进行，顺利进入敌军大营。擒获左右将军这么重要的将领，营中将士们颇为得意。而老乡见老乡，却是两眼冒火光。

宋落天居高临下，阴恻恻地笑着，只道："你们也有今天。"

闫琰翻了个白眼不去看他，桑祈则咬着唇，双眸泛红——不是吓的，而是闫琰死命地想将她挡在身后，一直用胳膊肘把她往后拨，铠甲撞在肉上疼的。

不论真相如何，这副模样教宋落天很是受用，见到她不痛快，他也就开心了。

"来人。"作为一方主帅，此人铠甲都不穿，仍着繁复华美的服饰，蹬着青缎粉底的软靴，跷着二郎腿，惫懒地坐在帐中，命人进来，给闫琰和桑祈送些"好东西"。

一根长绳，重新将二人五花大绑，捆得严严实实，而后吊在了帐外。

宋落天决定先杀杀二人的威风，以报上次诗会闫琰的羞辱之仇。他还特地拿了笔墨来，亲自在二人的脸上画小王八。

闫琰和桑祈双手被绑住，吊在头顶，双脚悬空，像两个蚕蛹一般，再扭动也挣扎不开。为了逼真，不让人家看出来自己是故意来演苦肉计的，还得死命挣扎，努力破口大骂，也着实累人。

宋落天踩着椅子画好了，满意地拍拍手下来，决定先不给二人吃喝，展示三天再说。自己则搬了桌案来，在他们面前好吃好喝。

晏云之的军中一直节衣缩食，哪里吃得到蹄髈、烧鸡、八宝鸭等美味佳肴？桑祈余光瞥了闫琰一眼，目光深表同情。

可怜的闫琰腹中空空，尽管扭过头去不看，还是顶不过食物的香气，肚子发出了一声幽怨的哀鸣。不得不感慨，二人较劲多年，宋落天是真的了解他的，能精准拿捏他的弱点。五花大绑没什么，画花脸也认了，如今的他已经不是当年傲娇的小少年。

可看宋落天吃香喝辣的时候，真的被虐到了。

而桑祈平生最在意的，自然是容不得旁人诋毁、轻视她桑家，把家族名誉看得比自己的节操还重。将士们便在宋落天的授意下，专门在路过她身边的时候，指指点点。他们说着大司马如何叛国投敌；晏云之又是如何趁皇帝病重之际绑架了太子，想要挟天子以令诸侯；她作为一个女儿家，又是如何凭着自己的出身，靠并不匹配的实力，坐上了左将军的位置。甚至还有人笑称，见到她，总算明白晏云之的队伍里为何不需要军妓了，敢情这左将军大有用途，可不能小看。

桑祈努力不想听，但听觉和嗅觉一样，都不受意愿控制。闫琰狠狠往离自己最近的一个人脸上吐了口痰，也顾不得胃里的馋虫了，挣扎着拧过头来，对桑祈小声道：“桑二，别听他们乱说。”

桑祈稍稍抬眼，朝他挤出一个笑容来，表示自己明白。她心里绷着一口气，默默在脑海里过着课上学过的古文典籍，自我麻痹，屏蔽周围的嘈杂。虽然她在心里已经将这些人的舌头割掉了千万遍，表面却不动声色，只想着但愿自己的忍辱负重能得到应有的回报。

就这样活活被吊了一天，二人一来觉得假装得也差不多了，是时候服软，表现出沮丧落魄来了；二来也确实是又累又饿没有力气，便垂下了头，顶着巨大的黑眼圈，不再骂人或吐口水。

早上，宋落天睡醒后又神采奕奕、晃晃悠悠出现了，将一盆冷水泼在他们身上，看着他们因寒冷而颤抖、不安、恐惧，愈发享受，玩味地欣赏了一会儿。霍诚走了过来，看看二人，面色凝重，沉着脸道：“主帅如此行事，恐怕不妥。左右将军乃对方主将，我们应当从他们口中问出情报……”

“有什么不妥的？”宋落天不耐烦地摆摆手，打断他说话，不屑道，“都说多少遍了，如今不是在国子监里，少跟我摆师长的姿态。在这儿我是帅，你是将。我说话，你听着就行了。”

霍诚握剑的手一紧，沉着脸，刚想迈步离开，又听他道：“等一下，别走别走，我想到一个好玩的事。”

他能想出什么好玩的事，是祸害人的才对。霍诚眸光凉凉，停下脚步，问道：“何事？”

宋落天附于他耳低语一番，笑得格外不怀好意。

霍诚听完，眉头蹙起，似是愣住了。桑祈可算见到了他，努力瞟着，想找机会给他使眼色，说明自己有话想要跟他说。可霍诚只朝她的方向看了一眼，便又不动声色地领命拱手离去。

她也不知道，这信息到底是传递到了没有。

晌午过后，霍诚再次出现，手里比走前多了一个竹篓。竹篓的盖子封着，看不见里面有什么东西。只见他提着这竹篓，走到二人近前，暗暗道了一声："得罪了。"大手一伸，从中拎出一条小蛇来。

那蛇耷拉着脑袋，一动不动，看起来正在冬眠，硬是被人扰了好梦，迷迷糊糊地还没反应过来。霍诚揪着这小蛇的尾巴就要往她衣领里放。

闫琰忍不住又破口大骂："你们也是男人？能不能有点种，有什么事都冲着我来，欺负个姑娘家要不要脸？"

桑祈下意识地扭动了两下，企图躲闪。她是不怕蛇的，可真要让这玩意在自己身上爬，那场面她实在不敢想象。然而她双腕被绑住，吊在这里，能往何处躲？感受到冰冷的蛇身即将贴上自己的脖颈的时候，她吓了一跳，失声尖叫了句："霍博士！"

霍诚动作微微一顿，然而下一秒还是将手向前伸了伸。

桑祈没办法，情急之下，干脆也不躲了，猛地一扭头，咬住了他的手腕。

"啊！"霍诚吃痛，闷哼一声，松开了手，还没来得及放进桑祈衣领的那条蛇掉在了地上。不知怎的，他一激动将另一只手里拿的竹篓也打翻了。里面还有几条蛇，都掉了出来，横七竖八散落一地。趁宋落天的注意力被这一幕吸引的时候，桑祈赶忙又一晃动身体，用脚踢了踢霍诚，嘴上骂着："呸，休要碰我，你们这些叛徒！"目光却极恳切，一遍一遍提醒着他，快看到我，快看到我。

霍诚抬头，瞥了她一眼，没什么表情，只捏着那条被甩在地上的倒霉蛇，大步走到宋落天面前，道："将军，这蛇不小心被属下踩死了。您看，剩下的几条怕是也不能用了，一时又找不到更多……"

好戏没看成，宋落天觉得很扫兴，剜了他一眼，唾了句："真没用，打仗打不赢，折磨个人也不会。"便失望地拂袖走人。

闫琰可算松了口气，可桑祈心里的大石却始终放不下，因为霍诚离开后也一直没再回来。

入夜，桑祈疲惫得想睡觉，被绑住的手腕传来的痛感、未卜的前程，却让她睡不着。她一直在等，等霍诚出现。此举成败，不在于她和闫琰，而在霍诚。不管他们计划得再周密、执行得再有力，若这次霍诚选择不帮他们，便是全盘皆输。他们非但白吃这份苦头，能不能全身而退亦成了未知数。

胜负在此一搏，唯一的筹码是他的人心。等待，像饥寒交迫一样漫长得难以忍受。直到她精疲力尽，怀疑自己撑不过明天的时候，黑暗中，才悄然出现了一个身影——霍诚来了。

桑祈激动地低声吹了声口哨，叫醒了险些昏睡过去的闫琰。

霍诚左顾右盼一番，才走上前，只道是宋落天这人比甄永寿邪性，自己不敢轻举妄动，让他们有什么话快说。

桑祈忙将晏云之的战术简明扼要地说了两句，低语道："药粉就缝在我们的裤脚内侧，烦请您动手扯下来，加入明早的饮食中即可。"

霍诚也不犹豫，当即探手寻去。只见大约是为了躲避搜身检查，那白色粉末平整熨帖地装在一排白色布袋里，再被平平整整地缝在裤上，与锦裤浑然一体。

为了避免引起他人的注意，霍诚拿了粉包后，便迅速揣到衣襟中，朝他俩匆匆一点头，神出鬼没而来后，又神出鬼没而去，全过程只用了一个巡逻士兵走过两个营帐那么短促的时间。

桑祈和闫琰在紧张期待中，等到翌日天亮。只见身边的几个营帐中的将士用完早上分发的汤羹后，很快便东倒西歪、昏昏沉沉地睡了过去。

霍诚特地亲眼确认了宋落天倒下后，快步跑过来，用佩刀将二人绑手的绳索割断，放了下来。还没等二人站稳，便一手一个，扯着二人往偏僻处领，语速极快道："药粉的量不够，大约只迷倒了三分之一的人马，营中即将大乱。你们快离开，走小路，别被他们发现。要发动进攻，还需抓紧时间。"

"您呢，您怎么办？"一听说要大乱，闫琰不放心，抓住他的手腕道，"反正此役过后，一切都会结束了，要不您跟我们一起走吧。"

霍诚却挣开，不由分说，将有些虚弱的二人扶上马，动作一气呵成，丝毫不拖泥带水，只平静道了句："不行，我妻儿还被押在洛京。"

有人质在卓文远手上，他还肯如此相助，桑祈心中触动，动作一顿，唤了句："师长……"

霍诚已经像在国子监时给学生套马那般，娴熟地帮二人套好了马，也没流露出什么多余的表情，只如惯常面容冷毅，猛地在二人的马背用力一拍，道了声：“去吧，来日再会。”

朔风裹挟着深冬的冷雨，拍打在她裸露在外的脖颈上，带来沁骨寒意。桑祈不由得将脖子往衣领里缩了缩，又猛地扬了下马鞭，与闫琰一同向自己营地的方向疾驰。

他们已经点好狼烟，通知晏云之事成了，大军很快便会打过来。而他们二人势单力薄，又被吊打，忍饥挨饿了两天，急于回到后方。闫琰边策马狂奔，边回头看了一眼对方大营的方向，隐约还能看见几个清醒的士兵慌慌张张地跑来跑去，营地乱成一团。而后马蹄拐了个弯，山路遮住了视线。

“应该不会有人追上来吧？”不知怎的，他有些不安。

“不会，他们都自顾不暇了，还哪有人有空管我们？”桑祈倒是觉得没什么可担心的，眼下当务之急，是赶紧多穿几件衣服暖和暖和，顺便来碗热汤喝。这雨下得让他们整个身子里里外外都凉透了。

闫琰跑到了她前面，这样可以为她挡住一些风。

路并不远，但迂回曲折，两匹骏马一前一后，绕过重重阻碍而去。

突然，桑祈听到一阵嘈杂的马蹄声从四面八方传来。

闫琰握着缰绳的手一紧，低喝一句：“还真有追兵！”

桑祈脸色发白，不会吧，哪里来的追兵，方向好像不太对？原本一切进行得都很顺利，面对这一突发变故，二人有些紧张。这场苦肉计难以伪装，二人已经切切实实吃了不少苦头，如今疲惫不堪，如何对敌？

闫琰想不出什么好办法，只得又猛地一甩鞭，使出自己能想到的唯一对策——跑。桑祈亦紧随其后。

可那阵马蹄声却越来越密，越来越响。不多时，便从各个方向合拢，将他们团团围住。

二人硬着头皮继续往前冲。闫琰咬牙拎起从宋落天大营里带出来的佩刀，挡在桑祈马前，誓要杀出一条血路来。桑祈自然也不敢轻敌，可是还没等她把刀刃抽出来，便感到背后一阵疾风急速袭来。好像有一抹带着凉意的衣角，擦着她的脖颈而过，并带来一阵熟悉而陌生的气息。

一个声音在她耳边，狡黠而充满笑意地低语：“桑二，你的将军游戏玩够了吗？”

这声线，她印象太深刻，星眸一紧，便要回头。不料她刚转了一半，就感觉到后脖颈上被人重重一击，眼前一黑，不争气地晕了过去。

明明已经精疲力竭的闫琰，还在奋勇与敌人搏斗，想着就算自己战死了，怎么也得保全桑祈安然无恙地回去。然而他挥手刀落，了却一条人命之后，却发现，这些人如同鬼魅一般，莫名其妙而来又莫名其妙地撤退了。

杀得正眼红，敌人却不见，少年将军有一瞬间的迷茫，勒紧缰绳，放慢了速度。再仔细看，才猛然发现，与敌人同时消失的，还有桑祈。四周只剩下呼啸的北风，吹落几片残叶，在他的马蹄下打着旋儿。

桑祈也不知道自己昏迷了多久，再睁开眼睛时，觉着身上已经暖了过来。映入眼帘的是陌生的营帐，炉火旺盛，还煮着茶烟袅袅。身上盖了一条雪白狐裘制成的锦被，躺在柔软细腻的羊毛毡上，破损湿透的衣裳早就被换下了，如今穿着的是一套干净的里衣，还残留着一股不属于她的淡淡香气。

衣服被换掉了？她猛地从榻上弹了起来。只见炉边煮茶的女子回眸望望她，还没等她问话，就悄然退出了大帐。

没过多时，帐帘再挑开的时候，走进来一个紫袍男子。眉目多情，容颜俊美，举手投足之间，有一股暗藏玄机的温润姿态，不是年轻的新帝卓文远又是谁？

桑祈早在被打晕之前就知道是他，此时此刻也没有表现出什么意外或者惊讶的情绪，对自己的处境有了大致的判断——怕是被他俘虏，带到了敌营中来。

别说又累又饿，就是吃饱喝足，能不能打得过卓文远，她还得在心里画个问号，更何况深处敌腹，于是只能抱着被子，一脸坦然地靠在榻上，别过头去，假装没看见这个人。

卓文远勾唇浅笑，也不跟她说话，只自顾自地走到桌案前坐了下来。半晌后，到底还是桑祈先绷不住了，拢拢鬓角，蹙眉问："你这是要闹哪样？"

卓文远这才抬起头，仔仔细细将她打量一番，莞尔道："今天这天气，让我想起来一件事。你还记不记得，当年在苌州，有一次我们一起骑马出去玩。你非要跟我赛马，结果迷了路，又下起大雨来。你我找不到回去的路，空荡的草原上又没有可以避雨的地方，只能被淋着。当时你穿得少，冻得直打喷嚏。"

桑祈听着，眸光一暗，低着头不说话。现在头发还是没全干，湿淋淋地垂在额前。

他便继续道："我怕你感染风寒，就把你抱上我的马，罩在怀里，紧紧握着你的手，用自己的体温给你取暖。一直到终于找到认识的路，回到城里。结果你没怎样，倒是我发了好几日的高烧。"边说边若无其事地笑笑。

桑祈记得，怎么会不记得？虽然他说得云淡风轻，但回忆起当时可谓死里逃生的凶险，她还仍然心有余悸，不由得深吸一口气，叹道："现在说这些，还有什么意义？难道你是想说，当年你对我那么好，希望我谨记这情分，不要跟你作对？"言罢一抬眸，清亮亮的双眼对上他的视线，反问，"你觉得可能吗？"

卓文远笑意深了几许，摇头道："不，我是想说，当年你提出要赛马之前，我就跟你说过不能往那边跑。结果你不听我的，才导致了那样的后果，差点造成无法挽回的惨剧。你想想，当初你爹是不是也说你不听话，都把你骂哭了？"说着，他复又低下头去，摆弄着手上的书卷，淡声道，"你就是不肯听话，否则，我该多省心。"

桑祈不知道他为什么提起这些，也不想跟他理论，只将头发整理好，起身问道："那么谁听你的话，西昭吗？你把平津以北的土地，都卖给西昭了，以此来换取他们发兵？"

"嗯。芜州、阳州、贺兰、茨城……这些地界，本来以前就是西昭人祖先的故土，距离我大燕都城实在遥远，资源又匮乏，管辖还费力，还给他们也没什么。只是平津要塞可惜了些。"卓文远平静地回答。

什么西昭故土、资源匮乏的，打从三百年前，那里就是我大燕版图的一部分了。更何况平津一丢，后患无穷，真是强词夺理外加自以为是，桑祈完全不能理解他的逻辑，皱着眉头，嗔了句："神经病。"

卓文远哈哈一笑，不置可否。

隔了一会儿，桑祈在营帐里翻箱倒柜，找好了外衫穿，才又问："所以，你把我带来，就是想跟我说说我不听话的后果？"

这外衫是专门为她准备的，合身妥帖，衬出她光洁白净的肌肤、匀称有致的身段，饶为动人。卓文远撑着头，端详半晌，才挨不住她的追问，颔首道："是。"

而后他无奈地耸耸肩，道："桑二，你知道，我为了你，费了多大力气，绕了多大弯路吗？"

桑祈表示不知道。

他便一条一条帮她数下去。

“若不是你执意不肯听你父亲的话，选择和我联姻，我也不会因为得不到桑家的力量，转而去与西昭合作。

“若我不与西昭合作，自然也就不会承诺将平津以北的土地割让给他们，不会让他们演出挥兵入侵、边疆忧患的戏码，害百姓流离失所，经受战乱之苦。

“若不是需要与他们合作，靠他们在边境作乱，将兵力吸引走，并为我争取时间，我也不需要特地瓦解桑家军的力量，好让他们没有后顾之忧，表现出合作的诚意。

“更关键的是，如果不是你非要站在晏云之那边，不肯听你父亲的话，我也不至于为了消除隐患，特地除掉桑公了。”

说到这儿，他似是由衷地感到遗憾，长叹一声，摇了摇头，道：“可惜桑公英武一世，竟落得个不明不白惨死狱中的下场。其实他明明知道，一旦一条腿踏上了我的船，再想独善其身，岂会容易？可到底最后他还是选择了放弃……究其原因，只是因为，他太爱你，舍不得像强迫桑祎那样，再强迫于你。”

帐内的炉火烧得很旺，可桑祈越听，心里越凉，到最后不由得全身冷得发抖，抿唇颤声道：“你说谎，父亲他已经不是那般追求权势地位、一心求胜的人了，最后他只是想保全家族，荣归故里，安享晚年。”

卓文远凝视着她，勾唇道：“谁说他是为了权势地位了？我可没有这样说。”

言罢他笑着起身，走到她面前，温情脉脉地挑起她的下巴，眸中光华流转，认真道：“桑祈，他不是为了功名利禄，而是为了你。为了给你这全天下最好的位置，让你过最好的生活。因为他也觉得，嫁给我，对于你来说是最好的选择。从他得知我的计划开始，就明白这大燕的江山，早晚会被我收入囊中。这场群雄逐鹿，我必是赢家。所以他聪明地选择顺势而为，相助于我，能给你幸福，也可以最大限度地避免一场腥风血雨。然而，这一切妥善的计划，都因为你执意要嫁给晏云之，而不得不破灭……你想，若是你当初嫁给我，桑公助我夺权，如今恐怕他都能含饴弄孙了，天下亦不致如此动荡，结果岂不是比现在要好上千百倍？”

桑祈瞪大眼睛，难以置信地看着面前风流俊秀的竹马，只觉在看一个从来不曾相识的陌生人。

他说，桑祈，都怪你，这一切都怪你。如果不是你一意孤行，现在大家都好过。

他将她的眼波荡漾、指尖泛白、肩头颤抖、隐忍不发尽收眼底，用刀尖般锐利的字眼告诉她，是她选择拒绝接受联姻的命运；是她立志要做这个将军，说什么亲手捍卫家族荣耀；是她，自己选择了一步步走到今天。

他要让她知道，她赖以为生的信念全都错了，只能像这个国度一样，被他尽数摧毁，而后亲手重建。

卓文远终是满意一笑，轻轻放手，再进一步，将她拥进怀里，温声问：“桑二，你后悔了吗？”

他以为，她怕是要哭了。眼里的那层水雾，轻而易举便会化作一场暴雨倾盆落下。没关系，还有他在。寒冬的冷雨里，他还会不辞辛苦，去为她点燃暖手炉的。

可桑祈只是死死盯着他，良久，才尽量用平稳的语气，道：“是，我是后悔，我后悔认识你。”

二人近在咫尺，却再也不能用体温温暖彼此，再也不能了。这狭窄的距离，隔着比冥河忘川还要冰冷的水域。

桑祈没有流泪，也没有发火，只是一转身，一拂袖，大步离去，赤红的衣摆，飘扬的长发，张扬而炽烈，鲜明地印在他的眼睛里。

卓文远想去拉她的手顿了顿，才无奈放下。

桑祈出了他的大帐，发现自己并不在宋落天的大军驻扎之处，而是在更北边的一个山头上，周遭重兵把守，看起来不太好跑。

甫一出现，便有人贴身紧跟于她。

至于吗？她已经尝试过想动手了，可不知道是不是趁昏迷之际，卓文远给她下了什么药。如今她虽然意识清醒，尚能行动，却觉得四肢十分酸软，迈步艰难，胳膊也抬不动。要是能抬的话，她肯定刚才就毫不犹豫地一巴掌朝他脸上招呼过去了，不是吗？想到这儿，她无可奈何地挪了两步，找了个视野开阔的地方，向白马河对岸的临安城远眺。

不知道，闫琰安全返回了吗？晏云之他们，把握住机会进城了吗？

其实她心里很清楚，会发生此等变故也称不上意外，毕竟这个计划一开始就是在赌。赌很多事情，赌宋落天的心思、自己和闫琰的承受能力、霍诚的忠诚，赌对方没有援兵，赌时间来得及……当中的风险极大，充满未知。幸运的是，他们大部分都赌赢了。只是没想到，半路还会杀出一个卓文远。

离临安城门太远，她看不清那边的动向，徒劳地凝视着白马河在自己面前奔流而过。方才还阴雨连绵的天，这会儿雨已经停了，云层依然又黑又厚，如同沉重的铅块压在头顶，看得人心悸，喘不过来气。

河对岸的临安城里，莲翩焦急地在城门口一遍又一遍打转。

大军早已收整好行装，在接到桑祈和闫琰发来的信号后，迅速出动。和半数昏睡过去、主帅更是睡得跟条冬眠的死蛇一样的队伍，自然不必过多纠缠。甩掉少数敌军的纠缠、命临安城中的私兵放下吊桥、渡河、进城等一系列过程都如计划般顺利。可是，该从敌营中抽身而退、前来与他们会合的左右将军，却迟迟不见踪影。

眼见着药效时间过去，气急败坏的宋落天马上就要带领人马冲过来了。门前的士兵都在等着晏云之下令，收回白马河上的吊桥，将城门关紧。

马蹄声迫近，莲翩转头看看站在不远处的晏云之，着急得都快哭出来了。

只见晏云之表情清冷，凝视着河流对岸，不知道在想什么。

又有人焦急地问了一句："大司马，起桥吗？再不起，等会儿怕是就来不及了。"

晏云之理了理衣袖，平静道："再等等吧。"

那人只能无奈告退，看得出来神情十分紧张。没过一会儿的工夫，又回来问了同样的问题。

莲翩生怕他说出那个"起"字，赶忙跑过去，哀求道："大司马……"

晏云之低眸看了她一眼，眸光清冽如水，对她要说的话心知肚明，没有对她说什么，也没有回答那个士兵。

莲翩听着那震耳欲聋的马蹄声压近，心里明白，若是真的等到这些敌军上前，再收起吊桥，恐怕就来不及了。苍天啊，她只能抬头苦求：让那两个人快点赶回来吧，只要他们回来，让我做什么都行呀。

许是老天开眼，正当她在那儿双手合十，仰头默念的时候，突然有人喊了一句："右将军，是右将军回来了！"

只见一匹骏马，闪电一般急速向他们奔来，紧随其后的，便是黑压压的大军。闫琰与身后的追兵，只有三四个马身的距离，喘着粗气拼了老命往桥上赶。才走了一半，敌军也要迈上桥了。

能听到他焦急地喊："快起桥，快起桥，不用管我！"

握紧绳索的人看向晏云之，见晏云之点了点头，这才赶忙开始绕绳索。其余的人则聚精会神地盯着桥上的一人一马，亲眼看着他策马沿着角度越来越倾斜的吊桥奔来，为他捏了一把冷汗。

随着吊桥的抬起，刚刚踏上桥的几个敌军，被掀了个人仰马翻，扑通扑通掉进了河里。闫琰则连人带马，几乎是从半空中掉下来的，滚落在了河岸这头。大桥发出嘎吱嘎吱的声音，重新立起，波涛滚滚的白马河，将两支队伍隔在了两端。

莲翩的视线一直紧紧跟随着闫琰，见他摔了一跤，赶忙跑去扶，这时才发现，回来的人只有他一个，不由得心口一痛，看了眼已经收起的吊桥，颤声问："小姐呢？"

闫琰低着头，不敢看她。

莲翩问了两次都没有得到答案，意识到发生了什么，惊讶地后退两步，难以置信地直摇头，尖叫道："你保证过会毫发无损地带她回来，你亲口对我承诺过！"

闫琰握紧拳头，眼圈都红了。是的，他承诺过，临行前他对着莲翩和晏云之，信誓旦旦地拍胸脯说，只要自己还活着，宋落天那小子别想伤桑祈一根毫毛。

可是如今，只有他一个人站在临安城里。他还活着，却把她弄丢了。闫琰觉得，自己没脸见人了。

莲翩的眼泪成片成片地往下落，扯着他的衣襟，粉拳雨点一般砸在他身上，哭喊着："你骗人，你这个骗子，答应过我的事情办不到，还回来做什么？去，你去把小姐给我找回来。"说着就要把他往外推。

闫琰任她又打又推，形容疲惫，心中悲痛，完全没有抵抗之意。那么英朗的少年将军，竟然被一个足足比自己矮了两头的女子一路推搡着，抵到了城门上。后背没有盔甲，直接撞在坚硬的实木上，发出砰砰的声响，听着都会觉得必定很痛。

莲翩歇斯底里地哭着让他把桑祈交出来，却没有想到，前来拉开自己的人，竟然会是晏云之。他好像只是一拂袖，便将哭闹的她拨开来，抬手去扶闫琰，问他究竟是怎么一回事。

闫琰无力地摇摇头，动了动干涸皲裂、起了一层皮的嘴唇，痛苦地抱着头蹲下来，道："我也不知道，我们本来已经快跑回来了，突然就遇到了几个追兵。我正与追兵缠斗，再一回头，就发现师姐不见了踪影。我又沿路返回，甚至进了宋落天的大营，到处都找不到……"

想到当时自己的慌乱，闫琰仍然感到心酸，眼泪也涌了出来，紧紧握住晏云之的胳膊，哽咽道："师兄，我对不起你……我……"

晏云之手上稍一用力，将他扶起来，只道："你先回去把衣服换了，把伤口养养。”说完便唤人带着右将军去沐浴休息。

尽管闫琰不想走，还想在这儿等等看，觉得说不定过一会儿桑祈就能回来了呢，可架不住服从军令的几个士兵，到底还是被拖着，依依不舍地一步三回头，流连白马河的方向。

若是往常，莲翩一定会跟上去照顾他。可她现在除了蹲在地上失声痛哭，什么都不想。只有晏云之，一袭白衣，卓然而立，俊朗如天上星云间月的容颜，依旧皎洁而宁静，看不出什么表情，只是定定地站着。

分明刚来临安城，有那么多事等着他去做，可他一动不动，宛如一座玉山一般，坚定地站在那里，一站就是几个时辰。

入夜，天更凉了。莲翩已经被席笙和苏解语好说歹说地带了回去，只有他还在这儿苦等。

桑祈始终没有出现。

其间，临安城聚集的各路人马，都派了代表过来，想跟他商榷，却又都在几步远的地方驻了足，不敢上前，也不知道能说什么。直到太子说要见他，白时亲自来找，才鼓起勇气走过去，一拱手，道：“太子相邀，已经催了几次了，您这进城来还一直没去拜谒，恐怕不好……”

“知道了。”晏云之淡声道，最后再看了一眼北方，敛袖转身，缓缓抬步，道，“走吧，带路。”

“是。”白时忙跟上，又三两步走到他前面引领。

有负责守城的将领见他要离开，纠结半天，还是硬着头皮上来问了一句：“大司马，这门……就关着吗？”

白衣公子衣衫在夜色下轻摆，犹如一条流动的月河，闻言脚步微微一顿，却是未停，只轻声道了句：“关着吧。”

而后那座竖起吊桥，临安紧闭的城门，便随着他的离去，在他身后渐渐变暗，融入了夜色里。

守城的几个士兵仍旧伫立在门边，听着门外追兵的叫嚣声隔着波涛传来，心情也很沉重。虽然大司马嘴上什么都没说，但他们也不是傻子，也能感觉到，左将军大概不会回来了。

更深露重的夜里，桑祈先前在大帐中见到的那个女子，带来了夜宵和战报。热腾腾的鸡汤发出诱人的香气，也端给了她一份。

桑祈接到手中，近瞧才认出来这个人是浅酒。她拿过汤匙，也没客气，大大方方喝了起来。

卓文远却将鸡汤放在一边没动，先看起了战报，而后抬眸，笑意中带着几分戏谑。

桑祈嚼了块鸡肉，大概意识到战报里写的是什么了。先前在外面，眺望临安城的时候，他问过一句，自己派了追兵前去，而且是数量不少的追兵，让她猜，晏云之会不会等不到她回去就封城。

彼时她只是嫌弃地看了他一眼，没说话。如今临安城的大门，真的沉沉关闭了。

也很正常，桑祈低头，又喝了一口汤，不能因为她一个人影响大局。晏云之不会做出那种感情用事、不分轻重的决策。能把城门关上的，才是她爱着的那个男人啊。只是想到自己也被大门隔在了这头，不知何时才能再次与他相见，又难免心生黯然。

卓文远看着她把一盅鸡汤喝干净，自己才动起筷子，问道："这里面放了好几种蘑菇，是不是很合你的口味？"

"是啊，要不你的也给我算了。"桑祈挑眉道，语气中带着几分无赖。

没想到他真的把自己的那份往前一推，大有相让之意。她一怔，继而摇摇头，又不想要了，只道："吃太饱睡不着，我太困了，你就不能人道点，找个战俘营之类的地方，让我睡一觉？"

只见卓文远向身后一靠，闲闲耸肩："床都铺好了，你不在这儿睡，还想去哪儿？"

睡这儿？在你眼皮底下，那我还怎么逃跑！桑祈白了他一眼，义正词严道："不行，男女授受不亲，你都是有媳妇的人了，能不能讲究点？"

卓文远低眉，清清淡淡地笑："放心，我几时强迫过你做你不愿做的事。"

"不放心。"桑祈坚持要出这个帐子，又想了个理由，道，"你跟浅酒在这儿卿卿我我的，还让我睡，真是……"

卓文远听她这话，玩味地抚了抚唇角，故作惊讶地道："咦，那么你是吃醋了？"

"……还吃包子了呢，我想想就不舒服。"桑祈眉毛抖了抖。

贫嘴终究不是解决问题的办法，卓文远笑笑，不说话了，也没叫人带她出去。桑祈知道，他这是打定主意不放自己走，磨破嘴皮子也没用，无奈之下，只好找了个角落，窝了起来，合眸沉思着，吃也吃饱了，喝也喝足了，睡上一觉，养精蓄锐，明天再想办法跑吧。至于怎么进临安城，等跑掉以后再说。

然而，她却怎么也睡不着。大帐里一直点着灯盏，卓文远在远处的灯光下，提笔书写着什么，时不时传来纸张翻动的声响。桑祈辗转反侧，到天蒙蒙亮的时候，才睡了一小会儿。再醒来，卓文远又不在了，浅酒已经帮她备好了换洗的衣裳。

她试着动了动胳膊，发现还是没有力气，只得由着浅酒帮自己换。换好之后，她便以出去透透气作为借口，在营地转悠，寻找逃跑的契机。可浅酒寸步不离地跟着她，她根本找不到机会。无奈之下，她只得转头，道："姑娘，我真的不用人陪。"

浅酒温顺地作揖，娇声婉转道："我不是陪你，是监视你的。"

自讨了个没趣，桑祈只好扶额，又往山坡上走。想着既然跑不了，干脆先打听打听情报好了。她便边散步，边以闲聊的语气问她："你们到这儿来多久了，之前怎么一直没有卓文远亲自带队伍过来的消息呢？我看这支队伍人数好像也不多，有三百人？"

浅酒笑意盈盈，装聋作哑。

"……还有，他就这么撂挑子来了，洛京那边没问题吗？不是说濮阳王和淮阳王都打过去了吗？"

对方依然沉默到底。

桑祈不死心地又挣扎了一下："最后一个问题，他去哪儿了？"

娇滴滴的美人终于朱唇轻启，开了口，软语道："皇上去河对岸，晚上才回来，到时候，桑小姐自会得知心中所惑。"说完盈盈一拜，唤上两个士兵来看着她，自己去给她弄午饭了。

去河对岸做什么？桑祈心里有一种不祥的预感。

等到晚上，卓文远回来。桑祈刚看见他，就直截了当地道了句："没用的。"

卓文远一只脚才迈进来，驻足问了句："哦？"

"我说没用的。"桑祈一本正经道，"临安城自古以来就是出了名的易守难攻。吊桥一收，前拥白马河，后踞难以逾越的乌山天险，你就算到了河对岸，也不能把临安怎么样。最多也就是一直僵持下去，大家都讨不到什么好，有什么意思呢？"

卓文远听完才继续往帐内走，解了大氅，笑道："你说得对，如果一直僵持下去，是挺没意思的。"

"所以，还是赶紧撤兵，回去照看你的洛京吧。"桑祈连连点头道。撤兵就好，撤兵就好。撤兵了，路上说不定就有机会跑，临安城里晏云之也就不用有压力了。

不然，如果卓文远把自己当成人质，坚持要他们开城投降，不就麻烦了。她既不想让晏云之因为自己清名受损，又不想惨兮兮地死在晏云之面前，更不想让卓文远随心所欲，如愿以偿。

然卓文远却没将大氅放下，而是扬手丢给了她，道了句：“披上吧，外头冷，我们出去走走。”

桑祈下意识地接过，狐疑地打量他一番，才将大氅系上。火红的狐狸皮毛，上面带着一股淡淡的龙涎香的气味儿。称不上难闻，只是闻着头疼。

卓文远在前，她跟在后，身后还跟了几个卫兵，沿着山路走了许久。左转右转，直到分辨不清方向，才上了一处矮坡。闻到河水的腥气，大约能通过这气味的方向辨明自己的位置。

卓文远停了下来，等到她上前，一抬手，道：“你看。”

桑祈朝着他指的方向看去，隐隐约约能看到，白马河对岸有星星点点的火光，宛如一条道路，一直延伸到乌山山峦之上。然而那里本不应该有一条路的。

她蹙了眉，拢拢衣襟，不解地问：“那是什么？”

“是我不需要跟晏云之僵持下去的理由。”卓文远淡淡道，“现在，白马河北岸都是我们的人。可如果晏云之他们坚持在城里不出来，我们当然也没有任何办法，只能继续在这儿围着干耗。可是，你说，如果我从乌山上采石，将临安城下游的河道全部封堵，又会发生什么事情？”他说着，回眸问桑祈，眼里装着笑意。

会发生什么事情？当然是被阻塞的河水没了出路，将会决堤而出，冲向地势较低的南岸——也就是临安城。

脑海中浮现出水漫城池的景象，桑祈感到一阵心悸，张了张口，竟没说出话来。到了那时，临安城人信心十足的依靠，背后的天险乌山，也就成了拒绝河水涌出的一道死门。河水先从船只进出的矮门渗透，再冲毁高大的城门，肆无忌惮地涌进来，却又没有出路。固若金汤的临安城，将真正变成一锅“汤”。将那般惨状随意一想象，都不由得脊背发颤，而现实往往只会更加残酷。

她惊愕地看向卓文远，问道：“你疯了？临安城里还有无数平民百姓，他们是无辜的。就算想逼晏云之开城，也不必如此草菅人命呐……你就不怕此举被世人唾弃？”

卓文远站在夜色深处，绣有暗金云纹的黑袍，猎猎衣摆在朔风中拂动，琉璃般璀璨，暗藏光华的眼眸里写着恣意，轻声道："你觉得，我作为一个谋权篡位的新君，还在乎这个吗？"

"不不不。"桑祈还是不相信，连连摇头，道，"你做不出来。"

"我做得出来。"卓文远凝视着她，用鲜有的诚恳语气道，"我能利用你的感情近十年，能白日里还对你有说有笑，入夜便转手毫不留情地杀了桑公……桑祈，我真的做得出来。"

桑祈感觉自己的牙齿都在止不住地打战，忍不住又问："可是，你抓了我，难道不是想利用我作为人质，要挟少安吗？缘何还要那么兴师动众，去做什么水漫临安城之事？"

"人质？"卓文远失笑，笑了半天，才无奈道，"你怎么会这么想？"

他似乎觉得自己今天晚上带她来的目的也达到了，一边转身往回走，一边道："我不会拿你当人质，但是可以让你做一个选择。"

"什么选择？"过度的震惊，反倒让她注意力集中而冷静，握着拳，冷声问。

"你若坚持站在晏云之那边，我便会命乌山上正在采石的队伍执行此计。虽然现在石料还不够，但最多也就再过两三天吧，两三天后，便可淹没临安城。但是，如果你放弃他，答应跟我回洛京，我不但不会用这些石料，还会从白马河撤兵不再来犯，从此与临安划江而治。"

他平静地说完这番话，停下脚步来等身后一动不动的她，劝道："桑二，你好好想想，其实选择后者非常划算。还是说，你要继续一意孤行，为了一己私欲，弃临安数万百姓于不顾？现在临安的命运你说了算，而不是我。"

而后卓文远任桑祈在身后气急败坏地喊着："你这小人，和宋落天有什么分别！亏我跟你相交十载，真是浪费感情！"他脚步不停，头也不回。

是去？是留？

喊也喊累了，就算喊到声音嘶哑、喉头泣血，对方也听不见。白马河的滚滚波涛边，桑祈沉默下来，身影茕茕孑立，任火红的衣摆在风中狂舞，眉头紧锁，一遍又一遍在心里问自己这个问题。

私心里，她绝不愿听卓文远的话，顺他的意思回洛京，更不愿冒就此与心爱之人分开，不知何时何月才能再见的风险。可是，如果自己不回洛京，或者就此逃跑，卓文远当真行此兽行，封堵河道，水淹临安，她岂不是也成了为人所不齿的千古罪人？

她的良心不会原谅自己。

河对岸，一片深山的黑影幢幢里，有一座巨大的城池在沉睡。可以想象它万家灯火的模样，一定如天河洒落一地静谧的星子，闪烁在沉寂的夜里，映着白马河的波涛，汇聚成一汪灯湖，很美很美。那里有恩爱的夫妻、安享晚年的老者、踌躇满志的少年和嗷嗷待哺的孩童……他们都应该太平安康地活着，没有人值得他们牺牲。

更何况，退一万步讲，就算卓文远不会真的行此下策，长期僵持下去，还是对晏云之更不利。在卓文远的重重封锁下，他只能固守城池，没了反击的余地，岂不等于坐以待毙？

临安啊，临安。临水而居，安然康泰的城池。如果用自己的一句话，自己一个人小小的牺牲，就能换来它的长治久安，何乐而不为？

尽管她爱的人——晏云之、莲翩、闫琰……都在那里。说出这句话，就等于在跟他们道别，一别遥遥，后会无期。她有千万不舍，千万个想拔腿就跑，不管不顾地冲到河对岸的理由，却最终，只化作两行热泪，沿着面颊悄无声息地滑落。

桑祈在卓文远带她去的地方站了一夜，第二天天亮才披着一身朝霞回来，大步走进帐中，掸了掸大氅上沾的露水，直奔他的面前，问："你说话是否算话，我跟你回洛京，你保证从白马河撤兵？"

卓文远的面前摆着一个和晏云之用的那个差不多造型的沙盘，正懒洋洋地托腮看着，见她来，一敛袖，从容温雅地点点头，道："那是自然。如今我可是一国之君，一言九鼎，绝不食言。"

"来，你看。"他说着，抬手指了指，温声道，"我们走后，宋落天也会被召回京。我只留下一支队伍，看守着白马河北岸。喏，就在这儿。只要晏云之不过来犯我，我也不会过河犯他。大家相安无事，岂不愉快？"说完一摊手，补充道，"只要他们安生，我其实也并不想赶尽杀绝。"

"只要他们安生？"桑祈在心里冷笑一声，重复了这句。

"对，只要他们安生。"卓文远点点头。

"空口无凭，你现在就下旨吧，等我看到宋落天撤兵，乌山的采石工作也停止，才会相信你的诚意。"桑祈一拢袖，在他对面坐了下来，摆出了谈判的架势。

"你的意思是，答应用自己做交换了？"卓文远挑眉问。

着，晏云之绝不是这样的人，可面对眼前的一句又一句质问，她竟然不知道该如何作答。怪只怪自己原本就不够伶牙俐齿，反应也不快。她无言以对半天，只能一转身，皱着眉头往外走，丢下一句："少废话，什么时候出发？我想吃庆丰楼的包子了。"

她坚持避而不答，卓文远也没有继续逼问下去，只无奈地挑挑眉，继续去修改诏书，道了句："快了，过两天把这边的事情都安排好，便可启程。你要是闲来无事，还可以继续去白马河边吹河风，正好这两日应该都是大晴天。"

桑祈默默听完，放下帘子，缓步走了出去。

十日后，白马河的诸事处理妥当，卓文远准备开拔。临行前桑祈发现一直"照顾"自己的浅酒姑娘没了，挑帘问刚送她上马车的卓文远："浅酒呢？"

卓文远略显无奈："她还有事，要去平津一趟，帮我送份东西给西昭人。"言罢抬手在她头顶弹了个响指，好笑道，"人家本是我和西昭的联络人，因着军营里没有别的姑娘能照顾你，才生生被我扣下好几天的。你还真以为，我是带她来随军陪睡的啊。"

桑祈认真地点点头。

卓文远扶额，做失望悲痛状，道："我又不是宋落天。"

"我觉得差不多。"桑祈白了他一眼，往车里一靠，开始耍赖皮，哀怨道，"哎呀，可是她不在了，我使唤谁去？别看我做这将军做了两年了，可怎么说也是个被伺候惯了的世家小姐。这衣食住行若是没人照看，自己还真是做不来。"边说边上下打量着面前年轻俊朗的天子，仿佛在揣摩他适不适合接替浅酒的工作。

卓文远温雅一笑，没有中招，只道："那还不简单，沿途那么多城镇，随便再给你买个丫鬟使着就是了。"

"我这人可从来不随便。"桑祈一蹙眉，佯装不高兴道。

整个军营的人都在赶着出发，卓文远也不再跟她纠缠，只一挑眉，转身上了自己的皇辇。桑祈还在敲着马车上的木板，发出噪声来表达自己的不满。而这故意为之，成心给他添堵的行径，才刚刚开始。

桑祈唇角含了一丝狡诈的笑，心想大概要不了多久，他就会意识到，自己今时今日做的，是一个彻头彻尾的错误决定。

来日方长，好戏咱们留着洛京见。

第十八章

相思了无益

继大燕王朝之后，由卓氏与宋氏联手建立的新朝，改国号为齐。开国皇帝卓文远登基后的第三年春天，以失去西北和西南半壁江山为代价，终于平定了国内局势的动荡。

纠缠不休的两个荣氏王爷，发动兵变未果，被砍了头。其他封地的几个王爷吸取教训，不敢再妄为，纷纷投降。对于宣誓效忠之人，朝廷倒是也大方地给了优待，除却免去一切实权并限制自由，制约在封地，仍保障了他们衣食无忧的生活。

至于失去的半壁江山，一半给了支持卓氏发动叛变夺权的西昭，一半则落在了不愿归顺新朝的前朝余党手中。

前朝太子荣寻，在家族发祥地旧都临安，宣布登基，与大齐以白马河为界，划江而治，分庭抗礼。

为与过去的大燕相区别，人们将这个新政权称为南燕。

世人都说，南燕的世族们，不甘于蜗居层峦雾障的西南深山，一直在白马河南岸虎视眈眈，时刻想重夺江山，回到故土。甚至有人传说，每到夜里，还能听到白马河上传来他们满怀思乡之情的悲恸歌声。

然而，实际上，在卓文远回到洛京后，平津周围的三方政权，已呈现出一种微妙的平衡姿态。谁也不想轻易打破这个平衡。齐国和南燕，经历三年战乱后，都疲惫不堪，需要休养生息。而对于西昭人是否能老老实实地留在平津，不再贪得无厌地觊觎更多领土，双方也都要在心里画一个问号。不能保证后方无忧，西昭不会趁机蚕食的情况下，南燕政权万万不敢轻易挥兵北上。齐国也君子地没有撕毁协议。所有人都在打算从长计议。

平静，只是波涛暗涌之上的伪装。

前朝皇后，新帝的亲姑姑卓氏，大约是历史上最高枕无忧的亡国皇后了。在侄子的庇护下，到宫外建了宅邸，悠然自得地准备颐养天年。

不过，还有些事情她放不下，这一日便进宫见了卓文远，不解地问道："你当真要封那桑祈为大将军？"

"是的，姑母。"春日明媚，抽出嫩芽的新柳下，眉目俊朗的皇帝温和有礼地回答了她的问题。

"为何？这与你之前打破世家垄断的主张可不太相符。你不是说，打算改变官僚选拔体系，以后要举行科举取士？"

卓文远笑道："这与让桑祈做大将军并不冲突。"

卓氏品茶看着他，想要一个关于此举动机何在的合理解释。

卓文远沉吟半晌，眸中划过一丝狡黠的笑意，只道："好吧，看来侄儿的小算盘都逃不过姑姑的眼睛。其实我让桑祈做这个大将军，主要是为了牵制宋氏。"

他拿起案上的一颗黄玉珠子，捏在掌心把玩，闲闲道："宋玉承现在如愿以偿将自己的弟弟扶上了丞相之位，又想举荐他那个不争气的儿子宋落天做大司马。我岂能事事都由着他们称心如意？他宋落天想做这个大司马，好说。我只需慢慢将司马职位架空，让他白拿俸禄，没有实权，最后名存实亡，取消这司马一职就是了。但这个过程需要时间。其间，我得找个人帮我出面承担他们的怒火，而桑祈正是这个合适的人选。更何况，齐昌那儿还有她桑家大伯掌控的大批私兵呢。虽然暂时还处于按兵不动的状态，也不能掉以轻心。要拉拢来，总要给桑家点甜头，光靠封荫那些旁系，恐怕力度不够。"

卓氏将这番话听完，默默喝茶，心道看来未必像外头谣言中说的那样，他把桑祈从前线带回来，加官晋爵，只是贪图美色，任性妄为而已，便安心了几分。

然而宋佳音却无从知晓这番话，听到了也不会信，而今正在寝宫里气急败坏地狠狠捏着手上的玉枕，恨不能直接砸到桑祈脑袋上，只觉憋气得一口老血差点吐出来，白着脸色问前来报信的宫女："皇上真要册封桑祈为大将军？"

“是。”那宫女见她要发火，脸色煞白，颤声道。

“贱人！”宋佳音恼怒地一扬手，将玉枕朝殿门外扔去，“我说他怎么说不放心国舅的安危，非要御驾亲征。原来不是为了保护我兄长，而是为了去找那个贱人。她桑祈就那么好，值得晏云之和他卓文远，一个又一个地为她赴汤蹈火？”她一时急怒攻心，晃了两晃，只觉眼前泛白，无力地跌坐在软榻上。

一旁的宫女见了，忙着上前又是摇扇又是顺气，又是拿香又是倒水的，连声道着：“皇后殿下息怒，保重凤体……”

宋佳音急喘了一会儿，缓过气来，嫌她们太聒噪，不耐烦地摆摆手，将她们驱散开来，在金碧辉煌的椒房殿里顺势半躺卧下，咬着唇，眼含泪意。

她真不知道，现在的自己，到底该说是幸运，还是不幸。作为一国之母，她已经得到了全天下女人都梦寐以求的至高无上的位置，可是为什么，过得一点也不快乐?

她做错了什么？是错在太贪心，眼下的荣华富贵依然不能满足她，还是错在千不该万不该，竟然对卓文远那个人，产生了所谓的感情?

时隔数月，她仍然能够回想起来，新帝登基后的封后大典上，卓文远身着象征天子显贵的华美金袍，头戴金光璀璨的皇冠，拖着逶迤曳地的长摆，一步步沉稳地向她走来的时候，是那么挺拔映丽，那么贵胄无双，那么儒雅又不失威仪。文武百官屈身而拜，高呼着他的名号，他是世间最尊贵的帝王。

她的心毫无预兆地猛烈跳动了几下，在他将后冠交到自己手里的那一刹那爱上了这个男子。封后大典后迟来的洞房花烛，终于让她成了一个真正的妻子、真正的女人，她也享受了几天新为人妇、与夫君你侬我侬的日子。

然而，好景不长。这帝后情深的戏码还没上演完一个月，他就将一个又一个女子娶进了宫。

跟他吵过，闹过，撒过泼，发过火，得到的却是父亲母亲都进宫来劝。说男人嘛，三妻四妾本就平常，更何况卓文远还是一国之君，就是有上百佳丽也不为过。

父亲强调，眼下娶的这些，都是为了政权稳固进行的联姻，不娶不行，冷着脸叫她别闹。

母亲规劝，作为皇后，要懂得兹事体大，为大局着想，学着母仪天下，万万不能还跟没出阁的任性小丫头似的，让人看了笑话。

她没办法，只能强迫自己做到一个从前字典里没有过的字——忍。

可别人她能忍，只有桑祈，绝对不行。将恼人的宫人们都遣了出去后，宋佳音独自一人坐了起来，走到镜边，擦干眼角的泪，补好胭脂，整理好冠带，双目泛红，对着镜中咬牙道了句："桑祈，我跟你的旧账新仇，咱们有的是时间一一清算！"

坐在文政殿里的桑祈又打了个喷嚏，百无聊赖地翻着面前的一本棋谱。

卓文远走进来，见她一目十行，轻笑一声，将手中的诏书丢了过去。

桑祈稳稳接在手里，打开看过，挑眉道："居然这么好说话？"

"那是自然，你的要求我何曾没满足过？"卓文远信步上前，坐到了她对面，抬手拿起一枚红玛瑙棋子，问，"下一盘？"

"不了。"桑祈施施然起身，道，"还得回去修葺一下我的大将军府。"

"莫急。"卓文远低低一笑，玩味道，"我还有一个礼物送你。"

桑祈眉心微蹙，停下了脚步。

他肯允她做这个将军，已然出乎意料，竟还别出心裁地专门为她准备礼物？饶是晓得此人的大方背后八成另有算计，她也不得不好奇几分。便见他拊掌两下，换了宫装的浅酒应声迈入殿中，将一碗漆黑的药汁摆在了她面前。

毒药？让她四肢乏力的药？桑祈脑海中闪过好几个念头，眸光沉敛，不悦道："这是什么意思？"

卓文远闲闲将棋子在指缝中辗转腾挪，眸光中倒映着那抹鲜红，勾唇道："在白马河的时候，浅酒帮你把了脉，说你有了一个多月的身孕。"

桑祈全身一僵，手中的诏书"啪嗒"一声掉在了地上。

卓文远表情寡淡地弯腰拾起诏书，轻拍着上面沾染的灰尘，声线微凉，继续道："既然都跟我回来了，我可以由着你任性，但这腹中的孩子终究不能留，还是早早放弃吧。"而后扬了扬手中的诏书，又瞥了眼那碗药。

桑祈死死盯着那通体晶莹剔透的青玉荷花碗里深不见底的水面，心思千回百转，仿佛被扔到了那黑黢黢的水里，被呛人的苦涩包裹，沉沉下坠到无尽的深渊里，再也打捞不起。

殿中鸦雀无声，卓文远只态度坚决地等待着她的行动不说话，眼底的暗流中带着一丝森冷的笑意。

桑祈终于明白了，为什么自己说要做大将军的时候，他答应得那么爽快，原来是在这儿等着要收拾她，一仰头，执拗地道了句："我若是不喝呢？"

“好说。”卓文远反应平淡，“你若不喝，这诏书我便先收着了，今后每天都会送一碗到你的府上，直到你喝下去为止。”

言罢他手上稍一用力，“啪嗒”一声将棋子扣在棋盘上，叹了句：“桑二，何苦挣扎，不管你喝与不喝，我不想看见这孩子，他就必然来不到这世上，何不给彼此都省点力气？”

桑祈沉吟半晌，将手指的骨节捏得咔嚓响，最终挤出来一句：“让我先去见严三郎。”

卓文远眉梢轻挑，又将诏书收好，道了句：“好。”

当天傍晚，桑祈一出宫，便在一行羽林卫的护送下来到了严桦府上。

昔日那个傲骨疏狂、恣意飞扬的严三郎，过去年轻气盛的姿态，如今已遍寻无踪。只见他盘腿坐在夕阳下，眼眶有些凹陷，两颊也坍塌了下去，露出嶙峋高耸的颧骨，枯瘦得吓人，好似单薄的衣衫中只罩着一副骨架。

自从听说卓文远为了上位，请求西昭的帮助，将西北大片国土割让给对方，并承诺每年都支付一笔金额不菲的税赋后，义愤填膺的他，更觉无法容忍做出此等丧权辱国之举的人还能坐在皇位上，受万民拥戴，反抗得愈发激烈。

由于他的言辞对还留在洛京的士人影响极大，卓文远既不能让他开口，也不能杀他失了人心，便干脆将他软禁了起来。虽不能杀，却要通过阻隔在这高墙之内，满腔怒火无处抒发的压抑，消磨他的意志，摧残他的精神，压垮他的品格，逼他沉默，逼他对自己俯首称臣。

这一关，就是数月。意识到自己和自己的言语可能此生都不能再走出这方小院的严桦，近日开始，选择了绝食，为故国守节。就算饿死，也绝不向卓氏政权低头。

城门送别，今日再见，才过了两年多而已，桑祈却觉得，时光仿佛在他身上已经流逝了千秋百代。

严桦安静地坐着，第一次没翻她白眼，只淡淡地道了句：“你来了。”声音沙哑而疲惫。

“嗯。”桑祈点点头，在他身旁坐了下来，道，“听说你一直不吃东西，想来劝劝你。”

严桦微微笑了一下，昔日英朗的容颜，如今更显冷峻，笑意中仍有几分外表的羸弱难以抹杀的高傲，问：“卓文远让你劝的？”

“他是这样说过。”桑祈绞了绞衣袖，叹道，“但主要还是我自己想来。你也知道，太子现在在临安继位，大燕还在，只不过南迁了而已。你又何苦为难自己？”

严桦没有接话，而是反过来问她：“听说他要封你为大将军，你可接受了？”

桑祈苦笑道：“是我要求的。”

只见严桦眼眸骤然一紧，清瘦的脸庞上，这视线显得格外锋利，如同一道架在她脖颈上的寒刃，只待审判过后，将她处决。在这样的视线面前，她不惊不惧地回视，坦然道：“他用临安全城百姓的性命做筹码，要我跟他回来，我没有办法。”

想到临安，想到晏云之和刚刚得知的肚子里的孩子，桑祈不由自主地抬手抚了抚自己的小腹，低眸沉默下来。二人一高一矮，一同沐浴着晚霞，良久后，她才深吸一口气，继续道：“如今的妥协，是为明日积蓄力量，我来就是想跟你说这个。”

严桦听完合眸一笑，低声道：“可是我连他齐国一粒米都是吃不下的。”

“那你的父母妻儿呢，你若就这么绝食而死，可曾考虑过他们的感受？”桑祈心头一颤，蹙眉问。

严桦正色看她，敛袖道：“国之不国，君之不君，我等身为臣子之人，又岂能只顾全自己的小家，不着眼于江山社稷？若说我不曾考虑父母妻儿，你不在你大伯身边，离开少安，回到洛京，又是为了什么？”

桑祈被诘得半晌答不出话来，心潮翻涌难平。

“你选择隐忍，我选择不屈；你选择卷土重来，我选择守节而死。本没有对错之分，有些事情，总要有人去做的。”不知过了多久，严桦眼中刚刚燃起的火光，又一点一点黯淡下去，恢复宁静淡泊的语气，道，“我肉身虽亡，但精魂常在。这样大家才会一直看得见，还有人不妥协。”

不知道为什么，面对眼前这个男子，她只觉得，准备了那么多想劝说的话语，此时此刻却一句也说不出来了。好像再说出一个字眼，都是对他情怀操守的某种亵渎。

她说不出话，但很想哭。

严桦转过身，不再看她，只声线飘忽地道了一句：“你走吧。无论今后你要走向什么样的路，我尊重你的选择，希望你也尊重我的。”

春天伊始，万物才刚刚生发，他却在夕阳的余晖下，好似须臾间便白了发。

桑祈有几分不敢相信，仔细揉揉眼睛，才又看清楚。不，并没有。只是那还没消失的阳光，照在他有些褪色、不再光亮的青丝上，照在他依然干净整洁的白衣上，反射出耀眼光芒，晃得人睁不开眼睛，以为他和那光亮融为了一体。

她默默俯身，对他行了一个本不符合二人身份和关系的祭天奉神时才会行的叩拜大礼。九叩之后，她再最后凝视他一眼，缓缓转身离去。

那男子虚乏瘦弱，骨骼嶙峋，肌肤黯淡失却光泽，却依然努力坐得笔挺。自始至终，一动不动，宛如一尊雕像，静坐在如血残阳里。

走出院门，桑祈紧紧拽着袖口，眼角已不争气地湿成一片。

她不知，那是她最后一次见到严桦。

夜深人静的时候，严桦又等来了一位故友。他因为饥寒，已经沉沉睡着了，却闻到一股酒香，非常熟悉的酒香。于是他颤动长睫，又勉力睁开了眼睛，见夜色中，有一玄袍男子，正一手执酒，一手执剑，挺拔而立。

严桦用力撑了一下胳膊起身，咳了两声，蹙眉想要看清来人。可惜光线昏暗，视线也模糊，看不清楚。

玄袍公子便又向前走了两步，借着月色，显露出轮廓。鼻峰高挺，薄唇凛冽，器宇轩昂，是他熟识的一张脸。

严桦自嘲地笑了一下：“我以为桑祈就够为难的了。”

玄袍公子还是没说话，一扬手，将手中的酒囊丢给他。严桦拿在手里，发现酒囊沉甸甸的，似乎是满的。而玄袍公子身上依然有股浓烈的酒气，想来是刚刚喝过，又重新给他打了一份。

然而，这是齐国的酒。虽然散发着诱人的陈香，他还是坚持放在一边，没有动。饥渴交迫，严桦已经没什么力气说话，只用清亮的眼眸，一眨不眨地看着玄袍公子，等对方开口。

半晌后，玄袍公子道了句：“皇上在外面，让我最后问你一句话，愿不愿意归顺于他。先前流传于洛京的那些诗词歌谣，他都可以既往不咎。”

严桦向他身后看了看，发现门开着，外头站着几个人影，再将视线收回来，保持着凝视他的姿势，缓慢而又坚定地摇了两下头。

玄袍公子握剑的手一紧，颤抖了几下，才冷声道：“那就请严三郎黄泉路上走好，莫要记恨在下……”说着抬手挥剑，寒光在夜色中颤抖出如喧嚣水波般的涟漪，刺入了他的胸膛。

还没有那么快死。严桦闷哼一声，怔怔地低下头，看着胸前涌出的血迹，抬手摸了一把，仿佛一时半会儿还没反应过来这真是自己的血，待到确认后，突然就笑了。他受着重伤，疲乏无力，却执拗地站起身来，一仰头，上前两步，猛地朝玄袍公子身上唾了一口。

而后他笑得越来越响，越来越疏狂，抬手指他身后，仰首大喊了一声："卓文远，你不配做这个帝王啊！卓氏，宋氏……"再收回手，指着玄袍公子的眼睛，"还有你，便是我死，也在阴曹地府里等着你们！"

他的长发披散，双目赤红，衣襟半敞，身姿摇晃，仿佛宿醉一般张狂而颓唐的狂笑和呐喊，尽了严桦身体里最后一丝力气。他喊完最后一声，终于油尽灯枯，身子一歪，重重倒在了地上。

一座傲骨不屈的丰碑，坍塌了。

玄袍公子手里的剑也随之"咣当"一声坠落。可不消片刻，他又俯身将其拾起，撩起衣摆擦了擦上面的血迹，转身大步走了出去。

卓文远正带着几名羽林禁卫等在外面，见他身上的斑驳血迹和房间里流血倒下的人，脸上露出了一丝淡淡的笑意，道："爱卿辛苦了，今夜之事，若非近臣，朕断不敢轻易交人去做。"

玄袍公子面色沉凉，低着头走到他面前，一拱手，道："微臣只是尽臣子的本分。"

卓文远抬手虚扶了一下，温声道："实不相瞒，朕而今之位，劲敌环绕，难以安睡，少有可信之人。爱卿便是其中难得一个，今后诸事，还需爱卿多加费心。朕也必不会亏待于你。"

"臣定当尽心竭力。"玄袍公子又行一礼，道，"今日若是无事，臣便先行告退了。"

"嗯。"卓文远淡声道，"你去吧。"而后看着这个男子将滴血的长剑拖在地上，快步走远，面上的笑意久久未去。

第二天一早，洛京的大街小巷都传遍了严三郎已死的消息。桑祈怎么也没有想到，卓文远竟然如此丧心病狂，连一个将死之人都不放过，气势汹汹径直闯进文政殿，来到他面前，猛地拍了一下桌子，喝道："你卑鄙！"

卓文远不明所以地抬头，一脸无辜："我怎么了？"

"怎么了？"桑祈无语地冷笑一声，将今日洛京已经传疯了的消息复述了一遍，

“本应在家中绝食守节的严三郎，今晨却被人发现遍身酒气，死在了花街之中。据最近的一家勾栏里的花娘称，严三郎本是半夜偷偷来与她欢好的，不巧却被一朝中官员撞见。那官员见严三郎竟是个表里不一之人，便愤怒地要将此事告知全洛京。为了不让清名受损，严三郎与此人发生争执，在勾栏中大打出手。而后勾栏的护院前来拉扯，失手将其从二楼推下摔死。由于事件发生在清早，还在店里留宿的客人们大多看见了。还没等严三郎的尸首送到洛京府衙，便已经传得沸沸扬扬。严妻听说后，不堪忍受夫君名污，投井自尽。捞上来之后人已经没了，才发现已经有四个月身孕，刚刚显怀，一直瞒着家人没说。”

一口气说到这儿，她哽咽着又一拍桌，只觉一股怒气直冲脑门，火光熊熊燃烧，从眼睛里咆哮着冒出来，斥道：“严家三条人命啊，稚子何其无辜，你敢说，不是你干的？他昨日还被你软禁在家中别院里不能出门，并且瘦弱得形容枯槁，如何能大半夜地跑去那等烟花之地？”

昨日一会，她见到的那个男子，白衣还同他本人一样清净整洁。可眼前这个身着锦袍、光鲜亮丽的所谓君王，不光要他死，还要弄脏他的衣袍，抹黑他的名誉，诋毁他的灵魂，让他连作为一个顶天立地的人，干干净净地死去都不行。

他不想教世人看见，严桦真的不食一粒齐国之米，为故国身殉。不能让这个与自己坚决对立的人成为后世歌颂的榜样，好激发更多人的斗志，所以必须摧毁他的形象，没有什么可内疚心软。

所以，与面前怒火中烧的桑祈截然不同的是，此时此刻他十分泰然，听完她的这番话，只是颔首道了句：“若严三郎当真死得不明不白，相信洛京府衙定会将此事彻查，还他个公道。”

“呵。”桑祈觉得太好笑了，一叉手，抱着肩，不屑道，“洛京府衙怎么查，还不是你说了算？！你卓文远如今是一国之君了，你说他是白日死的，难道洛京府衙敢说是晚上？你就是说他变成蝴蝶飞走了，洛京府衙怕是都得写出个传奇故事来结案。”

卓文远桃花眼一眯，笑容沉了沉，不急不缓地起身，从桌案后绕了过来，站到桑祈面前，抖了抖宽大的长袖。

桑祈正义凛然地昂着头，直视他靠近。待到二人之间只剩一步距离时，同时有所动作。她扬手想一巴掌打在他那笑得春光明媚的脸上，可还没等抬起来，就被他以迅雷不及掩耳之势握紧了手腕，死死按下。

桑祈眉头一蹙，冷声喝道："松手。"

卓文远非但没松，反而越握越紧，居高临下地眯眼看着她，收敛了笑意，一字一句道："若我这个帝王，真有你说的那般只手遮天，又岂能容你再三放肆？"语气依旧温润，却教人莫名感到一股压迫感。

而后他便看着桑祈语塞，又勾唇一笑，大手一挥，狠狠将其甩开。

桑祈一个踉跄，向后退了半步，眼见着他这逼人的气势来得也快，去得也快，转瞬间又好像什么都没有发生过似的，拂衣坐了下来，淡笑道："洛京府衙会怎么断案，你亲自问问京畿太守，不就知道了？"说着一扬声，唤道，"传京畿太守进殿。"

京畿太守？上次任这一职位的人还是那个谨小慎微，总是点头哈腰，好像特别容易出汗的甄永康。自从他和甄永寿一起逃跑之后，还真不知道谁接替了这一职位。桑祈带着几分好奇回头看去，这一看不要紧，登时以为自己的眼睛出了问题。

来人一身鸦色长袍，清瘦高挑，眉峰锐利中不失灵秀，眸光幽深沉敛，稳步朝她走来，直至近旁，儒雅地一拱手，道："微臣拜见陛下，见过桑二小姐。"

桑祈的视线直勾勾地盯着他，根本没听进去这句话，围着他转了好几圈，还是不敢相信地问："顾平川？"

顾平川任她围着自己打转，端正笔直地站着，点了点头。

卓文远在一旁笑："大将军和顾卿不愧是旧相识，直呼名讳，真是不见外。"

何止是不见外，她简直是见了鬼。这人不是应该在漠北看雪看月亮、照顾母亲弟弟吗，什么时候跑洛京来做太守了？

顾平川没有给她一个解释，只是将早上刚接到的关于严桦之死一案的调查结果向卓文远汇报了一遍，道是捕快调查后，认为案发经过与那花娘供认的证词没有出入，仵作的验尸结果亦可佐证。

桑祈一个字都不相信，怔怔地看着他，连连摇头："原来……你们竟是一伙儿的。"

她不明白："为什么？分明你和严三郎才是朋友。难道他受辱而亡，你还能狠下心来借机趋炎附势，而不肯为他正名？"

顾平川低着头，眼波微微一荡，转头看她，道："将军此言何意？在下能有今日，还是多亏了您的启发。”

“我？”

“是的，您。”顾平川解释道，“若不是您当初告诉在下，人若想成功，应凭自己的才干努力打拼，同时放弃本不必要迂腐遵循的君子之道，在下也不会在这么短的时间内，就从一个小小的漠北县丞，做到京畿太守之位。”说完，还很感激地又给她行了一礼。

桑祈呆呆地听着他这番话，只觉哭笑不得。眼前的这个人，还是她认识的那个气节清绝、内有傲骨的顾平川吗？当初她叫他不要端着架子，过于在意什么没必要的原则，却没想到，他竟干脆把操守全部抛之脑后，没底线到了这个地步。

一个人，原来可以变化这么大吗?

“顾平川啊顾平川，你对功名利禄就那么渴求？就那么不择手段地想要上位？”她直视着他，要他给出答案。

顾平川也回视她一眼，平静道：“将军言过了，在下也和您一样，是为了家族荣耀而已。”

前所未有的失望，教她觉得胸口喘不过气来，再不想看这个人一眼，一咬牙，倨傲地道了句：“不，我和你不一样，你这懦夫。”说完上前重重给了他一拳，二话不说，扭头就走。

顾平川吃痛，蹙眉捂住胸口，脚步一动，差点想追上去，却最终又落了回去，留在原地。

卓文远看了半天好戏，长叹一声，同情地看向他，道：“像桑二这么野蛮的姑娘家，还真没见过第二个。敢在大殿上大打出手还不告而退的将军，恐怕她也是历史上头一个了。”

顾平川苦笑一声，低低道：“是啊。”

桑祈怒发冲冠，马车都忘了坐，一路气鼓鼓地回到家中，只觉郁结难舒，也想找点什么东西来摔摔，撒撒气才好。可她拿起来一个茶壶，想想等会儿下人还得收拾挺麻烦的，又放了回去，拿起一个苹果，想想扔了怪可惜的，到底还是没舍得，捏在手里紧紧攥了会儿，狠狠咬了一大口，仿佛把这个苹果当作了顾平川，非要咬死他才泄气。她连续啃了两个苹果，算是稍微平息了怒火，便开始在房中踱步，仍然觉得百思不得其解。

哥回家的。

清玄君本背对着她席地而坐，听到身后的脚步声，还没等她开口，便回头招招手，笑道："兰姬，快来看。"语气都和周遭的空气一样，带着股浓浓的酒意。

苏解语迷茫地走了两步上前，俯身看去，只见他面前摆了一幅画。画上几个人在湖畔的一片桃花林下把盏言欢，言笑晏晏，有他自己，有晏云之，有顾平川，也有严桦。工笔细描，人物形神兼备，连桃花的花蕊都画得栩栩如生，仿佛能从画布上闻到一股扑鼻而来的春日清香。

一眼就能认出来，是洛京的湖，洛京的花，洛京的酒，洛京的他。在洛京发生过的，真实存在过的场景。画上的每一个人都在笑，表情那么开怀，没有一丝阴霾。

看着看着，她忍不住想哭，别过了头去。

清玄君一手端着酒壶，一手拿着毛笔，醉意蒙眬地问她："好看吗？"

"好看。"苏解语赶忙擦擦眼角的泪痕，颔首道。

他便满意地笑了，摇晃着起身，大手在她的肩上一拍，豪爽道："回头请少安和宁泽一起过来喝酒，也教他们看看。"

一提到这两个人，她的眼泪唰地就不受控制地落下来了。很想说，不，哥哥，宁泽可能永远都没机会再看到这幅画了，却最终没有开口，只道了一句："嗯，到时你还得再酿些好酒备着才是，你看现在的这些都快被你自己喝光了。"

"哈哈哈哈。"清玄君挑眉看她一眼，似是有些意外，拊掌道，"说得对。"

兄妹二人又闲聊几句，苏解语说过几天再来看他，帮他带点生活用品后，没再提让他回家的事便转身离去。

身后的清玄君还在品着酒，醉眼微眯地欣赏着自己的那幅画。刚才还雾气沉沉，闷热无风的天，不知怎的，突然一阵风起，穿过四周的竹林而来，摇动竹叶簌簌落下。零星几片，飘到了他的肩头，落在他墨迹未干的画卷上。

苏解语下了山回到城里，与母亲说了哥哥现在一切都好，只是不想回家，想住在外面而已后，又按照往常的习惯，出了趟门。

临安城就这么大地方，新迁过来的几大家族，住得比在洛京的时候还要紧凑，排场也要小得多。出了府门，马车只走出几步远的距离，便能到现在的晏府了。

她让车夫在门口停了停，半晌后才道："走吧。"

她的目的地不是这里，而是暂时设置的朝堂。南迁的政权仍然根基未稳，而今几大家族的代表时常在一起聚会磋商。她便是去等着下朝，接父亲一起回家的。虽说路不远，可父亲自从来了临安，身体不太适应，一直比较虚弱。作为长女，她虽然不能像个儿子一样在政事上为他分忧，起码要时常在左右照看。

马车刚到没一会儿，几个峨冠博带的中年男子陆陆续续从朱漆大门里出来，看到苏家的马车，虽没见着车上的人，也知道是谁，不由得纷纷对苏庭道："苏兄有福啊，家中有一个这么孝顺的女儿。"

苏庭咳嗽两声，忙摆手道："哪里哪里，我倒希望她没这么孝顺，早早离开我眼皮底下，嫁人才是。"

"哈哈，你看他这人，还身在福中不知福。"有人打趣道。

众人哄笑告别，各自离去，苏庭缓步走到马车旁，在苏解语的亲自搀扶下上了车，叹道："每天都劳烦你来一趟，确是不必，为父的身子骨还没弱到早上出个门晚上就回不去家了的地步。"

"父亲说得哪里的话，兄长不在，兰姬作为家中年纪最长的孩儿，理应在父母膝下尽孝。先前擅自离京，让二老担心，就够自责的了，如今趁还能相伴，便让兰姬多做些事吧。"

苏解语温婉地说着，抬手递了个帕子给他。

苏庭接过来，却没擦汗，而摇头无奈地笑笑："你这丫头啊……以为我却不知，你天天往这儿跑，也不光是为了尽孝的吧？"

苏解语含笑不语，转移话题道："不知今日诸位家长商议了何事？"

提到政事，苏庭便蹙了眉，叹息一声："唉，说来话长，卓文远的退兵，恐怕不是表面上看起来那么简单。"

"此话怎讲？"苏解语问。

苏庭便将最近临安的状况同她说了个大概。

原来卓文远表面上是退兵了，只派军队驻守在白马河北岸，看似按兵不动，只做防御。可实际上，临安这边一有什么动作，对方总会十分警觉。确切点说，首先临安城的北大门，也就是他们进城的时候走的那个桥是不能再打开了。一旦打开，有人从桥上过河，等待的就是对岸以擅闯边境为名的乱箭，这一点已经有先例为证。

对岸难以踏足，就连想上白马河，也只能从几个连通城内外水路的闸门坐小船出发，一次能通过的人员有限不说，还时刻被对方警惕地盯着，稍有异动就会惹祸上身。前日有一支队伍，想趁夜色出发去对岸的城池交易一些商品，结果至今未归，恐怕也已被对方擒获了。

现今的南燕和当初被围困也没有什么分别，能做到自给自足已是勉强，若还叫嚷着要打到对岸，重夺江山，怕是痴人说梦。尽管才过去数月，世家望族中已经有一种声音提议，要不干脆放弃打回洛京的想法，就留在临安算了。反正临安物产丰润，水土肥美，堪称天府。不去招惹齐国，过这安逸日子，有什么不好？

而且，持这种观点的人，已经越来越多。

苏解语听完，低眸沉思了片刻，问道："那陛下……或者少安怎么说？"

新帝荣寻尚且年幼，无力主事，现在还在每天跟着师傅冯默勤学苦读，渴望能早日成长为真正的一国之君。学习倒是认真，领悟力也不错，但大部分时间都花在学习上了，朝中的事务则全数由新丞相晏云之代为处理。因此他的看法大约等于皇帝的看法。

苏庭沉默了一会儿，眉头蹙得更紧了，转头看着她，眸光暗暗，道："我觉得，晏云之好像也认同这种观点……"

苏解语淡淡一笑，觉着定是父亲误会了什么。就算只为了桑祈，晏云之都不会安心待在临安城。想到桑祈，她也不由得叹了一声，不知桑祈现在在洛京，过得怎么样呢？

洛京的晚春，不似临安那般多雾，却总是淅淅沥沥地下着缠绵的雨。桑祈没撑伞，也没穿斗笠，施施然走在霏霏细雨里，一步一步沿御阶上行。

三三两两身着鸦色官袍的人群中，她华丽的绯色襦裙显得十分格格不入。好像一朵浓艳的芍药，在春雨中恣意开放，让雨水将自己洗涤得更加鲜艳明丽，好教这漫山遍野的杂草野花都自惭形秽地低下头去。

周围的人见到她来，确实都低着头，不约而同地离得远了些。

有人忍不住对同行的人低语："今天大将军又来上朝了。"

那人头疼地扶额："是啊，这不尚书令也来了嘛。"边说边努努嘴，示意让他朝身后看。只见隔着几道台阶，能看见人群最后有个撑着双鱼戏莲油纸伞的男子，雨滴在莲叶间叮咚作响。虽然被伞挡着，难见真容，从那颀长挺拔的身形和沉稳儒雅的步伐也不难判断出是顾平川。

二人匆匆瞥了他一眼，又相互对视，只无语地想着，今个儿的早朝，怕是又要十分漫长，能不能回家吃午饭都是个问题，心情也变得阴雨连绵起来。

桑祈倒是一脸怡然自得，轻轻松松地迈进大殿，找到自己的位置站好。过会儿人到齐了，卓文远也进了殿，内侍嗓门嘹亮地宣布一声："上朝。"

下面成列而立的文武百官，整整齐齐地躬身行了一礼。桑祈也跟着行礼，动作却十分敷衍了事。座上的帝王视线落在她身上，勾唇笑了笑，温声道："众卿平身。"

而后等到众人又重新站好，开始上奏今日事宜的时候，身为尚书令的顾平川手持鱼须文竹板上前一步，要汇报自己的近期工作进展。后面几排人中，不免有人控制不住地哆嗦了一下，暗自叫苦。又开始了，大将军和尚书令又要开始了。

只听顾平川说："已责令手下官员将朝廷欲举行科举考试以选拔官员的意图，以张贴文书等形式告知各地百姓。"

桑祈轻咳一声，出言打断了他："敢问尚书令大人，这文书之上的内容如何撰写？要知道你想给平民百姓看，让他们都知道这科举制度的好处，可百姓们鲜少识字，怕是鸡同鸭讲。"

"在下的文书已经写得语义十分直白，若连这文书都看不懂，那文书也就不是给他们准备的。"顾平川目不斜视，答了一句。

桑祈佯装惊讶，蹙眉道："看不懂字，就无权得知科举这码事，也不能参加了吗？我怎么记得，这和陛下的初衷不太相符呢？陛下可是希望科举面前人人平等，人人都有通过勤学苦读、积累才学出人头地的机会。你这一说法，岂不是忤逆了陛下的意思？"

"所谓人人平等，在相应的教育没有跟上之前，也是不能一蹴而就的。目前看来，第一届科举，这些还看不懂文书的人，必定是赶不上了。可随着县乡各级学堂的开办，私塾的规划，相信他们以后会有享受这一平等的机会。毕竟任何政策都不可能一下子惠及所有人，大将军以为呢？"顾平川从容不迫继续道。

"我以为不对。"桑祈摇摇头，朗声道，"若是不能惠及所有人，那何必一开始就说科举对每个人来说都是公平的？岂不有蒙骗世人之嫌？"

二人你一言我一语，谁也不翻脸，但就这么斤斤计较、咬文嚼字地对峙着。

桑祈攻击一句，顾平川回守一步，纠缠不休，没完没了，已经不是第一次了。朝堂上的众人已经摸清了规律，只要顾平川有事要禀，桑祈就必然跟他对着干。

就说之前有一次吧，这位大将军也不知道从哪儿找来了尚书省一个名不见经传的小官吏办事不力，将该完成的事务延迟了两日这种鸡毛蒜皮的小事的“罪证”，便拿到朝堂上对顾平川发起了攻击。称他作为尚书令，对自己的手下疏于管理，如果手下做事犯了错，亦应承担领导无方之责。甚至明着暗着，意思都归结到了一句话上——你行不行，不行我来。闹得顾平川无言以对，活活被泼了一身脏水。

其实那个官吏的职位低到根本与他没有任何接触，他甚至连名字都没听过。还得平白无故跟着担“责任”，承认自己失职，写了份谢罪的折子。但打那以后，他就格外小心谨慎，把手下大大小小每个官吏的情况都调查了个遍，并亲自督导，教桑祈再没抓住把柄发难，只好继续走别的路子。

没真的把柄抓，抬杠也是少不了的，还每次都假装自己只是认真谦虚地在跟他讨论问题而已。二人一唱一和，简直成了朝堂一景。

百官中少不了有人对此有微词，奈何皇帝睁一只眼闭一只眼，他们又不似前朝世家那般实力雄厚，敢于在朝堂上任性，也只能敢怒不敢言。生生跟桑祈和顾平川一块儿耗了两个时辰，腿都要站麻了。直到卓文远大约是饿了想用午膳，才抬抬手，制止了二人的争吵，宣布退朝，众人才如蒙大赦。

座上的帝王闲闲把玩着手上的玉珠，笑道：“今夜朕要在宫中设宴，两位爱卿既然白日里没讨论出个结果，不如晚上再一起过来吧。”

顾平川反应平静，桑祈却是一怔，面上的笑容有几分冷。本来大大小小的宴席她就兴致寡淡，与这些人一同用膳更是不愿。可转念她想到什么，又唇角上扬，跟着顾平川一起，笑眯眯地道了声：“谢陛下恩典。”

下午桑祈便回府换了身衣裳，重新打扮一番，精心绾了发，晚上又坐着马车回到宫内。刚下马车，已经有宫人候着了，打着宫灯，指引她往御花园走。几个被邀请的臣子都就了位，桑祈也落座后，卓文远和宋佳音携手，带着几个后妃率御驾而来，妃子都是她的熟人——额间一点朱砂、风情万种的浅酒；保守拘谨、不太自在的甄明月。

卓文远讲了几句场面话，第一个敬酒。在座的妃子朝臣们大多起身回敬，只有两个人与众不同，一个是坐在座位上没起来的桑祈，一个是举樽了却没喝的顾平川。

卓文远先看向顾平川，客客气气地笑问：“爱卿今日不便饮酒？”

顾平川拱手，淡淡道：“微臣不胜酒力，为了不扰了诸位的兴致，还请陛下允臣不饮。”

桑祈眉毛一挑，顾平川毫无疑问是能喝酒的，而且酒量还不错。虽说第一次见他喝酒的时候，他似乎因为有心事，喝多了两杯就“行为不轨”，可后来再一起喝酒的时候，满满一囊下肚，也没见他脸红心跳。今日这是怎么了，面对自己欣赏有加、一心追随的君主，竟然会冒出一句“不胜酒力”的谎话？

似乎是因为还记得自己曾经喝醉之后出的丑，顾平川恰好这时也看了她一眼。

四目相对，桑祈从他幽深的瞳仁里读不出什么情绪。而这一幕落在一直咬牙看着她的宋佳音眼里，被她发现后，却突然想起来自己曾经的一个念头。

宴间觥筹交错，没过多时，桑祈气宋佳音也气够了，与顾平川斗嘴也斗得没趣了，便随便找了个借口跑了，晃悠到了文政殿中。

文政殿的守卫知道晚上大将军会来赴宴，却不知会赴到这里来，诧异地对视一眼，不知该不该拦。

桑祈笑眯眯地扫视二人一番，道：“皇上让我来帮他取点东西，若是耽搁了时辰，可不知道要怪我还是怪你们。”

两个守卫看着她眼底狡黠的光芒好像夜幕中的星子一闪一闪，面面相觑，到底还是硬着头皮开了门。这大将军深得皇帝宠信，当得跟太上皇似的，他们如今已参悟出了宁可得罪皇帝本人也不能得罪大将军的道理。

桑祈便顺利进了殿，快步走到桌前，借着微弱的烛火，将卓文远白日里不肯给她看的那份关于西南军队调度的安排翻找出来，快速浏览一番，牢记在心后，又收拾好作案现场，走出殿外。

多雨的时节，雨刚停了几个时辰，又零星飘了起来。虽只是沾衣欲湿的程度，但夜里淋湿了衣裳，总归还是有点凉意。桑祈裹紧衣襟，步履匆匆，跑进一处回廊之中，刚走几步，碰巧看见宫灯下站着一个熟悉的身影。

红梁青瓦的长廊，她在这头，顾平川在那头。长廊两侧五步一盏宫灯，细雨如雾如烟，缥缈在宫灯周围，晕出一圈暖黄的光晕，四周则是幽暗冷寂的长夜。一身玄袍的他，沉静地在整齐排列的光晕里伫立，说不清是在等人，还是在看雨。

听到脚步声，顾平川向她的方向看来，眼神有一瞬间的惊异，缓缓开口问道：“你找我？”

桑祈本来想当作没看到他，闻声费解：“我找你？怎么会……”

顾平川沉默了一下，淡淡重复了一遍她的话：“是啊，怎么会……”语气中有一股浓浓的失望与自嘲。

桑祈诧异的同时，闻到他说话的时候传来一阵若有若无的酒香，便恍然大悟道：“又喝多了？”

顾平川没答话。

“既然说了不胜酒力，为何后来又要喝？莫非是我不在席间，眼不见心不烦，你就又能喝下去了？”

既然机会送上门，与其绕路，不如且遇且珍惜，桑祈一挑眉，又开始嘲讽他。

难得不似朝堂上那般温文尔雅地从容反驳，顾平川扭过头去，似在回避这次对话。

桑祈怎么肯依，他越是不想理，她就越是想烦他，故意往跟前凑了两步。

“我说，尚书令大人，宫里的酒好喝吗？你最近为了科举的事，亲力亲为的，总往些穷乡僻壤跑，怕是不习惯吧？是不是还是觉得，高高在上、锦衣玉食的生活比较适合你？要不还是别做什么尚书令了，做个内侍多好，天天都能在皇上跟前待着……”

桑祈一股脑儿说了一堆，顾平川还是没反应，只是面色沉了沉，双手似在长袖里握了拳。

说到内侍这件事，桑祈不由得想笑，觉得自己真是太有想法了，故意眨眨眼，问他：“你说你一心一意地跟着卓文远，是不是因为喜好男风，对他心有眷顾啊？我听说你去了漠北之后，好像一直没娶亲。就算在漠北找不着合适的女子吧，如今回到洛京，顾家东山再起了，你也官至尚书令，门当户对的姑娘大把，为何至今还是孤身一人？”

顾平川终于对这番话有了反应，眸光一紧，转头看向她，声线低哑道：“在下心里有谁，大将军不知道吗？”

突如其来的反问，让桑祈一怔，想起了他给她寄的那些信，想起他记得她喜欢的口味，精心为她挑选的特产，字里行间表露出的心意。仿佛已经是很久很久以前的事，过了几世轮回那般漫长。她早就猜出来过，他对自己有情。可打从回到洛京，再见到他时，她竟然光顾着生气，全都忘了。

“不知道。”短暂的失神后，桑祈若无其事地答，“恐怕只有跟你惺惺相惜的皇帝才能明白，我上哪儿知道去？”

“呵，”顾平川笑了一下，“是吗？”

说着，他不再逃避她的视线，回避她的问题，一步一步地朝她走过来，道：“既然不知道，你又是如何说出我对皇上心有眷顾这种大逆不道的猜想的？”

“既然不知道，你又如何能够评判我？”

“既然不知道……”

他说一句，前进一步，桑祈也就蹙眉跟着退一步。三五个问题后，便无路可退了。往昔一幕即将再次重演，桑祈这一次依然平静，淡淡地道了句：“尚书大人，如今我的身手十倍胜于当年，你若是再轻举妄动，可别怪我为了自保，下手太重。传到外面，说你有意向我挑衅，反倒被我打成重伤，还不知道丢的是谁的脸面。”

顾平川离她很近，居高临下地凝视着她，却没有其他动作，只是眸光深沉，仔仔细细地注视着。好像在这幽暗的雨夜里，寂静无人的角落，才能看上她一眼似的。

半晌无言。

桑祈也意外的温顺，似乎一时之间找不到什么词语来吵闹，打破这诡异氛围下的平静相处。

然而，好戏不长，他们俩是都没出声，顾平川身后却传来一个声音，诧异道：“尚书大人原来在这儿，陛下正到处找你呢。”

顾平川闻言，眉心微蹙，回眸看去，只见宋佳音和卓文远正站在不远处，身后还跟着一众后妃和宫人。

桑祈听着说话声耳熟，也跟着探头看，与宋佳音恰好四目相对。

宋佳音唇角勾起一丝笑容，却依然一脸惊讶，说着：“大将军也在？”并看向卓文远，“臣妾就说，大将军不会不告而退吧，陛下您看，这不是找到了。”边说边笑着掩了口，对卓文远娇嗔道，“陛下您看这郎情妾意，难分难舍的，实在教人感动。大将军还有几个月就守孝期满了，既然家中没有长辈，到时不如您就做这个主，成全她和尚书令大人如何？”

“不如何。”这人真会逮机会兴风作浪，八成顾平川就是被她想办法不知道以谁的名义约到这儿来的吧，所以刚看到自己的时候才会以为是自己找他。桑祈想着，不由得觉得好笑，没好气儿地说了一句。

可是同时说出这句话的，不只是她一个人，还有卓文远。一言既出，在场的好几个人都愣了，包括桑祈和宋佳音。

“陛下您说什么？”宋佳音嘴角上的笑意僵了僵，难以置信地问道。

“朕说皇后的主意不怎么样。”卓文远笑眯眯道，“你看这二人哪里像是郎情妾意了？再说大将军是有过婚约的人。”

“那婚约是前朝皇帝圣旨立下的，如今还能作数？就算作数，他二人一个在大齐，一个在南燕，又如何成就美满姻缘？”宋佳音不甘心道。

卓文远微微挑眉，颔首道：“皇后说得也有道理。”

桑祈眸光凉凉，不动声色地从顾平川身边绕过来，不想与这些人纠缠，只想尽快离开。却听卓文远又接了句：“可是就算婚约无法履行了，大将军的良人也不是尚书令，而是另有其人。桑二，你自己说对不对？”

“对。”桑祈睨了他一眼，脚步不停地自顾自往长廊另一头走，道，“我看这个就不错。”说着随手指了一下他身后跟着的一个内侍。

可怜的内侍没想到这也能祸从天降，吓得浑身一激灵。

众人也跟着一怔，卓文远哈哈大笑，无奈地道了句：“好你个桑二。”

桑祈假装没听见，道着：“微臣眼皮疼，不舒服，先告退了。”便将这群人都甩在了身后，匆匆离去。

出宫上了马车，赶回府，有仆役告诉她，傅先生已经到了。桑祈便提着裙裾，快步走到了书房，拱手对久候的傅先生和管家见了礼。

她离开洛京的这段时间，二人尽职尽忠，一里一外，将桑府和桑家的产业打理得井井有条，即使是最动荡不安的那段日子，也未使桑家蒙受损失，安然无恙地避过了风雨。所以回来之后，她又搬进了旧宅，开始作为洛京桑氏的一家之主掌管家中事务。而今，傅先生便是应她所托，去齐昌联系了桑崇，刚刚回来，将结果汇报道：“傅某本想请大老爷来洛京一趟，但怕被卓帝发现，为了小心起见，只带来了他的口信。”

“大伯怎么说？”

“时机成熟，方可起事。”门窗紧闭的书房里，傅先生郑重低语道。

“时机啊……”桑祈重复了一遍这个词，苦恼道，“可什么时候才是好时机呢？”说着将今天自己偷看到的奏章内容与他说了一遭，卓文远依然在加强西南的防守。

傅先生便劝道：“小姐不可急于一时，想那卓氏，有皇后的里应外合，尚且筹谋许久。我们如今在宫中孤立无援，没有把握就妄动，失败且不谈，若是让卓帝警觉了，以后恐怕再想起事就更难。”

“先生说的道理阿祈也懂。”桑祈叹了口气，“可是长线布局，却并非我的长处。”

傅先生深表认同地点点头，也道是：“小姐天真坦率，心里藏不住事，遇事遇人也总往好处想，确实不适合玩弄权术。”

实话也不能这么实说，桑祈哭丧了脸，托腮道：“那怎么办？”

只见傅先生笑道：“所以在这方面，小姐才需要傅某，需要你大伯等人相助。而您只需发挥自己的优势，安抚住卓帝，莫要让他起疑就好。”

想到之前傅先生嘱咐过的，要利用卓文远的信任，好好讨好他，桑祈觉着自己头皮都痛，头疼地揉了半天太阳穴，才无奈道：“以大局为重，我尽量吧。只是……再过几月，到父亲的忌日，我守孝便满三年，可以谈论婚配了。今日在宫中，听卓文远的意思，似乎心中已有筹谋。”

“筹备将你纳入后宫？”

“对。”桑祈道，“倒不是我自作多情地以为他非要娶我，可是联姻一直是他惯用的拉拢方式。今日在后宫里一看，几乎每个妃子背后都有一股为他所用或者他希望控制在手中的势力。”

“而你并不想嫁给他。”

“当然不想。”桑祈眸光一沉，声线微冷，道，“只有这件事我不会妥协。”

傅先生了然地点点头，思忖一番，又开解她道：“倒也不必担心得太早，眼下卓帝之所以同意你坐上大将军的位置，主要目的应该是为了牵制宋家。既然大司马的权力还没架空，他要你这个大将军就还有用，一时半会儿不会考虑退而求其次选择联姻。”

桑祈想想最近卓文远再三加强她的实权，削弱宋落天的举措，也觉有理，自我安慰道：“但愿如此。辛苦先生了，您旅途劳顿，在洛京好生歇息一阵子吧。”

“傅某倒是不累，小姐若是对家中几个铺子的管理都颇有心得，能离得开傅某了，傅某还打算去临安一趟，打探打探那边的情况。”傅先生捋着短须，琢磨道，“毕竟若要起事，还须临安那边配合。如果太子自己都放弃了，我们在这边劳心劳力，就成了多此一举。”

光是听到“临安”这两个字，桑祈的心跳都会停滞半拍，手中的茶盏一抖，洒出几滴茶水来，苦笑道：“先生不入朝堂，行事真是方便。我也想去临安，却是再做不到说走就走了。”话语中的酸楚，裹挟着万千思念，尽数流泻在这黯然雨夜里。

傅先生和管家对视一眼，目光中都写满了叹惋，一时间不知道该安慰面前这个小女孩儿些什么。其实桑祈亦已过花信之年，早该为人妇了，再叫小女孩儿似乎不妥帖，可对于他们来说，这个自己亲眼看着其长大的姑娘，大约永远都是个需要人照顾的孩子吧。作为长辈，如今他们除了帮她看管好家业，让她没有后顾之忧，还能做什么呢?

就在二人对于她和晏云之的事上也深感无力之时，桑祈却没再继续哀怨下去，快速收拾好了失落的情绪，抬眸笑道：“先生放心，几个铺子的账目我都已经接管过来了，如果有问题的话，也会与掌柜们商量着来。您此去临安，不比去齐昌，定要格外小心行事。”

傅先生重重点了点头，表示将她的嘱咐谨记在心，沉吟一番后，低声问：“小姐可有什么东西要我带去临安吗？”

一个信物、一封信、一句话，什么都可以，她一定有很多很多话想跟晏云之和临安的友人们说吧，他已经准备好倾听了。

可是桑祈沉默了片刻，淡笑着道了声：“没有。先生若是见到了云之或者莲翩，只需告诉他们，我在洛京一切都好。”

是的，除了平安，说什么都是多余。她相信自己的心思，就算不说，他们也都时时刻刻在与她一同体会。这世界上也没有任何一句话、一样物品，厚重到足以承载这份思念。不如不说，不如不送，睹物思人，徒增惆怅。

“好吧。”傅先生只得点点头，拱手告退，披上斗笠，身形隐去在夜色里。

管家则将她之前要自己准备的府上人员名册及搜集到的相关身世背景递上，寥寥解释了一下自己做的备注之后，见时间不早，也告了退。

书房里只剩下桑祈一人，对着一沓名册发呆。有了历史上及亲身经历过的种种前车之鉴，她明白内奸的可怕。就像千里之堤，没有被洪水冲垮，却可以轻而易举地溃于蚁穴。那么既然要筹谋起事，首先应该做的便是清理自己身边的人，只留下可信的，将有可能与卓文远相关，或者有可能关键时刻背叛的危险分子排除出去，最大限度消除隐患。

然而说起来容易，做起来难，面对名册上眼花缭乱的名字和人员来历，她看得头疼。不知不觉，就又想起了晏云之。如果他在的话多好呀，他那么聪明，善于揣度人心，大概只需要短暂接触，稍加试探，便能辨清朱墨。换作自己，直白得要命，恨不能直接上去问人家“你是不是奸细”。

怎么在他身边那么久，就没学到点儿呢？桑祈想到这儿，不由得苦笑，摩挲着手上的宣纸。思念的闸门一开，便无法控制，越来越猖狂，肆无忌惮地侵略，占据了她的全部身心。

窗外是朦胧的雨夜，室内一盏昏暗的烛火，让她想起与他分别前的那个夜晚。她在整理行装，他就坐在不远处的桌案后，视线跟随着她。

她发现后，笑吟吟地走上前撒了个娇，问道：“怎么，都安排好了，又舍不得我去？”

晏云之顺势抬手揉了揉她头顶的发，唇角噙着淡淡的笑意，爱怜地抚摸了一会儿，突然道了句：“其实，你也可以不用去。”

她便挑眉回道：“那可不行。只让闫琰一个人去实在太危险，我同他一起，还能有个照应。毕竟，你也知道他的腿……自从上次伤了，一直不大好，性子也还是容易冲动逞强。万一有个三长两短的，以后莲翩可怎么办？”

“两个人总比一个人好。”她当时如是说，还安慰他称自己和闫琰一起，断不会出什么事。尽管他低叹了一声，说到底还是要吃些苦头。

他的掌心暖洋洋的，她的心在寒冬里也感觉得到温热，扭头轻轻在他的手上蹭蹭，狡黠道：“你这是心疼我吗？怕军备破坏，损失惨重？”

故意问出口，想要他承认，说两句甜言蜜语给自己听。然而晏云之终究是晏云之，只在她头顶拍了一下，云淡风轻道：“是，怕你万一留疤了不好看。”

他就是这么不坦率的人。可是后来的事，她是记得的。

记得告别前，他将她紧紧地搂在怀里，半晌没舍得放手。

记得她策马离去很久后，好像一回头，还能看到他遥望的视线。

记得他在她耳畔低语道：“早点回来。”

可她没能回去。桑祈缓缓抬起左手，按上了自己的小腹。不但没能回去，她还失去了他们的孩子。想到那一碗苦涩的汤汁咽下后的血流不止，她牙关颤抖，眼中风暴席卷。

其实今日，她骗了顾平川。因着小产后的身心俱疲和调理不善，她的身子一直没能养好。如今时常感到腰腹酸痛，别说动手与人打架了，就是站得久了都难以支撑。

这件事她没有告诉过任何人，包括傅先生和管家。说了又有什么意义呢？她需要的不是同情和照顾，不是他们怜悯或愧疚的眼神，而是他们的信任。所以她除了坚强，别无选择，只能硬撑着一口气，等待云破月升的那一天。

想着想着，她不由得叹了口气，放下看不进去的名册，起身在房间里踱步，走到书架前，打算找本书来解解闷。

窗外雨声潺潺，桑祈的手指抚过一个个书脊，随意抽出一本。刚一打开，便见书册中有一页纸张，安安静静地躺在她面前。那是一张没有字迹的信笺，厚重沉敛，上面雕着精致淡雅的云纹——是当初晏云之与清玄君打赌的时候，送给她的那张拜帖，就像他本人，用一个充满温情的怀抱，便蕴含了万语千言。

桑祈怔怔地凝视着它，眼中起了一层水雾。片刻失神后，她猛地将书合上，毫不犹豫塞回了书架中，而后擦干眼角的水泽，敛袖回到桌案前，耐着性子继续看名册上的蝇头小楷。

粗略将府上的人员情况掌握之后，她以勤俭持家为名，将几个觉得不太放心的仆役打发到了庄子里，府中只留下了跟随桑家年头最久的一批人。眼下为难的是，找不到一个合适的贴身婢女。桑祈想来想去，只好决定暂时还是先将就着。

管家听说了她的难处，突然想起来一个合适的人选，对她道："姑娘不妨去晏府瞧瞧。"

"晏府？"桑祈不解，"晏家的人不是都已经南迁了吗？"

"正是，可主人们南迁了，还有一些仆役留下。"管家解释道，"毕竟宅子和大部分东西都带不走，后续还需人打理。小的听说，晏家还有一位公子和几个忠仆留了下来。姑娘既想寻一个知根知底、可以放心的女婢，还有比晏家出来的更合适的人选吗？"

桑祈觉着此言十分有道理，便本着碰碰运气的想法，去了晏府一趟。

昔日生机勃勃的高门深院，如今亦是人丁稀少，比起她桑府的空旷寂寥更甚。一旦失却人气，古朴恢宏的建筑便流露出一股晦暗沧桑的气息。桑祈走在院中，颇为唏嘘。

留在洛京的这位公子，是晏云之一个年纪较长的兄长，名为晏云桓，由于发妻一年前刚刚去世，不忍离去，便选择了在洛京照看家业。

桑祈从前与其素无往来，但一提自己的名讳，对方就露出了慈爱的笑容，颔首道：“你就是少安那未过门的妻子吧。”

第一次从晏家人口中听到这样的话，她有些羞赧地点了点头。晏云桓便热情地招待了她，绝口不提自己弟弟的事。

有严桦的前车之鉴，桑祈有些好奇，他是如何在卓氏政权中保全这个家，没被卓文远刁难的。晏云桓很平静地笑笑，道：“因为晏某和二伯一样，从未入过仕途，只是一直掌管家中产业。所以在士子之中，官场之上，鲜有声望地位。卓帝知道我还留在洛京之后，也试图拉拢过，后来大概觉得，就算拉拢不来，也对他构不成什么威胁，便放了我一马吧。不过现在也没有过去那么好过……”

他说着将晏府的境况与她解释了个大概，只能说虽然他的能力足以打理家中大大小小的事务，可各个庄子都没有过去那般景气。在皇帝的支持下，汤家的生意是做得越来越大了。许多从前由他们提供给皇室的御用品，现在都变成了从汤家采购。

晏云桓说到这儿，颇为清傲地挑了挑眉梢，道：“正好晏某也不愿进贡，倒是省了麻烦。”

这一个细微的小动作，桑祈看在眼里，才觉得他跟晏云之不愧是兄弟，虽然长相不太相像，可那不经意间流露出的气度却有七成神似，难免又勾起她的相思情怀。她喝了几口茶，平静一下后，才道出了自己此行的来意。

晏云桓听完，眸光一荡，意味深长道：“正巧，我这儿有一个非常合适的人选推荐给你。”说着便唤了个小厮来，对其附耳低语了几句。

桑祈问他这人选是何人，年方几何，是什么来历，他却故作神秘，只道：“等会儿人来了你就知道了。”

她带着几分期待和好奇，用余光不断瞥着门口的方向。过了一会儿，只见不远处出现了一个面熟的身影。清丽雅致的姑娘，有着一双仿佛会说话的灵秀双眸，身穿一袭素色轻纱，走起路来脚步轻盈得几乎没有声音，好像是从九重天阙上下来的，常侍神君左右的小仙娥。

桑祈想了半天，终于记起她的名字，惊讶地唤道：“玉树？”

玉树见到她似乎也有些意外，上前见过礼：“桑将军。”

晏云桓见不出自己所料，二人果然早就认识，玩味地对桑祈道：“怎么样，人选尚觉可心？”

可心，真是太可心了，桑祈连连点头。要说这世界上有哪个婢女是她可以全心全意相信的，大概除了从小跟着自己长大犹如姐妹一般的莲翩，就是要属晏云之身边的玉树了吧。此女跟在晏云之身边，耳濡目染，习得聪慧沉稳，一看就是个机灵懂事、不会乱说话的人，正是她当前所需的助力。

谢过晏云桓之后，桑祈本着尊重对方意愿的想法，又将自己欲把她讨到府中，让她做自己的贴身婢女一事同玉树商量了一下，玉树很爽快地同意了。

桑祈便陪着她一起到住处收拾行李，又来到了晏云之的小院。

玉树在前面带路，迈入院门后，莞尔一笑，道：“其实白时当初想带婢子一起走，但是公子还有那么多东西都留在洛京，交给别人，婢子放心不下，就留了下来。”说着没往自己的住处去，而是引着她进了晏云之的书房。

书房里整洁干净，一尘不染，古雅的紫红檀木散发出一股淡淡的幽香，桌案上摆的一盆文竹还青翠欲滴，好像主人刚刚还在屋内，只是出去散了个步一样。

桑祈第一次进来这里，被他书房中的藏书之丰富吓了一跳。直到玉树在四排高大的书架前驻足，示意她过来看，才回神跟了上去。

四个书架之上，有三个摆的都是书籍，只有这一个上头是大大小小的木箱。玉树打开手边的一个，可以看到里面存放的是一沓宣纸，从底纹判断，应该是国子监的监生平日所用。征得玉树同意后，她从中拿起一张，发现纸张上是自己的笔迹。

那是一份她交的关于庄子所著《逍遥游》中“逍遥”一词含义解读的文章，还是刚进国子监时写的。内容如今看来，自己都觉得忍俊不禁。还记得当时，晏云之特地在课堂上朗读了她的这篇文章，引起班上哄堂大笑。要不是考虑到还要讨人家欢心，给人家送礼，她估计就要恼羞成怒，当场跟他拍桌子动手了。

后来他让大家去领批改完的文章，她也干脆没去拿，没想到被他仔细地收在了家中。桑祈抚摸着自己稍显稚气的字迹旁边那一行行隽雅飘逸的批注，才发现，其实他批改得很认真，对她的解释也并非全盘否定。甚至她隐约觉得，从他的字里行间来看，似乎他虽然对她的行文措辞深感不满，对她想表达的思想却是持肯定态度的。

玉树在一旁低声解释道：“这一箱里都是将军的文章，公子有时闷了，就会拿出来看看，看的时候总会笑。”

“噗。”桑祈一个没忍住，自己也笑了出来，无奈道，“敢情我的文章放在这儿，是专门供他取乐用的？”

玉树也笑笑，柔声道：“并不是这样。婢子是想说，婢子打从八岁开始就跟随公子，十余年，从未见过他待谁如此。所以，即使他现在不同将军联络，外头那些人说什么，希望将军也不要放在心里。公子对您的心意，天地可鉴。”

晏云之能有一个这么懂事乖巧、忠心耿耿的随侍，桑祈颇为他感动，闻言不由得郑重地点点头，道：“你放心，我当然信他。”

玉树便道：“那就好，将军先在这儿自己看看吧，婢子去收拾收拾东西就来。”说着微微一行礼，轻手轻脚地退了出去。

桑祈抱着这一箱纸，寻了他平常坐的雕花横椅坐了下来，一张一张拿出来看。只见上面有的写着细致的批改，有的只是用朱砂画满了红线，更有甚者还有一张她因为他始终不肯收荷包而暗自生气，故意捉弄他的游戏之作上，只写了一个龙飞凤舞的大红字“哦”。

只一字，仿佛就能看到执笔人的形象都跃然纸上，立体鲜活了起来。桑祈沉浸于这份阅读追思中，好像又见到了旧时光里的他。他就站在这书房之中，站在她面前，在同她对话，时而蹙眉狐疑，时而高傲不屑，时而莞尔浅笑，时而流露出一丝若有若无的宠溺伸手轻抚她的发丝……不知不觉，就过了一个多时辰，直到玉树又推门回来，她才意犹未尽地抬起了头。

第十九章

严冬锁深院

带玉树回到府中后，桑祈算是暂时了却了一桩心事。

然而无论是玉树还是晏云桓，都没有临安方面的消息。在边境的严密封锁下，白马河就像是一道密不透风的墙，只有齐国的消息能从墙的这头过去，却没有临安的消息能从那头过来。

桑祈也是几个月之后才收到傅先生的书信的，说是暂时还没有找到可以进临安城的办法，可能会考虑铤而走险，北上平津，再从西昭人的境内绕到乌山，从西边入城。比他早先预想的，还要多花上一些时间。

等待的同时，她也没忘记傅先生临走前交给自己的任务。这一日在家中给自己加油打气一番后，又晃悠进了宫。

对于大将军有事没事地总往宫里跑这种行为，内侍们早就见怪不怪了，甚至还默契地给她大开方便之门，让她如入无人之境，出入自由地进了文政殿。

桑祈拢拢袖，自顾自地找了个地方坐下来，把玩着他的一个铜雀烛台，琢磨道："话说，咱们今儿个一起去庆丰楼吃包子吧。"

正在批改奏章的卓文远缓缓抬眸，若有所思地看向她。

"嗯？"桑祈努力做出一副"我的来意特别单纯"的样子，挑眉回视，问道，"怎么，不愿意？"

卓文远放下御笔，单手撑在案上，托腮瞧了她一会儿，眼波几番光华流转，终是在她浑身都不自在，如坐针毡地想要跑了算了的时候，莞尔一笑，开了口，道：“愿意，等我批完手上的折子就带你去。”

“哎呀，那包子就卖没啦。”桑祈一听，松了口气，得寸进尺地走上前来，抄起镇台，一把将他正在批改的那份奏章盖住，扯着他的衣袖就要走，故作嫌弃道，“人家包子都是清早起来蒸上几笼，早来有晚去无，谁到了晚上还卖包子？”

卓文远却任她拉扯两下，纹丝不动，只笑盈盈地看着她，又抬起另一只胳膊，将镇台挪了回去，有条不紊地重复了一遍：“批完就去。”

桑祈又拽了两下，见他仍不肯松口，便干脆站在他旁边看着他批，视线时不时瞄着奏章上的内容。

卓文远倒是也不避讳她，可看来看去，里面也没有什么特别有价值的东西。大部分都是弹劾大司马宋落天和太傅宋玉承的。弹劾宋落天的折子中，内容尤其五花八门，称宋落天治军治军不会，操练操练不行，自己的武艺也拿不出手。先前卓文远故意把一些类似重设京畿守备军，加强边防等要务交给他去做。如今以卓文远批阅这些弹劾内容之时的表情来看，怕是早有预谋，专门给他挖个坑，等着他跳的。

而老狐狸宋玉承，毕竟在官场浸淫多年，虽然现在志得意满，尾巴有点翘了起来，却也还算小心，除了比以往狂傲了些，并未留下什么把柄。

卓文远将弹劾宋落天的折子单独放在一处，弹劾宋玉承的则大部分都和其他奏章放在了一起。

桑祈便感觉，他这是要对宋落天下手了，而宋玉承暂时还不想动。可是动了宋落天和动宋玉承本人有什么区别，宋玉承爱子如命，难道就不会跟他计较？正在她思忖之时，忽闻卓文远“啪”的一声合上了最后一份奏折，侧眸来看她，玩味道：“看够了吗？”

“啊……”桑祈哂笑着，点头道，“嗯，我觉得你这唇上要是涂些丹脂更好看。”

“那回头还烦请大将军帮忙涂涂。”卓文远狡黠地一挑眉，起了身，道，“走吧，我去换身常服与你出宫。”

“嗯。”桑祈又回到刚才坐的软榻坐了下来，摆摆手，随意道，“你去吧，我在这儿等你。”

“等我？”他对她这个态度似乎不太满意，微微摇摇头，道，“难道常服会自己换上来？”

“难道你自己没长手吗？”桑祈白了他一眼，没好气儿地道，“要是残疾了的话，随便找个宫女来帮忙换一下不就完了。”

报复的时候到了，卓文远一脸严肃，学着她当初在白马河的语气道：“我这个人可从来不随便。”

这脸皮厚的！

桑祈暗自咬牙，道：“那你叫个经常帮你更衣的人呀，看着我干什么。”

“是不随便，所以今天就相中大将军您了啊。”

“……”

肯跟他服软，佯装什么都没有发生过，一起吃吃饭，抬抬杠还好，可要她若无其事地再像往常一样，跟他在一起的时候不拘小节，毫不设防，她却是勉强不了。桑祈一蹙眉，冷眼道：“我是你的臣子，不是你的妃子，这恐怕不是我的分内之事，陛下有点强人所难了吧。”

“哦？”听她换了称呼，卓文远也跟着换，广袖一拂，来到她面前，道，“可是陪臣子去吃包子，也不是朕分内之事。若是大将军连这么点小忙都不肯帮的话，要不朕还是不去了吧。”

去吃包子本来也是个随口一提的幌子，既然他无理取闹，桑祈便顺着台阶下，干脆摇着烛台，泰然自若道：“不去就不去。”

“看样子，其实大将军本来就没想去吃包子。专程来找朕，就是为了偷看奏章的？”卓文远站到了软榻前，俯身凑近她，笑得邪魅，“你说，朕应不应该治你个欺君之罪。”

二人离得很近，近得又能看清他那双俊美多情的桃花眼中，七彩琉璃般婉转动人的光华，闻得到一股让她头疼的龙涎香的味道。

桑祈下意识地伸手，想将他推远些，恰巧这时却听到殿门处传来一阵脚步声。由于她进殿的时候没有关门，可以清楚地看见是皇后宋佳音带着几个宫人走了过来。于是她心眼儿一转，手腕一翻，从要把他推远，变成了拦腰抱住他，上身顺势向前一倾，靠在了他的胸口。

卓文远似也没料到她会演这么一出，眸光蓦然一沉，怔住了。

宋佳音走进大殿，见着的便是二人搂搂抱抱、卿卿我我的一幕，顿时又气又恨，七窍冒火。

桑祈偷眼瞄着她那怒火中烧的神情，很是满意。

这几个月来，宋佳音可没少给她吃苦头。且不说撺掇兄长总在朝堂上和事务上找她的碴儿，交给她一堆烦琐费力又没意义的事做。桑祈还觉得，宋佳音想方设法地要撮合自己和顾平川。

不光是御花园中的那一次设计，之后她还收到过一次甄明月的邀请，赴约之后却发现甄明月不在，等着她的却是顾平川。甫一见面，二人又皆是讶异，明显又是被人耍了。

后来桑祈去找甄明月追问，甄明月胆怯不安，言辞闪烁，她一时情急拉住这姑娘的手，才发现其腕上一片红痕。想来是宋佳音威逼胁迫，指使她这么做的。甄明月本来就性子软弱，又没了父亲做靠山，身处后宫之中，怎能与皇后作对？

想到这些事，她就打心眼里更厌恶宋佳音。宋佳音不是担心自己和卓文远有什么私情，可能会导致她的后位不保吗？桑祈想着，那就不如真让她抓住点证据，好更提心吊胆一下，夜里连觉都睡不安稳才好。于是抱一下不说，还有意挑衅地嬉笑着往宋佳音的方向看，嘴上说着："分明是你骗我在先，如何倒打一耙反倒说我欺君了？作为一国之君，理应一言九鼎，你要是说话不算话，今天不请客的话，咱们就跟这儿耗着算了，谁也别想干别的，反正我回去府上也是闲着。"

宋佳音原是听说最近有不少官员弹劾自己兄长，想来告诉卓文远一声，晚上在自己的寝宫中设了宴，邀请他过去坐坐，商议一番的，结果眼睛被桑祈和卓文远这旁若无人的公然亲昵刺得生疼，咬唇愤恨地瞪了桑祈半晌，终于话也没说，气恼地一拂袖，转身又走了出去。

桑祈反倒对她今日居然没有大发雷霆吵吵闹闹感到意外，视线紧跟着她的背影，奇道："怪了，今儿你这可爱的皇后是吃错了什么药？"

卓文远从头到尾被她活生生地当了个道具，一动不动，面上的神情在所有人的视线都看不到他的面容时几番变换。听她说完这句话，才收敛起良多情绪，低眸去看她，声线微哑，道："该放手了吧？"

"哦。"桑祈光顾着惊讶于宋佳音的无言而别了，这会儿反应过来自己还抱着他呢，赶忙用最快的速度抽回手，起身退到一旁，道，"罢了罢了，陛下事务繁忙，微臣也就不叨扰了，还是回去随便吃一口算了，包子以后再说。"边说边摆摆手往殿外走，好像真饿得等不及了，着急要回家吃饭似的。

卓文远在她方才坐的地方坐了下来，看着她的披帛红纱潋滟，招摇而去，不经意唇角又泛起了淡淡的笑意。

然而桑祈却并没有出宫，而是被浅酒请了去。

恰好，她也有许多事情想问这个西昭女子——关于皇帝荣澈生病的真相和白马河畔自己中了什么毒。她觉着这些事情背后，一定与这个西昭女子有着脱不开的干系。可惜，虽然问过几次，浅酒却并不告诉她想要的答案。

醉眠轩中，绝美动人的姑娘还是穿着美艳诱惑的薄纱，以往都是带着几分慵懒醉意地自顾自弹奏着琵琶，笑意温和却就是不说实话。今日却反常地没弹曲儿，而是靠在美人榻上，见桑祈进来也没起身，眼角似乎还带了几分潮湿的水汽。

桑祈看到她面前摆着一封信笺，不由得暗暗蹙眉，想着该不会这信是西昭人送来的，他们终是胃口大开，不满于只待在平津了吧。一直到她走到近处，轻声咳了两下，浅酒才从思绪中回过神来，美眸顾盼，盈盈然看向她，低低叹了口气，笑道："大将军来了。"言辞间，就好像二人是一对熟悉的友人似的。

而后浅酒仔仔细细打量了她一番，又道："妾身知道大将军一直满腹疑问，如今妾身也想问您一个问题。若是妾身替您解了惑，您能否也会满足妾身一个要求？"

桑祈刚想说"哎呀，姑娘你终于肯开口了，真是老天开眼"，听到后半句却不解地愣了愣："什么要求？"

"将军心里明白。"浅酒起身，披着垂顺至地、黑亮如瀑的柔美长发，赤脚走到梳妆台旁，补了补唇上的胭脂。

桑祈摇头装傻。

浅酒精心补好胭脂之后，又开始对镜描眉，见桑祈半晌不答话，才又道："妾身说的是陛下想要迎娶将军一事。大将军三年孝期已满，可曾想过，若是陛下再次向您求娶，要怎么办？"

装不下去了，桑祈无奈地笑道："我觉得你可能是误会了什么，卓……哦不，陛下并没有要将我纳入后宫的想法。"

浅酒却是不太相信，浅笑道："妾身可记得，从前将军未被圣旨赐婚的时候，陛下可是在您身上花费了不少心思。每次外出回来，必定要去看您，给您带好吃的和好玩的小玩意。就是直白地求娶的话，怕是也说了不下千百次了吧，莫非将军一直都将其当作了耳旁风？”

往事不可追，他确是曾经待她极好，她也毫无顾忌地报以真心，然而……

桑祈眸光暗了暗，语气不善道：“然而彼时他的目的只是想要与我联姻，得到桑家的力量。如今的境况却是，我做这个将军，比做个后妃对他而言有用处得多。毕竟后宫有你们跟宋佳音作对就够了，我还要帮他在朝堂对付宋落天。你觉得事到如今，他又缘何还需要娶我？”

浅酒听完，但笑不语，青黛缓缓扫过柳眉后，美人妆成，才起身又走过来，与她对坐，赤足上的金饰随着她的脚步发出一阵叮叮当当的脆响。醉眠轩里不备茶，只备酒，美艳动人的女子轻轻柔柔拿起碧绿透亮的琉璃酒壶，给自己和桑祈各倒了一杯，声线温柔道：“妾身可以告诉大将军你想知道的事情，也只有一个交换条件。”

“你知道若是要我嫁给皇帝，我不会同意的。”桑祈摇头道，“我是有婚约在身的人。南燕皇室还在，我的赐婚就还有效。”

“可是将军如今已不在南燕，而在我齐国境内。”浅酒微笑提醒，“也不用着急把话说得这么满，说不定再过一阵子，将军就会发现这婚约确实已经没有什么意义。”

桑祈微微蹙眉，不明白她这番话是何含义。

浅酒却未加解释，当真慢条斯理地饮着酒，对她说起了她想知道的两件事。

“毒死前朝皇帝荣氏的毒，说来其实将军应该见过，便是您曾经捡到的，古笛中的罂粟。将其提炼萃取，制成粉末后，只需每餐稍稍加一点点在人的饮食之中，一日两日觉不出什么，但长此以往，便会让人体虚中匮，疲劳成疾，一旦病发，再无回天余地。并且从头至尾，就是再高明的郎中，也查不出蛛丝马迹。此毒又名极乐引，初服食之时，甚至会觉得每天吃含有该毒的食物，都能感到快乐。然而却是饮鸩止渴，将登极乐世界的先兆。”

“所以你们专门用此毒对付皇帝，是想让御医束手无策，好不留证据？”桑祈问道。

浅酒沉吟半晌，又道：“这是卓后的要求，妾身并不知晓个中缘由，只负责将毒物交予她罢了。”

女人的心，究竟能有多可怕？

桑祈手上一抖，感觉脊背发凉。想象无数个朝夕相伴的日日夜夜里，卓后一边默默在荣帝的饮食中下着毒，一边温婉贤淑地与他亲昵，演出一场毫无破绽的恩爱戏码，心里都在想些什么，又承受了多大压力呢？

正在她沉思之时，浅酒又继续说起下一话题："至于您在白马河中的毒，更为奇妙，乃是我们西昭特产的一种贝类的毒液提炼而成。该贝类十分难以饲养，因而极其名贵，毒素亦是稀少，名为冻霜。只需一滴，就能让人四肢无力，武功尽失，持续十日有余。用量越多，效力越强，通常通过伤口起效。若是一下子使用这么半杯的量……"

她说着抬了抬手中大概容量只有两口的小琉璃酒盏，道："喝下去的人便会全身僵硬，永远丧失行动能力，连眼皮都不能眨动一下，可意识却还是清醒的。最终会在清醒中，因为不能吞咽、无法呼吸，痛苦地死去。"

而后清浅一笑："还好，妾身只是在将军手腕的伤口处，轻轻擦了一下。"

桑祈将杯中的酒喝干净，面沉如水。早就知道西昭人以凶残闻名，折磨人和用毒的技巧都很高超。然而若是今日不听浅酒一席话，她万万不会想到光是用毒，西昭就有如此变化多端的方法。如今细想，无论是卓文远，还是面前这个看似娇弱的女子，若是想要她的性命，大概她根本就不可能察觉。还能活到现在，无非是因为卓文远还留她有用，而这个女子又十分依顺于他罢了。

虽然内心震撼，她表面却没有流露出恐慌不安的情绪，沉吟半晌，清清嗓，道："多谢浅酒姑娘不吝赐教。"

"将军过谦了。"浅酒又将她的酒盏满上，温柔道。

"可我还是有一事不解，为何你从前一直不肯说，今日却肯了？"

她还想打听一下，刚才自己进来的时候，浅酒眸中带泪的缘由，想知道她看的密信里到底写了什么。浅酒却避而不谈，抬手拨弄了一下桌上香炉上升腾起的袅袅香烟，幽幽道："也没什么旁的原因，只是知道大将军是言出必行，讲究信义，知恩图报之人。既然妾身今日满足了将军的好奇心，还望将军也能做到妾身要求的事。在陛下向您求娶的时候，考虑考虑。"

"就算他真的会向我求娶，你又为何希望我能嫁给他？"桑祈觉得很诧异，"难道你跟在他身边，不是因为真心倾慕于他的吗？这后宫里与你分享夫君的女子已经有这么多，缘何还愿多我一个？"

浅酒抬眸看她，更正道："将军所言差矣，陛下并非妾身的夫君，而是妾身的主人。"

对于其他问题，她便不多加解释，只道：“今日妾身与您相谈，只是想告诉大将军，人都说易求无价宝，难得有情郎，此言非虚。陛下对将军一片真心，还望将军莫要继续在云之君身上执迷不悟了。”说完拿起酒盏，又饮了一杯，眉眼微醺，侧倒于铺着锦毯的寝宫地面上，身上披着的轻纱微散，媚色毕现，道，“妾身有些醉了，恕不相送，将军且回吧。”

桑祈想要的情报已经得到了，也无心多留，只把她最后这番话当个笑话听，飞快赶回家中，叫来玉树，急问：“你从前说过，白时若是分身乏术的时候，你也曾帮少安处理过一些事情。那还记不记得，关于罂粟，他曾经掌握了些什么线索？”

玉树回忆了一会儿，缓声道：“如果没记错的话，是不是最初在王捕头家遇窃一案中，第一次发现的此物？”

“王捕头是谁？”桑祈迷茫了一下。

玉树便提醒：“就是公子给了小姐一个帕子那次，小姐闯入的那户人家。”

“哦哦哦。”提到帕子她就记得了，点头确认道，“确是那次，是在歹人遗落的一个竹管中发现的。”

玉树一边帮她拿换洗的衣物，一边道：“后来公子查过，说捕头家说是没丢什么财物，可是后来再仔细调查，确是缺了一样东西。那东西本是府衙扣押的一样证物，因着他在负责调查，为了方便带回了自己家中。丢失后怕被追究责任，所以才没敢声张。”

“什么证物？”桑祈好奇地问。

“一个布包，里面放着几个瓷瓶，瓶里是没见过的粉末。”玉树言简意赅道，“总之，公子当时觉着，这些瓷瓶中的粉末，可能和竹管中的是同一种。西昭人大约是运送了一批到洛京来，但是不知怎么，卷入了某起案件中，阴差阳错落到了王捕头手里。小姐当日遇到的那些歹人，便是去将其寻回的。”

桑祈听完她的这番话，仔细琢磨了一会儿，提笔写下了从浅酒那儿听来的关于极乐引和冻霜这两种毒药的一切细节。写好两份后，将其交给玉树，叮嘱道：“你将这两份内容，分别交给云桓兄和管家。让他们想办法调查一下，洛京还能不能找到此物……我想，既然当初能落到王捕头手中一份，就说明有可能还在别的地方也有分散。”

玉树听闻，沉吟半晌，压低声音问了句：“小姐是想给卓帝下毒？”

“嘘……”桑祈赶忙比了个噤声的手势，飞快起身掩了她的口，轻声道，“我不敢保证府中没有他的眼线，这些话万万不可轻易说出口。”

言罢看着玉树认真地点了点头，才把手松开，叹了口气，怅然道："以防万一吧，不到万不得已，我也不想与他走到这一步。"说着又坐下来，往椅背上沉沉靠去，显得十分疲惫。

她不知道今日浅酒是吃错了什么药，反复跟她强调的关于卓文远有想把她收入后宫的念头又究竟有什么依据。她有些不安地想着，万一真的有那么一天，自己该怎么办，会像姐姐那样，理智地权衡利弊，而后作出牺牲吗？

而就在之后不久，关于宋落天的弹劾一事便有了结果。不出她所料，在卓文远的御笔朱批下，大司马宋落天以"诸事处理不当，难当重任"为名，被暂时保留官职，送到了京畿守备军中加以锻炼。至此，本应由宋落天主管的军事大权，几乎全数落到了大将军桑祈手上。

实权在手，桑祈当然是高兴的，却也不可避免地成了宋家针对的靶子。一来二去地，跟宋家起了不少正面冲突，引来市井间不少议论。

这一天在皇宫里，桑祈正致力于把卓文远御案上一个精巧的可分拆开来的小九重琉璃塔拆到不可复原的地步。

卓文远忍着笑，摇头叹气道："朕刚整治了宋司马，你就得意忘形，是不是有点太嚣张？人家名义上还是管辖着你的，也不怕旁人说闲话。"

桑祈眼皮都没抬，无所谓道："你也不是不知道，我这个人生平最不在乎的就是闲话。"说着终于将小塔底层的飞檐掰下来了一块儿。

"算我没说。"卓文远无奈地耸耸肩，顺手将其他几层抢救了回来，以免继续遭受她的毒手，挑眉问道，"现在司马大人在京畿守备军中做什么？"

桑祈抬眸看了一眼殿外太阳的方位，思忖道："大概在扎马步吧。"

"扎马步？"卓文远失声笑了出来。

"是啊，司马大人的操练还得从头做起才是，微臣可不敢有丝毫怠慢。"桑祈一本正经道，"给他安排了充足的训练。"

卓文远听完她的安排，笑得好看的桃花眼乱颤，道："让皇后知道了，看她怎么治你。"

桑祈连外头的宋玉承都不怕，怎么会怕深宫里的宋佳音，闻言只是颇为自信地眉梢一扬看着他笑，若有所思地又把玩起他桌案上的笔洗来。卓文远将宋落天发配到了京畿守备军中，又将管辖京畿守备军的大权交给了她，有亲手报仇雪恨的机会，她当然是高兴的。可是作为交换，他也拿走了她手中部分可以调度的军款。并且，她最为念念不忘的是，统筹边疆驻军的权力，依然牢牢紧握在他手里。

桑祈清楚地知道，若是动不了留守在白马河的军队，不能将自己的势力安插进去，光取得京畿守备军的管辖权没有任何意义。毕竟，京畿守备军被重组后，其中大部分都是原来卓家的私兵，对卓文远忠心耿耿。她虽然能管管日常事务，却到底无法将其笼络成为自己的力量。单靠京畿守备军，想要效仿卓文远当年夺权一样，将其从皇位上赶下来是不可能的。

于是她将笔洗摇了摇，假装很无聊的样子，问他："话说，你准备什么时候放我去各地巡查？自从当上这个大将军，我还没有到军营中瞧瞧。从前父亲做大司马的时候可教育过我，不可轻易听信书面上的报告，若想掌握军中的实际情况，必须亲自到各个军营当中体验一番才行。"

卓文远闻言止了笑意，眸光一荡，反问："你想离京？"

"不是想离京。"桑祈轻咳一声道，"是想去各地军营看看，你别本末倒置。"

然而她那点花花肠子，哪里能够瞒过精于此道的卓文远的眼睛，表面上虽然没再拆穿，却明确地给予了一个意味深长的回答——"再议吧。"而后慵懒地靠在龙椅上，玩味地看着她，道，"最近京城中有一大事你一定不想错过。"

"嗯？"碰壁的桑祈本来有些失望，听到这句话还要佯装神情自然地询问，"什么大事？"

卓文远直直望进她的眼底，眸中仿佛有一片桃花在随着水波流转，说不出的暧昧柔情，低语道："我要选妃了。"

"是吗……"浅酒那日说的话，毫无预兆地闪现在脑海里，桑祈笑容一僵，眼皮跳了几跳，尝试着问了句，"可有中意的人选？"

卓文远的视线从她的面容转移到她将笔洗紧紧握着的柔荑上，淡笑道："如果我说中意的人选是你，你怎么说？"

那表情带了几分认真，不似说谎。在桑祈没想出来合适的回答之前，他还特地补充道："其实你当这个将军也很辛苦，明摆着就是个要给我当挡箭牌的位置。我要整治宋家，这才刚刚开始，你就已经惹了一身腥。以后若是动到了宋玉承头上，恐怕情况比现在更糟。可你若是为妃，事情就不一样了，你就要安全得多。我一样可以拉拢桑家，让你大伯不敢轻举妄动。毕竟，宋佳音比她哥哥和父亲好对付。而且随着宋家地位的动摇，她这个后位早晚也会不保。到时候，我还是会让你做皇后的。”

洋洋洒洒的长篇大论说完，他托腮沉默下来，目光柔柔的，似是在耐心等待她的回应。

文政殿里方才还维持着表面上的诙谐融洽的气氛，一下子撕掉了全数伪装，变得暗潮涌动起来。桑祈只觉得光被他这样注视着就全身都不舒服，干笑两声，道了句：“多谢陛下厚爱，可臣觉得，臣做个将军挺心情愉快的，一点也不危险……那个，臣还要去看看大司马操练得怎么样了，先行告退，祝陛下选妃顺利。”说完放下笔洗，匆匆落跑。

然而回家之后，她提心吊胆了好几天，生怕自己不祥的预感又要成真，连到时候如果卓文远真的要娶自己，用什么理由来推脱都想出了好几个。等到选妃的日子真正到来时，才听说，原来此次选妃，是针对出身平民的女子的——与她完全没有关系。

桑祈在书房里连连拍着胸口呼气，深感逃过一劫。

玉树一边整理着桑祈这几天为了表现出自己比起做个后妃来，做这个将军对卓文远来说更有利的样子，而熬夜勤奋工作写的折子，一边分析道：“卓帝这是为了进一步拉拢民心。从扶持寒门官员上位，到接纳平民女子为妃，再到百姓中传得沸沸扬扬的科举……现在才登基短短三载有余，在百姓中的呼声已经很高了。只有名门望族对他不太满意，可名门望族本来就是少数人，如今实力雄厚的大部分都迁到了临安。婢子觉着，用不了再三载，齐国的根基就会稳固深厚。”

桑祈边听边点头，接道：“如果到时候南燕想要卷土重来，便会难上加难。”

玉树点了点头，面上虽然没做什么表情，可收拾东西时动作的迟缓，却显露出了几分担忧。桑祈也走上前来帮忙，拿起一本书往书架上放回去，在心中盘算着能留给他们的时间还有多久。

早了不行，边境的大军还没放松警惕，时刻紧盯南燕的动向，根本就没有机会；晚了更不行，到时卓氏政权稳固，大燕很可能会失去本来可以拥有的民众基础。

究竟什么时候才是个好时机？或者说，究竟要怎样，才能让卓文远放松在白马河沿岸的戒备，好教晏云之有空子可钻呢？难道她真的要继续加倍讨好他，甚至进宫去做他的妃子才行？桑祈不太愉快地蹙了眉。

玉树见她保持着将书册放回架上的姿势良久未动，试探着上前轻轻唤了声：“小姐？”

桑祈这才从神思飘忽中回过神来，稍稍一推，将书册推了进去，回眸神情严肃道："玉树，我想问你一个问题。"

"小姐请讲。"

"你说如果我……"

她想问出来那句，如果我嫁给卓文远，会不会对我们有裨益，你觉得真的非走到这一步不可的话，晏云之知道了又会怎么想。然而话到嘴边，她酝酿了好几次，却总是说不出来，最终只是无奈地叹了口气，摆摆手，道："罢了，没什么。"

从发布自民间选妃的消息，到最终册封了三个有名分的妃嫔，这一次的选妃活动热热闹闹地进行了近一个月。受到册封的三个妃子都不是名门之后，而且受封的品阶还不低。打从这个都城有历史以来，还是头一次。

荣澈在位期间，出身寒微的曹氏，即使是太子荣寻的生母，也不过是封了个淑妃，地位比皇后差了两个级别。而今这三个平民女子中，却有一人封了贵妃，地位仅次于皇后。

册封的消息传出去的第二天，洛京城里就炸了锅。人们纷纷议论着，这个汤贵妃到底是怎样国色天香的美人，竟能如此深获帝王青睐？他们都原本以为，所谓的平民女子入宫，没身世地位又无所出，最多不过是给个修容或修仪的名号罢了。

桑祈也是万万没想到这一皇后之下、后宫第二尊贵的地位，竟然会被卓文远如此轻易地给了汤家。就算是汤家斥巨资，一手将他扶持上帝位的，毕竟也只是个商贾之家罢了。让汤氏妃几乎与宋家女平起平坐，无异于继将宋落天送到京畿守备军中之后，对宋氏的又一大折辱。

看来卓文远整治宋家的决心是无比坚定，不会动摇了，并且已经不怕跟宋家公然摊牌。

由于选妃期间的全过程她都没有过问，而今不免也好奇起来，汤家送进宫的到底是怎样一个女子。听说三个新后妃一入宫，卓文远就宠幸了她，而且是连续七天晚上，将其他美人都晾在了一边。真是只闻新人笑，不见旧人哭。

专宠的传言一经流出，她也安心了几分，回想起那日在殿上他对自己说的话，又觉得不过是个坏心眼的玩笑而已。于是这一日，皇帝又要在后花园设宴邀请众臣，教大家见见自己新收的三个妃子的时候，桑祈便抱着八卦的心态，兴致勃勃地去了。

可这位汤贵妃却没有露面，据称是身子不大好，怕见风。桑祈有些扫兴，百无聊赖地把玩着面前的一串葡萄，想着这位汤姑娘大约和自己认识的那个不太一样，是个弱柳扶风、病如西子的娇美人。

宋太傅最近几日都告了病在家，不肯来上朝，算是跟卓文远冷战，连宋皇后都病了，宴会彻底变成了卓文远和几个亲近臣子的觥筹交错，其乐融融。对桑祈来说，却是无聊透顶。

幸而许久不见的顾平川又出现在席间，让她还算有个可以取乐的对象。她正想拎着两粒葡萄走过去，问问他这几个月又跑到哪里去风流了，忽然走过来一个婢女，将她拦了下来，轻声细语道："大将军，贵妃有一物件，托婢子交给您。"

桑祈停了步，闻言一怔，迷茫地指了指自己，问："我？"

"是。"那婢女说着，似是害怕自己被人看见，飞快将手上的东西往她手里一塞，便草草行了一礼，四下张望着，飞快离去了。

桑祈仔细瞧了一眼她给自己的东西，脸上没了笑意，也没了去找顾平川的碴儿的心情——那是一枚玉佩，她在岳城见过一枚一模一样的，属于汤宝昕的玉佩。

因着被那个宫婢的情绪影响，她只扫了一眼后，也不动声色地将玉佩偷偷放到衣襟里藏好，绕了个圈，又走回自己的座位，感到有些不可思议。

汤贵妃给了她一枚汤宝昕的玉佩，并且知道她一定能认出来此物，所以才没让那宫婢说任何一句多余的话。然而这玉佩是汤宝昕背着家族，私自开设的商号中使用的信物，断不会轻易交给其他人。也就是说，这个贵妃就是汤宝昕。

桑祈剥着手上的葡萄，蹙眉沉思。且不说汤宝昕英气十足的形象，与之前设想的有着雨打梨花似的娇羞的"汤贵妃"相去甚远，让人与让君王独宠七日，耽误早朝的传闻完全无法联系到一起。如果汤宝昕就是那贵妃的话，为何回到洛京之后不曾与她联络，直到现在才托婢女如此委婉地以信物相赠呢？那送信的婢女，又为何神情如此慌张，似是害怕被人发现？没有一句说明，只送了这一枚玉佩给她，又是何意？

蓦然，脑海中回忆起在岳城的时候，汤宝昕将那块一模一样的玉佩交给她时说的一番话——"如果有需要的时候，希望你也能拉我一把。"

桑祈眸光一动，手上力气重了些，不小心溅了一手葡萄汁。

耳边响起帝王关切的询问声："大将军可弄脏了衣袖？"

"啊。"桑祈赶忙回神，掏出帕子来擦擦手，干笑道，"没有，只是不小心而已。"

"葡萄又不是那大司马，对它何必如此凶残？"

听她说完，卓文远调侃了一句。因着她是怎么对待宋落天，在洛京里是出了名的，一时间有人忍不住低笑，桑祈心里有事，顾不上跟他扯这些有的没的，也随意跟着笑了两声了事。

拿她打趣过后，席间很快又换了别的话题，有人说起顾平川自从上任以来兢兢业业，凡事都要亲力亲为，为此奔波劳碌，到现在连个成家的时间都没有，想把自己的女儿或者妹妹许配给他，等等。似乎他一下子就从那个为世族高门中所不待见的边缘人物，变成了最为炙手可热的联姻人选。

桑祈在一旁听着，薄凉地笑。半晌后寻了个机会，以散散步醒个酒为名，偷偷溜走，寻到了汤贵妃现居的珍宝阁。

世人皆称卓文远为汤贵妃的居所亲笔提名"珍宝阁"三个大字，是将其视若珍宝之意。甫一见其观，桑祈才明白，其实这个名字取得含义并没有那么复杂，因为此地确确实实富丽堂皇，从里至外都以名贵珍宝修葺，确是一珍宝之阁。大老远的，就能看到无数夜明珠流泻出的隐隐光华。走近之后会发现，原来屋檐上每一排瓦片的末端都镶嵌了一颗夜明珠，窗棂也皆以纯金打造，气派奢华之程度令人瞠目结舌。

桑祈看得连连揉眼睛。

然而与外表的热闹显赫不同的是，打从她走近，却一个人也没看见。珍宝阁中灯火通明，映着满殿珠光宝气，流光溢彩，却没有半点生气。她见没有宫人传唤，便径自走近阁中，站在一丛丛树林一样的红珊瑚中，试探性地唤了句："汤贵妃？"

接连唤了几声后，才听到里间似有响动，半晌后一个衣着华美，披了一身叮当作响的金饰，化了精致妆容的女子走了出来。

果然是汤宝昕。桑祈忍不住指着面前一株同自己差不多高的珊瑚，哭笑不得道："你这也太大手笔了，宠妃娘娘。"

汤宝昕的样子，看起来比之前她印象中的变化了很多。在净灵台的初遇，她是嚣张跋扈、颇有侠女气概的英气女子；在世家聚会上的邂逅，她是傲慢率直、爱憎分明的性情中人；在岳城的重逢，她是手段老练、处事沉稳的仗义之友。

而如今，在这美轮美奂的宫殿里，一身锦衣的她，看上去却没有了往日的锐气与英姿，竟同这宫殿一样，美则美矣，却似个死物，眉眼间不见光彩，只视线略显空洞地看着她，叹了句："你就不要再拿我打趣了。什么宠妃，不过是个物件而已。"

桑祈一听，便觉自己猜对了几分，汤贵妃受宠事件的背后果然有猫腻。于是谨慎地迎面走上去，低声问道：“究竟是怎么回事？”

“说来话长。”汤宝昕引着她往殿后去，道，“进一步详谈。”

桑祈便跟着她一路绕到殿后，发现珍宝阁背后紧挨着御花园里的碧空潭，池水盈盈，映着夜明珠的光辉，如梦似幻。

原本既然卓文远的后宫中已经有了宋佳音、甄明月和浅酒等人，会娶汤家的女子丝毫不令桑祈感到意外。她不解的只是，为何会是看起来并不愿意做这个贵妃的汤宝昕，不由得往栏杆上一倚，问道：“这次又是你的姐妹们都不愿，所以只能你来？”

汤宝昕无奈地摇摇头，道：“那倒不是。现今的汤家已经不似过去，虽称不上地位尊贵，也可以说是一门显赫，由商转仕的过程顺利，背后又有皇帝的支持，这个后宫，也称不上什么刀山火海，我确有几个待字闺中的妹妹是愿意的。可我不明白的是，是陛下点名要的我。”

“啊？”桑祈有些意外，问道，“你们从前认识？”

“不认识。”汤宝昕干脆道，“虽然卓汤两家有合作，但都是家中男子出面在与皇上沟通，我未曾直接与他有过交流，只是按照家中的安排去做而已。不过……三叔告诉过我，他听说了和西昭的谈判中我表现出色，当时很感兴趣。我想也许是这个原因吧。”

桑祈这时才知道，在岳城遇到汤宝昕和她的几个叔叔兄长，并非偶然事件。卓文远和西昭合作，答应了给西昭一大笔资金，这部分资金便主要由汤家提供。当时汤宝昕等人在岳城，便是要去和西昭人做交易的。

卓文远事先同西昭人定好了黄金三千两，外加平津以西的土地。没想到当时西昭人狮子大开口，额外又要两千两，称如果不给的话，就要继续挥兵东进。当时卓文远的主要精力都用在对付晏云之上，无暇分身，便态度强硬地要汤家自己解决这件事。可汤家人就算富可敌国，也不可能突然多调拨出两千两黄金。最后和西昭经过激烈谈判，敲定了一个解决的办法。便是答应给他们这两千两，但并不一次性给完，而是以五年为期，分批交付。

这一方法的精妙之处便在于，汤家人的说法是，这两千两先作为西昭的资产，寄存在汤家手里，汤家通过经商运作，让这笔钱继续生钱。最后在分批交付的五年结束后，西昭多获得的黄金总额将不止这两千两，还有五年间的利润分成。

谁不知道汤家人经商有道且诚信可靠，西昭人也不是傻子，算了算优厚的利润，自然也就同意了，危机得以圆满化解。而当时提出这一方法的人，正是汤宝昕。

别说卓文远，就连桑祈自己得知汤宝昕身在平津，遭遇西昭人出尔反尔的胁迫恐吓后，还能这么快想到对双方都有利的破解之法，都忍不住想叫好，赞叹道："果然是商界奇女子，让你在这深宫里，而不去家中主事，真是可惜了。"

由于故事太精彩，她听得太入迷，一激动碰到了一旁的廊柱。廊柱上探出来的一处琉璃盏上，也摆着一颗拳头大的夜明珠。因为她的手肘扫过的力道，夜明珠从台子上跌落，"扑通"一声掉进了碧空潭里。

桑祈急忙俯身去捡，却还是慢了一步，十分尴尬地挠了挠头，道："对不住……"

可是当她一脸歉意地看向汤宝昕的时候，却发现汤宝昕的目光平视着远方，面色如常，丝毫不为所动。

远处是卓文远举办宴席的所在，一片红墙金瓦，灯火错落，香烟袅袅，隐约传来阵阵丝竹管弦之声，好不热闹辉煌。她的大殿中亦是繁华锦绣。

然而她的生命却仿佛正在这浮华的外表之下逐渐腐朽枯败，长长的衣袖迎着晚风飘荡，低叹了一句："桑祈，这里不适合我们。我爱经商，爱赚钱，所以他们都以为，只要投其所好，给我这些金银美玉，我就能踏踏实实地留在这里。然而他们错了。我是爱金银，爱美玉，可爱的是鲜活的它们。在这宫里，一切都会耗尽生命，沉沉死去，包括我自己，过不了多久也会变成一具空壳而已。"

桑祈费解，这极尽的奢华，连日的专宠，莫非都是卓文远有意捏造出来的假象？见她心灰意懒的模样，不由得问道："他对你不好？"

不料汤宝昕却道："好。好是极好的。"说完自嘲地笑了一下，"但是那种对待一个谋士、一个智囊、一样物品的好。你可知所谓的专宠，他不过是在这珍宝阁里问我关于齐国的赋税财政有何见地罢了，并不似外头传言的那般甜蜜恩爱。可说出去，还偏偏要让人这么觉得，尤其是让宋家以为，他被美色迷了心窍，夸张地不吝重金，为我打造了这一黄金之屋。"

汤宝昕叹了口气，总结道："满满的都是利用。"

桑祈也跟着叹："这倒是像我了解的那个他。"

汤宝昕说，自己原本就知道会是这样的发展，所以本不想进宫。是家里人不同意，一直把她关着，硬要送进宫来的。她没有与外界联络的机会，也就拖到现在才跟桑祈说上话。

她说，联姻这种事，真的不适合她。她原本就不在意男女情爱，没有男人依靠，也一样能活得逍遥自在，总比现在虽然锦衣玉食，却没了自由，被人当作权势的工具强。

她说，她的人生应该属于外头更广阔的天地。

她说，桑祈，你帮我一个忙，带我离开这儿吧。

桑祈离开珍宝阁，脑海中反复回闪着汤宝昕的这些话，浮现出她说话时的表情，不胜唏嘘。

其实，带她离开并不难。

没过几天，桑祈便寻了个机会，将其打扮成婢女模样，安置在自己的马车中，大摇大摆带出宫。而后安排管家派人备了马车，一路驶出城外，将那枚玉佩还给她，嘱咐她从此山长水阔，各自珍重。为了避免卓文远再去兴师动众地将她找回来，还建议她可以先去齐昌，带着自己的信物面见桑崇，在那儿避避风头。

汤宝昕郑重谢过她后，照着她的意思向西北而去，整个过程都很顺利。麻烦在于，卓文远发现汤宝昕逃跑了以后。

聪明如他，得知汤贵妃失踪，找了几个宫人，问了几个问题，不出一炷香的时间，就知道是桑祈干的好事了，拂袖一挥，下令传她进殿。

桑祈自打回到洛京，还是第一次见他发这么大脾气，眸光森冷地坐在皇位上，居高临下审视着她，一股令人喘不过气的压迫感扑面而来，仿佛整个大殿的空气都因此而凛冽了几分。

僵持良久，卓文远冷笑一声，沉声道："大将军好大的胆子，连朕的宠妃都能偷出宫去，可知该当何罪？"

桑祈低着头，妄图用套近乎搪塞过去，轻咳一声，干笑道："你看，咱俩是什么关系，这么说话就生分了不是？"

然而这一次卓文远却没有要买账的意思，依然眉目薄凉，冷眼相看，似是打定主意要等她自己承认错误。

桑祈静观其变，发现他迟迟没有要松口的意思。隐约觉得，这下事情麻烦了，恐怕自己这半年多来的刻意讨好，因为送走汤宝昕一事，都将化作无用功，到底还是惹恼了他。

"看来朕是太惯着你了，让你忘了天多高地多厚，以为自己上天入地无所不能，朕总是能纵容？”卓文远恰逢时宜地，冷冰冰问了一句。

眼下不是逞一时口舌之快的时候，桑祈忙回道：“臣不敢。”

“不敢？”卓文远冷笑，“朕看你敢得很。先是偷窥奏章，又是走漏军情密报，现在都公然在朕眼皮底下偷人了。”说完拿了案上摆着的御笔，在手中把玩，轻轻理了理笔尾的短穗，道：“你说你偷走了朕的一个贵妃，是不是按理说应该赔朕一个？朕这夫人的位置还空着，要不大将军亲自顶上算了？”

这一次他说话的语气，与从前每一次说要娶她时都不同。带着薄怒，带着威严，带着要挟的意味，丝毫不像在劝说或开玩笑。

桑祈眉心一蹙，忍不住问道：“有这个必要吗？不是她又怎样？汤家那么多女子，你大可以再找一个合自己心意、肯听话的汤贵妃，为什么一定要是她？”

卓文远眸光一紧，明显眼中怒气更盛。桑祈以为他会说汤家女易求，可像汤宝昕对他帮助这么大的却鲜有，坦白承认自己的愤怒是因为被她打乱了计划，而不是失去所爱。不料他只是冷声道了句：“朕没问你这个问题。”

哦，对了，她的确有些得意忘形，差点忘了他是那个可以水漫临安城的天家贵子，已经早就不是那个可以随意嬉笑打闹、怎么也不会同她生气的青梅竹马了。桑祈沉默了一下，经过一番激烈的思想斗争，还是道了句：“臣不愿。”

想起傅先生的嘱托，不要激怒他，要利用他对自己的疏于防备，好好讨好他，让他放松警惕。或许这个时候，她应该撒个娇，示个好，或者暂时妥协。

她明知道应该怎么做对自己更有利，还是坦诚地说出了这句话。她不愿意，哪怕是为了缓兵之计，哪怕是一时的隐忍，也不愿意在这件事上松口。

若是往常，卓文远总会跟她强词夺理一番，最终还是作罢。这一次却一反常态，冷哼一句：“愿不愿意，岂是你说了算的？”

桑祈看着他态度坚决，有些惊讶，莫非他这次是要来硬的了？

眼见着他蘸了墨，提笔便要在面前早就铺好的圣旨上写什么，一心急，厉声喝了句：“卓文远！”

卓文远波澜不惊地继续写着，头也不抬，又沉声道了句：“直呼朕的名讳，大将军还嫌自己身上的罪名不够多吗？”

见他不停笔，桑祈也顾不上那么多了，皱着眉头就站了起来，想往他桌前去。没想到刚一动就有几个羽林卫上前，气势汹汹地拦住了她，单掌握在刀柄上，齐声道：

“大将军请留步。”

没想到他连这一招都准备好了。桑祈脚步一顿，敛袖不悦道：“让开。”

对方当然没动。

只听卓文远又数出了一个她在殿上妄图行刺的罪名，而后写完圣旨，大手一挥，直接将其甩到了她身后的地上，拂袖道：“大将军既然在这儿，便自己过目吧，也省了内侍宣读。”说完便起身，不顾她的跳脚，扬长而去。

皇帝走了，羽林卫们也就散开来，空荡荡的大殿中央，只剩下了桑祈自己一个人。她看了看卓文远离去的方向，又回头看看掉在地上的圣旨，无奈地叹了口气，俯身将其捡了起来。

这一看不要紧，心里打了个冷战。

卓文远在圣旨上罗列了她的一系列有的没的罪名，最终以她嚣张跋扈、目无法纪为名，剥夺了她大将军的职务，暂押于文政殿，等待下一步定夺。

桑祈没敢想下一步发落是什么结果，光是看到自己被罢黜，就有种深深的无力之感。她甚至后怕地觉得，自己之所以能这么顺利地就把汤宝昕带走，其实也是在他的计划之内的。现在宋家已经整治得差不多了，狡兔死走狗烹，他自然不需要她继续做这个将军。第一步，便要将她手上的权力都收回来。以汤宝昕的离宫为契机，不过就是找个由头罢了。有没有这件事情，后果都会如此。

那么接下来呢？他的圣旨上没有写的“定夺”，是真的像他刚才说的那样，会将她以夫人的名义纳入后宫，还是效仿对严三郎的手段，给她编造个死法将讣告送到齐昌？没等她想出个答案，就被羽林卫押送着，送到了文政殿。

宫门紧闭的一瞬间，桑祈的第一反应是想跑，然而大内羽林卫人数众多，她没有把握能单枪匹马跑出去。万一受个重伤，或者被乱箭射死，岂不是更不划算？想了又想，她到底还是没挪步，找了个地方坐了下来，决定从长计议。

卓文远大约是去给汤家人一个交代，和汤家长辈商议事情了，一直到傍晚才又出现。

桑祈正抚着手上一只空空如也的茶盏沉思，听见开门声，缓缓朝他看去，只见他虽然神情稍显疲惫，脸色却似乎比白日在殿上那会儿缓和了很多，没那么生气了。

关了门，抬步走到她面前，在她对面坐了下来。

桑祈继续把玩茶盏，率先开口，退了一步，道：“我错了。”

卓文远微微一挑眉，意思好像在问她哪里错了。

桑祈眸光轻轻荡漾，叹息一声，道：“我不是错在放走了汤宝昕，也不是错在仗着你的纵容目中无人，更不是错在解决了宋家的问题之后不能再为你所用。而是错在自恋地以为，你对我始终还是留着三分情分在，不会动我。”

卓文远听她说完，沉吟半晌，终于露出了一丝笑意，目光柔和下来，淡淡看着她，道：“你没错，我如今对你，还是顾着这三分情分的。”

桑祈水眸潋滟，轻笑一声，问道：“那你可会放我走？如果我对你来说没有用处了，你可会让我平安离开洛京？”

卓文远注视了她良久，莞尔问道：“好让你去临安和晏云之会合，再一起打回来？”

桑祈微微一怔，继而哂笑：“你知道我说的不是这个意思，我只想平静地过日子。”

“哈哈哈……”卓文远好像听到了什么非常有趣的事情似的，大笑几声，表情无奈，“算了，桑二，你不是那样的人。”言罢他话锋一转，又玩味道，“可我知道，有人不喜纷争，生性乐乎山水。”

桑祈不知他突然提及此事是为何意，迷茫地看向他。只听他说起了一件事：“前日白马河守军发现了一个男子想去平津，差点被巡视的西昭人当作擅闯境内的流民杀掉。幸好我们的人赶到，将其救了下来，你猜此人是谁？”

一提到平津，桑祈第一反应就是傅先生。果然不出所料，卓文远没等她回答，就自顾自继续说了下去：“其实你想知道临安的消息，完全不必如此大费周章地派人前去探查，直接问我就行了。”

桑祈眉心微蹙，有些不悦地问：“你把傅先生怎么样了？”

卓文远耸耸肩，道：“没怎么样，我又不是杀人狂。你家的幕僚好好地在白马河待着呢，下次守将轮换的时候，就会顺便将他带回洛京。”

她这才稍微松一口气。又听他道：“不过你更关心的，难道不是临安城里的消息？”

桑祈没答话。

外头的天色已经完全暗了下来，文政殿里没点灯，几乎面对面都看不清对方的轮廓了。卓文远突然起身，向她靠近，带来一股混杂着酒味儿的香气。

桑祈下意识地起身后退，不料刚退两步，就被他抵在了身后的书柜上。黑暗里，他的眸中反射着仅有的光线，仿佛深潭里闪烁着令人心悸的鬼火，唇角轻勾，便向她吻了下来。

桑祈躲闪不及，被他霸道地封住了唇齿，眉头紧锁，抬手推他。卓文远却纹丝不动，反剪住她的双手，将其按在了她的身后，不容拒绝地欺身而上，似乎打定了主意要逼她就范。

情急之下，桑祈也顾不上什么要讨好他的想法和久坐腰酸带来的不适，拼命反击。抓挠他的手掌，撕咬他的嘴唇，一番激吻变成一场战争，交战双方都头破血流。血腥味儿充斥了她的整个口腔，可他仍不放手，肆无忌惮地侵略着她的唇齿间，贪婪地享受着她的香甜。

桑祈渐渐没了力气，绝望地想着，自己终究还是打不过他的，若他坚持如此，她竟没有任何办法。不由得在万念俱灰之前，使出残存的全部力气，一只手挣脱了他的桎梏，抄起身后的一本书册便向他打去。只听“咔嚓”一声，手腕被他凌空锁紧，而后应声而断。

桑祈当即疼得脸色煞白，倒抽一口凉气。

卓文远这才后退一步，凝视着她，眸中的狂热渐渐淡去，复又覆上寒霜，放开了她，从桌案上拿起一个苹果来，用衣袖仔细地擦拭着，一边擦一边令心跳也从意乱情迷中平复下来，隐藏好失态带来的尴尬，继续方才的话题道：“如果你是关心你的心上人的话，我大可以告诉你，他过得很好。你说得对，我看错了他，他不是会谋权篡位、挟天子以令诸侯的人。”

桑祈心头一颤，忍着手腕的剧痛，追问一句：“过得很好是什么意思？”

便听卓文远带着几许笑意，继续道：“听说他觉得这几年太累了，临安城里的局面稳定下来之后，就不再管事，而是优哉游哉地每天同清玄君一起饮酒赋诗，谈天说地，过起了风流名士的隐居生活。你也知道，临安城的环境古朴幽雅，比洛京更适合文人雅士。”

桑祈没有去过临安城，只能凭着猜测，迷茫地点了点头。

卓文远便转头看她，意味深长地笑了笑：“还有最新知道的一个消息是，他跟苏解语要成亲了。”

“成亲”这两个字，犹如一道惊雷，骤然在她的脑海里炸响，桑祈一下子抬起头来，在幽暗的暮色中，瞪大了眼睛看他，希望从他的表情上看出来，这不过是一句玩笑。然而卓文远琉璃般的眼眸，朦胧中却宁静婉转，不带谑色。起身拉过她的手，将自己擦好的那个苹果放在她的左手掌心，淡淡道了句："不早了，吃点东西吧。关于夫人一事，我不逼你，你再好好考虑考虑。"说完敛袖而去，缓步走远。

桑祈保持着握苹果的这个姿态，久久没有回过神来。

直到宫里上灯，有宫人进来为她点燃了烛台，立在一旁问她有什么吩咐，她才动了动。发现已不知过了多久，握着苹果的左手整个手臂都僵硬了，断掉的右手手腕痛感也再次袭来，疼得她无法言语。

那宫人见她有反应，便作了一揖，恭敬道："皇上说虽然姑娘已经不是大将军了，仍不可怠慢。只要姑娘不出这殿门，有什么要求，婢子都会尽量为姑娘实现。"

桑祈缓缓点了点头，其实她说了什么内容，并没太听进去，视线落在手里的苹果上，只喃喃低语："那你能不能帮我把玉树叫来？再为我传个御医。"

宫人连玉树是谁都没问，便果断地一颔首，悄无声息地退了下去。

又过了一个时辰左右，殿门再打开的时候，玉树便到了。想是知道了桑祈被暂时关押在此，不能回府，还简单收拾了几样行李带来。

宫人将她送进来以后，知趣地退出大殿，合上了门。

玉树并不知道打从早上桑祈进宫到现在都发生了些什么，只是见她呆呆地坐着，神情恍惚，感到不太对劲。轻手轻脚地将东西放好，走到她身边，低声道了句："小姐，婢子来了。"

偌大的宫廷里，没有一个她熟悉的，可以放心说话的人，桑祈一听到玉树的声音，便突然感到安心，有些激动地一回身，握住她的手，连连道："你来了就好，你来了就好……"

一松手，那个色泽红润、果皮光亮的苹果跌落在地上，骨碌碌朝着殿门的方向滚了过去。

玉树犹豫了一下要不要去将其拾起，但见桑祈好像根本没看见似的，也就随它去了，小心翼翼地问了句："小姐因何惹恼了陛下？虽然消息还没正式公布出去，但婢子听说，陛下罢了您的职务。"

提起这件事桑祈就头疼，蹙眉点了点头，叹道："嗯。"

玉树凝望着她不作声，显然在等一个关于理由的解释。然而等了半天，却见桑祈抬眸看向她，眨了眨微湿的长睫，低声道：“师兄要成亲了。”

玉树不解地皱了眉。

桑祈又重复了一遍：“晏云之，他要和兰姬成亲了。”

这一次玉树听得清楚，眉心紧锁，犹豫一番后，竟然一屈膝，破天荒地对她跪了下来，语速稍急地解释道：“小姐千万别多想。若此事是皇上所言，八成不是真的。就算是真的，也必定是公子有什么考量，断不会……”

“不不不。”

冷不丁见她行如此大礼，桑祈也吓了一跳，赶忙从座上弹起来，伸手去拉她，不知道是在解释给她听，还是在解释给自己听，连声道：“我知道，我知道……你想说的一切我都知道。虽然卓文远说，他们放弃了，现在临安城里没有人想重夺天下，只想安心地在那儿游山玩水。但我知道实际上不会是这样，这一定只是他们为了麻痹敌人，伪造出来的假象。”

她一边语速极快地说着，一边来回踱步，手胡乱比画，继续道：“包括晏云之要娶苏解语，估计也是这些环节其中的一部分。他是想让卓文远觉得，他彻底放弃了，无论是这东部的半壁江山，还是我……其实就算不放弃，也挺好的，苏解语很好，我又不知什么时候才能同他再见面……”

说着说着，她便开始语无伦次起来，原本干涩空洞的眼眸，也逐渐泛起层层水泽，还在强忍着不让它落下来，仰着头，用手指不断在眼前扇着，好像这样就能不流出眼泪来了似的，一直道：“退一万步讲，就算是真的，我们也应该祝福他们，对不对？”

玉树在一旁看着她，只觉得自己的心里也一阵刺痛，忍不住上前拉住她乱挥一气的手，阻了她继续满地乱窜，低声叹道：“小姐。”

“挺好的……”桑祈还在继续说着。

“小姐！”没办法，玉树只能提高音量，用一声有些严厉的呼喊压过她说话的声音。

桑祈从来没有见过玉树生气，又吓了一跳，怔怔地看向她。

玉树见她终于肯安静下来，上前拍了拍她的手，柔声道：“想哭就哭出来吧，没事的，只有我在，没有别人了。”

桑祈方才还柔唇紧抿，隐忍不发的眼泪，便在这一声温柔的安慰里，瞬间找到决堤的出口，簌簌落下。

玉树拉着她坐下来，掏出帕子，耐心地为她擦拭着，看她哭得像个孩子，半晌说不出一句安慰的话，只在心里默默地思忖着，觉得这是自己打从认识自家公子以来，他做得最不妥善的一件事。

如果说晏云之放弃了重夺洛京，东山再起，她信。可放弃了桑祈之类的鬼话，她却是半个字也不信的，知道如果他真的这么做了，一定有他的目的。可是不给桑祈任何消息？让她从别人口中知晓，然后心神不宁地暗自垂泪？玉树微微蹙了眉，怎么也想不明白，公子怎么能如此狠下心来。她心里隐约有一种不好的念头，可自己也不敢相信，便很快又将其压了下去，不作多想。

好在，桑祈哭了一会儿后，便渐渐平静下来，红肿着眼睛，啜泣着将脸上的泪痕擦干净，尴尬地朝她笑了笑。玉树才有空问一句，她的右手怎么了，从刚才就一直感觉不对劲。

桑祈长叹一声，摇了摇头，只说和卓文远动了手，不小心被他掰断了，没说具体过程。

玉树赶忙拿过烛台来，仔细瞧了，沉吟道："得赶紧正骨才是，否则恐怕要麻烦。"

然而桑祈等了很久，也迟迟未能见到御医出现。只是稍晚时候，那个宫人又回来了，沉默着送来毛巾和热水，看样子是想让她自行解决。

可是玉树只粗通些医理，未曾学过正骨之术，二人拖到第二天晚上，还没等到御医来，见桑祈疼得直冒冷汗，手腕肿成了馒头状，她也顾不上那么多了，一咬牙，一用力，对准腕骨按了下去。

桑祈死死咬着口中的手绢，险些疼晕。所幸，剧痛过后，错位的骨头似乎复位了，感觉没有之前那么疼，可肿胀却更加严重。又拖了几日，炎症迟迟未消，还发了一场高烧。

卓文远始终没再出现，也不允许她或玉树出文政殿的大门。只让宫人来送过几服退烧的汤药，喝下去也是治标不治本。夜深人静的时候，桑祈高烧复发，迷迷糊糊地眯着眼睛看着帐顶，叹了口气，隐约感觉到自己这多年来的勤修苦练，基本算是废了。许是卓文远要给她一个深刻的教训，打算折断她倔强的翅膀，好教她的这只手，今后再也无法拿起武器，或是与他拳脚相向了吧。

与此同时，卓文远继大司马之后又整治了大将军的消息，在朝野上引起了轩然大波。然而这只是改制的刚刚开始。原属于大司马和大将军的权力，将逐步下放到各个将帅手中，并成立一个专门管理军务的部门，由三个侍郎共同管辖，相互监督制衡，并直接听命于皇帝。不久之后，齐国的军权，便全数收回到帝王手中。

眼下还只是刚新立了兵部，选侍郎的工作将会随着第一届科举的展开同时进行。

而桑祈这边，被接连不断的高烧折磨得精疲力竭，好不容易退了烧，也不愿意起身，只意兴阑珊地半倚在榻上，把玩着手中的被角，一发呆就是几个时辰。

玉树的行动倒不似她这般受限制，可以出入御膳房，做些她喜欢的吃食。如今去煮了碗清热化瘀的绿豆莲子羹回来，一进门，看着她颓唐的模样，轻叹一声，上前道："小姐，顾大人又来了，说他只要一炷香的时间，想同您说几句话。"

桑祈长睫微动，眸光沉了沉。

自打她住进文政殿里，顾平川来过好几次，也不知道是想看她的笑话，还是有意报复，教她烦不胜烦。而今这个状态，她反正是没有心情同他抬杠的，只疲惫地起身，喝了口热茶，道："好说，给他一炷香时间，打发他回去。"

玉树领命而去，过会儿回来，却若有所思地收着汤碗，道："恕婢子多嘴，婢子觉着，小姐应该见他一面。"

"为何？"桑祈面色无波，不为所动道。

"顾大人说，只求小姐至少看他一眼。"玉树沉思，"婢子总觉得，这句话有什么特殊的含义。而且他每次来，都端着一个食盒。"

"食盒？"桑祈有点无语，事到如今了，他居然还惦记着给她带吃的，还让她看他一眼，有什么看头呢，莫非他长得出类拔萃，有三头六臂不成。

玉树点点头："说是里面装的是一块庆丰楼的糖藕。"

桑祈方才还只是心不在焉地搭话，听到"一块糖藕"这四个字之后，却突然整个人都呆住了，一把抓住玉树的手腕，不敢相信地问道："你确定是糖藕，而且是一块？"

玉树在她焦急寻找答案的视线中，认真点了点头。

桑祈的眼眸中突然有了神采，离弦的利箭一般从床上弹了起来，跌跌撞撞地朝殿门跑去。

糖藕！一块糖藕！

换作其他任何人听说此物，可能都无法领会到什么特殊的含义。但是桑祈心里明白，这是一个信息。顾平川在试图传递给她一个信息，一个只有她和苏解语两个人懂得的暗号。她却愚蠢得一直没有感受到，执意一而再再而三地，连句多余的话都不想听他说，便将其拒之门外。

而今这块糖藕，就仿佛在一片纯黑的黑暗中，突然闪现一缕微弱的光芒，虽然弱小，却足以让她抓住一丝丝求生的希望。

然而她心急火燎地推开门，殿外却早已空空荡荡。希望被骤然泼了一头的冷水，桑祈垂下眼眸，黯然失神。而就在她心灰意懒，打算将这沉重的殿门关上，继续回到黑暗中去的时候，突然听到一声低吟，轻声道："终于肯见我一面了？"

她转过头，发现那一袭玄色衣袍的俊雅男子，正提着食盒，笔挺地站在转角处。

桑祈哽咽半天，说不出话来，只急急忙忙跑过去，将他拉进了殿里。关门之前，还警觉地四下观望了一番。

顾平川理着被她扯皱的衣袖，淡然道："别看了，我已买通了这个时间负责看守的羽林卫。"

桑祈一路拉着他坐下来，动了动干涩的嘴唇，哑声道："听说你带了一块糖藕给我，是什么意思？"

顾平川微微挑眉，有意报复，想卖个关子，但看着桑祈那急切渴求的眼神和被病痛折磨已久的倦容，终是没忍心，长叹一声，便打开食盒，将里面的那碟桂花糖藕端了出来，道："什么意思我也不懂，只能告诉你，这是兰姬托我带给你的。"

熟悉的骨碟，熟悉的香气，桑祈一时激动得眼泪差点涌出来，掩住口，哽咽半晌，才喃喃道："真的是……这么说来，我一直误会你了？"

顾平川从容一笑，不置可否。

想到自己这些日子以来对他的态度，桑祈恨不能打自己几巴掌，只觉命运待他实在太不公平，忍辱负重地潜伏在卓文远身边不说，自己作为朋友，在他最需要理解和帮助的时候，却成天忙着与他作对……这么设身处地地一想，便鼻翼一酸，掉了两滴热泪下来。

顾平川见不得她流泪，忙咳了咳，语气平静地缓声道："其实，也没你想得那么艰难。"而后递上一张帕子，又道，"阿祈，你被卓文远骗得好苦啊。"

桑祈泪眼蒙眬地抬眸，不太明白他指的是哪件事。

顾平川喝了口茶，追溯到了还在白马河的时候，道："其实当初在白马河，便是我负责采石一事，就算你不跟他回来，我也不会真的让他做出水漫临安城的举措来。更何况，我觉得他本意也只是想吓唬吓唬你，临安终究是安全的。"

桑祈闻言又是一怔，半晌后才叹了口气，无力道："可是我在不知情的情况下，不能冒那个险。"说完很不解地问，"你不是在漠北吗，什么时候跑到了白马河去？"

顾平川温然一笑："有些时日了，与西昭的战争伊始，少安就让陛下拟了旨，将我从漠北调任至岳城担任太守，为的便是不时之需。而后果然，我在岳城等到了甄永寿的部队，也等到了卓文远。"

"从那么早开始，他就已经预料到以后会发生什么，留了这个后手，让你打入敌人内部了？"桑祈有点不敢相信。

顾平川失笑："也没你说得那么夸张，少安并非当真能够料事如神，只是习惯于未雨绸缪，备好万全之策罢了，而后一段时间失去联络，大多时候我们也都是各顾各的。"

对于会失去联络这一点，桑祈深有体会，不由得赶忙好奇道："那这糖藕又是怎么回事，你是早就受人嘱托了，还是最近才跟临安联络上的？傅先生和晏府都收不到临安的消息，你又是怎么和他们取得联系的呢？"

面对她一连串的发问，顾平川答都答不过来，无奈地皱皱眉，教她别着急，冷静冷静。

桑祈却不依，一着急干脆把圆凳挪了挪，离他近些，好像这样就能更快听见了似的，催促道："快告诉我，把你知道的来龙去脉都说给我听。"

"好吧。"顾平川只得一一作答，"各种能够连接临安与岳城的通道，都被卓文远的人监视控制了。可我知道一条隐秘途经，路线网遍布整个西南边境，想要绕道平津前往临安，十分轻而易举。说来也巧，这条路线，曾经是人贩子专门在西南地区拐卖人口所用，他们对这一系列流程无比熟悉，然而旁人想要发现或模仿，便难了。我正好利用这些人，一直没被卓文远发现。"

居然还有这种方法，桑祈不由得唏嘘："早知如此，傅先生也不会在去平津的路上落入卓文远手里了。"

顾平川挑眉，笑意深深，道："此事倒是有意为之。"

桑祈眨了眨眼，继而了然："明白了，就是为了让卓文远以为，绕路平津这件事根本行不通？”

“孺子可教。”顾平川点了点头。

桑祈琢磨了一会儿，忍不住失笑，扶额道：“难怪你凡事亲力亲为，总不在洛京，跑到各地去宣传什么科举，原来却是别有目的。顾平川啊顾平川，你……瞒得我好苦！”说着不满地抬手在他胳膊上掐了一下。当然，并未使太大力气，只是打闹玩笑而已罢了，并嗔道，“那我问你是不是有什么苦衷的时候，你为何不告诉我？”

“告诉了你，你还能自然而然地做出与我为敌的模样？”顾平川啜了口茶，反问道。而后云淡风轻地笑笑，解释了句，“还是不告诉你比较安全，而且我担心身边始终有卓文远的眼线，也不敢说出来，怕暴露自己。”

“唉。”桑祈摇头叹气，若有所思地看着他，同情道，“卓文远那个人狡猾精明，想获得他的信任不容易，你一定吃了不少苦头。”

是啊，当中的辛酸艰险，一发千钧，写成传奇话本定是一出好戏。然而告诉别人，去博取怜悯或者心疼，对他来说又有什么意义呢？顾平川没有抱怨，也没有吐苦水，只是轻描淡写地“嗯”了一声，草草将这一过程带了过去，只道：“还好。”

他最近急于要见桑祈，本就是来送这块糖藕，传达给她关于这一糖藕中隐含的信息的。将糖藕送到之后，他又从腰间解下了一枚环佩，放在了桑祈面前，示意她看。

桑祈这时才明白，他为何总说让自己至少看他一眼——这枚环佩和当初诗会上，晏云之以赔宋落天一个新彩头的名义送给她的那枚本是一对。她将其拿在手里，细细摩挲，眼底便泛起了欣慰的笑意。

然而顾平川还没来得及解释什么，窗外便响起了一阵急促的铜铃声响，他怕环佩放在桑祈这儿给她带来不必要的麻烦，赶忙又拿了回去，低声道：“我不能久留，先回去了，过几天再想办法给你送些药材来。”

桑祈忙点点头，擦着眼泪起身相送，不忘叮嘱：“安全要紧，切记多加小心。”

顾平川站在大殿门前，临开门之前，停下脚步来回眸看她，剑眉修长、英姿映丽的面容上，不经意间流露出一丝说不清道不明的伤感，被桑祈敏锐地捕捉到。她唇角轻扬，温声道：“放心，我一切安好。”

“嗯，那就好。”顾平川稍微上前一步，离她近些，眸光微动，沉吟良久，低声道了句，“快了，别急。”说完若有若无地，轻轻拥抱了她一下，而后拔腿便要走。

忽听桑祈在背后，音色清脆地唤了句“宁泽”，甫一停顿，便被她重重地在身后拍了拍肩膀，郑重道："保重。"

隔着衣料感受到她掌心的温度，他的双手在宽大长袖的遮掩下轻微颤抖，不动声色地应了声："你也是。"这才推开门，快步离开了文政殿。

前脚刚走，后脚便响起卓文远御驾到来的通传声。桑祈顾不上目送他的背影，急忙跑回殿中，让玉树赶快将糖藕藏起来，自己则擦去面上的泪痕，坐在桌前，佯装刚喝完那碗绿豆莲子羹。

玉树见卓文远一只脚已经迈进殿了，眼疾手快地将骨碟放回食盒中，把这个食盒光明正大地放在了桌上，心想反正食盒长得都大同小异，伪装成自己刚从御膳房拿回来的也未尝不可。

卓文远果然没识破，上前一看，露出一丝笑意，道："今日肯好好吃东西了？"

桑祈忍着擂鼓般的心跳，语气淡漠地应了声："嗯，总饿着的话，哪有力气给你添堵。"

"哈哈……"卓文远大笑一通，戏谑道，"你能这么想，我也就放心了。那我之前说的事，你可考虑好了？"

"嗯。"桑祈平静地应了一声，低眸把玩着手上的白玉荷花碗，道，"考虑好了。但我有两个条件：第一，你不能再对我禁足；第二，没有我的允许，你不能强迫我。"

卓文远想都没想，轻笑了声，道："好说，你收拾一下，明日便可搬出文政殿。"

待到卓文远走后，桑祈和玉树同时松了口气。

桑祈又将那食盒打开来，凝视着里面的糖藕，打从回到洛京之后，第一次发自内心地感到安稳。好像突然知道了，自己并不是在孤军奋战，始终有一个默默陪伴的战友，便一下子又有了从头再来的勇气。顾平川的到来，果真为她带来了光亮，从微茫到辽阔，照得她的世界豁然开朗。

他们从来都没有放弃。

南燕人没有放弃洛京，晏云之也没有放弃她。

那么她在洛京做的一切，就都有了意义。

她也不能轻言放弃。

桑祈沉思良久后，打起精神来，唤了玉树一声，道："把这块糖藕丢掉吧，我们也该收拾收拾行动了。"

第二十章

梅香兆春归

在文政殿里被软禁了半个多月后，这日清晨，桑祈终于能在羽林卫的监视下回到自己府上，与玉树和管家一起收拾行装。

桑府上下忙忙碌碌，四处有人奔走不停，有人从里往外搬东西，也有人从外往里搬。大大小小的紫檀木雕箱，很快就堆满了前厅，里面有沉甸甸的金银，也有需小心轻放的瓷器，上面都系了喜庆的红色布条。

只有桑祈自己的小院里还算安静，玉树正带着两个丫鬟，将房间里的每一样东西都擦拭得光洁鲜亮，一尘不染。

桑祈则自己在书房里，亲力亲为收拾书架。

虽然书本上干干净净，并没有灰尘，也都搬了下来，用鸡毛掸子彻彻底底清理了一遭。而后她又拿出晏云之给她的那张请柬，思绪飘回诗酒趁年华的那一年，想起那夜的放歌纵饮，只觉依稀还在昨日。

桑祈思绪飘忽了一会儿，听到外头玉树在叫她，问她收拾好了没有，才赶忙道了句："快了，就来。"又将那张信笺夹回书页中，连通其他书册一起放回了架上，而后放好尘掸，推开了房门，问道，"时辰到了？"

"是，小姐。"玉树道，"我们该到门口候着了。"

桑祈应了声"好"，便抬步向外走。

玉树跟在她身后，又向她确认了一遍："真不用带什么东西？"

桑祈笑了笑："不用，反正到时总不会缺了我们的。"边说边往桑府大门走。

一路路过花园，路过垂花门，路过前厅，整个桑府窗明几净，焕然一新——因着这片土地上有这样的习俗，家中若有女儿出嫁，定要打扫得干干净净，等待夫婿上门迎娶。

今天正好天朗气清，惠风和畅，是个好日子。在桑府众人忙碌却并不太激动的氛围里，府上的小姐桑祈出嫁了。来接她的却不是她的夫君，只是一顶八抬金顶、红幔装饰的宫轿。

桑祈最后回头看了一眼，与管家等人做完交代，作了一揖后，挑帘进了轿里。

迎亲的队伍，从洛京最繁华的长街招摇而过，一路带着人们的议论喧哗声，进入了宫墙深院里。

一整日，关于桑家二小姐阿祈是何等会讨帝王欢心，前脚刚从大将军的职位上被罢黜，后脚就摇身一变成了后宫中“桑夫人”的议论始终不曾停歇。上至达官显贵，下至平头百姓，都热切地口耳相传。

然长街上华灯已灭，千家万户都说累了，陆续进入梦乡的时候。灯火通明的织舟殿中，被议论的核心人物桑祈，却好像事不关己似的，坐在桌旁，一颗一颗吃着盘中的蜜饯。

另一个当事人，当今圣上卓文远，这会儿才过来，一推开殿门，看她把自己照顾得不错，不由得失笑，缓步走到她对面坐下来，敛袖问道：“甜吗？”

“嗯。”桑祈点点头，很自然地伸手向前，也递给他一个，招呼道，“尝尝。”

卓文远婉拒了她，在这寝殿内左右打量了一番。这是他专门为她准备的住处，一切都按着她的性子来，设计得要使用方便，还要好玩有趣。床榻特地做得很宽，并排躺下三个人都绰绰有余，边上放了一个横椅，因为她喜欢随手把外衫放在旁边，这样起身就可以直接拿起来披上了，不需要旁人帮忙递过来……一切都安排得井井有条，可总觉得缺了点什么。

他的视线最终落在桑祈的红衣和她背后的龙凤双喜烛上，明白了还应该有一样什么东西，低眸注视着面前的女子，抬手在她空荡荡的头顶轻轻擦了过去，淡声道：“早晚有一天，我会再补给你一场有凤冠霞帔的婚礼。”话说得温柔，神情也认真。

桑祈吃蜜饯的动作停了停，才又含笑咬了下去，点头道了声：“嗯。”

是的，她也相信，自己早晚有一天，会有一场头戴凤冠、身披霞帔的婚礼。

只是那时的对象，不应该是他。

殿中安静下来，只有晚风在悄声细语。双方好像都在等着对方先有所行动，卓文远垂眸看她，她低头看手里的杏干。看了一会儿后，终于抬眸迎上他的视线，清澈的眼眸被烛火映出几分本不属于它的热度。

卓文远那双蕴满风流的桃花眼微微一眯，柔声道了句："时辰不早了，歇息吧。"

桑祈心头一跳，点点头，起身坐到梳妆台旁，边摘着自己的首饰，边道："你不先去沐浴一下吗，玉树已经准备好了热水。"

没想到卓文远走了过来，站到她背后，亲手帮她将发簪摘下来，暧昧一笑，无赖道："一起？"

桑祈一回头，将发簪从他手上夺回来，并顺便朝他做了个鬼脸，嗔道："呸。"

卓文远便哈哈大笑起来，玩味道："算了，我可是沐浴过才来的。不但沐浴，还斋戒焚香了，仙姑若是不信，不妨检查一下。"说着便抬手，慢条斯理地解起自己的衣带来。

桑祈将发簪小心收好，突然整个人转过身来，直勾勾地紧盯着他。他正解到一半，衣襟半敞，露出没穿里衣的一小块肉色肌肤来，本想调戏调戏她，被她这样看着，反倒自己有些尴尬，不知如何是好，一时停下了动作。便见桑祈双手扶在矮凳上，上身前倾，坐姿调皮，挑眉笑道："我突然想起来一件事。你还记不记得，在兖州的时候。当时我个子太小，每次上马总要站个小凳，上去后再叫仆役把这个垫脚的小凳拴在箱妆上。可是有一次仆役粗心大意，忘了给我装，我就走了，结果下了马就上不去。"

桑祈一边回忆，一边忍俊不禁道："然后你特别好心，抱我上去。可是我腰带上的饰物，不小心勾上了你的腰带。于是大庭广众之下，我人是上马了，你的腰带却被我带开了，当时你衣襟一散，脸就黑得跟锅底一样。"

"噗。"想起这一遭，卓文远自己也头疼地发笑，道，"幸好当年周围都是汉子，衣服穿得又好几层严严实实，不然还不知有多丢人。"

"就是就是。"说起往事来，话匣子打开了，二人津津有味地聊了许久。

桑祈也没注意，卓文远是什么时候聊着聊着便躺到了榻上，侧卧下来，只稍稍撑起头同她说话，还在兴致勃勃地追忆些鸡毛蒜皮的趣事。

忽听卓文远唤了她声："桑二。"语气有些不对头。

桑祈这才停下来，收敛笑意，迷茫道：“嗯？”

只见他身上盖着薄衾，俊颜在烛光下轮廓柔和，眉眼多情，唇角噙着丝丝笑意，问她：“你当真想好了嫁给我吗？”

桑祈面色一僵，故作不解道：“这话是什么意思？”

卓文远笑意深了几许，眼睛一眨不眨地凝视着她，柔声道：“你知道是什么意思，你心里还记挂着晏云之。”

一语中的。桑祈低下头，沉吟半晌，坦然道：“你说得对。”而后又蹙眉，继续道，“可是那能代表什么呢？就算我心里还有他，他已另娶，我亦另嫁，以后也再无干系了。你又有什么好在意的？”

她说完还不忘补上一刀：“你看，你心里也有很多其他人，我也不在乎不是？”

卓文远没回答，看着她的目光却暗了暗。桑祈没来由地觉得有些紧张，仿佛刚才还清凉的晚风，这会儿也变得燥热起来了似的，额头隐约出了几滴汗。

沉默僵持良久后，卓文远才又笑了，道：“没错，你说得对。”而后勾勾手指，示意让她过去。眼见聊天扯皮的伎俩被看穿，也不能再继续拖下去了，桑祈只好站起来，梳洗一番，将喜袍脱下来，放到一边，到榻上坐了下来，蹙眉看他，有些委屈道，“刚才聊得有点兴奋，这会儿还不困呢。”

卓文远笑容无奈，从衾被中伸出一只手来，拉住她的手，带着薄茧的指肚一点一点在她手背处细腻柔滑的肌肤上摩挲，从拇指到小指，将她的每一根手指都细细抚摸一遍后，又收回长臂，转身背了过去，躺下来，道：“那我先睡，今天真的累了。”

他说完当真不再理会她，没多久便传来一阵均匀沉缓的呼吸声。

桑祈又坐了一会儿，小心翼翼地探过头去，绕到他身前，试探着抬手在他眼前晃了晃，又轻轻戳了戳他的腰。见这身量伟岸、俊朗不凡的年轻帝王始终长睫紧闭，无动于衷，才松了口气，在离他远些的地方跟着躺下，合上双眸，心跳如擂鼓，久久未能成眠。

这一年夏天，宫里来的两个新人，仿佛一夕之间，让死气沉沉的深宫都变得热闹了起来。

顶替汤宝昕的位置，成为新任“汤贵妃”的，是汤宝昕的一个庶出妹妹。她虽不如汤宝昕长于商道，却在为人处世方面和那个有些直爽过了头的嫡姐形成鲜明对比，每日笑脸迎人，周旋于皇帝和后宫嫔妃、宫人中间，长袖善舞，没过多久就给自己拉拢了不少人气。如果说有哪个女子，可以在这后宫之中过得如鱼得水，大概无人能出其右。没有人讨厌这个热情爱笑的女子，哪怕能感觉出来她笑容背后的圆滑世故。但自己从她身上能得到的都是好处，没有伤害，谁又会介意呢？

就连后宫嫔妃中，平日最不喜与人亲近、独居一隅的浅酒，见到她都能聊上几句。大概不肯买她账的，也就只有两个人了吧。

其中之一是皇后。毕竟，有宫人暗暗在背地里议论，说这汤氏虽然出身远远不及皇后宋氏，可眼见着在后宫得势，风头日盛，恐怕早晚有一天会爬到宋佳音头上，将掌控后宫的大权操纵到自己手里。

而唯一能对她的上位构成威胁的，便是那第二个不给她面子的人——夫人桑祈。

宫人们每天日子过得重复，枯燥乏味，最为津津乐道的便是议论各个后妃的八卦，其中关于桑祈的小道传言最多。

有人说，陛下对她极尽宠爱，当初亲自跑到白马河去御驾亲征，就是为了把她夺到手中，并感慨一番英雄难过美人关，对这份感天动地的爱情钦羡不已。

有人说，她最懂得如何和陛下相处，每次陛下在织舟殿的时候，都能听到里面传来的嬉笑打闹声。陛下虽然平常也温柔可亲的，但是自从她进了宫，好像才真正愉悦快活。

但是，也有人说，他们的感情并不如表面上看起来那么好。尤其是在织舟殿打杂的粗使宫婢这么认为。因为据她所知，陛下和桑夫人似乎至今没有行过夫妻燕好之事。证据便是，玉树从来没有让她打过水，她也暗中观察过，玉树自己也每每都是早早就睡下了。甚至，陛下在织舟殿待到半夜之后，经常会起身离开，再去别的妃子那儿留宿。

于是二人的关系到底如何，在宫人们眼中便格外扑朔迷离，也就格外热衷于探求。

有的时候，就连桑祈本人也会在这个问题上感到些许迷惘。

这一日众妃晨起后，例行到皇后那儿去点卯。

甄明月还是坐在角落里，一副唯唯诺诺、见了谁都不自在的样子。

浅酒还是称病没来。

桑祈还是打着哈欠，态度敷衍。

宋佳音还是在座上没什么表情地喝着茶。

汤贵妃比起平日来，则要看上去更加精神几分，弯着笑眼，甜甜道：“诸位姐妹可听说了浅酒姐姐的好消息？”

桑祈对她这个人没有好感，主要就是因为她说话的声音太响亮聒噪，音色比宋佳音还尖，让人一听就想捂耳朵，不由得笑了笑，一点儿没给面子，回了句：“也是好笑，浅酒天天病得足不出户的，打哪儿来的好消息？莫不是病入膏肓了，对汤贵妃来说，特别值得庆祝？”

汤贵妃视线转向她，明知她是故意挖苦拆台，也不生气，仍是笑吟吟道：“怕是教桑姐姐失望了，我听说呀，浅酒姐姐可不是生病，而是最近正害喜害得厉害呢。”一言既出，这殿内的气氛就变了几变。

宋佳音眸色一暗，端着茶杯的手明显颤抖了几下。就连桑祈也饶有兴致地挑了挑眉。据她所知，这浅酒可是卓文远的后宫里传出喜讯的第一个人。而她进宫这些时日以来，也多少了解过一些事。比如甄明月和宋佳音，都是很想要个孩子的。甄明月是没有父亲可以依靠，又不受宠，孤独度日，很想有个孩子陪伴在侧。而宋佳音，恐怕是知道了卓文远对宋家的打算，希望能有个子嗣可以依靠，将两家的血脉更紧密地联系在一起，好教他能够手下留情。可是，两个人的肚子都迟迟没有动静。

玉树甚至还打听到，为此宋佳音已经试过了不少民间偏方，可惜都以失败告终。也不知道是不是同先前的卓后一样，患有不能生育的隐疾。二人背地里还感慨过，莫非这皇后的位置被人下了诅咒，谁坐上去谁生不出孩子不成？

如今一听说浅酒有了身孕，桑祈第一反应就是玩味地观察着宋佳音面上细微的表情变化。然而宋佳音只是手指颤抖了半晌，面色发白，并没有说一句话。既没开口骂浅酒是个敢在她这个皇后之前怀孕的小浪蹄子，也没说因为此事给她加赏，只是表情冷清地听着，好像这话压根不是说给她听的似的。

汤贵妃把这个重磅消息扔出来，见连个水花也没激荡起来，大约也有些尴尬，笑容僵了僵，才恢复满面春风，问宋佳音是不是应该带姐妹们去探望探望，送些慰问品。

宋佳音放下茶盏，不冷不热地回了句：“贵妃自己看着办吧。”大有这个话题就此打住，不想再继续谈下去之意。

汤贵妃也只好作罢，甜甜说了句：“是，妹妹一定办好此事。”说完大约真的是去忙探望浅酒的事了，早早便告退了。起了个头后，众人也陆续离开，桑祈是最后一个。

殿中只剩下她和宋佳音以及二人的随侍宫婢的时候，宋佳音又开始用杯盖拨弄起茶水中的浮沫，冷眼盯着殿门，看也不看她一眼，淡淡道：“桑夫人还不走，莫非是等着留下看本宫一哭二闹三上吊的好戏？”

“噗……”桑祈笑了一声，拢袖靠在椅背上，闲闲看她，道，“这话倒像是我从前认识的那个宋佳音能说出来的。”

宋佳音稍稍瞟了她一下，给了个白眼，并未答话。

桑祈便耸耸肩，诚恳道：“你看，我是站在你这边的，现在宫里人可都说，后宫中唯二不跟汤贵妃一个阵营的，便是你和我了。”

“那也是你自己一边，我自己一边。”宋佳音听完，喝了口已经冷掉的茶，倒是很有自知之明地纠正了一遍。

既然话说到了这份儿上，桑祈也就不拿她打趣了，手指在身旁的椅子扶手上轻轻叩叩，好奇道：“说来也怪，陛下在你这儿留宿的时间也不少，为何这么久了，你还是迟迟没有动静呢？莫非也是身子有什么问题？”

一听“身子有问题”这几个字，宋佳音好像突然被戳中了命门似的，猛地将茶杯放到案上，发出激烈的撞击声。

桑祈以为茶杯会碎，而她下一刹那便会歇斯底里地发火。然而茶杯只是晃了几下，便完好无损地立在了那里。

宋佳音霍然起身，在比桑祈高两级台阶的位置上站着。一站一坐，二人之间的身高差异便反了过来。原本身姿娇小的宋佳音，此时此刻华服加身，后冠高耸，也显示出了几分威仪，居高临下地看着桑祈，面无表情地说了句：“你以为这后宫之中，能不能怀孕，是嫔妃们自己的身体说了算的？还是陛下在谁那儿待得久，谁就更容易怀上龙种？若是这么说的话，岂不是桑夫人比本宫更应该因为自己的肚子没动静，而担心是不是身体有问题？”说完便勾起隐约带着一丝薄凉，又有几分自嘲的笑意，敛敛长袖，道了声，“本宫累了，夫人慢走不送。”缓步朝后殿走去。

桑祈扯了扯嘴角，既然人家都下了逐客令了，也就不再多留，带着玉树回到了自己的织舟殿。

晚上卓文远过来的时候，她已经在小厨房里忙得热火朝天了，兴致勃勃地撸胳膊挽袖子，要做一道没做过的新菜式。

卓文远一路来到厨房门口，倚在门框上靠着。宫人们都习惯了这一幕，便也没不识趣地出声通报，只不动声色地默默退开。

他深吸两口气闻了闻，出声问："今天又要做什么？"

"咦，这么早就来啦？"桑祈闻声回头看了他一眼，笑眯眯道，"前几天吃了御厨做的一道炸酥肉，觉得口感外酥里嫩，特别好吃，打算自己也试试。"

他眉梢一扬，上前几步，对她的厨艺能否驾驭得了这道菜式深表怀疑："我怎么记得，前几天还不知道是谁，想做个炸面蟹，结果差点儿溅一身热油，把自己炸了来着？"边说边站到了她身后，从她的肩膀上探过头，往锅里看去。

桑祈翻了个白眼，没好气地用胳膊肘推了他两下。虽然在她答应做这个夫人之后，卓文远终于肯派御医给她悉心治疗了，可到底没来得及，右手的手腕恢复得仍不太好，只好不太顺手地用左手持箸夹起一块刚刚炸好的酥肉，塞到了他嘴里，颇为自信地道："还不准人家进步吗？没尝过就没有发言权。"

新鲜出锅的酥肉，烫得他险些没形象地龇牙咧嘴，呼了好半天气，才掩口道："嗯，嗯，还成……跟御厨比还差得不止一点儿半点儿，但起码能吃了。"

"哼。"桑祈回头朝他做了个鬼脸。

他便抬手在她的面颊上捏了捏，笑道："什么时候才做好，我都要饿死了。"

桑祈想了想，为难道："恐怕还得等会儿，我还没做汤，以为你今天晚上不会过来了。"

"为何？"卓文远在身后揽着她的腰，不解地挑眉问。

桑祈一边将裹好面糊的肉块随手丢到油锅里，一边若无其事道："浅酒不是有喜了吗？"

随着肉块下锅，几滴热油溅了出来，卓文远带着桑祈敏捷地一闪，让油滴避过了她的手，溅到了围裙上，而后无奈道："这后宫里还真是一点点事也瞒不住。"

"浅酒有了身孕，怎么会是一点点事？"桑祈端的无语，"你这要做爹的，未免也太不上心了。"

卓文远沉默半晌，下巴靠在她的脖颈边，朝她轻轻呼气，暧昧地亲吻着她的耳垂，低声道："可是我本不想做这个孩子的父亲。只是她跟我这么久了，又为我背叛了她的国人亲眷，提出这个要求，我实在不好拒绝而已。"

他边说边轻轻地在她的小腹上摩挲，微微一笑："不过你可以放心，一来她毕竟是西昭人，二来她的位分太低，就算生下了皇子，也不会被立为储君。”

想来，当真如宋佳音所说，这后宫里的女子能不能为他诞下子嗣，都是他一人说了算的。桑祈听着他毫无感情地说出这番话，不由得缓缓转过头去，疑惑地看着他的眼睛，问：“那你想做谁的孩子的父亲？”

他顺势一带，将她的身子转过来，挑起她的下巴，看着她，眸光婉转，声线魅惑，道：“你说呢？”

桑祈直视着他，很平静地笑笑，回了句：“不知道。”

“好吧，那你猜猜。”他勾唇道。

“我？”桑祈指了指自己。

“哦？”

“既然你这么问了，我觉得是在说我。”桑祈一本正经地分析，“我猜，你也想效仿前朝开国皇帝，选择一个跟做过将军的人诞下的子嗣作为继承人，这样似乎后代会比较健康，而且也有助于稳固王朝基业。毕竟，虽然军队改制，建立了兵部，将领手中仍然握有足以动摇国家根基的力量，比如我大伯桑崇。”

“哈哈哈……你觉着是这个道理？”

“是啊。”桑祈眨着明亮的水眸看他，“我说得可对？”

卓文远沉默了一小会儿，才笑道：“对。”说着便低下头来，吻上了她水泽莹润，娇嫩欲滴，看上去非常可口的樱唇。而后技巧娴熟地长驱直入，贪婪吸吮起她口中的甘甜，没过多久，喘息也变得粗重急促起来，长腿向前一屈，将她推到了灶台的边沿，手也不安分地伸向了她的衣襟。

身后的油锅还在发出噼里啪啦的声响，桑祈微微蹙眉，在他温热的掌心探进来之前，不急不缓地，轻轻推了推他。

卓文远的手便停了下来，动作逐渐放轻，依依不舍地放开她的唇瓣，额头抵着她的头，哑声问：“还是不行？”

桑祈点了点头。

卓文远便深吸一口气，将她放开，无奈地揉了揉太阳穴，媚眼微眯，玩味地也跟着点点头，道：“没关系，我有一辈子的时间可以等。”

桑祈便笑了，回身去继续炸酥肉，挑眉道：“可在吃饭这件事上，却一盏茶的时间也等不了，非要在这儿亲眼盯着不可。”

“哈哈。”卓文远知道她这是嫌自己碍事了，也不再多留，抬步向外走去，说了句，“还不是因为这肉味儿太香，罢了，罢了，我先去下盘棋，你慢慢炸，别烫着自己。”

说着迈出门槛，施施然走远。

桑祈含笑挥手，目送他远去，眸中的笑意也随之越来越淡，最终消失不见。

用过膳后，卓文远还有些政务要处理，便先回了文政殿。

桑祈和玉树一起收拾碗筷，问了句：“最近西昭那边有动作了？”

“嗯。”玉树接道，“上次与顾大人见面的时候，顾大人提起了，说西昭原本计划着侵吞岳城，出动了三万军队，打算奇袭。结果不知怎的竟事先走漏了风声，这三万军队均被岳城守军生擒。”

想来，这走漏风声的人应该就是浅酒了。西昭人还在与浅酒联络，以为她是自己安插在卓文远身边的一颗棋子，却不知道，早就被人家反其道而行之，成为卓文远获取情报的来源。桑祈扶了扶额，真是不知道这个浅酒到底喜欢卓文远什么，竟被迷了心窍，连自己的国家亲族也背叛。

与此同时，她也隐约有一种预感，觉得这大概就是他们一直等待的一个时机。果然不出所料，半月之后，顾平川带来了临安的消息，说晏云之已经带着人准备起事。

等待这个消息，好像经历了几个轮回那样漫长，桑祈听完激动得一时连话都说不出来，只是紧紧地握住了玉树的手，待到回过神之后，才在自己的寝殿中兴奋地跳了起来。

短暂的兴奋过后，待到卓文远来时，又要假装自己什么都不知道。从此之后的每一天，都过得比过去经历的全部岁月加在一起还要漫长。

而卓文远似乎打定主意不想让她知道边境再燃战火的消息，任她问朝堂上最近发生了什么新鲜事，总是避重就轻地说些琐碎的小矛盾。桑祈表面上也就一直不动声色地伪装着，只是没事自个儿还会往文政殿跑，并利用玉树快速与众多宫人打成一片的高超人际交往能力，极力打探自己能获得的一切消息，并将这些消息通报给顾平川。比如，卓文远什么时候会将防御重点放在平津这边，削减白马河守军的兵力；比如，哪里的地方贵族对科举制度感到不满，有了可乘之机；比如，管家又带来了什么齐昌的消息……

一转眼，又到了夏天，这日桑祈做了清凉解渴的酸梅汤，装满一只白玉茶碗端过来，并摆了两把银匙。

卓文远正闲闲地躺在软榻上乘凉，听着她挂在窗前的风铃声响，看着窗外竹叶错落漏下的光影斑驳，偷得浮生半日静好。

桑祈拢了裙摆坐下来，将酸梅汤放在了软榻边沿。

他便扭头看过来，笑道："老规矩，你一半我一半？"

"嗯。"桑祈说着，又把白玉茶碗拿起来，递了过去。

卓文远一手端着，一手拿起汤匙来喝了一口，桑祈再拿起另一个汤匙也喝一口。

加了冰块的酸梅汤冰冰凉凉的，很是爽口。

"手艺有长进嘛。"他难得夸赞一句。

桑祈便狡黠地一挑眉，自豪道："那是当然，怎么说我也练习了一年了。"

卓文远闻言微微一怔，放下汤匙，喃喃道："已经一年多了啊。"

"是啊。"桑祈望着窗外，眯眼让阳光照进自己的眸子里，也颇有感慨。她嫁入宫来，做这个桑夫人，已经一年了。一年来发生了许多事。

宋佳音越来越不爱管后宫中的事务，干脆将执掌后宫的大权都交到了汤贵妃手里，自己深居简出，听说最近还有了新的兴趣爱好，抄起经卷来。背后当然有宋家逐渐失势，卓文远不再顾及她的原因。但桑祈觉得，更多的，大概还是源于她自己的心灰意懒。对生活失去了信心，再也重拾不起往昔的骄傲。

珍宝阁里的汤贵妃，却愈发春风得意，通过施以小恩小惠的手段，将后宫中几个类似甄明月这样性格和才貌都不出众、家中背景也不过硬的后妃都牢牢掌握在自己手里。虽然一朝掌权，也没有翘起尾巴做人，每日还是笑容可掬的，但桑祈始终对这个女子喜欢不起来。相比较而言，她倒是更怀念宋佳音心直口快，声色俱厉地发脾气的样子。任性则任性矣，起码是出于真心。然而现在的她，却也无权评判旁人什么。

浅酒怀过两次胎，都不出两月便小产。因此，原本就有些忧郁气质的美人，如今也是愈发抑郁了。不管是出于嫉妒心理的宋佳音所为，还是口蜜腹剑的汤贵妃在背后搞的鬼，抑或是还有桑祈不知道的人在背后虎视眈眈地盯着她的肚子，桑祈只觉得，这后宫中的明争暗斗，激烈程度不亚于朝堂。

不幸中的万幸是，浅酒大概身体底子不错，卓文远也信守承诺，打定主意要给她一个孩子，如今这位皇帝格外垂怜的淑妃，已经又怀上了龙种。

这一次却是小心翼翼，没有急着对外公布。而且格外谨慎，打从御医诊出喜脉以来，整个醉眠轩都进入了高度警戒状态。没有她本人和卓文远的口谕，任何人不可随意进出。日常起居所用之物，也都由专人经手，以防再出差池。

在这种紧张的气氛笼罩下，卓文远也不太爱往她那儿去了。毕竟朝堂上有足够多的事让他心烦。

宋家的势力，他花费两年多的时间，已经剪除得差不多。其间，宋落天当然闹了不少情绪，可老狐狸宋玉承却似乎比较平静地接受了这一事实，意外地，竟没有做出什么异动。不知是因为女儿掌握在人家手里，不敢轻举妄动，还是像当年的桑巍一样，自知无力回天，也就不想再做徒劳的抵抗。

卓文远对自己的旧臣还算是仗义，只剥夺了宋家在官场仕途上的特权，并没有动摇这一传统名门的经济根基，相反，还分给其一些不错的土地。宋家的殷实家境没有受到影响，富贵程度在洛京，乃至大齐上下，仍然数一数二。家族的人照样可以通过科举考试继续在仕途打拼。

说到科举考试，第一届已经按照计划如期进行，结果却是喜忧参半。喜的是获得了百姓的认可，有不少寒门士子和穷苦读书人报名参加。忧的则是，选拔上来的人才，仍然大多是望族子弟。其中自然有名门中人的才学教养本就胜出一筹的原因，可大多数考区的第一级乡试，甚至连在洛京举行的省试、殿试中，都不同程度地存在违规舞弊的现象。考官收受贿赂，给世家子弟大开方便之门的情况不胜枚举。

科举考试这件事本来已经让世家子弟产生了极大的不满情绪，卓文远对舞弊现象又严厉打击，导致世族阶层和他之间的矛盾进一步激化。当然，最让桑祈在意的还是，晏云之率领的队伍，听说已经打过了白马河，打过了岳城，势如破竹，正一路向东而来。

重逢的日子不远了。

而她因为不应该知道此事，还得装聋作哑地继续着自己“安逸懵懂”的生活，唇角含笑，又喝了一口酸梅汤。

晚上卓文远说要在桑祈这儿留宿，她也习惯了，反正这么大的睡榻，就算睡两个人，也大可井水不犯河水。

二人并排躺着，透过殿顶特地开的一扇窗，可以看到窗外的漫天星辰。

桑祈侧过头去瞥了他一眼，问道：“你什么时候能带我出宫啊，我在这儿实在无聊得紧，还是怀念外面无拘无束的日子。”

“出宫做什么？”卓文远合着眼，笑着问道。

“可以做很多事情啊。”桑祈兴奋地细数道，“比如再做个将军……虽说现在功名需要考取了，可这个体系还没有沿用到军中对不对？你再让我去做个将军，率兵打仗吧。我在这后宫里待着，都快发霉了。”

说着抬手扯了扯他的衣袖。

卓文远睁开眼，眯成一条缝隙看她，眼眸中光华沉沉：“你想带兵？”

“对啊。”桑祈坦率道，“保家卫国是桑家的好传统，如果西昭人再有什么动静的话，你让我也去战场吧。”

卓文远笑而不语。

“笑什么？你倒是说句话呀。”桑祈不满地开始戳他的胳膊。戳了一会儿，才被他拉住手，连连告饶：“好了好了，我说。”

而后看着她，认真道：“不行。”

桑祈哼了一声：“为何？”

他便伸臂将她揽到怀里，笑眯眯地解释：“朕的江山不需要你来保护，你只需要站在朕身后，看着朕就行了。”

在放她出宫这件事上，她是屡战屡败，这样的结局已经让她习以为常，以至于已经感觉不到挫败了，却还是佯装不悦，报复性地呵起了他的痒痒来。卓文远笑得眼泪都快出来了，也反过来攻击她，二人嬉闹一会儿，都觉着困意袭来，便自觉投降，躺了回去，相继进入梦乡。

第二天桑祈再醒来的时候，卓文远早就上朝去了。

她睁开眼睛看了看顶窗外直射下来的阳光，赶忙用手遮在眼帘前，蹙眉翻了个身，想再睡一会儿。

还有那么漫长的一天呢，反正就算起来了，也没什么事情可做。

玉树听见响动，轻手轻脚地进来，给她放了洗漱的清水。

桑祈只觉天气闷热，头脑有些发涨，也不知道自己睡了多久，便眯着眼睛，懒洋洋地问道：“什么时辰了？”

“巳时三刻。”玉树以为她有起床的意思，便走过来，递给她一件纱裙，答道。

可桑祈只是点点头，一侧身又窝到了被子里。

玉树看她俯身呈“大”字形，睡得怪没形象的，不由得无奈地笑笑，劝道：“小姐还是起来吧，之前不是约好了，顾大人今天会过来吗？”

“嗯……”桑祈嘴上呢喃着应了，身子却是一动不动。不想起床，不想给卓文远做吃的。宫里这千篇一律的日子，她真是过得够够的，每天早起都要挣扎半晌。

可是生活如此，就算不想，又能怎么样呢？路是自己选的，就算撞了南墙，也得把南墙推倒继续往前走呀。桑祈酝酿一下，深吸一口气，而后猛地从床上弹了起来，揉着惺忪睡眼，道：“好的，起床，又是崭新的一天！”

说着握拳，给自己打了打气，骨碌碌下了床，开始洁面更衣。而后坐下来，慵懒地梳着长发，自言自语道：“你说今天做点儿什么吃食好呢？天气这么热，昨天做了酸梅汤，今天做点儿绿豆水？”

不像旁的宫妃，诸事都要指使宫人们来做，桑祈以前在家的时候，沐浴梳洗这种事也都是不教莲翩插手的。如今玉树跟在身边，也自然不用操心这些，已经出去给她传过午膳回来了。

通常她早上都起不来，卓文远早上也从来不在这儿吃。中午大多数时间都忙于政务，也不会抽空儿过来。因此，只有晚膳会过来陪她一起用，偶尔也会叫御膳房准备，但大部分时候都是桑祈自己做的，说是在宫里实在无聊，能在厨房里鼓捣些美食，便是她唯一的乐趣了，顺便还能在这件事情上花掉好多思考准备的时间，也真真是极好的。

玉树闻言却笑了一下，淡声道：“小姐今日可以歇歇，陛下不会过来了。”

桑祈梳头的动作停顿了一下，诧异道：“为何？”

玉树便轻叹一声，含蓄道：“淑妃……”

后半句话她有点儿不忍心说出口。

桑祈还是领悟了，眉心微蹙，帮她补充道：“又小产了？”

玉树点点头。

“唉。”她便也叹息一声，连连道，“这到底是造了什么孽啊。据说这次醉眠轩连只蚊虫都飞不进去，怎么就能又被人动了手脚呢？”

“也未必是旁人所为。”玉树低声道，“婢子听说，有些妇人天生便是容易滑胎的体质，就算处处小心谨慎，也可能因为一点点细微的差错导致小产。还有的妇人，若是连着两胎都没保住，以后也就更容易小产了。”

桑祈却是不知还有这样的说法，若有所思地感慨道：“这么说，浅酒姑娘可能也像卓后一般，永远无法诞下自己的子嗣了？”

“婢子也只是在公子的藏书中看过，身边并未有过亲眼所见的事例，所以……也不敢妄断。但这次淑妃受的打击很大必定不假，听说昨天夜里没的，今天早上便有要自尽的念头。方才您还没醒的时候，陛下身边的内侍急匆匆地赶过来，说陛下这几日都要去醉眠轩，不来用膳，让我们不必费心准备了。”

“好吧。”桑祈擦了点儿桂花油，继续梳头，笑道，“看来卓文远对这个浅酒，还算是有几分真心，知道心疼。起码比对我好，我在这儿闷得也快抑郁自裁了，他就怎么也不肯放我出去转转。搞得我好像是他养的宠物似的，每日都得被他禁锢在身边，只听他的命令行动。”

玉树手上动作稍显迟疑，对此未加评论。其实卓文远只是不让桑祈出这个皇宫，在宫内却是对她未加管束的。别说如今宋佳音不执掌六宫大权，就是还管着的时候，她何曾向这所谓的皇后低过头、行过礼？他又何曾因此为难过她？任她将自己的后院折腾得鸡飞狗跳，他不还是头疼地为她收拾善后，象征性地教训她两句，并未当真动怒吗？

跟随桑祈在宫里生活的这一年多以来，玉树觉着她是当局者迷，自己是旁观者清，能看出来，卓文远对她当真有情。

然而两个人似乎都不愿承认这一点。

桑祈从心底不愿接受，拒绝相信他对自己付出过真心也就罢了。她不明白的是，卓文远为何也默认桑祈的观点，从来不解释呢？玉树一边想着，一边缓缓擦拭着桌上的烛台。虽然心存疑惑，但她从来没有跟桑祈提过自己的这些想法。

私心里，她觉得一直让桑祈误会着，比知道真相要好。对桑祈自己，对自家公子，都是如此。尽管她有那个信心，觉得就算真拿公子与卓文远相比较，公子也断不会逊色于他。可是公子对她来说，堪比救命恩人，再生父母，是她心目中奉若神明的存在。如今他毕竟还在百里之外，她自是一点点风险也不想冒的，每天担心桑祈和卓文远会不会真出点儿什么事，时时盯着，也是十分辛苦。

好在桑祈自己一直没心没肺的，就当好哥们一样跟卓文远相处着，心态上始终没有动摇过。哪怕偶尔举止有些亲近，她也都睁一只眼闭一只眼地当没看见了。

听说卓文远不来，桑祈比平常多梳了一会儿头发。等她收拾完自己，连午膳的时间都已经过了。食欲一般，随便吃了两口，便到碧空潭边乘凉，等着顾平川过来。

碧空潭只是御花园中庞大水系的一部分，池子并不大，隔着池水能看到对面汤贵妃住的珍宝阁。金碧辉煌，映着水波的流光，夜明珠上异彩纷呈，乃是宫内一大盛景。

有时汤贵妃也会在那些栏杆前伫立，遥遥地对她招手示意。今天却一直没出现，想来应该是去探望浅酒姑娘了。

桑祈捧着本书册，一会儿看看书，一会儿发发呆，不知不觉见日暮降临，已是黄昏时分，可说好了会来的那个男子，仍然没有出现。

她有点儿怀疑玉树是不是记错日子了，叫了两声，想再确认一下。

可一直没人回应。

“这丫头又跑哪儿去了。”

桑祈嘀咕一句，只得无奈地放下书册，起身到寝殿中寻找。然而一路从南边的殿门走到北边的殿门，也没见着人影。朝北的正殿门外，有一处属于织舟殿的小花园，周围用围墙拦了，相对私密。花园里还留着一把长剪，看得出玉树刚才还在这儿修剪花枝来着，像是匆忙离去，还没来得及收拾东西。

反正宫中生活，素来没有什么波澜。她人缘一般，平日没有人会到她的织舟殿中拜访，玉树又有功夫在身，断不会被人欺负。她也就没再多想，只拿起长剪来，自己修起了身旁的一丛芍药。

忽然听到一阵轻微的脚步声自身后响起。宫中能走路这么轻的，除了她自己、卓文远和浅酒之外，只有玉树。因此，她不假思索便回过头，问道：“你刚才去……”

话还没说完，看见来人的那一瞬间，时光蓦然停滞，桑祈的表情和动作都僵住了，手一松，剪刀咣当一声掉在地上。

他在薄暮下卓然而立，身姿挺拔，衣袂翩跹。背后是日头余留的万丈金光，面前是一小块柔和的阴影。他的眉峰如巍峨雪山，眼眸如浩渺苍穹，两片清冷的薄唇，是高山之巅永不止息的几缕霜风。乍一看，好似不食人间烟火的仙人。可若是仔细观察，不难发现，此时此刻，那双本应淡泊高远的眸子里，却写满热忱。炽烈的火焰升腾而起，点燃了天边绚烂的云霞。

桑祈不敢相信自己的眼睛，用力揉了两下，见他还在视线中，确认不是幻觉后，抬步便跑了过去，径直扑到了他怀里。心跳跟着他的体温一颤，眼泪便瞬间涌了出来。

晏云之被她扑了个满怀，顺势双臂一收，也紧紧拥住了她。

二人就这样紧抱着彼此，感受着这真实的触觉、狂乱的心跳，半晌谁也没有说话，仿佛千言万语，都无法将此刻内心的震撼倾诉。他们紧紧相拥，用几乎要将对方的骨骼都压碎的力道，来表达自己的思念。

太多相思，太多委屈，太多不甘，太多寂寞，太多伤情……尽数随着泪水喷涌而出。桑祈第一次无所顾忌地痛哭失声，再没有心思去在意会不会暴露自己的软弱，让人看了笑话。

晏云之在她耳边低低地叹气，温声道："你瘦了。"

桑祈环着他的腰的手臂紧了紧，泣不成声道："你也是。"

痛哭一气后，她抬起头，睁大哭红的眼睛看他，不解道："宁泽说你们的大军距离洛京还有二百里，你怎么会突然来到这儿？"

晏云之抬手擦拭她如清泉般冒个不停的泪珠，低叹道："忍不住了，太想你。"

除却那次酒醉，朦胧之际听过他这样直白地说起自己的心意，这还是她清醒时第一次感受到他如此坦率，瞬间觉得自己好像在做梦，一个没忍住，又啜泣起来，喃喃道："我也想你，你不知道我有多想你……"

晏云之低下头来轻吻她的眼角，温声安抚道："我知道，相信我，我都知道。"

而后他有些无奈地拍了拍她的头，道："早知如此，当初何必那么逞强。我不该放你去那么危险的地方。"

"这怎么能怪你？当时也只能如此。虽然这两年很痛苦，但我总在问自己，如果回到当时，一切再重演的话，我不离开你身边，是不是这些事就都不会发生了？或者回到更早，我再任性一点儿，不去在意旁人的事，只想着你我二人双宿双栖，是不是也就不必承受这些磨难……然而无论回溯多少次，答案都是一样的，我不可能那样做……"桑祈说着说着，再次泣不成声，"你知道我不可能……"

"好了好了，不说这些了。"晏云之心疼地再次将她抱紧，久别重逢，不想再去回首这些往事，只问她，"现在可好？"

桑祈苦笑了一下，看看四周，道："在这里怎么会好？"

心念一动，她便想起自己久未痊愈的手腕、亏了中气的身体和那没能留住的胎儿，悲从中来，美睫一颤，又扫了一行眼泪下来，颤声哭诉道："对不起，我没能保护好我们的孩子……"

晏云之早已听顾平川说过此事，看着怀中的她眼中的悲戚，仍胸口绞痛，难以自抑，将她抱得更紧些，声线微哑，道："怎么能怪你？都是我不好，我不好……"说着便疼惜地吻上了她的唇。

这一吻，与以往的每一次都不同。一开始就叩关掠齿，带着暴风雨般的热情席卷而来，裹挟着他身上的淡淡清香，浓烈地侵占了她的呼吸。

桑祈几乎是下意识地探出香舌回应，而后便被他轻轻一带，进了殿门。只听大门被砰的一声关紧，他直接回身，将她托起，抵在了门上。她也急切地揽住了他的脖颈。而后烈火便迅速蹿起，一发不可收拾。从殿门前到床榻上，最终满腹深情和一腔相思，尽数倾注到了彼此的身心深处。

再次归于平静的时候，窗外已是群星璀璨，新月高悬。

桑祈靠在晏云之胸口，胳膊无力地搭在他的腰间，还在轻轻喘息。

晏云之用修长的食指，一圈一圈将彼此汗湿的秀发缠在一起，依依不舍地吻她，道："你大伯在齐昌的军队明日会来与我们会合，我今天是偷偷跑出来的，等会儿还要赶回去。"

"嗯。"桑祈点点头，表示明白，但又不忍放手。抬起水泽弥漫、媚色未褪的双眸，含怨看着他，撒娇道，"不能多留一夜吗？就一夜，明天早上再走。反正卓文远今天在浅酒那儿，没人会知道。"

怀里朝思暮念的美人用几乎恳求的语气说出这番话，实在教人不忍心拒绝。

晏云之好像没怎么挣扎就妥协了，柔声道："好，天亮再走。"而后又捏着她的鼻尖，半嗔半怜道，"你也是，何苦来演这出美人计？"

"我有什么办法，终究他是不会让我安生的，我倒不如趁机做点儿什么。你看我提供的情报是不是挺有价值？"桑祈窝在他怀里，揉着自己的手腕道。其实如果可以的话，她多想跟他一起走，一起上阵杀敌，亲自突破宫闱，报仇雪恨，只可惜如今的她，已经不能再舞刀弄剑了。

晏云之也沉默下来，轻轻在她的手腕上揉了揉。二人一时无言，桑祈摇摇头将这些烦心事都从脑海中驱逐出去，又往他怀里蹭了蹭，侧耳倾听他沉稳有力的心跳，感到无比踏实，同他有一搭没一搭地聊了起来。聊当下的战况，她所不知道的，众人在洛京的故事……待到第二天清早，天刚蒙蒙亮的时候，晏云之便起身，趁着宫中大部分人还在熟睡，与桑祈吻别后离开。

桑祈则一路送到大门口，目送他的背影消失在朝阳之中，唇角含着笑意，低喃了一句："云之，攻进宫门那日再见。"

待他走后不久，玉树也回来了，一进寝殿就闻到了一股靡靡气息，有些尴尬地上前叫起想补眠的她，忧虑道："小姐快起来，等下陛下上朝之前路过这儿，可能会来看您。"

桑祈正迷迷糊糊的，一听这话，猛地睁开眼，大叫一声"不好"，赶忙一骨碌爬了起来。

俩人趁着清晨短暂的安宁，匆忙将被褥换好，开窗通风，并点了熏香，收拾掉可能引人怀疑的痕迹，出了一身汗之后，觉得没遗落什么，才坐下来休息。

椅子还没坐热乎，果然如玉树所料，卓文远来了。桑祈立刻钻到了被子里。明知道他应该不是察觉了什么，只是路过这儿，照常进来跟自己问声好，可还是做贼心虚地干笑着说自己好困还想睡一会儿，躲在衾被里，执意将他往外轰。

卓文远眯着眼睛，环视了她的寝殿一圈，诧异地问："你既还没起，怎么这么早殿中就已经打扫过了？"

桑祈心里咯噔一下，忐忑不安，嘴上却虚张声势地嗔道："哪里是今天早上打扫过，明明是昨天晚上特地大动干戈地给全殿上下都沐浴焚香了，谁知某人却没过来。"

"噗。"卓文远忍不住笑道，"是吗？爱妃这么有心啊。"

"就是就是。"桑祈从被窝里探出头来白了他一眼。

卓文远眸光婉转，与她对视了一会儿，表情似有玩味，却终究没说什么，叫她早点儿起来别贪睡之后，便赶去上朝了。

之后的一段时间里，卓文远经常能够感觉到，似乎从某一天起，桑祈变得不一样了。她会更多地露出笑容，而且笑容中有真心实意的快乐。像只美丽的孔雀，昂着自己骄傲的头，在这冰冷的深宫里翩翩起舞，舞姿如此优美，令人沉醉。

他们当真像是又回到了小时候，郎骑竹马来，绕床弄青梅，相知长久时，两情无嫌猜。

直到那一日到来。

洛京城破的那天早上，已经是仲秋时节，天气变得凉快起来，桑祈又做了一次酸梅汤，慵懒地拿汤匙一下一下舀着，抱怨怎么秋天还不过去，他明明说好了，等冬天

去，漫不经心道，“想来，光明磊落的云之君应当不会拒绝吧？”

晏云之和桑祈对视一眼，长眉一挑，在他身后跟了出去。

二人站在高高的御阶之上，执剑对立，身侧是雄伟的金銮殿，头顶是变幻的风云。呼啸的冷风，吹起一金一银两道衣摆，两个同样俊美傲岸的男子，仿佛将要开启一场神魔之间的终极较量。一场对决，毁天灭地。

桑祈在一旁看着卓文远先出手，晏云之从容回击。因为体力欠佳，卓文远的速度比往常慢了不少。而晏云之却似乎也没打算下死手，一来二去地，纠缠了好几个回合。

远处的喊杀声不绝于耳，桑祈攥着匕首的手都溢出了汗。她明白，晏云之是想留活口，将卓文远的是非对错交予世人评判。可杀父之仇、夺子之恨如鲠在喉，而今正是最合适的机会，她竟要眼睁睁地见其溜走？

想到这些，她顾不上卓文远口中什么堂堂正正的对决之类的屁话，鬼使神差地走上前，将匕首刺了出去。晏云之给她使了个眼色，示意她不要插手，她也固执地视而不见。

卓文远的余光瞟到她，狡黠一笑，迅速向她的方向移动过来。

晏云之眸光一敛，沉声喝道：“你亲口说的要堂堂正正对决，莫要行小人之事。”

卓文远却置若罔闻，后退一步，拉了桑祈在自己怀里。明明二人已近在咫尺，机会就摆在眼前，桑祈的手腕却不断颤抖，无论如何也无法将匕首刺入他的身体。

晏云之也担心她，不好轻举妄动，正在想办法瞄准他的同时，不伤到她，争取一击致命，便忽然见卓文远转了个身，背朝自己，唤了声：“桑二。”并俯身将她紧紧抱住。

桑祈抬头看去，见他暧昧多情的眼角，正弯弯地朝自己笑。而后在晏云之长剑破空而来的瞬间，一个倾身，飞蛾扑火般划出优雅的弧线，径直向她手上的匕首扑去，任其稳稳刺入自己的胸膛。

而后卓文远眼见着自己的鲜血将她的红衣染得更加鲜艳，笑意更深，捂住被刺穿的伤口，后退了几步。奇异的是，他感觉不到疼痛，只能体会到一股股热流正在汩汩流淌，生命正在离自己远去。本来就不太清醒的意识，随着失血不断增多，很快便涣散了。

他仿佛看到金銮殿在自己面前旋转坍塌。自己的宏图霸业，江山社稷，功过恩怨……一切都在天崩地裂。然而朦胧的烟尘中，却能看见桑祈，安安稳稳，纤尘不染地站在他触手可及的地方。

于是，在生命的最后时刻，他伸出手来，十分想把她拉到自己身边，说出那句自己从来没打算说出口的话。

然而他只喃喃地唤了句“桑二……”，就眼帘一沉，再也没力气发出声音来，沉沉向前栽倒下去。

桑祈以为自己会无动于衷。可是在听到他最后叫自己的那一声时，却觉得面上似乎有什么温热的液体滑落下来。第一反应是溅到了他的血，抬手一摸，才发现是一片眼泪。

晏云之收剑转身，看见她在自己身后默然无语地流泪，走过去牵她的手，问道：“后悔了？”

桑祈摇摇头。不，她不后悔。

她可以难过，可以伤感，可以唏嘘掉眼泪，甚至痛苦不堪，但从不为自己的选择后悔。她感慨的只是最后关头，到底还是下不去手，即使他们之间已经有太多恩怨，家劫、国难，血海深仇。她在看着他的时候，也还是觉得，他身上还有初见时那个眉眼清澈温柔的少年的影子。让她不知不觉间，为那段再也无法挽回的旧时光黯然生叹。

历史悠久、气势恢宏的洛京城里，又一次发生了朝野更迭。

南燕荣氏政权重返故土，许多离乡已久的士人重新踏上这片土地之时，都流下了激动的热泪。卓氏执掌风云六载，随着齐国第一任，也是最后一任君王卓文远的死宣告覆灭。

南燕少帝荣寻仍未主事，丞相晏云之提议以诸侯之礼将卓氏厚葬。

下葬的那一天，洛京下了一场大雨。

桑祈不知道卓文远这辈子最为错信的人，究竟是自己还是顾平川。

她永远也忘不了，清肃后宫的时候，浅酒自重重纱幔中走出，看着她的眼睛说的那句话——“你却不知，这是他一生中最快乐的时光。”

快乐吗？桑祈不知道，只知道自己在他的后宫中，日复一日地窃取着情报。并且暗中为在齐昌的家族旧部和晏云之牵线，促成了桑家军和晏家军一支自北向南，一支自南向北，联手向洛京合拢的局面。

而顾平川则利用尚书令的身份，名义上是游走于各地筹备科举考试，实际暗中为晏云之的回归铺平了道路。并且利用科举考试，在新成立的兵部之中，安插了几个关键人物。也正是他利用与西昭有过生意往来的那些人贩，为她弄到了那两样产自西昭的奇毒。

加上晏云之的用兵如神，闫琰的英勇无畏，多方合力，大燕王朝的复兴才会进行得如此顺利。

有人说卓文远是被临安城营造出的安居一隅的假象蒙蔽，掉以轻心了。

有人说卓文远是被桑祈的美色所惑，荒废了朝政。

也有人说卓文远比之晏云之，到底还是稍逊一筹。

总之，众说纷纭，没有一个统一的结论。

而现在重归金銮殿的众人亟须解决的问题是，卓文远留下的那些改革了一半的政务。在科举取士这件事上，众人最为争论不休，最终有人问晏云之，到底要不要保留这一刚刚建立的新制。

众人的视线都集中在他的身上，晏云之却好像没听见似的，一副事不关己的样子，不知道在想什么。

殿中渐渐安静下来。

难免有一直放心不下的人，自从回到洛京以来，紧盯着晏云之的一举一动。好像生怕卓文远当初的预言成真，他又临时变了卦，将荣寻从皇位上拉下来，自己再坐上去，成为最后的赢家。

尽管突破禁宫那天，他们赶到大殿前时，手里拿着长剑，衣袍染血，眉目清寒的那个晏相只是在众人不安的目光中，平静地牵着桑祈离去了而已。

这个男子过于强大，可以让人托付，也会令人不安。

当然，大多数人还是真心实意地想让他拿主意的，毕竟时间久了，已经习惯于依靠他。可晏云之只是在这样的视线打量下，缓缓开口问了句："陛下以为呢？"轻飘飘地将这个问题丢给了十五岁的荣寻。

殿上有人咳了咳，似是不满道："陛下还小……"

"不小了。"他云淡风轻地将这种论调打断，看向身后道，"我们桑祝小将军，不也是年仅十四，便上阵杀敌了吗？相信对于陛下来说，提出自己的想法并不难。"

打从战争开始，桑祝就像一夕之间长大了一般。如今年纪尚小，却已显出了几分成熟男子的韵味。虽然个子还不是很高，但身姿笔挺，剑眉锋锐，目光中有着少年老成的稳重。迎着众人打量自己的视线，不卑不亢地坦然直视着前方。

座上的荣寻，比他还年长一岁，但看上去却比他要瘦小。随了父亲的长相，棱角温和，白净细腻。少了几分帝王的威严，倒像是个文弱知礼的书生。

第一次当着这么多人的面说出自己的政见，荣寻显得有些紧张，但既然晏云之这么问了，他沉思一番后，便面色微红地说："朕以为，不应该取消科举。相对于家族世袭，以名取仕而言，采用考试的方法选拔人才，乃是一种进步。但是也不能像卓帝一般，完全取消原来的举荐制，否则便会动摇统治的根基，重蹈他改革失败的覆辙。眼下我们应该使两种取仕方式并存，并逐渐进行过渡。"

少年帝王的一番言论，语惊四座。

晏云之满意地点了点头，淡淡道："既然陛下已有主意，臣便不插手了。"

再看荣寻身边一直以来对他悉心辅导的老帝师冯默，已经别过头去，感动得老泪纵横，忍不住低喃道："先帝有灵，先帝有灵，大燕果然命不该绝……"一激动，还猛地咳嗽了起来，眼见着身体摇晃，有些站不稳。

晏云之忙扶了一下，拱手对身边的人道："冯太师年事已高，经不起久站，晏某先带他去偏殿歇歇。"说着便搀着老太师，在众目睽睽之下走了出去，将剩下的烂摊子全都丢给了荣寻。

两个平日最依赖的人都走了，荣寻一下有些不知所措，紧张地在大殿上扫视一圈，视线落在了顾平川身上。

顾平川只觉得自己有点儿头疼。

议事到傍晚，众人说得口水都要干了，下朝后纷纷赶回家。顾平川则先来到文政殿找晏云之和冯默，见果然不出自己所料，晏云之早就走了，只留下老太师一个人，正趴在桌子上睡得香甜。

闫琰也赶了过来，从他身后扯个脖子往里探头看，撇嘴道："师兄居然又偷跑？"

顾平川无奈地叹了口气。

"哼。"闫琰感到很不满，就知道，现在他满脑子都是自己的婚事，根本就是无心朝政。这世界上要真有人能被桑祈的所谓"美色"所惑，除了他晏云之也断不会有第二个。

闫琰可还记着呢。逼宫那天，他负责留在洛京城里维护秩序，好不容易见到桑祈，都是当天深夜的事了。阔别已久，可算见到她平安无事，一激动，三两步跑过去，给了她一个大大的拥抱。

桑祈也很激动，回手抱他，并且在他的后背上狠狠地拍了两下，差点儿把他的肋骨拍断。而后还热泪盈眶煞有介事地说因为看见他还活着太高兴，一时情不自禁。

不过，看在莲翩终于重拾笑颜的份上，他也就不跟她一般见识了。

可是他不知道的是，这会儿，在桑府里，莲翩的表情可不是太好。

厅堂里围坐了好几个人，桑祈扶着额坐在主位，觉得自己脑袋嗡嗡作响，都快要爆炸了。

她和晏云之终于要成亲了，这个消息一经公开，不少亲朋好友都送了丰厚的贺礼，来庆祝这王朝光复后的第一件大喜事。别说她的大伯桑崇，晏云之的父兄等人，就连顾平川和闫琰都送了好几大箱东西来，纷纷以兄长的名义给她添嫁妆。

于是，同样的东西在桑府堆了好几份。

这不，今天晚上，关于她成亲那天到底要用哪套首饰，众人就已经争论了近一个时辰。都说三个臭皮匠顶个诸葛亮，可眼下她这屋里的客卿们，却是三个诸葛亮，凑成了一窝臭皮匠。

她也不明白，莲翩怎么就对玉树有如此大的敌意，自打回到她身边，非要处处与玉树作对。

“小姐，我觉得你用家主给的这套挺好的，毕竟他是你族中的长辈啊。”莲翩指着一套红玛瑙打造的头面，义正词严道。

玉树却不太支持，温声反驳：“可是过门之后，小姐就是我们晏府的夫人了，理应用老夫人给的这套传家宝。”说完还不忘补充一句，“晏府每个夫人过门的时候，都是戴的这套头面。”

“那是你们晏府的传统，可这套白玉饰物，并不适合我家小姐啊。”莲翩没好气地白她一眼，着重强调了“我家小姐”四个字。

要说吵架抬杠这件事，莲翩教训闫琰是绰绰有余的，可面对机灵沉稳的玉树，还是无可奈何了些。因为每次玉树都不接招，只是平平淡淡地摆出自己的道理来，不将说话的重点放在回击上，她也就每每好似一拳打进了棉花一般无疾而终。

二人都摆明了自己的观点后，一旁的苏解语也想了想，在这件事上倒是认同了莲翩的说法，附和道："确实阿祈用红玛瑙要更合适些。"

拉到了一个支持者，莲翩得意地朝玉树挑挑眉。

玉树便将探询的目光投向了屋里的另一个人，也是唯一的男子——清玄君。

清玄君懒散地把玩着手上的一根发簪，见三人都在看自己，勾唇笑道："我倒是有个提议。你说桑家自家长辈给的东西，桑二应该戴着，有道理。她说晏府的世代传家之宝，桑二应该戴着，也有道理。要我看，一起戴着算了……"

一屋子人无言以对，桑祈只觉得手上的青筋跳了两跳。

过了半晌，还是苏解语第一个反应过来，无奈叹气道："哥哥……"

"好了好了，我自己挨个戴一遍试试，你们赶紧去喝口水歇歇吧……"

再吵下去也没个结果，桑祈无力地摆摆衣袖，做出一副十分头疼的样子，连声往外赶人。

玉树似是对桑祈最终会听从自己的意见颇有自信，闻言从容作了一揖，第一个飘飘然告退。莲翩当然也不甘示弱，轻哼一声跟了出去。待到清玄君伸着懒腰说着终于能喝口酒了也离开后，屋子里只剩下了桑祈和苏解语，一同面对一桌子的首饰。

桑祈终于无限疲惫地叹息一声："成个亲真麻烦。"

苏解语低低一笑，啜了口茶，道："某人是不是苦日子过惯了，如今这叫身在福中不知福？"

桑祈扶额，连连摆手："你就不要再取笑我，我已经够头疼了。"

苏解语便不再多言，起身走到铺着红布的桌案前，对着案上的几套头面一一打量起来，温声道："若是我的话，定会选晏家祖传的这一套，毕竟这是晏家的传统。可是你和少安都不是这般循规蹈矩的人，此事全洛京人都知道，所以我觉得就算你用了桑公给的这套，晏公和夫人也不会有所非议，你只管挑自己喜欢的就是了。"

桑祈觉得有点儿道理，一边点头，一边好奇地问："那你们在临安成亲的时候……"话一说出来，感觉不太合适，又住了嘴。

苏解语倒是不忌讳谈论此事，把玩着一根玉簪，道："就是很简单地操办了一下，糊弄过在临安的细作也就罢了。"

自打重逢以来，桑祈一直下意识地不去问起晏云之这件事，一心扑在筹备婚礼上之后，更是没有时间问。

而今听她这样说，颇生感慨，道："说实话，在宁泽说出实情之前，我还真有点儿忐忑，直到看到他给我的那块糖藕，想起当初你我在庆丰楼聊天，当时盘中也只剩下那么一片藕。我们同时动筷，甚至你还比我要快一步，可你还是让给了我……"说到这儿只觉往事不胜唏嘘，轻叹一声，"难为你了。"

"其实也不为难。"苏解语低眸笑了笑，"总归要演这么一场戏，说来为难的人应该是宁泽。他是怎么跟少安保持联络的，冒着风险将信物传递出去的，我倒是很好奇。"

"你竟不知道？"桑祈一挑眉，将顾平川告诉过自己的事简单说了一遭，"听说是通过西南的人贩子找到的秘密渠道。"

苏解语闻言手上动作一顿，蹙眉问："人贩子？"

"对啊。"桑祈解释，"就是拐卖人口的。宁泽任岳城太守的时候抓获了一批人贩子，知道他们有不为人知的密道，便利用他们潜入临安来着。"

刚说完这件事，她突然想起来苏解语之前说昨天去探望宋佳音了，不由得话锋一转，好奇道："对了，宋佳音现在怎么样了？"

却见苏解语半晌没有反应，眸光微动，竟似有些失神，桑祈上前诧异地唤了她一声："兰姬？"她才回过神来，淡淡一笑，掩去尴尬，道："不太好。"

而后苏解语坐回去，喝了口茶，低叹道："也不难想象。虽然宋家又主动投靠了旧主，夺宫之时也从中相助，想让旁人觉得自己改邪归正、幡然悔悟了，可实际上名声已是一落千丈，以后很难再翻身。再说宋玉承毕竟上了年岁，那个爱子又不争气的，今后若是真改成科举取士，宋氏的仕途又能仰仗谁呢？"

"但是，想来他们当初既肯帮忙，陛下必定也应许过回报吧？"桑祈觉得应该也不会太糟糕。

苏解语便解释道："回报是有的，但这种墙头草，以后谁还能信任？所谓的回报，不过也就是从轻发落罢了。总之，宋家的好日子到头了，这一点大家都心照不宣。家族如此，夫君也没了，阿音的情况又怎么会好？"言罢无奈地摇摇头，道，"如今她为人很低调，不爱说话，稳重是比从前稳重了很多，但总觉得，沉稳得有些过了头，跟看破了红尘似的。我问她以后有什么打算，要不要再找个人家。你猜她怎么说？"

"怎么说？"

“她竟笑着说，婚姻说白了就是建立一种长期的互相利用的关系，将两个人，或者两个家族联系起来罢了，所谓男欢女爱，不过是其中镜花水月的调剂而已。”

桑祈听完，不敢苟同地摇了摇头，叹道：“我可不这么认为，虽然的确有不少出于利益关系结合的夫妻，但对于大部分人来说，感情应该才是最重要的。不过，她也是可怜，本来挺骄傲的一个人，经历了一段如此糟糕的婚事……”刚说到这儿，便听见外头有仆役通传，说是晏公子来了。

于是二人也就没再继续在这个话题上深究下去，待到晏云之进屋后，赶忙让他拿个主意，以免等会儿那三个参谋回来，再次陷入纠结。

晏云之是个行动派，当真每套中挑了几样，给她戴上看看，然后从中敲定了一套自己觉得效果最好的，算是解决了这一难题。可是他挑的既不是桑崇给的那套红玛瑙，也不是晏家祖传的白玉簪，而是另外一套银饰。

夜里众人各回各家，莲翩蹙着眉托腮沉思，如此一来，自己和玉树的对决，算是胜了还是败了呢？

桑祈看她那副纠结的样子，万分无奈，忍不住直白地问道：“你干吗总是跟玉树过不去？”

莲翩听她这么问，眉头锁得更紧了，嘟着嘴不肯回答。直到挨不住桑祈反复问了好几遍，才抿唇叹道：“小姐，我才应该是一直在你身边，与你患难与共的那个人，不是她。”

桑祈这才明白，她这是觉得自己多年来的地位受到了玉树的威胁，产生了强烈的危机感，才对玉树有了抵触情绪，故意处处与其针锋相对的。为的大概是想证明，自己才是桑祈的心腹。

桑祈哭笑不得地道：“你呀，这也值得置气？玉树再好，总归是晏云之的人，可你是我的姐妹啊。”

“真的？”莲翩不太确定地问了一句，见桑祈郑重地点点头，才放心下来，眉梢一扬，抬手推搡了她两下，假意嗔道，“什么姐姐妹妹，肉麻兮兮的，恶心死个人了。”

“噗。”

这人真是别扭，桑祈连忙闪躲，求饶道：“好吧，好吧，莲翩大小姐，我错了。”

二人笑闹一会儿，桑祈的视线落在了莲翩从临安带回来的那套为自己精心缝制的嫁衣上，借着烛光，不由得也想象了一下将来有一天莲翩自己出嫁，穿上这身红衣会是什么模样。一定很好看。并且，那时自己也必定要在她身边的。

而二人都为人妇之后，必然会分离。桑祈一想到分离，又难免有些伤感，叹了句："还说什么永远，你不久之后也该成亲了。天下没有不散的筵席，你我二人也总是要分开的。"

聊到这个话题，莲翩也安静下来，面上的笑容消失不见，沉吟半晌，忽而有些自嘲地低笑："说的哪里话，我跑到什么地方去成亲？宁愿不嫁，一辈子守着你算了。只要你不嫌我碍事就行。"

"我怎么可能嫌你？"桑祈一脸无奈，"我当然巴不得你永远在我身边，可那样的话，琰小郎还不得跟我不共戴天啊？"

莲翩扭过头去，喝了口茶，低声道："提他做什么？你就知道拿我取乐。"

桑祈看她的样子，觉得有些不对，不由得蹙眉问道："怎么了？你们在临安又吵架了？他有别的女人了？还是……"

"都不是。"听她越说越没谱，莲翩赶忙开口打断，叹息一声，道，"他倒是没什么。但你也知道，我们本来就是不可能的。之前在临安，闫夫人就同我强调过这件事，问我愿不愿意给闫琰做妾。虽然我明白自己的身份地位，能给他这种名门显贵做个名正言顺的妾室也是不错的归宿了……可是……一想到他将来会娶别的女人为妻，在我面前双宿双栖，还是觉得接受不了。所以，还是算了吧。我就跟着你过，我们姐妹二人，挺好。"

"总会有办法的，先别急着放弃。"桑祈劝道。

然而闫夫人的传统、保守是出了名的，闫琰又孝顺，这两点二人都心知肚明。桑祈自己说这句话的时候都没什么底气，莲翩更是早就已经打心底里接受了现实似的，淡淡一笑，摇了摇头，只转移话题道："你快成亲了，我们不说这些不高兴的事。"

桑祈沉默下来，准备梳洗就寝，心里却还在惦记着莲翩和闫琰的事。她始终相信，总归会有解决之道，只要他们二人真心相爱，这世界上就不会有过不去的坎儿。就像她和晏云之，哪怕隔了千山万水，心里依然只有彼此，依然会跨越重重险阻，等到云开月明的那一天，等来属于他们二人的婚礼。

她出嫁的那一日，江山河清海晏，都城秋高气爽，是个难得的好天气。

因为她没有兄长，没有父亲，大伯的腿脚又不方便，因此，送亲的任务便落在了她的堂弟桑祝身上。英武的少年将军骑着高头大马，泛着寒光的玄铁宝甲加身，披着火红的披风，高举锋利锃亮的长枪，走在队伍的最前面。身后跟着的是董先念和董仲卿父子，还有曾经跟桑祈一同上阵杀敌的桑家亲卫的一部分骑兵。浩浩荡荡三百余人，金戈铁马，气势恢宏。

走的还是他们当初从洛京出发，奔赴前线时的路线，在洛京城里绕了一圈。不同的是，这一次，将士们的腰间，系的却不是缟素，而是红花。行进到一半的时候，琰小郎也跟着来凑热闹，率领自己的队伍接在后面，将声势继续壮大。

猎猎红衣和整齐划一的枣红色汗血宝马，仿佛在洛京全城点燃了欢庆的火焰，铺成了绵延的十里红妆。

饶是对于各种各样的大场面已经司空见惯，短短数年间连江山动荡都经历了两次的洛京百姓，也被这豪华的送嫁队伍所震撼，人群拥挤，将宽阔的街道堵得水泄不通。

有人说，这场婚事之所以如此隆重，是因为两个新人等了彼此太久，还险些错过。有人说，是因为真龙天子归位，重新履行先帝遗志，想借此契机为自己树立威信。也有人说，不过是因为两家都有权有势，也舍得花钱，故意要这样罢了。

队伍便在这种种议论声中，自北向南从长街走过，迎上了晏家来接亲的队伍。

与桑家军气吞万里、刚毅大气、扬威天下的阵势不同，晏家人虽然今日不再用他们所习惯的洁白，也将装饰换成了红色，可仙乐飘飘的仪仗里，香车雅致，轻纱逶迤，处处显露出了风流天下的晏家子们优雅从容、高洁傲岸的风范。

尤其是人群之中，那个一袭白衣，华发皑皑，手执拂尘坐在梅花鹿上，特地跟随自己的大弟子来迎娶小弟子的晏鹤行。轻轻扬一下拂尘，淡淡泛一下笑意，举手投足之间，尽数带着缥缈仙风。人们仿佛看见他身后跟着的是银龙鼓瑟，金鸾驾车，某一个恍惚瞬间，当真以为是哪个仙家下凡来迎亲了。

再看队伍最前面的那个，则是曾经被称为大燕第一公子，如今被传颂为一代名相，一手执掌着大燕命脉，武可定江山，文可治天下，有翻云覆雨之能的男子。他俊雅绝尘的面容是如此夺目，风霜高洁，清雅华贵，龙章凤姿。即使在如此光辉璀璨的队伍中，也能一下子成为令人瞩目的焦点。

那是她的夫君，世间独一无二的晏云之。

从桑府大院到晏府门前，桑祈本来想好了，出嫁的时候一定要高高兴兴的，千万不能哭。可这短短的一路上，回想起自己与他相识以来发生的种种，想起分别的这三载，还是不可免俗地，像所有出嫁的姑娘一样，哭了个泣不成声。

两支队伍会合后，一路来到张灯结彩的晏府，古宅上下亦是一片喜庆祥和。

除了晏云之的高堂和桑祈的大伯，少帝荣寻也来见证二人的新婚之喜。主事的则是德高望重的老帝师冯默，他颤颤巍巍地站在大堂中，中气十足地喊了句：“一拜天地。”

桑祈便想起了自己在国子监的时候，一听他用这么大的音量喊话，就定是在吹胡子瞪眼地教训自己，不由得低头的同时，偷偷笑了一下。

“二拜高堂。”

她看到了大伯桑崇眼眶里隐含的泪水。

这个沙场上出生入死的硬汉，从未在人前掉过眼泪，此时却死死地握着拳，强忍着将眼中的热泪压回去。虽然经历了手足的横死、亲眷的背叛，眼下的他年岁亦已不小，还得在重整桑家的过程中殚精竭虑，可是见到眼前的一幕，他觉得，若是自己的弟弟在天有灵，能看到今天的这桩婚事的话，也可以安息了吧。

晏相夫妇在大风大浪里经历了这么多，看着幼子和新妇，目光中有种看透世间沧桑的慈祥和安宁，让桑祈悬着的一颗心顿觉温暖了不少。

而后夫妻对拜，她便与他相对而立，默契地颔首。

这一次不是弟子对师长行礼，也不是师妹对师兄行礼，而是夫妻之间，一个男子和一个女子，相约终生不离不弃的盟誓。是他们终于名正言顺地走到了一起的象征。

桑祈从来没有觉得礼数规矩这么重要过。唯独在这一天，她不想有一丝一毫的行差踏错，只想遵循祖先的法则，与他完成这场婚礼。

小心谨慎的态度，看在旁人眼里，少不了有人忍不住惊叹：“那个端庄大方跟大家闺秀似的新娘子，真是桑祈？”

闫琰张大了嘴巴，推了推身边的顾平川，疑道：“不会又娶错人，弄成兰姬了吧？”

苏解语在他背后无奈地轻咳一声，提醒了自己的存在，他这才干笑着挠了挠头。

礼毕之后，按例由主人款待宾客亲朋。清玄君最怕前面那些烦琐冗长的仪式了，这会儿才睡眼惺忪地赶来，带来了自己私酿的好酒，大方地要请众人一醉方休。

酒酿得极好，宾客们当然大呼痛快，可惜在新房里等着的桑祈却喝不到了。

一直到晚上，夜幕深深，她还能听到外头的喧哗声，不由得摸了摸干瘪的肚子，无奈地苦笑。本来想着今天要老老实实地坚持到最后来着，这会儿馋虫捣乱，却是有些坐不住了。

幸好，在她为了要不要顺手从床上拿个花生这件事百般纠结的时候，听到开门的声音，晏云之及时赶来。

桑祈从盖头的下沿偷瞄，还能看到后面跟着的以闫琰为首的，兴致勃勃地来闹洞房的人。大多是他们从前在军中的部下，清玄君和晏云之的那些兄长自然是没这么无聊。

于是，为了展现出自己也有淑女的一面，桑祈赶紧把慢吞吞地朝花生伸过去的手飞快地收了回来，端正地坐着，等待晏云之为她掀开盖头。

而后华盖落地，眼前一片明亮，看着光辉中那个高大昳丽的男子，眼眸犹如一片深邃的星空，当中飘浮着自己的倒影，不由得一时深陷，怔怔地向这片浩瀚星河中沉了下去，半晌没有动作，直到肚子不争气地叫唤了一声。

整个婚房都安静了下来，继而爆发出一阵哄堂大笑，属闫琰笑得最欢，眼泪都要流出来了，连声道："果然是她，果然是她……"

红衣绝艳的晏云之一挑眉，云淡风轻地说了句："爱妻这可是嫌夫君回来得太晚了，示威抗议呢？"

桑祈忍着嘴角抽搐的冲动，悲哀地觉得，完了，完了，都幻灭了……从此以后怕是她再回忆起自己成亲的事，只能记起这丢脸的一幕和他那副欠揍的表情了。便干脆破罐子破摔，华丽丽地起身，翻了所有人一个白眼。

好在众人大约都能理解这对新人等待这一天的不易，只说笑了一会儿，便你推我、我推你相继退了出去，将门带好，留给他们充足的时间享受二人世界。

桑祈这才有机会抓了个花生吃。

晏云之缓缓解了衣袍，在她身边坐了下来，半倚在床柱上打量自己的新娘。

桑祈吃了一会儿，被他看得有些不自在，扭过头来看着他，小心地问："你说把这床上撒的吉祥物都吃了，是不是不太好？"

晏云之眉梢一挑，淡淡道："既是吉祥物，吃下去岂不是更吉祥，有什么不好？"说着还亲自帮她拈了颗红枣过来，道，"多吃点儿，别浪费了。"

既然他都这么说了，桑祈也就没客气。可是吃完之后却想起来什么，叹了口气，无奈道："可惜吃了也没什么用。郎中说我这身子还得调理一阵子，怕是'早生贵子'什么的，还要再等等。"

大喜的日子，不愿她再回想起任何不愉快的细枝末节，晏云之伸手将她拉到怀里，轻轻地在她的小腹上摩挲着，语气很平静地安慰道："不用总放在心上，好好调养调养，该有的时候自然就有了。我又不急，父亲母亲都有那么多孙子抱了，难道还非差我这一个？"

桑祈闻言安心一笑，抬头在他的唇上啄了啄，道："也是，好事不怕晚，我只是好奇，我们如果有个孩子，不知道会是什么样子。"

晏云之往书房的方向看了一眼，严肃道："晏某不太放心。"

"去你的。"桑祈知道他是想起了自己写的那些文章，报复性地在他身上捶了两下，非要他说自己的孩子一定"聪明貌美，人见人爱"才肯罢休。

只可惜没过几招，就被他轻而易举地制伏了，蹙眉道："如是晏某自己的子嗣，那是自然，可加上你就不一定了……"

"好啊好啊，那你自己生一个我看看。"桑祈没好气地理着被他弄乱的头发，不屑道。

晏云之勾唇浅笑，笑容在这满室红光中，显得有那么几分暧昧诱惑，说着"来，师兄试试"，便朝她吻了下去。

桑祈微微一怔，继而回应。二人的新婚之夜开始了漫长的相互纠缠，不依不饶。

晏府满院的烛火一直亮着，今夜月光也皎洁明朗，却照不到人群散去后，一个久久伫立的身影。

顾平川的大脑中很长时间都是空白一片的，不明白自己为何迟迟挪不动步，为何明明已经早就决定好了放手不去打扰，此时此刻还是这么没有骨气地心生疼痛。直到身后有人叫他。

他有一种心事被人看穿了的感觉，面色一沉，瞬间收起全部情绪，回眸看去，意外于叫自己的人是苏解语。

不过仔细一想，也没什么可意外的。

今日他穿了一袭青袍，在夜色中如挺拔的修竹，负手而立，先作了一揖，礼貌问好，道了许久不见，而后才淡淡笑道："在下还以为，兰姬是那舍得之人。"

终于有机会同他说上话，证实了与脑海中记忆弥新的那个声音音色一致，苏解语低眸，眸中水泽一荡，指尖莫名地微微颤抖，而后才缓声开口道：“舍不得。”

顾平川稍显不解：“可在下听说，早在临安的时候，你便已经做出决断了？”

苏解语又笑笑：“做出决断是一码事，心里放下是另一码事。前者容易，后者却很难。我努力了很久也没实现，现在想想，倒不如不去强求。”

“哦？”顾平川颇有兴致地问道，“此话怎讲？”

“不强求舍，也不执着于得。”苏解语语气淡然轻松，解释道，“只当这段感情是一份过去的经历，人生中不可避免的一部分。接受它，包容它，然后继续前行就是了。”

顾平川将她这番话回味了良久，终于自嘲地笑笑，拱手道：“还是姑娘透彻，在下愚钝了。”

苏解语温婉地回了一礼，谦虚道：“不敢当。”

眼前男子的形象，与她记忆中，在西行的道路上偶遇的那位玄袍公子重叠在了一起。虽然两次邂逅都没有正面相遇，但是她记得在客栈中，他端方有礼的相让；也记得自己险些遭遇人贩拐卖的时候，他仗义及时的相救。心中波澜起伏，看着他的目光也深了几许。

然而二人闲谈了几句，直到顾平川将她送上马车，她也没有与他相认，只将其作为一个珍藏在心底，不与他人诉的秘密。

而晏云之成亲之后，还没结束婚假休沐，便不顾文武百官的劝阻和荣寻的挽留，毅然辞去丞相一职，举荐才学品格出众，更为合适的顾平川担任。

彼时顾平川刚好披露了严桦之死的真相，将故友的高风亮节记载到史书之中，为其正名。

消息一经传出，洛京再掀风雨，不少人唏嘘感叹，默默地为这个刚烈不屈，却蒙冤受辱的男子点燃了一炷清香。昔日的几位好友，再聚在严桦墓前，文采斐然的清玄君亲自为严桦重新篆刻了墓志铭，题写了他的生平和四人之间永不磨灭的友谊。

而后清玄君和晏云之相继离去，顾平川仍独自一人，在他的墓碑前伫立了很久很久。回到朝堂后，重整心绪，便开始辅佐荣寻，一同筹备起改革来。在卓文远提出的建立兵部的基础上，继续将官员制度的变革进行下去，草拟了成立三省六部，细分职权，并便于各个部门之间互相监督，但不可相互干涉的提案。

如他当初所言，他依然认为，卓文远虽然称不上是个好人，却是个好皇帝，建议荣寻不要对其全盘否定，应当吸取他政策中好的部分，拿为己用。荣寻听从了他的谏言，于是，最近宫里一批人在一同筹划此事，一批人在为复国收尾善后，各个忙得不可开交，恨不能一个当成两个使。

与此同时，无事一身轻的晏云之却优哉游哉地，带着刚过门的妻子，跑到灵雾峰去看了好几天雪。

桑祈站在湛蓝澄澈的净灵台边，抬手接着雪花赏玩，笑眯眯地看着晶莹的花瓣一碰到自己的掌心就融化破碎，忽然想到一件趣事，便拢着大氅，跑到他身边道："你有没有见过像棉被那么厚，像棉花那么洁白蓬松的积雪？"

晏云之啜了口茶，微微摇头。

桑祈便兴奋地追忆着自己在莞州的时候见过的大雪，鹅毛般纷纷扬扬落下，将整个草原装点成一片莽莽无瑕。远处的雪山巍峨高耸，仿佛屹立于天地间俯瞰人世沧桑的白衣神祇。辽阔的雪原是它逶迤的衣摆，缭绕的流云是簇拥它的仙娥，微凉的朔风是它流连红尘的一抹叹息，美得惊心动魄。

晏云之合眸听她讲了好半天，淡淡一笑，温声问道："要不要再去看看？"

桑祈眸光一亮，惊喜地抱住他的胳膊，问："此话当真？"

"你说呢？"晏云之挑了挑眉。

"可是，我以为你热心教书育人，过阵子还打算回国子监呢。"桑祈托着腮，不解地看他。

晏云之笑而不语，眸光中一片邈远，缓缓将清茶喝完，道："教书育人也不一定要在国子监里，随遇而安，到哪儿都一样。你若想去，我们即日便可启程。你若不想，留在洛京也无妨。"

桑祈当然是想的，除了莞州，她还想去很多很多书上写的名山大川看看，闻言连忙道："去，一定要去。"而后狡黠一笑，"不过在此之前，我还有一件事要办。"

"哦？"晏云之看她的表情就知道她又在打鬼主意，可是问她要做什么，她却又不肯透露了。

结果没过几天，二人要出趟远门的消息就传了出去，甚至还有人添油加醋地说："可能再也不会回来了。"

闫琰一听说这消息可不得了，赶忙往晏府跑了一趟，大义凛然地对桑祈道："你走可以，莲翩得留下。”

“为何？”桑祈一脸不解，“莲翩是我的丫鬟，当然要跟着我啊。”

“你……”闫琰不高兴地哼了一声，反驳道，“谁是你的丫鬟？”

“莲翩。”桑祈看着他的眼睛，又认真地说了一遍。

这人怎么如此不识趣，闫琰板起脸来，有些不悦，轻哼一声：“不管你怎么说，反正我不许。”

“你这人好生奇怪，莲翩是我的人，又不是你的，你说不许就不许了啊？”桑祈没好气地给了他一个白眼。

闫琰立刻反驳：“怎么不是我的了？”

一语既出，桑祈反应夸张地摔破了手里的杯子，惊愕地连连道：“你你你你你……”

闫琰面色一红，嫌弃地拨开她指着自己乱晃的手指头，尴尬道：“我说的不是那个意思！”

“哪个意思？”桑祈还有意装傻充愣地追问了一句。

结果闫琰连耳朵都烧了起来，恼羞成怒，便要撇下她，干脆自己去找莲翩了。

桑祈这才偷笑，赶忙把他拉回来，而后长叹一声，低声道：“其实吧，这是莲翩的主意。”

“什么？”闫琰一脸不明白。

“我说，离开洛京是莲翩的主意。”桑祈用同情的眼神看着他，给他倒了杯茶，劝说道，“你也别难过，莲翩也说了，她在临安的时候，就已经同你说明白了……”

“什么明白，哪里明白？”闫琰眉头紧锁，无语道，“那时候不是因为我没带你一起回去，她跟我置气吗？如今看你活蹦乱跳的，莫非她还要继续生我的气，一辈子都不肯原谅我不成？”

桑祈一时语塞，尴尬道：“她与你说的竟是这个原因？”

闫琰糊涂了：“不然还能是什么？”

如她所料，他果然不知道。桑祈眸光一荡，拉他凑近些，将他母亲跟莲翩说过的话同他复述了一遍，叹道：“莲翩不是跟你生气，主要是不想你夹在她和家人之间为难。”

闫琰听完，拳头一点一点攥紧了，沉吟半晌，霍然起身，抿唇对桑祈说了句：

“你先等等，过几天再走，我自会想办法。”说完大步离开了晏府。

桑祈则唇角含笑，继续喝起了茶。

又过了几日，晏府门口热闹起来。闫琰递了几次话给莲翩，都被桑祈默默拦了下来，闫琰没收到答复，以为莲翩真的打定主意要走，不再理他。一怒之下干脆带兵把晏府门口堵了，往门前一杵，称不见她莲翩一面，就在这儿安营扎寨，不走了。

洛京民众吓了一跳，看这阵势，还以为闫晏两家要打起来，免不了又议论纷纷，胆小的甚至都收拾起了铺盖卷。

如此荒唐行事，晏家还没什么反应，闫母已经是大发雷霆，派了好几拨人来把他绑回去。可跟他来的这些人都是誓死效忠他本人的，都帮他挡了下来。

于是闫琰一杵就杵了一天。

桑祈看时机差不多了，一脸沉重地将这一消息告诉了被她事先指使在深院中跟着玉树练了一天鞭子，无暇抽身的莲翩，只道：“琰小郎在门口大喊你的名字，说你是他的人，只能跟着他，就算跟我跑到了天涯海角，也要把你绑回来呢……”

莲翩一听，当即杏眼圆瞪，二话不说，挥着鞭子就冲了出去。一开门，面红耳赤地娇喝道：“呸，你个泼皮无赖，少在这儿乱嚼舌根，谁是你的人了？谁是你的人了？要不要脸！”边说边开始扬鞭乱挥一气。

闫琰赶忙避让，边躲边十分无辜地扬声反驳：“要不是你不肯见小爷，小爷至于这样吗？！你一个姑娘家，学点儿什么不好，学你们家小姐暴力相向。先是冷暴力，现在又直接上鞭子了！”

莲翩银牙咬碎，只觉当着这么多人的面，丢人丢大了，气急败坏地跺脚：“我几时不肯见你了，你就这么诋毁我名节？”

“唉，你明明都不肯回我的口信儿好几日了……”闫琰一蹙眉，动作迟疑，被她打到了一下，发出哎哟一声惨叫。

莲翩也怔住了，继而反应过来什么，握紧皮鞭，歇斯底里地大喊了一声：“桑祈！”

桑祈生怕她连自己也打，赶忙及时在她鞭长莫及的房檐上现身，清清嗓，正色道：“你听我解释……”

莲翩叉腰仰头，一脸愤恨地看她，大有一副“我倒要看看你还能解释出什么花样来，等你下来再找你算账”的架势。

桑祈便在她恼怒的目光下笑了，一抬手，掏出一卷竹简，解释道："这是桑家的族谱。"

这么重要的东西，就被她如此随意地坐在房檐上拿了出来，一时围观的人们都一脸黑线。桑祈却从容不迫地将其展开，指着其中一根竹片，念出了上面的一行小字："齐昌桑氏，第三十六代正宗长子桑崇，夫人曹氏，育有长子桑祧，次子桑祝，及长女桑莲……"

"桑莲"这两个字一出现，莲翩瞬间面色凝住，手里的鞭子也拿不稳了，喃喃道："小姐……"长睫一颤，眼泪便掉了下来，不敢相信地连连摇头。

桑祈有条不紊地将竹简又卷好，笑道："你本来就是我的姐妹，这是你应得的，哭什么。"言罢轻轻叹了一声，从房檐上跳下，拍着她的肩膀，继续道，"我只能帮你到这儿，可是老实说，这个身份毕竟是后加给你的，从严格意义上说，并不是你的真实出身。到底能不能说服闫夫人，我也不敢保证。"

说完，她拉了闫琰过来，又话锋一转，笑意深深，似是对未来充满了信心，道："不过我帮你试了一下闫琰，有他这份坚定，我想，打动闫夫人也只是时间问题。"

闫琰便趁机当着众人的面，光明正大地牵了莲翩的手，郑重道："放心，关于这件事，我已经有了主意。"

莲翩又是感动，又是担忧，垂泪不已，闻言和桑祈双双惊讶地看向他，异口同声问道："什么主意？"

闫琰剑眉一扬，有些得意地笑笑，也从怀中掏出了一样东西来——一块兵符，迎着二人诧异的目光，道："我想好了，要去收复平津，将卓文远割给西昭的国土都夺回来，把西昭人赶回贺兰山西。陛下已经同意，随时可以出发。"而后拉着莲翩，认真询问，"你可愿意随我同往？虽然可能很辛苦，也要冒点儿风险，但我一定会保护你，不让你受一丝一毫的伤害。相信待此去经年，功成名就之后，母亲也能冷静下来，花时间想明白这件事，同意你我在一起的。"

桑祈觉得这是个好主意，连连点头，道："有志气。"

莲翩则不由分说，回身紧紧抱住了他。

于是，在洛京过完年，一出正月，这支由大将军闫琰率领的征讨西昭的队伍便出发了。与其同行的还有要去芜州的桑祈和晏云之。

又是一次别离。与前几次不同的是，人们面上都带着笑颜。

前来送行的人很多，与他们一一道别，叮咛嘱托。态度少不了有像清玄君这样随便说上一句“记得带礼物回来”的潇洒随意，也有像顾平川这样，千言万语只化作一句“珍重”的恋恋不舍。

一路跟随，送到洛京城外，一行人才停了脚步。而后旌旗高高擎起，在风中摇曳招展，大军便浩浩荡荡地催动了马蹄，绝尘而去。

晏云之和桑祈跟在队伍最后。

临别前，她又回头看了一眼洛京的方向，将这座沉淀了她青春年华中，无数悲欢喜怒的古城和城里那些可爱的人们深深印在脑海里，笑着朝人群招手作别。心中不舍的同时，亦知人生无处不分别，有缘总会再相会。而自己与这些人，这座城的缘分，定是纠缠一生，永远也斩不断的，无论分隔多久，无论相去多远。

待到那些身影彻底消失不见，她才转回来，往身后的男子怀里一靠，还没走远，就已经开始畅想起未来，问道：“你说我们到了茺州之后，再继续向西走走好不好？听说西昭境内有成片的沙海，我还没有见过那般景象，很想去看看。”

“都好。”晏云之一手握着缰绳，一手牵了她的手，淡淡一笑。纤尘不染的白衣飘荡在风里，眉眼淡泊高远，长发洒脱不羁，仿佛他本就是个游荡凡尘的仙人，这天地间自应无拘无束，任意去留。

只是因为她，才有了牵绊。

笑容安闲自在，心满意足的她亦然。

同年，荣寻复立后燕，定年号为平安，为的是从自己在位开始的岁岁年年，洛京乃至大燕全境不必再经受战乱之苦。这个清瘦文弱的少年帝王从坐上皇位的那天起，就日夜忙碌，几乎没睡过一个好觉。

平安二年冬，大将军闫琰率领的大军已将西昭人从岳城逼回了平津。

消息传来的那天，洛京刚好落下了这一年的初雪。满朝文武都看见皇帝温和如玉的面容上笑意只浅浅地停留了一秒，如同落在地面上的雪花一般稍纵即逝。

退朝后，按照惯例，丞相顾平川到文政殿协助他一起批阅奏章，见他一直眉心微蹙，似有心事，时不时就发呆，不由得抬头看了看窗外的细雪飘飘，提议道：“陛下既觉沉闷，不如去外头走走？”

荣寻也跟着望了望窗外，合上奏折，起身道：“好。”

二人便带了二三宫人，一同往御花园里去。下雪的时候天气比较暖和，顾平川只穿了一件鸦青色朝服，霜雪飞扬落了满肩满头，衬得人好像寒霜负压下挺拔孤傲的松柏。荣寻则披了件滚着金边的雪白大氅，还戴了个厚实的袖套，双手插在里面取暖。跟顾平川走在一起才到他的肩膀，看上去柔软又纤弱。

洛京的小雪，雪落到地面便化为积水，不见放眼茫茫，只见被水滴打湿的靴面。

顾平川走了几步，温声开口问："陛下得知大将军的战报，似乎不太高兴？"

听到这句话，荣寻白净的面容似乎又白了几分，苦笑一声，叹道："瞒不过相公的眼睛。"

"臣也是妄加揣测。只是不知陛下不悦，可是对大将军的冒进有所担忧？"

"非也。"荣寻摇了摇头，笑容有些无奈，抬眸看了看头顶灰暗的苍穹，答非所问地喃喃道，"丞相可记得，朕从洛京去临安的那一年，大燕境内是何种境况？"

"三王叛乱，南方干旱，百姓罹难，灾情最严重的地方甚至十室九空。"顾平川从漠北迁到岳城要比他早一些，一路上也大致有所了解。

荣寻沉默了一会儿，眼眸中的光华一点一点暗下去，对他讲起了自己鲜少同人提及的，当年逃亡的经历。

"当时的撤离，有大部队负责诱敌，朕和白时为了隐蔽行踪不被发现，只带了三四个护卫。偶经一处饥民众多的村寨，朕见有很多骨瘦如柴快要饿死的孩童，十分于心不忍，便让白时分些粮食和财物给他们。白时一开始不同意，后来架不住朕的苦求才松口。那些村民领到粮食，都非常高兴，朕也觉得非常高兴，可是……"

说到这儿，他的面上明显流露出了痛苦的神情，似是在竭力避免想起某些不堪的回忆，但须臾犹豫后，还是继续讲了下去："可是我们离开那村寨一段距离后，正在路边休息的时候，那些一天前还感恩戴德的村民却突然出现，一个个握紧了手中的镰刀、锄头，还有很多朕没见过也叫不出名字的农具，面露凶相。声称他们并不想伤害我们，只希望我们能好人做到底，把财物和粮食都留下。"

"然后呢？"顾平川很好奇在那种情况下这个少年会做出怎样的选择。

"然后……"荣寻苦笑一声，"相公也知道朕从小到大过的是什么样的日子，逼宫的时候朕已经不在宫里了，哪里见过这种挥戈相向的场面，当时就有点儿发懵，没了主意。还没等朕反应过来，那几个护卫已经亮出了刀剑，要对方退回去。见到雪亮的刀刃，那些村民明显犹豫了，人群中不少人开始退缩。原本朕以为此事会就此了结，没想到，不知是谁喊了一句横竖都是一个死，还不如拼一拼。于是这句话就像一个魔咒，轻易地再次撩拨起了村民们的情绪。朕亲眼看见他们之中，有人的眼神从胆怯变得狂热，闪烁着凶狠的红光，不顾性命地朝着护卫扑来。”

“可是有白时在，陛下的安危应是无虞。”顾平川想象了一番当时的场面，沉吟道。

荣寻却摇摇头：“白时去远处寻水了。这四个护卫虽然个个身怀绝技，也忠心耿耿，原来就是父皇身边的羽林卫。但架不住对方人数太多而且意志力惊人，简直不像人类，而像砍不死的饿鬼。有的人断了一只手臂，血流如注，还在往车上扑。光是那股拼死的劲儿就让人觉得十分震撼。想来那几个护卫也有些胆寒，渐渐落了下风。幸好白时及时赶回来，护着我和两个护卫赶紧上了车。可另两个护卫的马却在混乱中被村民杀了，他们只能继续缠斗，隔了好长时间才追上来，身上也都受了伤。其中一个后来伤口感染，没撑到临安就死去了。”

荣寻讲完，视线从头顶飘雪的天空落到顾平川的面上，看着他的眼睛，认真道：“朕虽然至今才活了十六载，却已见过了人间地狱是何等模样。”

顾平川掸了掸衣袖上的雪花，眸光微敛，淡声问道：“那么，陛下的意思是不想让大将军去打这场仗，以免再次生灵涂炭、哀鸿遍野？”

“朕……不知道。”荣寻目露悲戚，长叹一声，语气忧郁道，“朕不知道。朕当然不希望大将军去打这场仗，再增加不必要的牺牲。可是转念一想又觉得，就算我们不去打，西昭人一直虎视眈眈，朝堂上恐怕也无人能安睡，边疆百姓亦是少不了受苦。朕就不明白，什么是对的，什么才是错的了。”

“简单。”顾平川淡淡一笑，道，“陛下，判断一场战争的本质，要看它是为了什么而发动的，过程中又是怎样处理棘手的问题的。臣想问问陛下，您觉得与西昭的这一战，想达到的目的是什么？”

荣寻眉心紧蹙，沉思良久，道：“朕觉得是为了两点：其一是让西昭知道我们的态度，不希望他们继续觊觎大燕的国土；其二是要从他们手中夺回自己失去的土地，保护那些本属于大燕的百姓。”

顾平川眸光微动，却未加以评价，继续道：“那要是那些百姓更愿意跟着西昭，不愿意回归大燕呢？陛下可会强求？”

荣寻倒是没考虑过这个问题，闻言一怔，又花了比刚才更长的时间来思忖，而后缓慢而坚定地摇摇头，道：“不。朕一直关注着大将军的战报，要他把岳城百姓的情况也一并写上。至少根据大将军的汇报来看，岳城百姓在西昭占领的这半年过得并不好，回归大燕治下是非常高兴的。如果从平津到芜州，所有百姓都这么认为，朕当然高兴。若是民心所向更愿意被西昭统治的话，朕也就不打算去苦心征战了。”

“可是，”说完，他眉心又结了愁绪，裹紧大氅，说道，“总这样征战下去，终究不是办法。朕没有那个征服四海威慑九州的野心，只想自己的百姓安居乐业。”

而后长叹：“如果有不靠战争就能解决争端的方法多好。倘若从此能让大燕盛世太平，哪怕教朕以命相换，朕也是愿意的。”

“所以，陛下才一直暗中打算削减兵部，并派人去与西昭议和，甚至想要联姻，只是一直苦于没有合适的人选。”顾平川若有所思道。

荣寻面色一僵，有些尴尬：“又被丞相看破了……”

顾平川笑了笑，停下脚步，转身看着他，道：“陛下可知，百姓安居乐业的要因是什么？这要因不在西昭，而在我大燕。若要百姓安居乐业，我大燕必须国富民强，实力雄厚。这样人民才能过上好日子，强敌才不敢来犯。而在实现这种国力之前就削减兵力，回避战争，是不合适的。只会像之前尚文轻武的那段时期一样，被人视为可以肆意欺凌的羔羊，难能安枕。”

“那朕该怎么办？”这样也不行，那样也不行，荣寻显得有些焦虑。

“陛下且记着，我们要有军队，无论何时都要有，这是保卫国土和百姓的一道强有力的防线。但我们可以不主动出击，只将这力量用在必要的时候，并且积极发展国力。当我们比周围的任何一个邻国都繁荣昌盛百倍，又有实力雄厚的大军之时，自然也就会受万国朝拜，无人敢来侵犯。陛下想要的太平盛世也就可以实现了。而眼下我们要做的正是一步步提升自己的实力，不再如前朝一般甘愿成为刀俎下的鱼肉，满足于短暂的平静。但也不能如卓文远那般好高骛远，急于求成。陛下，您要有耐心，也要有魄力，废旧立新从来都不是容易的事。”顾平川耐心解释道。

荣寻边听，边想象他构建出的美好蓝图，已是心生向往，不由得颔首道：“朕想做，丞相会相助于朕吗？”

顾平川眸光深邃，挺拔而立，缓缓抬手，恭敬地朝面前的帝王深深一拜，正色道：“臣定当殚精竭虑，万死不辞。”

荣寻见状，赶忙从袖套中将双手抽出来，温热的掌心紧紧握着他发凉的双拳，搀他起身。而后也对他拱手，谦恭地行了一礼，郑重道：“那朕便将后燕百姓的福祉，托付给丞相了。”

雪越下越大，在朔风中打着旋儿，遮天蔽日地落下。身披白袍，头戴玉冠的少年帝王，好像与这天地间的大雪融为一体，衣摆随着冷风翻飞，柔弱的身躯似也轻飘飘地发颤。

顾平川可不敢受如此大礼，赶忙将他扶起，看他已冻得面色有些发红，便教宫人先陪他回去暖暖身子，称自己还想再走走。

荣寻心中郁结已解大半，想着还有奏折要批，对自己的身体也有数，不敢逞强再在外面冻着，便与宫人回去了

偌大的御花园里只剩下了顾平川一个人。

从前卓文远在位的时候，后宫里有许多美人，这御花园里也还有几分热闹。如今因为荣寻的后宫尚且空置，又一切从简，整个皇宫都人丁稀疏，昔日繁华的花园自然也就变得冷冷清清，显出几分凄凉景象。

顾平川在风雪中孑然而立，理了理衣袖，眯起眼睛来，抬眸看雪，向那遥远的苍穹中露出了一丝笑意，叹道：“三郎，你在九泉之下可安心了。阿祈、少安，你们也没有信错人。”

一声交代，随着打着旋儿的风雪遥寄远方。

待到他从宫中离开，上了自家马车，已是日暮时分。

随侍的仆从见他衣衫单薄，赶忙将车中备好的暖手炉交给他，将帘子挡得严实些，而后问道：“相公，咱们今儿还是先去谢雪亭？”

顾平川正在擦着发梢的滴水，闻言动作一滞。想了一下，这样的雪天，那个人大概不会去吧，便道：“不必了，直接回府。”

“是。”仆役应了一声，探头去告知车夫，坐回来的时候却在想，自家公子真是奇怪，那谢雪亭，分明正是落雪之时才值得一去。可他平日动辄就往那儿跑，怎么好不容易下了场雪，反而不去了呢？

然而顾平川向来话不多，尤其不喜将心事对人言，他便也自知无从相问，老实地闭上嘴，压下好奇心，安安静静地坐着。

马车嘎吱嘎吱行驶出一段距离，这条路走多了，大概也就知道行进到什么位置了。在下一个路口，向左转是回府的路，向右转则是通往谢雪亭的路。眼见着快到岔路口，车夫准备唤马儿转头了，却听里面突然传来顾平川的声音，淡淡道：“还是去

一趟谢雪亭吧。”

“是。”马车都已经向左转了一半，车夫又赶忙勒住缰绳，命骏马退回几步，改为向右。又行进了一会儿，到达谢雪亭的时候，由于天色愈晚，气温愈低，落下来的积雪已经不会立即消融，在草地上和亭顶铺起了一层轻盈的洁白。

顾平川以为不会出现的那个人，正在亭中揽卷而坐。只见她大约是为了保暖，今日未曾挽发，让一头乌黑的长发从修长的背部流泻而下，只简单地装饰了些素银发饰。若是亭中有风来，便会将这三千青丝吹得飘逸而起，嫣色长裙也会从月白斗篷的边沿下露出一角。衬着四周的雪色，白净赛雪的肌肤，粉润雅致，好像一朵凛寒而开，独天下而春的照水梅花。

听得一阵踏雪而来的脚步声，苏解语从书卷中抬眸，看了来人一眼，便温婉一笑，起身对他作了一揖，道了声：“顾相，今日又来散心？”

“是啊。”顾平川回礼道，“真巧，又遇到了兰姬。”说着走进亭中，苏解语身边的席笙沉默不语，却自然而然地在桌上添了个茶盏，给他倒了杯热茶暖身。

苏解语放下手中的书卷，见他今日看起来心情格外好，便扶着自己的那杯茶，笑道：“听说岳城传来了捷报，想来，朝堂能暂时松口气了。”

顾平川点了点头，一想起这事，又难免心生感慨，道：“但愿这仗能尽快打完，早日安定边疆。”

“大将军有建功立业、威震一方之心，恐怕单单是把西昭人赶回贺兰山北不算完，还惦记着开疆扩土，这一年半载啊，可是回不来。”苏解语说完，又谦逊地说，“当然，这只是兰姬自己的揣测，我姑且一说，顾相姑且一听，若是说错了，也别放在心上。”

顾平川啜了口茶，叹道：“你说得没错，可大将军这么想，陛下却未必愿意。”

于是，在苏解语好奇的打量下，将今日荣寻对自己表达的意思说了个大概。

虽然皇帝在军机要务上是怎么打算的，按理不便言说，可他倒是不在意向她倾诉，相信她定然能保守秘密。

苏解语听完也颇为慨叹，眸光荡漾，柔声评价道：“陛下是个心地善良的人。”

谈起这个话题，就免不了要把荣寻之前处理卓氏和宋氏的事情拿出来说说。她继续道：“想当初刚回来那会儿，卓氏已经倒台，陛下对这些夺权篡位、谋害生父的罪魁祸首也没有严苛以待，只处理了几个罪臣。按说叛国、谋逆、弑君，每个罪名都够株连卓氏九族了。”

“洛京世家牵一发动全身，诛九族不太实际。可就算不连坐，对卓后也应从重量刑。陛下却觉得，那毕竟是自己唤过母亲的人，还念几分旧情。”顾平川接道。

“说起此事，兰姬倒是有些不解了。卓后不但毒杀了先帝，还除掉了陛下的生母，陛下怎的能原谅她？只是将她削去姓氏，从荣氏族谱中除名，命她终生为先帝守陵忏悔，不得离开陵寝半步便罢了？”苏解语蹙眉问。

顾平川沉默了一下，淡声回答：“关于陛下生母一事，吾等不忍如实相告，只说曹氏是死于混乱之中，陛下并不知道真相。”

“原来如此。”苏解语喃喃道，“这样也好，反正人死不能复生，知不知道真相也改变不了什么，倒不如少经历一份痛楚来得好，毕竟陛下这些年也够苦了。”

顾平川颔首道：“正是出于如是考量。”

苏解语便接着方才的话道：“而宋氏也只是罚了大笔钱财，并命壮丁充军。”

“说来这其实是少安的主意，觉得眼下既然要紧的是除掉西昭隐患，充足的军饷十分必要。既然宋家有钱，不如就让他们为朝廷出出力。”顾平川回忆起此事不由得感慨晏云之的机智，笑道，“也是狠狠勒索了一笔，虽然看似没上酷刑，但对宋氏的打击可不小。钱财该上缴的上缴，土地该收公的收公，表面上看是给保留了爵位以示感激，实则也只剩下空名罢了。”

“但留得青山在总是好的，若宋家真想东山再起，便在战场上杀出个功名来也不是不可能。”苏解语笑道。

而后二人一同想了想自己认识的那几个以宋落天为代表的宋家纨绔子弟，只觉宋家复兴当真任重道远，不由得默契地相视一笑，无可奈何地摇了摇头。

话题又回到荣寻身上来。

每每念及这位少年帝王自亲自处理政务后所采取的种种举措，顾平川都会片刻失神，细细品味。

如苏解语所言，他是个心性善良的孩子，也是一个有勇有谋的帝王。

岁月暗哑，红尘萧索中，有一个如此温柔的少年，如何能不教人感动？

纵使作为本应高高在上养尊处优的皇族血脉，他小小年纪便承受了太多灾厄。经历了那个被自己称为“母后”，敬重有加的女子亲手毒杀父亲，又于纷乱之初除掉了自己生母一族的创痛；经历了南迁之路的颠沛流离，阅遍世上最不堪触目的阴暗与疾苦，依然内心光明，没有一丝阴霾。

他说自己不想报复，也没有征服他人的野心，只希望从此不再有战乱纷争，国运昌盛，百姓平安。

他说若能实现这一心愿，哪怕要他即刻赴死也甘愿。

顾平川只要想起这个面容祥和，却时常带着忧虑的少年在风雪中伫立，试图穿透厚厚的云层，寻找到能够普照人间的光明的目光，便能感觉到自己的灵魂都在轻轻颤抖。那种愿意为了他的心愿抛头颅洒热血，倾尽所有追随他左右的冲动怎么也难以安定。

这正是他作为一个臣子，一直在追寻的最崇高、最终极的人生目标。

而荣寻也愿意全心全意相信他，又是多么难得。他在庆幸的同时，也觉得自己肩上的担子很沉重。这个温柔的帝王既需要他辅佐，也需要他保护。

他不会让这朝堂上的风霜刀剑伤害他，不会。他再也不会沉默旁观，再也不会隐忍不发，再也不会做任何伤害到自己所珍视的人的事。若有疾风骤雨向那座上的帝王袭来，他顾平川必然会用自己的身躯替他挡下。

见他眸光颤抖，似有所思，半晌无言，苏解语也跟着沉默了一会儿，而后犹豫着唤了句："宁泽？"

便见他缓缓抬头，一双幽深的黑瞳里燃着火光，少顷才逐渐平复，朝她淡淡一笑，道："怎么？"

"没什么。"苏解语摇摇头，低眸浅笑，"只是感慨，士为知己者死，顾相能够追随陛下这样的明主，当是此生无憾了。先前多年怀才不遇，想来也是造化使然。这样一深思，便觉得缘分和际遇，都是很神奇的东西。不一定越早便越好，也许等待的结果更令人期待。而到了那时，过程中经历的苦难，也就算不得什么了。"

这番话莫名地说进了他的心坎里，心弦为之一震。顾平川抬眸深深注视着面前这个虽然相识已久，却觉得最近才开始渐渐熟悉的女子，只觉她的一颦一笑、一言一语，虽不够惊艳鲜活，却有着别样的细腻温柔。这温柔化作一股涓涓细流，暖暖地，悄无声息地注入了他的心底，将灵魂深处的孤寒一点一点融化，伤口有了一种被抚慰、被治愈的感觉。

苏解语说完后却笑容一僵，显得有些尴尬，仿佛一不小心泄露了不该言说的心思，见着天色已晚，便干脆找了个借口，准备起身告退。

顾平川这才回过神来，想起方才自己盯着人家姑娘看了半天，也着实失态，便收敛情绪，端雅恭敬施了一礼，与她道别。

原本不想多言，然而待到苏解语带着席笙撑着把绘着青鸟翩跹的油纸伞走出两步的时候，他却鬼使神差地又问了句：“兰姬明日可还会来？”

苏解语心头一跳，缓缓停下脚步，回眸看着他，含笑点了点头。随着这个笑容的绽放，他便仿佛看到雪虽然还在下着，隆冬尚未结束，可那令人向往的春天，已经带着微醺的暖风，款款而来。

番外篇

黄粱一梦临安事（一）

大燕南迁之初，又一个夜不能寐的晚上，临安城里百业待兴，太子尚且年幼懵懂，南迁的世族又大多身心俱疲，一路上追兵紧随其后，尚处于惶惶不安之中。

这偌大的城池里，几乎全部担子都落在了晏云之身上。

打从进了临安城，见过太子后，他就几乎没睡过觉。刚与几家家长交谈过，如今正挑灯夜读派人调查临安城内人员及物资储备的具体情况。

虽然他的白衣依然翩然，面容依然孤高冷傲，可若是凑近了仔细看，便会发现，那双高洁悠远的眼眸里，已经泛起了一层鲜红的血丝。

别说他只是一个看起来像神仙的凡人了，就是真的神仙，这么熬下去，也受不住啊。苏解语看在眼里，痛在心上。她的父母亲族也已南迁至此，母女团聚，将她接回了暂时安置的宅邸中。可她这两天还是忍不住，时不时地往他这儿跑。

三天过去了，没有桑祈的任何消息。

她是战死，还是被俘，抑或是受了伤，或躲藏起来，暂时没有办法回来？

没人知道。

而晏云之尽管嘴上不说什么，那显而易见的不安，都体现在了不眠不休的过度操劳上。

她知道，说了可能也没有用，还是长叹一口气，缓缓走上前，说了句："少安，还是先歇歇吧。"

果然得到了他轻描淡写的一句"不必"作为回答，说话的声音却是低哑干涩的。

"若阿祈回来，看到你这副模样，也要难过的。"不得已，她只能如此劝道。

没想到晏云之听完，唇角竟勾起了一丝笑意。仿佛在说，若她真能回到自己身边，哪里还会在乎自己是什么模样。他也是不在乎的。

苏解语又叹一声，自觉多说无益，只好将给他送来的大氅放在一旁，轻声叮咛道："夜里凉，注意身体。"便抬步，依依不舍地离开了。

关门的时候，从门缝里，看着他孤单的身影越来越小，她美眸一湿，险些落下泪来。

那个清贵俊逸、高高在上宛如神祇一般看透人间冷暖的男子，也是有情的，也会难过。他是那么全心全意地爱着一个人，关心那个人，呵护那个人，被那个人的一举一动牵动着情绪。

一片深情相付，对象却不是她。

她不是圣人，只是个平凡女子。都到了这个节骨眼儿上了，亲眼所见，又如何不羡慕，如何不嫉妒？甚至有那么一个瞬间，她设想了一下，如果桑祈真的回不来了呢？如果她已经死了……晏云之又会如何？

在今后的漫长岁月里，可会把他的爱，分出一点点来，给一直守在身边的她？

然而，这个念头只一闪而过，她就不由得打了个冷战，自己怎么会有这种想法？

她赶忙将门扉掩好，走得脚步匆匆，好似落荒而逃，内心里为自己的刹那邪念而感到羞愧自责。

且不说桑祈也是她欣赏的姑娘，她的朋友，如今只是暂时失去联系而已，千不该万不该将其际遇往坏处想。就算桑祈真的遭遇了什么不测，她继续默默伴着他就是，又怎能做乘虚而入之想，卑微地去奢求旁人的施舍？

苏解语啊，苏解语，你当真是枉读了圣贤书了，表面光鲜，内里竟也被贪念所惑，生出这种卑劣的念头。难怪那人目光雪亮，朝夕相处十余载也没瞧上你。

她这样想着，虽然周遭没有人，却觉得被无数双审判的目光直勾勾地盯着，无数双手在背后指指点点，无数张嘴议论纷纷……尴尬得面红耳赤，愈发羞愧难当，一路快步回到家中，蒙进被子里还在心如擂鼓，生怕被人看见。不知不觉，泪湿了枕巾。

一阵风从门扉的缝隙中吹入，晏云之打了个哈欠，感到从躯体深处透出来的丝丝疲惫。习惯性地抬眼，去寻找那道俏丽高挑的身影。

那个明快而张扬的姑娘，脸上时常挂着的，带着一股无所畏惧的倔强劲儿的清澈笑意，总能驱散他的倦怠，抚慰他的寂寥。

可如今，房间里却空空荡荡，只有寂寞和冷风在互相周旋。

灯花跳跃，片刻失神后，他终是无可奈何地叹了一口气，合上眼帘，打算小憩一会儿。体力透支太严重，这一睡就睡到了天亮。一抬眼，便有士兵来报，说是惊讶地发现，对岸宋落天的部队开始撤兵了。大军集结，看样子大部分都要开拔，只有少数人会留下。

晏云之双眸微眯，也觉得不可思议。先前得知桑祈失踪，他一直以为，是被对方擒获，打算当作人质来与自己谈判的。可等了三天，没等到动静，宋落天的部队就这么自动自觉地撤退了？

他沉吟一番，问："左将军呢，依然没有消息？"

"是。"那士兵遗憾答道。

"好，你先下去吧。"晏云之抬手，轻轻在桌案上敲了两下，陷入了沉思。

眼下临安的局面，他还不能轻易离开。且不说刚刚迁入的世族还乱作一团，年幼的太子也非常没有安全感。突然来了这么多人，临安太守已经方寸大乱。南迁世族和原有贵族，世族整体和临安百姓，都有诸多矛盾。城门不开，白马河不能渡，这么多人口的生计问题怎么办……太多事情等待他去解决。

更何况他还一直没有跟别人说，自己受伤的事情。就在宋落天部半数人员失去战斗力，准备过河的时候，他正面迎敌，遇上了几个前来阻挠的敌军。奇怪的是，明明只是些普通士兵，其中却有一人的身手非常不一般。虽说尚不如他，可混在人群里，加上出手速度奇快，也能占到几分优势。他便是一个不经意，被人划伤了手臂。

想到这儿，他不由得抬手轻抚了一下自己小臂上的绷带，眸光幽暗。也不是什么了不得的伤口，可是，不知道那人的剑上沾了什么奇怪的毒物，分明只受了轻伤，他却觉得四肢格外无力，支撑日常行动已是勉强，想亲自出城，去将桑祈找回来，就万万不可能了。

他眉心微蹙，回忆起什么，提到身手速度……莫非，是卓文远？

根据闫琰的说法，当时他们遇到的追兵是从四面八方突然围上来的。一开始他并没多想，以为他们是遇上了宋落天部一支在外巡逻的队伍。可是，如果不是呢？如果他们遇到的，根本不是宋落天的人，而是其他军队呢？卓文远会刻意隐瞒行踪，在自己不知情的情况下，不动声色地来御驾亲征吗？桑祈会不会也落到了他手里？

猜想出这种可能性后，他不由得无奈地苦笑了一下，也不知道该高兴，还是该郁结。只想着，若当真如此的话，至少，她的安全不用担心。

之后的事情，果然不出他所料。没多久，顾平川就遣人偷偷送来了卓文远带了桑祈回到洛京的消息。

晏云之站在高耸入云的城门前，死死捏着手中的纸片，眸中一片幽暗。整颗心都被这湿冷的临安的冬季浸透了一般，死寂得波澜不起，仿佛回到了未曾与她相见的时候。

遇见她以前，他从来没有想过自己这辈子会与谁的生命如此紧密地联系在一起。男女情爱，婚姻嫁娶，对他而言本是没有意义的事情。直到她突兀而猛烈地，不容拒绝地闯入他的世界，还若无其事般在里面横冲直撞。一颦一笑，都带着灼热的阳光，让他清冷淡泊如高山雪原的心，变得繁花似锦。

他才知道，红尘之中，也有这么多新鲜又有趣的事情。

原来爱一个人的感觉，就是整个世界都会因她而变得鲜活生动起来啊。

拥有她后，他从没想过放手。

只有她能给他这种悸动，只有她能在他心中肆意挥毫泼墨，将那里装点得绚烂多彩。然而今时今日，他却必须再次紧闭心门，选择忍耐。

曾经，她想做将军，亲自捍卫家族荣誉的时候，他放手让她去做，为她创造条件，并护她周全。

如今，他也绝不会行什么偷偷掳人的卑劣手段，不会弃身后倚仗着自己的众人于不顾。而是要守住这座临安城，带领少主重夺天下。到那时，再光明正大地将她带回自己身旁。告诉她，你要守护的家国，我帮你守住了。

再问一问，那么，我唯一的心愿，你会替我达成吗？

黄粱一梦临安事（二）

大燕南迁的第二年，临安的夏天潮湿闷热，空气中弥漫着白马河蒸腾上来的水汽，关于一场雨的下落迟迟悬而不决。

这样的天气里，即使身处竹林之中也全然感受不到凉意。清玄君衣襟半敞，躺在门前的木板上，眯着眼，有一下没一下地用手中的蒲扇扇着风，想着这雨要是早些降下来就好了。

忽然间，便觉面上一凉，有水滴溅落，陡然睁开眼，发现是晏云之披着一头打湿的发，正站在他面前。想来，刚才是他甩了甩这一头濡湿的长发。

见他醒来，晏云之坐了下来，像什么也没有发生过似的，闲闲地拧着头发上的水。

清玄君一脸无奈，将蒲扇随手放在肚子上，问："你便这么闲？"

晏云之稍稍一挑眉，说："不然呢？"并随口问了句，"你那新酿的酒怎么样了？"

清玄君懒洋洋地摊手，"想来等你成亲的时候，是喝不上了。"

闻言，晏云之手上的动作停顿了一下，但只是思绪稍有飘忽，须臾间便又唇角含笑，拿起他的扇子来，随意扇了扇。

一时二人各有所思，沉吟半晌后，不约而同侧眸看了对方一眼。

清玄君眉心微蹙，看着他的视线带着揣度，然而撞上晏云之那双水波不兴的瞳孔后，却终是轻叹一声，缄默不言。反倒是晏云之平静地说了句："等会儿兰姬会过来。"

想来是要商议关于成亲的事，清玄君已经习惯了，点点头没说什么，打了个哈欠，道："你们聊，我先去睡一会儿。"说着便起身，晃晃悠悠地进了屋。

晏云之自己静静地坐了片刻，掏出一根玉箫来吹奏着，模样从容怡然，直到一阵脚步声响打断了他的旋律。

大热的天，苏解语和席笙也各自带了一把团扇，在离他还有几步之遥的地方停下来，轻拭了香汗之后才上前，淡笑道："少安今日好兴致。"

晏云之将玉箫拿在手上，白衣青箫，风雅翩跹，抬手请她坐下，并朝席笙点了点头，席笙便懂事地退了下去。

苏解语见她的身影消失在一簇墨竹之中后，轻声道："放心，没人跟来。有人的话，席笙会报信的。"

"嗯。"晏云之微微一笑，温声道，"辛苦你专门走这一趟。"

"哪里的话。"苏解语坐在他身旁，闻得到他身上一阵淡淡的清香，不由得心头一跳，强加掩饰道，“也没有多辛苦，毕竟只有这里安全。”

便听晏云之沉吟半晌，轻叹一声：“你当真想好了？”

苏解语点了点头。

“其实你不需要这样做。”晏云之清雅的长眉好像稍微锁紧了些，道，“原本我……”

“少安，”苏解语早知他要说什么，侧眸看向他，匆匆打断道，“无须多言，我已下定决心。你我二人这么多年的交情，你心里也明白，此事由我来做最为合适，再没有更好的人选。”

“也不见得。”晏云之淡淡一笑。多年故友，若单纯论信任和默契，在临安城里的确找不到可以与她比拟的姑娘。但他始终清楚她对自己的一片真心，已然辜负了一次，又怎么忍心再让她受伤害？

最初晏云之提出要在临安定一门亲事，以进一步营造出已在临安逍遥自在、乐不思蜀的假象时，为了不走漏消息，只与身边几个最为亲密的朝臣商议过。本想着随便找一个年轻貌美的婢女，事后予以厚报也就罢了。没想到聪慧如苏解语，还是从父亲那儿察觉到了此事，主动来毛遂自荐。

论能力，论风险，论可信度，她要比任何一个随便找来的婢女都可靠。她自己也说，卓文远不是那么好骗的人，既然要演戏，就要演得没有破绽。可是他仍然猜不透，她在平静从容地侃侃而谈，分析得头头是道的时候，心里到底想的是什么。

苏解语听了这句话，也低眸笑了，只道：“今日来之前，才刚同母亲说过我们要成亲了，莫不是你又要让我出尔反尔，下山后回去又说婚约取消了？那我将来若是嫁不出去，母亲定要怪到你头上不可了。”

晏云之闻言稍显意外：“伯母知道这一计划？”

苏解语抬头瞟了一眼日头，淡笑道：“没告诉她。若是告诉了，她一定不同意的，以后再说吧。如今只是按照你和父亲商议的说法，也与她说了一遭罢了。”

晏云之苦笑一声。想来这第二次得罪苏夫人的事，是必然要发生了。到时候只希望她老人家不要太记恨自己就好。

“既然你意已决，那就按照原计划，将婚事定在下月吧。”对方已经这么说了，晏云之便也尊重她的意思，不再劝解，只将玉箫收好，准备起身去忙别的。

又听苏解语突然问了一句：“洛京那边你打算怎么办？”

“嗯？”晏云之驻足回望。

“我是指阿祈。”苏解语敛袖，解释道，“你打算怎么同她交代？”

晏云之原本平静如许的双眸，听到这个名字，水面蓦然起了一阵涟漪，波光摇动，半晌后笑了一下，抬手从腰间解下来一枚环佩，道：“我打算叫与洛京联络的人将此物带回去。”

苏解语向那块环佩看去，似有所悟道：“这是一对阴阳纹佩中的一块，与你在诗会上给她的那个是一对？”

“正是。”晏云之颔首。

苏解语便又问：“你后来一直戴着的？”

“嗯。”

“那么……她可有注意过这阴阳纹刻的玄妙，意识到两个环佩本是成对的？”苏解语眉心蹙起，表情有些严肃，“若是没留意过怎么办？就算留意过，若是看到这半环佩，会错了意，以为你是要退还给她，又怎么办？”

晏云之闻言稍微一怔，继而失笑。是啊，他都不知道那个粗心大意的姑娘能不能体会到他无数个宁静的夜里，独自一人之时，静静摩挲着此物的时候，那流溢而出的思念。但只是短暂地怀疑了一下，便又觉得，他的姑娘定是会与他心意相通的。

苏解语却不太放心，思忖一番，提议道：“要不，你帮我也捎一样东西给阿祈吧。”

“何物？”晏云之直言，“想将物品送到洛京，非常危险。”

“兰姬明白。”苏解语点点头，莞尔道，“可此物绝不会引起怀疑或误解。我想带给阿祈的，是庆丰楼的一块桂花糖藕。”

“一块糖藕？”晏云之复述了一遍，感到更加不解。

“对，一个只有我们俩能明白的含义。阿祈看到，自然会明白。”

明白苏解语想说的是，当初她既不会与她争那块糖藕，如今便也不会乘人之危夺其所爱。她始终是谨记着君子需成人之美的，该把夫君还给她的时候，自会归还。只是现在，这一筷，她还是要抢先动了。

晏云之沉吟片刻，道了声“好”，便去与人交代了。而苏解语则在清玄君的门前坐了一个下午，独自喝了几杯淡酒。

屋内的清玄君一直没睡着，合着眼眸，听着窗外传来的聊天声，挑眉轻轻叹了口气。

不久之后，晏云之和苏解语的婚事便如期举行。

从下聘送彩礼，到迎亲拜堂，送入洞房，都按部就班地进行着。宾客们觥筹交错，言笑晏晏，纷纷表示庆贺，感慨着既然在临安成家立业，以后就干脆在临安生活下去，日子过得红红火火，太平安康，也挺好。

苏母曾经以为女儿当真要一辈子不嫁人了，如今看见她和晏云之终于修成正果，已是一句话也说不出口，哭成了泪人。

晏夫人则对这个心仪已久的儿媳妇终于迈进了家门有着太多感慨，自己也说不上是欣慰多些还是唏嘘多些，也只能目光充满慈爱和怜惜地注视着这对新人，将千言万语，都化作了牵过苏解语的柔荑时那重重的一握。

男子们则反应都比较平常，婚礼总体来说十分热闹。然而夜里关上门来，挑了盖头，新郎和新娘却一个坐在榻边，一个坐在桌案前，看上去一点儿都没有要过得红红火火的意思。

劳累了一天的苏解语，在烛火下看着那个与自己隔了半个房间距离的男子，只觉胸腔中波涛汹涌，止不住奔涌而出的泪意。就在她想别过头去，偷偷擦掉自己的眼泪时，却看到一片朦胧的光晕中，那个时刻牵动着她的心的男子正朝自己走来。

她以为自己看错了，揉揉眼睛，又仔细看去，发现确实是晏云之。急忙擦掉眼角的水痕。只见晏云之长身玉立，端庄雅致地站在她面前，深深注视着她，说了句："兰姬，你为晏某所做的，晏某今生今世都无法偿还。"

苏解语第一次听他用如此庄重的语气这样说，怔怔地抬眸，看着他的眸子短暂地映出自己的身影，几乎是无意识地轻喃了一句："那么下辈子呢，你会还吗？"

晏云之认真看着她，缓慢而坚定地摇了摇头。

苏解语自嘲地笑了一下。是啊，他这样的男子，既然今生选择了执意伤她，又怎么可能会不肯承认辜负，而是轻浮虚伪地许什么来世。

然而片刻感伤之后，她刚想收敛情绪，说上一声"罢了，我本也没想要你报答"，便见晏云之抬手，递过来一样东西，并道："虽然目的是为了做做样子，但毕竟这婚事是真的，晏某也会记得，你苏解语是晏某今生第一任妻子。将来便是休了晏某，也断不会有人敢轻视你。"

说着，唇角一扬，露出了一丝自信从容的笑意，将手里的东西交给了她。那是一张色泽暗黄、看上去很厚实的折好的纸片，苏解语诧异地打开来，只见上面是晏云之飘逸隽雅的字迹，还残留着一股新鲜的墨香。内容则是他写的一封和离书，里面丝毫不加吝啬地褒奖了她的贤良淑德，并直言是自己薄情寡义，对不起她，与她的品行无关。她没有犯过任何错，世人的一切非议，他愿一力承担。

从听到他说“苏解语是晏某今生第一任妻子”起，苏解语就已经有些控制不住自己的情绪了，而今读完这封已经加盖好了荣寻的亲印的和离书后，终于指尖颤抖，泪流满面。

晏云之适时将她放在一旁的帕子递上去，轻轻在她肩上拍了拍，温声安慰道：“早些歇息吧。”

苏解语忍着泪水，点了点头，便见他又回去，收好了桌上刚才写字用的东西后，轻轻推开了背后一道连接旁边房间的暗门，再颔首与她作别，将暗门关好，消失在新婚的喜房之外。

苏解语在房中失神良久，才缓缓起身，慢条斯理地将自己的凤冠霞帔摘下，沐浴梳洗后，孤身一人躺在了铺着红衾的锦榻上。从此开始了她作为晏云之的夫人，与其相敬如宾的生活。

他们经常出双入对，一同与身在临安的名士饮酒赋诗，纵琴说笑，“恩爱有加”。她大方地与他一同待客，娴雅端庄地与晏夫人一同管理家中事务，完美地扮演了一个妻子的角色。他也待她温文有礼，经常给她准备一些小礼物，当着众人的面大秀恩爱。然而实际上个中滋味，除了两个当事人，恐怕无人能够体会。

就连知道内情的闫琰和莲翩，也说不出一句评判的话来，只能日夜祈祷着早点儿结束这一切。

后来的日子里，再回忆起这段往事，苏解语只觉得，仿佛身在醉乡，做了心愿成真的黄粱一梦。无论背后有着怎样的真相，她做过他的妻子。

他们在小院中安闲而坐，她抚琴，他作画，她唤他夫君，他笑意清浅的那些画面，与雾气经久不散的临安城一般，模糊得不真实。

然而一阵大雨过后，次日阳光穿过重重云霭流泻而下，雾气连同着溽热一起消散。那随之而来的一切悲欢爱恨，便也与茫茫大雾一同消失无踪，只留下一地微湿的水渍，怎么也挥散不去。

前方的路，却变得清晰可见了。

黄粱一梦临安事（三）

晏云之和苏解语“成亲”之后，一转眼便到了临安被封锁的第三年，白马河两岸终于不再呈现剑拔弩张之势。从大齐朝堂到边关守将，似乎都接受了南燕人不会再打回来了这一观点。

尤其是边关守军，自从第一年对一切试图渡过白马河的行为都予以毫不留情的截杀，知道南燕人被他们打怕了后，便坚定地认为，如今他们已经安生地窝在固若金汤的城池，过起了小国寡民的安逸生活。已经有两年没有再试图渡河。那庞大的城门，夜夜在暮色中高耸，始终没有落下。隔着这道城门，经常能听到城中传来的仙乐飘飘，管弦歌舞声让人觉得可悲又可笑。

他们不知道的是，这丝竹喑哑背后，是闫琰带着数万大军，在乌山深处日复一日地辛勤操练。三载如一，未曾有过一时半刻的松懈。

所以，当西昭人再次对富饶肥沃的南方土地虎视眈眈，当国内大大小小城镇的老牌贵族因为科举等一系列政策，感觉到利益受到严重侵犯而情绪不满，蠢蠢欲动的时候，齐国没有太多顾忌，便将更多的兵力投入到了应对这些内忧外患上，而不是继续徒劳紧盯临安。

然而，一系列调走驻军，消减军费，减少巡逻次数，放松戒备等级的政策后，终于让临安人等到了可以突破的时机。一夜哗变，几乎没费什么力气，就夺回了岳城。而后在顾平川拉拢的贵族阶层的支持下，一路势如破竹，向东突破。

尽管卓文远紧急调拨了军队前来抵抗，奈何在洛水以北的军队被齐昌的桑家军拖住，洛水以南这些两倍于南燕军队人数的大军，应付这支新生的由闫琰率领的队伍，却全然没有胜算。

在闫琰的队伍中，既有原本就武艺精湛、吃苦耐劳的桑家军，也有忠心耿耿的闫家军，还有英武不屈、战术高超的晏家军。

三年的隐忍，被嘲笑的屈辱和想要一雪前耻，重夺山河，荣归故里的一致目标让他们空前团结，军心空前稳健，斗志也格外昂扬。

而卓文远登基之后，为了避免军权旁落、将领一家独大，采取的一系列分化兵权、定期更换统帅，不允许将领拥有“亲兵”等政策，初衷固然是好的，希望一兵一卒都能只效忠于君主。可产生的影响便是，将领操练士兵的时候很不用心，士兵对待将领也越来越缺乏敬畏。

于是，这样一支不团结的队伍，应付起严密统一、万众一心的南燕军队来，无论肉体还是精神上的战斗力，都是不堪一击的。又没有了像宋落天这般为了胜利不择手段的统帅，战术上比起对方来也没有优势。

失败，只是时间问题。

将来齐国旧臣再回顾往事，一定会记得这样一个教训——永远不要轻视一个人回家的动力。

随着队伍不断迫近洛京，闫琰的队伍中，许多人夜不能眠，铁打的汉子，在无人的角落悄悄抹着眼泪。

闫琰本人，如今已是统率万军的大将军了，还一路身先士卒，冲在队伍最前面，恨不能自己第一个冲进洛京城。可惜的是，尽管他斗志高昂，阴天下雨的时候，也还是免不了被腿上的旧疾困扰。

这一日他便因为早秋天气微寒，又下了一场雨，膝盖疼得额头上冷汗直冒，只能在帐中卧着，趁着雨势休整，暂缓了行军。

离洛京还有二百里，只剩最后的二百里了。他擦着当年桑祈送给他的那把神威烈火枪，颇为感慨地想着，再过几天，就能看见她了吧。这样一来，莲翩应该会原谅自己。自己久悬着的一颗心，也终于能落回原处。

当晚风的微凉在岁月中沉淀，覆盖住伤疤，当思念在日复一日重逢的期冀中凝成琥珀，故人啊，我来接你回家。

唯有此情不堪负（一）

草原的六月，天气说变就变，刚才还晴空万里，转瞬就下起了滂沱大雨。而桑祈和卓文远两个人还迷失在齐膝深的草丛中，没有找到回营的方向。

雨势极大，迟迟不停，桑祈又在方才骤雨突降，狂风乍起的混乱之中不小心丢了马，如今坐在卓文远的马背上，全身都被淋透了，冻得瑟瑟发抖，可还是咬着唇，不肯在他面前服软。

卓文远无奈地在她身后将自己的衣衫提起来，把她连同自己一起罩住，在足以模糊视线的雨帘里努力辨认着方向。

桑祈一边打着冷战，一边也不甘示弱地抬眸瞭望，突然看到前方接天碧绿之中依稀有一抹红色，眼眸一亮，赶忙用胳膊肘推了推卓文远，道："你看，那是什么？"

卓文远极目远眺，辨认出正是她刚刚走失的那匹小红马。而今正趴在地上，似乎周围有两块凸起的岩石遮挡，可以避雨。便在桑祈的催促下一夹马腹，快速跑了过去。

那岩石的缝隙很大，足以遮挡住两人一马。

桑祈终于松了口气，忙从马上跳下，钻进了石缝里，抱紧小红马，激动道："还以为你也不要我了，原来却是救了我一命。"

那边厢卓文远也将自己的马安置好，带着一身水钻了进来。

二人的身子还是湿的，风一吹，遍体生寒。但能寻着一个避雨的所在，总归还是好的。卓文远靠在岩石一角，敛眸沉思接下来该怎么办。

一旁，桑祈的咳嗽声接连不断。从她脸上不自然的红晕便可看出，只这么大会儿的工夫，已经发起烧来，就算找到了马匹，怕是也不能单独乘骑了。

电光石火之间，他的脑海中闪过很多个念头。

若是这雨一直不停的话……

带着发烧咳嗽的桑祈一起骑马，他的马也跑不快，很有可能最后两个人都感染风寒，迷失在偌大的草原中。

不管她的话，自己趁着如今尚有体力，先快马加鞭赶回去，再带人来寻她。既不知道到时还能不能找到她的位置，也不知道她还能不能撑得住。

也许，也就意味着要让她自生自灭了。

卓文远抚着唇角，思忖如若这般，该如何对大司马解释，对方才能不起疑，不怨恨自己？要不要直接把她杀了，回去就说她是不小心从马上掉了下去，摔破了头死掉的呢？这样对于她来说，也会死得干净利落些，少受病痛折磨。

下了决心，正在他左右环顾，寻找石子的时候，突然眼前一抹明艳的鹅黄一晃，桑祈不知哪里来的力气，从小红马身边爬起来，挪到了他身边，咧嘴一笑，眸光晶亮地看着他，小手一挥，道："小红身上好暖和，你也过来抱抱。"

而后对他不同于以往的冷漠视线视若无睹，羞愧地扯了扯他的衣襟，嗫嚅道："那个……我错了，对不起。都怪我任性，害你也变成了落汤鸡。你别生我的气，回去我赔你一身新衣裳。"

说着说着，一阵头晕，便保持着笑意，倒在了他怀里。

卓文远下意识地抬手一扶，不小心隔着湿透的衣料，触碰到了少女刚刚开始发育的胸脯，浑身一怔，僵在了那里。

怀中的娇躯香软滚烫，热度仿佛阳光一般透出来，炽烈不容拒绝地传递到他的身体里。少女毫无顾忌地紧紧抱着他，还皱着眉头，继续往他身上蹭，终于找了个舒服的角度，又牵住他的手，呢喃了句：“小红，好暖和。”

不知昏迷中做了什么梦，她修长浓密的睫毛微微颤动着，好像一只安静而美丽的蝴蝶，十分安心地栖息在他的指尖。

卓文远方才打定的主意，便被轻易击垮了。

他年已十五，不是没有过同房的女人，怎么也想不到，自己居然会对眼前这个乳臭未干的黄毛丫头生出亲近的欲望。忍不住想要轻抚她娇嫩的面颊，吻她湿润的菱唇，揽她娇小的腰肢，看她恼羞成怒，抿着唇对他怒目而视，眼里跳跃着火光，嗔怒地连名带姓叫他：“卓文远！”

想起对自己的来意一无所知的她，从第一次见面起，就叽叽喳喳地在他身边一遍又一遍地叫着。

“卓文远，奶酥饼好吃吗？”

“卓文远，洛京是什么样子，那里的男子都像你这样好看吗？”

“卓文远，你敢不敢跟我比箭？”

“卓文远，我们去赛马好不好，输了的话，你就要邀请我去洛京玩。”

…………

心随意动，不知什么时候，他就朝着这聒噪的小嘴吻了下去，轻车熟路地抱起她，手掌隔着衣料缓缓地在她身上游走。直到桑祈不舒服地嘤咛一声，皱了眉头，才猛然反应过来自己做了什么，惊愕之际，不由得苦笑。

而后他不假思索便将她湿透的衣裳脱了下来，自己淋湿的外衫也脱掉了，将还比较干燥的里衣裹在她身上，赤裸着精壮的上身，将她紧紧搂在怀里，抱上马，在大雨中疾驰而去。

心里只剩下一个念头，她的身体这么烫，不能再耽搁下去。

万分幸运的是，跑出去没多远，就遇到了冒雨前来搜寻他们的队伍。见二人极其狼狈，赶忙将干燥的毛毯递了过来。卓文远这才松了口气。

回到营中后，桑祈的烧很快就退了，郎中诊断并无大碍。

可是，相反的是，卓文远却寒气侵体，一病不起，接连两日都没有从昏迷中醒转。

听说此事的桑祈无论如何也不肯在床上躺着，坚持跑到他身边，抓着他的手，任谁劝说也不走。

到了第三天的时候，郎中再见到卓大人，已经只摇头叹气，不再言语。卓家人各个悲戚，仿佛已经接受了他会这样长睡不醒的现实。

桑祈还是不肯放弃。

他喝不下药，她就亲口喂他。

他不肯睁开眼睛，她就威胁他再不起来的话，欠他的饭就不还了。

他不肯说原谅她，她就一遍又一遍地对他说，你快回来，听我说一句对不起。还有，明明说好了将来要带我一起去洛京玩的，怎么能说话不算话呢？

而卓文远，则又一次迷失在幽冷深寒的雨夜中，找不到出路。只觉得这里好暗、好冷，一丝光亮也没有。他也不知道独自一人在这儿困了多久，有一个声音在对他说，睡吧，睡吧，睡着了就不冷了。

他的眼眸便在这个声音的劝说中沉沉合上，向意识的虚无中坠去。

突然，另一个清脆的女声响了起来，在叫他的名字，一遍又一遍唤着："卓文远。"

是谁呢？

他好想看看那个有如此清亮嗓音的人，勉力睁开眼，四下环顾。恍惚间看到头顶照下一缕光来，光芒尽处，站着一个巧笑顾盼的姑娘，叉着腰，三两步走上前，不由分说地拉了他的手就大力将他拽了起来，嗔道："叫了你那么久，你怎么不理我呢？还不来陪我玩，在这里做什么？"

女孩的手那么暖。

他茫然地任她牵着，朝远处走去。而后便见前方白光乍现，豁然开朗，一睁眼，就看见桑祈正伏倒在自己身侧，睡得香甜，双手还紧紧握着他的手。那股暖意又从心底升了出来，他的整颗心都被这股暖流融化，化作一泓春水，怜爱地笑笑，抬手拍了拍她的头。

便见桑祈突然弹了起来，揉揉睡眼，诧异地看向他，而后失声尖叫，不由分说地抬手就朝他猛捶过来，擦着眼角的热泪连声道："你这坏人，怎么才醒，吓死我了。"

他被她捶得连连咳嗽，刚想说话，又被一群人呼啦啦围了起来。

郎中把脉的把脉，家人关切的关切，那个拉着他从冰冷的世界里走出来的女孩则安心地打着哈欠，消失在人群之外。

又过了几日，卓文远在郎中的精心调理下逐渐好转，离去的日子也越来越近。他始终没有告诉桑祈，那日的大雨中，自己对烧得迷迷糊糊的她做了什么。而粗心大意的她，自是丝毫没有察觉。

随着病痛的痊愈，他决定重新收拢一颗心，不再任其被她左右。毕竟，前方还有那么长的路要走。

迈上马车，迎了西昭人送给他的那名细作后，车轮声滚滚，他本已大敞四开的心门再次缓缓闭紧，对着自己身旁妩媚妖娆的女子，露出了无懈可击的笑容，自我介绍道：“卓某名文远，从今以后你就是我的婢女了。”

刚从西昭那名为“蛇窟”的炼狱般的培训细作的基地里，经历了十年非人折磨，重见天日的浅酒莞尔一笑，眸中水波荡漾，回道：“奴家不会做婢女，从今以后，奴家就是郎君的美妾了。”说着便倾身上前，蝴蝶翩然般，在他的唇上落下一吻。而后在他的唇上摩挲流连，期待着这个少年的反应。甚至还故意随着俯身的动作裸露出一小块香肩及若隐若现的雪白酥胸。

不料卓文远只是挑眉看她，声音平静如许，波澜不惊地说了句：“卓某想碰你的时候，自然会碰。现在还是坐回去吧。”而后身子缓缓向后靠去，唇角勾起了一丝狡黠的笑意。

既不急色，也不落荒而逃。浅酒还是第一次遇到这样的男子，诧异地看向他，隐约感觉到，如果自己是条招摇的美女蛇的话，对方大约便是只深藏不露的狐狸。纵然初尝挫败让她心有不甘，但主人已经下令，还是乖乖地坐了回去。

而后马车便出了菀州城，她看到他挑帘，一直回望着菀州的方向，待到走远后才转过身，视线落在马车里的一摞油纸包上，无奈地摇了摇头，唇角却是温柔地笑着的，她便也跟着看那纸包，好奇道：“包中是何物？”

卓文远抬手从上到下挨个指了一遍，念道：“甜咸两种口味的酥油茶各一包、奶酥饼一包、红烧羊腿一包……”

都是吃的。浅酒蹙着眉头，有些不解。来了一趟西北，带点儿特色食品回洛京，这本没什么。可是若说他这些东西是买来送人的吧，谁会只买这么点儿？若说是留给自己吃的呢，谁又会甜咸口味混着来，不专门挑一种自己喜欢的？于是不由得继续问道：“公子自己买的？”

卓文远微微摇摇头，淡淡道：“一个朋友送的。”说完似乎感觉到了她的诧异，于是抬眸看她，强调了一遍，“一个小姑娘。”

浅酒便识趣地不再多言。

自小学着察言观色的她能感觉出来，他在提这个小姑娘的时候，表情和语气都有了明显的变化，那种细腻入心的温柔，与方才那种长袖善舞的伪装截然不同。

她从出生起，在蛇窟里长到碧玉年华，见过许许多多的男子。一脸鄙夷，将她视作尘土草芥者有；一脸淫邪，将她视作玩物工具者有；一脸冷漠，连看都不愿看她一眼者亦有。却从来没有见过有男人可以对她露出这样平静温柔的眼神。

看他在午后细碎的阳光下笑得如沐春风，她似乎第一次感觉到，原来草原上的野花是有香气的，拂面而过的风是柔软的，而一个人的笑容，也可以是有温度的。

然而过不了多久，她就会醒悟，这种笑容在他脸上出现的时候，只会与一个人有关。那个人，并不是她。

唯有此情不堪负（二）

那是桑祈进宫后过的第一个冬天，洛京迟迟没有下雪。倒是一连三日，下了寒凉的冬雨，那股湿冷简直冷到骨头里，让人觉得穿再多衣物也无济于事。

浅酒坐在自己的醉眠轩里，点了小火炉，为卓文远温着滋补暖身的酒。宫人忽然急匆匆来报，说桑夫人又闹事了。

卓文远轻轻摸了一下酒壶的瓷壁，感受着温度，波澜不惊地笑问：“又是何事？”

便听那宫人支吾道：“启禀陛下，桑夫人方才去文政殿找您，见您不在，想是去了别人那儿……”说着胆怯地瞄了浅酒一眼，见浅酒无动于衷地继续舀着热水烫酒，才继续道，“约莫是一时生气，把您批好的奏章上都画上了小王八。”

“噗。”

这宫人说完，脸都黑了，低着头生怕皇帝大发雷霆。没想到卓文远却笑了出来，无所谓地摆摆手，道：“朕知道了，你先下去吧，回头朕去找她算账。”说完，接过浅酒递来的青瓷酒盏，眯眼呷了一口。

殿中又剩下两个人的时候，浅酒自己也拿起酒盏来喝了一口，道：“她肯主动去找你了，倒也是好事，听说你们最近相处得不错。”原本她不该妄作评论的，但一时情不自禁，还是说了。

卓文远便抬眸，扫视她一眼，却无奈道：“她哪里是去找朕，分明就是找奏折的。料定了就算朕不在，守卫也不敢拦她。”

浅酒沉吟半晌，不解道：“臣妾听闻，她想继续做将军，陛下没同意。既然不想让她干政的话，为何不下令教守卫务必拦下？”

卓文远勾唇浅笑，半晌没答话，只是安静地喝着酒，良久之后才淡声道：“罢了，总得有点儿值得她高兴的事，总不会泄露太多机密就是了。”

他知道，自从耍了心机将她带回来，她心里一直不高兴。起初想着，既然她愿意当那个将军，就让她再玩一阵吧。后来却一忍再忍，还是忍不住借着酒劲，险些强迫了她。

看着她断了手腕，疼得小脸煞白的样子，他的心也跟着痛了起来，为自己竟然会在时隔多年后，再次全部身心都被感情左右而失控所惊吓。一不小心，又佯装无事地说了狠话。

他便将计就计，想着干脆就这样吧。既然她宁死不从，他就算狠心折断她的羽翼，不择手段地将她禁锢在自己身边，又如何？

他这一生，都在要求自己无情。

从十二岁，最初发现这大燕治下的江山满目疮痍，意识到自己可能是要改变这一切的那个人开始，就在告诫自己，成大事者，不需要被小情小爱所牵绊，更不可有妇人之仁。

可是他的“大事”，为江山，为百姓，为家族，有什么是为他自己的呢？纵然再三告诫自己，要冷血，要理性，连亲手杀她父亲的时候也不加犹豫，更是一遍一遍地对她说着这样的话。可他心里明白，自己的内心深处，始终有一个柔软的角落是留给她的，那个当年呼唤他的小女孩永远定格在那里，成了他唯一的软肋。

浅酒看着他脸上的笑意，知道他又想起了那个女子。

他每次来，嘴上总是有意无意地提到桑祈。说起她又做了什么有趣的事，耍了什么好玩的心机，怎么变着法地拒绝他的亲昵，又聊了什么过去的话题，每每这时，他的眼里满是柔情。就连她又同意他背她了，他也是由衷高兴的。说着说着，就好像又回到了单纯的童年。

尽管在残酷的厮杀中成长的浅酒从来没有过类似的回忆和感受，却能被他表情上发着光的笑容感动。可是同时，又亲眼看着他在这饮鸩止渴的乐此不疲之中，一日一日地消沉下去。

某一天夜里，一如往常浓情蜜意的燕好之后，他疲倦地躺下，闭着眼，在她以为他已经睡着了的时候，突然开口问她："你说这高居皇位，坐拥万里江山，究竟有什么意思？"

她万分不解地看他："陛下不是说，大燕沉疴已久，穷途末路，必须进行一番翻天覆地的变革，而把握住时机，做那个可以执掌风云的人，便是您的愿望吗？"

"是。"卓文远道，"这的确是我少时的理想，以为站在高山之巅，翻手为云，覆手为雨，掌控时局与社稷，定是件无比愉悦的事。为了实现这个愿望，过程中必须做的一切，也都甘之如饴。然而真正站在顶峰之后，才觉得高处不胜寒，这个位置除了寂寞什么也没有。"

他自嘲地笑了一下，声线又轻了几分，继续道："突然觉得，其实这一切都不关我的事，到底为何苦心经营？若是当初没有这么宏大的愿望，甘心做一个普普通通的世家子或风雅名士，也许很多遗憾的事也就不会发生，现在也不致到这进退两难的境地。"

打从十二岁那年开始，他就在坚定不移地按照自己的人生计划前行，一路披荆斩棘，闯关夺隘。如今却突然觉得，一直以来做的抉择全都错了。

如果他当初在大营中醒来的时候，紧紧拉住那个女孩的手，说什么也不放开。

如果他当初直白地告诉她自己的心意，不去故作风流地拈花惹草。

如果他当初没有为了铲除后患杀了她父亲，走到再也无法挽回的那一步。

如果他当初在事业与爱情，天下与她之间，优先选择了后者。

他们现在是否就会不一样？

她的笑容，是否会如当年一样真诚灿烂？

然而此时此刻，再多"如果"，也只能化作一缕悠长的叹息。

浅酒听着这声长叹，发觉他是真的累了，累得甚至再也不想去算计，玩弄他最津津乐道的权术和伪装，一时心疼不已，紧紧抱住了他，颤抖着低喃道："陛下，您至少还有我……臣妾永远在您身边，无论您在这条路上走多远，将来还要站多高，都绝不会离您而去。就是再大的冷风，臣妾也必会替您挡着的。”

卓文远也顺势将她揽在怀里，沉默半晌后，淡淡一笑，在她额头上吻了吻。

她明白，这是他有礼貌地表示了一下感谢，实际上她的这份真心，并不是他想要的。但还是忍不住抬眸看着他，酝酿一番后，说出了那句不合身份的话：“陛下，至少，让臣妾为您生个子嗣吧。臣妾为您付出了这么多，从来不图回报，今生今世，也就只有这么一个要求了……”

卓文远先是眸光一凛，抽回手臂审视着她。在她以为自己说错了话，又要引起他的反感，他随时可能一走了之的时候，才终于见他又重新抱住她，淡淡说了声：“好。朕已经亏欠了一个人太多，注定今生都无法偿还了。既然弥补不了她，至少也不再亏欠你吧。免得将来下了阴曹地府，负债累累，都不够饿鬼分食。”

而后他又转而声线微凉，提醒了一句：“不过你记着，朕只答应了让你生下这个孩子，并不说明若是个儿子的话，便会给他太子之位，将来也决不允许他觊觎这个位置。你可明白？”

彼时月明星稀，一室香烟袅袅，从窗棂的缝隙中侥幸钻入的缕缕清风拂动了眼前的纱幔，吹得烛火摇曳。

夜色如此撩人。

浅酒的肩头似这风中缥缈无依的烟雾般微微颤抖，她点了点头，赤裸的娇躯紧贴着他的身体，喃喃道：“明白，臣妾已经知足了。”

只缘感君一回顾，使我思君朝与暮。

当初她和其他奴隶一起，跪地迎接王族的视察，亲吻着他们脚下泥土的时候；她为被训练成一个床笫高手，不得不年纪轻轻就夜夜接受各式各样的调教的时候；因为犯了错，不小心对一个贵族的凌辱摧残露出了一丝抵触反抗的眼神，便被罚一顿毒打，还两天不许吃饭，奄奄一息地蜷缩在冰冷阴暗的角落里的时候，她从来不曾想过，纵然她这一生起始于污浊的泥淖，经历了常人难以想象的灾厄，仍能有幸，于万千人海之中遇见他。为着这一个向她伸出手来，用力拉了她一把，带她从地狱走向人间，让她看见这姹紫嫣红的大千世界的人，她甘心付出所有。

图书在版编目（CIP）数据

国子监来了个女弟子：全 2 册 / 花千辞著 . -- 北京：中国友谊出版公司，2021.7

ISBN 978-7-5057-5139-2

Ⅰ . ①国… Ⅱ . ①花… Ⅲ . ①长篇小说－中国－当代 Ⅳ . ① I247.5

中国版本图书馆 CIP 数据核字（2021）第 027871 号

书名 国子监来了个女弟子：全2册
作者 花千辞
出版 中国友谊出版公司
发行 中国友谊出版公司
经销 新华书店
印刷 三河市冀华印务有限公司
规格 700×980毫米 16开
40印张 663千字
版次 2021年7月第1版
印次 2021年7月第1次印刷
书号 ISBN 978-7-5057-5139-2
定价 79.80元
地址 北京市朝阳区西坝河南里17号楼
邮编 100028
电话 （010）64678009